Meine Rache wird dich jagen

Die Autorinnen

Lisa Jackson zählt zu den amerikanischen Top-Autorinnen, deren Romane regelmäßig die Bestsellerlisten der New York Times, der USA Today und der Publishers Weekly erobern. Ihre Hochspannungsthriller wurden in 15 Länder verkauft. Auch in Deutschland hat sie mit *Shiver, Cry* und *Angels* erfolgreich den Sprung auf die Spiegel-Bestsellerliste geschafft. Lisa Jackson lebt in Oregon.
Mehr Informationen über die Autorin unter: www.lisajackson.com
Nancy Bush lebt mit ihrer Familie in Lake Oswego, Oregon.

Lisa Jackson
Nancy Bush

Meine Rache wird dich jagen

Thriller

Aus dem Amerikanischen von
Bernhard Liesen

Weltbild

Die amerikanische Originalausgabe erschien 2013 unter dem Titel *Something Wicked* bei Kensington Publishing Corp., New York.

Besuchen Sie uns im Internet:
www.weltbild.de

Copyright der Originalausgabe © 2013 by Lisa Jackson LLC and Nancy Bush
Published by Arrangement with KENSINGTON PUBLISHING CORP.,
New York, NY 10018 USA
Copyright der deutschsprachigen Ausgabe © 2016 by Weltbild GmbH & Co. KG,
Werner-von-Siemens-Straße 1, 86159 Augsburg
Dieses Werk wurde vermittelt durch die Literarische Agentur Thomas Schlück
GmbH, 30161 Hannover
Übersetzung: Bernhard Liesen
Projektleitung & Redaktion: usb bücherbüro, Friedberg/Bay
Umschlaggestaltung: *zeichenpool, München
Umschlagmotiv: www.shutterstock.com (© sergey causelove; © Steve Collender;
© Nik Merkulov; © Gordan; © Molodec)
Satz: Datagroup int. SRL, Timisoara
Druck und Bindung: CPI Moravia Books s.r.o., Pohorelice
Printed in the EU
ISBN 978-3-95973-803-3

2022   2021   2020   2019
Die letzte Jahreszahl gibt die aktuelle Ausgabe an.

Prolog

September …

Ich habe so viele Fehler gemacht, dachte Catherine grimmig, während sie mit Earl in dessen Motorboot nach Echo Island fuhr.

Trotz ihrer guten Absichten, ihre Schutzbefohlenen vor Unglück zu bewahren, hatte sie alles nur schlimmer gemacht.

Nach Justice Turnbulls Tod war sie so erleichtert gewesen, dass sie ihr strenges Regiment hinter dem verschlossenen Tor von Siren Song kurzzeitig gelockert hatte. Doch als ihre mangelnde Wachsamkeit bei ihren Schützlingen in Anarchie zu münden drohte, hatte sie die Zügel erneut angezogen.

Das Tor war wieder geschlossen und verrammelt, die alten Regeln galten weiter. Aber die Mädchen waren von Unruhe erfüllt, und Catherine wusste, dass es unmöglich sein würde, die alte Ordnung wiederherzustellen. Ravinia würde gehen, andere würden folgen.

Doch das war vermutlich nicht anders zu erwarten gewesen. Zu lange hatte sie ihre Schützlinge völlig von der Außenwelt isoliert. Doch nun hatten sie Rebecca mit ihrem Mann und dem kleinen Mädchen erlebt, hatten gesehen, welche Zuneigung Harrison Frost für Loreley empfand. Alle waren hingerissen gewesen, als sie die romantische Geschichte hörten, wie er sein Leben riskiert hatte, um sie zu retten. Das war der Stoff, aus dem Märchen gemacht werden.

Earl manövrierte das Boot zu der Anlegestelle von Marys Exilinsel, die sie einst »ihr Elba« genannt hatte. Catherine fragte sich, mit welchen Worten sie ihrer Schwester ihren Sinneswandel erklären sollte. Ihre Schutzbefohlenen waren schließlich nicht ihre Kinder. Mary hatte sie ausnahmslos alle zur Welt gebracht, doch es gab eine lange Reihe von Vätern, Männer, mit denen sie geschlafen hatte, um sie dann so schnell wie möglich wieder loszuwerden. Catherine wachte über ihre Töchter, blieb aber doch nur deren Tante.

Konnte sie jetzt ihre Fehler zugeben? Würde sie Mary vielleicht bitten, nach Siren Song zurückzukehren, was für alle anderen eine Rückkehr aus dem Grab gewesen wäre? Aber natürlich würde das nie funktionieren, es würde nur Komplikationen geben ...

Sie würde sich etwas anderes einfallen lassen müssen.

Laut brandeten die Wellen gegen die Felsen. Mary hatte immer behauptet, das Geräusch beruhigend zu finden.

Nun gut, wenn es sie glücklich machte.

»Es wird nicht lange dauern«, sagte sie zu Earl, als der den Motor abstellte und das Boot festmachte. »Etwa eine halbe Stunde.«

Er nickte. »Kein Problem. Ich hab meine Angel dabei.«

Er half ihr auf den Steg und suchte dann nach seinen Ködern. Sie hob ihren Rock an, damit der Saum nicht durch den Dreck und Vogelkot auf den alten Holzplanken schleifte, und stieg dann einen sandigen, zugewachsenen Pfad hinauf. Er war kurz, nach dreißig Metern stand sie vor Marys Haus, das eigentlich nur eine Blockhütte mit einem Raum war – und noch viel abgeschiedener vom Rest der Welt als Siren Song. Niemand hatte Mary hier jemals gefunden.

Aber Catherine wusste aus eigener Erfahrung, dass absolut nichts unmöglich war ...

Man musste nur an diese speziellen »Gaben« der Mädchen denken.

In Deception Bay machten Gerüchte die Runde, auf der Insel lebe eine Einsiedlerin, doch Catherine hatte nie etwas davon gehört, dass jemand eine Verbindung zwischen dieser Einsiedlerin und Mary Rutledge Beeman hergestellt hatte.

Sie hatte zu schwitzen begonnen und wischte sich die Stirn ab. Es war jetzt Spätsommer, Ende August, und sehr heiß. Um diese Jahreszeit konnte man relativ gefahrlos nach Echo Island übersetzen. Sie schlug eine Fliege tot.

Eine Fliege?, dachte sie. *Hier draußen?*

Seltsam.

Doch was war heutzutage nicht seltsam? Mit ihrer Schwester war immer alles nur schräg gewesen. Mary hatte an Wahnvorstellungen gelitten, es lag in ihrer Familie. Was ihr Ende betraf, hatte Catherine sich die Geschichte ausgedacht, sie habe auf einem ihrer einsamen Spaziergänge einen Fehltritt getan und sei von der Steilküste bei Siren Song in den Tod gestürzt. Eine andere Version besagte, sie sei an einer Fehlgeburt gestorben, und das kam der Wahrheit schon näher. Die Einsiedlerin auf Echo Island sei dagegen die trauernde, völlig zurückgezogen lebende Frau eines Leuchtturmwärters, der auf Whittier Island gearbeitet hatte und gestorben war, weil er den Tod seines einzigen Kindes nicht verwunden hatte. Doch das interessierte ohnehin niemanden. Heutzutage war jeder nur mit sich selbst beschäftigt. Oder er interessierte sich für Prominentenklatsch oder Reality Shows im Fernsehen.

Die Sonne sank bereits. Catherine fiel auf, dass Marys sonst tadellos gepflegter Garten verwildert war. An den abgestorbenen Teerosen hingen verdorrte Blüten, überall wuchsen hohe Gräser. »Mary?«, rief sie von der Veranda aus, wo ihr mehrere verblichene Kartons auffielen. Die Früchte und das Gemüse, die Earl gebracht hatte, waren verdorben, und der Gestank des verrottenden Fleisches war unerträglich.

Was zum Teufel war hier los?

»Mary?«, rief sie erneut. Sie stieß die Tür auf. Wie lange war es her, seit sie zuletzt hier gewesen war?

Die Tür war nicht verriegelt, und in dem Haus stank es noch schlimmer. Trotz der lauten Brandung hörte man das Summen der Fliegen. Als sich ihre Augen an das Dämmerlicht gewöhnt hatten, drehte sich ihr der Magen um. Auf dem Bett lag die Leiche ihrer Schwester. Marys Gesicht war nicht mehr zu erkennen, und dort, wo einst diese wundervollen blauen Augen gefunkelt hatten, gab es nur noch zwei dunkle Höhlen. Ihr langes Haar war gesplissen, und sie sah einen Schädel ohne Wangen und Lippen. Die hervorspringenden Knochen und die bloßgelegten Zähne wirkten unheimlich.

»Oh mein Gott ...« Catherine glaubte sich übergeben zu müssen angesichts des entsetzlichen Anblicks.

Aus Marys Brust ragte der Griff eines Messers, den ihre knorrigen Finger umklammerten. Es sah aus, als hätte sie vergeblich versucht, das Messer herauszureißen.

Ein lauter Angstschrei ließ die Wände erzittern.

Catherine brauchte einen Moment, um zu begreifen, dass sie ihn ausgestoßen hatte.

»Heilige Mutter Gottes!«, flüsterte sie. Dann musste sie würgen und wich zurück.

Das Bild ihrer toten Schwester hatte sich bereits unauslöschlich in ihr Gedächtnis eingebrannt. Sie ging rückwärts und wäre fast über den Saum ihres Rockes gestolpert. Sie wandte sich um und rannte zur Tür, einen weiteren Schrei unterdrückend.

Was in Gottes Namen war ihrer Schwester zugestoßen? *Das hier hat mit Gott nichts zu tun!*

Sie eilte zur Tür und rannte den Weg zu der Anlegestelle hinab, wobei sie erneut einen lauten Schrei ausstieß. Sie sah weder die Steilküste noch das Meer, sondern immer nur das Bild der verwesten Leiche. *Mary,* schluchzte sie. *Mary* ...

Sie spürte, dass jemand nach ihr griff und schlug vor Angst um sich.

»Aufhören!«, wollte sie schreien, aber sie zitterte und konnte nur noch wimmern.

»Miss Catherine ...«

Sie drehte den Kopf, aber sie konnte nichts sehen, war plötzlich völlig blind ...

»Miss Catherine ...«

Earl. Natürlich, es war Earl, der sie mit seinem Motorboot nach Echo Island gebracht hatte. Mit neuem Proviant für Mary. Aber Mary war tot, und in ihrer Brust steckte ein Messer.

»Earl?«, flüsterte sie.

»Kommen Sie, hier entlang«, sagte er besänftigend, während er ihren Ellbogen packte.

Sie sank zitternd in seine Arme. »Bring mich zurück, Earl. Bitte, bring mich nach Hause ...«

»Was hast du denn gesehen?«

Den Tod, dachte sie, und es lief ihr eiskalt den Rücken hinab.

***

Als die Erinnerung verblasste, die sie im Traum heimgesucht hatte, schlug Catherine in der Dunkelheit die Augen auf. Sie lag im Bett, in ihrem Zimmer in Siren Song. Nach der zeitweiligen Erblindung auf Echo Island war ihre Sehfähigkeit wieder normal, doch im Moment sah sie nur etwas trübes Licht durch das kleine Fenster über ihrem Bett sickern. Sie hob den Kopf und begriff, dass sie allein war. Kein Earl, keine Leiche ihrer Schwester. Der Traum rückte in die Ferne. Mit zitternden Fingern zündete sie die Öllampe auf dem Nachttisch an.

Seit ihrer Rückkehr von Echo Island war es jede Nacht dasselbe gewesen. Wann immer sie sich zu Bett legte, holte ihr Unterbewusstsein wieder hervor, was sie auf der Insel gesehen und wie sie darauf reagiert hatte.

Ängstlich spähte sie in jede dunkle Ecke des Zimmers.

»Earl?«, sagte sie laut, obwohl sie wusste, dass sie allein war.

Natürlich war er nicht da. Earl war der einzige Mann, der laut ihrer eigenen Anweisung das Grundstück von Siren Song betreten durfte, aber der erste Stock des Hauses – und erst recht ihr Schlafzimmer – war auch für ihn tabu.

Immer wieder durchlebte sie die entsetzlichen Augenblicke, die sie nach dem Fund der Leiche ihrer Schwester ertragen musste.

Sie erinnerte sich daran, wie die momentane Erblindung sich gegeben hatte. Als sie wieder normal sehen konnte, saß sie Earl gegenüber in dem Motorboot. Seine Augen waren auf ihren zitternden Körper gerichtet, und dann hob er den

Blick und schaute zu dem Häuschen auf der Insel hinüber. Auch sie hatte sich noch einmal umgedreht. Die Blockhütte ihrer Schwester war das einzige Gebäude auf Echo Island, dem unfreiwilligen Exil ihrer Schwester, deren Geisteskräfte schon vor ihrem mysteriösen Tod rapide nachgelassen hatten.

Was hast du denn gesehen?

Sie stieg aus dem Bett und fühlte sich alt, obwohl sie gerade erst einundfünfzig geworden war. Earl hatte sie gefragt, was sie gesehen habe, doch sie war nicht in der Lage gewesen, es in Worte zu fassen. Es war unglaublich, doch ihr, die sie die Familie immer mit eiserner Hand geführt hatte und von der Richtigkeit ihres Handelns überzeugt gewesen war, fehlten auf einmal die Worte, und sie war nur noch ein zitterndes Wrack, das von Earl zum Festland zurückgebracht wurde. Sie konnte ihm nicht erzählen, dass jemand ihrer Schwester ein Messer in die Brust gebohrt und dass sie ihre verweste Leiche auf der Insel zurückgelassen hatte.

Nachdem sie sich ein Tuch um die Schultern gelegt hatte, öffnete sie die Tür und trat in den stockfinsteren Flur. Das einzige Licht kam von der Öllampe auf ihrem Nachttisch. Sie ging vorsichtig zur Treppe, ertastete das Geländer und ging ins Erdgeschoss hinunter, wo ein Generator Strom lieferte und es somit elektrisches Licht gab. In der Küche knipste sie die Deckenlampe an und sah den langen, auf Böcke gestellten Tisch aus Kiefernholz mit den dazugehörenden Stühlen. Die Frauen von Siren Song besaßen einen Elektroherd und einen Kühlschrank, aber keine Spülmaschine. Sonst hatte sich in dem Haus seit Ewigkeiten nichts geändert.

Als Marys Geisteskräfte nachließen und die Zahl ihrer Liebhaber und Kinder immer größer wurde, hatte Catherine sich gezwungen gesehen, eine Entscheidung zu treffen und die Dinge in die eigenen Hände zu nehmen.

Was hast du denn gesehen?

Vor Jahren hatte Earl ihr geholfen, Mary auf die Insel zu entführen. Auch er hatte die Notwendigkeit gesehen, dass etwas passieren musste, jedoch nichts gesagt. Als Catherine ihn dann gebeten hatte, das verlassene Häuschen auf Echo Island bezugsfertig zu machen, hatte er ohne viele Worte zugestimmt. Die Insel lag nicht sehr weit draußen, doch der Weg war nicht ungefährlich. Echo Island gehörte den Rutledge-Schwestern und wurde eigentlich nie von jemandem besucht. Zuletzt hatten es zwei betrunkene Teenager versucht, die mit dem Leben dafür bezahlt hatten, als ihr Boot an der felsigen Küste zerschellte. Ihre Leichen waren an der Nachbarinsel angespült worden, auf denen der alte, seit Langem nicht mehr genutzte Leuchtturm stand. Ihre Eltern schlugen Krach und gaben aller Welt die Schuld, nur nicht ihren idiotischen Kindern, die ein Boot gestohlen hatten und nach Echo Island gerudert waren, um die alte Einsiedlerin zu sehen. Als das Sheriff's Department ein Boot losschickte, wurde dessen Rumpf vom Bug bis zum Heck von unter der Wasseroberfläche verborgenen Felsen aufgerissen, und es hätte beinahe noch mehr Tote gegeben. Als Catherine, die Besitzerin der Insel, benachrichtigt worden war, hatte sie gelogen und gesagt, sie sei manchmal in dem Haus auf der Insel, und die überarbeiteten Cops hatten daraufhin jedes Interesse an Echo Island verloren. Earl, ein Kenner des Meeres, fuhr nur dorthin, wenn die Wetterlage gut und stabil war, und selbst dann konnte die Überfahrt noch riskant sein. Die Sommermonate waren am ungefährlichsten, doch es gab nur eine Anlegestelle, und man musste genau wissen, wie man die anzusteuern hatte.

Bevor sie Mary dorthin exiliert hatten, war Earl fast ein Jahr lang zu der Insel gefahren, wann immer es ihm möglich war, um das verfallene Haus wieder bewohnbar zu machen. Sowohl er als auch Catherine waren damals noch sehr viel jünger gewesen, und als der geeignete Zeitpunkt gekommen war, versetzten sie Mary mit einer narkotisch wirkenden Kräutermischung in einen Tiefschlaf. Als ihr damaliger Liebhaber wach wurde und begriff, dass es ihm nicht gelang, sie aufzuwecken, wurde er von Angst gepackt und verließ Siren Song. Catherine hatte das Tor hinter ihm abgeschlossen, und seitdem hatte außer Earl kein Mann mehr das Grundstück betreten. Sie und Earl hatten Mary in seinen Pick-up verfrachtet, und er hatte den Rest erledigt, während Catherine zurückgeblieben war mit Marys Töchtern, die damals Mädchen gewesen, heute jedoch erwachsene Frauen waren. Auch sie hatte Catherine angelogen. Sie hatte ihnen erzählt, Mary habe auf einem einsamen Spaziergang einen Fehltritt getan und sei von der Steilküste in den Tod gestürzt. Danach sei sie auf dem Friedhof im Wald hinter Siren Song beigesetzt worden. Die Mädchen waren jung genug gewesen, um keine Fragen zu stellen. Sie hatten geweint, doch Catherine war für sie immer mehr eine Mutter gewesen als Mary. Manchmal knieten die Mädchen vor dem Grab ihrer Mutter und legten Blumen darauf. Außer Catherine und Earl – und natürlich Mary – kannte niemand die Wahrheit.

Doch nun war Mary tot. Ermordet. Jemand hatte sie erstochen und die Leiche in ihrem Bett zurückgelassen. Marys knochige Hand umklammerte den Griff des Messers, doch Catherine wusste, dass das eine Inszenierung war. Der Mörder war nach der Tat noch einmal zurückgekehrt, um die Finger der verwesten Hand um den Messergriff zu legen. An dem Tag, als sie Marys Leiche entdeckt hatte, war sie zu verängstigt gewesen, um sich das genauer anzusehen. Sie war schreiend nach draußen gerannt und hatte nur noch versucht, den entsetzlichen Anblick zu verdrängen. Seitdem war sie nicht mehr auf der Insel gewesen. Doch da sie begriffen hatte, dass alles eine planvolle Inszenierung war, und glaubte, es sei eine an sie gerichtete Botschaft ... Aber vielleicht galt sie auch Marys Kindern, den Bewohnerinnen von Siren Song, den Frauen mit den »Gaben«.

Wer? Warum?

Sie erschauderte, als sie sich fragte, ob sie es wusste, doch als ihre Gedanken in diese Richtung wanderten, verdrängte sie diese in die hintersten Gehirnkammern. *Nein. Nein ...*

Sie setzte sich an den Küchentisch und betrachtete durch das nach Osten gehende Fenster den Sonnenaufgang. Es war fast eine Woche vergangen, seit sie die Leiche entdeckt hatte. Heute würde sie Earl erzählen, was sie gesehen hatte, und ihn bitten, Marys Leiche nach Siren Song zurückzubringen, damit sie die sterblichen Überreste ihrer Schwester in aller Stille irgendwo auf dem Friedhof hinter dem Haus beisetzen konnten. Nicht in der Gruft, auf deren Grabstein ihr Name stand, denn in der war unglücklicherweise bereits eine andere Leiche begraben worden.

1

November ...

Es war Mittag, aber so düster, als würde bereits die Abenddämmerung hereinbrechen. Regen prasselte auf die Windschutzscheibe von Detective Savannah Dunbars Wagen, als sie die von Rissen durchzogene Auffahrt hinauffuhr. Sie fragte sich, ob das Wetter noch schlechter werden würde. Um diese Jahreszeit musste man in Oregon mit Wolkenbrüchen rechnen, die sich zu wahrhaft sintflutartigen Regenfällen ausweiten konnten. Sie trug Sneakers, eine schwarze Hose und eine Bluse. Nicht gerade das vorgeschriebene Outfit für eine Polizistin, doch angesichts ihres Zustandes war es ihr ziemlich egal.

Im Tillamook County Sheriff's Department hatte sie einen Anruf mit einer Beschwerde entgegengenommen und zugesagt, sie werde zu dem verlassenen Haus fahren und nachsehen, ob sich dort Obdachlose eingenistet hätten. Sie kam gerade vom Mittagessen, und Bancroft Bluff, oben auf der Steilküste gelegen, lag direkt auf ihrem Weg. Einige nannten die Ansiedlung »Bankruptcy Bluff« wegen der Häuser, die auf von der Tragfähigkeit her nicht geeignetem Baugrund errichtet worden waren und abzugleiten und ins Meer zu stürzen drohten.

Jetzt fuhr Savvy Dunbar vor einem Riesenhaus vor, das ein Stück von den Klippen zurückgesetzt stand, doch wenn Mutter Natur ihren Willen bekam, würde vielleicht auch dieses Haus bald nur noch eine verlassene Ruine sein. Wegen dieser Häuser wurde erbittert prozessiert, und die Verfahren zogen sich in die Länge.

Und nun sollte sie also überprüfen, ob sich zu diesem Haus ein Penner Zugang verschafft hatte, der dort vielleicht einen Brand legen oder sonst welchen Unsinn anstellen würde.

Als sie gerade die Wagentür öffnete, zirpte ihr Mobiltelefon, und sie schaute auf das Display. Es war Clausen, im Moment ihr inoffizieller Partner. Sie zog eine Grimasse, weil sie wusste, was sie zu hören bekommen würde. »Was gibt's?«

»Verdammt, Savvy, was denkst du dir dabei, allein in das Haus gehen zu wollen? Du solltest gar nicht dort sein.«

Allmählich kotzte es sie an. Im Moment behandelten sie alle wie ein zerbrechliches kleines Mädchen. »Dann setz deinen Arsch in Bewegung und komm her, Fred«, fuhr sie ihn an.

»Bin schon unterwegs. Und geh nicht allein da rein!«

»Ich warte auf dich«, sagte sie und drückte auf den Knopf, um das Gespräch zu beenden.

Während des letzten halben Jahres hatte sie sich von einem stillen Neuling beim Tillamook County Sheriff's Department zu einer ungeduldigen, missgelaunten Schwangeren gewandelt, der jeder Sinn für Humor abging. Und wenn schon. Ja, sie hatte sich verändert durch die Schwangerschaft, und alle ihre Kollegen und Kolleginnen wollten sie verhätscheln und bemuttern. Gut, manchmal wusste sie das sogar zu schätzen, und doch, zum Teufel mit ihnen allen ... Sie konnte immer noch ihre eigenen Entscheidungen treffen. Trotz der Schwangerschaft war ihr Gehirn intakt geblieben.

Als sie aus dem Auto stieg, zog sie eine Grimasse. Sie setzte schnell die Kapuze auf, bevor ihr durch den kalten Regen das Haar an der Kopfhaut klebte. Allmählich wusste sie gar nicht mehr so genau, warum sie sich bereit erklärt hatte, für ihre Schwester die Leihmutter zu spielen. Kristina hatte sie immer wieder angefleht, sie solle ihr und ihrem Mann Hale helfen, weil sie keine Kinder bekommen könnten. Zögernd hatte sie zugestimmt, und der durch die künstliche Befruchtung von Kristinas Eizelle mit Hales Sperma entstandene Embryo wurde in ihre Gebärmutter implantiert, und sie trug das Kind als Leihmutter aus. Sie war eher ein Mittel zum Zweck, um den beiden ihren Kinderwunsch zu erfüllen ... In letzter Zeit war sie sich allerdings gar nicht mehr so sicher, ob ihre Schwester wirklich diesen alles verzehrenden Kinderwunsch empfand. Am Anfang war sie enthusiastisch gewesen, doch je mehr sich der Tag der Entbindung näherte, desto weniger schien Kristina scharf darauf zu sein, sich in die Welt der Mütter einzugliedern. Beunruhigend, besonders weil Savannah Hale St. Clouds Begeisterung nie so recht hatte deuten können. Aber Hale gehörte zur Familie Bancroft, wo man auf Stammhalter erpicht war. Er arbeitete für die Baufirma seines Großvaters Declan Bancroft, eines reizbaren Unternehmers, der Bancroft Development vor mehreren Jahrzehnten gegründet hatte. Obwohl Savvy Declan höchstens ein halbes Dutzend Mal begegnet war, wusste sie mit Sicherheit, dass er ein schwieriger Zeitgenosse war, und vielleicht war Hale aus demselben Holz geschnitzt.

Nun war der kleine Junge unterwegs, und ihre Schwester und Hale sollten sich endlich auf den großen Tag vorbereiten, und zwar schnell. Aber Savannah sagte sich, dass spätestens mit der Geburt ihr Mutter- und Vaterinstinkt schlagartig da sein würden. Die beiden – wie auch sie selbst – waren vor der bevorstehenden Entbindung einfach nur nervös.

Sie blickte auf das größte Haus der Ansammlung von luxuriösen Eigenheimen zu beiden Seiten der Sackgasse. Es war das der Donatellas und stand direkt am Rand der Landzunge, auf erodierendem Grund. Sie kannte das Anwesen gut, denn dort hatte sich vor einigen Monaten ein Doppelmord ereignet, der noch nicht aufgeklärt war. Seitdem kamen die Ermittlungen nicht mehr voran.

Savannah trat ein paar Schritte näher an das riesige Haus heran. Es hatte ein rot gedecktes Dach und war im spanischen Kolonialstil erbaut. Es zu betreten, wäre zu gefährlich gewesen, aber sie musste nicht hineingehen, weil der Obdachlose in einem anderen Haus vermutet wurde, das rechts von ihr stand und sich architektonisch an der regionalen Bauweise orientierte. Obwohl es noch auf sicherem Grund zu stehen schien, sah es doch so aus, als wäre es ebenfalls gefährdet, abzurutschen und von der Klippe auf den darunterliegenden Strand zu stürzen. In der feuchten Luft hing der Geruch von Rauch. Offenbar hatte der Obdachlose in dem Haus ein wärmendes Feuer entzündet.

Hoffentlich in einem Kamin.

Während sie ungeduldig auf Clausen wartete, fiel ihr Blick auf ihren dicken Bauch, über dem sie die Jacke kaum noch zuknöpfen konnte. Guter Gott, sie würde glücklich sein, wenn das überstanden und sie wieder sie selbst war.

Fünf Minuten später tauchte Clausen in einem schwarzen Jeep auf, auf dessen Seitenwänden in fetten gelben Kursivbuchstaben Tillamook county sheriff's department stand.

Clausen war Mitte fünfzig, hatte kurz geschnittenes graues Haar und einen Bauchansatz. Er tat einiges, um nicht weiter zuzunehmen. Er trug keine Kopfbedeckung, und seine Haare trieften bereits vom Regenwasser. »Du wartest hier«, befahl er.

»Du kannst mich mal.«

»Mein Gott, Dunbar, die Schwangerschaft hat dich unvernünftig gemacht.«

»Vielleicht etwas reizbar, doch ich bleibe die Stimme der Vernunft.«

Er warf ihr einen zweifelnden Blick zu, ging zur Haustür und drehte den Knauf. »Abgeschlossen.«

»Irgendwie muss er hineingekommen sein.«

»Ich sehe an der Rückseite nach. Du bleibst hier.«

Sie biss sich auf die Unterlippe, um sich einen Kommentar zu verkneifen. Sollte er doch sehen, wie er klarkam. Clausen hatte mehr Dienstjahre auf dem Buckel und hielt sich sowieso für kompetenter als sie. Sie schluckte ihre Verärgerung hinunter, trat auf die Vorderveranda und behielt die Haustür im Blick. Daneben waren zwei Fenster mit geschlossenen Läden. Wie die meisten, die hier ein Eigenheim besaßen, hatten die Besitzer das Haus einfach aufgegeben. Man sah schon die ersten Anzeichen von Vernachlässigung: abblätternde Farbe, Wildwuchs im Garten, ein verwittertes Willkommensschild, das an einer Seite herabhing.

Ihr Handy gab ein Geräusch von sich, das eine eingegangene SMS ankündigte. Sie überlegte, ob sie die Textnachricht lesen sollte.

Plötzlich flog die Haustür auf, und Savannah legte die Hand um den Griff ihrer in einem Hüftholster steckenden Dienstwaffe. Ein schwer atmender Mann mit irrem Blick taumelte durch die Tür. Als er Savannah sah, blieb er abrupt stehen. Sein verfilztes Haar war kinnlang, der Bart ergraut. Savannah wäre überrascht gewesen, wenn er im letzten Jahr auch nur einmal seine Klamotten gewechselt hätte. Seine Bluejeans waren eher braun, genau wie das Hemd, welches ursprünglich bestimmt auch eine andere Farbe gehabt hatte.

Der Mann betrachtete ihren dicken Bauch und stolperte nach vorne. Sie wich zurück und zog die Waffe.

»Keine Bewegung«, befahl sie energisch, doch der Mann ignorierte es und legte eine Hand auf ihren Bauch.

»Ein Baby«, sagte er lächelnd, wobei er mehrere Zahnlücken entblößte.

Der Lauf der Waffe zielte auf seinen Kopf, doch er schien es nicht zu bemerken. Sie zögerte, ihr Herz klopfte heftig. Dann stürmte Clausen durch die offene Tür hinter dem Mann, packte ihn am Kragen und riss ihn zurück.

»Polizei! Auf den Boden!« Auch Clausen hatte seine Waffe gezogen.

»Moment, warte«, sagte Savannah.

»Auf den Boden!«

»Nein, es ist schon okay, Fred!«, rief Savannah, als Clausen den Mann mit dem Gesicht nach unten zu Boden stieß. »Er hat nichts getan. Wirklich nicht. Mir geht's gut. Er hat nichts getan!«

Clausen fesselte dem Mann mit Handschellen die Hände hinter dem Rücken, und als der keinen Widerstand leistete, zog er ihn auf die Beine.

Der Mann hatte einen blutigen Kratzer auf der Wange, was ihn aber nicht weiter zu stören schien. »Ein Kind wird uns geboren«, murmelte er mit geschlossenen Augen. »Jesus wird geboren, um uns alle zu retten.«

»Bei dir alles in Ordnung?«, fragte Clausen Savannah, ohne den Blick von dem Mann abzuwenden.

»Ich hab doch gesagt, dass es mir gut geht. Er hat mir nichts getan. Ich glaube, er wollte mir ... gratulieren.«

Clausen richtete einen finsteren Blick auf den ungepflegten Mann, der weiter im Gebetston vor sich hin murmelte. »Ist der Typ nicht ganz dicht?«

»Vielleicht, ich weiß es nicht.«

»Name?«, fragte Clausen laut. Jetzt schien der Mann leise zu singen. »Du hast dir hier unbefugt Zutritt verschafft. Da du ein Hinterfenster eingeschlagen hast, ist das Einbruch, kapiert? Haben Sie gehört, *Sir*?« Er blickte Savannah an. »Was brabbelt der da?«

»Ich glaube, er hat ›Jesus liebt mich‹ gesagt.«

Plötzlich öffnete der Mann die Augen und richtete den Blick auf Savannah. »Sie bekommen einen Jungen! Ist er der Erlöser? Sind Sie Maria?«

»Sie ist nicht mal die Mutter«, knurrte Clausen, der an den Handschellen zerrte. »Komm mit, Freundchen. Wir nehmen dich mit. Du hast Schwein gehabt, dass du den Schuppen nicht abgefackelt hast.« Er blickte Savannah an. »Der Typ hatte den Kamin mit Abfall und Treibholz vollgestopft. Das Feuer brannte lichterloh, und er hätte fast den Teppich in Brand gesetzt.«

Clausen stieß den Obdachlosen zu seinem Jeep, doch der drehte sich immer wieder zu Savannah um.

»Sie sind seine Mutter«, sagte er über die Schulter. »Sie sind es!«

Savannah verzichtete darauf, ihm zu erklären, dass sie nicht die richtige Mutter, sondern eine Leihmutter war. Sie ging zu ihrem Ford Escape zurück, der ihre lieber war als die schwarz-gelben Jeeps des Sheriff's Department, von denen es aufgrund von Budgetkürzungen aber Gott sei Dank sowieso zu wenige gab. Als sie einstieg, spürte sie, wie Kristinas und Hales Junge sich in ihrem Bauch bewegte. Seit einigen Wochen kamen ihr diese Bewegungen so vor, als würde er Fahrrad fahren. Lächelnd legte sie eine Hand auf ihren Bauch. Einen Augenblick später erinnerte sie sich aufs Neue daran, dass er nicht ihr eigenes Kind war. Ihr Lächeln löste sich auf, und sie ließ den Motor an und fuhr los.

Sie traf ein paar Minuten nach Clausen und dem Obdachlosen im Tillamook County Sheriff's Department ein und stellte ihren Wagen auf dem Parkplatz hinter dem Haus ab.

»Er heißt Mickey«, sagte Clausen, als Savannah eingetreten war und der Landstreicher von ihrem Partner abgeführt wurde.

»Nachname?«

»So weit bin ich noch nicht gekommen.«

Sie blickte den beiden nach, wie sie den Flur hinabgingen, und als sie um die Ecke bogen, hinter der die Zellen lagen, hörte sie Mickeys laute Stimme. »Weil die Bibel es so sagt!«

Seine Besessenheit war etwas unheimliches, und Savannah versuchte, das Gefühl abzuschütteln. Zu ihrer Linken war der Korridor, durch den Clausen gerade Mickey abgeführt hatte. Dahinter war das Labyrinth von Büros und Zellen, welche den Westflügel des Gebäudes einnahmen.

»Wer war das?«, fragte May Johnson, die mürrische Kollegin, die am Empfang der Dienststelle arbeitete. Obwohl sie Savannah mochte, war es fast unmöglich, sie zum Lächeln zu bringen.

»Mickey«, sagte Savannah, zu deren Füßen sich eine kleine Pfütze bildete, weil Regenwasser von ihrer Jacke auf den Boden tropfte.

»Draußen ist es echt eklig«, sagte Johnson mit einem Blick aus dem Vorderfenster.

»Du sagst es.« Es schüttete jetzt wie aus Eimern. Während Savannah ihre Jacke aufknöpfte und sie auszog, fiel ihr die Frau auf der Bank im Wartebereich auf, direkt neben der Eingangstür. Sie trug ein langes blaues Kleid mit Spitzenbesatz und hatte die Hände im Schoß gefaltet. Ihr blondes, bereits grau werdendes Haar war zu einem Zopf gebunden, und sie saß so steif da, wie es ihrem strengen Wesen entsprach. Savannah erkannte sie sofort.

»Miss Rutledge?«, fragte sie. Catherine Rutledge war die Herrin von Siren Song. Savannah war ihr bereits einige Male begegnet. Jetzt trat sie mit ausgestreckter Hand auf sie zu und stellte sich erneut vor für den Fall, dass Catherine sich nicht an ihren Namen erinnerte. »Savvy Dunbar.«

Catherine gab ihr die Hand, und ihr Blick wanderte zu ihrem dicken Bauch hinab, und Savannah seufzte innerlich. Die Schwangerschaft machte ihr weniger zu schaffen als die damit verbundenen unausweichlichen Erklärungen und Fragen.

»Detective ...«, begann Catherine, offensichtlich abgelenkt durch Savannahs Schwangerschaft. Als sie sich das letzte Mal gesehen hatten, war Savannah gerade erst im vierten Monat gewesen, und nun stand bald die Entbindung bevor.

»Sind Sie hier, weil Sie mit Detective Stone sprechen möchten?«, fragte Savvy.

Es gab so etwas wie eine Vorgeschichte zwischen der Herrin von Siren Song und Detective Langdon Stone, eine Beziehung, die charakterisiert war durch Misstrauen einerseits und widerwilligen Respekt andererseits. Stone war der leitende Ermittler gewesen bei mehreren Untersuchungen, in die Catherine und ihre Schützlinge verwickelt gewesen waren. Er war der einzige Mann beim Tillamook County Sheriff's Department, dem Catherine vertraute, obwohl sie Sheriff Sean O'Halloran seit Jahren kannte. Aber die Umstände hatten dazu geführt, dass sie sich an Stone wandte, wenn es eine Krise in Siren Song gab, was häufiger vorkam, als man vermutet hätte.

»Ja. Ich bin gekommen, um mit ihm über etwas zu reden, aber ... Ich habe es mir anders überlegt.«

»Möchten Sie eine Nachricht für ihn hinterlassen?« Savvy wusste, dass es in Siren Song kein Festnetztelefon gab, und Handys waren für Catherine eine fremde Welt. Die Frau herrschte in dem Haus, als würden sie und ihre Schutzbefohlenen im neunzehnten Jahrhundert leben.

»Miss Dunbar ... Detective ... Vielleicht würde ich doch lieber mit Ihnen reden.«

»Gut, mein Büro ist gleich da den Flur hinab.« Sie zeigte in die Richtung. »Wenn Sie mir bitte folgen würden ...«

»Wäre es nicht möglich, dass wir an einem anderen Ort reden?«, fragte sie mit einem finsteren Blick auf Johnson, die keinen Hehl daraus machte, dass sie lauschte. Aber Johnson war nicht leicht einzuschüchtern und erwiderte den Blick trotzig. Nun war es an Savannah, Johnson einen bedeutungsvollen Blick zuzuwerfen. Darauf stand sie von ihrem Schreibtisch auf und ging Richtung Pausenraum.

»Möchten Sie mir sagen, worum es geht?«, erkundigte sich Savvy.

»Könnten wir uns nicht in Siren Song treffen?«, fragte Catherine.« »Vielleicht heute Nachmittag? »Ich ... habe da ein paar Probleme.«

»Ein paar Probleme?«, wiederholte Savannah und fragte sich, worum es dabei wohl gehen mochte.

»Ich möchte lieber nicht hier darüber reden.«

Savannah dachte darüber nach. Schon immer hatte sie einmal sehen wollen, was hinter dem verschlossenen Tor von Siren Song vor sich ging. Einige der Einheimischen glaubten, Catherine sei die Anführerin einer Sekte, welche sie »Die Kolonie« nannten. Einladungen nach Siren Song waren so selten wie schwarze Schwäne, und Männer wurden dort überhaupt nicht geduldet. Stone hatte es nur bei den Ermittlungen im Fall Justice Turnbull auf die andere Seite des Tores geschafft. Savannah hätte gern zugesagt, doch ihr Mutterschaftsurlaub stand unmittelbar bevor, und sie hatte keine Ahnung, was Catherine von ihr erwartete.

»Wann kommt das Kind?«, fragte Catherine.

»In etwa drei Wochen.«

»Würde Ihnen heute Nachmittag passen?«

»Eigentlich nicht.« Sie musste mit Stone darüber reden, eventuell auch mit dem Sheriff. »Vielleicht morgen?« Sie sah den Schatten, der über das Gesicht der älteren Frau huschte. »Oder heute Abend?«, schlug sie vor.

»Wann könnten Sie da sein?«

»So um sieben?« Savvy hatte das Gefühl, zu viel Engagement zu zeigen, doch es war zu spät. Catherine war bereits aufgestanden und ging zur Tür, als Johnson zurückkam.

»Wir sehen uns dann, Detective Dunbar«, sagte Catherine in jenem Befehlston, den sie unbewusst häufig anschlug. Dann warf sie noch einmal einen Blick auf Savvys dicken Bauch. »Mit Jungs hat man alle Hände voll zu tun.«

Als sich die Tür hinter Catherine geschlossen hatte, setzte Johnson sich wieder an ihren Schreibtisch. »Diese Frau hat mehr Geheimnisse als ein Zauberer. Sei vorsichtig, wenn du da rausfährst. Auf dem Haus lastet ein Fluch.«

»Nein, das glaube ich nicht.«

»Ein Fluch«, wiederholte Johnson bestimmt.

»Sie nimmt an, dass ich einen Jungen bekomme ...«

»Sie *weiß* es.«

Savannah schüttelte den Kopf, ging auf die Toilette und schlug dann den Weg zu ihrem Büro ein. Das Endstadium einer Schwangerschaft war kein Zuckerschlecken. Während der letzten paar Monate hatte sie sich häufig gefragt, warum sie freiwillig angeboten hatte, Kristinas Baby auszutragen. Eigentlich war sie keine so selbstlose Natur, und überdies konnte Kristina eine verdammte Nervensäge sein. Sie war überrascht, dass ihre Schwester während der letzten paar Stunden keinen Versuch gemacht hatte, Kontakt zu ihr aufzunehmen. In den letzten Wochen hatte sie oft angerufen und so viele Textnachrichten geschickt, dass es Savannah zum Wahnsinn getrieben hatte.

Apropos Textnachrichten.

Sie erinnerte sich an die kürzlich eingegangene SMS, die sie nicht gelesen hatte. Sie zog ihr Mobiltelefon aus der Tasche, und natürlich kam die SMS von Kristina.

Sie las: »Kommst du zum Abendessen? Ich muss dich sehen.«

Savannah grummelte verärgert, setzte sich in ihrem Büro an den Schreibtisch und war froh, dass sie allein war. Sie beantwortete die SMS: »Hab um sieben einen Termin. Ich melde mich, wenn ich fertig bin.«

Als sie das Handy gerade weglegen wollte, ging ein Anruf ein. *Es muss etwas Ernstes sein,* dachte sie, als ein Blick auf das Display ihr verriet, dass es Kristina war. Wenn ihre Schwester von Textnachrichten auf Anrufe umschaltete, hatte das etwas zu bedeuten.

»Was gibt's?«, fragte Savannah.

»Das hab ich doch geschrieben!«, antwortete Kristina gereizt. »Wir müssen reden. Das Baby ist fast da, und ich fühle mich, als würde ich die Kontrolle verlieren.«

Savannah kämpfte ihre Ungeduld nieder, als das Baby in ihrem Bauch erneut zu kicken begann. »Dann sieh eben zu, dass du die Kontrolle zurückgewinnst.« Aus dem Flur hörte sie Männerstimmen, und daher wusste sie, das sie nicht mehr lange allein sein würde in dem Gemeinschaftsbüro. »Wenn es so weit ist, musst du vorbereitet sein.«

»Vorbereitet? Mein Gott, Savvy, wie macht man das? Ich weiß es nicht.«

»Dann lass dir was einfallen.«

»Ich ... Ich ...«

»Was?«

»Ich bin mir nicht sicher, ob Hale dieses Kind überhaupt will«, sagte sie schnell und in einem Ton, als würde sie Gift verspritzen.

»Zu schade. Es ist zu spät für ihn, seine Meinung zu ändern.« Savvy hatte schon fast mit so etwas gerechnet. Während der letzten paar Wochen hatten sich die Dinge so seltsam entwickelt, und Savvy hatte die Schnauze gestrichen voll von dem Geschwätz ihrer Schwester und ihres Mannes über das Kind. »Reiß dich zusammen«, stieß sie zwischen zusammengebissenen Zähnen hervor. »Du bist nicht die erste Frau, die Mutter wird.«

»Bitte, komm heute Abend rüber. Was immer du vorhast, kannst du das nicht canceln? Ich muss wirklich mit dir reden.«

»Ich kann den Termin nicht absagen.« Am liebsten hätte sie vor Wut Stones Briefbeschwerer durch das Büro geschleudert. Sein Schreibtisch stand ihrem direkt gegenüber. Der Briefbeschwerer war eine Kugel, wie die Erde, und die Kontinente waren in Milchglas von den Meeren abgesetzt. Sie beherrschte sich und antwortete versöhnlich. »Okay, ich komme vorbei, kann aber wahrscheinlich erst um neun da sein.«

»Das ist schon in Ordnung«, sagte Kristina erleichtert.

»Also gut, bis dann.«

Sie beendete das Telefonat, noch immer verärgert. Zu Beginn hatte es sie noch emotional bewegt, dass Kristina und ihr Ehemann Hale keine Kinder bekommen konnten. Nach dem Tod ihrer Mutter, die einen langen Kampf gegen den Krebs verloren hatte, war sie einmal mit Kristina ausgegangen, und es war ein feuchtfröhlicher Abend gewesen. An diesem Abend hatte alles begonnen. Nachdem Kristina sie schon vorher monatelang um »Hilfe« angefleht hatte, war Savannah bereit gewesen, bestimmt auch durch den Einfluss des Alkohols, als Leihmutter einzuspringen, um das St.-Cloud-Baby auszutragen. Ihr ging es um ein gutes Verhältnis zu ihrer Schwester, ihrer einzigen verbliebenen nahen Verwandten, denn ihr Vater war schon gestorben, als sie noch Kinder waren. Kristina hatte vor Freude gekreischt, sie in den Arm genommen und sie auf Facebook als ihre wundervolle, uneigennützige und *fabelhafte* Schwester gepriesen.

Als sie am Morgen nach dem feuchtfröhlichen Abend mit einem Kater aufgewacht war, hatte sie darüber nachgedacht, einen Rückzieher zu machen. Aber sie musste an die Freude und Aufregung ihrer Schwester denken. Und dann hatte Hale St. Cloud, einer dieser unglaublich attraktiven Männer mit grauen Augen, deren Blick einen zu durchbohren schien, ihr eine Frage gestellt: »Bist du sicher? Besonders, wo du doch diesen anstrengenden Job hast?« Es hatte Savannah irgendwie angekotzt, und sie antwortete, sie sei sich noch nie einer Sache sicherer gewesen. Kristina war aufgesprungen und hatte sie gedrückt, und damit war alles besiegelt.

Savannah hatte geglaubt, eventuell doch noch ungeschoren davonzukommen. Vielleicht klappte es ja nicht mit der künstlichen Befruchtung, aber nein, die In-vitro-Fertilisation war sofort erfolgreich und sie schwanger. Aus Hales Sperma und Kristinas Eizelle war ein kleiner Embryo geworden, und sie wurde Leihmutter. Savannah Dunbar war schwanger mit Hale und Kristina St. Clouds Kind.

Jetzt wollte sie nur noch ein gesundes Baby zur Welt bringen, es ihrer Schwester übergeben und in ihr altes Leben zurückkehren. Was immer für Probleme ihre Schwester haben mochte, es spielte keine Rolle. Kristina würde Mutter werden und sie, Savannah, die Tante des kleinen Jungen. Und das war's dann.

Schon wieder musste sie auf die Toilette. Wenn das erst mal losging, hörte es nicht mehr auf.

Auf dem Weg zur Toilette musste sie daran denken, dass es ohne diesen dicken Bauch problemlos möglich gewesen war, sich einfach nach vorne zu beugen und die Schnürsenkel der Sneaker zuzubinden. Die bevorzugte sie mittlerweile, denn ihre Füße waren so geschwollen, dass anderes Schuhwerk die reinste Tortur war.

Als sie ins Büro zurückkam, saß Detective Langdon Stone an seinem Schreibtisch. »Wie fühlst du dich?«, fragte er lächelnd.

»Nicht besonders gut.«

»Was zum Teufel habt ihr mit diesem Obdachlosen gemacht?«

»Mickey?«, sagte sie etwas lauter, weil auf einem anderen Schreibtisch ein Telefon zu klingeln begann und die Heizung ziemlich geräuschvoll arbeitete.

»Du hättest nicht dorthin fahren sollen. Nimm endlich den Mutterschaftsurlaub. Bitte. Du machst uns alle nervös.«

»Clausen war bei mir.«

»Er ist erst später gekommen«, stellte Stone fest. »Übrigens denke nicht nur ich so. Wir machen uns alle Sorgen.«

»Das mit dem Baby wird bald in null Komma nichts überstanden sein. Ich will nicht so behandelt werden, als wäre ich nichts anderes mehr als nur Leihmutter.«

»Tun wir das?«, fragte Stone. Wie Hale St. Cloud war auch er ein attraktiver, schlanker Mann mit dunklem Haar und strahlend weißen Zähnen. »Wie viele Wochen dauert es noch?«

»Etwa drei.«

»Okay, in Ordnung. Wir treffen uns in zehn Minuten im Konferenzraum.«

»Worum geht's?«

»Um den Doppelmord an den Donatellas. Offenbar hat O'Halloran Neuigkeiten.«

»Tatsächlich?«

»So hab ich's gehört.«

»Ich war gerade in Bancroft Bluff«, sagte sie überrascht.

»Ich weiß.«

Obwohl Savannah und ihre Kollegen monatelang an dem Fall Donatella gearbeitet hatten, waren sie der Verhaftung des Täters noch keinen Schritt nähergekommen. Der Doppelmord an Marcus und Chandra Donatella hatte sich in ihrem Haus auf der Landzunge von Bancroft Bluff ereignet. Es war seltsam, dass sie gerade erst von dort zurückgekehrt war, und jetzt gab es neue Informationen. Das klang vielversprechend.

Manchmal war es so. Lange Zeit traten Ermittlungen auf der Stelle, doch dann passierte plötzlich etwas, und die Fahndung lief auf Hochtouren.

Vielleicht konnten sie den Fall jetzt endgültig lösen.

2

»Kannst du das verdammte Ding nicht mal für eine Minute aus der Hand legen?«, grummelte Declan Bancroft verärgert. Er saß an dem riesigen Schreibtisch seines heimischen Büros und zeigte auf das Mobiltelefon, das sein Enkel ans Ohr hielt.

»Ich will Russo noch erwischen, bevor er Feierabend macht«, sagte Hale St. Cloud, der darauf wartete, dass der Projektmanager der Niederlassung von Bancroft Development in Portland sich meldete. »Vledich sagt, es habe Probleme gegeben, und ich will wissen, mit wem vom städtischen Bauamt Russo gesprochen hat und warum wir die Arbeit einstellen mussten.«

»Wer ist Vledich?«, fragte der alte Mann.

»Der Vorarbeiter«, antwortete Hale, der aus dem Fenster schaute. Das Haus seines Großvaters war riesig, und das mehrere Morgen große Grundstück erstreckte sich über einen felsigen Hügel, von dem aus man einen spektakulären Blick auf Deception Bay und den Pazifik hatte. »Du kennst Clark Russo aus unserer Filiale in Portland. Vledich arbeitet für ihn.«

»Natürlich kenne ich Russo«, sagte Declan gereizt.

Russo gehörte zu den Führungskräften von Bancroft Development, die noch nicht allzu lange dabei waren. Angefangen hatte er in der Dependance in Seaside, doch kürzlich war er nach Portland versetzt worden. Empfohlen für den Job hatte ihn Sylvie Strahan, Hales rechte Hand. Sein Vorgänger in Portland hatte im Zusammenhang mit dem Bauskandal von Bancroft Bluff den Job aufgegeben, und als die Stelle frei wurde, hatte Sylvie Russo vorgeschlagen, zumindest für eine Übergangszeit. Es hatte einiger Überredungskunst bedurft, denn Russo zeigte wenig Neigung, Seaside zu verlassen. Er war an der Küste groß geworden.

»Aber diesen Vledich kenne ich nicht.« Declan atmete tief durch, und es schien so, als wollte er einmal mehr darüber lamentieren, dass er immer alles als Letzter erfuhr. Aber Hale hob eine Hand, weil er auf Russos Mailbox sprechen und ihm sagen wollte, er solle ihn anrufen. Als das erledigt war, schnaubte Declan und zeigte auf das Mobiltelefon. »Was ist bloß aus dieser Welt geworden? Ja, ja, es ist gut, wenn man jemanden auf einer Baustelle erreichen kann, aber SMS und E-Mail und dieses ständige Herumspielen mit dem Handy ...« Er gab ein angewidertes Geräusch von sich.

»Wenn er nicht zurückruft, schicke ich ihm eine SMS.«

»Zu meiner Zeit ist man schon deshalb ans Telefon gegangen, weil man keinen Kunden verlieren wollte.«

Auch das hörte Hale nicht zum ersten Mal, und er ignorierte es. An der Aversion seines Großvaters gegen die moderne Technik würde sich nichts mehr ändern lassen, und er hatte sich schon zu viele seiner endlosen Tiraden anhören müssen. Auch das war einer der Gründe dafür gewesen, warum Hale sein eigenes Haus nördlich von Deception Bay gebaut hatte, nicht weit entfernt von Seaside und den Büros von Bancroft Development. Es stand ebenfalls auf einem felsigen Hügel und war ein gutes Stück vom Anwesen seines Großvaters entfernt.

Declan Bancroft hatte den größten Teil seines Lebens in Deception Bay verbracht. Ihm war das verschlafene Küstenstädtchen lieber als die Touristenzentren Seaside und Cannon Beach. Deshalb entbehrte es nicht einer gewissen Ironie, dass sich Deception Bay gerade durch die Landerschließung und Bautätigkeit von Bancroft Development in dieselbe Richtung entwickelte. In jüngster Zeit war Deception Bay zu einer attraktiven Adresse für die Reichen geworden. Bancroft Bluff, südlich der Bucht gelegen, der Deception Bay seinen Namen verdankte, war die erste von mehreren Ansiedlungen von Luxushäusern, die von Bancroft Development errichtet wurden, doch der nicht tragfähige Grund, auf dem die Eigenheime standen, hatte die Unternehmung zu einem kompletten Debakel werden lassen. Declan hatte Hale und Kristina unter Druck gesetzt, dort ihr Haus zu errichten, doch Hale hatte sich geweigert, und im Rückblick war es eine kluge Entscheidung gewesen, in nur geringer Entfernung zu den Büros von Bancroft Development in Seaside zu bauen.

»Was gibt's jetzt wieder?«, fragte Declan mit finsterer Miene, als er sah, dass sein Enkel erneut Knöpfe auf seinem Smartphone drückte.

»Ich schicke ihm die Textnachricht, weil ich wissen will, was das Bauamt zu dem Projekt am Lake Chinook zu sagen hatte.« Hale schickte die SMS an Russo und Vledich. Bancroft Development hatte drei aneinander angrenzende Grundstücke am Ufer des Lake Chinook gekauft, einem zwei Meilen langen See zehn Meilen von Portland entfernt, und die älteren Häuser und Blockhütten waren bereits abgerissen worden, um mit der Errichtung der Neubauten beginnen zu können. Nun hatte das Bauamt der Stadt Lake Chinook aus noch unbekannten Gründen einen Baustopp bei der Fertigstellung des ersten von drei Bootshäusern angeordnet, die vor den eigentlichen Eigenheimen errichtet werden sollten.

»Wir müssen einen Baustopp hinnehmen, wenn alles in Ordnung ist, bekommen aber eine Baugenehmigung dafür, Häuser auf einer gottverdammten Düne zu errichten. Ich könnte diesen DeWitt umbringen!« Declan war wütend, und auch das hatte Hale nicht zum ersten Mal gehört. Die Augen des alten Mannes funkelten vor Zorn, als er an den Statiker dachte, der grünes Licht für das Projekt Bancroft Bluff gegeben hatte. Hale hatte gerade bei dem Familienunternehmen angefangen, als das Projekt auf den Weg gebracht war, und auch wenn er es nicht sagte, erinnerte er sich doch noch gut daran, dass es damals schon Bedenken gegeben hatte, ob die Düne ein geeigneter Baugrund sei. Diese Bedenken hatten sich als berechtigt herausgestellt, doch nun war es zu spät. Allein die Tatsache, dass sein Großvater Unsummen verdient hatte während der letzten Jahrzehnte, rettete sein Unternehmen jetzt angesichts all der Prozesse, die gegen es angestrengt wurden. Bancroft Development hatte die meisten der Grundstücke mit den einsturzgefährdeten Häusern zurückgekauft und bei den ersten Prozessen mit den Klägern zu einer außergerichtlichen Einigung gefunden. Doch nun klagten einige der Hausbesitzer auf Schadenersatz, weil sie durch die Belastung gesundheitliche oder psychische Schäden erlitten hätten. Nicht, dass sie damit durchgekommen wären, aber all das war schlechte Publicity. Und dann, als es gerade so aussah, als würden sich die Wogen glätten, waren die Donatellas in ihrem Haus in Bancroft Bluff ermordet worden.

Hale hatte mit eigenen Augen gesehen, dass jemand mit roter Farbe das Wort *Blutgeld* auf eine Wand gesprüht hatte, und bei der Erinnerung daran lief es ihm noch jetzt kalt den Rücken hinab. Noch schlimmer war, dass die Donatellas bei der Errichtung der Ansiedlung Partner von Bancroft Development gewesen waren, und angesichts der Botschaft an der Wand wurde allgemein angenommen, dass die Morde etwas mit dem Bauskandal zu tun hatten. Eine der vorherrschenden Meinungen besagte, der Täter sei ein Hausbesitzer oder Investor, der sein Grundstück und Haus verloren hatte, doch da Declan alles zurückgekauft oder zumindest einen Rückkauf angeboten hatte, schien die Theorie nicht sonderlich plausibel zu sein. Was aber war dann das Motiv für den Doppelmord gewesen?

Hale wollte all die verlassenen Eigenheime abreißen und die Düne renaturieren lassen, doch da Bancroft Development immer noch nicht alle Häuser besaß, musste mit bürokratischen Exzessen gerechnet werden, bevor eine Abrissgenehmigung erteilt wurde. Er hoffte nur inständig, dass die Cops vom Tillamook County Sheriff's Department den Mörder der Donatellas finden und verhaften würden.

»Was ist mit dieser Polizistin?«, fragte Declan, dessen Gedanken offenbar in die gleiche Richtung gegangen waren. »Deiner Schwägerin?«

»Savannah?«

»Genau. Was macht sie? Und wann kommt mein Urenkel zur Welt?«

»Bald.« Hale versuchte, sich seine Ungeduld nicht anmerken zu lassen. Dies war ein weiteres Thema, das Declan immer wieder anschnitt. Oder er fragte penetrant danach, warum Kristina keine Kinder bekommen könne. Oder er bezweifelte, dass Savannah das Kind nach der Geburt zurückgeben würde. »Ich weiß alles über diese Leihmütter, die ihre Meinung ändern und behaupten, das Kind sei ihres. Und dann verschwinden sie damit.«

Wenn er ehrlich sein wollte, musste er zugeben, dass er selbst ein paar ernsthafte Probleme mit dieser Geschichte mit der Leihmutterschaft hatte. Er hätte nie zustimmen dürfen, Savannah Kristinas und sein Baby austragen zu lassen. Und er hätte sich gar nicht erst von seiner Frau überreden lassen sollen, dass sie ein Kind haben sollten. Es lief nicht gut mit ihm und Kristina, und während der Schwangerschaft war es eher schlimmer als besser geworden. Seine Ehe war nie so gefestigt gewesen, wie er es sich erhofft hatte, doch er hatte daran geglaubt, dass sich das ändern würde. Kristina hatte sich so sehr ein Kind gewünscht, dass er nachgegeben und ihrem verrückten Plan zugestimmt hatte. Jetzt war er sich nicht mehr sicher, ob sie das Kind überhaupt wollte. Er hatte keine Ahnung, was mit ihr los war, und wenn, wäre es bestimmt nicht erfreulich gewesen.

Ein paar Minuten später verließ er das Haus seines Großvaters und eilte durch den Regen zu seinem Chevy TrailBlazer. Kristina fuhr einen Mercedes, um den sie ihn angebettelt hatte, und er hatte eher zugestimmt, weil es ihm ziemlich egal war, nicht, weil sie sich das kostspielige Auto so sehr wünschte. Schon seit einer Weile war ihm klar, dass seine Gründe, sie zu heiraten, nichts mit Liebe zu tun gehabt hatten.

Er hatte um seinen Vater getrauert, der nach einer langen Krankheit gestorben war. An Krebs, wie Preston St. Cloud behauptet hatte. Doch nach seinem Tod erfuhr er, dass keiner seiner Ärzte diese Diagnose gestellt hatte. Der Mann, der ihn zuletzt behandelt hatte, eher ein Kräuterheilkundiger als ein Arzt, hatte nur die Achseln gezuckt und gesagt: »Manchmal wissen die Sterbenden es einfach.«

Während der Leidenszeit seines Vaters war Kristina für ihn da gewesen – sie hatte ihm geholfen, ihn beruhigt, den Haushalt geführt und sogar Kontakt gehalten zu seiner in Philadelphia lebenden Mutter, die über den Zustand seines Vaters informiert sein wollte, auch wenn sie und Preston nach der Scheidung überhaupt nicht mehr miteinander geredet hatten. Vor Prestons letztem Krankenhausaufenthalt war er nur ein paarmal mit Kristina ausgegangen, doch dann war sie ihm zu Hilfe geeilt, und als sein Vater starb, war sie seine einzige Stütze gewesen.

Kurz darauf hatte er sie geheiratet, offenbar in einem Zustand temporärer geistiger Umnachtung, denn als er seine Trauer halbwegs überwunden hatte, fand er sich an der Seite einer Frau wieder, die für ihn wenig mehr als eine Fremde war. Doch nun war sie seine Frau, und er war fest entschlossen, dafür zu sorgen, dass es funktionierte mit ihrem Zusammenleben. Eines Tages kam sie weinend zu ihm und sagte, sie habe gerade erfahren, dass sie keine Kinder bekommen könne, und sie wolle eine künstliche Befruchtung und eine Leihmutterschaft. Er hatte mehrere Gründe angeführt, warum das keine gute Idee sei, den wichtigsten aber ausgelassen, nämlich den, dass er sich der Belastbarkeit ihrer Ehe einfach nicht sicher war. Doch als sie ihm dann eröffnete, ihre Schwester habe sich als Leihmutter zur Verfügung gestellt, hatte er zugestimmt.

Und irgendwann wurde ihm klar, dass *er* sich ein Kind wünschte. Auch wenn seine Beziehung zu Kristina alles andere als vollkommen war, wollte er sich doch nicht von ihr scheiden lassen. So oder so, sie war seine Frau. Sie waren nicht hoffnungslos ineinander verliebt, aber sie hatten gemeinsam Pläne geschmiedet und ihr neues Traumhaus von einem Innenarchitekten ausgestalten lassen. Im Gegensatz zu jenen Häusern in Bancroft Bluff stand es etwas vom Pazifik zurückgesetzt auf festem, felsigem Grund, und der Blick war spektakulär.

»Also, ist das die Antwort?«, hatte er sich eines Abends gefragt, als er zu später Stunde auf der Terrasse ihres neuen Hauses stand. Eine Leihmutter. Stundenlang war er in Gedanken versunken gewesen, doch dann hatte er schließlich die Papiere unterschrieben, halb davon überzeugt, es würde ohnehin nicht klappen mit der In-vitro-Fertilisation. Und dann kam die Nachricht, dass der Embryo erfolgreich in Savannahs Gebärmutter implantiert worden war. Er hatte Kristinas Freude geteilt, bis sie sagte, das Baby sei der Zement, der sie zusammenhalten würde. Als er nachgefragt hatte, kam langsam heraus, dass sie befürchtet hatte, er werde sie verlassen, und sie habe sich das Kind gewünscht, um ihre Ehe zu retten. Das war nicht gerade eine schockierende Offenbarung, aber er hatte doch erwartet, dass sie seine Vorfreude hinsichtlich der bevorstehenden Geburt stärker teilen würde. Sie würden Eltern werden, doch die Tatsache, dass sie nichts von seinen Gefühlen empfand, nagte an ihm während der gesamten Schwangerschaft. Das ging so weit, dass er kaum noch mit ihr über das Baby sprechen konnte. Und noch schlimmer war, dass sie kein Interesse zu haben schien, mit ihm über ihre Sorgen zu reden.

Die Situation war völlig verfahren.

Doch als er dann sein weiß gestrichenes Haus mit den Naturschindeln sah, die gewundene Zufahrtsstraße, den wundervollen Garten und die Garage mit Platz für drei Autos, schluckte er seine Zweifel hinunter. Als er auf den Knopf drückte, um das Garagentor zu öffnen, hatte er das bedrückende Gefühl, nur eine Rolle zu spielen. So konnte es nicht weitergehen. Er musste die Probleme mit Kristina klären, und zwar schnell, weil sie sehr bald Eltern sein würden. Die Eltern *ihres* Babys.

Ihr silberner Mercedes stand an seiner Stelle. Er atmete erleichtert auf. *Gut.* Sie war zu Hause. Er musste mit ihr reden, solange er noch wild entschlossen war, die Dinge mit ihr zu regeln.

»Kristina?«, fragte er, während er durch die ultramoderne, blitzende Küche ging. Dahinter war ein Wintergarten, durch dessen große Fenster man das Meer sah, doch sie war nicht da. Er trat in das große Wohnzimmer, das noch dichter zum Meer hin lag und blickte durch das Panoramafenster auf die Terrasse, auf der er an jenem Abend so viele Stunden verbracht hatte, ganz in Gedanken an seine Ehe und die Leihmutterschaft verloren. Jetzt rechnete er nicht damit, sie draußen zu sehen. Es regnete stark und war schon fast dunkel, doch da war sie. Ihr kastanienbraunes Haar war nass, und sie zog ihre Jacke vorne fest zu.

Er öffnete die gläserne Doppeltür einen Spaltbreit, und schon schlug ihm Regen ins Gesicht. »Was ist los?«, fragte er seine Frau.

Sie drehte sich um, und er sah ihr bleiches Gesicht und die zusammengekniffenen Lippen. Als sie auf ihn zukam, öffnete er die Tür weiter, und schloss sie hinter ihr, während Windböen an den Scheiben rüttelten.

»Stimmt was nicht?«, fragte er.

»Nein, ich bin nur ...« Sie unterbrach sich und schüttelte den Kopf.

»Du hast im Regen gestanden«, sagte er, um sie zum Weiterreden zu bewegen.

Ihre blassblauen Augen richteten sich auf ihn, und sie schien durch ihn hindurchzublicken. Es war seltsam, aber für einen Augenblick musste er an Savannah denken, an ihre tiefblauen Augen, und er fühlte sich unbehaglich.

Kristinas nasses Haar wirkte dunkler als sonst, und sie strich mit ihrer rechten Hand hindurch. »Ich musste mal einen Moment allein sein.«

»Wäre das im Haus nicht möglich gewesen?«

»Magda ist spät gekommen und gerade erst gegangen.« Das war ihre Putzfrau, die auch in der Filiale von Bancroft Development in Seaside als Raumpflegerin arbeitete. »Sie kommt am Montag wieder.«

»Wolltest du ihr aus dem Weg gehen?«

»Lass mich in Ruhe, Hale.«

Ihre tonlose Stimme machte ihn misstrauisch. »Ist irgendwas ...?«

»Ich bin nur müde. Es kommt mir so vor, als hätte ich lange in einer Tretmühle gelebt.«

Er wusste kaum, wie er ihr in dieser Stimmung begegnen sollte. »Irgendeine Idee, wie sich das ändern ließe? Du wirst bald Mutter.«

»Glaubst du, das hätte ich vergessen?«, fragte sie mit einem aufgebrachten Blick.

Er hob begütigend die Hände. »Ich habe das Gefühl, das mir etwas entgeht. Klär mich auf.«

»Dir entgeht gar nichts. Es ist nur ...« Sie ballte die Fäuste und wirkte völlig ratlos.

»Wir müssen vorbereitet sein, wenn das Baby kommt«, sagte er. »Du weißt, dass wir dann gut kooperieren müssen.«

»Wir sind auf alles vorbereitet«, erwiderte sie, ohne ihn anzublicken. »Wir haben alles, was wir brauchen.«

Das klang so, als würde sie in Gedanken eine Bestandsaufnahme machen, und das beunruhigte ihn noch mehr. »Willst du unseren kleinen Jungen immer noch?«, hätte er sie am liebsten gefragt. Er war zugleich wütend und hilflos. *Ich freue mich auf ihn.*

Sein Zorn verrauchte, als er ihre innere Unruhe erahnte. Sie stand da und blickte auf einen imaginären Punkt in der Ferne.

»Möchtest du ein Glas Wein?«, fragte er. »Ich genehmige mir eins.«

»Okay ...«

Er kehrte in die Küche zurück, zog einen Cabernet aus dem Weinregal, nahm einen Korkenzieher aus einer Schublade und öffnete die Flasche. Kristina ging langsam durch die Küche in den Wintergarten, wo der Regen an den Scheiben hinablief. Er schenkte ihnen ein, reichte ihr ein Glas und nahm einen großen Schluck aus seinem eigenen.

»Ich weiß, dass ich manchmal wie geistesabwesend war«, sagte sie, als wüsste sie nicht recht, wie sie beginnen sollte.

Da dies ihr erster Versuch war, sich ihm anzuvertrauen, sagte er nichts und wartete darauf, dass sie weiterredete. Es war ja auch seine Schuld, das war ihm bewusst. Er hatte bis über beide Ohren in Arbeit gesteckt. Allein die Gerichtsverfahren nahmen so viel Zeit in Anspruch, dass er gar nicht daran denken wollte, und Bancroft Development hatte jede Menge Bauprojekte, sowohl an der Küste als auch in der Gegend von Portland.

Plötzlich kehrte sie dem Fenster den Rücken zu, blickte ihn an und zwang sich zu einem gekünstelten Lächeln, doch auch das löste sich schnell wieder auf. Sie steckte ihre Nase in das Weinglas und trank einen großen Schluck.

Was sagt das über uns?, fragte er sich, während sie beide schweigend ihren Wein tranken. *Nichts Gutes.*

Als sie dann schließlich tief durchatmete und doch etwas sagte, war er überrascht.

»Glaubst du an Verhexung?«, fragte sie angespannt.

Fast hätte er sich verschluckt. Er lachte, verkniff sich aber den Kommentar, der ihm zuerst in den Sinn gekommen war. »Nein, eigentlich nicht ...«, antwortete er vorsichtig.

»Ich wusste, dass du das sagen würdest.«

Er hob entschuldigend eine Hand.

»Mir ist bewusst, wie verrückt das klingt, aber manchmal habe ich das Gefühl, von etwas besessen zu sein.«

»Von bösen Geistern?«

»Bitte, Hale ...« Sie stürmte an ihm vorbei in die Küche und setzte ihr Weinglas ab. »Ich versuche wirklich, aufrichtig zu sein und mich dir anzuvertrauen, und du machst dich nur über mich lustig.«

Er trat zu ihr. »Ich weiß nicht, worauf du hinauswillst.«

»Ich habe einige schlechte Entscheidungen getroffen«, sagte sie nach einem Augenblick.

»Zum Beispiel?«

»Ich habe Dinge getan, von denen ich nie geglaubt hätte, dass ich sie je tun würde. Natürlich nichts Kriminelles.« Ein Schatten huschte über ihr Gesicht. »Sieh mich nicht so an.«

»Wie?«

»Als wäre ich völlig übergeschnappt!«

»Ich glaube nicht, dass du übergeschnappt bist«, versicherte er erschrocken.

»Einige Dinge sind passiert, und es war nicht meine Schuld. Ich habe Fehler gemacht, aber ich glaube ehrlich gesagt nicht, dass ich mich zu der Zeit wirklich unter Kontrolle hatte.«

»Du musst dich schon etwas präziser ausdrücken.«

»Ich denke ...« Sie unterbrach sich und schien ihre Worte sorgfältig wählen zu wollen. »Nun, vielleicht bin ich verrückt, weil ich das Gefühl habe, dass ein Fluch auf mir lastet. Als hätte ich keinen freien Willen, als wäre ich hypnotisiert ...«

»Auf die Gefahr hin, dich noch mehr zu verärgern ... Auf mich wirkst du ziemlich wach.«

»Das alles ergibt einfach keinen Sinn.« Sie gab ein Geräusch von sich, das irgendwo zwischen einem Lachen und einem Schluckauf lag. »Vielleicht verliere ich ja den Verstand. Was glaubst du?«

Er hatte keine Ahnung, was er darauf antworten sollte. »Liegt es nicht vielleicht einfach nur daran, dass du kurz vor der Geburt etwas rappelig bist?«

»Du hörst nicht zu.« Sie sah so aus, als würde sie gleich in Tränen ausbrechen.

»Ich versuche es ja, aber du sagst nichts, worauf man sich einen Reim machen könnte.«

»Das ist das Problem. Es ergibt keinen Sinn, aber all das ist keine Erfindung. Es ist, als hätte ich völlig die Orientierung verloren. Ich empfinde Dinge, die ich nicht empfinden sollte. Ja, und ich empfinde sie auch nicht wirklich, fühle sie nicht in meinem Herzen. Es kommt mir so vor, als würde ich neben mir stehen und mich beobachten.«

Er betrachtete sie, wusste wieder nicht, was er sagen sollte. »Klingt für mich nach Angst.«

»Ich habe Angst.«

»Weil du Mutter wirst?«

Sie antwortete nicht.

»Hast du mit Savannah darüber geredet?«, fragte er.

»Ich habe sie angerufen, aber sie kann erst um neun hier sein. Zu viel Arbeit, wie immer.« Sie biss die Zähne zusammen, schüttelte den Kopf und zuckte schließlich die Achseln. »Wir sollten jetzt nicht weiter darüber reden.«

»Moment, es muss sein ...«

»Was ist mit deinem Abendessen? Ich habe keinen Hunger.«

Er verkniff sich eine wütende Bemerkung. Es wäre sinnlos gewesen. Wenn sie ihre Meinung erst mal geändert hatte, war jedes weitere Gespräch unmöglich.

Auch das mit dem Essen war mittlerweile normal. Weil sie einen anderen Tagesablauf hatten, aßen sie zu unterschiedlichen Zeiten. Das Problem war nur, dass Kristina kaum noch etwas zu essen schien. Nie hatte sie Appetit. »Wir könnten zu diesem italienischen Restaurant fahren«, schlug er vor, ohne sich seine Verärgerung anmerken zu lassen. Er hoffte, dass sie das Gespräch später fortführen konnten.

»Gino's? Das wird zu lange dauern. Ich möchte hier sein, wenn Savvy kommt.«

»Wir könnten telefonisch das Essen bestellen, und ich hole es ab.«

»Wie gesagt, ich habe keinen Hunger.«

»Dann bestelle ich eben nur etwas für mich.«

Sie antwortete nicht, und er gab es auf und ging zum Telefon. Im Gegensatz zu Kristina war er halb verhungert. Es war ein langer Tag gewesen – schon vor dem Besuch im Haus seines Großvaters –, und er hatte das Mittagessen ausfallen lassen. Der Wein stieg ihm sofort in den Kopf, und da war es am besten, etwas Anständiges zu essen.

Er bestellte Hühnchen mit eingelegten Artischocken, einen großen Salat und Knoblauchbrot. Für zwei Personen, falls sie ihre Meinung änderte. Dann trank er ein Glas Wasser und wartete die Viertelstunde, die es brauchte, das Essen fertig zu machen. Kristina schenkte sich ein zweites Glas Wein ein, rührte es aber nicht an, solange er da war.

Als er ins Auto stieg, um zu dem Restaurant zu fahren, fiel ihm auf, dass sie wieder einmal ihre Reisetasche in seinem Wagen vergessen hatte. Für einen Kurztrip in die Berge lieh sie sich immer den TrailBlazer aus, um dann ihre Tasche darin zu vergessen. Andererseits vergaß sie zurzeit allerlei. Zum Beispiel, wie sehr sie sich nach einem Kind gesehnt hatte.

Als er mit dem Essen zurückkam, war nichts von ihr zu sehen. Er gab das Essen auf zwei Teller, stellte sie ab und ging sie suchen. Sie saß auf ihrem Bett, an das Kopfbrett gelehnt, und starrte ins Leere. Ihr zweites Glas Wein stand auf dem Nachttisch, und sie hatte es immer noch nicht angerührt.

»Ich beginne mir ernsthaft Sorgen zu machen wegen dir«, sagte er.

»Ich möchte nicht, dass du mich verlässt, Hale. Was auch geschieht, versprich mir, dass du mich nicht verlässt.«

»Was ist denn jetzt los, Kristina?«

»Versprich es mir.«

»Ich werde dich nicht verlassen.«

»Auch nicht, wenn du schreckliche Dinge über mich herausfindest?«

Er wollte automatisch antworten, wollte lügen, gebot sich aber Einhalt. »Ich werde es nicht tun. Und jetzt gehe ich etwas essen.« Er ging den Flur hinab, mit einem Herz voller Zweifel und einem Kopf voller Zukunftsängste.

3

Regen prasselte gegen die Windschutzscheibe, als Savannah in nördlicher Richtung vom Tillamook County Sheriff's Department nach Siren Song fuhr. Sie hatte noch einmal kurz beim ehemaligen Haus ihrer Eltern gehalten, das nun ihr und ihrer Schwester gehörte, um ein Sandwich mit Erdnussbutter und Marmelade zu essen.

Die Besprechung wegen des Doppelmordes an den Donatellas hatte sich in die Länge gezogen, hauptsächlich deshalb, weil jeder seiner Meinung Gehör verschaffen wollte. Sheriff Sean O'Halloran, ein weißhaariger Mann mit strahlend blauen Augen und zunehmendem Bauchumfang, hatte das Treffen eröffnet. »Eine Frau hat angerufen«, sagte er. »Eine Angestellte von Bancroft Development.« Er blickte in sein Notizbuch. »Ella Blessert. Sie arbeitet als Buchhalterin und Empfangsdame in der Filiale in Seaside. Sie behauptet, Marcus Donatella habe eine Affäre mit seiner Assistentin Hillary Enders gehabt, deren Freund das herausgefunden und Marcus Donatella und seine Frau aus Eifersucht erschossen habe. Allerdings habe er es so aussehen lassen, als wäre es Rache wegen dieses Debakels mit den Häusern.« Er blickte stirnrunzelnd auf seine Notizen. »Der Freund heißt Kyle Furstenberg.«

»Haben Sie mit dieser Blessert gesprochen?«, fragte Stone.

»Ich habe den Anruf angenommen«, sagte Clausen. »Sie hatte Angst, dass jemand mithört und hat es deshalb bei der Kurzversion belassen.«

»Woher weiß Blessert das überhaupt?«, fragte Stone.

Clausen schüttelte den Kopf. »Ich weiß nur, dass sie sich mit Enders angefreundet hat. Sie gingen gemeinsam zum Mittagessen, wann immer Blessert zu dem Trailer der Donatellas an der Baustelle in Bancroft Bluff kam, wo Enders arbeitete.«

Stone erinnerte sich. »Ja, und als das Projekt beendet war, ließ Donatella den Trailer mit dem mobilen Büro zur nächsten Baustelle bringen, wo direkt vor den Toren von Garibaldi ein Restaurant gebaut werden sollte. Was wurde aus Enders?«

»Sie hat auch da für Donatella gearbeitet«, antwortete Savannah. »Ich habe Hillary Enders damals nach dem Doppelmord vernommen. Das Restaurant war erst halb fertig, als die Donatellas ermordet wurden, und danach wurden die Bauarbeiten eingestellt. Der Trailer steht immer noch dort, aber wir haben seinerzeit alle Akten mitgenommen. Bei diesem Projekt waren die Donatellas allein, ohne Beteiligung der Bancrofts.«

»Und jetzt ist das Projekt tot?«, fragte Stone. »Sozusagen mit den Donatellas gestorben?«

Savvy blickte fragend O'Halloran an, und der nickte. »Sieht so aus«, antwortete sie. »Die Donatellas hatten keine Kinder, und kein Familienmitglied hat Interesse an ihrem Bauunternehmen gezeigt.«

Alle dachten nach, doch eigentlich hatte sich kaum etwas geändert seit ihrer letzten Besprechung zu diesem Fall. Höchstens, dass Marcus Donatella angeblich eine Affäre mit Hillary Enders gehabt hatte.

»Clausen, machen Sie einen Termin mit dieser Blessert und hören Sie sich an, was sie zu sagen hat. Wenn sie Angst hat, dass jemand mithört, können Sie sie ja hier bei uns vernehmen.«

»Okay«, antwortete der Detektive. Clausen befand sich in einem Wettstreit mit O'Halloran, wessen Bauch am schnellsten wuchs, doch gegenwärtig hatten sie gegen Savvy beide keine Chance.

»Was ist mit Enders und Furstenberg?«, fragte Stone.

»Kümmern Sie sich darum«, ordnete der Sheriff an.

»Sollte das nicht ich tun?«, fragte Savvy. *Wo ich doch diejenige war, die damals Hillary Enders vernommen hat?*

»Da Sie kurz vor der Entbindung stehen und danach nicht hier sein werden, sollte das besser Stone übernehmen«, antwortete O'Halloran.

»Ich mache nur einen Monat Mutterschaftsurlaub«, protestierte sie. »Ich bin nicht die richtige Mutter des Kindes.«

Aber O'Halloran ließ nicht mit sich reden.

»Laut Blessert lebt diese Enders jetzt in Seaside«, sagte Clausen. »Seit sie für die Donatellas arbeitete, hat sie keine neue Stelle gefunden.«

Savannah wollte etwas sagen, biss sich aber auf die Zunge. Dass sie wusste, warum man über sie hinwegsah, machte die Sache nicht einfacher.

»Warum hat Blessert so lange damit gewartet, sich bei uns zu melden?«, fragte Stone.

O'Halloran zuckte die Achseln. »Vielleicht wollte sie ihren Freund nicht verlieren.«

»Bei Blessert klang es so, als hätten Enders und Furstenberg sich nach den Morden getrennt«, sagte Clausen. »Vielleicht dachte Blessert, es wäre deshalb der richtige Zeitpunkt, sich bei uns zu melden.«

Die drei Männer blickten sich an, als gehörte Savannah schon nicht mehr dazu. Sie versuchte die Ruhe zu bewahren, doch es fiel ihr schwer. Sie bemühte sich, ihre Stimme möglichst normal klingen zu lassen. »Marcus und Chandra Donatella wurden gefesselt und mit Schüssen in den Hinterkopf getötet, wie bei einer Exekution. Ist Kyle Furstenberg der Typ, der so was tun würde?«

Als sie seinerzeit Hillary Enders vernommen hatte, war es ihr so vorgekommen, als wäre die Frau bis ins Innerste erschüttert und verloren gewesen. »Warum? Warum?«, hatte sie immer wieder gefragt und Savannahs Hand gehalten, als hätte sie Angst, diese loszulassen. Wenn Furstenberg ein eiskalter Killer war, hätte es für sie nicht gepasst, dass Hillary mit ihm zusammen gewesen war.

»Ich werde mir diesen Furstenberg mal vorknöpfen und sehen, was aus ihm herauszuholen ist«, sagte Stone. »Und ich werde Hillary Enders hierher vorladen. Mal sehen, was sie zu sagen hat, wenn sie von Cops umringt ist.«

»Und was tue ich?«, fragte Savannah.

Die drei Männer wandten sich ihr zu, als wären sie verwundert, dass sie noch da war. Ihren Mienen konnte sie entnehmen, dass man ihr gar keine Aufgabe anzuvertrauen gedachte. In ihrem Zustand wollten sie sie an keinem Tatort sehen, und sie hatten auch etwas dagegen, dass sie Zeugen vernahm oder mit Informanten sprach. Bis zur Geburt des Kindes war sie sozusagen arbeitslos.

Zum Teufel damit. Sie hatte absolut nicht vor, herumzusitzen und zu warten. »Ich könnte mich noch mal mit den St. Clouds befassen«, schlug sie vor. Ihr war klar, dass es Einwände dagegen geben konnte, dass sie ihre Schwester vernahm, aber es wäre nicht das erste Mal gewesen, und in mehrfacher Hinsicht war sie genau die richtige Wahl für den Job. Kristina würde einfach noch ein weiteres Mal vernommen werden.

»Meinetwegen.« O'Halloran schien erleichtert zu sein, dass sie sich damit zufriedengab.

Jetzt konzentrierte Savannah sich im Dämmerlicht auf die Straße und kämpfte ihre Verärgerung nieder. Bis ihre Schwangerschaft für alle sichtbar wurde, hatte sie gern beim Sheriff's Department gearbeitet, doch seit alle Bescheid wussten, behandelte man sie als Outsider, oder – noch schlimmer – man fasste sie nur noch mit Glacéhandschuhen an. Sie mochte ihre Kollegen, doch im Moment war das alles kein Spaß.

Es ist ja nur vorübergehend. Lass es nicht zu nah an dich ran.

Sie schüttelte den Kopf und dachte wieder an den Doppelmord an den Donatellas. Wenn Hillary Enders' Freund Marcus aus Eifersucht umgebracht hatte, erschien das Wort *Blutgeld* an der Wand als Ablenkungsmanöver. Und es war ein eiskalter, also vorsätzlicher Doppelmord, kein Verbrechen aus Leidenschaft. Wer war dieser Furstenberg?

Und warum hat er auch Donatellas Frau ermordet?, fragte sie sich. Das hatte sie immer schon beschäftigt. Chandra Donatella konnte man keine Schuld an der Affäre geben, sie litt darunter. War es denkbar, dass sie irgendwie in die Geschichte verstrickt war? Oder vielleicht hatte sie einfach nur im Weg gestanden, doch passte es irgendwie nicht zu einem betrogenen Liebhaber, die Frau seines Konkurrenten zu töten. Solche Morde wurden aus Leidenschaft begangen, doch dieser war eiskalt.

Sie hätte dagegen gewettet, dass Eifersucht das Tatmotiv gewesen war. Es passte einfach nicht. Aber sie hatten praktisch nichts anderes in der Hand und ermittelten deshalb weiter in dieser Richtung.

Sie blickte auf die Uhr am Armaturenbrett. Viertel nach sieben. Sie war ein bisschen spät dran und fragte sich, ob Catherine schon nervös wurde. Dann schweiften ihre Gedanken zu ihrer Schwester ab. Kristinas und Hales Haus stand in Deception Bay, nicht besonders weit von Siren Song entfernt. Vielleicht sollte sie dort zuerst vorbeifahren und herausfinden, was nicht stimmte, doch dann wäre sie viel zu spät bei Catherine eingetroffen.

Und brauchst du nicht Zeit, um Hale und Kristina noch einmal nach der Bancroft-Donatella-Connection zu fragen? Ob es ihnen gefällt oder nicht, es gibt eine Verbindung zwischen ihnen und dem Bauskandal in Bancroft Bluff.

Savannah zog eine Grimasse. Nein, ihr blieb jetzt keine Zeit. Sie würde mit dem Besuch bei ihrer Schwester bis nach dem Treffen mit Catherine warten.

Die Zufahrtsstraße ging vom Highway 101 ab und führte zu dem langen, zugewachsenen Waldweg, der vor dem Tor von Siren Song endet. Es war ein holpriger Weg mit zwei tiefen, mit Wasser vollgelaufenen Furchen und einem Grasstreifen in der Mitte. Als sie vor dem schmiedeeisernen Tor parkte, regnete es immer noch. Im Licht der Scheinwerfer sah sie die Fassade des riesigen Hauses. Kurz darauf stellte sie den Motor ab.

Es dauerte nicht lange, bis Catherine persönlich in der Haustür erschien. Sie trug einen dunklen Umhang mit Kapuze und ging vorsichtig zu dem verschlossenen Tor. In einer Hand hielt sie eine Taschenlampe, in der anderen einen schwarzen Stockschirm. Sie schloss das Tor auf, als Savannah gerade aus ihrem Wagen stieg.

»Parken Sie da drüben«, befahl Catherine und zeigte auf eine nasse Rasenfläche. Savannah setzte sich wieder hinter das Steuer und stellte den Wagen an der gewünschten Stelle ab. Auf dem Weg zum Tor wich sie Pfützen aus, und als sie auf dem Grundstück stand, schloss sich das Tor mit einem quietschenden Geräusch, weil die Angeln verrostet waren. Sie wartete, während Catherine das Tor verrammelte, und dann gingen sie zusammen unter dem Schirm zur Haustür.

Als sie eingetreten war, bat Catherine sie in ein Zimmer, und Savannahs Blick glitt über die schweren Möbel und Tiffany-Lampen, die gedämpftes Licht verbreiteten. Zu ihrer Überraschung sah sie in einer Ecke des Raums einen altmodischen Fernseher. Technik von gestern, keine Frage, aber doch etwas überraschend angesichts von Catherines grundsätzlicher Abneigung gegenüber allen Errungenschaften der modernen Welt.

In dem großem Kamin brannte ein Feuer, die rot glühenden Äste würden gleich auseinanderbrechen. Die schweren Vorhänge vor den Fenstern waren zugezogen. Zwei junge Frauen waren in dem Zimmer. Eine stand in der Nähe des Kamins und betrachtete Savannah eingehend. Ihr blondes Haar war etwas dunkler als das des Mädchens in dem Rollstuhl, das die Hände im Schoß gefaltet und eine erwartungsvolle Miene hatte.

»Ravinia, Lilibeth, bitte lasst uns allein.« Catherine wies die beiden mit einer Handbewegung hinaus.

»Wer sind Sie?«, fragte das stehende Mädchen Savannah.

»Ich habe gesagt, ihr sollt auf euren Zimmern warten«, sagte Catherine bestimmt.

Die junge Frau in dem Rollstuhl seufzte und fuhr zu einer Hintertür.

Die dunkelblonde Frau rührte sich nicht von der Stelle. »Wer sind Sie?«, wiederholte sie.

»Ich bin Detective ...«

»Ravinia!«, mahnte Catherine gereizt.

»Du empfängst nie Besuch um diese Uhrzeit«, gab sie zurück, während sie ihr langes Haar über die Schulter warf. »Nenn mir den Grund. Ich habe ein Recht, es zu erfahren. Wir alle haben das Recht, es zu erfahren.«

»Ich erzähle es euch später. Jetzt muss ich aber mit Detective Dunbar allein reden.«

Für einen Augenblick glaubte Savannah, dass Ravinia Catherine weiter herausfordern würde. Sie wirkte aufsässig.

»Verschwinde jetzt«, sagte Catherine. »Isadora, Kassandra und Ophelia sind oben.«

Ravinias dunkelblaue Augen blitzten, aber sie drehte sich um und ging zur Treppe. An deren Fuß blieb sie noch einmal stehen. Ihre Hand lag auf dem alten Eichengeländer. »Ich bin nicht wie die anderen«, stieß sie zwischen zusammengebissenen Zähnen hervor. Dann hob sie ihren langen Rock an und stürmte die Treppe zum ersten Stock hoch. Dort sah Savannah sie über eine Galerie laufen, bis sie um eine Ecke bog und verschwunden war.

Catherine seufzte. »Ravinia ist das jüngste der Mädchen.«

»Die jüngste von wie vielen?«, fragte Savannah.

Catherine tat so, als hätte sie die Frage nicht gehört. »Lassen Sie uns in die Küche gehen ...«

Savannah folgte ihr zum östlichen Flügel des Hauses und wurde in einen großen Raum mit einem imposanten Eichentisch geführt, an dem zwölf Leute Platz fanden. Catherine zeigte auf einen Stuhl, und als sie sich gesetzt hatte, nahm ihre Gastgeberin ihr gegenüber Platz. Es duftete nach Zwiebeln, Tomaten und Rindfleischbrühe, und auf dem ausgeschalteten Herd stand ein großer Topf, der Savvys Vermutung nach Rindfleischsuppe enthielt.

Catherine schwieg nachdenklich, und Savannah übernahm die Initiative.

»Worüber genau wollten Sie mit mir reden?«

Catherine faltete vor sich auf dem Tisch die Hände und schaute darauf. »Ich denke schon seit einer Weile darüber nach. Ich muss wissen, was mit meiner Schwester geschehen ist.«

»Ihrer Schwester?«

»Ja. Mary Rutledge ... Beeman.«

Savannah wartete und fragte sich, worauf sie hinauswollte. Für einen Augenblick hatte sie geglaubt, Catherine habe irgendeine andere Schwester gemeint, aber aktenkundig war ihres Wissens nur Mary. »Ist sie gestorben?«

»Ja.«

Als Catherine zögerte, noch etwas hinzuzufügen, sagte Savannah. »Ich weiß nicht viel über sie.«

»Aber Sie haben die Gerüchte über Mary gehört.«

»Ein paar sind mir zu Ohren gekommen.« Wenn man in Deception Bay oder Umgebung wohnte, konnte man dem Getratsche nicht ausweichen. Man hörte etwas über Mary, ob man wollte oder nicht.

»Haben Sie *Eine kurze Geschichte der Kolonie* von Herman Smythe gelesen?«

»Ist das das Buch, das bei der Historischen Gesellschaft von Deception Bay aufbewahrt wird?«

»Wenn man es denn ein Buch nennen will«, sagte Catherine lächelnd.

»Nein, bisher habe ich es noch nicht gelesen.«

»Sie können sich die Mühe auch sparen«, erwiderte Catherine kühl. »Was die Genealogie betrifft, stimmt das meiste, aber es gibt Fehler und Auslassungen. Und was über meine Schwester darin steht, ist meistens unrichtig.« Sie machte eine wegwerfende Handbewegung. »Ich habe mich um Hermans Geschreibsel nie gekümmert. Er war harmloser als die meisten Männer meiner Schwester. Aber vielleicht ist die Zeit gekommen, um reinen Tisch zu machen.«

Savannah schwieg erwartungsvoll. Sie wusste bereits, dass Mary Rutledge Beeman während der Siebziger- und Achtzigerjahre sexuell sehr aktiv gewesen war und nahezu jedes Jahr ein Kind geboren hatte, fast ausschließlich Mädchen. Manche glaubten – andere hielten es sogar für erwiesen –, dass Marys Kinder über spezielle paranormale Fähigkeiten verfügten, die sich jeder rationalen Erklärung widersetzten. Offenbar war in der *Kurzen Geschichte der Kolonie* einiges darüber zu lesen, doch das ließ sich nur durch eine Lektüre des Buches verifizieren. Obwohl Catherine es negativ beurteilte, wollte sie es so schnell wie möglich lesen.

»Ich möchte Ihnen vom Tod meiner Schwester erzählen«, sagte Catherine schließlich.

»Gern.«

»Wie gesagt, ich möchte reinen Tisch machen, und hoffe, dass Sie mir dabei helfen können.«

»Solange kein Verbrechen im Spiel ist, ist das Tillamook

County Sheriff's Department wahrscheinlich die falsche Adresse.«

»Das ist mir bewusst.« Catherine kniff die Lippen zusammen und fuhr dann fort. »Im Laufe der Jahre habe ich den Tod meiner Schwester auf verschiedene Weise erklärt, und keine dieser Erklärungen entsprach völlig der Wahrheit. Ich habe erzählt, sie sei nach einem Sturz bei einer Fehlgeburt gestorben ... Manchmal habe ich auch gesagt, sie sei bei einem einsamen Spaziergang von einer Klippe in den Tod gestürzt. Beides war gelogen.«

Jetzt spitzte Savannah die Ohren. »Aus welchem Grund ist sie denn gestorben?«

»Sie ist nicht gestorben. Nicht zu der Zeit. Nicht damals, als ich gesagt habe, sie sei tot. Sie lebte auf Echo Island.«

»Echo Island?« Savannah blickte die Frau skeptisch an.

»Ich weiß, das ist kaum mehr als ein Felsen im Meer. Die Insel gehört meiner Familie, jetzt also mir, bis ich sie den Mädchen vermache. Aber es gibt dort ein Häuschen, und ich versichere Ihnen, dass Mary jahrelang dort gelebt hat.«

Savannah starrte sie an. Worum in Gottes Namen ging es hier? »Aber jetzt ist sie tot.«

»Ja.«

»Glauben Sie, dass sie das Opfer eines Verbrechens wurde?«, fragte Savannah. »Eines Mordes?« »Weshalb sonst hätte sie sich an das Tillamook County Sheriff's Department wenden sollen?«

Catherine schien antworten zu wollen, überlegte es sich jedoch anders und dachte noch einen Moment angestrengt nach. »Wie denken Sie über uns hier in der ›Kolonie‹?« Es lag Hohn in ihrer Stimme, als sie das Wort »Kolonie« aussprach.

»Wie *ich* über Sie und die Mädchen denke?« Savannah zuckte die Achseln. Sie fragte sich, ob sie hier nicht nur ihre Zeit verschwendete. Sie hatte einen Blick hinter die Kulissen geworfen und nur ein altmodisches, geräumiges Haus gesehen, deren Bewohnerinnen ein einfacheres Leben als heutzutage üblich lebten. Auf irgendwelchen mystischen Hokuspokus gab es keinerlei Hinweise.

»Sie müssen doch irgendeinen Eindruck haben. Die Einheimischen haben ihre Meinung. Einige halten uns für eine Sekte oder Hexen, zumindest habe ich das gehört.«

»Ich glaube das nicht.«

»Ich habe mich bemüht, die Gerüchte nicht weiter anzuheizen. Meine Schwester war promisk, das ist eine Tatsache. Sie hatte viele Liebhaber und viele Kinder von ihnen. Was Männer betrifft, war sie nicht wählerisch, aber sie war auch geistig nicht ganz gesund.« Catherine blickte an Savannah vorbei, tief in Gedanken an die Vergangenheit versunken. »Zu der Zeit, als Marys Geisteskräfte schwanden, habe ich beschlossen, die Dinge in meine eigenen Hände zu nehmen. Ich habe hier alles radikal verändert, denn ich wollte nicht zusehen, wie Mary Siren Song in ein Bordell verwandelte. Ihre Töchter wuchsen um sie herum auf, und sie nahm es nicht einmal wahr.«

»Was ist mit Söhnen?«

»Es gab kaum welche.« Catherine unterbrach sich, und Savannah begriff, dass sie ihren Gedankenfluss unterbrochen hatte. Sie nahm sich vor, nur noch zu reden, wenn ihr eine Frage gestellt wurde, denn sie wollte alles erfahren, was Catherine über Siren Song und ihre Nichten zu sagen hatte.

Als Catherine schließlich weitersprach, wechselte sie überraschend das Thema. »Was wissen Sie über Genetik, Detective Dunbar?«

Savannah hob die Hände. »Nun, ich weiß, dass für unsere Eigenschaften Gene verantwortlich sind, und diese Gene sind in den Chromosomen enthalten.«

»Sehr gut, Detective. Bei Menschen gibt es zweiundzwanzig Chromosomenpaare, und jedes Chromosom enthält Gene, die wiederum eine Unzahl an genetischen Informationen enthalten«, erklärte Catherine. »Die Mitglieder meiner Familie haben die gleichen Gene wie alle anderen, soweit ich weiß, doch es gibt Gene, deren Funktion den Wissenschaftlern nicht völlig klar ist. Manche scheinen Krebs vorzubeugen, andere können Ärzte vermuten lassen, dass ein Patient anfällig für eine bestimmte Krankheit ist. Mit den Einzelheiten kenne ich mich nicht aus, aber ich habe einiges zu dem Thema gelesen.«

Sieh mal an, dachte Savvy. Bei dieser Frau in dem altmodischen langen Kleid und mit der Abneigung gegen das zeitgenössische Leben hätte sie nicht damit gerechnet, dass sie sich für die moderne Wissenschaft interessierte und mit ihr über Genetik sprach.

»Haben Sie mal Abbildungen von Chromosomen gesehen?«, fragte Catherine.

»Ja, man sieht zweimal ein X.«

»Ja, es sind immer Paare. Zweimal ein X, wie Sie sagen, außer bei den Geschlechtschromosomen von Männern, da ist es ein X und ein Y.«

Savannah nickte.

»Es gibt zweiundzwanzig Chromosomenpaare, die als Autosomen bezeichnet werden, und das dreiundzwanzigste Paar, die Geschlechtschromosomen. Letzteres kommt in der Form XX oder XY vor, ein Mädchen oder ein Junge. Eine Eizelle enthält nur die Hälfte eines Paares, also ein X, ein Spermium die andere Hälfte, ein X oder ein Y. Ein X aus der Eizelle einer Mutter und ein X aus dem Spermium eines Vaters führen nach der Befruchtung zur Geburt eines Mädchens, bei der Kombination eines X aus der Eizelle einer Mutter und eines Y aus dem Spermium eines Vaters kommt ein Junge heraus. Können Sie mir folgen?«

»Ich denke schon.«

»Wenn Sie durch ein Elektronenmikroskop auf das Geschlechtschromosomenpaar einer Frau blicken, sehen Sie zweimal ein X, bei dem eines Mannes ein X und ein Y. Die Buchstaben X und Y bezeichnen die äußere Gestalt dieser Chromosomen.« Jetzt schien Catherine endlich zur Sache zu kommen. »Zweimal ein X, das ist bei den Bewohnerinnen von Siren Song genauso wie bei allen Frauen. Und doch ist bei unserer genetischen Ausstattung etwas ein bisschen anders. Ja, eines oder mehrere unserer Gene scheinen tatsächlich anders zu sein. Einige von uns haben auch physische Anomalien, zum Beispiel eine zusätzliche Rippe. Und es gibt noch andere Unterschiede, die weniger augenfällig sind. Mentale Veränderungen.« Sie schaute Savannah nachdenklich an. »Wie's aussieht, können die Konsequenzen unserer Gaben manchmal ein bisschen gefährlich sein.«

»Gaben?«, fragte Savannah.

»Wir sind anders, Detective. Ich bin sicher, dass Sie so etwas schon mal gehört haben. Wir verfügen über spezielle Fähigkeiten, was ein Segen oder ein Fluch sein kann. Ich will das hier nicht weiter vertiefen, doch Sie können sicher sein, dass diese Fähigkeiten wirklich existieren.«

»Gut. Reden Sie weiter.«

»Mary besaß eine dunkle Gabe. Eine Gabe, die sie vernichtet hat.« Catherine schürzte die Lippen und rutschte auf ihrem Stuhl hin und her. »Sie hat Männer in Verzückung versetzt.«

Savannah wollte einwenden, dass diese Gabe bei Frauen durchaus häufiger vorkam, aber sie verkniff sich die Bemerkung. »Haben Sie eine Gabe?«, fragte sie vorsichtig.

»Keine, die Ihnen auffallen würde. Ich habe einen kühlen, klaren Verstand.« Sie lächelte freudlos. »Kannten Sie meine ›Cousine‹ Madeline Turnbull?«

Mad Maddie. »Ja, ich bin ihr einmal begegnet.« Madeline Turnbull war eine Wahrsagerin gewesen, deren Prophezeiungen sich erstaunlich oft als richtig herausstellten, und sie hatte vorhergesagt, dass Savvy einen Jungen bekommen würde, als die sich noch nicht einmal sicher gewesen war, ob sie überhaupt schwanger war. Kurz nach diesem Treffen war Savannah erneut zu dem Pflegeheim gefahren, wo Mad Maddie wohnte, und hatte erfahren, dass sie gestorben war. Bald wurde klar, dass sie ermordet worden war.

»Manchmal führt die Gabe zum Wahnsinn«, sagte Catherine. »Je stärker ausgeprägt die Gabe ist, desto näher bewegt man sich am Rande des Abgrunds.«

Savannah war sich nicht sicher, ob sie wirklich an die Existenz dieser »Gaben« glauben sollte, doch es hatte mit den Frauen von Siren Song eine Reihe unerklärlicher Vorfälle gegeben. Es war eindeutig, dass Catherine hundertprozentig daran glaubte, und sie wollte sie nicht verärgern.

Und überhaupt, was wusste sie denn schon? Auf dieser Welt wimmelte es nur so von unerklärlichen Phänomenen.

Catherine blickte auf ihre gefalteten Hände. »Aber es ist das Y-Chromosom, das die Auswirkungen bei den Männern zu verstärken scheint. Sie empfinden diese Gaben stärker. Glücklicherweise gibt es in unserer Familie nicht viele männliche Nachkömmlinge. Aber wenn es passiert, ist es …« Sie hob eine Hand und ließ sie in ihren Schoß fallen.

Savannah dachte an Justice Turnbull, einen entfernten Verwandten von Catherine und mehrfachen Mörder, der alle Frauen von Siren Song töten wollte. Als er vor einem halben Jahr gestorben war, musste das eine Erlösung gewesen sein für Catherine und ihre Schützlinge. Turnbull war definitiv geisteskrank gewesen.

Das Baby in Savannahs Bauch bewegte sich heftig, und sie legte sacht eine Hand darauf. »Was ist aus ihnen geworden? Aus den männlichen Nachkömmlingen?«

»Was meinen Sie?«

»Nun, hier leben nur Frauen, soweit ich weiß. Also, wo sind sie?«

Catherines Blick verfinsterte sich, als hätte Savvy eine ungehörige Frage gestellt. »Mary hat ihre Söhne zur Adoption freigegeben, alle außer Nathaniel, der süß, aber kränklich war. Er starb in jungen Jahren.«

»Wie viele wurden adoptiert?«

»Mehrere.«

»Genau wissen Sie es nicht?«

»Wir glaubten einfach, es wäre besser, wenn sie von anderen erzogen würden.«

»Weil ihre Gaben außer Kontrolle geraten könnten?«

»Mary hatte jede Menge Kinder und war nicht in der Lage, sich um alle zu kümmern.«

»Aber mit männlichen Nachkommen ist es immer schwieriger?«, hakte Savannah nach. »Wollen Sie das sagen?«

Catherine wollte es abstreiten, kam letztlich aber auf die Genetik zurück. »Zweimal ein X, wie bei den Frauen, das hat einen ausgleichenden Effekt, doch bei den Männern, wo wir statt des zweiten X ein Y haben, gibt es diesen Ausgleich nicht. Daher ist bei ihnen die Gabe ausgeprägter und kann sich in einer Psychose manifestieren. In einem Fall ...«

»Sie reden von Justice Turnbull.« Savannah lief es eiskalt den Rücken hinab, als sie an Turnbulls Obsession und seine extreme Grausamkeit dachte.

»Mary und Justice besaßen beide eine dunkle Gabe, aber er war psychisch total deformiert und hatte nichts anderes im Sinn, als ...«

»Wollen Sie sagen, dass Sie glauben, er habe etwas mit dem Tod Ihrer Schwester zu tun gehabt?«

»Nein, Justice nicht. Aber vielleicht ein anderer Mann ...«

»Ein Mann mit einer der Gaben, wie sie in Ihrer Familie üblich sind?«, fragte Savvy.

»Ich weiß es nicht. Vielleicht bin ich nervös und übertrieben vorsichtig, aber Mary konnte einfach die Finger nicht von den Männern lassen. Warten Sie hier.«

Als Catherine die Küche verlassen hatte, warf Savannah einen Blick auf die Uhr. Catherine *war* nervös und übertrieben vorsichtig, hatte aber bestimmt etwas ganz Spezielles im Sinn.

Sie hörte Catherines Schritte auf der Treppe, und als sie verklungen waren, trat eine junge Frau in die Küche, die sie bisher nicht gesehen hatte. Sie hatte schulterlanges, aschblondes Haar, und die Pupillen und Iriden ihrer blassblauen Augen wirkten unverhältnismäßig groß. Sie war barfuß und trug ein blau und gelb gemustertes Kleid aus bedrucktem Kattun, das bis zu ihren Knöcheln reichte.

»Hallo«, sagte Savannah.

»Hallo.« Sie richtete ihren Blick auf Savannahs dicken Bauch. »Ich bin Maggie.«

»Detective Savannah Dunbar«, stellte Savvy sich vor.

»Sie tragen das Kind einer anderen Frau aus?«

Savannah starrte sie an. Sie war völlig verblüfft. »Ich habe für meine Schwester die Leihmutterschaft übernommen. Warum haben Sie es vermutet?«

»Ich habe es nicht vermutet, sondern gewusst. Deshalb nennen mich alle Kassandra, obwohl ich eigentlich Margaret heiße.«

Kassandra, die mythologische Seherin, dachte Savvy.

»Catherine sagt, meine Mutter habe den Namen für passender gehalten. Weil ich ja auch so etwas wie eine Seherin bin.«

Savvy nickte.

»Haben Sie schon einen Namen für ihn?«

Savannah legte eine Hand auf ihren Bauch. Der Themenwechsel war ein bisschen überraschend gekommen. »Nein ... Meine Schwester wird ihm seinen Namen geben.«

»Sie sind Polizistin«, sagte Kassandra angespannt, denn von der Treppe her waren wieder Schritte zu hören. Sie trat dicht an Savannah heran. »Ich habe Tante Catherine von ihm und den Knochen erzählt. Das mit Justice wusste ich auch. Aber jetzt kommt *er*. Er hat Mary getötet und will auch uns umbringen.« Sie warf Savannah einen vielsagenden Blick zu. »Uns alle.«

»Aber Justice ist tot«, sagte Savannah, die die eindringliche Stimme des Mädchens mehr als nur ein bisschen nervös machte.

»Justice ist Vergangenheit, aber die Hydra hat viele Köpfe. Schlägt man einen ab, wächst an der Stelle sofort einer nach.«

»Wer kommt? Wie sieht er aus?«

Kassandra schüttelte den Kopf und schloss die Augen. »Ich sehe nur seine Schönheit«, flüsterte sie und verschwand in einem Erker, durch den man in ein Hinterzimmer gelangte. »Seien Sie vorsichtig«, rief sie noch über die Schulter.

Als Catherine wieder auftauchte, war Kassandra längst verschwunden, doch sie blickte in Richtung Erker, als hätte das Mädchen eine sichtbare Spur hinterlassen. Ihre Miene verfinsterte sich kurz, aber sie sagte nichts und stellte einen mit Leder bezogenen Kasten auf den Tisch, atmete tief durch und öffnete ihn. Dann nahm sie eine Plastiktüte heraus und reichte sie Savannah. In der Tüte lag ein Messer mit gebogener Klinge.

»Damit wurde meine Schwester getötet.«

Savvy starrte auf das Messer. »Woher wissen Sie das?«

»Können Sie sich nicht damit zufriedengeben, dass ich es einfach weiß?«

»Eigentlich nicht. Wenn sie damit getötet wurde, reden Sie von einem Mord.«

»Es könnte auch Selbstmord gewesen sein.«

Savvys Blick wurde hart. Sie konnte das Gefühl nicht abschütteln, dass Catherine log.

»Können Sie damit einen DNA-Test machen?«, fragte Catherine.

»Das klingt so, als wollten Sie, dass ich wegen des Todes Ihrer Schwester eine Ermittlung einleite. Wenn das so ist ...«

»Können wir nicht erst mit dem DNA-Test beginnen?«

»Dafür müsste ich mehr wissen über ...«

»Ich könnte ihn selbst bezahlen, wenn Sie es für sich behalten«, unterbrach Catherine. »Ich brauchte einfach jemanden, an den ich mich wenden konnte. Verstehen Sie das?«

»Sie möchten einen DNA-Test, ohne dass Fragen gestellt werden.«

»Ja.«

»Miss Rutledge, offensichtlich verschweigen Sie eine Menge«, sagte Savannah. »Ich trete sehr bald meinen Mutterschaftsurlaub an. Außerdem bin ich nicht einmal sicher, ob ich das so veranlassen könnte. Möglich, dass Sie sich an einen anderen wenden müssen. Und dann ist da noch die Frage der Leiche. Wir würden sie exhumieren müssen.«

»Bitte tun Sie mir den Gefallen«, sagte Catherine, als hätte sie Savannahs Worte nicht gehört.

Savvy seufzte. »Ich kann das Messer zum DNA-Labor schicken, aber da es ein Test zu privaten Zwecken wäre, könnte es eine Weile dauern, bis sie dazu kommen. Es gibt viele Anfragen, und die meisten sind dringender, da sie direkt mit bekannten Verbrechen verbunden sind.«

»Das geht schon in Ordnung. Ich wollte nur ... Wenn sich etwas auf dem Messer findet – Blut, Fingerabdrücke, Hautgewebe –, möchte ich wissen, von wem sie sind.«

»Das klingt sehr danach, dass Sie glauben, mit diesem Messer sei ein Mord begangen worden.«

»Wenn ich das wirklich glaubte, würde ich Sie bitten, ihren Tod zu untersuchen.«

Das halte ich für eher unwahrscheinlich, dachte Savannah.

»Es könnte gut sein, dass sich nur DNA von meiner Schwester findet, und wenn das so ist, akzeptiere ich, dass es Selbstmord war. Das reicht mir dann.«

»Es ist Aufgabe des ärztlichen Leichenbeschauers zu entscheiden, ob mit einer Waffe ein Mord oder ein Selbstmord begangen wurde. Aber selbstverständlich brauchen wir eine Leiche.«

Catherine kniff die Lippen zusammen. »Sie werden Ermittlungen einleiten, stimmt's?«

Savannah starrte lange auf das Messer und nahm die Plastiktüte dann an sich. »Ich nehme die mit und gebe sie Detective Stone. Dann werden wir sehen, wie es weitergeht.«

Catherine schien noch etwas zu dem Thema sagen zu wollen, ließ es aber bleiben. »Was hat Kassandra zu Ihnen gesagt?«, fragte sie stattdessen.

»Dass sie eigentlich Maggie heißt und dass *er* kommt. Dass er Mary getötet und es jetzt auf Sie und Ihre Schützlinge abgesehen hat. Vielleicht sogar auf mich.«

»Das hat sie gesagt?«, flüsterte Catherine.

»Wer ist dieser *Er*? Hat er etwas zu tun mit der DNA, wegen der Sie das Messer testen lassen wollen?«

»Kassandra sieht Dinge, aber manchmal irrt sie sich«, antwortete Catherine, obwohl ihre Körpersprache etwas anderes sagte. Die spiegelte nackte Angst.

»Sie wusste, dass ich das Baby für eine andere Frau austrage.«

Es war eine Art Rollentausch. Jetzt glaubte Savvy an die Gaben der Frauen von Siren Song, während Catherine skeptisch war.

»Kassandra hat ein Faible für Dramatik«, erklärte Catherine schließlich. »Niemand hat es auf uns abgesehen. Und mit Sicherheit nicht auf Sie, Detective.«

»Schön, das zu hören.« Das Gespräch drehte sich im Kreis, und es wurde Zeit, sich wieder mit den Ermittlungen im Fall Donatella zu beschäftigen. Savannah stand auf. »Ich sollte jetzt besser gehen.«

»Lassen Sie das Messer untersuchen.«

»Ja, aber die Rechnung müssen Sie selber bezahlen.« Sie verließ die Küche und ging zur Haustür, gefolgt von Catherine. Als sie sich umdrehte, sah sie, dass Catherine auf die Plastiktüte starrte, als machte es ihr Angst, sie aus der Hand zu geben. »Ich werde auch mit Detective Stone darüber reden.«

»Danke.«

»Wie gesagt, vielleicht wird er darauf drängen, dass Marys Leiche exhumiert wird, falls er glaubt, dass ein Verbrechen vorliegt.«

»Für eine Exhumierung gibt es keinen Grund«, sagte Catherine schnell. »Wenn Detective Stone so weit gehen will, soll er Kontakt zu mir aufnehmen.«

Sie öffnete die Tür, begleitete Savannah zum Tor und schloss es auf. Als Savvy hindurchgetreten war, schloss sie es sofort wieder ab und ging zum Haus zurück. Savannah setzte sich in ihren Wagen und blickte ihr nach.

Wer ist sie?, fragte sie sich einmal mehr, als ihr Blick auf das Messer in der Tüte fiel. Sie witterte eine echte Gefahr und versuchte, dieses unheimliche Gefühl abzuschütteln, das sie empfand seit jenem Augenblick, als sie zum ersten Mal durch das Tor von Siren Song gegangen war.

4

In der Bar wimmelte es von Möchtegern-Cowboys und -girls in hautengen Klamotten. Die restlichen Gäste waren Geschäftsmänner, die ihre Krawatten gelockert hatten und nach Feierabend Schnäpse wegkippten, als wollten sie beweisen, dass sie doppelt so männlich waren wie die Typen in Jeans und Stiefeln, außerdem mit Hüten und protzigen Gürtelschnallen. Es war ein Donnerstagabend im Rib-I, einem Steakhouse mit Bar in Portland, dessen verschnörkelter Name auf der orangefarbenen Neonreklame von einem Lasso umgeben war.

Ja, das Rib-I war ein angesagter Schuppen, und Charlie, der nicht wirklich so hieß, war der festen Überzeugung, dass die Welt besser dran gewesen wäre, wenn diese ganzen Arschlöcher zwei Meter unter der Erde liegen würden. Bei dem Gedanken fragte er sich, wie viele von ihnen er töten konnte. Wie lange es dauern, wie viel Planung es erfordern würde. Er hatte nicht vor, sich jemals schnappen zu lassen, und deshalb waren Massenmord und selbst Serienmorde problematisch und zu vermeiden. Doch kürzlich hatte ihn die Mordlust überkommen. Es war ein übermächtiges, fast sexuelles Verlangen. Nein, es war sexuell. Nach jedem letzten Atemzug musste er fast sofort abspritzen. Es war ihm egal, wie sie starben. Er mochte es, in ihre Augen, in ihre verdammten Seelen zu blicken, wenn sie die letzten Male mühsam nach Luft schnappten. Und dann hatte er einen riesigen Ständer, und sein Ding spuckte wie ein Vulkan.

Das war gefährlich wegen der DNA. Er hatte sich angewöhnt, Plastiktüten mit Reißverschluss dabeizuhaben, wenn es irgendwo passierte, wo er nicht in Sicherheit war.

Es ist ein seltsames Phänomen, dachte er, während er einen Schluck Bier trank. Er hatte seine eigene Macht nie wirklich begriffen, aber sie war immer da, wie ein alter Freund. In seiner Jugend hatte er seine Macht an Tieren ausprobiert, die er als Freunde haben wollte. Diese Macht strömte heiß durch seine Venen, ihre Energie ließ seine Nerven erzittern. Es war eine Macht, die er nicht erklären konnte, auch wenn er es einige Male versucht hatte, zum letzten Mal gegenüber seiner Adoptivmutter, die ihn gequält und ein bisschen verängstigt angesehen hatte, während er versuchte, seine Macht zu definieren. Dann hatte er abrupt das Thema gewechselt.

Zu der Zeit war er sechzehn und ständig geil. Zum Teufel mit den Haustieren, hatte er gedacht, er wollte Sex. Eines Nachts ging er zu seiner Adoptivmutter und sagte leise, er wolle sie. Dann ließ er etwas von seiner unsichtbaren Macht auf sie übergehen. Sie starrte auf seine Lippen, und das Entsetzen in ihrem Blick verschwand. Er wusste, dass er gewonnen hatte. Sie leistete keinen Widerstand, als er sie auf das Sofa drückte und nach allen Regeln der Kunst durchvögelte. Sie drückte ihn an sich, schlang die Beine um ihn und schrie vor Ekstase, während ihr Körper unkontrollierbar zuckte und nach mehr verlangte. Am nächsten Tag stürzte sie sich von einer Autobahnbrücke, doch da war er bereits verschwunden und hatte sein Vagabundenleben begonnen. Er verführte Frauen mit einem Augenzwinkern und einem Lächeln, und wenn er mit ihnen fertig war, hatten sie ihm alles gegeben, was sie zu bieten hatten. Auf dem College war er für drei Semester mit einer Professorinnentochter zusammen, bevor er schließlich die Professorin selbst anmachte. Er hätte einen Abschluss machen können, ohne sich allzu sehr bemühen zu müssen, doch das Studium langweilte ihn, und er gab es auf, bevor er sein Ziel erreicht hatte.

Er fragte sich, ob er sich überhaupt weiter mit Akademikerinnen einlassen sollte. *Hmm.* Als er einen weiteren Schluck Bier trank, fiel ihm eine Frau mit roten Haaren auf, die ihn musterte. Sie bewegte sich verführerisch im Takt der Countrymusic – eine Einladung, die er vorerst ignorierte. Irgendwie wirkte ihr Verlangen verzweifelt, und das brauchte er im Moment nicht.

Natürlich wusste er, dass die Frauen sein Aussehen unwiderstehlich fanden. Aber es war seine seltsame Macht, die sie wirklich anmachte, eine Macht, die er im Zaum zu halten versuchte. Aber manchmal, wenn er die Wade, den Brustansatz oder den Hintern einer Frau sah, ließ er sich gehen und machte von dieser Macht Gebrauch. Sie konnten bei ihm nicht Nein sagen. Manchmal wollten sie zuerst nicht, manchmal war er einfach zu ungeduldig. Aber sie konnten nicht Nein sagen. Er hatte wirklich versucht, mit diesen ganzen verdammten Affären Schluss zu machen, denn er hatte keine Lust mehr, umziehen zu müssen, weil irgendein durchgedrehter Ehemann oder Freund glaubte, sich um den guten alten Charlie kümmern zu müssen. Also hatte er für eine Weile von der nur ihm eigenen Macht keinen Gebrauch gemacht. Während dieser seltsamen Zeit der Abstinenz entdeckte er, was für ein Gefühl es war, Menschen zu töten.

Als er an die fatale Geschichte mit seiner Adoptivmutter zurückdachte, bekam er sofort eine Erektion. Er sah sich nach dem Rotschopf um, doch der war verschwunden, und er näherte sich einer Frau mit platinblond gefärbtem Haar, die eine kurze Jacke und niedrig sitzende Jeans trug. Er verströmte ein bisschen von seiner Macht, damit sie nicht protestierte, wenn er sich an sie drückte und sein Ding ein bisschen an ihrem Hintern rieb. Zuerst sprang sie weg, und als sie sich zu ihm umdrehte, sagte sie ein bisschen atemlos, er könne sie mal, doch dann knutschte sie ihn ab und befingerte ihn. Er musste der Sache ein Ende machen, bevor man ihn auf die Straße warf.

»Hey!«

Der auf ihn zukommende Typ trug einen schwarzen Cowboyhut und spitze Stiefel, und in seine protzige bronzene Gürtelschnalle war ein – was sonst? – bockendes Wildpferd eingraviert. Sein Blick war extrem finster und verhieß nichts Gutes.

Leider schien Charlies unerklärliche Macht bei Männern nicht zu wirken.

»Aber Garth«, protestierte die Frau, als der Mann den Kragen von Charlies schwarzem Hemd packte und ihn zu sich zog.

»Lass die Finger von Tammie, oder ich breche dir alle Knochen«, brüllte er.

Charlie dachte daran, darauf hinzuweisen, dass Tammie sich über ihn hergemacht hätte, doch wahrscheinlich wäre das sinnlos gewesen.

»Wenn du ihn nicht in Ruhe lässt, trete ich dir in den Arsch.«

»Halt die Fresse, du Nutte.«

»Wenn du mich noch mal so nennst, reiße ich dir die Eier ab.«

»Du kannst mich mal.«

»Leck du mich am Arsch!«, schrie sie.

Sie stand immer noch unter dem Einfluss seiner Macht, doch jetzt richtete sich ihre Energie gegen Garth, und als Charlie langsam zurückwich, ging sie auf ihn los. Er versuchte sie abzuschütteln, um Charlie zu attackieren, doch sie hielt ihn fest und kreischte ohrenbetäubend laut. Für einen Augenblick sah es so aus, als würden sie sich prügeln, doch dann tauchte plötzlich der Rausschmeißer auf, gefolgt von einem anderen Muskelprotz. Kurz darauf verließ Charlie die Bar und stand in der kalten Novembernacht, in der es noch regnen, vielleicht sogar schneien würde.

Er lehnte sich für eine Weile an seinen schwarzen Geländewagen und fragte sich, wie lange es dauern würde und ob er die Zeit hatte. Er wollte Sex, und zwar sofort, doch noch stärker war der Wunsch, jemanden zu töten. Das war eine gefährliche Veränderung, die vor ein paar Monaten eingesetzt hatte, seit den Tagen und Wochen mit Mutter Mary.

Als er gerade gehen wollte, kam Garth aus der Bar getaumelt, und Tammie hing an ihm wie eine Klette. Sie stiegen in einen roten Pick-up mit riesigen Rädern, der kurz darauf zu wackeln begann, als sie in dem Fahrzeug eine Nummer schoben. Er beobachtete es aus der Ferne, mit sich selbst kämpfend. Dann überließ er sich den köstlichen Gedanken, wie es sein würde, sie jetzt zu töten. Vielleicht sollte er verschwinden, bevor die Versuchung zu groß wurde. Vielleicht ...

Aber es war zu spät. Jetzt konnte ihn nichts mehr aufhalten.

Er streifte dünne weiche Lederhandschuhe über, pirschte sich an den Pick-up heran und riss die Tür auf. Als Garth sich seine Hose hochzuziehen versuchte, schnitt er ihm mit einer flüssigen Bewegung die Kehle durch. Tammie öffnete den Mund, doch bevor sie schreien konnte, hatte er mit ihr schon dasselbe gemacht wie mit Garth. Sie gab ein gurgelndes Geräusch von sich und starrte ihn entsetzt an, und er betrachtete sie lächelnd, als sie ihren letzten Atemzug tat. Dann eilte er zur Rückseite der Bar, zog eine seiner Plastiktüten hervor und ejakulierte hinein wie ein Zuchthengst, wobei er ein ekstatisches Stöhnen unterdrückte, um sich nicht zu verraten. Danach zog er den Reißverschluss der Plastiktüte zu, steckte sie in eine andere, ließ beide in seiner Jackentasche verschwinden und schlenderte davon. Er würde die Tüten mit der verräterischen DNA an einem sicheren Ort entsorgen. Er durfte nie Spuren hinterlassen.

Seit er die wunderschöne, wenngleich alternde Frau getötet hatte, die sagte, sie sei seine Mutter, war seine Macht gewachsen. Sie hatte ihm diese Macht verliehen. Das hatte er begriffen, als sie ihn auf die Insel lockte, wo sie lebte. Fast hätte er sein Leben verloren, als er versuchte, dorthin zu gelangen, aber er hatte nicht widerstehen können. Sie war eine echte Versuchung – eine Sirene. Sie hatte viele seiner Fragen beantwortet, und sagte ihm sogar, wer sein Vater war, doch noch mehr hielt sie zurück, und das nagte an ihm. Noch schlimmer war, dass er konsterniert feststellen musste, dass sie gegen seinen Charme immun war. Unmöglich, hatte er gedacht, doch ihre eigene Macht war auch extrem stark.

»Deine Gabe stammt von mir, und du stehst in meiner Schuld«, sagte sie mit einem wissenden Lächeln. »Ich brauche deine Hilfe, um sie loszuwerden, jede Einzelne von ihnen.«

»Wen meinst du?«, fragte er, ganz unter ihrem Bann stehend. Sie hatte nicht mit ihm geschlafen, und es war die reinste Tortur. Er wollte sie, doch sie ließ ihn leiden mit seinen Erektionen, schwitzend vor Verlangen. Seine eigene Mutter quälte ihn *absichtlich*.

Er hätte alles getan, um sie zu besitzen. *Alles!*

Sie flüsterte ihm ihre Namen ins Ohr. Wollte dabei sein, wenn er es tat. Wollte ihn bei sich haben, für immer. Sofort stimmte er zu. Er war ihr Sklave. Nur bitte, bitte, schlaf mit mir.

Aber sie wollte nicht. Sie hatte Macht über *ihn*. Sie empfand nicht für ihn, was er für sie empfand. Sie ließ es nicht zu, dass er sie besaß, verweigerte ihm aber auch die Freiheit. Sie hielt ihn einfach auf der Insel fest, und als sie dann schließlich doch zum Aufbruch bereit war, war er halb wahnsinnig vor sexuellem Verlangen.

»Morgen«, sagte sie, und die Vorfreude ließ ihre blauen Augen funkeln. »Wir fahren gemeinsam.«

Doch am nächsten Tag war es extrem windig und unmöglich, das Ruderboot zu benutzen, mit dem er zu der Insel gelangt war. Sie blickte wütend zum Himmel auf, der Wind zerzauste ihr blondes Haar. Sie hatte die Hände zu Fäusten geballt und schüttelte sie, während sie den dunklen Himmel und die Götter verfluchte, die sie hier festhielten.

Und da war sie einen Moment unachtsam. Nur einen kurzen Moment. Er spürte dieses spezielle Kribbeln und zwang sie in ihrem Garten zu Boden. Etwas blitzte auf, und er sah das Messer, das sie in einer Falte ihres Kleides versteckt hatte. Sie holte damit aus, um ihn zu töten, doch er war stärker. Er riss ihr das Messer aus der Hand, stieß es ihr mit einer flüssigen Bewegung zwischen die Rippen und beobachtete, wie sie starb. Ihre Augen erloschen, und ihre Macht ging auf ihn über.

Er trug sie ins Haus und legte sie auf ihr Bett. Dann ging er ins Bad und masturbierte. Er glaubte, dass seine sexuelle Macht auch zugenommen hatte. Danach kehrte er zu ihr zurück, wischte mit einem Lappen den Griff des Messers ab, legte ihre rechte Hand darum und hielt sie, bis Stunden später die Totenstarre einsetzte. Als er sie betrachtete, kam ihm der Gedanke, dass sie ihn hatte wissen lassen, welche Mission er in diesem Leben erfüllen sollte. Er würde diese Frauen finden, es ihnen besorgen und sie dann eine nach der anderen töten. Und vielleicht noch ein paar mehr.

Die Tote war seine Mutter. Da war er es ihr wohl schuldig, ihren Auftrag zu erfüllen.

Als er jetzt daran dachte, bekam er gleich wieder eine Erektion. Er versuchte, sein Verlangen zu bekämpfen und an etwas anderes zu denken, doch es gelang ihm nicht. Er saß in seinem schwarzen Range Rover, fuhr los und fragte sich, mit wem er Sex haben konnte. Er war zu aufgegeilt, um nach Hause zu fahren, aber ein weiterer Mord wäre zu riskant gewesen.

Er würde einfach irgendeine Frau finden, die bereit war, die Beine breitzumachen und sich von ihm richtig durchvögeln zu lassen.

Immer kamen sie zurück, weil sie mehr wollten. Er dachte insbesondere an eine, die nicht genug bekommen konnte von dem guten alten Charlie.

Mit dem Gedanken im Kopf verließ er Portland und fuhr westlich in Richtung Küste.

5

Als Savvy vor dem Haus ihrer Schwester eintraf, war es fast neun, und sie war total geschafft. Wie lange war sie schon auf den Beinen? Zu lange für eine hochschwangere Frau, soviel war sicher. Sie brauchte ein Bad und Ruhe, und es wäre nett gewesen, sich einen Drink genehmigen zu können, doch da das wegen der Schwangerschaft nicht in Frage kam, würde sie sich auch mit einer kalten Flasche Perrier zufriedengeben.

Doch zuerst musste sie mit ihrer Schwester reden.

Sie klingelte und schaute durch die schmalen Fenster zu beiden Seiten der Mahagonitür. Der Blick ging auf die Küche und den dahinterliegenden Wintergarten, doch es war niemand zu sehen. Sie klingelte erneut und hörte schwere Schritte näher kommen, also wohl die ihres Schwagers. Kurz darauf öffnete ihr Hale St. Cloud die Tür.

Er hatte sich nach der Arbeit umgezogen und trug ein graues Sweatshirt mit Kragen und Reißverschluss und eine verwaschene Jeans. »Hallo, Savvy, wie geht's?«, fragte er und begrüßte sie mit einer kurzen Umarmung. Das war schon außergewöhnlich, denn er schien zu jenen Männern zu gehören, die gewohnheitsmäßig Distanz wahrten. Aber vielleicht hatte er einfach auch kein großes Interesse an der Familie seiner Frau.

»Nicht übel«, antwortete sie, als sie ihm in die Küche folgte, wo eine Rotweinflasche und ein halb geleertes Glas auf der Frühstückstheke standen. Sie sah eine Tüte mit dem Schriftzug von Gino's, und ihr lief das Wasser im Munde zusammen, als sie an italienisches Essen dachte. Das Sandwich mit Erdnussbutter und Marmelade, das sie vor ihrem Besuch in Siren Song gegessen hatte, würde nicht bis zum Frühstück am nächsten Morgen vorhalten.

Hale sah ihren Blick auf die Tüte. »Hast du nicht zu Abend gegessen?«

»Nein, eigentlich nicht.«

»Ich habe noch eine Portion. Kristina hatte keinen Appetit. Hühnchen mit eingelegten Artischocken.«

»Sie will es wirklich nicht?«

»Offensichtlich.«

»Gut, dann springe ich ein.«

Er lachte, und Savannah war überrascht, wie attraktiv er ihr erschien, wenn er einmal nicht so reserviert war. Sie hatte immer den Verdacht gehabt, Kristina hätte ihn wegen seines guten Aussehens geheiratet – und natürlich wegen seines Geldes –, doch nun fragte sie sich, ob das nicht ein Vorurteil gewesen war.

»Was würdest du gern trinken?«, fragte er.

»Hast du Mineralwasser?«

»Ich glaube nicht.«

»Eiswasser?«

»Kein Problem.« Er holte ein Glas aus dem Schrank, ging zum Kühlschrank, gab ein paar Eiswürfel hinein und füllte es bis zum Rand mit kaltem Wasser. »Kristina ist im Bett.« Er reichte Savannah das Glas.

»Sie hat mich gebeten vorbeizukommen«, sagte sie überrascht. »Stimmt was nicht?«

Er griff nach dem Weinglas und trank einen Schluck. »Vielleicht. Ich weiß es nicht.«

»Es klang so, als wäre es ihr wichtig, mit mir zu reden.« Sie beobachtete, wie er die Plastikfolie von einem Teller mit Pasta entfernte und ihn in die Mikrowelle schob.

»Sie hat gesagt ...« Er unterbrach sich und blickte nach links. Plötzlich stand Kristina im Türrahmen. Sie trug ein pfirsichfarbenes Satinnachthemd, das ihre schmalen Schultern betonte und ihre Schlüsselbeins sehen ließ. Sie war bleich.

»Rede weiter«, forderte Kristina mit tonloser Stimme ihren Mann auf. »Erzähl ihr, was ich gesagt habe.«

Hale blickte auf die Mikrowelle, und sie alle warteten auf das *Ping*, das signalisierte, dass das Essen heiß war. »Sie hat gesagt, sie fühle sich nicht wie sie selbst«, fügte Hale hinzu, während er den Teller auf die Theke stellte und auf einen der Barhocker wies, damit Savannah sich setzte. »Und sie hat gesagt, sie habe Dinge getan, die sie nicht tun wollte.«

»So habe ich das nicht gesagt«, protestierte Kristina wütend.

»Vielleicht war das nicht exakt der Wortlaut, aber doch dicht dran.«

Als Savannah sich gesetzt hatte, reichte ihr Hale Besteck und statt einer Serviette ein Stück Papier von einer Küchenrolle. Dann hob er die Hand und verabschiedete sich mit einem Lächeln, das eher einer Grimasse glich.

Als er die Küche verließ, blickte Savannah ihm nach und musste daran denken, dass damit die Chance vertan war, ihn noch an diesem Abend wegen des Bauskandals in Bancroft Bluff und des Doppelmordes an den Donatellas zu befragen. Aber irgendwie war sie fast erleichtert. Da er sie zum Abendessen einlud, wollte sie sich eigentlich nicht für seine

Gastfreundschaft bedanken, indem sie ihn einem polizeilichen Verhör unterzog. *So was erledigt man besser am helllichten Tag,* dachte sie. *Morgen.*

»Und was *hast* du gesagt?«, fragte Savannah ihre Schwester, die immer noch ihrem Mann nachblickte. Ihre Miene verriet zugleich Sorge und Wut, Und noch etwas. Vielleicht Angst?

»Oh, ich weiß es selbst nicht mehr so genau. Es ist alles so verrückt. Ich habe ihm gesagt, dass ich mich manchmal fühle, als würde ich die Kontrolle verlieren ...« Sie schüttelte den Kopf und zog eine Grimasse. »Er hat mich wirklich genervt. Ich habe ihm gesagt, dass ich glaube, den Verstand zu verlieren, und ich denke, dass es ihm scheißegal war. Oder er hat mir nicht geglaubt. Oder beides.« Sie setzte sich Savannah gegenüber an die Frühstückstheke und beobachtete, wie ihre Schwester zu essen begann.

»Eigentlich ist das dein Abendessen«, sagte Savannah.

»Ich habe keinen Appetit. Ich bekomme zurzeit nichts runter.«

»Du siehst so aus, als könnte dir eine gute Mahlzeit nicht schaden.«

»Hale sagt immer, ich sei nur noch Haut und Knochen, aber was weiß er schon!«

»Wenn ich dich so ansehe, finde ich, dass er recht hat.«

Kristina schüttelte den Kopf. »Wenn dies alles erst überstanden ist, kommt der Appetit zurück. Es wird alles wieder in Ordnung sein.«

»Wenn was überstanden ist? Die Schwangerschaft?«

»Ja.«

»Und, verlierst du *wirklich* den Verstand?«, fragte Savannah lächelnd, um die Frage nicht zu aufdringlich klingen zu lassen.

»Nein, ich muss nur etwas Ballast abwerfen, den ich zu lange mit mir herumgeschleppt habe.«

»Ballast?« Während Savannah aß, musste sie sich schwer beherrschen, nicht laut zu stöhnen. »Verdammt, das Essen von Gino's ist wirklich gut. Hier, probier mal.« Sie schob den Teller in die Richtung ihrer Schwester, doch die war bereits aufgestanden und wich zurück.

»Ich habe keinen Appetit.«

»Was ist los, Kristina?«

Sie schüttelte den Kopf. »Es war einfach alles so seltsam.«

»Wovon redest du? Von deiner Beziehung zu Hale?«

»Einfach nur seltsam. Manchmal kommt es mir so vor, als würde ich neben mir stehen und mich aus der Distanz wie eine Fremde beobachten. Hast du das auch schon mal empfunden?«

»Hmm ...«

»Natürlich nicht. Du bist zu bodenständig, wie immer. Nur deine durchgedrehte ältere Schwester hat so ein Problem.«

»Was ist denn das Problem?«, fragte Savannah. »Ihr werdet bald Eltern, und ich werde mich schlagen, so gut ich kann, wenn es so weit ist.«

»Es ist schon alles gut, Savvy. Mein Gott, ein Baby! Ich meine, wir konnten es doch alle gar nicht abwarten, dass es bald so weit ist. Ich mache mir zu viel aus Kleinigkeiten. Bald wird sich mein ganzes Leben ändern, und das ist gut, sehr gut, aber ich flippe aus. Ich sollte nicht so egoistisch sein. Ich meine, wenn ich dich so ansehe, mit dem dicken Bauch ...«

»Da sagst du was«, erwiderte Savvy.

»Damit will ich sagen, dass es im Moment nicht um mich gehen sollte. Du bist schwanger, für mich. Ich sollte zufrieden sein und mich freuen. Es ist nur ...« Sie schüttelte den Kopf. »Mein Gott, ich kann's nicht fassen. Ich klinge wie ...«

»Du klingst, als wärest du einfach ein bisschen ... rappelig.« Savvy trank einen Schluck Eiswasser und blickte ihre Schwester an. »Wolltest du etwas Bestimmtes von mir, oder ging es dir nur um meine Gesellschaft?«

»Ich wollte einfach, dass du bei mir bist.«

»In Ordnung.«

Als Savannah mit dem Essen fertig war, beunruhigte es sie ein bisschen, wie sehr ihr Appetit in letzter Zeit zugenommen hatte. Kristina schien ganz in Gedanken verloren zu sein, und Savannah stand auf und steckte ihren Teller und das Besteck in die Spülmaschine. Dann lehnte sie sich gegen die Theke und blickte ihre Schwester an.

»Ich habe Hale heute Abend gefragt, ob er an Verhexung glaubt«, sagte Kristina.

»War das ernst gemeint?«

»Ja, so halbwegs.«

Kristina lächelte schwach, und doch fand Savvy, dass sie beunruhigt wirkte. »Warum hast du ihn danach gefragt?«

Sie zuckte die Achseln. »Er ist immer so schrecklich gut organisiert. Vermutlich wollte ich ihn ein bisschen provozieren. In Hales Welt ist alles so rational.«

»Deshalb hast du ihn nicht danach gefragt.«

Kristinas blaue Augen schauten sie an, doch dann wandte sie den Blick ab. »Ich habe mich so seltsam gefühlt.«

»Was ist denn passiert?«

»Nichts ... Zumindest nichts Besonderes.«

»Wann hat es angefangen mit dem Gefühl, als würdest du neben dir stehen?«

»Es ist nur ...« Kristina ging zur Tür des Wintergartens. »Vielleicht habe ich nur Angst vor der Zukunft. Wenn dieser kleine Junge erst bei uns ist, wird sich alles ändern. Durchwachte Nächte, Windeln, Babynahrung. Totales Chaos.«

»Denkst du jetzt anders über das Kind?«

»Nein, nein.« Sie kam zurück in die Küche. »Ich kann die Geburt dieses Kindes nicht abwarten. Das Warten bringt mich um! Wenn das Kind erst hier ist, wird alles in Ordnung sein. Auch wenn ich jetzt ein bisschen in Panik bin, will ich dieses Baby doch unbedingt. Ich habe es nur nie so gut verstanden wie du, meine Verrücktheit unter Kontrolle zu halten.«

»Ich bin mir nicht sicher, ob ich darin so gut bin.«

»Du weißt, wie gut du dich zusammenreißen kannst und wie gut du deine Gefühle unter Kontrolle hast. Das war schon immer so. Bei mir leider nicht.« Sie strich sich den Händen durchs Haar. »Ach, hör nicht hin. Ich bin einfach nur müde und spiele verrückt. Vergiss alles, was ich gesagt habe.«

Nein, das war jetzt definitiv nicht der richtige Zeitpunkt, um ihre Schwester erneut wegen des Doppelmordes an den Donatellas zu vernehmen. Was immer Kristina behaupten mochte, sie war sich ihrer Sache mit dem Baby nicht mehr sicher. Irgendetwas war hier los. Sie machte sich wirklich Gedanken darum, dass es in Kristinas und Hales Ehe ernsthafte Probleme gab, an denen sich auch durch das Kind nichts ändern würde.

Sie versuchte, mehr aus ihrer Schwester herauszuholen, in der Hoffnung zu erfahren, was genau sie beunruhigte und was der »Ballast« war, den sie mit sich herumschleppte, doch es war, als hätte Christina all ihre Energie verbraucht und den Laden dichtgemacht. Das Gespräch schleppte sich dahin, und sie gab nichts mehr preis. Eine halbe Stunde später saß Savvy in ihrem Wagen und fuhr in südlicher Richtung nach Hause, kein bisschen schlauer als zuvor. Ihre Schwester war ihr schlicht und einfach ein Rätsel.

Aus dem Regen war ein feiner Nebel geworden, und es war stockfinster. Sie fuhr vorsichtig, da ihr Geländewagen immer wieder von heftigen Windböen erfasst wurde, und sie atmete erleichtert auf, als sie endlich die Auffahrt ihres kleinen grauen Hauses erreichte, das auf der östlichen Seite des Highway 101 stand und einen spektakulären Blick auf den Pazifik bot. Heute Nacht allerdings war es so dunkel, dass das Meer nicht zu sehen war, und als sie auf den Knopf drückte, um das Garagentor zu öffnen, war sie froh, dass automatisch Licht anging. Als sie den Wagen abgestellt hatte, schloss sie mit einem weiteren Knopfdruck das Tor, stieg aus und ging die beiden Holzstufen hoch, hinter denen die Küche lag. Als sie ihre Jacke auf einen Stuhl fallen ließ, fiel ihr Blick auf den Teller mit den Krümeln des Sandwichs mit Erdnussbutter und Marmelade, das sie früher am Tag gegessen hatte. Für einen Augenblick war sie versucht, sich noch eins zu machen, aber sie hatte je gerade erst zu Abend gegessen.

Lieber nicht, dachte sie bedauernd und ging durch das Wohnzimmer zu dem zweiten Schlafzimmer, das sie zu einem Büro umfunktioniert hatte. Ihr Laptop lag offen auf dem Schreibtisch und lief im Stand-by-Modus, das grüne Licht leuchtete. Sie drückte auf den Wake-up-Button und stellte die Internetverbindung her, verärgert, weil sie in Gedanken immer noch bei dem Sandwich war.

Für einen Augenblick saß sie nur da und versuchte, die beunruhigenden Gedanken an Kristina abzuschütteln. Dann beschloss sie, das Gespräch mit Catherine noch einmal konzentriert Revue passieren zu lassen. Bald waren ihre Gedanken bei Maggie/Kassandra. Sie gab bei Google »Kassandra« und »Seherin« ein und fand Informationen über die mythologische Prinzessin, welche die Zukunft vorhersagen konnte. Diese Gabe war ihr von Apollon verliehen worden, doch als Kassandra dessen Liebe nicht erwiderte, machte der die Gabe wirkungslos und verfügte, niemand dürfe ihren Prophezeiungen Glauben schenken.

Kassandra sieht Dinge, aber manchmal irrt sie sich.

War das die Wahrheit? Catherines Körpersprache hatte ihre Worte Lügen gestraft, aber hieß das, dass Maggie/Kassandra wirklich in die Zukunft sehen konnte?

Unsinn.

Sie beschloss, die Gedanken an Catherine und Maggie/Kassandra vorerst ebenfalls beiseitezuschieben, doch vorher googelte sie noch »Hydra«. Das war ein mythologisches Ungeheuer mit neun Köpfen, und wenn einer abgeschlagen wurde, wuchsen zwei neue nach. Der Kampf mit der Hydra war eine der sieben Aufgaben des Herkules, und er besiegte das Ungeheuer, indem er die Köpfe abschlug und jeden Halsstumpf mit einer brennenden Fackel versengte, damit keine zwei neuen Köpfe nachwachsen konnten.

Eine brennende Fackel. Feuer. Hatte Maggie/Kassandra von der Hydra gesprochen, weil sie glaubte, dass der Mann, der es auf die Frauen von Siren Song abgesehen hatte, nur mit Feuer gestoppt werden konnte?

Sie legte ihre Hände auf den Bauch und sagte laut: »Immer mit der Ruhe, mein Kleiner.«

Sie schaltete den Computer aus und dachte an die Gaben der Frauen von Siren Song, einige davon dunkle Gaben. Als sie eine Bodendiele ächzen hörte, zuckte sie zusammen, und ihr Blick suchte die dunklen Ecken des Raums ab.

Falscher Alarm.

Sie war wütend auf sich selbst, weil sie sich so leicht Angst einjagen ließ. Einen Augenblick später beschloss sie, sich doch noch ein Sandwich mit Erdnussbutter und Marmelade zu gönnen.

Am nächsten Morgen hielt Savannah vor der Bäckerei Sands of Thyme, wo sie sich zum Frühstück einen Vanillejoghurt, eine Banane und eine Tasse entkoffeinierten Kaffee gönnen wollte. Sie nahm im Selbstbedienungsbereich einen weißen Becher von dem Stapel, schenkte sich aus einer Thermoskanne Kaffee ein, gab etwas Milch hinzu und schnappte sich einen Löffel, bevor sie sich an einen Tisch im hinteren Teil des Raums setzte.

Sie trank ihren Kaffee und aß langsam die Banane. So scharf war sie darauf nicht, aber Bananen enthielten jede Menge Kalium, und man hatte ihr gesagt, es wäre gut, wenn sie so viele wie möglich davon essen würde. *Wenn's sein muss.* Es waren noch etwa drei Wochen bis zur Geburt des Kindes, und sie wollte in diesem Stadium nichts mehr tun, das einen reibungslosen Ablauf verhindern konnte. Trotzdem war es wahrlich erstaunlich, wie viel sie essen konnte und wie häufig sie ans Essen dachte.

Ihre Gedanken kehrten zurück zu Catherine und ihrem bizarren improvisierten Vortrag über die Genetik. Noch immer versuchte sie herauszufinden, worauf die Wächterin von Siren Song hinausgewollt hatte. Woran hatte sie gedacht, und in welche Richtung hatte Catherine sie lenken wollen? Eindeutig war, dass sie mit dem Finger auf die männlichen Nachkommen von Mary Rutledge Beeman gezielt hatte. Als sie nach ihnen fragte, hatte Catherine nur eine wegwerfende Handbewegung gemacht und gesagt, sie seien adoptiert worden, als wäre das der einzige Weg, wie man mit ihnen verfahren konnte. Doch da war noch etwas anderes.

Savannah musste an Bienen denken, welche die männlichen Bienen – die Drohnen – im Herbst verstoßen. Sie waren nicht mehr erwünscht.

War so etwas in Siren Song passiert? Hatten die Frauen die Männer vor die Tür gesetzt? Savvy rieb sich die Augen. Es musste schlimm sein für die männlichen Kinder, so verstoßen zu werden. Obwohl viele es auf die Dauer unter Catherines Dach ohnehin nicht ausgehalten hätten.

Sie nahm sich vor, sich später noch einmal mit den männlichen Nachkommen aus der Kolonie zu beschäftigen. Als sie die Banane verputzt hatte, widmete sie sich dem Joghurt. Wirklich wichtig war, dass sie sich konsequent mit dem Doppelmord an den Donatellas beschäftigte, bevor sie ihrerseits aus dem Nest des Tillamook County Sheriff's Department verstoßen wurde. Sie wurde wütend bei der Vorstellung, dass die anderen ohne sie weitermachen würden, und sie empfand die eher irrationale Angst, dass man sie dort nach der Entbindung nicht wiedersehen wollte.

Zwanzig Minuten später eilte sie im Regen von ihrem Wagen zum Hintereingang des Sheriff's Department. Sie zog ihre Jacke aus und war froh, dass sie nicht mehr so von Regenwasser tropfte wie am Vortag. May Johnson saß an ihrem Schreibtisch und winkte. Savvy nickte ihr zu, legte die Jacke über den Arm, ging zum Pausenraum und hängte sie auf einen Bügel. Dann öffnete sie einen Schrank, nahm Instantkaffee heraus und machte sich in der Mikrowelle eine zweite Tasse heiß. Als sie eine Minute zu spät an ihrem Schreibtisch eintraf, war sie allein in dem Gemeinschaftsbüro. Sie schloss ihre Tasche in der untersten Schublade ein und starrte ins Leere, in Gedanken an ihre Schwester versunken. Was zum Teufel war da los? Wollte sie es überhaupt wissen? Kristina war immer schon flatterhafter gewesen als sie, doch nun schien ihre Schwester irgendwie die Orientierung verloren zu haben, und das nervte sie.

Stone kam herein und setzte sich an den Schreibtisch, der dem von Savannah direkt gegenüberstand. Er ließ sich in seinen Bürosessel fallen.

»Du bist ja immer noch hier«, sagte er lächelnd.

»Eine Schwangerschaft ist keine Krankheit.«

Sein Lächeln wurde breiter.

Savannah nickte ein bisschen beschämt. Lag es an der Schwangerschaft, dass sie so schnippisch war? Sie beschloss, zur Sache zu kommen. »Ich fahre heute zum Büro von Bancroft Development, um nochmals Hale St. Cloud zu vernehmen.«

»Deinen Schwager.«

»Unter anderem werde ich auch noch mit Declan Bancroft sprechen, seinem Großvater.«

Stone nickte. »Ich habe diesen Kyle Furstenberg immer noch nicht gefunden. Ich glaube, dass er sich absichtlich verdrückt hat.«

»Siehst du das als ein Schuldeingeständnis?«, fragte Savannah.

»Eher als ein Eingeständnis, dass er Schiss hat. Vielleicht ist er auch einfach nur ein Arschloch. Wie auch immer, er reagiert nicht auf meine Anrufe, und all seine Nachbarn tun so, als hätten sie nie von ihm gehört.«

»Wer sind diese Nachbarn?«

»Ziemlich abgewrackte Typen. Leere Blicke, und überall liegen Pizzaschachteln, Bierdosen und Einwegfeuerzeuge herum. Aber keine Zigarettenkippen. Also werden sie wohl was anderes rauchen.«

»Das wird's sein.«

Beide lächelten.

»Du wirst mir fehlen, wenn du den Mutterschaftsurlaub antrittst, Savvy.«

»Es ist ja nur vorübergehend.«

»Natürlich. Du wirst doch pünktlich zur Hochzeit wieder da sein?«

»Schon lange, lange vorher«, betonte sie. Stone und seine Verlobte Claire Norris wollten irgendwann im Frühjahr heiraten, und Savannah konnte es nicht fassen, dass Stone glaubte, sie würde bis dahin immer noch nicht wieder im Dienst sein.

»War nur ein Scherz«, sagte Stone.

Savannah warf ihm einen finsteren Blick zu, und Stone grinste breit.

»Wie läuft es mit der kleinen Bea?«, fragte sie, um von sich selbst abzulenken.

»Es geht voran, wenn auch langsam. Catherine hat nichts davon gesagt?«

Claire Norris und Langdon Stone kämpften darum, ein kleines Mädchen adoptieren zu dürfen, das Verbindungen zur Kolonie und Catherine hatte. Obwohl Catherine Claire und Stone als Adoptiveltern zu favorisieren schien, hatte sie andererseits verlauten lassen, das Baby möglicherweise selbst adoptieren zu wollen. Bisher war Beatrice bei Claire und Stone, doch es war unklar, was Catherine vorhatte. Andererseits war sie gegenwärtig, wie Savvy wusste, von ganz anderen Dingen in Anspruch genommen.

Sie dachte an die Plastiktüte in ihrer Handtasche, konnte sich aber noch nicht überwinden, Stone das Messer zu zeigen. »Was ist mit Hillary Enders?«

»Sie kommt heute nach Feierabend hier vorbei, wenn sie nicht vorher Schiss kriegt. Am Telefon hörte sie sich ganz schön ängstlich an.«

Nach einem Blick auf die Wanduhr schloss Savannah die Schreibtischschublade auf und zog ihr Handy aus der Handtasche. »Es wird besser sein, wenn ich Hale wissen lasse, dass ich komme.«

»Ja.«

Dann entschied sie, mit dem Anruf zu warten, bis sie mit Stone über das Messer gesprochen hatte. Sie zog die Plastiktüte aus ihrer Handtasche und legte sie auf den Schreibtisch.

Stone hob die Augenbrauen, als er das darin liegende Messer sah.

»Das hat Catherine Rutledge mir gegeben«, sagte Savvy. »Sie will, dass ich einen DNA-Test veranlasse.«

»Warum?«

»Catherine sagt, es habe etwas mit ihrer Schwester Mary zu tun. Sie glaubt, Mary habe sich mit dem Messer umgebracht, oder zumindest wollte sie mich das glauben lassen.«

»Ich dachte, Mary sei von einer Klippe in den Tod gestürzt. So steht es meiner Erinnerung nach auch in dem Buch *Eine kurze Geschichte der Kolonie*.«

»Das muss ich auch endlich lesen, da geht kein Weg dran vorbei. Offenbar hat Catherine verschiedene Geschichten über Marys Tod verbreitet. Einmal ist von einem tödlichen Sturz, einmal von einer tödlichen Fehlgeburt die Rede, doch jetzt hat sie selber zugegeben, dass das Lügen waren. Ihr zufolge hat Mary bis vor Kurzem auf Echo Island gelebt. Catherine sagt, dass wir wahrscheinlich Marys DNA auf dem Messer finden werden.«

»Echo Island?«

»Es gab doch immer schon Gerüchte, dort lebe eine alte Einsiedlerin.«

Stone zog die Plastiktüte zu sich heran, um das Messer genauer in Augenschein zu nehmen. »Catherine ist keine Frau, die ihre Geheimnisse preisgibt. Das tut sie nie. Was zum Teufel hat sie vor?«

»Sie versucht, die Untersuchung eines Mordfalls zu vermeiden, will aber trotzdem einige Antworten hinsichtlich des Messers. Sie hat um einen privaten DNA-Test gebeten und will die Rechnung selbst bezahlen, aber ich denke, dass ich die Sache lieber auf meine Weise durchziehen sollte. Irgendwas stimmt da nicht.«

»Du willst das Messer analysieren lassen, als wäre es ein Beweisstück in einem Mordfall?«

»Ja, aber Catherine werde ich das vorerst nicht erzählen. Ich warte erst die Ergebnisse ab. Aber es wird kein privater Auftrag sein, sondern ein offizieller. Ich will die Resultate so schnell wie möglich erfahren.«

»Diese Frau ...« Stone schüttelte den Kopf.

»Ich weiß. Ach übrigens, ich habe darauf hingewiesen, dass du auf einer Exhumierung von Marys Leiche bestehen könntest.«

»Warum glaubst du, dass ich das möchte?«

»Catherine sagt, Mary sei tot, und das Messer habe etwas damit zu tun. Vielleicht sollte Gilmore sich diese Leiche mal ansehen.«

»Ja, vielleicht«, sagte Stone düster.

»Was ist?«, fragte Savvy.

»Du kriegst Mutterschaftsurlaub und überlässt es einmal mehr mir, mich mit Catherine und der Kolonie herumzuschlagen.«

»Ich komme ja zurück. Mein Gott, Lang, wie oft muss ich das noch sagen?«

»Noch sehr oft.«

»Ich komme zurück«, wiederholte sie, bevor sie Hale St. Clouds Handynummer wählte.

6

Bancroft Developments Filiale in Seaside residierte in der oberen Etage eines einstöckigen Gebäudes mit Blick auf den Necanicum River. Früher hatte das Unternehmen das ganze Gebäude genutzt, doch wegen der Wirtschaftskrise und der Prozesse wegen des Bauskandals von Bancroft Bluff hatte Hale das Erdgeschoss vermietet, ein paar Angestellte entlassen und den Rest in den ersten Stock verbannt. Dagegen war das Unternehmen in Portland auf Expansionskurs. Da waren nicht nur die Bauvorhaben am Lake Chinook, sondern auch Projekte mehrerer Apartmentblocks, die schon fast beendet waren. Da der Markt für Mietwohnungen boomte, gab es bereits mehrere Kaufangebote von Investoren, die schon vor der Fertigstellung zu zahlen bereit waren. Und eine Investorengruppe mit einem soliden Ruf hatte ein Angebot gemacht für ein Hochhaus an der East Side von Portland, das gerade erst in der Planungsphase war. Hier gingen die Geschäfte gut.

Aber nicht an der Küste, zumindest nicht für Bancroft Development. Gegenwärtig gab es nur drei Projekte, die bereits in Angriff genommen worden waren, zwei kleine Bürogebäude und ein Einfamilienhaus an der Strandpromenade, wo das Haus, das bisher dort stand, in Kürze abgerissen werden sollte. Von den beiden Geschäftsgebäuden war eines ein Bürokomplex nördlich der Stadt, in der Nähe von Garibaldi, das andere bot sechs Firmen Platz und stand südlich ihrer Filiale am Necanicum River. Dort war das

Fundament bereits fertig. Keines dieser Projekte an der Küste war auch nur annähernd beendet, und angesichts des reduzierten Personals hatte Hale zurzeit alle Hände voll zu tun. Er konnte sich darauf verlassen, dass die Mitarbeiter aus Portland ihn darüber informierten, was dort lief, doch um die Projekte in Seaside musste er sich tagtäglich selbst kümmern.

Er blickte auf die Uhr. Viertel vor zehn morgens. Sein Großvater war noch nicht da, mit zunehmendem Alter kam er immer später ins Büro. Manchmal erst mittags, doch da er eigentlich nur noch so etwas wie das Aushängeschild des alteingesessenen Unternehmens war, spielte es eigentlich keine Rolle, ob er da war oder nicht.

Durch das Fenster sah Hale, dass es in Strömen regnete. Er verließ das Büro und nahm sein Jackett von der Garderobe. Als er an der offenen Tür von Sylvie Strahans Büro vorbeikam, sagte sie: »Ella wird dich gleich wieder schön nerven.«

Ella Blessert war die Empfangsdame und Buchhalterin der Filiale in Seaside. Früher, vor der Wirtschaftskrise, war sie die Assistentin der damaligen Buchhalterin Nadine Gretz gewesen, doch als die mit Clark Russo nach Portland übergewechselt war, hatte Ella die komplette Buchhaltung übernommen. Außerdem hatte sie unglücklicherweise die Angewohnheit, ständig um Hales Wohlergehen besorgt zu sein und ihn zu bemuttern. Ihm war noch nie eine Frau von Mitte zwanzig begegnet, die so pedantisch war. Er fragte sich, ob er es schaffen würde, die Filiale zu verlassen, ohne dass sie ihn sah. Er wollte nicht wieder hören, dass er für das augenblickliche Wetter unpassend angezogen war.

Aber sie sah sofort von ihrem Schreibtisch am Empfang auf, als er die gewundene Treppe ins Erdgeschoss hinabsteigen wollte.

»Sie können bei dem Wetter nicht ohne Kopfbedeckung nach draußen gehen, Mr St. Cloud. Hier, nehmen Sie wenigstens meinen Schirm.«

»Es geht schon, Ella.«

Sylvie trat mit einem kaum kaschierten Grinsen aus ihrem Büro und schien sich in der kleinen Küche einen Kaffee kochen zu wollen, doch dann blieb sie stehen und musste sich schwer beherrschen, nicht in Gelächter auszubrechen, als sie sah, wie Ella Hale einen lavendelblauen Schirm hinhielt.

»Wir können es uns nicht leisten, dass der Boss an Grippe oder sonst was erkrankt«, sagte Ella. »Ohne Sie läuft hier nichts, Mr St. Cloud.«

»Sie können ruhig Hale sagen«, rief er ihr zum x-ten Mal ins Gedächtnis. Declan mochte ihre gespreizte Ausdrucksweise und ihre Pedanterie und flirtete ausgiebig mit ihr, doch Hale wurde in ihrer Gegenwart nur ungeduldig.

Er warf Sylvie einen finsteren Blick zu, doch die hob nur die Hände und verschwand. Ihre Schultern bebten, als müsste sie immer noch ein lautes Lachen unterdrücken. Sylvie war Hales rechte Hand, und darüber hinaus hatte er kein Interesse an ihr. Aber er fragte sich schon manchmal, warum er statt Kristina nicht eher eine Frau wie sie geheiratet hatte. Soweit er es beurteilen konnte, schien Sylvie ein starkes Selbstbewusstsein zu haben und zu wissen, was sie wollte und wie ihre Zukunft aussehen würde. Kristinas Selbstbewusstsein hingegen wurde von Tag zu Tag schwächer, und er wusste nicht, was er dagegen tun konnte.

Er eilte ohne den lavendelblauen Schirm die Treppe hinab, und als er gerade die gläserne Eingangstür aufstoßen und durch den Regen zu seinem auf dem Parkplatz stehenden Geländewagen laufen wollte, klingelte sein Handy. Er zog es aus der Tasche und schaute auf das Display. Savannah. Seine Schwägerin.

»Hallo, Savvy.« Draußen schüttete es wie aus Eimern. Vielleicht hätte er doch besser den Schirm mitnehmen sollen.

»Hallo, Hale. Ich muss noch mal mit dir über den Doppelmord an den Donatellas reden und einen Blick in die Akten zu den damaligen Bauvorhaben in Bancroft Bluff werfen. Ist es dir heute irgendwann recht?«

Das überraschte ihn. Er hatte damit gerechnet, etwas über das Baby zu hören. »Ist was passiert?«

»Wir haben uns den Fall noch mal vorgenommen, und ich habe mich erboten, noch mal mit dir und deinem Großvater zu reden. Und mit jedem anderen aus euren Reihen, der etwas mit dem Projekt Bancroft Bluff und der Partnerschaft mit den Donatellas zu tun hatte.«

»Hmm.«

Sie interpretierte sein Zögern falsch. »Würdest du lieber mit einem meiner Kollegen reden?«

»Natürlich nicht.« Er zog eine Grimasse. Es war nur, dass er eigentlich kein Interesse daran hatte, dass all das noch mal aufgerollt wurde. Aber natürlich wollte er, dass der Mörder gefunden wurde. Die Art und Weise, wie die Donatellas exekutiert worden waren, hatte ihm das Blut in den Adern gefrieren lassen, und jedes Mal überkam ihn blinde Wut, wenn er an den Killer dachte, der seinen Freunden das Leben genommen hatte.

Falls es also nützlich war, alle Aussagen und Akten noch mal durchzugehen, sollte es ihm recht sein. »Mein Großvater sollte so gegen Mittag hier sein. Wäre dir ein Uhr recht?«

»Geht's auch um zwei?«, fragte sie.

»Das lässt sich machen.«

Er beendete das Telefonat, rannte zu seinem TrailBlazer und drückte mehrfach auf die Fernbedienung. Die blinkenden Lichter sagten ihm, dass die Türen geöffnet waren. Er klemmte sich hinters Steuer und ließ den Motor an. Regentropfen liefen an seinen Jackenärmeln und an seinem Hals hinab. Sein Kragen war feucht.

Zuerst fuhr er zur Strandpromenade, die direkt vor den am Meer stehenden Häusern vorbeiführte. Dort sollte für den Neubau ein altes Haus abgerissen werden, und er wollte nach dem Rechten sehen. Nachdem er auf der anderen Straßenseite einen Parkplatz gefunden hatte, blieb er noch einen Moment in seinem Wagen sitzen und betrachtete das alte Haus, dessen Tage nun gezählt waren. Es war einst ein sehr schönes Strandhaus gewesen, doch im Laufe der Jahre hatten ihm die heftigen Winde, der Regen und der Sand arg zugesetzt. Die Bauherren des neuen Domizils wollten ein moderneres und spektakuläreres Haus, und auch wenn es ihm in erster Linie immer darum ging, was ein Kunde wollte, hatte er in diesem Fall doch vorgeschlagen, etwas von der traditionellen Strandhausarchitektur zu retten, damit das neue Haus in seiner Umgebung nicht wie ein Fremdkörper wirkte. Sein Rat war auf taube Ohren gestoßen.

Als er die neuen Besitzer des Grundstücks sah, das Ehepaar Carmichael, stieg er aus seinem Wagen, lief über die Straße und stieß auf der Vorderveranda zu ihnen. Sie waren jung und wohlhabend, und Ian Carmichaels Großvater war mit Declan befreundet. Hale schüttelte Ian und Astrid die Hand. Astrid war im sechsten Monat schwanger. Er konnte kaum etwas über das Haus sagen, weil sie ihn ständig mit Fragen über »seine« Schwangerschaft löcherte. Wie fühlt sich Savannah? Wie geht es Kristina? Sind sie schon ganz aufgeregt? Haben sie schon einen Namen für das Kind? Glauben sie, dass das Baby zum angekündigten Zeitpunkt kommen wird?

»Ich weiß es wirklich nicht«, antwortete Hale auf die letzte Frage.

»Ich wette, dass Sie schon ganz aufgeregt sind«, sagte Astrid. »Mein Gott, wenn es bei mir schon so weit wäre …«

Ian legte einen Arm um sie. »Also, wann wird mit dem Abriss begonnen?«, fragte er.

»Nächste Woche, wenn nicht etwas Unvorhergesehenes dazwischenkommt.« Das war längst bekannt. Ian wollte nur das Thema wechseln, weil er keine Lust hatte, noch weiter über Babys zu reden.

Aber Astrid sah das anders. »Sobald mein kleines Mädchen da ist, müssen wir uns treffen. Wenn Sie näher an Seaside wohnen würden, könnten unsere Kinder später dieselben Schulen besuchen. Sie sollten wirklich mal darüber nachdenken.«

»Lass ihn endlich in Ruhe mit dem Thema«, ermahnte sie Ian gutmütig. »Sie glauben nicht, dass die Verschalung aus Holz sein sollte?«

»Nicht, wenn sie dauerhaft haltbar sein soll«, antwortete Hale. Er führte die beiden durch das Haus zu der Terrasse, von der aus man einen Blick aufs Meer hatte. Sie sprachen über die

Vorzüge einiger neu auf den Markt gekommener Produkte. Dann fing Astrid schon wieder mit den Babys an, und als Hale ging, brummte ihm von ihrem Gebrabbel der Kopf.

An diesem Morgen hatte er das Frühstück ausfallen lassen, und nun musste er unbedingt etwas essen. Er fuhr nach Seaside hinein, folgte dem Broadway, hielt hinter der Brücke beim Bridgeport Bistro und bestellte ein Sandwich und eine Cola zum Mitnehmen. Dann fuhr er zu seinem Büro zurück und aß an seinem Schreibtisch. Ella hatte ihn besorgt angeblickt, als sie sein nasses Haar sah, und für einen Augenblick hatte er ernsthaft darüber nachgedacht, ihr etwas vorzuspielen, zu zittern und keuchend zu husten. Nur, um zu sehen, wie sie reagieren würde. Stattdessen hatte er die Tür geschlossen und sich an seinen Schreibtisch gesetzt, und dort saß er immer noch, als Declan anklopfte und den Kopf durch die Tür steckte.

»Hast du mir ein Sandwich mitgebracht?«, fragte er, als sein Blick auf das Wachspapier fiel, in welches das Essen eingepackt gewesen war.

»Dann hättest du schon anrufen müssen, um es mich wissen zu lassen.«

Declan schnaubte. »Mit dem Handy, was?«

»Die Dinger funktionieren«, bemerkte Hale.

»Hab sowieso keinen Hunger. Ich komme gerade vom Frühstück.«

Hale blickte auf die Uhr. Viertel vor eins. »Ich habe mich eben mit den Carmichaels getroffen.«

»Mit wem?«

»Mit dem Ehepaar, das das alte Haus an der Strandpromenade gekauft hat und es für einen Neubau abreißen lassen will.« Es war beunruhigend, wie schlecht das Kurzzeitgedächtnis seines Großvaters manchmal war. War es nur eine normale Alterserscheinung, oder steckte mehr dahinter?

»Ach ja, ich erinnere mich.« Declan wirkte etwas verlegen.

Hale brachte seinen Großvater auf den neuesten Stand hinsichtlich der Pläne der Carmichaels für den Neubau und kam dann auf einige der anderen Projekte zu sprechen. »Am Lake Chinook gilt immer noch der Baustopp«, schloss er. »Aber ich habe mit Russo gesprochen, und er glaubt, dass er und Vledich es hinbekommen, dass die Arbeiten ohne allzu große Verzögerung wiederaufgenommen werden können.«

»Und du glaubst ihm?« Declan war skeptisch, was die Fähigkeiten von Clark Russo und seinen Mitarbeitern betraf.

»Ich habe keine Lust, zum Lake Chinook zu fahren, wenn's nicht unbedingt sein muss«, sagte Hale.

»Ja, es ist eine schlechte Jahreszeit, um die Berge zu überqueren. Es wird einen Sturm geben.«

Hale nickte, obwohl er eher an die Fahrzeit gedacht hatte. Schon bei gutem Wetter waren es mehr als zwei Stunden pro Weg. »Lass uns einfach abwarten, was Russo machen kann.«

Declan räusperte sich und wechselte das Thema. »Wie geht es Kristina?«, fragte er, womit er eigentlich meinte, wie es Savannah ging.

»Savannah schaut heute vorbei.«

»Hier?«

»Sie will uns noch mal wegen Bancroft Bluff vernehmen.«

»Wann zum Teufel schmeißt sie ihren Job hin und geht in Mutterschaftsurlaub?«

»Wahrscheinlich erst, wenn die Wehen einsetzen.«

»Nicht früher? Mir gefällt der Gedanke nicht, dass sie in ihrem Zustand kriminellem Abschaum hinterherjagt. Es ist nicht richtig.«

»Nun, heute jagt sie hinter uns her«, sagte Hale lächelnd.

»Was wirst du ihr sagen?«

»Wovon redest du?«

»Wie oft müssen wir noch über DeWitts Inkompetenz reden? Für diesen ganzen Schlamassel haben wir Anwälte. Wir müssen nicht mit der Polizei reden.«

»Sie muss einen Doppelmord aufklären«, sagte Hale, damit nicht wieder eine Tirade über ihren unfähigen ehemaligen Statiker und dessen Gutachten folgte.

»Den haben nicht wir auf dem Kerbholz. Aber ich hätte mich nie auf diese Partnerschaft mit Marcus Donatella einlassen sollen. Trotzdem ist es eine gottverdammte Schande, was er und Chandra für ein Ende gefunden haben. Doch das ist nicht unsere Schuld. Wir haben diese Häuser in gutem Glauben gebaut, und wenn DeWitt nur ein bisschen Grips gehabt hätte, säßen wir jetzt nicht in dieser Scheiße.«

»Sie wird um zwei hier sein«, sagte Hale.

»Gut, ist mir recht.« Declan ging zur Tür. »Ich bin in meinem Büro.«

7

Savannah fuhr zum Drift In Market, wo sie einen großen gemischten Salat mit Hähnchenfiletstreifen bestellte und sich damit an einen Tisch mit einer rot-weiß karierten Kunststoffdecke setzte. Die Fenster dahinter gingen nach Westen, doch der Blick auf den Pazifik wurde blockiert durch die Häuser des Küstenstädtchens Deception Bay. Am Himmel zogen tief hängende Wolken vorüber. Auf dem Weg von Tillamook nach Seaside hatte sie hier angehalten, um etwas zu essen, doch hauptsächlich ging es ihr darum, der Historischen Gesellschaft von Deception Bay einen Besuch abzustatten, um *Eine kurze Geschichte der Kolonie* von Herman Smythe zu lesen. Stone hatte ihr erzählt, das Buch werde nicht ausgeliehen, aber es sei nicht lang, und sie könne es bequem vor Ort lesen.

Als sie den Salat und das Baguette verputzt hatte, fiel ihr Blick auf den Käsekuchen in einer Glasvitrine, und sie ging, bevor die Versuchung durch etwas Süßes zu groß wurde.

»Durch dich werde ich noch fresssüchtig«, sagte sie, während sie sacht eine Hand direkt unter ihre rechten Rippen legte. Das Baby bewegte sich, und sie musste lächeln, als sie in ihren Escape stieg. Bis zur Historischen Gesellschaft war es nicht weit.

Sie kannte keine Einzelheiten der Romanze zwischen Langdon Stone und Dr. Claire Norris, doch während der Zeit, als sie zueinander fanden, hatte er seine ersten Auseinandersetzungen mit Catherine Rutledge erlebt. Im Verlauf dieser speziellen Ermittlungen, die auch etwas mit den Frauen von Siren Song zu tun hatten, erfuhr Stone von Herman Smythe' Büchlein, und das wollte Savannah nun lesen.

Die Historische Gesellschaft residierte in einem Gebäude am Stadtrand, das einst eine Kirche gewesen war. Sogar der Kirchturm stand noch, und Savvy schaute darauf, als sie den Parkplatz überquerte und die hölzernen Stufen zum Eingang hinaufging. Auf einem von Hand bemalten Schild stand in blauen Buchstaben historische gesellschaft deception bay, und als sie die Tür öffnete, kündigte das Bimmeln einer Klingel ihr Eintreffen an.

Gläserne Vitrinen waren in Reihen angeordnet, und die Gänge dazwischen führten zu einer Theke, welche die ganze hintere Wand einnahm. Dahinter wartete eine Frau, die aufgestanden war, als sie die Klingel gehört hatte. Zurzeit war außer Savvy kein anderer Besucher da.

»Kann ich Ihnen helfen?«, fragte die Frau, deren Äußeres ganz der Klischeevorstellung einer etwas altmodischen Bibliothekarin entsprach. Straff zurückgebundenes braunes Haar mit grauen Strähnen, eine Lesebrille mit einer dünnen silbernen Kette daran auf der Nasenspitze. An ihrem dunkelbraunen Cardigan steckte eine Brosche mit einem Bernstein. Unter der langen Strickweste trug sie eine weiße Bluse und einen braunen knöchellangen Rock.

»Ich suche das Buch *Eine kurze Geschichte der Kolonie* von Herman Smythe.«

Die Bibliothekarin musterte Savannah, die eine schwarze Hose, ein braunes T-Shirt und ein schwarzes Jackett darüber trug.

»Sind Sie Polizistin?«, fragte die Frau, als sie Savannahs Dienstwaffe sah.

»Ja ...«

»Sie benötigen einen richterlichen Beschluss, wenn Sie das Buch mitnehmen möchten. Es ist ein Unikat und wird nie ausgeliehen.« Sie blickte Savvy herausfordernd an.

»Ich will das Buch nicht ausleihen, sondern es hier lesen.«

Die Frau blickte sie finster an, als wüsste sie nicht, ob sie Savvy glauben sollte.

»Wäre das möglich?«

Statt zu antworten, ging die Frau zu einem Bücherregal und zog einen schmalen Band heraus. Für einen Moment hielt sie ihn fest, als wollte sie ihn Savannah nicht einmal für ein paar Minuten überlassen, doch dann schüttelte sie den Kopf und reichte der Besucherin das Buch. »Sie können sich da drüben an den Tisch setzten.«

»Danke.«

Sie setzte sich, schlug das Buch auf und las.

EINE KURZE GESCHICHTE DER KOLONIE
von Herman Smythe

Mit einer Einleitung von Joyce Powell-Pritchett,
Vorsitzende der Historischen Gesellschaft
von Deception Bay

Zuerst möchte ich mich vorstellen. Mein Name ist Joyce Powell-Pritchett, und ich bin seit zwölf Jahren Vorsitzende der Historischen Gesellschaft von Deception Bay. Das Buch Eine kurze Geschichte der Kolonie *kam mit dem Nachlass von Dr. Parnell*

Loman in den Besitz der Historischen Gesellschaft. Obwohl man ursprünglich glaubte, Dr. Loman sei der Autor des Buches, stellte sich später heraus, dass es tatsächlich von Mr Herman Smythe geschrieben wurde, einem Zeitgenossen von Dr. Loman, der das Material zusammengestellt und verarbeitet hat.

»Die Kolonie« ist eine in der Gegend gebräuchliche Bezeichnung für jene Gruppe von Frauen, die gemeinsam in der Siren Song Lodge in Deception Bay leben. Sie sind die Nachkommen von Nathaniel und Abigail Abernathy. Mr Smythe gibt offen zu, dass sein Buch auf mündlichen Aussagen beruht, die zum größten Teil von Mary Rutledge Beeman stammen, einem Mitglied der Kolonie. Mary Rutledge Beeman und ihre Schwester Catherine Rutledge sind die letzten Nachkömmlinge der Familie, die in diesem Buch erwähnt werden. Mr Smythe kannte Mary Beeman und ihre Schwester Catherine Rutledge persönlich. Letztere lebt immer noch in dem Haus mit einigen von Marys Kindern, die in dem Buch nicht namentlich erwähnt werden.

Mr Smythe lebt noch, und als ich ihm erzählte, dass ich eine Einleitung schreiben würde zu seinem Buch, lächelte er mich zwinkernd an und sagte: »Die Leute glauben, was in dem Buch steht, seien alles Märchen, aber glauben Sie mir, ich war dabei in den Siebzigern und Achtzigern, und ich habe mich beim Schreiben an die Fakten gehalten.«

Ob es nun die Wahrheit ist oder die Wahrheit vermischt mit Fiktion, ich bin sicher, dass auch Sie Eine kurze Geschichte der Kolonie *für eine faszinierende Lektüre halten werden.*

Viel Spaß beim Lesen!

Joyce Powell-Pritchett

Savvy blickte zu der Bibliothekarin hinüber, die ihrem Blick standhielt.

»Ja, ich bin Joyce Powell-Pritchett«, sagte sie, als hätte Savvy sie danach gefragt.

Savvy nickte ihr zu und las weiter.

AUS DEN ANNALEN DES HERMAN SMYTHE

Die Einheimischen aus der Gegend von Deception Bay nennen sie »Die Kolonie«. Warum? Weil sie im späten neunzehnten Jahrhundert ein Haus bauten, das irgendwann im Laufe der Jahre den Namen Siren Song erhielt, und seitdem dort wie eine Art Kommune zusammenlebten. Wer sind sie? Nun, lassen Sie mich Ihnen erzählen, was ich von meiner Freundin Mary Rutledge Beeman, eine der faszinierendsten Persönlichkeiten der Kolonie, über deren ereignisreiche Vergangenheit erfahren habe.

Alles begann, als Nathaniel Abernathy seine junge Verlobte Abigail heiratete und mit ihr von der Ost- an die Westküste zog, eine damals äußerst strapaziöse Reise quer durch Nordamerika. Sowohl Nathaniels als auch Abigails Familie waren, wenn man den Gerüchten Glauben schenken will, Nachkommen jener Frauen, die während der Hexenprozesse, die im siebzehnten Jahrhundert in Salem, Massachusetts, stattfanden, zum Tode verurteilt wurden. Die Hauptstadt von Oregon heißt ebenfalls Salem, und sie wurde benannt nach Salem, Massachusetts.

Nathaniel und Abigail müssen sehr überrascht gewesen sein, als ihnen klar wurde, dass ihre Kinder über außergewöhnliche Fähigkeiten oder Gaben verfügten. Niemand weiß, woher das kam, doch es ist eine erwiesene Tatsache, dass die Mitglieder der

Kolonie – in der Regel Frauen – zu erstaunlichen Dingen in der Lage sind. Warum? Es ist darüber spekuliert worden, es liege am genetischen Code dieser Sippe, vielleicht als Resultat einer Genmutation. Was immer der Grund sein mag, es hatte im Laufe der Jahre immer wieder schwerwiegende Folgen sowohl für die Mitglieder der Kolonie als auch für die Einheimischen.

Als Nathaniel und Abigail Abernathy die Pazifikküste erreichten, beschlossen sie, dort leben zu wollen, und sie machten sich daran, so viel Land wie möglich zu kaufen. Sie erwarben ein großes Grundstück an der Küste von Oregon und vermehrten ihren Grundbesitz, zu dem Berge, Wälder mit altem Baumbestand, ein Steinbruch und ein großer Abschnitt der Küste gehörten. Innerhalb sehr kurzer Zeit schon erstreckte sich ihr Grundbesitz vom Vorgebirge der Coast Range an der östlichen Seite über das Land zu beiden Seiten des heutigen Highway 101 bis zum Pazifik (Nach einem späteren Gesetz des Bundesstaates Oregon mussten sie die Strände, die ihr Eigentum waren, an den Bundesstaat zurückgeben, denn alle Strände in Oregon sollten für die Öffentlichkeit frei zugänglich sein).

Die Abernathys rodeten auch kleinere Waldflächen, und auf einer dieser Lichtungen wurde Siren Song erbaut. An das Grundstück mit dem Haus grenzen an der Südseite noch immer Wälder, und dort gibt es auch eine Ansiedlung, die zum größten Teil von Leuten bewohnt ist, die aus dem Vorgebirge kamen und sich selber »Foothiller« nennen (zu ihnen später mehr). Südwestlich von Siren Song liegt das Küstenstädtchen Deception Bay, das sich zu beiden Seiten des Highway 101 erstreckt, von den Wäldern im Osten bis zur Pazifikküste im Westen.

Von Anfang an erwarben Nathaniel und Abigail immer mehr an ihren Besitz angrenzendes Land, um ihren von der Außenwelt isolierten Rückzugsort zu vergrößern. Früher gehörte ihnen auch Serpent's Eye, ein kleiner Felsvorsprung direkt gegenüber von Siren Song, der bei Flut zu einer Insel wird, auf welcher ein alter Leuchtturm steht, der nicht mehr in Betrieb ist. Weiter in ihrem Besitz ist dagegen die etwas größere Insel Echo Island, die in den gefährlichen Gewässern an der Mündung der Deception Bay liegt, jener Bucht, nach der die Stadt benannt ist. Der Name Deception Bay verweist auf die tückischen Strömungen und hohen Wellen, die fast zu jeder Jahreszeit Fischerboote verschlingen.

Nathaniel und Abigail gründeten sofort eine Familie, doch von ihren Kindern überlebten nur zwei, Sarah und Beth (Elizabeth). Die männlichen Nachkommen starben in der Kindheit oder wurden tot geboren, wie auch mehrere andere Mädchen. Abigail war schon deutlich älter, als sie Sarah und Beth zur Welt brachte, und obwohl sie selbst fast neunzig wurde und ihren Mann um viele Jahre überlebte, war sie keine wirklich gute Mutter für ihre Töchter, die sich zum größten Teil selbst erzogen. Beth wurde von Visionen geplagt und hörte Stimmen, kam damit nicht klar und wurde offenbar wahnsinnig, als sie Anfang dreißig war. Sie hatte einen Sohn aus einer unehelichen Verbindung, Harold Abernathy, der von den Einheimischen als Bastard beschimpft wurde und durch sein seltsames Verhalten auffiel. Harold war ein Einsiedler und lebte mit der Tochter eines indianischen Schamanen zusammen, die bei der Geburt von Harolds einzigem Kind Madeline »Mad Maddie« Abernathy starb, die bis zum heutigen Tage in Deception Bay lebt.

Savannah legte eine Pause ein, ohne den Blick von dem Buch abzuwenden. Sie erinnerte sich an ihre Begegnung mit Madeline Abernathy Turnbull und an deren Prophezeiung, dass sie einen Jungen bekommen würde – zu einem Zeitpunkt, als sie selbst noch gar nicht wusste, dass sie schwanger war. Obwohl Madeline nie in Siren Song gelebt hatte und von Catherine und Mary meistens gemieden wurde, schien sie von ihrer Familie doch die »Gabe« der Präkognition geerbt zu haben.

Je tiefer Savvy in die Geschichte der Abernathys, Rutledges, Beemans etc. eindrang, desto mehr fühlte sie sich in einen Sumpf hineingezogen. All das war interessant, würde ihr aber nicht helfen, die Wahrheit über Marys Tod oder sonst etwas herauszufinden. Trotzdem war sie entschlossen, die Lektüre des Buches zu beenden, wenn auch nur aus dem Grund, weil sie genauso gut informiert sein wollte wie frühere Leser.

Sie las weiter.

Beth stürzte von einer Klippe ins Meer, aber vielleicht ist sie auch gesprungen. Sie wurde für tot erklärt, obwohl ihre Leiche nicht ans Ufer gespült wurde. Einige Leute glauben auch, sie sei in den Tod gestoßen worden, vielleicht von ihrer Schwester Sarah, die Beth möglicherweise loswerden wollte, um allein den riesigen Grundbesitz zu erben, der von ihren Eltern Nathaniel und Abigail erworben worden war.

Sarah Abernathy, die allein zurückgebliebene Tochter, heiratete im Jahr 1909 James Fitzhugh, doch der starb an ihrem Hochzeitstag bei einem Jagdunfall. Im Jahr 1920, ein Jahr nach dem Tod ihres Mannes, brachte Sarah ein Mädchen zur Welt, das den Namen Grace erhielt. Es gingen Gerüchte um, Sarah habe eine Affäre mit einem indianischen Schamanen gehabt und mit ihm geplant, James zu töten, doch es wurde nie geklärt, ob er durch einen Unfall oder durch Mord ums Leben kam. Sarah wurde von den Einwohnern von Deception Bay verteufelt, und selbst ihre Nachfahren waren misstrauisch, was den Tod ihres Mannes betraf.

Aber alle stimmten überein in der Meinung, dass Sarah eine bemerkenswert intelligente Frau war, die von ihrem Vater Nathaniel gelernt hatte, den Wert von Landbesitz richtig einzuschätzen. Sie schaffte es, weitere Wälder, zusätzliches Ackerland und noch mehr Grundbesitz direkt an der Küste zu erwerben. Sie zog Grace allein groß und ließ das Haus modernisieren und ausbauen. Zu dieser Zeit wurde es zu dem imposanten Gebäude, das wir heute kennen. Im Erdgeschoss gab es nun fließendes Wasser und Elektrizität, während im ersten Stock noch heute fast alles so ist wie zu der Zeit, als das Haus ursprünglich gebaut wurde.

Auf dem Grundstück um das Haus gab es eine Schlafbaracke, in der zu Lebzeiten von Sarahs Eltern, die sich intensiv der Landwirtschaft gewidmet hatten, Knechte genächtigt hatten. Einige behaupten, Sarah habe einheimische Männer dorthin gelockt, ihnen Arbeit versprochen und dafür Sex verlangt. Andere sind fest davon überzeugt, dass Sarah über mysteriöse Mächte verfügte und diese einsetzte, um Farmer und Waldarbeiter aus der Nachbarschaft dazu zu bewegen, für sie zu arbeiten. Es kamen Männer aus nah und fern, um ihr zu helfen, und deren Ehefrauen und Freundinnen waren eifersüchtig und tratschten über Sarah. Dazu kamen Gerüchte über Hexerei, unter denen die Frauen von Siren Song immer wieder zu leiden hatten, und es hieß, Sarahs Vorfahren seien von Dämonen besessen gewesen.

Die Einwohner von Deception Bay haben die »Sekte« seit Langem mit Misstrauen gesehen. Gerüchte und die seltsame Vorgeschichte der Kolonie führten nun dazu, dass die Einheimischen glaubten, Sarah halte sich für eine Art Hohepriesterin. Es ist unklar, wer dem Haus den Namen Siren Song gegeben hat. Es könnte jemand von den Einheimischen oder aus der Kolonie selbst gewesen sein. Aber der Name schien durch Sarahs Art inspiriert gewesen zu sein und hat sich bis heute erhalten. Der indianische Schamane hat nie zugegeben, Sarahs Liebhaber oder Grace' Vater gewesen zu sein, aber ihre Beziehung hielt bis zu Sarahs Tod im Jahr 1956. Kurz zuvor hatte ihre Tochter Grace Thomas Durant geheiratet, einen gut aussehenden, hitzköpfigen und dem Suff verfallenen Holzfäller, der in der Kolonie aufgewachsen war. Er war der Sohn eines jener Arbeiter, die völlig unter Sarahs Bann standen und ihr hörig waren (Thomas Durants Mutter, die nur unter dem Namen »Storm« bekannt war, gehörte demselben Indianerstamm an wie Sarahs Schamane. Einige behaupten, Storm sei die Schwester des Schamanen gewesen und Thomas ein Cousin ersten Grades von Grace. Dies ist derselbe Stamm, bei dem das einzige Mitglied des anderen Zweigs des Abernathy-Familienstammbaums, Harold Abernathy, seine junge indianische Ehefrau fand).

Zur Zeit der Hochzeit von Grace und Thomas war Grace bereits mit Mary schwanger, die am 21. Juni 1958 zur Welt kam, zur Sommersonnenwende. In der Stadt umlaufende Gerüchte wollten wissen, Thomas habe Grace bei einem nächtlichen Trinkgelage vergewaltigt. Mary war von Anfang an ein unruhiges, unglückliches Kind. Vielleicht lag es in ihrer Natur, viel-

leicht aber auch daran, dass ihre Eltern sich ständig stritten. Thomas war ein Weiberheld, Grace eine Frau, die genauso gut austeilen wie einstecken konnte (die kleine Mary scheint dies alles mit der Muttermilch aufgesogen zu haben und wurde zu einer labilen, rätselhaften und unerklärlichen Persönlichkeit, wofür zum Teil aber bestimmt auch ihre Gene verantwortlich waren. Sie hatte schwere psychische Probleme. Es ist nicht ganz klar, wo hier die Grenze zwischen Depression und Geisteskrankheit verläuft. Auf jeden Fall wurde Marys absonderliches Verhalten legendär).

Nach Marys Geburt war das schon immer schwierige Verhältnis zwischen Grace und Thomes noch angespannter. Beide erkannten, dass mit ihrer Tochter etwas nicht stimmte, doch wurde das Problem nie konkret angesprochen. Schon im frühesten Kindesalter wurde klar, dass Mary über die Fähigkeit der Präkognition verfügte.

Als Thomas irgendwann nach Marys Geburt auf mysteriöse Weise verschwand, atmeten die Einheimischen erleichtert auf, denn der berüchtigte Trinker hatte immer wieder Schlägereien angezettelt. Dann kamen neue Gerüchte auf. Was war mit ihm passiert? Wohin war er verschwunden? War vielleicht ein Verbrechen im Spiel? Aber eigentlich war niemand wirklich daran interessiert, viele Fragen zu stellen, nicht einmal der örtliche Sheriff, denn Thomas Durant hatte immer wieder im Gefängnis gesessen und nichts als Probleme gemacht. Die Leute waren glücklich, dass er nicht mehr da war. Einige behaupteten, ihn in den Tagen nach seinem Verschwinden gesehen zu haben, und die meisten vermuteten, dass er einfach abgehauen war. Das war die plausibelste Annahme. Seine Leiche wurde nie gefunden, genau wie bei Grace' Tante Beth eine Generation zuvor.

Als sie Thomas los war, heiratete Grace im Jahr 1959 John Rutledge, und zwar ungeachtet der Tatsache, dass die Ehe möglicherweise ungültig war, da niemand wusste, ob ihr erster Mann noch lebte. Seit der Hochzeit war Mary für Grace eine Rutledge, und sie hat den Namen Durant nie mehr in den Mund genommen. Nach einem Jahr bekam Grace ein zweites Kind, das den Namen Catherine erhielt.

Im Jahr 1975 kamen Grace und John bei einem Autounfall ums Leben. Der Wagen wurde aus einer Kurve getragen und stürzte in den Pazifik. Es geschah in der scharfen Kurve bei Devil's Point, eine Stelle, wo die Stürme, die über den Pazifik fegen, mit unglaublicher Wucht aufs Land treffen. Das aufgewühlte Wasser in dieser Bucht wurde für viele Bootfahrer und Surfer zum Grab. Zur Zeit des Unfalls waren Mary und Catherine siebzehn und fünfzehn. Grace und John hatten vorgehabt, ein Testament zu machen, in dem sie Catherine als Haupterbin einsetzen wollten – wodurch ihr die Kontrolle über Siren Song und den Grundbesitz zugefallen wäre –, doch Catherine war zu jung zum Zeitpunkt des Unfalls, und sie hatten das Testament nie aufgesetzt. Jetzt war ihre ältere Tochter Mary am Zug, und in Siren Song ging es turbulent zu.

Mary verhielt sich ähnlich wie Sarah, ihre Großmutter mütterlicherseits. Sie führte sich auf wie eine Hohepriesterin, und ihr Wort war Gesetz. Aber Mary war von Natur aus nicht so intelligent wie Sarah, und ihre Heißblütigkeit wurde nicht durch eine Fähigkeit der kühlen Kalkulation gedämpft, über die ihr Vater Thomas verfügt hatte. Mary war von Sex besessen und promiskuitiv. Das ist eine Tatsache, die ich persönlich bezeugen kann, denn ich habe als einer von Marys vielen Liebhabern selbst einige Zeit in Siren Song verbracht.

Aber hier geht es nicht um meine Geschichte, sondern um die der Kolonie.

Einer von Marys Liebhabern war ein Richard Beeman, und sie behauptete, er sei ihr Ehemann. Es gibt keine Heiratsurkunde, und niemand kannte ihn. Wenn überhaupt, kann er immer nur für Stippvisiten nach Deception Bay und Siren Song gekommen sein. Ich persönlich neige zu der Annahme, dass Beeman frei erfunden war.

Als ihre Eltern starben, war Mary wohlhabend genug, um nur das zu tun, was ihr Spaß machte. Sie litt an narzisstischem Größenwahn, hart an der Grenze zur Geisteskrankheit. Sie schlief wahllos mit Männern und scherte sich nicht um die Folgen. Sie hinterließ eine ganze Reihe von Kindern, deren Väter nicht immer bekannt sind.

Marys Schwester Catherine hat nie geheiratet. Sie war Marys Hebamme, denn ihre Schwester bekam ein Kind nach dem anderen, ohne großes Interesse für die Neugeborenen zu zeigen. Gelegentlich wurde Catherine nach Deception Bay gerufen, wenn dort eine Hebamme gebraucht wurde. Die Einheimischen fürchteten sie weniger als Mary.

Von den späten Siebziger- bis in die Achtzigerjahre hinein glich das Leben in Siren Song dem einer Kommune. Mary war nach wie vor sexuell sehr aktiv, und Catherine kümmerte sich um das Wohlergehen ihrer wachsenden Kinderschar.

Es gab eine Reihe von Männern, die in der Schlafbaracke wohnten, die Mitte der Achtzigerjahre niederbrannte. Diese Männer waren da, um Mary zu Diensten zu sein, und Catherine hat sie immer wieder verscheucht und möglicherweise selbst den Brand gelegt, um die Schlafbaracke zu vernichten. Es gab auch eine Reihe kleinerer Häuser am östlichen Rand des Grundbesitzes, in denen einige Familien lebten, die aus dem Vorgebirge stammten (die »Foothiller«, ich habe oben schon kurz von ihnen gesprochen). Die meisten dieser Leute sind Indianer, doch einige andere Bewohner des Dorfes waren zwar keine Mitglieder der Kolonie, hatten jedoch rätselhafte Beziehungen zu ihr. Einige von ihnen verfügten über außergewöhnliche Gaben und hielten sich für etwas Besonderes. Manche behaupteten, ehemalige Liebhaber Marys zu sein. Mary schenkte ihnen kaum Beachtung. Zu dieser Zeit glitt sie immer mehr in eine finstere innere Welt ab. Die Dorfbewohner mit den mysteriösen Beziehungen zur Kolonie waren eines Tages sämtlich verschwunden.

Der harte Kern der Kolonie, das waren schon immer die Frauen, die über außergewöhnliche Gaben verfügten. Erstaunlicherweise gebar Mary fast nur Mädchen, deren spezielle Fähigkeiten während der Pubertät am ausgeprägtesten waren. Über die Jungen, die sie zur Welt brachte, ist wenig bekannt.

Die Frauen von Siren Song haben immer sehr zurückgezogen gelebt. Die Einwohner von Deception Bay misstrauen ihnen, weil sie wie in einer fernen Epoche leben, zumal seit der Zeit, als Catherine es irgendwie geschafft hatte, das Regiment zu übernehmen. Nach der Machtübernahme änderte Catherine alles, bis hin zur Garderobe. Alle kleiden sich wie in einem früheren Jahrhundert, tragen lange Kleider aus bedrucktem Kattun und das Haar zu einem Zopf gebunden. Die Einheimischen haben ein problematisches Verhältnis zu Catherine und beobachten sie genau, wenn sie sich, was nur selten vorkommt, dazu herablässt, nach Deception Bay zu kommen, um Einkäufe zu machen, hauptsächlich Lebensmittel und Treibstoff. Die aufgeklärten Einwohner des Küstenstädtchens halten die Bewohnerinnen von Siren Song für harmlose Verrückte, die jeden

Kontakt zur Realität verloren haben und nur ihren »Clan« kennen. Aber es gibt auch diejenigen, die »verrückt« für einen Euphemismus halten. Sie glauben an die nach wie vor kursierenden Gerüchte über Hexerei und die Bösartigkeit dieser Frauen, wobei sie auf verschwundene Menschen und nicht geklärte Todesfälle verweisen.

Die Abwesenheit von Männern – abgesehen von den Liebhabern zu Marys Zeit – erscheint den Einheimischen auch als seltsam. Ihre Haltung gegenüber den Frauen von Siren Song mit ihren dunklen Gaben ist eine Mischung von Ressentiments, Misstrauen und Neid.

Mary bekam ihr erstes Kind 1976, als sie achtzehn Jahre alt war. Viele weitere sollten folgen. Ich führe sie hier nacheinander auf:

1. 1976 – Isad

An dieser Stelle bricht der Text ab. Wir wissen, dass die älteste Tochter Isadora heißt, doch der Rest des Buches von Mr Smythe muss als verloren gelten. Ältere Mitglieder der Historischen Gesellschaft erinnern sich an ein in Leder gebundenes Buch mit Notizen und Briefen, in dem dieses laminierte Bändchen steckte. Aber von diesem größeren Buch fehlt jede Spur.

Falls Sie Fragen haben, besuchen Sie doch einmal die Historische Gesellschaft von Deception Bay, wenn Sie das nächste Mal in der Stadt sind. Ich wäre glücklich, mit Ihnen persönlich über die Geschichte der Kolonie reden zu können.

Joyce Powell-Pritchett

Savannah klappte das Buch zu und blickte zu der Vorsitzenden der Historischen Gesellschaft hinüber, die hinter ihrem Schreibtisch stand und sie beobachtete.

»Darf ich fragen, weshalb Sie sich für die Kolonie interessieren?«

»Nur so.«

»Ist etwas passiert, wodurch das Sheriff's Department auf den Plan gerufen wurde?«

Savannah hielt das für normale Neugier, doch sie gedachte nicht, diese zu befriedigen. »Keine Ahnung. Ich bin dort noch Neuling und bekomme nicht alles mitgeteilt.«

»Aha.«

»Und niemand weiß, was aus dem größeren Buch geworden ist, in dem das Bändchen steckte, das ich gelesen habe?«

Die Bibliothekarin seufzte. »Es ist nicht einmal sicher, ob es überhaupt existiert hat. Die Erinnerungen früherer Mitglieder der Historischen Gesellschaft, auf die ich in dem Büchlein verweise, haben sich als nicht so zuverlässig herausgestellt, wie ich zuerst angenommen hatte. Es könnte existiert haben, doch sie könnten es auch mit Mary Beemans Tagebuch verwechselt haben.«

»Mary hat Tagebuch geführt?«

»Mehrere ihrer Bekannten haben es gesagt.« Sie betonte das Wort »Bekannte« auf eine eindeutige Weise.

»Dann vielen Dank«, sagte Savvy, als sie das Buch zurückgab und sich zur Tür wandte. Ihr war klar, dass sie ein Gespräch mit Herman Smythe auf ihre To-do-Liste setzen musste.

»Sieht so aus, als würden Sie bald in Urlaub gehen«, rief die Vorsitzende der Historischen Gesellschaft ihr nach, als sie die Tür aufstieß.

»Wie recht Sie haben.« Allmählich ging es ihr auf die Nerven.

Noch drei Wochen, dachte sie. *Nur noch drei Wochen.*

8

Der Garten und der Friedhof hinter Siren Song bargen viele Geheimnisse. Catherines Vorfahren hatten eine sehr wechselvolle Geschichte, und wenn sie manchmal deren Entscheidungen Revue passieren ließ, fragte sie sich, womit sie es verdient hatte, einer so verrückten und berüchtigten Sippe anzugehören. Dann wieder glaubte sie, dass ihr Überleben davon abhing, dass sie ein klinisch-kühles Naturell hatte und folglich in der Lage war, schwere Entscheidungen zu treffen, wann immer sich eine neue Krise abzeichnete.

Der Wind hatte stark aufgefrischt, und sie musste ihren Umhang und die Kapuze festhalten, als sie die Gartenwege entlangeilte und dann den kleinen, zugewachsenen Friedhof betrat. Sie musste aufpassen, dass ihr keine nassen Zweige der windgepeitschten Ahornbäume und Birken ins Gesicht schlugen. Zuerst ging sie zu Marys Grab und blickte auf den Grabstein: mary durant rutledge beeman, geboren am 21. juni 1958, gestorben am 13. april 1995. Schon diese Inschrift enthielt mehr als nur eine Lüge. Nachdem sie noch einen Moment vor dem Grab verharrt hatte, ging sie weiter und blickte zu dem Haus hinüber, wo hinter den Fenstern im Erdgeschoss an diesem trüben Nachmittag Licht brannte.

Marys wirkliches Grab lag im hinteren Teil des Friedhofs und war sofort mit Rhododendron bepflanzt worden, der, abhängig vom jeweiligen Frühlingsbeginn, im April oder Mai rosafarben blühte. Catherine wusste, dass Mary im letzten Frühling gestorben sein musste, und nachdem Earl ihre

Leiche von Echo Island nach Siren Song gebracht hatte, hatte sie die Rhododendronsträucher gepflanzt, um ihre Schwester zu ehren und zu kaschieren, dass hier kürzlich Erde ausgehoben worden war.

Jetzt waren die verblühten Rhododendronsträucher dichte Büsche mit nassen Blättern. Catherine blickte in die Richtung, ging aber an dem Grab vorbei, weil sie nicht wollte, dass sie jemand vom Haus aus sah und sich fragte, was sie hier tat. Sie kniete vor Nathaniels Grab nieder, küsste ihre Finger und legte sie auf den flachen Grabstein. Er war ein braver Junge gewesen. Vielleicht nicht der hellste, aber süß. Ein Opfer bösartiger Machenschaften, zumindest hatte sie das immer vermutet. Von den männlichen Kindern ihrer Schwester hatte nur er in Siren Song bleiben dürfen.

Sie wartete ein paar Augenblicke, schaute noch einmal zu den Rhododendronsträuchern hinüber und ging dann zum Haus zurück. Sie konnte weder vor Marys wirklichem noch vor ihrem vermeintlichen Grab länger stehen bleiben, weil ihr unter Umständen Fragen gestellt worden wären. Marys Töchter glaubten, sie, Catherine, und ihre Mutter hätten sich zerstritten, ohne dass es zu einer Versöhnung gekommen wäre. Catherine habe Mary nie verziehen, glaubten sie. Und ja, es stimmte, ihre Wege hatten sich getrennt, und sie ignorierte das »Grab« ihrer Schwester hauptsächlich aus dem Grund, weil sie wusste, wessen Leiche in dem Sarg lag.

Sie betrat das Haus durch die Hintertür, durchquerte einen Vorratsraum. Auf Regalen an den Wänden standen lange Reihen von Einmachgläsern und Konserven. Sie hängte ihren Umhang an einen Haken und betrat den Erker, wo die Nähmaschine stand. Hier nähten sie, Isadora und Ophelia für sie alle die Kleider. Durch den Erker gelangte man direkt in die Küche, und als sie eintrat, sah sie Kassandra dort sitzen. Ihre gefalteten Hände lagen auf der Platte des großen Eichentischs.

»Wo sind die anderen?«, fragte Catherine.

»Oben. Lilibeth ist auf ihrem Zimmer. Ravinia will immer noch so bald wie möglich abhauen.«

Catherine seufzte. »Ich hatte gehofft, sie wäre mittlerweile darüber hinweg.«

Die beiden Frauen starrten sich an. Catherine hatte ihre Probleme mit Ravinia, aber Kassandra konnte sie am wenigsten ergründen. Catherine selbst besaß ein bisschen von Kassandras Fähigkeit zur Präkognition, doch sie konnte nicht so in Kassandras Kopf blicken, wie es ihr zuweilen bei anderen gelang, und Kassandras spezielle Gabe betrachtete sie mit einer Mischung von Erstaunen, Dankbarkeit und Angst.

»Du bist wütend auf mich, weil ich mit ihr gesprochen habe«, sagte Kassandra. »Mit dieser Polizistin.«

»Nein.«

»Oh doch.«

»Ich bin besorgt. Das ist etwas anderes. Ich habe Detective Dunbar etwas gegeben, das ein Licht auf uns hier werfen könnte. Ein Licht, das ich lieber nicht brennen sehen würde, aber ich brauche sie, um an ein paar Informationen heranzukommen.«

»Was für welche?«

Catherine lächelte schwach. Wenn Kassandra es aufgrund

ihrer Gabe nicht wusste, würde sie es ihr nicht erzählen. »Was hast du zu Detective Dunbar gesagt?«

»Dass *er* hinter uns her ist.«

»Aber ja, natürlich. Er hat es auf uns abgesehen.« Catherine schloss die Augen und massierte ihre Schläfen, um den Kopfschmerz zu bekämpfen.

»Es geht mir wie der mythologischen Kassandra«, sagte die junge Frau plötzlich verbittert. »Du glaubst mir nicht.«

»Oh, ich glaube dir schon. Das ist es nicht. Mir wäre es nur lieber, du hättest nicht mit Detective Dunbar darüber gesprochen.«

Kassandra schüttelte wütend den Kopf. »Du darfst mit ihr reden, ich aber nicht.«

»Du weißt, dass es klüger ist, wenn von deinen Vorhersagen nichts nach außen dringt.«

»Ich möchte wieder Margaret sein«, sagte Kassandra mit ausdrucksloser Stimme. »Nenn mich ab jetzt Maggie.«

»Aber Kassandra ...« Catherine war geschockt.

»Rebecca und Loreley leben ein glückliches, normales Leben in der anderen Welt. Nach Justice' Tod habe ich geglaubt, dass sich hier die Dinge ändern würden. *Du* hast selbst gesagt, sie würden sich ändern.«

»Du hast gesagt, er habe es auf uns abgesehen, und damit war nicht Justice gemeint«, konterte Catherine. »Das sollte Grund genug dafür sein, hier alles beim Alten zu belassen.«

»Nein, damit war nicht Justice gemeint ...« Kassandra warf durch das Hinterfenster einen Blick in Richtung Friedhof. »Die Knochen«, flüsterte sie.

»Die Knochen?«

Für einen Augenblick starrten sie sich schweigend an, und Kassandra atmete tief durch. »Du siehst sie nicht?«, fragte sie.

»Sie?« Catherines Nerven kribbelten. Manchmal hatte sie einen kleinen Einblick in Kassandras Visionen. Nicht oft, aber manchmal.

»Er kam von den Knochen ...«

Eine rätselhafte Formulierung. »Wir alle haben Knochen«, sagte Catherine, die Kassandra von diesem Thema abbringen wollte.

»Du darfst uns nicht wie Kinder behandeln, Tante Catherine. Du musst lernen loszulassen. Du weißt selbst, dass das unbedingt nötig ist.«

»Ich habe mir geschworen, dafür zu sorgen, dass ihr in Sicherheit seid.«

»Diesmal wird es nicht funktionieren. Unsere Welt wird bald einstürzen.«

Catherines Herzschlag setzte einen Moment aus. »Wovon redest du?«

»Es funktioniert nicht. Du weißt es, änderst aber nichts. Und du hütest Geheimnisse, die gefährlich für uns sind.«

»Ich habe keine Geheimnisse«, antwortete Catherine überrascht.

Kassandra richtete ihre blauen Augen auf Catherine, doch ihr Blick ging nach innen. »Da ist etwas mit Lilibeth ...«

Catherine konzentrierte sich auf eine schwarze Wand in ihrem Geist. Sie wollte nicht darüber reden. Nicht jetzt. Und sie durfte es nicht zulassen, dass Kassandra Dinge sah, die sie nicht sehen sollte. Dies war neu und beunruhigend.

»Du gibst Mary die Schuld an dem, was ihr zugestoßen ist ...«

»Wer ist *er*? Wer hat es auf uns abgesehen?«, fragte Catherine. »Und was war das mit den Knochen?« Dann: »Was hast du Detective Dunbar erzählt?«

Kassandra starrte sie an, antwortete aber nicht.

»Ich muss es wissen, Kassandra.«

»Du sollst mich Maggie nennen.« Kassandra stand plötzlich auf, warf Catherine einen kalten Blick zu, den die so noch nie gesehen hatte, und verließ die Küche.

Für einen Augenblick saß Catherine nur konsterniert da. Sie wusste nicht, wie viel von Kassandras Prophezeiung der Wahrheit entsprach. Vielleicht wollte sie einfach nur, dass Catherine daran glaubte. Sie hörte das Quietschen von Lilibeth' Rollstuhl, und einen Blick später tauchte das Mädchen im Türrahmen auf.

Sie trug ein dunkelblaues Kleid und hatte das goldfarbene Haar zu einem Zopf geflochten. »Was stimmt denn nicht?«, fragte sie.

In Catherines Kopf hallten noch immer Kassandras Worte wider. *Du gibst Mary die Schuld an dem, was ihr zugestoßen ist ...*

»Es ist alles in Ordnung, Lilibeth.«

»Was hat Kassandra gesehen?«

»Sie sagt, dass Ravinia uns verlassen will.«

Lilibeth blickte ihre Tante es. »Alle wissen das. Was hat sie noch gesehen?«

»Nichts Besonderes.«

Von zunehmender Verzweiflung gepackt, eilte Catherine in ihr Zimmer im ersten Stock, verließ es aber sofort wieder und ging den Flur hinab an den Zimmern der Mädchen vorbei zu der steilen, schmalen Treppe, die zum Dachboden führte. Mit einer Hand hob sie ihren Rock an, mit der anderen hielt sie sich am Geländer fest, als sie die Stufen hinaufstieg. Etwas außer Atem oben angekommen, ging sie den Gang hinab zu einer Doppeltür. Dahinter lag Marys Zimmer, direkt über ihrem eigenen im ersten Stock. Catherine hatte es verboten, diese Räume zu betreten, seit Marys letzter Liebhaber sie fluchtartig verlassen hatte, als er von Marys »erstem Tod« hörte. Er war nach draußen gestürmt, und Catherine hatte das Tor hinter ihm verschlossen.

Jetzt zog sie einen Schlüssel aus der Tasche ihres Kleides, schloss auf und öffnete die Tür. Das Quietschen der rostigen Angeln ließ sie zusammenzucken. Sie trat ein, machte die Tür zu und verschloss sie von innen. Dann lehnte sie sich an die Tür und sah sich in dem staubigen, seit Jahren nicht genutzten Zimmer um.

Auf den Bodendielen lag ein orangefarbener Teppich, und darauf stand in der Mitte des Raums ein Doppelbett mit einer goldfarbenen Tagesdecke aus Lamé. Von dem Baldachin hing ein silbriger Netzvorhang herab, und alles wirkte so, als würde es zerfallen, wenn man es nur leicht berührte. Sie konnte an einer Hand abzählen, wie oft sie dieses Zimmer betreten hatte, seit sie und Earl Mary mit einer Kräutermischung eingeschläfert und nach Echo Island gebracht hatten. Zu Lebzeiten hatte sie es nie gemocht, diese Räume zu betreten, insbesondere zu der Zeit, als Mary sich hier mit ihren rasch wechselnden Liebhabern vergnügt hatte. Doch es hatte auch eine Zeit gegeben, als sie sich hier auf dem Bett gewälzt hatte mit dem einzigen Mann, den sie je geliebt hatte.

Sie presste die Hände auf die Wangen angesichts der Erinnerung, trat schnell zu der Spiegelkommode und durchsuchte alle Schubladen. Nichts. Dann nahm sie sich den Toilettentisch vor, ebenfalls ohne Erfolg. Danach suchte sie unter den Sesseln und schaute unter den Teppich und das Bett. Nichts als Spinnweben und Staub, und sie musste mehrere Male nacheinander niesen.

Dann ging sie zum Kleiderschrank, der ziemlich klein war gemessen an der Größe des Raums. Zusammengefaltete Kleidungsstücke, Hutschachteln, Schuhe auf dem Boden. Sie wusste, was sie suchte – das Gegenstück zu dem mit Leder bezogenen Kasten, in dem sie das Messer aufbewahrt hatte. Sie und Mary hatten beide einen solchen Kasten für Andenken von ihrer Mutter geschenkt bekommen, und Catherine hatte ihren in jungen Jahren immer auf ihrer Frisierkommode stehen gehabt. Dagegen hatte Mary ihren immer versteckt, und Catherine wusste, dass er Geheimnisse barg, Geheimnisse, über die sie nun alles erfahren wollte. All diese Jahre ...

All diese Jahre, und nun zählte für sie plötzlich nichts anderes mehr, als diesen Kasten zu finden und so viel wie möglich über Mary zu erfahren. Sie und ihre Schwester hatten Tagebuch geführt. Catherine hielt Alltägliches fest und die Träume eines heranwachsenden Mädchens, das Jungen gegenüber schüchtern war. Demgegenüber hatte Mary, getrieben von ihrer Gabe, einen anderen Weg eingeschlagen. Ihr Tagebuch war geheim und versteckt, und sie führte es auch dann noch weiter, als Catherine es längst aufgegeben hatte. Die war einmal bei Mary eingetreten, und ihre Schwester schrie sie an, sie solle verschwinden, doch da hatte Catherine schon auf einer Seite des Tagebuchs die Worte *sexuelle Macht* gesehen. Ihr war klar, dass Mary über ihre dunklen Sehnsüchte schrieb.

Zum ersten Mal wollte Catherine jetzt dieses Tagebuch lesen. Sie hatte keine Angst mehr vor der Lektüre und war sich sicher – als hätte Kassandra es ihr gesagt –, dass sie darin etwas finden würde, wodurch sie herausfinden konnte, wer Mary auf Echo Island besucht hatte. Einer ihrer Liebhaber? Einer ihrer Söhne? Eine ihrer *Töchter?* Nein, außer Becca und Loreley lebten Marys Töchter sämtlich in Siren Song, und keine von ihnen war in der Lage, in den gefährlichen Gewässern in einem Boot zu der Insel zu gelangen.

Also irgendein Fremder? Jemand, der wusste, wie man zu der Insel übersetzen konnte? So schwer war es auch nicht, wenn man die Tücken des Meeres kannte und verhindern konnte, dass das Boot an den Felsen zerschellte. Zumindest behauptete Earl das, und sie glaubte es ihm. Machten sich dagegen mit dem Meer nicht vertraute Zeitgenossen auf die Reise nach Echo Island, riskierten sie ihr Leben. Da es schon genug Todesfälle gegeben hatte, ließen die meisten die Finger davon, doch es gab immer ein paar, die das Risiko eingingen. Zuletzt hatten es zwei betrunkene Teenager versucht, um ihren Freunden zu imponieren, und waren spektakulär gescheitert.

Doch *irgendjemand* hatte es geschafft, auf Echo Island an Land zu gehen. Obwohl sie Detective Dunbar gegenüber etwas anderes gesagt hatte, wusste Catherine, dass ihre Schwester sich nicht selbst umgebracht hatte. Ein Suizid wäre mit ihrem ausgeprägten Narzissmus unvereinbar gewesen.

Er kam von den Knochen.

Sie erschauderte und verdrängte den Gedanken. Sie war entschlossen, sich die Adoptionsunterlagen anzusehen, die sie zweifellos mit dem Tagebuch finden würde. Sie wollte wissen, was aus diesen Jungen geworden war.

9

Der Wind peitschte den Regen an die Bürofenster, rüttelte an den Scheiben und pfiff um die Ecken des Gebäudes. Hale blickte auf die Uhr, was er seit zehn Minuten ständig tat. Es war fast zwei Uhr mittags.

Wie aufs Stichwort hörte er vom Empfang her Stimmen und wusste, dass Savannah eingetroffen war. Hale stand auf. Er trug ein am Kragen offenes graues Hemd, eine graue Hose und festes Schuhwerk, das im Büro nicht deplatziert wirkte, aber unverzichtbar war, da er immer wieder auch Baustellen besuchen musste.

Er öffnete die Bürotür und sah Ella und seine Schwägerin. »Ich würde später gern auch mit Ihnen reden, wenn Ihnen das recht ist«, sagte Savvy gerade.

Ella riss die Augen auf und wurde bleich. »In Ordnung.«

»Du jagst meinen Angestellten Angst ein«, sagte Hale.

Savvy lächelte schwach und kam zu ihm. Sie trug eine schwarze Hose und eine braune Bluse, und er sah, dass sie ihre schwarze Jacke gerade auf einen Bügel gehängt hatte. »Das Regenwasser tropft auf deinen Teppich«, bemerkte sie.

»Lässt sich bei dem Wetter nicht vermeiden. Komm rein.«

Im Gegensatz zu den Deputys war Savannah als Detective nicht verpflichtet, Uniform zu tragen, und das war ihr sehr recht, weil man bei Vernehmungen in Zivil den Gesprächspartner weniger einschüchterte – zumindest so lange, bis man seinen Dienstausweis zeigte, was sie bei Ella getan hatte.

Hale hielt ihr die Tür auf, und sie durchquerte das Büro und nahm auf einem der Besucherstühle vor seinem Schreibtisch Platz. Er setzte sich dahinter in seinen Bürosessel. Er wusste, dass sie hier war, um ihm Fragen über den Doppelmord an den Donatellas zu stellen, doch er konnte nicht anders, als sie einfach nur anzuschauen. Noch immer konnte er es nicht fassen, dass sie sein Kind austrug. Seines und Kristinas.

»Wie geht's?«, fragte er.

»Gut. Das Essen gestern Abend war fantastisch. Genau das, was mir der Arzt verschrieben hat. Vielen Dank.«

Er machte eine wegwerfende Handbewegung. »Nicht der Rede wert. Worüber hast du mit Kristina gesprochen? Ach, vergiss es, deshalb bist du nicht hier.«

»Nein, ist schon in Ordnung. Wir haben ein bisschen über das Baby geredet. Es dauert ja nicht mehr lange. Eigentlich kann es jederzeit passieren, und ich glaube, Kristina hat ein bisschen Angst.«

Sie hat eine Riesenangst, dachte er. »Was ist mit dir?«

»Wie gesagt, mir geht's gut.« Dann huschte ein Schatten über ihr Gesicht.

»Was ist?«

»Im Sheriff's Department behandeln sie mich wie eine Aussätzige. Nein, das ist nicht ganz richtig. Aber sie wollen mich so schnell wie möglich los sein und in den Mutterschaftsurlaub schicken. Es ist schwierig.«

Wieder dieses schwache Lächeln. Hale betrachtete ihre Wangen, die blauen Augen und das kastanienbraune Haar. Er fand sie ... sexy.

»Ist was?«, fragte sie, als ihr seine Miene auffiel, die ein bisschen traurig war.

»Ich musste an Kristina denken.« Wieder einmal wünschte er sich, dass seine Frau mehr Selbstbewusstsein, sich mehr unter Kontrolle gehabt hätte.

»Ihr werdet großartige Eltern sein«, sagte sie, und er fragte sich, ob die Worte in ihren Ohren genauso leer klangen wie in seinen.

Savannah griff nach ihrem Notizbuch und einem Stift. Dann stellte sie ihm dieselben Fragen, die ihm von einem anderen Mitarbeiter des Tillamook County Sheriff's Department vor Monaten schon einmal gestellt worden waren, zur Zeit der Morde an den Donatellas. Damals hatte ihn der Tod der Donatellas so aus der Bahn geworfen, dass er sich an seine Antworten schon nicht mehr erinnern konnte, als er sie gerade ausgesprochen hatte. Er wusste wirklich nicht mehr, was er gesagt hatte, und kam sich vor wie ein stammelnder Idiot.

Aber er erkannte nun, dass ihm dieselben Fragen gestellt wurden. Wo warst du zu dem Zeitpunkt, als die Donatellas starben? Wie würdest du die Zusammenarbeit von Bancroft Development mit den Donatellas charakterisieren? Wusstest du, ob die Donatellas Feinde hatten?

Er antwortete, am Abend der Morde sei er zu Hause gewesen. Zu der Zeit seien die Prozesse in vollem Gang gewesen, und es habe Leute gegeben, die sowohl auf die Bancrofts als auch auf die Donatellas wütend gewesen seien, aber seiner Meinung nach nicht wütend genug, um Marcus und Chandra zu *exekutieren*. Er und Kristina seien gut befreundet gewesen mit den Donatellas.

»Wann hast du sie zum letzten Mal gesehen?«, fragte Savvy.

»Marcus an dem Tag ... An dem Tag, als sie ermordet wurden«, antwortete er. »Chandra an dem Samstag davor. Wie haben uns in meinem Haus zum Abendessen getroffen. Um uns zu verbünden, könnte man vielleicht sagen. Nicht nur wegen der Prozesse, aber all diese verdammten Häuser ... Wir haben die Hölle durchgemacht. Unser Statiker Eugen DeWitt hat sich praktisch zu Tode gesoffen, und Marcus und ich versuchten uns darüber klar zu werden, was wir als Nächstes tun sollten. Kristina wollte nicht einmal darüber reden. Insbesondere das mit dem Haus der Donatellas hat sie ganz krank gemacht. Sie liebte es.«

»Ja, ich erinnere mich, dass sie das mal erwähnt hat«, sagte Savvy.

»Chandra sah es genauso. Wir alle waren traurig.«

»Und an diesem Tag, dem Freitag darauf, als du dich mit Marcus getroffen hast ...«

»Wir haben uns in ihrem Haus getroffen. Es bestand keine akute Einsturzgefahr, und sie besteht bis heute nicht, aber die Eigentümer der umliegenden Häuser, die wir noch nicht zurückgekauft hatten, hatten diese verlassen. Es sah da aus wie in einer Geisterstadt.«

»Wer ist ›wir‹?«

»Declan und ich haben uns mit Marcus getroffen. Wir wollten einen Plan schmieden, konnten uns aber auf nichts Konkretes einigen. Als Declan und ich gingen, ist Marcus noch in dem Haus geblieben.«

Er erzählte Savannah nichts Neues, aber sie machte sich Notizen, und er fand, dass es nie schaden konnte, etwas noch ein zweites Mal durchzusprechen.

»Er hat nichts davon gesagt, dass er sich an jenem Abend später dort mit seiner Frau treffen wollte?«

»Nein.« Er blickte sie direkt an. »Wie ich gehört habe, hast du gestern einen Obdachlosen aus einem der Häuser herausgeholt?«

Sie blickte ihn überrascht an. »Hat Detective Clausen dich angerufen?«

»Stone. Er wollte fragen, ob wir wüssten, was aus Hillary Enders geworden ist, der Büroangestellten von Marcus. Er hat mir erzählt, du hättest mit Clausen einen Landstreicher aus dem Haus der Pembertons herausgeholt, bevor er es niederbrennen konnte.«

»Sind die Pembertons immer noch die Besitzer dieses Hauses?«

»Nein, es gehört jetzt wieder Bancroft Development. Die Pembertons haben es uns verkauft und beteiligen sich nicht an dem Prozess. Die Düne ist fürs Erste stabilisiert worden, und wir suchen nach einer langfristigen Lösung für die verbliebenen Häuser.« Er zuckte die Achseln. »Man wird sehen.«

»Glaubst du ernsthaft, dass das möglich sein wird?«

»Vielleicht. Hoffentlich.« Er zögerte. »Bis dahin ist es noch ein langer Weg.«

»Hast du eine aktuelle Liste der Hausbesitzer, die Bancroft Development verklagt haben?« Sie rutschte auf ihrem Stuhl hin und her. Er warf ihr einen fragenden Blick zu. »Vorwehen, sogenannte Braxton-Hicks-Kontraktionen. Sie gehen wieder weg.«

Er ging zu dem Aktenschrank, der die ganze östliche Wand einnahm. »Es gibt da eine Unmenge Papierkram.

Wenn du von irgendwas Fotokopien brauchst, wird Ella sie für dich machen. Was hast du übrigens eben zu ihr gesagt, was sie so durcheinandergebracht hat?«

»Ich habe sie nach Hillary Enders gefragt, nachdem auch Detective Stone es bereits getan hatte. Sie und Hillary Enders sind offenbar Freundinnen, und Stone geht dem nach. Als ich den Namen Blessert auf dem Schild auf ihrem Schreibtisch sah, habe ich Hillary erwähnt und gesagt, ich würde nach unserem Treffen gern mit ihr reden. Das hat sie vermutlich etwas nervös gemacht.«

»Dann hat sie etwas, worüber sie nachdenken kann, und kann aufhören, mich zu bemuttern«, sagte er trocken. Er erzählte ihr die Geschichte mit dem lavendelblauen Schirm, und Savvy schien sich ein bisschen zu entspannen. »Solltest du deinen Job nicht bald fürs Erste quittieren?«, fragte er.

Sie seufzte. »Das höre ich von allen.«

»Und das gefällt dir nicht.«

»Ich möchte noch ein paar Fortschritte bei diesen Ermittlungen machen, bevor ich in Mutterschaftsurlaub gehe.«

Sie war so förmlich, so professionell, ganz anders als die Savvy vom Vorabend. »Was wird, wenn das Baby da ist?«, fragte er. »Hast du mit Kristina darüber gesprochen? Ich habe keine Ahnung. Wirst du ihr das Baby gleich im Krankenhaus übergeben? Hast du vor, es zu stillen?« Er fühlte sich unbehaglich, als er diese Fragen stellte, aber Kristina erzählte ihm nichts, und er hatte ein Recht, Bescheid zu wissen.

»Wir haben noch nicht darüber gesprochen. Ich bin mir nicht sicher, was Kristina will.«

»Und was willst du?«

»Da bin ich mir auch nicht sicher.« Sie schaute kurz auf und blickte dann wieder auf ihre Notizen. »Und du?«

»Vermutlich hat keiner von uns eine Ahnung.«

Eine Zeit lang herrschte Schweigen. Keiner der beiden schien zu wissen, was er sagen sollte.

Schließlich atmete Savvy tief durch. »Ich denke, ich sollte jetzt mal diese Akten durchsehen ...«

Er zeigte ihr, in welchen Schubladen sich die Akten zu Bancroft Bluff befanden, und verließ dann das Büro. Er war etwas verstört und würde Kristina bald zur Rede stellen müssen. Da sie mit Sicherheit nicht zu ihm kommen würde, musste er sie fragen.

Kurz darauf trat er mit zwei Flaschen Mineralwasser wieder in das Büro. Einige Akten lagen aufgeschlagen auf dem Konferenztisch in der Ecke, und Savvy studierte die jüngsten Unterlagen zu dem Prozess. Eigentlich hätte Bancroft Development die Akten ohne richterlichen Beschluss nicht herausrücken müssen, aber die Firma hatte nichts zu verbergen, und Hale wollte, dass der Mörder der Donatellas gefasst wurde. Und er wollte entgegenkommend sein, denn Savvy war seine Schwägerin und würde sein Kind zur Welt bringen.

»Danke«, sagte sie, als er ihr das Mineralwasser reichte.

Er zeigte auf die auf dem Tisch ausgebreiteten Papiere. »Glaubt du, dass dir irgendwas davon helfen wird?«

»Ich hoffe es.«

»Soll ich dir Fotokopien machen lassen?«

»Das wäre großartig.«

Er ging zur Tür und öffnete sie. »Sylvie?«

»Sie macht gerade Pause«, sagte Ella.

»Sie können uns auch helfen. Machen Sie ein paar Fotokopien für mich?«

»Gern, Mr St. Cloud.«

Er winkte sie zu sich, und als sie Savannah sah, blieb sie im Türrahmen stehen.

»Es geht um die Bancroft-Bluff-Akten«, sagte Hale.

»Um alle?«, fragte sie überrascht.

»Nein, nur um die aus den letzten beiden Monaten«, antwortete Savvy.

»Okay«, sagte Ella.

»Wie ich höre, haben Sie heute mit Detective Stone gesprochen?«, fragte Savvy.

»Er hat mich auch nach Hillary gefragt«, antwortete Ella schnell. »Ich habe ihm ihre Adresse gegeben.« Sie klemmte sich die Akten unter den Arm, die Savannah bereitgelegt hatte, und rannte förmlich davon.

Kurz darauf klopfte es, und als Hale die Tür öffnete, trat sein Großvater ein, gestützt auf einen Stock mit Elfenbeingriff. Sein weißes Haar war zerzaust, und er sah nicht ganz so wie aus dem Ei gepellt aus wie sonst. »Was ist los?«, fragte er.

»Savannah ist hier, wegen des Doppelmordes an den Donatellas. Ich habe dir gesagt, dass sie kommt.«

Declan zog die Augenbrauen zusammen und blickte Savvy an. »Sie werden in nächster Zukunft meinen Urenkel zur Welt bringen, Miss. Was haben Sie da in diesem Stadium der Schwangerschaft noch Ermittlungen gegen Hale zu führen?«

»Ich ermittle nicht gegen Hale ...«, begann sie, doch der Alte fiel ihr ins Wort.

»Sie sollten an das Baby denken und an sonst gar nichts.« Declan blickte zu der offenen Tür. »Wo ist Sylvie?«, fragte er missmutig. »Sieh mal an, wenn haben wir denn da?«, sagte er dann plötzlich.

Hale blickte aus der Tür und sah Kristina.

»Wo sind sie«, fragte sie am Empfang.

Sie zog ihren Regenmantel aus, hängte ihn an die Garderobe und blickte erwartungsvoll ihren Mann an.

»Sylvie macht gerade eine Pause«, sagte Hale zu seinem Großvater. Dann wandte er sich an seine Frau. »Savvy ist hier.«

Kristina kam auf die Bürotür zu und blieb wie angewurzelt stehen. »Hier?«

»Ich habe ihr gesagt, sie soll mit diesem Unsinn aufhören und an das Baby denken«, erklärte Declan.

Kristina trat in das Büro und ging an Declan vorbei, der immer noch neben der Tür stand. »Was für ein Unsinn?«, fragte sie.

»Mein Job«, sagte Savannah.

Hale schloss die Tür. Declan ging zu einem Besucherstuhl, Kristina zu dem Konferenztisch, wo Savvy gerade die Akten zuklappte, die Ella nicht zum Kopieren mitgenommen hatte.

Hale fragte sich, was zum Teufel seine Frau veranlasst hatte, bei Bancroft Development vorbeizuschauen. Es hatte eine Zeit gegeben, wo sie sich noch für seinen Beruf interessiert hatte, doch das war lange her. Heutzutage hatte er keine Ahnung, wie sie ihre Zeit ausfüllte, und er wollte sie auch nicht danach fragen.

Glaubst du an Verhexung?

»Dein Job?«, wiederholte Kristina.

»Ich ermittle wegen des Doppelmordes an den Donatellas«, sagte Savvy. »Ich brauchte ein paar Hintergrundinformationen.«

»Hast du das nicht alles längst getan?«, fragte Kristina. »Ist etwas geschehen?«

Declan machte eine wegwerfende Handbewegung. »Darüber haben wir schon gesprochen.«

»Und doch wurde der Mörder bisher nicht gefasst«, sagte Hale. »Wir möchten alles tun, um dem Tillamook County Sheriff's Department zu helfen, damit er möglichst schnell geschnappt wird.«

Kristina erschauderte. »Ich möchte nicht einmal darüber reden. Wir bekommen ein Kind. Darauf sollten wir uns konzentrieren.«

»Du hast recht, Honey«, stimmte Declan zu. »Nur das zählt. Mein Urenkel und meine Enkel. Alles andere ist unwichtig.«

»Mein Enkel«, korrigierte Hale. »Du hast nur einen.«

»Was habe ich denn gesagt?«, fragte Declan.

»Lass ihn in Ruhe, Hale«, mahnte Kristina, die sich Savannah zuwandte, die bereits zur Tür ging. »Bist du fertig?«

»Wenn Ella mir die Fotokopien gegeben hat«, antwortete Savvy.

Als Hale Savannah die Tür aufhielt, kam Ella mit den Fotokopien zurück, und Sylvie hatte ihre Pause beendet.

»Das hätten wir«, sagte Ella, als sie Savvy die Kopien gab.

»Habe ich was verpasst?«, fragte Sylvie.

»Ein kleines Familientreffen«, sagte Hale trocken.

»Deine Mutter ist nicht hier«, erklärte Declan.

»Janet lebt in Philadelphia und wäre wahrscheinlich sowieso nicht gekommen«, antwortete Kristina für ihn.

Hale hatte keine Lust, über seine Mutter zu reden, die sich von seinem Vater hatte scheiden lassen, als er achtzehn war. Danach war sie fortgezogen. Preston St. Clouds Gesundheitszustand hatte sich nach der Scheidung verschlechtert, und er war gestorben. Ende der Geschichte.

Im Vorraum erstarrte Savannah plötzlich. Sie beugte sich vor und hielt ihren Bauch.

»Was ist?«, fragte Hale.

»Weitere Vorwehen«, sagte sie. »Das passiert seit Wochen immer wieder.« Kurz darauf hatte sie sich wieder gefangen. »Ich fahre zu eurer Filiale in Portland. Wenn ich es richtig verstanden habe, haben einige der dortigen Angestellten früher in Seaside gearbeitet?«

»Ja, ein paar«, bestätigte Hale.

Kristina tauchte in der Tür des Büros auf. »Du kannst nicht nach Portland fahren. Du bist ...«

»Schwanger, ich weiß.« Savannah nickte. »Das ist doch nur ein Tagesausflug. Hale, kannst du mir eine Liste mit den Namen der Leute geben, die zur Zeit der Morde in Seaside gearbeitet haben?«

»Kein Problem.« Er fand es auch nicht gut, dass Savannah nach Portland fahren wollte, doch eigentlich gab es keinen Grund dafür. Gut, das Wetter war nicht günstig, aber im Winter musste man in den Bergen eben mit Stürmen rechnen, und jeder, der an der Küste lebte und beruflich auch landeinwärts zu tun hatte, kannte das und wusste damit umzugehen. »Der Projektmanager unserer Dependance in Portland ist Clark Russo. Hier geriet alles durcheinander, als es mit den Prozessen begann, und er ist nach Portland gewechselt. Und dann, nach den Morden an den Donatellas haben wir ... Veränderungen herbeigeführt.«

»Ich habe vorgeschlagen, Clark nach Portland zu schicken«, sagte Sylvie.

»Das war eine gute Idee«, bestätigte Hale. »Wir brauchten dort jemanden, der wirklich die Zügel in die Hand nehmen konnte. Überdies wollte er von hier weg.«

»Er hat Schiss gekriegt«, sagte Declan abfällig.

»Sonst noch jemand?«, fragte Savannah.

Hale nickte. »Neil Vledich, der Vorarbeiter. Russo sitzt meistens im Büro, während Vledich auf den Baustellen nach dem Rechten sieht.« Er dachte kurz nach und sprach dann weiter. »Unsere damalige Buchhalterin Nadine Gretz hat gekündigt und ist nach Portland gezogen. Ihren Job hier hat Ella übernommen. Nadine arbeitet jetzt meines Wissens nicht mehr für Bancroft Development, war aber früher eine wichtige Kraft.«

»Wir haben ein paar Bauarbeiter, die mal hier, mal da beschäftigt werden«, sagte Ella. »Das sind Angestellte mit Zeitverträgen.«

»Die Namen hätte ich auch gern«, sagte Savvy.

»Und dann wäre da noch Sean Ingles, unser Architekt«, sagte Sylvie. »Er arbeitet von zu Hause aus, und das nicht nur für Bancroft Development, aber er hat die meisten der Häuser in Bancroft Bluff entworfen.«

»Hale, kannst du Mr Russo bitte wissen lassen, dass ich morgen komme?«

Kristina seufzte. »Kannst du das nicht verschieben? Oder statt deiner einen anderen fahren lassen?«

Savvy blickte Hale an, der sich ziemlich sicher war, was seine Schwägerin dachte. *Verstehst du jetzt, was ich meine?*

»Sie könnten auch mit DeWitt reden«, sagte Declan mit einem verächtlichen Schnauben. »Das ist der Idiot, der grünes Licht für den Bau der Häuser in Bancroft Bluff gegeben hat. Das hat uns ein Vermögen gekostet! Man sollte den Mann vor Gericht bringen.«

»DeWitt lebt in der Nähe von Portland«, sagte Hale. »Wie gesagt, er hat für uns die Gutachten hinsichtlich der Eignung des Baugrunds erstellt. Als die Probleme in Bancroft Bluff auftauchten, haben wir uns von ihm getrennt.«

»Wir haben das Arschloch gefeuert«, platzte es aus Declan heraus, der sofort vor Verlegenheit rot anlief. Als Gentleman der alten Schule hätte er in Anwesenheit von Frauen nicht fluchen dürfen. Dass er sich so gehen ließ, zeigte nur, wie tief sein Hass auf DeWitt war. Nicht, dass Hale glücklich gewesen wäre mit ihm, doch nun war das alles Schnee von gestern.

»Sind wir dann fertig?«, fragte Hale Savannah, die nickte und sich erneut bedankte. Sylvie kehrte in ihr Büro zurück, Ella zu ihrem Schreibtisch am Empfang. Declan sagte, er wolle noch ein paar Dinge aus seinem Büro holen, und ging zum Aufzug.

Als Savannah ihre Jacke angezogen hatte und sich von Kristina verabschiedete, kehrte Hale in Gedanken verloren in sein Büro zurück. Kurz darauf stand Kristina in der Tür, und er fragte sie, warum sie gekommen sei.

»Kann ich nicht einfach mal vorbeikommen, um meinen Ehemann zu besuchen?«

»Auf die Idee bist du bisher nie gekommen.«

»Vielleicht mache ich gerade einen neuen Anfang. Wir müssen jetzt häufiger zusammen sein, Hale.« Sie schaute ihn ängstlich an.

»Wegen des Babys?«

»Nun, natürlich wegen des Babys. Aber auch wegen uns.« Sie kam um den Schreibtisch herum und setzte sich tatsächlich auf seinen Schoß. Das war so ungewöhnlich, dass Hale sie nur ungläubig anstarrte. »Sieh mich nicht so an. Möchtest du nicht, dass wir uns wieder näherkommen?«

»Können wir darüber nicht zu Hause reden?« Er blickte auf den Papierstoß auf seinem Schreibtisch, war aber in Gedanken noch bei dem Treffen mit Savannah.

»Küss mich!«

»Kristina ...«

»Du hast einfach keinen Sinn für Romantik!« Sie sprang auf. »Ich will, dass es mich umhaut, wenn ich mit dir zusammen bin, dass meine Knie weich werden.«

Er hob hilflos die Hände.

»Du kannst mich mal, Hale«, fuhr sie ihn an, doch er sah geschockt, dass in ihren Augen Tränen standen. »Ich brauche Hilfe. Wir brauchen Hilfe, und du starrst mich nur an, als wäre ich total verrückt.«

»Es ist nicht mehr so, wie es einmal war, Kristina.«

»Und wessen Schuld ist das?«

»Wenn du möchtest, dass sich in unserer Beziehung etwas ändert, werde ich mein Bestes tun, doch so schnell komme ich nicht von null auf hundert.«

Sie beugte sich über seinen Schreibtisch. »Ich schon. Ich bin so schnell erregt, dass ich ...«

Seit wann?, hätte er am liebsten gefragt.

»Können wir nicht fürs Erste versuchen, uns auf halbem Weg entgegenzukommen?«

»Ja, aber heute Abend muss ich noch zu einem Treffen mit ...«

»Sag es ab. Komm nach Hause und geh mit mir ins Bett. Wir brauchen wieder mehr Leidenschaft in unserer Ehe.«

Er nickte bedächtig. Ihm wurde klar, dass er überhaupt kein Interesse daran hatte, und deshalb quälten ihn Schuldgefühle.

»Ich brauche Sex mit meinem Mann und ...«

In dem Moment bimmelte der Lift, und er hörte, wie sich die Türen öffneten. Einen Augenblick später stand Declan im Türrahmen, und er wirkte verwirrt. »Ich kann meine verdammten Schlüssel nicht finden.«

Hale stand auf und eilte zu seinem Großvater, um ihm zu helfen. Ihm war alles recht, um von Kristina wegzukommen, die auf einmal das verzweifelte Bedürfnis empfand, in ihrer Ehe alles »richtig« zu machen.

»Sie sind in meiner Tasche!«, erklärte Declan plötzlich. »Ich hätte schwören können, dass ich sie durchsucht hatte.«

»Ich begleite dich nach unten«, sagte Hale, und Declan humpelte mit seinem Stock zum Aufzug zurück. Bevor er ihm folgte, warf Kristina ihm noch einen Blick zu. Er konnte ihre Miene nicht recht deuten, glaubte aber, dass sie Angst verriet.

10

Als Savannah losfuhr, rutschte sie auf dem Fahrersessel hin und her, weil sie weiter von den Braxton-Hicks-Kontraktionen gepeinigt wurde. Sie hatte gelogen, als sie Hale versichert hatte, die Vorwehen würden wieder verschwinden, und ihr Bestes gegeben, sie für den Rest des Treffens zu ignorieren. Und bis jetzt *waren* sie immer wieder verschwunden. Oder ging es etwa schon richtig los? Zum Teufel damit. Sie würde einfach nicht mehr darüber nachdenken, bis sie sich irgendwann sicher war, dass die richtigen Geburtswehen einsetzten.

Sie seufzte. Während der Fahrt zur Filiale von Bancroft Development in Seaside war sie in Gedanken noch ganz bei den Frauen von Siren Song gewesen und hatte Revue passieren lassen, was sie durch die Lektüre des Büchleins *Eine kurze Geschichte der Kolonie* von Herman Smythe erfahren hatte. Am meisten beschäftigt hatten sie jene »Gaben« der dort lebenden Frauen, die offenbar von Generation zu Generation weitergegeben worden waren. Außerdem hatte sie mehr erfahren über Mary Rutledge Beemans offene Promiskuität, die Catherine dazu veranlasst hatte, allem ein Ende zu machen. Sie hatte beschlossen, mehr herauszubekommen über die Jungen und Mädchen, die Mary zur Welt gebracht hatte. Zumindest wollte sie ihre Namen herausfinden. Da Catherine nicht bereit war, diese herauszurücken, würde sie mit Herman Smythe sprechen. Der war zwar noch sehr viel jünger gewesen, als er das Büchlein geschrieben hatte, doch trotzdem war es immer am besten, sich Informationen aus erster Hand zu besorgen.

Doch nach dem Treffen bei Bancroft Development hatte sie die Gedanken an Catherine und die Kolonie fallen lassen, um sich wieder dem Doppelmord an den Donatellas zuzuwenden.

Positiv war bei dem Treffen gewesen, dass Hale St. Cloud so freundlich und hilfsbereit gewesen war, und bei seinen Angestellten war es nicht anders gewesen. Sie hatten sich geradezu überschlagen, um ihr jeden Wunsch zu erfüllen. Ihrer Erfahrung nach hatte jeder – absolut jeder – etwas dagegen, wenn die Polizei ihre Nase in seine Geschäfte steckte, und zwar unabhängig davon, ob sie etwas zu verbergen hatten oder nicht. So war es angenehm gewesen, auf Respekt und Hilfsbereitschaft zu stoßen. Diese Seite von Hale war ihr bisher unbekannt gewesen. Lag es daran, dass sie sein Kind austrug? Zweifellos war das ein Grund, doch gab es vielleicht noch einen anderen? Glaubte er vielleicht, sie davon abhalten zu können, sich eingehender mit den Unterlagen der Firma zu beschäftigen, wenn er extrem freundlich war?

»Zynikerin«, sagte sie laut.

Trotzdem sah es so aus, als hätte er ihr alles gegeben, was sie sich nur wünschen konnte. Hatte er wirklich nichts zu verbergen, oder wollte er sie mit seiner Freundlichkeit einlullen?

Plötzlich schmerzten ihre Bauchmuskeln, und sie schnappte nach Luft. Das war eine wirklich heftige Vorwehe. Konnte es sein, dass jetzt der Augenblick gekommen war? Nein, nein ... Sie würde sich nicht zum Narren halten lassen, sondern weiter gelassen abwarten.

Kurzzeitig fragte sie sich, ob sie ihren Plan aufgeben sollte, am nächsten Morgen nach Portland zu fahren. Vielleicht war es eine törichte Entscheidung, die Fahrt zu machen, aber sollte sie einfach nur untätig herumsitzen und warten, während Stone, Clausen und die anderen weiterermittelten?

Wahrscheinlich war es besser, auf dieser Seite der Berge zu bleiben und ein paar Telefonate zu führen. Das war nicht dasselbe, als unter vier Augen mit den Leuten zu reden, doch in diesem Fall würde es reichen. Andererseits ...

Ihr Handy klingelte, und es war der Klingelton, den sie ihrer Schwester zugewiesen hatte. Sie meldete sich. »Hallo, Kristina.«

»Was zum Teufel soll das alles mit diesen Ermittlungen, Savvy? Lass es bleiben. Übrigens, du kennst Hale nicht so gut, wie du glaubst. Er ist starken Stimmungsschwankungen unterworfen, aber der Doppelmord an den Donatellas hat nichts mit den Bancrofts zu tun.«

»Hale war nur nett.«

»Ich sage dir, das war Schauspielerei. Und wirf da nichts durcheinander mit den Bancrofts und den Donatellas. Ich weiß nicht genau, was da los war, aber du irrst dich.«

»Ich suche den Mörder eurer Freunde.«

»Selbstverständlich, und ich will auch, dass du diesen kranken Drecskerl findest, aber ... Lass es bleiben. Nimm den Mutterschaftsurlaub. Bitte, bitte, tu's für mich. Mach eine Pause, bis das Baby kommt.«

Savannah blickte durch die Windschutzscheibe auf den strömenden Regen. Vielleicht hatte Kristina recht. Sie biss die Zähne zusammen. Irgendwie wusste sie nicht, wie sie ihrer Schwester erklären konnte, dass sie vorläufig noch nicht vorhatte, den Dienst zu quittieren.

»Und es klingt ja ohnehin so, als wäre es eine Liebesaffäre gewesen, die ein böses Ende genommen hat«, sagte Kristina. »Mit uns hat das alles nichts zu tun.«

»Was hast du gesagt? Woher weißt du das?«

»Ich habe in den Nachrichten gehört, Marcus habe eine Affäre mit Hillary Enders gehabt, und deren Freund habe die Donatellas erschossen. Es kam in den Mittagsnachrichten bei Channel Seven, und moderiert hat diese Pauline Kirby.«

»Kirby hat *gesagt*, die Donatellas seien von Kyle Furstenberg getötet worden?«, fragte Savannah, während sie vor einer Haarnadelkurve abbremste.

»Ja, das war wohl der Name. Kirby sagte, das sei die vorherrschende Meinung.« Kristina schwieg kurz. »Doch dann trat dieser Furstenberg auf und behauptete, er habe sie nicht erschossen. Aber das sagen dieses Typen natürlich immer.«

»Du meinst, Furstenberg hat im Fernsehen ein *Interview* gegeben?«

»Ja, natürlich, hörst du schlecht?« Kristina schien die Geduld zu verlieren. »Aber hast du verstanden, worum es *mir* geht? Gib die Ermittlungen auf.«

»Pauline Kirby hat in den Mittagsnachrichten von Channel Seven Kyle Furstenberg gefragt, ob er Marcus und Chandra Donatella erschossen hat?«, fragte Savannah fassungslos, um sich alles noch mal bestätigen zu lassen

»Aber ja, das hab ich doch gerade gesagt«, antwortete Kristina gereizt.

»Und er hat bestritten, das Verbrechen begangen zu haben?«

»Genau.«

»Wurde Hillary Enders bei dem Interview auch gefragt?«

»Mein Gott, Savannah, ich habe dir bereits alles erzählt, was ich weiß.«

»Wurde außer Furstenberg noch jemand interviewt?«

»*Nein.*«

»Ich ruf später noch mal an«, sagte Savannah angespannt.

»Halt, nein! Verdammt, lass diese Ermittlungen endlich sausen.«

Savvy ersparte sich eine Antwort und unterbrach die Verbindung. Dann wählte sie Stones Handynummer und fragte sich, ob er vielleicht schon Feierabend gemacht hatte.

Beim zweiten Klingeln nahm er ab. »Hallo, Savvy.«

»Wusstest du, dass Furstenberg Channel Seven heute ein Interview gegeben hat?«

»Ich hab's gehört.« Stones Stimme klang angewidert.

»Was ist los mit dieser Hillary Enders? Bei meinem Besuch bei Bancroft Development habe ich Ella Blessert nach Hillarys Adresse gefragt, aber du hattest bereits mit ihr telefoniert, und sie glaubte, du hättest auch schon mit Hillary gesprochen.«

»Hillary Enders ist hier.«

»Im Sheriff's Department? Jetzt?«

»Im Vernehmungszimmer. Sie wollte sich mit uns treffen, und ich habe gesagt, sie solle vorbeikommen.«

»Was ist mit Furstenberg?«

»Der will sich *nicht* mit uns treffen. Ich habe ihn telefonisch erreicht, doch als ich sagte, ich sei Detective beim Sheriff's Department, hat er sofort aufgelegt.«

»Also redet er zwar mit den Medien, aber nicht mit uns.« Auch Savannah war angewidert.

»Das ist doch ganz normal. Ich hoffe, dass diese Hillary Enders ein bisschen über ihre Beziehung zu Marcus Donatella erzählt. Vielleicht lässt sich damit etwas anfangen. Ich muss Schluss machen, wir wollen gerade mir der Vernehmung beginnen.«

»Wartet noch! Ich bin schon unterwegs.«

»Hör zu, Savvy, Hillary ist bereit zu reden. Sie *will* reden. Ich werde das nicht aufschieben, bis sie doch noch kalte Füße bekommt. Die Frau ist total verängstigt, obwohl ich mir nicht sicher bin, ob sie wirklich etwas weiß.«

»Ich bin in zwanzig Minuten da.«

»Ich warte nicht«, sagte Stone genervt. »Du musst auch überhaupt nicht vorbeikommen.«

»Allmählich kotzt es mich an, Lang. Wirklich. Es kotzt mich an.«

»Mein Gott ...« Er unterbrach sich. »O'Halloran will mit dir reden«, sagte er nach einer bedeutungsvollen Pause. »Und du weißt, worum es dabei gehen wird.«

»Ja. Er will, dass ich Mutterschaftsurlaub nehme. Nun, da ist er nicht der Einzige. Wenn er will, dass ich sofort aufhöre, soll er mir das persönlich sagen. Ich bin fast da, also halt mir einen Platz frei.«

Stone murmelte etwas Unverständliches vor sich hin.

»Was hast du gesagt?«

»Beeil dich einfach.« Und damit legte er auf.

Als Savvy ihren Wagen auf dem Parkplatz hinter dem Sheriff's Department abstellte, regnete es in Strömen, und der böige Wind ließ die Bäume und die überirdisch verlegten Leitungen an den Masten hin und her schwanken. Die

Schlaglöcher waren mit Regenwasser vollgelaufen, und sie wich ihnen vorsichtig aus auf dem Weg zum Hintereingang. Sie eilte die paar Stufen hinauf und ging sofort zu dem Vernehmungszimmer, ohne sich die Zeit zu nehmen, ihre Jacke an einen der Haken neben der Tür zu hängen. Wie erhofft waren die Vorwehen wieder verschwunden, und sie glaubte, ihren Körper nun besser unter Kontrolle zu haben als während des ganzen Tages.

Hillary Enders saß mit gesenktem Kopf an einem Tisch und hielt einen Pappbecher mit Kaffee in den Händen. Das lange dunkle Haar fiel ihr ins Gesicht. Sie war sehr dünn, bleich und zitterte.

Stone saß ihr gegenüber. »Ich glaube Ihnen«, sagte er leise. »Ich möchte nicht, dass Sie sich wie bei einem Verhör fühlen. Wenn Sie sagen, dass es nicht stimmt, was wir gehört haben, glaube ich es Ihnen.«

Sie nickte, noch immer am ganzen Leib zitternd.

»Es geht darum, dass wir dringend mit Kyle Furstenberg reden müssen, aber er geht uns aus dem Weg.« Stone warf Savannah einen Blick zu, der besagte, sie solle sich nicht einmischen. Savvy verstand die Warnung und setzte sich unauffällig auf einen Stuhl an der Wand.

»Kyle würde niemandem etwas antun«, sagte Hillary.

»Er hat einer Reporterin erzählt, Sie hätten eine Affäre mit Marcus Donatella gehabt. Vielleicht hat er gelogen, oder er hat wirklich daran geglaubt.«

»Er weiß, dass ich so was nie tun würde.« Sie trank einen Schluck und vergoss dabei ein bisschen Kaffee.

»Dann hat er also gelogen?«

»Ich weiß es nicht. Ich habe das Interview nicht gesehen.«

»Das lässt sich nachholen, doch fürs Erste erzähle ich Ihnen mal, was er gesagt hat.« Er blickte in die vor ihm liegende Akte. »›Sie hat mich wegen ihres Chefs fallen lassen, aber ich habe ihn nicht getötet, und jeder, der das behauptet, ist ein verlogenes ...‹« Das abschließende Schimpfwort war im Fernsehen aus Rücksicht auf empfindsame Seelen durch einen Piepton unhörbar gemacht worden.

Hillary Enders hob den Blick. »Das klingt ganz nach ihm.«

»Das ist er. Er hat das so gesagt.«

»Ich habe ihn nicht betrogen. Nach den Morden an Marcus und Chandra haben wir uns getrennt. Es war entsetzlich, ich war völlig am Ende.« Sie schüttelte den Kopf, und ihr Blick war auf einen imaginären Punkt in der Ferne gerichtet. »Aber Kyle hat das nicht kapiert. Ich war so durcheinander. Ich meine, mal ehrlich ... Warum konnte er das nicht verstehen?« Sie stellte den Kaffeebecher ab und massierte sich mit zitternden Fingern die Schläfen. »Es hat ihn nicht so tangiert, wie es mich berührt hat, und er war so, wie er immer gewesen war. Es hat nicht mehr funktioniert mit uns. Vielleicht hat er geglaubt, ich hätte eine Affäre gehabt mit Marcus, ich weiß es nicht. Ich habe seit Monaten nicht mehr mit ihm geredet.«

Stone dachte kurz nach. »Lassen Sie uns mal annehmen, dass er geglaubt hat, Sie hätten eine Beziehung mit Marcus Donatella gehabt, denn das hat er im Fernsehen gesagt.«

Hillary antwortete nicht.

»Vielleicht hat er Sandra und Marcus Donatella getötet, um sich an Ihnen zu rächen.«

»O nein«, sagte sie bestimmt. »So ist er nicht.«

»War die Beziehung zu Ihnen für ihn bereits Vergangenheit?«, fragte Stone.

Sie schüttelte den Kopf, doch es war unklar, ob das eine Antwort auf die Frage sein sollte, oder ob es hieß, dass sie nicht darüber nachdenken wollte. »Woher hatte die Reporterin von Channel Seven die Idee, dass er die Donatellas ermordet hat?«, fragte sie. »Das ist lächerlich. Sie wissen alle nicht, wie Kyle ist.«

»Wie ist er denn? Klären Sie uns auf.«

»Wir kennen uns seit Jahren. Waren wir zusammen? Ja. Aber das hatte keine Zukunft. Er ist nicht gerade der geborene Ehemann, wenn Sie verstehen, was ich meine.«

»Und Sie suchen den geborenen Ehemann?«

Sie wandte den Blick von Stone ab, schaute erst Savvy an und dann O'Halloran und Deputy Burghsmith, die an einem Tisch im hinteren Teil des Raums saßen. Offenbar hatte Hillary zugestimmt, dass sie bei dem Gespräch anwesend waren, doch nun machte sie den Eindruck, als würde sie ihre Meinung ändern.

»Sie meinen, ich hätte Absichten gehabt bei Marcus Donatella? Das hat Ihnen Ella doch erzählt, oder? Ella Blessert. Weil ich einmal zu ihr gesagt habe, Marcus sei ein gut aussehender und erfolgreicher Mann. Ein idealer Ehemann. Nur *war* er leider bereits verheiratet, und so etwas respektiere ich. Ella ist ein bisschen beschränkt.« Sie kniff die Lippen zusammen und warf Stone einen finsteren Blick zu. »Ich hatte keine Affäre mit Marcus Donatella, und was Kyle angeht, so liebe ich ihn nicht und habe es nie getan. Vielleicht hat Kyle geglaubt, dass ich scharf war auf Marcus, nur hat er es nie gesagt, solange Marcus lebte. Ich weiß nicht einmal, woher Sie und Ihre Leute seinen Namen haben.« Sie schwieg kurz. »Ella. Es läuft alles auf Ella hinaus, oder?«

»Kyle hat gesagt, Sie hätten ihn wegen Ihres Chefs fallen lassen«, rief Stone ihr ins Gedächtnis, obwohl Hillary mit ihrer Einschätzung recht hatte.

»Ich muss dieses Interview sehen«, erklärte Hillary. »Wenn Kyle das gesagt hat, muss ihm das jemand geflüstert haben, und er hat es nur wiederholt.«

Ein cleveres Mädchen, dachte Savvy. Hillary war zur Polizei gegangen, weil sie wusste, dass an den Anschuldigungen nichts dran war, und sie wollte das Problem im Keim ersticken. Auch Stone schien das so zu sehen, denn er lehnte sich zurück und blickte die Frau nachdenklich an.

»Glauben Sie, Sie können Kyle dazu bewegen, mit uns zu reden?«, fragte er. »Wenn er nicht hierherkommen will, könnte ich zu ihm kommen.«

»Glauben Sie mir?«

»Können Sie uns mit Kyle helfen?«

»Wir sehen uns nicht mehr, aber ich könnte ihn anrufen«, antwortete sie zögernd.

Stone nickte, und Hillary kramte in ihrer Handtasche, zog ihr Mobiltelefon heraus und wählte. Nach einer Weile flüsterte sie »Mailbox«, und dann hinterließ sie ihm eine Nachricht: »Hallo, Kyle, ich bin's, Hillary. Die Polizei möchte mit dir reden. Sag einfach die Wahrheit, okay? Mir gefallen deine Lügen nicht. Du weißt, dass ich nichts mit Marcus Donatella hatte. Sei nicht so ein Idiot.« Als sie fertig war, schien sie etwas wütend zu sein und blickte mit gerötetem Gesicht in die Runde.

Stone klappte die Akte zu. »Danke.«

»War's das?«, fragte sie.

»Fürs Erste schon. Ich weiß es zu schätzen, dass Sie gekommen sind.«

Zum ersten Mal schien sie sich ein bisschen zu entspannen. »Ich hatte Angst, Sie könnten nichts anderes im Sinn haben, als den Fall zu beenden und die Akte zu schließen. Dann hätte ich mir einen Anwalt nehmen müssen. Zeit wäre vergangen, und der wahre Mörder wäre weiter auf freiem Fuß gewesen. Ich möchte, dass Sie ihn fassen und für immer hinter Gitter bringen. Ich habe sie beide gemocht, Marcus und Chandra ...« In ihren Augen standen Tränen. »Noch besser wäre es, den Dreckskerl aufzuknüpfen.«

Fünfzehn Minuten später war Hillary Enders auf dem Rückweg nach Seaside, und Stone, Savvy, O'Halloran und Burghsmith blickten sich an.

»Zurück auf Start«, sagte Stone.

»Glaubst du, dass sie die Wahrheit gesagt hat?«, fragte Burghsmith.

»Ja«, sagte Savvy, und die anderen nickten zustimmend. »Wo ist Clausen?«, fragte sie.

»Er musste deinen Freund Mickey laufen lassen und ist ihm gefolgt, um sicherzustellen, dass er nicht wieder in dem Haus in Bancroft Bluff unterkriecht«, antwortete Stone.

»Er wird dorthin zurückkehren«, sagte Burghsmith. »Das tun diese Typen immer.«

»Was ist mit Toonie?«, fragte Savvy. Toonie war Althea Tunewell, die ein Obdachlosenasyl im Süden von Tillamook führte. Das Sheriff's Department wandte sich häufig an sie, wenn es Probleme mit Landstreichern gab.

»Wir haben sie angerufen, und sie ist vorbeigekommen«, antwortete Stone. »Sie hat ihm einen Schlafplatz angeboten, doch er wollte nicht. Die beiden haben viel über Jesus geredet.

Toonie ist es ernst mit dem Glauben, aber dein Freund Mickey redet nur wahllos drauflos.«

»Warum ist er mein Freund Mickey?«, fragte Savannah.

»Weil du ihn gefunden hast«, antwortete Stone.

Der Sheriff räusperte sich. »Dunbar, kommen Sie doch bitte für einen Moment mit.«

Savvy schaute Stone an, der nur die Brauen hob, weil er es ja schon vorhergesagt hatte. Sie folgte O'Halloran in sein Büro und wartete, als er sich auf seinen Bürosessel setzte, der unter seinem Gewicht quietschte.

Der Sheriff kam sofort zur Sache. »Wann kommt das Kind?«

»Ich weiß, dass Sie wollen, dass ich sofort Mutterschaftsurlaub nehme«, sagte Savvy. »Aber vorher möchte ich noch ein paar Dinge erledigen. Morgen fahre ich nach Portland, um mit den dortigen Angestellten von Bancroft Development zu sprechen. Heute war ich bei Hale St. Cloud, und er lässt Sie wissen, dass ich komme. Am Montag werde ich hier sein, um einen Bericht über meine Ermittlungen zu schreiben, und dann ... Meinetwegen ...« Sie war etwas deprimiert, aber auch ein bisschen erleichtert. Sie hatte die Nase voll davon, wie die anderen sie wegen der Schwangerschaft behandelten.

»Dann reden wir am Montag weiter«, sagte O'Halloran. »Sind Sie sicher, dass Sie nach Portland fahren wollen? Das Wetter könnte schlecht werden. Ich hab was von einer Kaltfront gehört.«

»Wenn's zu schlimm wird, bleibe ich über Nacht in Portland.«

Er hob resigniert die Hände, und Savvy verließ das Büro. Sie hatte das Gefühl, eine Schlacht gewonnen, aber den Krieg verloren zu haben.

Hale betrat das Haus durch die Tür zur Garage, warf seine Schlüssel auf die Frühstückstheke in der Küche und schob sein Handy in die Ladestation, die bereits ans Netz angeschlossen war. Dann kehrte er in die Garage zurück, zog seine Jacke aus und hängte sie an die Garderobe neben einer Reihe von Schränken mit Geräten für die Gartenarbeit.

Mittlerweile lebten sie seit zwei Jahren in dem Haus, das der Architekt Sean Ingles entworfen hatte. Es war sein letzter Auftrag für Bancroft Development und Hale persönlich gewesen, bevor er nach Portland gezogen war. Alle hielten das Haus für wundervoll, für ein wahres Kunstwerk. Das stimmte womöglich, doch irgendwie war es für ihn nie zu einem echten Zuhause geworden. Vielleicht war es zu vollkommen. Wenn er abends nach Hause kam, wünschte er sich eigentlich nicht mehr als einen bequemen Sessel vor dem Fernseher, ein Glas Wein oder Bier und eine gute Mahlzeit. Das konnte eine bestellte Pizza und/oder Sandwiches sein, aber auch ein Essen für einen Gourmet. Er war nicht besonders wählerisch und hätte sogar für sich selbst gekocht, nur beherrschte er nicht allzu viele Gerichte.

Eigentlich glaubte er nicht, dass es kompliziert war, mit ihm zusammenzuleben, aber Kristina vermittelte ihm das Gefühl, dass es so war. Machte er sich etwas vor?

Nun, er hatte auf die Anweisung seiner Frau hin das für diesen Abend angesetzte Treffen abgesagt und versuchte jetzt, sich innerlich auf den romantischen Abend vorzubereiten, den sie plante. Da er sie bisher nicht gesehen hatte, fragte er sich, ob sie bereits im Schlafzimmer war. Er erinnerte sich an das Gespräch mit seinem Großvater, als er diesen zu seinem Auto gebracht hatte.

»Probleme mit deiner Frau?«, hatte der alte Mann gefragt, nachdem er zuvor laut gejammert hatte, er brauche keinen Babysitter, der ihn zu seinem Fahrzeug geleite.

»Kristina und ich haben im Moment allerhand um die Ohren.«

»Das ist alles Unsinn, mein Sohn.«

Er hatte nicht vorgehabt, das Thema zu vertiefen. »Vielleicht können Kristina und ich heute Abend ein paar Probleme bereinigen.«

Jetzt ging er zu ihrem Schlafzimmer und öffnete vorsichtig die Tür. Die Nachttischlampen brannten, doch das Licht war gedimmt. Aber von Kristina war nichts zu sehen, und er schaute in das angrenzende Badezimmer. Chrom, Marmor und blütenweiße Handtücher, aber keine Kristina.

»Wo bist du?«, sagte er laut und fragte sich, ob sie irgendein Spiel mit ihm spielte. Zurück im Schlafzimmer, fiel ihm ein Zettel auf, der in den Spalt zwischen den Kopfkissen gerutscht war. Er hob ihn auf und las.

Habe meine Meinung geändert. Ich bin nicht verrückt. Ich brauche nur etwas Zeit für mich. Kristina.

Eine Wendung um hundertachtzig Grad angesichts dessen, was sie in seinem Büro gesagt hatte. Fast hätte er bezweifelt, dass sie den Zettel geschrieben hatte, doch das war unverkennbar ihre Handschrift.

Er kehrte in die Küche zurück, öffnete den Kühlschrank und nahm eine Flasche Bier heraus. Viel zu essen war nicht darin, und nach einem Augenblick griff er zum Telefon und rief den zweiten Abend nacheinander bei Gino's an. Diesmal bestellte er eine Calzone mit Peperoni, Käse, Champignons und Oliven. Kurz dachte er daran, auch für Kristina eine zu bestellen, doch er wusste, dass sie sie nicht anrühren würde. Aber eigentlich dachte er gar nicht an sie. Er dachte an Savannah.

»Ist das alles?«, fragte die Stimme am anderen Ende.

»Ja.« Er beendete das Telefonat, kehrte mit seinem Handy in die Garage zurück und zog seine Jacke an, um das Essen abzuholen.

Kristina war kein gläubiger Mensch, doch wenn es so etwas wie eine Hölle gab, dann machte sie die jetzt durch. Das hier war definitiv die Hölle.

Sie fuhr Richtung Norden und versuchte, sich zu beruhigen. Sie war so anfällig gewesen für die Versuchung, so hungrig, und die Dinge, die sie getan hatte ... Der bloße Gedanke daran ließ sie erröten. Doch noch schlimmer waren die Erinnerungen an andere Dinge. Der nackte Horror, die Verderbtheit ... Und ihr Wissen konnte ihr ernsthafte Probleme mit der Polizei bescheren, und es konnte noch schlimmer kommen ... Und wenn sie an Marcus und Chandra dachte ...

Sie stieß einen leisen Schrei aus und schob die entsetzlichen Erinnerungen beiseite, versuchte sie zu verdrängen, wie sie es seit Monaten tat. Sie hasste sich selbst, und außerdem beschämte es sie, wie sie versucht hatte, Hale anzumachen. Ja, sie hatte das ernst gemeint, doch selbst wenn er sie sofort auf seinem Büroschreibtisch genommen hätte, hätte sie das vielleicht sexuell befriedigt, doch sie wäre immer noch nicht frei gewesen.

Frei.

Sie sprach das Wort laut aus und stellte sich vor, wie es wäre, frei zu sein, doch ihre Stimme klang leer und larmoyant.

Sie hatte einen Pakt mit dem Teufel geschlossen, und das hatte praktisch alles zerstört, was gut war in ihrem Leben. Sie musste dem ein Ende machen, bevor es sie verzehrte. Sie und all die Menschen, die sie liebte. Sie musste es in dieser Nacht beenden.

Der Regen hatte nachgelassen, doch jetzt pfiff ein eisiger Wind, der Vorbote einer Kaltfront, die sich aus nördlicher Richtung näherte. Als sie das Haus erreichte, zitterte sie unkontrollierbar.

Sie wollte reinen Tisch machen. Sie stellte sich einen riesigen Radiergummi vor und wünschte, damit all die entsetzlichen Gedanken und Gelüste auslöschen zu können, die sich in ihrem Kopf festgesetzt hatten.

Und das alles seinetwegen.

Nun, sie hatte mit ihm abgeschlossen, hatte genug von seinen Überredungskünsten und Lügen, von seinen kalten Augen und dem noch kälteren Lächeln. Er war ein Ungeheuer, und sie war so schwach gewesen. Aber jetzt ... jetzt ... fühlte sie sich stärker. Sie und Hale würden Eltern werden. Gott, sie hoffte so sehr, dass alles besser werden würde. Die Unsicherheit der letzten Wochen war verschwunden. Bei Gott, sie würde etwas tun. Heute Nacht. Jetzt. Und dann konnte er sie mal.

Sie griff nach einer leistungsstarken Taschenlampe, testete sie, stieg aus dem Auto und blickte auf das alte Haus. Diesmal hatte sie den Ort ausgesucht, das Haus der Carmichaels, das Hale lieber renoviert und umgebaut hätte, statt es komplett abreißen zu lassen. Sie wünschte, dass Hales Stärke auf sie übergehen würde. Dies war sein Projekt. Und für sie so etwas wie ein Heimspiel.

Sie seufzte, ging die Stufen zur Veranda hinauf und drückte die Klinke der Haustür nieder. Abgeschlossen, nicht weiter überraschend. Aber das Haus war für den Abriss vorgesehen und deshalb bestimmt nicht hundertprozentig gesichert. Ein Fenster würde bestimmt schlecht schließen und sich öffnen lassen. Hale hatte im Vorübergehen mal so etwas gesagt.

Sie war früh dran, so hatte sie es geplant. Wenn sie eine Chance haben wollte, lebend aus dieser Geschichte herauszukommen, musste sie ihn überraschen. Nervös ging sie weiter, die Veranda führte um das ganze Haus herum. Das heruntergekommene Haus wirkte traurig, fast so, als würde es den Abriss erwarten. Oder so, als hätte es auf sie gewartet. Sie erschauderte und schüttelte den Gedanken ab. *Lächerlich.* Als sie an der zum Strand gelegenen Seite um die Ecke bog, schlug ihr der böige Wind ins Gesicht. Nacheinander versuchte sie, eines der Fenster zu öffnen, doch erst beim dritten Versuch gelang es ihr unter Einsatz all ihrer Kraft, ein Schiebefenster nach oben zu ziehen.

Sie kletterte hindurch, und als sie in dem Wohnzimmer stand, pfiff ein eiskalter, nasser Windstoß in das Haus. Angst überkam sie. Ihr Plan war Wahnsinn, und doch hatte sie vor, ihn auf jeden Fall durchzuziehen.

Vorsichtig ging sie weiter. Sie trug noch immer dieselbe elegante Kleidung wie in Hales Büro, inklusive der hochhackigen Schuhe, denn er sollte sie möglichst verführerisch und begehrenswert finden. Es war demütigend, doch es musste sein.

Sie schaltete die Taschenlampe ein und sah in ihrem Lichtstrahl über sich die Dachbalken und die hölzerne Balustrade der schmalen Galerie. Hale hatte sie einmal durch das Haus geführt, und es hatte ihr nicht besonders gefallen, obwohl die Lage am Strand fantastisch war. Doch das Haus, das sie und Hale gebaut hatten, war unvergleichlich, und es lag ebenfalls am Meer, nur musste man dort eine Treppe zum Strand hinabsteigen.

Innerlich war ihr kalt. Sie hatte ihm gesagt, sie werde um sieben hier sein, dann aber Gas gegeben, um eine halbe Stunde früher da zu sein. Jetzt lag sie auf der Lauer. Sie hatte genügend Sexspiele mit ihm hinter sich, um seine Wünsche zu kennen, um zu wissen, wie er war. In seinem Spiel war sie eine Sklavin, und sie musste sich eingestehen, dass sie krank vor Verlangen gewesen war. Und doch hatte sie so das eine oder andere über ihn gelernt. O ja, er besaß diese Macht, alle ihre Sinne zu entflammen, doch nach allem, was geschehen war, hatte sie sich langsam aus seinem Würgegriff befreit. Zuerst hatte sie geglaubt, er würde sie loslassen, doch dann war ihr im Laufe der Zeit klar geworden, dass sie langsam aufwachte. Sie sah nun mit kaltem Blick, was sie tun musste. Sie musste ihn stellen und Schluss machen, mit allem, was zwischen ihnen gewesen war. Um jeden Preis.

Und wenn sie ihn ...

Etwas erregte ihre Aufmerksamkeit. Ein Geräusch? Ein Geruch? Irgendetwas stimmte nicht.

Mach dich nicht lächerlich, ermahnte sie sich, doch ihre Nerven waren zum Zerreißen gespannt.

Sie trat einen Schritt vor.

»Hey, Kristina.«

Seine Stimme ließ es ihr eiskalt den Rücken hinablaufen. Sie blickte auf und sah ihn auf der Galerie stehen. Er war bereits hier!

»Ich bin nicht hier, um deine Spiele zu spielen«, sagte sie, doch ihre Stimme bebte vor Angst.

Und dann spürte sie es wieder, seine überwältigende sexuelle Macht. Mit geschlossenen Augen und zusammengebissenen Zähnen kämpfte sie dagegen an, sich von ihm einfangen zu lassen. Sie stellte sich vor, sie sei ein Eisblock, damit er nicht in sie eindringen konnte, und es schien zu funktionieren, denn sie wurde nicht wieder von jenem sexuellen Verlangen übermannt, das ihre Knie weich werden und sie hilflos aufstöhnen ließ vor Lust. Nach ein paar Momenten wagte sie es wieder, zu ihm aufzublicken.

Er hielt einen kurzen, dicken Holzbalken in der Hand, und bevor sie begriff, was los war, schleuderte er ihn in ihre Richtung.

Sie schrie auf, doch da traf sie der Balken schon mit voller Wucht.

In ihrem Schädel explodierte ein unerträglicher Schmerz, und sie brach zusammen, unfähig, sich zu bewegen. Für einen Augenblick lag sie da und blickte zu der Galerie auf, doch dann hörte sie Schritte, und er stand neben ihr. Sein Gesicht verschwamm, doch dann wurde ihr Blick klar, und sie sah seine Augen. *Er sieht zu, wie du stirbst ...* Dies war ihr letzter bewusster Gedanke.

Und dann wurde alles schwarz.

11

Als Savannah aufstand, war es draußen noch dunkel. Sie ging unter die Dusche, und als sie sich danach abgetrocknet hatte, betrachtete sie sich im Profil im Spiegel, um ihren Leibesumfang zu studieren. Schwanger. *Hochschwanger.*

Sie rieb sich mit einem Handtuch das Haar halbwegs trocken und überlegte dann, was sie anziehen sollte. Eigentlich passten ihr nur noch drei Blusen – eine braune, eine blaue und eine schwarze – und zwei schwarze Hosen. Heute entschied sie sich dafür, über der blauen Bluse einen grauen Pullover zu tragen, und dazu passten die schwarze Hose und der ebenfalls schwarze Regenmantel, der in dem Schrank neben der Haustür hing.

Sie hatte noch nie ein Faible für Schuhe mit hohen Absätzen gehabt, doch gelegentlich – etwa jetzt – empfand sie den Wunsch, sich aufzustylen und attraktiv auszusehen. Ein Minirock, ein hautenges Top und Stilettos ... Ja, das wäre großartig, nur würde es leider lächerlich wirken im neunten Monat. Wenn das Baby erst da war und sie im Fitnessstudio ein paar überflüssige Pfunde verloren hatte ... Ja, vielleicht würde sie dann einen ausgedehnten Einkaufsbummel in den angesagten Boutiquen von Portland machen. Und wenn sie es bis dahin geschafft hatte, etwas abzunehmen, würde sie sich vielleicht auch noch etwas Süßes bei Papa Haydn oder im Vodoo Doughnut gönnen.

Sie musste lächeln, als sie sich das Haar föhnte und es dann zu einem Pferdeschwanz band. Danach trug sie etwas Rouge auf. Die nächste Viertelstunde verbrachte sie damit, ihre Reisetasche zu packen und mit Toastbrot und Erdnussbutter zu frühstücken. Als sie fertig war, holte sie ihre Handtasche, zog flache schwarze Schuhe an, schnappte sich ihren Regenmantel und die Reisetasche und ging zur Haustür. Als sie in der Garage in ihren Ford Escape stieg, wurde ihr klar, dass sie fror. *Die Kaltfront. Hmm.*

Zurück im Haus, suchte sie nach einem dickeren Mantel, fand aber nur eine dunkelblaue Skijacke, die zu eng war für eine Frau im neunten Monat. Etwas wirklich Passendes besaß sie nicht.

Du kannst dir in Portland einen Mantel kaufen.

Trotzdem nahm sie die Skijacke mit, kehrte damit in die Garage zurück und stieg in ihren Wagen. Nachdem sie die Jacke auf den Rücksitz geworfen hatte, legte sie ihre Handtasche neben sich auf den Beifahrersitz. Eigentlich war ihr das Wetter egal. Wenn es richtig schlimm wurde, würde sie eben in Portland übernachten. So einfach war das.

Seit sie am letzten Nachmittag aufgehört hatten, waren die Braxton-Hicks-Kontraktionen nicht zurückgekommen. Nach allem, was sie gehört hatte, dauerte es lange mit diesen Vorwehen, und wenn es ernst wurde, würde sie längst wieder an der Küste sein, um dort das Kind zur Welt zu bringen. Und wenn es doch anders kam … Nun, in Portland gab es vermutlich die besten Krankenhäuser im ganzen Bundesstaat. Natürlich würden dann Hale und Kristina nicht dabei sein, doch das wäre ihr ganz recht, denn eigentlich wollte sie niemanden dabeihaben, wenn die Geburtswehen einsetzten. Übertriebene Fürsorge mochte sie nicht. Ein paar Schwestern, der Arzt … Das reichte ihr.

Doch wenn alles wie geplant lief, würde sie noch an diesem Abend vor Einbruch der Dunkelheit zurück in Tillamook sein.

Sie schaute nach der Zeit. Sechs Uhr morgens.

Um acht würde sie in Portland sein.

Bis zur Morgendämmerung war es noch eine ganze Weile hin, doch Catherine saß schon am Küchentisch und blickte durch das Hinterfenster auf den kahlen Garten und den dahinterliegenden Friedhof. Den mit Leder bezogenen Kasten mit Marys Tagebuch hatte sie nicht gefunden, und der Ausflug in das ehemalige Zimmer ihrer Schwester hatte sie in einer Melancholie versinken lassen, die ihr jegliche Energie zu rauben drohte.

Sie saß bei ausgeschaltetem Licht da, starrte durch das Fenster und wartete darauf, dass es draußen Tag wurde. Nach und nach hellte sich die Finsternis auf. Möwen kreischten laut, und vor ihrem geistigen Auge sah sie sie am nahe gelegenen Strand kreisen.

Früher hatte sie den Strand geliebt. Als kleine Mädchen waren sie und Mary über den Sand ins Wasser gerannt, das so kalt war, dass einem innerhalb von Augenblicken die Füße taub wurden. Zu der Zeit hatten sie sich noch keine Gedanken gemacht um ihre »Gaben«, obwohl es erste Anzeichen dafür gab, was kommen sollte. Voll zu Tage traten diese erst in der Pubertät, doch auch zuvor gab es bei Catherine schon Momente, in denen sich ihre Fähigkeit zur Präkognition abzeichnete. Sie sah dann etwas, das sie nicht begriff. Vor ihrem geistigen Auge erblickte sie strömenden Regen, doch wenn sie die Wimpern hob, sah sie einen wolkenlosen Himmel.

Mary hatte Visionen, wenn sie Jungen beobachtete, die Drachen steigen ließen oder surften.

Aber sie und Mary hatten die Anzeichen ignoriert, hatten sie nicht deuten können. Doch das änderte sich allmählich, als Catherine zwei Liebende sah, die sich küssten. Die Hand des Mannes glitt langsam den Rücken der Frau hinab, und als er ihren Hintern packte, hatte Mary voller Überzeugung gesagt: »Ich werde ihn ihr wegnehmen.«

Catherine hatte nicht genau gewusst, was sie davon halten sollte. Mary war zu der Zeit acht Jahre alt gewesen, doch sie stand da und starrte unverwandt auf das Liebespaar, bis der Mann plötzlich die Finger von seiner Freundin nahm, als hätte er sie sich verbrannt. Er blickte sich um, als suchte er nach etwas, und sein Blick ruhte kurz auf Mary, bevor er weiter umherirrte. Mary war ja nur ein kleines Mädchen.

Doch das war nur der Anfang gewesen. In den folgenden Jahren hatte Catherine Dinge gesehen, die ihr sowohl Ehrfurcht als auch Angst einflößten. Und wenn sie an ihre einzige unglückselige Affäre dachte – an die Art und Weise, wie Mary sich verhalten hatte –, flammten die Erinnerungen in ihrem Inneren schmerzhaft auf. Wenn sie ...

Sie glaubte, vor dem Fenster eine Bewegung wahrgenommen zu haben.

Sie erstarrte, saß reglos da, schaute weiter aus dem Fenster. Jemand schlich dort vorbei, wollte zur Hintertür. Ihr Puls beschleunigte sich, doch sie wartete noch einen Moment, bevor sie geräuschlos aufstand. Sie griff nach einer kleinen gusseisernen Pfanne, die immer hinten auf dem Herd stand und die sie schon mehr als einmal als Waffe benutzt hatte. Dann schlich sie zum nächsten Lichtschalter und wartete. Falls jemand aus dem Lagerraum in den Erker trat ...

Sie hörte leise Schritte, und ihr Herzschlag beschleunigte sich. War es jemandem gelungen, über den Zaun auf das Grundstück zu gelangen? Sie wusste, dass es Stellen gab, wo dicht am Zaun stehende Bäume einem Fremden das Eindringen erleichterten. Es *war* möglich, diesen Zaun zu überwinden. Hatte Ravinia es nicht in jener Nacht tun wollen, als Justice über den Zaun geklettert war? Und Ravinia war auch noch etliche Male danach ausgebrochen, auch wenn sie es nicht zugeben wollte.

Plötzlich erkannte Catherine eine weibliche Gestalt.

Sie schaltete das Licht an.

Ravinia schnappte nach Luft und trat geblendet einen Schritt zurück.

»Was hast du hier zu suchen?«, fragte sie Catherine gereizt.

»Ich musste nachdenken. Darauf solltest du auch mal ein bisschen mehr Zeit verwenden.«

Unter Ravinias Umhang sah Catherine dunkelbraune Hosenbeine hervorschauen. Im Haus trug sie wie alle anderen immer Kleider, doch wenn sie nachts ausbrach, tat sie es in Hosen, die Ophelia ihr genäht hatte.

»Ich bin über achtzehn«, sagte Ravinia hitzig. »Ich kann kommen und gehen, wann es mir gefällt.«

»Deine Auseinandersetzung mit Justice liegt noch nicht so lange zurück.« Auch an jenem Abend hatte Ravinia ausreißen wollen, doch Justice hatte sie mit seinem Messer verletzt. Und das hatte sie eine Zeit lang auf ihre Fluchtversuche verzichten lassen.

Ravinia berührte reflexartig ihre Schulter. Die Klinge war auf ihr Schlüsselbein gestoßen, wodurch ihr Schlimmeres erspart geblieben war. »Justice ist tot.«

»Wenn du gehen willst, werde ich dich nicht aufhalten«, sagte Catherine.

Ravinia bedachte ihre Tante mit einem finsteren Blick. »Du wirst es bestimmt versuchen.«

»Ich will nicht, dass du über den Zaun steigst, wann immer es dir gerade passt. Wenn du gehen willst, kann ich es nicht ändern, doch dann brauchst du nicht mehr zurückzukommen.«

Ravinias Blick flackerte. »Ist das dein Ernst?«

»Ja. Ich weiß nicht, wo du dich die ganze Nacht herumgetrieben hast, und mir fehlt die Energie, mich darum zu kümmern. Ich werde Siren Song weiter zur Festung ausbauen. Vielleicht sollte ich dir dankbar sein, weil du mir demonstriert hast, dass es immer noch Schwachstellen gibt. Ich werde sie finden und das Übel beheben. Solltest du dann noch mal Kontakt zu uns aufnehmen wollen, kannst du dich vorne am Tor melden.«

Ravinias Gesicht war vor Wut rot angelaufen. »Wenn ich das nächste Mal gehe, wird es für immer sein!«

»Dann haben wir uns ja richtig verstanden.«

Catherine versuchte, sich zu fangen. Damit war die Entscheidung gefallen, und sie war zugleich verzweifelt und erleichtert. Sie ließ Ravinia stehen, stieg in den ersten Stock und blickte zu der Treppe zum Dachboden hinüber, wo ihr ein Lichtstreifen auffiel. Sie runzelte die Stirn. Es war das Licht einer Lampe und konnte nur aus Marys ehemaligem Zimmer auf den Treppenabsatz fallen.

Sie stieg vorsichtig die Treppe hoch und sah, dass die Tür von Marys Zimmer offen stand.

Sie wünschte, die Bratpfanne mitgenommen zu haben. Sollte sie umkehren, um nach einer Waffe zu suchen, oder einfach eintreten in das Zimmer? Jetzt trat jemand nach draußen und schloss leise die Tür. Catherine stand reglos da, als die Gestalt auf sie zukam und wie angewurzelt stehen blieb, als sie Catherine auf der obersten Stufe der Treppe erblickte.

»Ophelia!«, sagte Catherine.

Sie hielt einen mit Leder bezogenen Kasten in der Hand. Catherine wusste nicht, ob es der von Catherine oder ihrer war.

Ophelia hielt ihrer Tante wortlos den Kasten hin, und die schwieg ebenfalls, als sie ihn entgegennahm. Tausend Fragen gingen ihr durch den Kopf, als sie ihre Nichte ansah. Ophelia war Ende zwanzig und hatte von Marys Töchtern das hellste Haar. Sie hatte Justice mit der gusseisernen Pfanne auf den Kopf geschlagen und Ravinia so das Leben gerettet. Ophelia war sehr introvertiert und verschwiegen, und manchmal glaubte Catherine, dass sie diejenige unter ihren Nichten war, die sie am wenigsten kannte.

»Ist das mein Kasten?«

»Es ist der, nach dem du gesucht hast.«

»Marys? Wo hast du ihn gefunden?«

»In dem Zimmer, hinter der Wandtäfelung.« Catherine starrte sie an. »Als Kind habe ich in dem Zimmer gespielt«, erklärte Ophelia. »Sie war nett zu mir. Als ich gesehen habe, dass du danach suchtest, ist mir wieder eingefallen, wo das Versteck ist.«

»Du wusstest, dass ich danach gesucht habe?«

Ophelia nickte. »Du hast mir gesagt, du wolltest danach suchen.«

»Nein, ich habe niemandem etwas davon erzählt.«

»Wirklich nicht?«

Catherine schüttelte bedächtig den Kopf, und Ophelia wirkte plötzlich verlegen.

»Du kannst Gedanken lesen«, stellte Catherine fest.

»Nur manchmal«, sagte Ophelia. »Nur, wenn du verzweifelt bist.«

Das musste Catherine erst einmal verdauen. Sie fragte sich, wie häufig Ophelia im Laufe der Jahre ihre Gedanken gelesen hatte. Bis zu diesem Augenblick hatte sie keine Ahnung gehabt hinsichtlich Ophelias spezieller Gabe. Das Mädchen hatte es gut geschafft, seine übersinnliche Fähigkeit zu verbergen.

Catherine hob den Kasten. »Weißt du, was darin ist?«

»Ihre Lieblingsdinge ... Eine Brosche, eine Haarnadel ... Ein paar Münzen. Und ein Buch.«

Vor ihrem geistigen Auge sah Catherine die mit Perlen besetzte Brosche und die Münzen aus einem anderen Jahrhundert, Erbstücke von ihren Vorfahren. Sie waren sehr wertvoll, doch Catherines Interesse galt Marys Tagebuch.

»Hast du Angst, es in meiner Anwesenheit aufzuschlagen?«, fragte Ophelia.

»Du hast nicht hineingeblickt?«

Ophelia schüttelte den Kopf.

»Hast du zusammen mit dem Tagebuch irgendwelche Papiere gefunden?«, fragte Catherine verunsichert.

»Nein. Was für Papiere?«

Catherine hatte geglaubt, dass sich mit dem Tagebuch Unterlagen über die Adoption von Mary Söhnen finden würden, doch bevor sie antworten konnte, hörte sie im ersten Stock Schritte. Ravinia. »Können wir später darüber reden?«, fragte sie Ophelia.

Die nickte, und Catherine eilte mit dem Kasten unter dem Arm die Treppe hinab, ignorierte Ravinia und ging auf ihr Zimmer, wo sie die Tür schloss und verriegelte. Dann zog sie die Vorhänge auf, um das Sonnenlicht hereinzulassen.

Sie legte den mit Leder bezogenen Kasten auf den Nachttisch und öffnete zögernd den Deckel. Neben der funkelnden Brosche lag eine mit Smaragden besetzte Haarnadel, und auf dem mit Samt bezogenen Boden sah sie die Münzen. Dazu kamen ein paar Ohrringe, die keine Erbstücke waren. Aber ihr Interesse galt dem mit einer Spiralbindung versehenen Tagebuch, das sich unter einem Exemplar von *Eine kurze Geschichte der Kolonie* fand, das Mary von diesem liebeskranken Idioten Herman Smythe geschenkt bekommen hatte.

Als sie das Tagebuch aufschlug, fiel ein zusammengefalteter Zettel auf den Boden. Sie hob ihn auf, und als sie die Worte las, lief es ihr kalt den Rücken hinab.

C. Wenn du es bis hier geschafft hast, musst du wirklich besorgt sein, doch noch ist das Geheimnis nicht gelüftet. Wenn du ihn gehen lässt, werde ich es nie jemandem erzählen. Er gehört mir, jetzt und für immer. Wenn du versuchst, ihn für dich zu behalten, kannst du dir sicher sein, dass ich ihn leiden lasse. M.

Ihr Mund wurde trocken. In einer kurzen Vision sah sie, wie Mary rittlings auf dem einzigen Mann saß, der ihr jemals etwas bedeutet hatte, und sie zwang sich, die Bilder zu verdrängen. Es war nicht die Wahrheit, sondern nur ihre Angst. Mary hatte es nicht mit ihm getrieben.

Und doch war sie kurze Zeit später schwanger gewesen, und der Blick ihrer Schwester hatte sie förmlich angefleht, ihr die Frage zu stellen, doch Catherine hatte nicht die Nerven gehabt, es zu tun.

Damals. Jetzt wollte sie alles wissen.

Es musste sein.

Die Dependance von Bancroft Development in Portland befand sich am östlichen Ufer des Willamette River, in der Nähe der Mall Lloyd Center. Savannah parkte in der Tiefgarage, fuhr mit dem Aufzug ins Erdgeschoss des Gebäudes und nahm dort einen anderen Lift, der sie in den elften Stock brachte. An einem Samstag war ein Bürogebäude, wie nicht anders zu erwarten, ziemlich verwaist, aber die Lokale und Geschäfte in Erdgeschoss hatten geöffnet. Es gab zwei Restaurants, ein Starbucks, eine Damenboutique namens Lacey's und ein Spezialgeschäft für Küchenutensilien.

Sie blickte auf die Namensliste, die Hale für sie zusammengestellt hatte:

Clark Russo
Sean Ingles
Neil Vledich

Darunter standen noch andere Namen, der von Nadine Gretz, der ehemaligen Buchhalterin, der des viel geschmähten Statikers und Gutachters Owen DeWitt und der der früheren Empfangsdame Bridget Townsend. Dazu kamen noch die Zeitarbeiter, die Blessert erwähnt hatte.

Savvy konzentrierte sich auf Clark Russo, den Projektmanager von Bancroft Development in Portland. Hale hatte gesagt, er wolle ihn telefonisch von ihrem Kommen unterrichten. Sie hatte auch seine Telefonnummer und fragte sich, ob sie ihn erst anrufen oder direkt mit der Tür ins Haus fallen sollte. Sie entschied sich für Letzteres. Die Glastür der Zweigstelle von Bancroft Development stand offen, doch der Empfangsbereich war verwaist. In der Nähe des Fensters standen mehrere grüne Sessel und ein kleines Sofa, aber der Schreibtisch war nicht besetzt. In einer Ecke stand eine etwas verkümmerte Zimmerpflanze, und gegenüber befand sich eine Tür, durch welche man offensichtlich zu den Büros gelangte.

Savvy zog ihr Mobiltelefon aus der Tasche und wählte Russos Nummer. Es klingelte sechsmal, und dann meldete sich die Mailbox. Sie beschloss, Russo eine SMS zu schicken.

Mr Russo, Hale St. Cloud hat gesagt, er wolle Sie benachrichtigen, dass ich in Ihrem Büro vorbeischaue. Ich bin Detective Savannah Dunbar und warte im Empfangsbereich der Zweigstelle von Bancroft Development.

Wenn er irgendwo in der Nähe war, sollte es eigentlich schnell klappen. In der Zwischenzeit sah sie sich die an den Wänden hängenden Schwarzweißfotos an, die Häuser in verschiedenen Phasen der Fertigstellung zeigten. Auf dem letzten Foto war jenes fünfzehnstöckige Gebäude zu sehen, in dem sie gerade wartete. Das Bürogebäude war also eines von Bancroft Developments Projekten gewesen, und unter den Namen am unteren Rand des Fotos entdeckte sie jenen des Architekten Sean Ingles, mit dem sie ebenfalls sprechen wollte.

Auf ihrem Mobiltelefon ging eine SMS ein.

Ich werde auf einer Baustelle aufgehalten. Komme so schnell wie möglich.
Russo.

Savannah zog eine Grimasse. Dann machte sie es sich in einem der Sessel bequem. Sie war müde, und ausnahmsweise war ihr die Erdnussbutter nicht bekommen, denn sie hatte eine Magenverstimmung.

Jetzt hatte sie Zeit zum Nachdenken, und ihre Gedanken kehrten zurück zu dem Büchlein *Eine kurze Geschichte der Kolonie* von Herman Smythe. Dieses enthielt viele Informationen über Catherines und Marys Vorfahren, doch so gut wie keine bezüglich der Gegenwart. Die Namen der jungen Frauen waren nicht aufgelistet, obwohl sie wusste, dass die älteste Isadora hieß, und Kassandra/Margaret, Ravinia und Lilibeth hatte sie persönlich kennengelernt. Außerdem wusste sie von Loreley, die zusammen mit dem Journalisten Harrison Frost entscheidend dazu beigetragen hatte, dass das Tillamook County Sheriff's Department Justice Turnbulls Spur verfolgen konnte, nachdem er aus dem Hochsicherheitstrakt des Halo Valley Security Hospital ausgebrochen war. Loreley war eine Krankenschwester, die außerhalb von Siren Song lebte, und Savannah hatte gehört, sie sei mit Frost nach Portland gezogen, als dem dort ein Job angeboten worden war. Und dann gab es noch eine andere Frau, die irgendwo in der Umgebung von Portland lebte und irgendwelche Beziehungen zu der Kolonie hatte, doch darüber wusste sie nichts Genaues.

Im Sheriff's Department war Stone derjenige, der sich am besten mit den Bewohnern von Siren Song auskannte, doch er hatte nie etwas von einem von Marys Söhnen erzählt. Demgegenüber hatte Catherine angedeutet, sie verfügten über stärker ausgeprägte »Gaben«, seien schwerer zu kontrollieren und folglich in Siren Song nicht geduldet. Savannah war sich nicht ganz sicher, was genau Catherine ihr hatte sagen wollen, aber sie wollte mit Sicherheit, dass das Messer einem DNA-Test unterzogen wurde, und angesichts dessen, was sie über die adoptierten Jungen und ihre außergewöhnliche »Macht« gesagt hatte, schien es plausibel, dass es da eine Verbindung geben musste. Wenn sie die Ergebnisse des DNA-Tests bekommen hatte, konnte sie dieser Spur nachgehen.

Vielleicht sollte sie unter vier Augen mit Herman Smythe reden. Es war einen Versuch wert, doch da sie ab Montag im Büro bleiben sollte, wusste sie nicht, ob O'Halloran es ihr gestatten würde, Smythe aufzusuchen. Er lebte in Seagull Pointe, einer Einrichtung für betreutes Wohnen, die aber zugleich auch ein Pflegeheim war. Vielleicht konnte sie an diesem Abend noch dort vorbeifahren, wenn sie rechtzeitig wieder an der Küste war.

Ihr Mobiltelefon klingelte, und sie sah auf dem Display, dass es Hale St. Cloud war.

Sie meldete sich.

»Hallo, Savvy, wie geht's? Bist du schon auf dem Weg nach Portland?«

»Ich bin bereits da und warte auf Clark Russo.«

»Er lässt dich warten?«

»Er wird auf einer Baustelle aufgehalten, will aber so schnell wie möglich kommen. Weshalb rufst du an?«

Er zögerte einen Moment. »Ich habe heute Morgen nicht mit Kristina sprechen können und frage mich, ob sie sich bei dir gemeldet hat.«

»Heute nicht. Warum? Stimmt was nicht?«

»Wir müssen uns einfach verpasst haben«, sagte er, doch etwas an seinem Tonfall weckte Savvys Aufmerksamkeit.

»Habt ihr euch gestern Abend gesehen?«

»Nein. Sie hatte etwas zu tun, und ich bin früh zu Bett gegangen.«

»Willst du sagen, dass sie heute Morgen vor dir aufgestanden ist? In der Morgendämmerung? Klingt für mich ziemlich unwahrscheinlich.« Kristina war noch nie eine Frühaufsteherin gewesen. »Hatte sie einen frühen Termin?«

»Keine Ahnung.« Er wechselte das Thema. »Ich weiß, dass Clark Russo auf unserer Baustelle am Lake Chinook ist. Falls du nicht warten willst, gebe ich dir die Adresse, und du fährst da vorbei. Ich bin sicher, dass er mit Neil Vledich dort ist, unserem Vorarbeiter. Die Baustelle liegt still, weil die Stadt einen Baustopp angeordnet hat. Sie treffen sich nur dort. Wenn du da hinfährst, könntest du zwei Fliegen mit einer Klappe schlagen.«

»Gute Idee.«

»Ich rufe Russo an. Ich sage ihm, dass du unterwegs bist, und dass er dort auf dich warten soll.«

»Danke, Hale.«

»Falls du irgendwelche Akten benötigst, wird Russo dir helfen.« Wieder zögerte er kurz. »Bleib nicht zu lange in Portland. Das Wetter wird schlecht.«

»Ich werde es im Auge behalten.«

»Sonst kann auch ich dir alle Unterlagen besorgen. Deshalb musst du nicht in Portland bleiben.«

»Ich hab's verstanden«, sagte sie halb amüsiert, halb genervt.

»In Ordnung. Gute Fahrt.«

»Wenn Kristina auftaucht, würdest du ihr dann bitte sagen, dass sie mich anrufen soll?«, fragte Savvy, die hoffte, dass ihre Stimme nicht zu besorgt klang. Tatsächlich war sie sehr beunruhigt über das Verhalten ihrer Schwester.

»Wird gemacht.«

Er verabschiedete sich, und Savannah beendete das Telefonat. Vielleicht hatte Hale recht, und dieser Ausflug war die Mühe nicht wert. Sie würde mit Russo und Vledich reden und dann sehen, ob sie blieb oder fuhr.

Als sie den Riemen ihrer Tasche über die Schulter warf und gerade gehen wollte, öffnete sich die Tür, und ein Mann mit angespannter Miene trat über die Schwelle. Als er Savannah sah, blieb er wie angewurzelt stehen.

»Die Tür war offen«, sagte er, als müsste er etwas erklären. Dann blickte er zu dem großen Schreibtisch hinüber. »Wo ist Bridget?«

»Nicht hier. Ich habe auf Mr Russo gewartet.«

»Der ist auch nicht hier?« Der Mann trat immer noch nicht näher.

»Nein.« Savvy ging auf ihn zu, blieb aber stehen, als er den Weg nicht frei machte.

»Ich bin Sean Ingles«, stellte sich der Mann vor, der Savvy seine Hand entgegenstreckte. »Ich habe dieses Haus entworfen und arbeite für Bancroft Development.«

Ingles war ein kleiner, dünner Mann mit sandfarbenem Haar und einer Nickelbrille. Er ging etwas gebückt, als würde er sich auf einen Fausthieb vorbereiten. Er schien es nicht eilig zu haben, und Savannah schüttelte ihm die Hand und stellte sich ebenfalls vor. »Detective Savannah Dunbar vom Tillamook County Sheriff's Department.«

Er hob die Augenbrauen, und sein Blick glitt zu ihrem dicken Bauch hinab.

Ja, tatsächlich, Mr Ingles, auch Polizistinnen werden schwanger.

Er sagte nichts über ihren Zustand, aber es schien offensichtlich, dass er nicht beglückt darüber war, einer Polizistin gegenüberzustehen. »Tillamook, sagen Sie ... Wir haben eine Zweigstelle in Seaside.«

»Da war ich bereits. Ich habe mit Hale St. Cloud gesprochen und ihm gesagt, dass ich nach Portland fahre.« *Er ist mein Schwager, und ich trage sein Kind aus.*

»Oh, hat dies etwas mit Bancroft Bluff zu tun und dem ...«

»... und dem Doppelmord an den Donatellas, genau.«

Die braunen Augen hinter den Brillengläsern blickten sie an. »Ich hoffe, Sie fassen den Täter«, sagte er grimmig. »Wenn ich dabei irgendwie helfen kann, lassen Sie es mich wissen.«

»Waren Sie der Architekt der Häuser in Bancroft Bluff?«

Er zuckte zurück, als wollte sie ihn schlagen. »Ja, die meisten habe ich entworfen. Auf ein paar Grundstücken arbeiteten andere Bauunternehmen, und dort waren andere Architekten beauftragt.« Er biss auf seiner Unterlippe herum, als würde er versuchen, sich noch etwas einfallen zu lassen. »Haben Sie mit DeWitt gesprochen?«, fragte er schließlich hasserfüllt. »Owen DeWitt? Das ist der brillante Statiker, der in seinem Gutachten über die Tragfähigkeit des Baugrunds das Projekt befürwortet hat.«

»Ich habe versucht, Mr DeWitt anzurufen, ihn aber nicht erreicht.«

»Typisch«, sagte Ingles. »Der Typ kostet das Unternehmen eine Stange Geld, und ich muss Ihnen nicht erklären, dass er meinem und Hales Ruf schadet.« Er kniff die Lippen zusammen, mühsam seine Wut unterdrückend. »DeWitt ist ein inkompetentes Arschloch.«

Savannah hätte ihm sagen können, dass bei Bancroft Development alle hundertprozentig seiner Meinung waren, inklusive des Firmengründers, ließ es aber bleiben. »Wissen Sie, wo ich Mr DeWitt finden könnte?«

»Am ehesten im Rib-I.«

»Was ist das?«

»Ein Steakhouse mit Bar. Vor dem Schuppen hat sich vorgestern Abend ein Doppelmord ereignet. DeWitt war wahrscheinlich da, als es passierte. Sie sollten ihn fragen. Es ist hier in der Nähe, am Sandy Boulevard.« Das war eine der Hauptverkehrsstraßen im Osten von Portland.

Doppelmord? Wie in Bancroft Bluff? Sie hatte während der letzten vierundzwanzig Stunden nicht einmal die Nachrichten gesehen und war nicht auf dem Laufenden. »Es ist noch nicht mal neun Uhr morgens.«

»Am Wochenende trinken sie da auch morgens schon Bloody Marys. Er ist bestimmt da.«

»Okay.« Sie reichte ihm ihre Karte, und er gab ihr seine. Als sie das Gebäude verließ, fragte sie sich, ob sie auf der Fahrt zu der Baustelle bei dem Steakhouse halten sollte, entschied sich jedoch dagegen. Russo erwartete sie, wenn Hale ihn wie versprochen angerufen hatte, und sie wollte sich die Gelegenheit nicht entgehen lassen, mit ihm zu reden. Und es klang so, als würde DeWitt bestimmt auch später noch in der Bar sein.

Sie rief bei Stone an, doch es meldete sich nur die Mailbox. Aber es war Samstag, und nach dem Piepton hinterließ sie eine Nachricht. »Hallo, Lang, hier ist Savvy. Ich habe gerade etwas von einem Doppelmord vor dem Steakhouse Rib-I in Portland gehört. Das ist zugleich eine Bar, wo DeWitt Stammkunde ist, der Statiker, der den Bau der Häuser in Bancroft Bluff befürwortet hat. Hast du mit Curtis über den Vorfall geredet? Ich bin in Portland und denke darüber nach, mal zu sehen, ob ich DeWitt in der Bar finde.« Detective Trey Curtis war ein alter Freund von Stone. Die beiden hatten früher gemeinsam beim Portland Police Department gearbeitet.

Zehn Minuten später schickte ihr Stone eine SMS.

Am Donnerstagabend wurden ein Mann und eine Frau auf dem Parkplatz eines Lokals ermordet. Sie scheinen in seinem Pick-up Sex gehabt zu haben, als der Mörder auftauchte und ihnen die Kehle durchschnitt. Ist das die Bar, in der DeWitt verkehrt?

Savannah zog eine Grimasse bei dem Gedanken an den nächsten Doppelmord und beantwortete Stones Textnachricht.

Ich versuche, mit ihm zu reden, bevor ich nach Tillamook zurückfahre.

Stone antwortete sofort.

Ich sage Curtis Bescheid.

Mit einem Blick auf den grauen Himmel setzte sie sich ins Auto und fuhr Richtung Süden zum Lake Chinook.

12

Die Baustelle am Lake Chinook lag am Ende einer Straße mit einer rissigen Asphaltdecke. Hier waren schon zu viele Baufahrzeuge mit schweren Lasten hergefahren. Die Straße führte zu einer felsigen Landzunge mit einem spektakulären Blick auf den darunterliegenden See. Für drei Gebäude waren bereits die Fundamente gegossen, und ein Haus weiter westlich stand bereits im Rohbau. Dort war schon mit der Verlegung von Leitungen begonnen worden, doch ein rotes Schild bezeugte, dass hier ein temporärer Baustopp verhängt worden war. Im Eingang des Rohbaus standen drei Männer, die aufgebracht über den Baustopp zu diskutieren schienen.

Der Regen hatte aufgehört, und die Temperatur fiel. Statt des Regenmantels trug Savvy nun die dunkelblaue Skijacke. Sie ging zu dem Rohbau, und ein attraktiver, grauhaariger Mann sah sie zuerst und hörte mitten im Satz auf zu reden. Ein daneben stehender, größerer und schlankerer Mann blickte sie an. Sein langes dunkles Haar war zu einem Pferdeschwanz gebunden, und er hatte einen durchdringenden Blick. Den dritten Mann, stämmig und mit verkniffenem Gesicht, hielt sie für einen Beamten der städtischen Bauaufsicht. Er sprach gerade und würdigte sie kaum eines Blickes.

»... solange das nicht entsprechend den Vorschriften korrigiert ist, kann ich den Baustopp nicht aufheben.«

Der Mann entsprach wirklich dem Klischeebild eines pedantischen Bürokraten.

»Ich kümmere mich darum«, sagte der Grauhaarige angespannt und mit einem finsteren Blick. Während der Bauinspektor zu seinem Wagen ging, stand er in dem Hauseingang, die Hände in die Hüften gestemmt, und wartete auf Savannah.

»Clark Russo«, stellte er sich vor und streckte die Hand aus.

»Detective Dunbar.« Sie schüttelte Russo die Hand.

»Ah ja, die tapfere Frau, die den Elementen trotzt und sich über die Berge wagt. Das hier ist Neil Vledich, unser Vorarbeiter.«

Savannah begrüßte auch den Mann mit dem dunklen Pferdeschwanz und den strahlend blauen Augen.

»Diese Korinthenkacker vom Bauamt machen uns das Leben zur Hölle«, sagte Russo. »Sie reiten nur auf ihren Vorschriften herum.«

»Angefangen hat es mit den Bäumen«, fügte Vledich hinzu, als Savannah ihr Notizbuch aus der Tasche zog.

»Wir haben mehr Bäume gefällt, als es den Nachbarn recht war«, erklärte Russo. »Das war durch die Vorschriften gedeckt, aber es gab schlechte Publicity, und die Nachbarn haben sich beschwert. Eine Verzögerung nach der anderen, so ist das hier in Portland.« Er schüttelte den Kopf, als könnte er es immer noch nicht fassen. »Was kann ich für Sie tun?«

»Wir ermitteln seit Kurzem wieder wegen des Doppelmords an den Donatellas ...«

Russo nickte. »Stimmt, Hale hat es gesagt. Ich habe bei dem Projekt in Bancroft Bluff mitgearbeitet. Neil nicht, er war hier in Portland. Was wollen Sie wissen?«

Bevor sie antworten konnte, meldete sich Vledich zu Wort. »Viele Leute haben damals gesagt, dort sollte nicht gebaut werden, doch er hat das ignoriert.«

»Er?«, fragte Savannah.

»DeWitt«, antwortete Russo. »Wenn der Typ auf der *Titanic* gewesen wäre, hätte er eher geschworen, die sei nicht mit einem Eisberg kollidiert, statt seinen Irrtum zuzugeben. Er steht immer noch zu seinem ursprünglichen Gutachten. Nur rutscht leider die verdammte Düne ins Meer.«

»Ich habe in der Zweigstelle Sean Ingles kennengelernt, und er meinte, ich könnte DeWitt in einer hiesigen Bar finden«, sagte Savannah.

»Ja, er ist ein großer Säufer«, antwortete Russo. »Seit dem Fiasko in Bancroft Bluff trinkt er noch mehr.« Russo winkte Savannah in den Rohbau hinein, während Vledich nach draußen trat. Savannah sah, dass er ein Päckchen Zigaretten aus der Tasche zog und sich eine anzündete.

»Alle wollten, dass Bancroft Bluff zu einer Erfolgsstory wird«, fuhr Russo fort. »Deshalb hat DeWitt alles ignoriert, seine eigenen Bedenken und das, was Kritiker einwandten. Er hat einfach so getan, als wäre nichts, und hat grünes Licht gegeben für das Projekt. Und wir haben einfach alle die Daumen gedrückt. Niemand wollte, dass das Projekt scheiterte. Als der Baugrund abzurutschen begann, haben wir am Fuß der Düne einen hohen Schutzwall aus Felsbrocken aufgeschüttet, um die Erosion zu stoppen, aber wir sind da direkt am Meer. Deshalb wollen die Leute dort bauen, doch den Elementen ist das scheißegal, wenn Sie wissen, was ich meine. Das Meer ließ die Düne auch trotz des Schutzwalls weiter erodieren. Es war alles nur Zeitverschwendung.«

»Glauben Sie, dass der Mord an den Donatellas etwas mit dem Scheitern des Bauprojekts zu tun hatte?«, fragte Savvy.

»Scheint doch plausibel zu sein, oder? Wollen Sie uns nicht gerade deshalb noch einmal vernehmen?«

»Das ist einer der Gründe«, räumte sie ein. »Auf die Wand im Haus der Donatellas war mit roter Farbe das Wort ›Blutgeld‹ gesprüht.«

»Ja, ich weiß«, sagte Russo. »Irgendjemand muss echt die Schnauze voll gehabt haben. Ergibt aber nicht viel Sinn, oder? Obwohl ...«

»Obwohl ...?«

»Blutgeld klingt so ... nach Rache, aber das Haus der Donatellas wird ebenfalls einstürzen, das war auch da schon klar. Es steht noch immer, aber die Ansiedlung kann man komplett abschreiben. Die Donatellas haben genauso unter dem Debakel gelitten wie die anderen.«

Savannah nickte. Ihr Eindruck war, dass man hier mit reiner Logik nicht weiterkam.

Nachdem sie Russo noch ein paar Fragen gestellt hatte, erkundigte sie sich, wo er zur Tatzeit gewesen sei – beim Abendessen in Seaside mit zwei Freunden, die ihm bereits ein Alibi gegeben hatten und es wieder tun würden. Als Vledich zurückkam, stellte sie ihm dieselbe Frage. Er war zum Zeitpunkt des Doppelmordes in Portland gewesen, und seine Freundin, mit der er zusammenwohnte, hatte es bestätigt.

Savannah fragte ihn, was seiner Meinung nach das Motiv für die Tat gewesen sei.

»Die Sprühdose mit der roten Farbe hat einfach dort herumgelegen«, sagte Vledich. »Wer immer sie umgebracht hat, hat sie benutzt, weil es sich gerade so ergab.«

So dachten auch Russo und sie selbst.

Sie sah nach der Zeit. Zwei Uhr mittags. »Bevor ich zurückfahre, würde ich gern noch mit Nadine Gretz und Owen DeWitt reden, falls das möglich ist.«

»Nadine ist mit dem Apartmentblock im Osten von Portland beschäftigt«, sagte Vledich.

»Ich dachte, sie hätte gekündigt«, bemerkte Savannah überrascht.

»Hat sie auch.« Russo zuckte die Achseln. »Aber sie konnte in dieser Brache keinen anderen Job finden, und jetzt arbeitet sie als Teilzeitkraft für uns. Eigentlich will sie aber nur mit Henry zusammen sein. Der ist hier die Nummer zwei nach Neil. Wenn Neil ganz mit einem Projekt beschäftigt ist, kommt er an die Reihe.«

Vledich schnaubte angewidert.

»Henry ist scharf auf Neils Job«, erklärte Russo.

»Henry Woodworth ist ein Arschloch«, bemerkte Vledich mit finsterem Blick.

Russo nannte ihr die Adresse des im Bau befindlichen Apartmentblocks, und Savannah prägte sie sich ein. »River-East Apartments. Es steht auf dem Schild.«

»Und DeWitt?«, fragte sie.

»Der sollte im Rib-I sein. Das war mal ein großartiges Steakhouse, aber irgendwie geht's da bergab. Haben Sie gehört, dass da vorgestern Abend zwei Leichen in einem Pickup gefunden wurden?« Russo grinste. »Das kommt bestimmt nicht gut bei der Kundschaft.«

»Wissen Sie mehr darüber?«

Ihr Handy piepte, und sie sah, dass es die nächste SMS von Stone war. Als hätte er ihre letzte Frage gehört, ließ er sie wissen,

Curtis könne sich nicht mit ihr treffen, weil er zu sehr mit dem Doppelmord beschäftigt sei.

»Halten wir Sie von etwas ab?«, fragte Russo.

»Nein.« Sie steckte das Handy weg und wartete.

Russo schien nachzudenken. »Eine Dreiecksgeschichte, hat jemand zu dem Vorfall vor dem Rib-I gesagt«, bemerkte er schließlich. »Sie hatte ihrem Liebhaber den Laufpass gegeben, und der hat sie umgelegt.«

»Quatsch.« Vledich machte eine wegwerfende Handbewegung. »Die beiden wurden förmlich exekutiert.«

Wie die Donatellas, dachte Savvy.

Sie klappte ihr Notizbuch zu und steckte es ein. Als sie sich schon verabschieden wollte, wandte sie sich noch einmal an Russo. »Sylvie Strahan hat gesagt, sie habe Sie für den Job in Portland empfohlen.«

Zum ersten Mal wirkte Russo etwas misstrauisch. »Ach ja?«

»Wer war hier vor Ihnen der Projektmanager?«

Vledich schnaubte erneut, und Russo antwortete: »Paulie Williamson. Er ist derjenige, der DeWitt den Job als Statiker und Gutachter besorgt hat.«

»Er steht nicht auf meiner Liste«, sagte Savannah.

»Paulie hat hier die Zelte abgebrochen und ist nach Tucson in Arizona gezogen«, antwortete Russo. »Da liegt er jetzt in der Sonne und kippt einen Drink nach dem anderen. Nach dem Mord an den Donatellas ist er wie ein aufgeschrecktes Kaninchen abgehauen. Ihren Kollegen hat er erzählt, er habe nichts mit dem Projekt zu tun gehabt, was auch stimmt, aber er war mit DeWitt befreundet. Meiner Meinung nach hat er die Flucht ergriffen, weil er Schiss hatte, zusammen mit Bancroft Development verklagt zu werden.«

»So ein Arschloch«, bemerkte Vledich angewidert.

»Haben Sie seine Telefonnummer?«, fragte Savvy.

»Moment.« Russo zog sein Handy aus der Tasche, sah in der Kontaktliste nach und rasselte Paul Williamsons Nummer herunter, die Savannah in ihre Liste einspeicherte.

Kurz darauf ging sie. Sie fuhr erst in nördlicher, dann in östlicher Richtung, überquerte erneut den Willamette River, und hielt auf dem Weg zu der Baustelle der RiverEast Apartments bei einem Taco Bell, um sich zwei mexikanische Mini-Tortillas mit Hähnchenfilet und ein Mineralwasser zum Mitnehmen zu bestellen. Sie aß während der Fahrt, und dann sah sie auf der rechten Seite das Schild mit der Aufschrift hier entstehen bezugsfertige rivereast apartments und der Abbildung eines modernen zehnstöckigen Hochhauses inmitten eines Parks. Der Park war Zukunftsmusik, gegenwärtig sah man hier nur Baukräne und Stahlträger. Männer mit Schutzhelmen eilten hin und her. Es schien ein riesiges Bauprojekt zu sein, das wahrscheinlich erst in Jahren beendet sein würde. Sie parkte ein gutes Stück von der Baustelle entfernt und ging los.

Ein gut aussehender Mann mit dunkelblondem Haar und einem strahlenden Lächeln trat auf sie zu, auch er mit einem Schutzhelm auf dem Kopf. Er trug Jeans und ein graues Arbeitshemd und zeigte auf ihren dicken Bauch. »Was haben Sie hier verloren, Ma'am?«

»Sind Sie Henry Woodworth?«, fragte Savvy.

Er sah sie überrascht an. »Ja, warum? Und wer sind Sie?«

»Detective Savannah Dunbar vom Tillamook County Sheriff's Department.« Sie zeigte ihm ihren Dienstausweis und streckte die Hand aus, doch der Mann schüttelte sie nicht.

»Woher wissen Sie, wer ich bin, Detective?«, fragte er misstrauisch.

Sie erzählte von ihrem Gespräch mit Russo und Vledich.

»Vledich«, murmelte er. »Ich wette, dass er nichts Nettes über mich zu sagen hatte.«

»Ich hatte gehofft, mit Nadine Gretz sprechen zu können. Man hat mir gesagt, Sie seien mit ihr befreundet.«

»Weshalb wollen Sie mit Nadine reden?«

»Ich ermittle wegen des Doppelmords an den Donatellas, der sich im Frühjahr in Deception Bay ereignet hat. Damals arbeitete Nadine für Bancroft Development, und wenn ich es richtig verstanden habe, wird sie jetzt wieder von dem Unternehmen beschäftigt.«

»Ja, aber nur als Teilzeitkraft. Nadine hat damals gekündigt, weil sie nicht mehr mit Bancroft und St. Cloud zusammenarbeiten wollte. Sie ...« Er unterbrach sich.

»Was wollten Sie sagen?«, hakte Savannah nach.

»Sie fühlte sich nicht fair behandelt. Wie auch immer, im Augenblick ist sie nicht hier.«

»Wissen Sie, wie ich sie erreichen kann?«

»Ja, schon«, antwortete er, machte aber keine Anstalten, ihr die Telefonnummer zu geben.

»Ich habe bereits mit Mr Russo, Mr Ingles und Mr Vledich geredet.«

»Und das in Ihrem Zustand«, sagte er mit einem etwas falschen Lächeln. »Ihr Bauch sieht aus, als würde er jeden Moment platzen.«

»Ich finde sie auch ohne Ihre Hilfe«, sagte Savannah ruhig. »Aber es ginge schneller, wenn Sie mir helfen würden.«

»Moment, Detective.« Er zog sein Mobiltelefon aus der Tasche, sah in der Kontaktliste nach und gab Savvy Nadines Nummer. Savvy speicherte sie in ihre Liste ein, wie sie es zuvor mit der Nummer von Paulie Williamson getan hatte.

»Haben Sie zur Zeit des Doppelmords an den Donatellas an der Küste gearbeitet?«, fragte Savannah.

»Nein, nicht an jenem Tag. Wir hatten gerade Renovierungsarbeiten in ihrem Haus abgeschlossen.« Einer der Männer mit den Schutzhelmen unterbrach seine Arbeit und starrte zu ihnen hinüber. »Die Donatellas sind für eine Weile ausgezogen, hatten aber vor, weiter dort zu wohnen. Alle sollten denken, in Bancroft Bluff sei alles okay, verstehen Sie?«

»Aber da rutschte die Düne schon ab.«

»O ja. Deshalb wurden sie doch umgebracht, oder?«

Sie fragte sich, ob sie mit einigen der Bauarbeiter sprechen sollte, doch der Mann, der gerade die Arbeit unterbrochen hatte, um sie anzustarren, war bereits wieder fleißig. Ihr war klar, dass sie nur stören würde.

Woodworth' Handy klingelte, und er meldete sich. »Hey, Babe.« Seine Miene hellte sich auf angesichts der Stimme der Anruferin, und kurz darauf wusste sie, dass er mit Nadine sprach. »Hier ist eine Polizistin vom Tillamook County Sheriff's Department, die mit dir reden möchte.« Man hörte eine blecherne Stimme undeutlich antworten. »Es ist keine große Sache«, fuhr Woodworth fort. »Sie ermittelt in einem Mordfall, und dein Name steht auf ihrer Liste.« Wieder die blecherne Stimme, und dann hielt er Savannah das Telefon hin. »Hier ist sie.«

Etwas überrascht griff Savvy nach dem Handy. »Miss Gretz?«

»Ich hatte nie etwas mit Bancroft Bluff zu tun! Owen De-Witt habe ich von Anfang an für einen Idioten gehalten, wie alle. Das alles ist ein einziges Fiasko, aber die Donatellas ... das waren wirklich nette Menschen. Wir haben nur versucht, dort eine angenehme Community entstehen zu lassen, aber sehen Sie nur, was daraus geworden ist ... Ich an Ihrer Stelle würde mich an Hale St. Cloud und Declan Bancroft halten, diesen alten Lüstling. Möglich, dass sie Marcus und Chandra nicht umgebracht haben, doch sie haben das Projekt auch dann noch durchgezogen, als sie es schon besser wussten. Auch um Hales Frau würde ich mich kümmern. Befassen sie sich mal damit, was bei ihr so lief. Sie war total geil und hinter Marcus her.«

Savvy spürte, wie sie angesichts der Anschuldigung gegen ihre Schwester errötete.

»Sie reden von Kristina St. Cloud«, sagte Savvy in einem möglichst neutralen Tonfall.

»Allerdings. Sie ist ihm an die Wäsche gegangen.«

Woodworth bedeutete ihr, ihm das Telefon zurückzugeben.

»Sie glauben mir nicht?«, fragte Nadine. »Dann erkundigen Sie sich mal bei Henry. Bei ihm hat sie's auch versucht.«

»Können wir uns treffen?«, fragte Savannah.

»Es geht nicht. Ich kaufe gerade ein und weiß nicht, wann ich fertig bin.«

Savannah war ein bisschen erleichtert. Sie hatte kein Interesse daran, etwas über die schlechten Charaktereigenschaften ihrer Schwester zu hören, und irgendwie hatte sie allmählich sowieso das Gefühl, nichts wirklich Neues zu erfahren. Sie hatte es satt, sich Geschwätz und Gerüchte anzuhören über Menschen, die ihr nahestanden. Nadines Bemerkungen über Kristina hatten ihr sehr viel mehr zugesetzt, als es nötig gewesen wäre.

»Kann ich Sie später noch mal anrufen?«, fragte sie, und Nadine stimmte zögernd zu. Dann gab sie Woodworth das Telefon zurück und bedankte sich.

Er nickte und presste das Handy ans Ohr. »Du machst gegenüber dieser Gesetzeshüterin nicht gerade den besten Eindruck«, bemerkte er, während er ein paar Schritte zur Seite trat. Wieder hörte sie die blecherne Stimme, konnte die Antwort aber nicht verstehen.

Sie sah nach der Zeit. Fünf Uhr. Der Tag war wie im Flug vergangen, und sie wollte noch im Rib-I vorbeischauen, um zu sehen, ob sie den von allen verunglimpften Owen De-Witt dort antreffen würde.

Für einen Augenblick war sie unschlüssig. Eigentlich wäre sie lieber zurückgefahren, um im Pflegeheim Seagull Pointe mit Herman Smythe zu reden. Obwohl der Doppelmord an den Donatellas Priorität hatte und ihr bis zu dem erzwungenen Mutterschaftsurlaub nicht mehr viel Zeit blieb, hatte sie nicht vergessen, dass Catherine Rutledge sie um einen DNA-Test für das Messer gebeten hatte, durch das angeblich ihre Schwester ums Leben gekommen war, und ebenfalls im Gedächtnis geblieben war ihr Catherines Vortrag über Genetik, in dem sie angedeutet hatte, die männlichen Nachkommen ihres Clans hätten noch außergewöhnlichere »Gaben«. Außerdem wollte sie noch die Namen der Frauen kennen, die gegenwärtig in Siren Song lebten, und die würde sie von Herman Smythe am ehesten erfahren.

Sie warf einen Blick auf den Himmel und die von Westen aufziehenden dunklen Wolken. Für die Coast Range war für den Abend Schnee vorhergesagt. Zwar hatte sie Schneeketten, wollte sie aber nicht benutzen müssen.

Sie winkte Henry Woodworth zu, der immer noch damit beschäftigt war, Nadine zu besänftigen, und ging zu ihrem Wagen, um zum Rib-I zu fahren, das laut Russo nur ein paar Häuserblocks entfernt war. Dann würde sie sehen, ob Owen DeWitt in seinem zweiten Zuhause war.

***

»Wo zum Teufel ist sie?«, fragte Hale laut in seinem leeren Büro.

Er saß am Schreibtisch und hatte mit seinen Untergebenen geredet, um zu erfahren, wer am Samstag arbeitete und wer vorhatte, am Montag aufzutauchen. Dann musste er sich um Materiallieferungen aus Portland kümmern, und er fragte sich, ob er Russo nach Seaside zurückholen sollte, wenn das Baby da war. Oder würde er dann mehr Zeit zur freien Verfügung haben, als gegenwärtig zu erwarten war? Abgesehen von seinem Anruf bei Savvy, wo er das Thema angeschnitten hatte, war er bemüht gewesen, die Gedanken an Kristinas Verschwinden zu verdrängen. Es war nicht das erste Mal, dass sie auf diese Weise abtauchte. Im letzten Frühling hatte es eine Zeitspanne gegeben, als er sich gefragt hatte, ob die Schwangerschaft ihrer Schwester – ihre Leihmutterschaft – Kristina so verwirrt hatte, dass sie deswegen so etwas wie einen Zusammenbruch erlitt. Sie verschwand stundenlang, einmal sogar für eine ganze Nacht, um dann plötzlich müde und als Häufchen Elend wieder aufzutauchen. Sie sagte dann, sie habe sich in einem Motelzimmer eingemietet, um ihre Ängste zu beschwichtigen. Einmal hatte er in dem Motel angerufen, dessen Namen sie erwähnte hatte, und es stimmte, seine Frau war dort gewesen. Er fühlte sich mies wegen der Schnüffelei, doch ihr Verhalten hatte ihn ganz krank gemacht vor Sorgen. Um Himmel willen, sie würden sehr bald Eltern werden. Er musste jederzeit wissen, wo sie gerade war.

Doch dann schien alles besser zu werden, und bis vor ein paar Tagen hatte er geglaubt – gehofft –, dass alles gut werden würde.

Jetzt griff er nach seinem Mobiltelefon und wählte erneut ihre Nummer. Er hatte schon dreimal angerufen, aber immer aufgelegt, bevor sie sich meldete.

Sie würde zurückkommen, wenn sie so weit war, und dann würde er mit ihr reden und ihr sagen, dass es so nicht weitergehen konnte. Sie würde mehr Verantwortungsgefühl zeigen müssen. Wenn sie sich um das Kind kümmern mussten, konnte sie nicht einfach kommen und gehen, wie es ihr gerade gefiel.

Ihre Mailbox meldete sich. »Guten Tag, Sie haben die Nummer von Kristina St. Cloud gewählt. Ich bin zurzeit nicht erreichbar. Hinterlassen Sie bitte nach dem Signalton eine Nachricht.«

Er wartete auf den Piepton und legte los. »Hör zu, Kristina, du musst sofort zurückkommen. Wir haben ein paar Dinge zu besprechen. Es geht nicht, dass du ...« Er wollte sie anschreien, doch dadurch wurde nichts besser. Was immer sie durchmachte, für sie war es real, selbst dann, wenn er es nicht verstand.

Glaubst du an Verhexung?

Er schüttelte den Kopf und fuhr fort. »Wir müssen planen wegen des Babys, und damit meine ich keineswegs die Anschaffung eines Bettchens oder eines Kindersitzes fürs Auto. Bitte ruf mich an.« Er hatte versucht, seine Stimme ernst, aber nicht bedrohlich klingen zu lassen, doch am liebsten hätte er laut geflucht und etwas durch die Gegend geschleudert.

»Verdammt«, sagte er leise, während er durch das Fenster auf die dunklen Wolken blickte, die sich seit einiger Zeit zusammengebraut hatten. An diesem Tag hatte es zur Abwechslung bisher mal nicht geregnet, doch es sah so aus, als würde der nächste Sturzguss nicht mehr lange auf sich warten lassen. Seine Gedanken schweiften zu Savvy ab? Ob sie Portland wohl schon verlassen hatte? Er hoffte es sehr.

Das Rib-I war außen hell erleuchtet, doch noch war es Spätnachmittag, und auf dem Parkplatz standen nur ein paar Pick-ups, ein Geländewagen und drei Limousinen. Die Sonne war längst untergegangen und die Wetterlage so unheildrohend, dass Savvy beschloss, sich sofort ein Motelzimmer zu nehmen, wenn sie überprüft hatte, ob DeWitt in dem Lokal war.

Als sie die Bar betrat, sah sie einen Mann an einem Tisch vor einem leeren Glas sitzen. Er hatte eine ausdruckslose Miene, und vor ihm auf dem Tisch lag ein Mobiltelefon. Seine Hände lagen flach auf der Tischplatte, doch als er sie sah, griff er nach dem Handy, als befürchtete er, sie könnte es ihm wegnehmen.

Es waren noch andere Gäste in dem trübe beleuchteten Raum, doch etwas sagte Savvy, dass dies der Mann war, den sie suchte.

»Mr DeWitt?«, fragte sie, als sie an seinen Tisch trat.

»Wer will das wissen?« Er starrte auf ihren dicken Bauch.

»Ich bin Detective Savannah Dunbar vom Tillamook County Sheriff's Department.« Sie präsentierte ihren Dienstausweis, doch der schien ihn nicht zu interessieren.

Langsam hob er die Augen. Sie waren gerötet und der Blick trübe, doch das war zu erwarten, denn man hatte ihr von seinem exzessiven Alkoholkonsum erzählt. »Tatsächlich?« Er beugte sich vor. »Dann lassen Sie mich mal raten, weshalb Sie hier sind.«

»Sie wissen es, Mr DeWitt.«

»Bancroft Bluff. O ja, ich weiß es.« Er zeigte mit dem Handy auf sie. »Ich muss ein Taxi rufen. Hab keine Lust, betrunken hinterm Steuer erwischt zu werden.«

»Haben Sie etwas dagegen, wenn ich mich setze?«

»Nur zu, machen Sie's sich bequem.« Er konzentrierte sich darauf, die richtigen Tasten auf seinem Mobiltelefon zu drücken und hielt es dann ans Ohr. Es klingelte ziemlich lange am anderen Ende, und dann hörte Savannah leise eine Stimme, doch DeWitt klappte das Handy zu. Er wirkte verzagt und mürrisch. »Diese beschissenen Anrufbeantworter«, murmelte er.

»Sie haben das Gutachten über die Tragfähigkeit der Düne verfasst und geschrieben, sie sei sicherer Baugrund. Es gab Berichte ...«

»Berichte«, bemerkte er höhnisch. »O ja, Berichte.«

»Berichte von Fachleuten, die sagten, der Baugrund sei nicht tragfähig, und sie hätten nie grünes Licht für das Projekt gegeben.«

»Das sind Lügner.« Er hob sein leeres Glas, setzte es wieder ab und sah sich nach dem Barkeeper um. »Der alte Bancroft wollte das Projekt um jeden Preis durchziehen, und ja, ich habe mitgespielt. Aber die anderen hätten auch grünes Licht gegeben. Es war mit gutem Willen gerade noch vertretbar.«

Savannah wusste nicht genau, wie so etwas lief, doch sein defensiver Tonfall legte den Schluss nahe, dass er mehr wusste, als er sagte. Vielleicht hatte er geschlampt oder die Vorschriften großzügig ausgelegt.

»Sie sagen, Declan Bancroft habe Druck gemacht, um das Projekt durchzuziehen.«

»Worauf Sie sich verlassen können. Und jetzt macht der alte Dreckskerl mich für alles verantwortlich. Und Hale wollte genau dasselbe.«

»Hale hat Ihnen freie Hand gelassen?«

»Sie wollten alle dasselbe.« Er hob verzweifelt die Arme. »Ist es denn unmöglich, hier noch einen Drink zu bekommen?«, rief er.

»Lass es mal langsam angehen«, antwortete der Barkeeper lakonisch.

»Du kannst mich mal.«

»Mr DeWitt, ich ermittle wegen des Doppelmords an den Donatellas, und es könnte gut sein, dass die Bauprobleme der Grund für ihren gewaltsamen Tod waren.«

»Nein ... Das war etwas anderes.«

Eine Kellnerin tauchte auf und beäugte DeWitt misstrauisch, ganz so, als erwartete sie, dass er aufsprang und handgreiflich wurde. »Was darf ich Ihnen bringen?«, fragte sie Savannah.

»Nehmen Sie das Steak spezial«, sagte DeWitt, bevor Savvy antworten konnte.

Sie war unschlüssig und überlegte hin und her.

Die Kellnerin zog eine Grimasse, als wollte sie DeWitt nicht zustimmen, sagte dann aber: »Deswegen sind wir stadtbekannt.«

»Okay. Bitte medium.«

»Welches Dressing für den Salat?«

»Haben Sie eine Vinaigrette?«

»Ja.« Sie notierte es und fragte dann: »Folienkartoffeln, Püree oder Pommes frites zum Steak? Gehört dazu.« Sie schaute DeWitt an. »Vielleicht sollte er auch ein paar Pommes essen«, sagte sie mit einem wissenden Blick.

Offenbar wollte die Kellnerin, dass der Betrunkene etwas aß, und Savvy stimmte zu. »Okay, Pommes frites.«

»Etwas zu trinken?«

»Für mich noch einen Scotch«, antwortete DeWitt, bevor Savvy etwas sagen konnte.

»Ich nehme ein Mineralwasser.«

»Und einen Scotch«, wiederholte DeWitt.

Die Kellnerin nahm die Bestellung auf und debattierte dann eine Weile mit dem Barkeeper. Letztlich bekam De-Witt seinen Drink.

Savvy schlang den Salat in Rekordzeit hinunter, und als das Hauptgericht kam, drehte sie den Teller so, dass DeWitt sich problemlos bei den Pommes frites bedienen konnte. Er ignorierte es, lehnte sich zurück und legte das Kinn auf die Brust, als wollte er ein Nickerchen machen.

Das Steak war gut, sehr viel besser als erwartet. Das Fleisch zerging ihr praktisch auf der Zunge. Es kam ihr so vor, als hätte sie seit einer Woche nichts Vernünftiges gegessen, und sie hätte es noch mehr genossen, wenn sie nicht DeWitt die ganze Zeit über beobachtet hätte.

Als sie schließlich den Teller zur Seite geschoben hatte, trank sie einen großen Schluck Wasser. DeWitt leerte sein Glas und betrachtete sie. Savvy glaubte, dass er über etwas nachdachte. Auch wenn klar war, dass er zu viel getrunken hatte – der Barkeeper und die Kellnerin waren mit Sicherheit dieser Ansicht –, schien er doch geistig ziemlich wach zu sein. Als sie ihm gerade die nächste Frage stellen wollte, kam er ihr zuvor.

»Der alte Bancroft hat mich gefeuert. Aber es war Hale, der wollte, dass ich gehe, denn ich wusste über seine Frau Bescheid. Ich habe sie in dem Haus gesehen und wusste auch, *was* ich gesehen habe.«

Weitere Neuigkeiten über Kristina. Savannah wurde ganz anders zumute. »Was für ein Haus?«

»Das der Donatellas. Und sie war nicht mit St. Cloud dort.«

»Aber sie war mit jemandem zusammen«, sagte Savvy. Und wenn er jetzt sagt, *Marcus Donatella ...?*

Er fuchtelte mit einem Finger vor ihrer Nase herum. »Glauben Sie etwa, ich wüsste nicht, wer Sie sind? Sie sind ihre Schwester und tragen den kleinen St. Cloud aus. Bestimmt hat Declan sich vor Glück in die Hose gemacht, als er erfuhr, dass er einen Urenkel bekommt.«

Das Geschlecht des Kindes, das sie zur Welt bringen würde, war das am schlechtesten gehütete Geheimnis der Welt. »Sie sagen, Sie hätten Kristina mit jemandem zusammen gesehen?«

Aber DeWitt war noch nicht bereit, zum Thema zurückzukommen. »Ein Junge. Das hat sie gesagt.« Er blickte sie verschmitzt an. »Sie hat darüber mit ihm geredet.«

»Wer? Kristina?« Kein Wunder, dass der Typ bei Bancroft Development der Sündenbock war. Er war nicht nur inkompetent, sondern auch ein Arschloch erster Güte.

»Finden Sie es heraus, Miss Cop.« Er sprang auf und ging Richtung Tür. »Ich brauche ein Taxi«, rief er über die Schulter dem Barkeeper zu.

»Ich kann Sie fahren«, sagte Savvy. Sie wollte nicht länger als nötig in der Gesellschaft dieses Mannes sein, musste aber wissen, worauf zum Teufel er anspielte.

»Sind Sie auch so geil wie Ihre Schwester?«, fragte er mit einem lüsternen Blick. »Mit einer Schwangeren hab ich's noch nie getrieben.« Er grinste und blieb auf unsicheren Beinen stehen.

»Ich rufe das Taxi«, verkündete der Barkeeper.

DeWitt torkelte nach draußen und schlug wegen der Kälte den Kragen seines Mantels hoch. »Es wird schneien.«

Savannah wollte ihn mit Fragen löchern, doch er würde weiter ein Spiel mit ihr spielen. Der Typ mochte ein Schwätzer sein, und doch wusste er etwas. Und zwar nicht nur, dass das Kind ein Junge war.

»Was wissen Sie über meine Schwester?«, fragte sie leise.

»Sehr viel mehr als Sie oder ihr Mann. Ich habe sie ein paarmal dort gesehen. Mit *ihm*.«

»Hat *er* auch einen Namen?«

»Er nennt sich Charlie, wenn er auf der Jagd nach einer heißen Möse ist«, antwortete DeWitt. »Der Typ ist eine echte Ratte, ein Dreckskerl. Sie kannte ihn, und das nicht nur vom Sehen, wenn Sie verstehen, was ich meine. Eines Nachts war ich in dem Haus, um mich umzusehen, weil mich diese ganze Geschichte krank machte. Ich suchte nach irgendeinem verdammten Beweis dafür, dass sie alle falsch lagen.«

»Sie waren in Bancroft Bluff wegen der Tragfähigkeit des Baugrunds?«, fragte sie, um das Gespräch in Gang zu halten.

»Habe ich das nicht gerade gesagt? Das alles sind nur politische Intrigen. Irgendjemand ist stinksauer auf jemanden, und sie geben die ganze Gegend auf, weil sie die Macht dazu haben.« Er hob einen Arm. »Es ist nicht meine Schuld.«

Sie hatte nicht vor, noch mal auf das Offensichtliche hinzuweisen. Es war DeWitts Schuld, denn er hatte alle Anzeichen dafür ignoriert, dass die Düne nicht trug und ins Meer rutschte. »Sie haben meine Schwester dort gesehen?«

»Das will ich meinen. Er hat sie an die Wand gepresst. Sie hatte die Beine um ihn geschlungen, und der Typ hat's ihr richtig besorgt. Mannomann, die Frau war in Ekstase. Sie hatte den Kopf in den Nacken geworfen und hat geschrien wie am Spieß. Er hat sie wie ein Verrückter gevögelt, und sie hat's genossen.« Er grinste lüstern.

Savvy musste sich schwer beherrschen, ihn nicht zu ohrfeigen, und er wusste das, dieser Dreckskerl. »Sie haben meine Schwester mit jemandem im Haus der Donatellas gesehen?«, wiederholte sie.

»Sag ich doch. Beim Vögeln, mit diesem Typ. An der Wand, auf die das Wort ›Blutgeld‹ gesprüht wurde.«

»Wer ist dieser Charlie?«

»Der gute alte Charlie. Wenn Sie Näheres wissen wollen, fragen Sie Ihre Schwester. Sie kennt ihn ziemlich gut.«

Ein böiger Windstoß riss Savvys Jacke auf, und sie zog sie fest um ihren Oberkörper zusammen. »Sie haben diesen Charlie und Kristina im Haus der Donatellas gesehen?«

»Warum schreiben Sie es nicht endlich auf, *Detective*? Dann müssen Sie nicht noch mal fragen.«

»Könnten Sie sich nicht vielleicht geirrt haben?«

»Hören Sie, mir ist klar, dass Sie nicht glauben wollen, dass Ihre Schwester herumvögelt und ihren Mann betrügt, aber ich weiß, was ich gesehen habe. Sie haben es ausgenutzt, dass die Donatellas sich verdrückt hatten. Sie hatten Schiss. Nachdem sie weg waren, sind ihnen alle anderen gefolgt. Natürlich gaben sie vor, weiter dort zu wohnen, damit die anderen blieben, doch das war eine Lüge, und alle wussten es. Sie haben sich in die Hosen gemacht, weil sie befürchteten, mit der Düne im Meer zu ersaufen.«

»Hat dieser Charlie Verbindungen zu Bancroft Bluff?«

»Er hat die Frau des Chefs gefickt. Mein Gott, wie oft soll ich es noch sagen? Wenn das keine Verbindung ist!«

»Hat Kristina den Ort für dieses mutmaßliche Rendezvous ausgesucht?«

»Woher soll ich das wissen?« Er blickte sich um. »Scheiße, es ist arschkalt.«

Savvy blickte zu dem dunklen Himmel auf. Sie musste sich so schnell wie möglich ein Zimmer besorgen. »Wo kann ich diesen Charlie finden?«

DeWitt schloss die Augen und hätte beinahe das Gleichgewicht verloren. Er konnte sich gerade noch fangen. »Halten Sie sich fern von ihm. Das ist mein Rat für Sie, schwangere Lady. Möglichst weit fern.«

»Wo haben Sie ihn sonst gesehen?«

Er spreizte die Arme, und in dem Moment fuhr ein Taxi vor dem Restaurant vor, und er stolperte auf die Tür zu. »Knöpfen Sie mir nicht zu viel ab, Mann«, sagte er zu dem Taxifahrer, als er einstieg.

»Wie heißt Charlie wirklich?«, rief Savvy ihm nach.

»Beelzebub«, murmelte er, bevor er die Tür zuschlug.

Savvy blickte dem Taxi nach. DeWitts Geist mochte vom Alkohol benebelt sein, aber er hatte definitiv dafür gesorgt, dass es ihr kalt den Rücken hinablief, und das frostige Wetter machte die Geschichte nicht besser. Sie ging zu ihrem Wagen und rief Kristina an, doch wieder meldete sich sofort die Mailbox. *Verdammter Mist Wo bist du?* Sie verzichtete darauf, eine Nachricht zu hinterlassen. Kristina würde auf dem Display sehen, dass sie erfolglos versucht hatte, sie zu erreichen, und konnte zurückrufen.

Beelzebub, dachte sie. *Lächerlich.* Wenn hier jemand der Teufel war, dann wahrscheinlich eher DeWitt selbst.

13

Marys Tagebuch lag ungeöffnet auf Catherines Nachttisch, neben der Öllampe, die ein sanftes Licht verbreitete. Sobald sie zu lesen begann, so viel war ihr klar, würde sie in Marys Welt hineingezogen werden. Sie trat in ihr Zimmer, vermied es jedoch, einen Blick auf das Tagebuch zu werfen. So hatte sie es bisher immer gehalten, doch ihr war klar, dass sie es lesen musste. Es war mit Sicherheit der Schlüssel dafür, was mit ihrer Schwester passiert war, es musste aufschlussreiche Hinweise bezüglich der Vergangenheit enthalten. Dinge, von denen sie nichts wusste, Dinge, die ihre Schwester ihr absichtlich vorenthalten hatte.

Doch es würde auch etwas über Dinge darin stehen, von denen sie wusste, dass sie sie lieber vergessen hätte.

Aber es war sinnlos, das Unvermeidliche hinauszuzögern. Sie hatte Detective Dunbar gebeten, das Messer einem DNA-Test zu unterziehen, in der Hoffnung, einen Hinweis auf den Mörder zu finden. Und doch glaubte sie vielleicht so schon zu wissen, wer es war.

Ihre Miene verdüsterte sich. *Er* war wie Justice. Genetisch anomal und getrieben von Obsessionen, ein Ungeheuer, völlig unfähig, sich an die Regeln des menschlichen Zusammenlebens zu halten.

Sie musste die Adoptionsunterlagen finden.

»Tante Catherine?«

Sie zuckte zusammen und drehte sich zu der offenen Tür ihres Zimmers um. Dort stand Kassandra.

»Du hast mir Angst eingejagt!«, rief Catherine mit einem heftig klopfenden Herzen.

»Ich glaube, er hat etwas wirklich Schlimmes getan.«

»Wer?«

»Der Mann von den Knochen.«

»Kassandra ...«

»Er war bei ihr«, flüsterte Kassandra eindringlich.

Catherine ging zu ihr und nahm sie in den Arm. Sie wusste, wie sehr ihre Visionen Kassandra ängstigten. »Was hat er getan?«

»Kannst du es sehen?«

»Nein, ich ...«

»Er hat sie getötet.« Kassandra zögerte einen Augenblick. Sie zitterte am ganzen Leib und sprach so leise weiter, dass Catherine sie kaum verstehen konnte, obwohl sie sie weiter im Arm hielt. »Und dann hat er zugesehen, wie sie starb. Er hat es genossen ... Er sagt, es sei besser als Sex.«

Nichts ist besser als Sex, hörte Catherine ihre Schwester Mary sagen.

»Wen hat er getötet, Kassandra?«, fragte Catherine mit einem Kloß im Hals.

Kassandra löste sich aus ihrer Umarmung und kam wieder zu sich, als wäre sie aus einem Traum aufgewacht. Sie wirkte etwas verwirrt. »Unsere Mutter?«, fragte sie, als müsste Catherine die Antwort kennen. Dann: »Nein, es war eine andere Frau. Und ich habe dir gesagt, dass du mich Maggie nennen sollst. Ich heiße Maggie.«

Damit eilte sie aus dem Zimmer, als wollte sie nichts mehr zu tun haben mit ihrer Tante und ihrer »Gabe«, den Visionen, die sie von Kindesbeinen an plagten.

Catherine war in Gedanken weiter bei Kassandras Vision. Bei dem Mann von den Knochen. Sie zwang sich, das Tagebuch aufzuschlagen und begann zu lesen, doch was Mary als Backfisch geschrieben hatte, interessierte sie nicht besonders. Sie schlug das Buch an den Stellen auf, wo es offensichtlich häufig geöffnet worden war.

Dann sah sie eine Passage, die sie schockierte.

Cathy glaubt, in einen Prinzen verliebt zu sein, doch er ist genauso wie all die anderen. Es ist so leicht, irgendeinen von ihnen zu haben, dass es lächerlich ist. Ich umgarne sie, und sie gehören mir. Ich glaubte, sie würde zu weinen beginnen, als sie mir die Frage stellte: »Ist es ein Geruch?« Sie löcherte mich weiter, und ich sagte zu ihr: »Es ist einfach etwas, das du nicht hast. Tut mir leid ...« Soll ich ihn ihr lassen oder ihn in meine Trophäensammlung einreihen?

Catherine klappte das Tagebuch zu, um es gleich darauf wieder an einer anderen Stelle aufzuschlagen. Es sah so aus, als hätte Mary diese Stelle häufiger gelesen.

Ich habe Cathy vor diesem Vergewaltiger gerettet, ihr aber das Glück vorenthalten. Das sagt sie mir wieder und wieder. »Du willst nicht, dass ich glücklich bin.« Es gibt kein Glück, sondern nur die Konkurrenz. Ich habe ihn ihr weggenommen, und ich bereue es nicht. Es ist nur zu ihrem Besten. Sie sollte ihn nicht haben.

Sie gehören alle mir. Von Parnell über Seamus bis hin zu dem Teufel, welcher der Vater von D. ist. Der Vergewaltiger. Zurückgekehrt von den Toten, aber wieder tot.

Alles klar, Cath? Du liest mein Tagebuch, stimmt's? Du weißt, wovon ich rede. Ist es immer noch ein Geheimnis? Hast du es geschafft, den Mund zu halten? Oder hast du mit dem Finger auf ihn gezeigt, so wie du es immer bei mir getan hast?

Wieder klappte Catherine das Tagebuch zu. Sie dachte an all die Jahre, die Mary auf Echo Island verbracht hatte. Sie hatten sie gegen ihren Willen dorthin entführt, doch als sie erst einmal exiliert war, hatte sie kaum noch protestiert. Wenn Catherine ihr Lebensmittel brachte, hatte Mary sie nicht mehr verflucht, sondern ihr ihren Kräutergarten hinter dem Haus gezeigt. Sie hatte sogar um andere Samen und Pflanzen gebeten. Das hatte Catherine sehr überrascht, denn bis dahin hatte es für Marys obsessives Wesen nichts anderes als Männer gegeben.
Männer.
Sie gehören alle mir. Von Parnell über Seamus bis hin zu dem Teufel, welcher der Vater von D. ist.

Catherines Blick ruhte auf dem zugeklappten Tagebuch. Sie hatte Parnell gut gekannt. Er hatte an immer jüngeren Frauen Gefallen gefunden. Sein Tod hatte sie kein bisschen betrübt. Auch Seamus hatte sie gekannt. Er war Mary nachgelaufen wie ein Köter, der eine läufige Hündin gewittert hat, bis er schließlich die Chance bekommen hatte, sie zu besteigen. Natürlich war er verheiratet gewesen und zu seiner Frau zurückgekehrt, die daraufhin an einem Herzinfarkt gestorben war. Seamus selbst war ein paar Jahre später gestorben, und auch um ihn hatte Catherine nicht getrauert. Wie so viele von Marys Liebhabern hatte er nie gewusst, ob er der Vater eines ihrer Kinder war. Eventuell hatte er es vermutet.

Vielleicht war das bei allen so gewesen, doch niemand hatte danach gefragt.

Dreckskerle.

Catherine war sich nicht ganz sicher, welcher Mann welches Kind gezeugt hatte, doch Mary hatte es gewusst. Vielleicht fand sich die Antwort auf diese Fragen ebenfalls in dem Tagebuch, doch sicher war das nicht.

Wer immer ihre Schwester umgebracht hatte, er musste eine Verbindung zu einem dieser Männer haben. Der Mann von den Knochen. Vielleicht würde es ihr gelingen, die Zahl der in Frage kommenden Täter einzugrenzen.

Die Worte ihrer Schwester weckten Erinnerungen an längst vergangene Zeiten. An Zeiten, als sie Mary noch nicht exiliert hatte und als das Tor von Siren Song noch offen stand.

Der Teufel, welcher der Vater von D. ist. Sie wusste genau, wer das war.

Sie schluckte und starrte in die dunklen Ecken des Zimmers, während sie vor ihrem geistigen Auge diesen Teufel sah. Er war der einzige von Marys Liebhabern gewesen, den zu kontrollieren sie nicht imstande gewesen war. Jener kranke Dreckskerl, der Catherine gewaltsam in eine Kammer gezerrt, ihr die Kleidung vom Leib gerissen und sich an sie gepresst hatte, während sie laut schrie, obwohl er ihr die Hand vor den Mund hielt. Ein Mann, der doppelt so alt wie sie war und ein Auge auf sie geworfen hatte. Catherine spürte, wie sie von etwas wie sexueller Lust gepackt wurde, obwohl sie körperlich wie gelähmt war, und kämpfte dagegen an. Er hätte sie genommen, doch dann war plötzlich Mary aufgetaucht und hatte ihm mit voller Wucht den Kolben der

Schrotflinte auf den Kopf gehauen. Er ging zu Boden, mit eingeschlagenem Schädel und starrem Blick. Catherine hatte unkontrollierbar gezittert und war noch völlig benommen, als Mary sie aufforderte, ihr zu helfen. Sie hatte gehorcht, und sie hatten die Leiche gemeinsam nach unten und zu dem Friedhof gebracht, wo sie immer noch in jenem Grab lag, auf dem der Grabstein mit Marys Namen stand.

»Wer war er?«, hatte Catherine ihre Schwester gefragt, während der spätsommerliche Wind ihr Haar zerzauste. Beide hatten sich zu dem Haus umgedreht, voller Sorge, eines der Kinder könnte sie sehen.

»Richard Beeman«, antwortete Mary nach langem Zögern. »Mein Ehemann.«

»Er war nicht dein Mann«, hatte Catherine geflüstert.

»Und er hieß auch nicht Richard Beeman«, hatte Mary mit einem kalten Lächeln hinzugefügt.

Und dann hatte sie den Spaten mit voller Wucht in die Erde gerammt, wo er auf die Leiche stieß. Catherine hatte nach Luft geschnappt und sich abgewendet.

»Gut, dass du tot bist«, hatte Mary zwischen zusammengebissenen Zähnen hervorgestoßen und dann wie beiläufig hinzugefügt: »Wir lassen einen Sarg schreinern. Vielleicht könnten wir Earl bitten ...«

14

Hale hatte erneut erfolglos versucht, Kristina zu erreichen, und bemühte sich, seine Sorgen unter Kontrolle zu halten. *Wo zum Teufel ist sie?* Den größten Teil des Tages war er eher verärgert gewesen, doch nun brach die Nacht herein, und bei ihm begannen die Alarmglocken zu schrillen. Noch nie war Kristina so lange fortgeblieben, ohne ihn anzurufen. Er wusste schon gar nicht mehr, wie oft er versucht hatte, sie auf ihrem Handy zu erreichen, doch bestimmt oft genug, um bei anderen als Telefon-Stalker zu gelten.

»Noch eins?«, fragte die Frau hinter der Bar mit einem Blick auf sein leeres Bierglas. Sie war jung, hatte langes dunkles Haar und hieß laut dem Namensschild an ihrer Bluse minnie.

Er saß an der Theke des Bridgeport Bistro im Zentrum von Seaside. Nach Feierabend hatte er daran gedacht, nach Hause zu fahren, doch irgendwie hatte er nicht daran geglaubt, dass Kristina dort auf ihn warten würde. Er wollte sich nicht zu viele Sorgen machen, und für den Fall, dass sie doch zu Hause war, konnte zur Abwechslung ja mal sie sich fragen, wo zum Teufel er blieb.

»Nein, danke«, antwortete er, doch als Minnie sich abwandte, änderte er seine Meinung. »Vielleicht einen Scotch mit Eis.«

»Eine bestimmte Marke?«

»Ich lasse mich überraschen.«

»Dann bringe ich Ihnen einen Dewar's.«

Er nickte. Fast bereute er es schon wieder, den Whisky bestellt zu haben, doch sie schenkte bereits ein. Er wollte etwas *tun*. Dieses Herumsitzen machte ihn wahnsinnig. Als Minnie ihm das Glas zuschob, flog die Tür auf, und ein kalter Windstoß fegte in das Lokal. Alle blickten zum Eingang.

»Sorry«, sagte der neue Kunde.

»Komm rein, Jimbo, und mach die Tür zu, damit die Kälte draußen bleibt«, sagte Minnie, die so tat, als wollte sie ihn mit ihrem Trockentuch schlagen.

Jimbo war ein großer Mann mit einem dichten Bart und einem dicken Hals. Er lächelte Minnie an, und Hale glaubte, dass zwischen den beiden etwas lief. Irgendwie machte es ihn traurig, und er wurde wütend auf sich selbst. *Verdammt, Kristina. Wo zum Teufel bist du?*

Er kippte den Scotch hinunter und beschloss, doch nach Hause zu fahren. Als er bei seinem TrailBlazer war, setzte plötzlich heftiger Schneeregen ein, und eiskaltes Wasser lief ihm in den Kragen. Er zitterte, als er einstieg, den Motor anließ und die Scheibenwischer einschaltete.

Bis zu seinem Haus südlich von Seaside brauchte man etwa zehn Minuten, doch je nach der Verkehrs- und Wetterlage konnte es länger dauern. Als er auf seinem Weg nach Süden gerade Cannon Beach hinter sich gelassen hatte, hörte er über die Freisprechanlage sein Handy klingeln.

»Endlich«, murmelte er, doch auf dem Display des Telefons sah er an der Nummer, dass es nicht Kristina war, sondern sein Kunde Ian Carmichael. Enttäuscht meldete er sich. »Hallo, Ian?«

»Oh mein Gott!«, kreischte am anderen Ende eine Frau.

Die Stimme zerrte an seinen Nerven. »Sind Sie das, Astrid?«
»Sie ist tot ... tot. Oh mein Gott, sie ist tot!«
»Was? Astrid? Wer ist tot?« Er bremste und hielt am Straßenrand. Ihm kam ein schrecklicher Gedanke, doch er schob ihn beiseite. Hier ging es nicht um ihn.

Kurz darauf hörte er Ians Stimme. »Bist du dran, Hale?«, fragte Ian angespannt.

»Ja. Ich bin gerade auf dem Heimweg und ...«

»Sie ist nicht tot. Astrid hat sich das Telefon geschnappt, bevor ich anrufen konnte. Als wir sie gefunden haben, habe ich die Notrufnummer gewählt. Sie lag im Wohnzimmer, neben einem blutverschmierten Balken, der von der Decke gefallen sein muss. Ich denke, dass sie davon getroffen wurde.«

»Wo sind Sie?«, fragte Hale, doch er wusste es.

»Vor dem Haus. Sie muss durch ein Fenster hineingelangt sein.«

Hale wendete bereits, um zu dem Haus an der Strandpromenade von Seaside zu fahren. Sein Puls beschleunigte sich. »Sie haben in dem Haus eine verletzte Frau gefunden, Ian?«

»Sie haben gesagt, der Abriss würde bald beginnen, und da haben wir uns gedacht, wir fahren noch mal vorbei ... Da haben wir sie gefunden.« Er schluckte hörbar. »Ich denke, Sie sollten kommen. Es könnte sein, dass ...«

»Bin schon unterwegs. Was könnte sein? Ian?« Keine Antwort. »Sie haben gesagt, eine Frau sei durch ein Fenster geklettert.«

»Es sieht so aus. Die Polizei von Seaside wird gleich hier sein. Wir stehen jetzt vor dem Haus. Vielleicht hat ein Fenster offen gestanden.«

Das Fenster, das nicht richtig schloss. Hatte irgendeine Obdachlose es entdeckt?

Er erinnerte sich deutlich, dass er einmal in ihrem Haus mit Kristina beobachtet hatte, wie der Regen an den Fensterscheiben herabrann, und er hatte gesagt: »Dieses Wetter ist schlecht für Fensterrahmen aus Holz. Sie sind nicht dicht. Gut, dass die Carmichaels in dem Neubau Kunststofffenster bekommen.«

»Im Haus meiner Eltern gibt es Fensterrahmen aus Holz«, hatte Kristina geantwortet. »Entweder klemmen sie, oder sie schließen nicht richtig.«

Er hatte genickt, zufrieden, dass sie einmal ein anderes Gesprächsthema hatten als ihre Beziehung. »Die Fenster im Haus der Carmichaels zählen zu denen, die nicht richtig schließen.«

Vor seinem geistigen Auge sah er Kristina mit einem blutverschmierten Kopf auf dem Boden des Wohnzimmers des Hauses an der Strandpromenade liegen.

Es konnte, durfte nicht wahr sein. Und doch ...

»Glauben Sie, dass die Verletzte meine Frau ist, Ian?«

»Ich weiß es nicht. Kommen Sie einfach her.«

Seine Brust war wie zugeschnürt, und er gab Vollgas, um möglichst schnell in Seaside zu sein.

Savannah fuhr durch den Tunnel, der unter dem Willamette River hindurchführte, und bog dann in Richtung Westen auf den Sunset Highway. Das Licht ihrer Scheinwerfer spiegelte sich auf dem nassen Asphalt, und vor sich sah sie eine lange Kette roter Rücklichter. Deception Bay lag zwei Fahrtstunden jenseits der Berge, und sie war müde. Diese verdammte Schwangerschaft.

Auf der rechten Seite sah sie ein Motel 6. Die Kette oder eine andere, es ist egal, dachte sie. Sie nahm die Abfahrt und stellte ihren Wagen auf dem Parkplatz ab. Sie zog den Reißverschluss ihrer Jacke zu, schlug den Kragen hoch und ging wegen des böigen Windes mit gesenktem Kopf los. Kleine Schneeflocken wirbelten durch die Luft.

Während sie am Empfang auf ihren Zimmerschlüssel wartete, versuchte sie erneut, Kristina zu erreichen, doch wieder meldete sich sofort die Mailbox. Sie hatte es bestimmt schon ein Dutzend Mal versucht. Sie überlegte, ob sie Hale anrufen sollte, musste aber daran denken, was Nadine Gretz und Owen DeWitt über ihre Schwester erzählt hatten. Es hatte sie schockiert, und sie war jetzt nicht in der Stimmung, mit Kristinas Mann zu reden.

Nicht, dass sie auch nur ein Wort von dem Gerede geglaubt hatte. Kristina wollte Hale und war zu sehr entschlossen, weiter gemeinsam mit ihm zu leben, als dass sie das durch eine Affäre aufs Spiel gesetzt hätte. Entweder logen Gretz und DeWitt, oder sie hatten sich geirrt. Kristina war keine Lügnerin und keine Frau, die ihren Mann betrog. So war sie einfach nicht.

»Wo bist du?«, murmelte sie vor sich hin.

Die angebliche außereheliche sexuelle Beziehung Kristinas erinnerte sie an Catherine und daran, was diese über die »Gabe« ihrer Schwester Mary erzählt hatte, Männer an sich zu fesseln. *Seltsam.* Und dann war da noch Catherines merkwürdiger Vortrag über die Genetik und Marys Jungen, die in Siren Song geboren worden und jetzt erwachsen waren. Wo waren sie? Lebten sie? Gab es sie überhaupt? Aber all diese Fragen würden warten müssen, bis sie ihren Teil der

Ermittlungen im Fall der Donatellas abgeschlossen und das Kind zur Welt gebracht hatte.

Sie rieb ihren Bauch, und der kleine St. Cloud trat aus. Nicht mehr so heftig wie zuvor, denn er hatte zu wenig Platz, um sich großartig zu bewegen.

»Es dauert nicht mehr lange«, sagte sie leise.

Sie nahm den Zimmerschlüssel entgegen, griff nach ihrer Reisetasche und ging draußen vorsichtig den glatten Weg entlang, der zu der Außentreppe führte, über die man in den ersten Stock gelangte. Zimmer Nr. 212 lag in der Mitte des Flures, und sie schloss die Tür auf und trat in den sauberen, aber kalten Raum mit dem Doppelbett, das in der Mitte etwas durchgelegen zu sein schien, wie sie im Licht der Deckenbeleuchtung bemerkte.

Sie drehte die Heizung an und legte sich auf das Bett. Ihr gingen die Ereignisse der letzten paar Tage durch den Kopf. Es gab so viel, worüber sie nachdenken musste. Da waren der Tod von Catherines Schwester, Bancroft Bluff und der Doppelmord an den Donatellas und schließlich die zunehmenden Sorgen um ihre Schwester, die angeblich eine Affäre mit einem Mann namens Charlie gehabt hatte. Und dann war da natürlich noch die unmittelbar bevorstehende Geburt des Kindes von ihrer Schwester und deren Mann.

Und ab dem nächsten Montag sollte sie Bürodienst machen und würde sich abgeschoben und nutzlos fühlen.

Sie zog die Akten von Bancroft Development, die Ella Blessert für sie kopiert hatte, aus ihrer Tasche und legte sie auf das Bett. Sie wollte mit dem frühesten Datum beginnen und sich dann an die Gegenwart heranarbeiten, doch sie hatte kaum angefangen zu lesen, als schon ihre Augen zu tränen begannen. Sie war todmüde und musste gähnen.

Ein kurzes Nickerchen. Das würde reichen.

Sie dachte noch daran, die Schuhe auszuziehen, doch sie war so müde, dass es ihr egal war. Dann versuchte sie, sich auf einen Punkt der Ermittlungen im Fall der Donatellas zu konzentrieren, doch aus irgendeinem unerfindlichen Grund musste sie immer wieder daran denken, wie glücklich Kristina gewesen war, als sie gehört hatte, dass ihre Schwester schwanger war.

Ruf mich an, dachte sie noch, als ihr die Augen zufielen.

Obwohl er Vollgas gegeben hatte, trafen die Polizei von Seaside und der Notarztwagen vor ihm bei dem Haus an der Strandpromenade ein. Ian und Astrid Carmichael warteten im Schneegestöber neben dem Haus. Hale stieg aus dem TrailBlazer, lief los und wäre beinahe ausgerutscht auf der dünnen Schneeschicht, die den Boden bedeckte. Er rannte weiter, doch dann trat ihm ein Polizist in den Weg und sagte, dies sei ein Tatort, den er nicht betreten dürfe. In diesem Moment wurde eine Bahre durch die Haustür getragen.

Ein Blick genügte. Kristina.

»Oh mein Gott.« Seine Beine drohten nachzugeben.

»Sir?«

Mit Mühe konzentrierte er sich auf den jungen uniformierten Polizisten aus Seaside, auf dessen Namensschild mills stand. »Wohin wird sie gebracht?«

»Keine Ahnung, Sir. Kennen Sie die Verletzte?«

»Das ist meine Frau Kristina ... Kristina St. Cloud.«

Er ließ den Polizisten stehen. »Wohin bringen Sie sie?«, fragte er einen der Rettungssanitäter.

»Ins Ocean Park Hospital.«

Er wollte verschwinden, doch Officer Mills versperrte ihm den Weg. »Einer meiner Kollegen wird im Krankenhaus mit Ihnen reden, Mr St. Cloud.«

Hale hörte es kaum, weil er bereits zu seinem Wagen rannte. Innerhalb eines Augenblicks schossen ihm etliche Bilder durch den Kopf. Die erste Begegnung mit Kristina in einem Coffeeshop, das erste gemeinsam verbrachte Weihnachtsfest, der erste Kuss, die erste gemeinsame Nacht ... Und dann Kristinas plötzliches Desinteresse ...

»Hale?«

Vor ihm stand zitternd Astrid Carmichael in der nächtlichen Kälte.

»Es ist Kristina«, sagte er zu ihr und Ian. »Ich fahre zum Krankenhaus.«

Ian nickte, und seine Frau vergrub ihr Gesicht an seiner Brust.

Der Notarztwagen fuhr mit Sirenengeheul und eingeschaltetem rot-weißem Flackerlicht los, und Hale folgte ihm. Obwohl er am liebsten Vollgas gegeben hätte, fuhr er wegen des schlechten Wetters vorsichtig. Trotzdem erreichte er das Ocean Park Hospital kurz nach dem Krankenwagen.

Er parkte und rannte zur Notaufnahme, deren Glastüren sich automatisch öffneten. Die Bahre, auf der Kristina lag, wurde gerade durch eine Schwingtür getragen, und er zwängte sich hindurch, bevor sie sich schloss. Kristina hatte die Augen geschlossen und war sehr bleich.

»Kristina ...«

»Entschuldigen Sie, Sir, sind Sie ein Angehöriger?«, fragte eine Krankenschwester.

»Das ist meine Frau«, antwortete er, angestrengt darum bemüht, nicht die Fassung zu verlieren. Guter Gott, würde sie es schaffen? Was war geschehen? *Was war bloß geschehen?*

»Wenn Sie bitte dort drüben warten würden ...« Sie zeigte auf einen leeren Stuhl in einer Nische.

»Wohin wird sie gebracht?«

»Sie wird untersucht und für eine mögliche Operation vorbereitet.«

»Operation?«

»Sie hat eine schwere Kopfverletzung. Bitte, Sir ...«

Er setzte sich zögernd. Was zum Teufel hatte Kristina in dem Haus an der Strandpromenade zu suchen gehabt? Wie war sie dort hineingelangt? Durch ein *Fenster*? Aber warum?

Officer Mills hatte von einem »Tatort« gesprochen.

Er versuchte, wieder einen klaren Kopf zu bekommen. *Tatort. Kein Unfall?*

»Sie müssen diese Formulare ausfüllen«, sagte eine andere Schwester, die ihm ein Klemmbrett mit Papieren und einen Stift in die Hand drückte. Für einen Augenblick starrte er auf die Papiere und begann dann, sie mit einer zittrigen Hand auszufüllen.

Ihm gingen Ian Carmichaels Worte durch den Kopf. *Sie lag im Wohnzimmer, neben einem blutverschmierten Balken, der von der Decke gefallen sein muss.*

Er atmete tief durch. Also war es ein Unfall gewesen. Im Inneren des Hauses waren die Abrissarbeiten teilweise schon vorbereitet worden. Das konnte ein Grund sein.

Er zog seine Brieftasche hervor, nahm die Versicherungskarte heraus und trug die Details auf dem Formular ein. Aus dem Augenwinkel sah er durch die Schwingtür einen Polizisten kommen.

Der Mann stellte sich vor. »Ich bin Deputy Warren Burghsmith vom Tillamook County Sheriff's Department.«

»Meine Frau wurde im Clatsop County gefunden«, bemerkte Hale.

»Aber das Krankenhaus liegt im Tillamook County, und da ich gerade Zeit hatte, Mr ...?«

»St. Cloud. Hale St. Cloud.«

»Die Verletzte, die gerade eingeliefert wurde, ist Ihre Frau?«

Er nickte. »Kristina St. Cloud.«

»Können Sie mir sagen, was geschehen ist?«

»Auf der Baustelle? Nein, ich war nicht dort. Ich bin erst später gekommen.«

»Baustelle?«

»Ich bin gemeinsam mit meinem Großvater Declan Bancroft Inhaber des Bauunternehmens Bancroft Development. Die Carmichaels haben das Haus an der Strandpromenade gekauft. Es soll abgerissen und an seiner Stelle ein Neubau errichtet werden. Kristina muss aus irgendeinem Grund dort gewesen sein.«

»Aus welchem?«

»Keine Ahnung.«

»Könnte sie sich dort mit jemandem getroffen haben?«

Hale starrte den Deputy an, der Ende vierzig zu sein schien. »Ich wüsste nicht mit wem.«

»Entschuldigen Sie bitte ...«, sagte die Schwester, die ihm

die Papiere in die Hand gedrückt hatte. »Haben Sie die Formulare ausgefüllt?«

»Ja, größtenteils ...« Hale gab ihr das Klemmbrett, und sie verschwand damit.

»Wie heißen die Besitzer des Hauses?«, fragte Burghsmith.

»Ian und Astrid Carmichael.«

»Kannte Ihre Frau die beiden?«

»Nur vom Sehen. Aber sie wusste von dem Projekt.«

Hinter Burghsmith ging ein Arzt vorbei, und Hale sprang auf und holte ihn ein. »Entschuldigen Sie bitte, aber meine Frau ...«

»Dr. Mellon wird gleich mit Ihnen reden«, sagte der Mediziner und ließ ihn stehen.

Burghsmith stand immer noch neben seinem Stuhl, doch Hale wollte nur noch mit Kristinas Arzt reden. Als er nicht zu dem Stuhl zurückkehrte, kam der Deputy zu ihm.

»Muss ich die ganze Prozedur mit der Polizei von Seaside noch mal durchmachen?«, fragte er.

»Einer ihrer Detectives wird mit Ihnen reden wollen.«

Das Wort »Detective« ließ ihn an Savannah denken, die in Portland war. »Entschuldigen Sie.« Er trat ein paar Schritte beiseite und zog sein Mobiltelefon aus der Tasche.

In diesem Moment tauchte ein weiterer Arzt auf, der sich in dem Raum umschaute und dann Hale erblickte. Der steckte das Handy wieder weg und ging schnell zu dem Mediziner, der ihm die Hand entgegenstreckte.

»Ich bin Dr. Mellon«, stellte er sich vor.

»Hale St. Cloud. Behandeln Sie meine Frau Kristina?«

»Die Operation wird unser Chirurg Dr. Oberon durchführen, Mr St. Cloud. Ihre Frau hat ein Subduralhämatom, und wir müssen den Druck auf ihr Gehirn vermindern.«

»Subduralhämatom?«

»Wenn wir den Druck verringern, kann auch das Blut abfließen.«

Hale starrte den Arzt geschockt an. »Wird es ihr bald wieder gut gehen?«

»Wie gesagt, sie muss operiert werden.«

»Das ist keine Antwort.«

»Wir können erst nach der Operation etwas sagen«, erwiderte der Mediziner bestimmt. »Bitte gedulden Sie sich etwas, Mr St. Cloud. Wir tun, was wir können, und …«

»Wie schlimm ist es?«, unterbrach er.

»Schlimm genug, um eine Operation erforderlich zu machen«, antwortete Mellon mit unbewegter Miene. Dann rief jemand nach ihm, und er verschwand.

Hale blickte ihm nach. Vermutlich hatte der Arzt nichts gesagt, weil Kristinas Zustand ernst war. So ernst, dass man Angehörige lieber im Dunklen tappen ließ.

Mein Gott, Kristina, dachte er. Was hattest du in dem Haus zu suchen?

Charlie war total frustriert. Die Schlampe hatte nicht sterben wollen. Hatte sich geweigert abzukratzen. Sie hatte dagelegen und ins Leere gestarrt, aber immer weitergeatmet. Er wartete darauf, dass sie ihren letzten Atemzug tat, doch schließlich hatte sie gewonnen. Er musste verschwinden, bevor man ihn entdeckte, und das hatte ihn echt angekotzt.

Das war nun fast einen Tag her, und bis jetzt war nichts bekannt geworden. Als er wieder in seiner Wohnung war, hatte er die Spätnachrichten geschaut, doch dort wurde nur über den Doppelmord in dem Pick-up vor dem Steakhouse berichtet. Da hatte er sich wieder besser gefühlt. Sie konnten spekulieren, solange sie wollten, aber niemand von ihnen kannte seine Gabe, seine nur ihm eigene Macht. Er erinnerte sich daran, wie Tammie und Garth gestorben waren, und das half ihm darüber hinweg, dass Mrs Kristina St. Cloud sich hartnäckig geweigert hatte zu sterben.

Er ging zum Kühlschrank, nahm eine Flasche Guinness heraus, öffnete sie und leerte sie mit langen, gierigen Schlucken.

Er musste sehen, wie das Licht in ihren Augen erlosch. Doch das mit den beiden in dem Pick-up war Vergangenheit, und heute waren ein paar Dinge passiert, die ihn die Enttäuschung mit Kristina vergessen ließen. Außerdem konnte er sich immer noch an die Höhepunkte mit ihr erinnern. Mann, was hatte die Frau geschrien, wenn er es ihr besorgte. Sie kam schon, wenn er gerade erst angefangen hatte. Ja, Kristina war extrem empfänglich gewesen für seine magische Macht. Die bloße Erinnerung weckte in ihm das Verlangen, auf der Stelle zu masturbieren, doch er hatte ein Date, das er nicht verschieben konnte.

Und auch die Frau schreit ganz schön laut, wenn ich sie vögele, dachte er grinsend.

Er fragte sich kurz, ob er sie umbringen sollte, während sie Sex hatten. Vor seinem geistigen Auge sah er sie mit durchgeschnittener Kehle daliegen, mit einer dünnen blutigen Linie auf der bleichen Haut.

Mannomann.

Mit Mühe verdrängte er den Gedanken. Er musste es aufschieben, musste auf den perfekten Zeitpunkt warten. Dann würde er ihr ihre liebliche Kehle durchschneiden, sie töten ... Wie er es seiner Mutter gesagt hatte, er würde sie alle umbringen.

»Wir bringen sie jetzt in den OP.« Hale hatte ins Leere gestarrt und schreckte auf, als die Schwester ihn ansprach. »Da drüben ist ein Wartezimmer.«

Hale folgte ihr. Er fühlte sich hilflos und verloren. Als er auf einem der blaugrauen Kunststoffstühle Platz genommen hatte, zog er sein Mobiltelefon aus der Tasche. Für einen Augenblick starrte er nur darauf, doch dann wählte er Savannahs Handynummer.

15

Ihr war bewusst, dass sie schlief, doch sie konnte nicht aufwachen.

Kristina war da, ganz in Weiß gekleidet, und winkte sie wortlos zu einem zugewachsenen Haus. Savannah wollte mit ihr reden, doch die Worte blieben ihr im Hals stecken, und sie konnte nichts dagegen tun. »Ich komme nicht mit«, wollte sie zu ihrer Schwester sagen. »Ich gehe nicht!«

Doch es war sinnlos, und dann waren Bäume und Büsche auf einmal verschwunden, und sie sah Siren Song, nur größer und im Dunkeln liegend. Merkwürdig, hinter einem Dachbodenfenster brannte Licht. Das Tor stand offen, und sie folgte Kristina, nur dass es nun nicht mehr Kristina war, sondern jemand anderes. Älter, altmodisch gekleidet und mit einer Kamee mit dem Bild einer noch älteren Frau, einer Verwandten, wie sie wusste. Mary? Nein, älter, verstorben. Sarah? Das war ein Name, der ihr in dem Buch begegnet war. Der Name einer der Frauen mit den *Gaben*. Über solche verfügten alle diese Frauen, doch es waren die Jungen, nun Männer, deren Gaben ausgeprägter waren, gefährlicher, tödlicher.

Vor ihren Augen schwebten immer wieder die Buchstaben X und Y, und sie hörte Catherines Stimme. »Bei Ihnen ist es tiefer verwurzelt, es sind dunkle Gaben. Spüren Sie es? Können Sie es fühlen?«

Und plötzlich wurde Savvy von einem so brennenden und triebhaften Verlangen gepackt, von einem so intensiven erotischen Traum, dass ihr ganzer Körper unkontrollierbar zu zucken begann und sie einen Orgasmus bekam. Ihr Oberkörper bäumte sich auf, und ein Mann sagte mit sanfter Stimme, sie gehöre ihm. Es war ihr Schwager, Hale St. Cloud.

Ich träume, dachte sie. *Schluss jetzt! Wach auf!*

Kristina starrte sie vorwurfsvoll an. »Ich war nicht mit Hale zusammen!«, schrie sie, doch Kristina schien sie nicht zu hören.

Und dann war auf einmal Joyce Powell-Pritchett da und blickte sie durch ihre Bibliothekarinnenbrille an. »Es liegt alles in der Vergangenheit begraben«, sagte sie im Tonfall einer Lehrerin. »Wenn Sie etwas tiefer buddelten, würden Sie es verstehen.«

»Wer ist die alte Lady?«, brachte Savvy mühsam hervor, und ihre Frage musste verständlich gewesen sein, denn Catherine wandte sich ihr zu.

»Das ist keine Lady«, antwortete sie. »Sehen Sie hin. Sehen Sie *genau* hin.«

Vor Savvys Augen verwandelte sich die Frau mit der Kamee in einen Mann in einem braunen Anzug und mit einem tief in die Stirn gezogenen weichen Filzhut. Er tippte an die Krempe, und seine Augen brannten wie glühende Kohlen.

Savannah schrie so laut, dass sie aufwachte, und setzte sich kerzengerade in dem Bett auf.

Sie war in dem Motel und zitterte am ganzen Leib. Noch immer spürte sie die Nachwehen des Orgasmus, und sie war etwas beschämt. *Was zum Teufel war da mit ihr geschehen?*

Und dann bewegte sich das Baby in ihrem Bauch. Sie krallte sich an dem Bettlaken fest, denn diesmal waren die

Braxton-Hicks-Kontraktionen heftig. In diesem Moment klingelte ihr Handy, und sie zuckte erschrocken zusammen.

»Mein Gott«, murmelte sie. Ihr war kalter Schweiß ausgebrochen, und sie war wütend auf sich selbst. Sie suchte nach ihrem Telefon, das unter einer Falte des zerwühlten Bettlakens lag. Sie meldete sich. »Hallo?«

»Savvy? Ich bin's, Hale.«

Sie musste an den erotischen Traum mit ihm denken und schob die Erinnerung angewidert beiseite. Ihr wurde bewusst, dass ihr Atem immer noch schnell ging, und sie schluckte. »Hallo, Hale. Hast du mit Kristina gesprochen?«

»Deshalb rufe ich an. Es hat einen Unfall gegeben.«

Es lief ihr eiskalt den Rücken hinab. »Was für einen Unfall?«

»Es passierte auf einer unserer Baustellen. Kristina wurde von einem Balken getroffen, der offenbar von der Decke gefallen ist, und jetzt liegt sie im Krankenhaus und wird operiert.«

Savvy war bereits aus dem Bett gesprungen. »Was ist los?«

Er antwortete nicht sofort.

Sie hätte schreien können. »Verdammt, Hale. *Was?*«

»Der Arzt hat etwas von einem Subduralhämatom gesagt.« Wieder eine kurze Pause. »Sie wollen den Druck auf das Gehirn vermindern.«

»Oh mein Gott, wie konnte das passieren?« Sie sah sich nach ihren schwarzen Slippern um, entschied sich aber für Sneakers, die sie mit der Skijacke eingepackt hatte. Bei dem Wetter wären Stiefel mit Profilsohlen angemessen gewesen, doch mit den Sneakers würde es gehen.

»Ich weiß es nicht.«

Seine Stimme klang müde, doch Savannah war nun hellwach. Ihre Nerven waren bis zum Zerreißen gespannt. Sie trat ans Fenster und zog den Vorhang zurück. Starker Schneefall. Auf dem Balkongeländer lag der Schnee schon ein paar Zentimeter hoch.

»Ich fahre zurück«, sagte sie.

»Nein«, sagte er. »Der Pass könnte bei dem Wetter unpassierbar sein.«

»Mein Wagen hat Allradantrieb, und ich habe auch Schneeketten dabei. Ich mache mich auf den Heimweg, Hale.«

»Nein, Savannah! Ich bin bei ihr! Wie willst du denn die Schneeketten aufziehen?«

»Wenn's ernst wird, bekomme ich das schon hin.«

»Du bist schwanger ...«

»Das kriege ich trotzdem hin. Meine Schwester liegt im Krankenhaus. Glaubst du, da sitze ich weiter hier im Motel herum und warte?«

»Ich komme hier schon klar. Was immer du glaubst, du bist nicht unverwundbar, Savannah. Und du bist ...«

Sie beendete das Gespräch. Zum Teufel mit Hale St. Cloud. Sie beugte sich vor und zog mit Mühe die Sneakers an. Dann schnappte sie sich die Reisetasche, ihre Handtasche und ihre Dienstwaffe und verließ das Zimmer.

Durch den Schnee war es draußen unnatürlich hell. Unter anderen Umständen hätte sie das Schneetreiben romantisch gefunden, doch jetzt hatte sie das Gefühl, dass die Uhr unerbittlich lief. So war es immer, wenn sie sich in einer kritischen Situation befand.

Es dauerte ziemlich lange, die Treppe hinabzusteigen und

zu ihrem Escape zu gelangen, doch sie durfte es nicht riskieren, auszurutschen und sich ein Bein zu brechen.

Sie legte eine Hand auf ihren Bauch. »Halt durch«, sagte sie und meinte damit zugleich das Baby und ihre Schwester. Die normalerweise zweistündige Autofahrt würde bei diesem Wetter mindestens eine Stunde länger dauern, aber sie hatte nicht vor, untätig in Portland herumzusitzen.

Wieder dachte sie an den Traum, und ein unangenehmes Gefühl beschlich sie.

Sie glaubte nicht an die Bedeutung von Träumen, doch bis vor Kurzem hatte sie auch nicht an übersinnliche Fähigkeiten und »Gaben« geglaubt.

Sie wählte Stones Handynummer, doch wie immer an diesem Tag meldete sich sofort die Mailbox. Sie ließ ihn wissen, dass sie auf dem Rückweg war, und dann bog sie von dem Parkplatz auf die Straße und trat den langen Heimweg an.

»Tante Catherine?«

Catherine wachte abrupt auf. Sie war beim Lesen in einem Sessel im Wohnzimmer eingeschlafen. In ihrem Schoß lag das aufgeschlagene Tagebuch, und sie klappte es schnell zu, als sie Lilibeth in ihrem Rollstuhl auf sich zukommen sah.

»Jemand ist hier«, sagte das Mädchen.

»Am Tor?« Catherine stand auf. Das Feuer im Kamin war erloschen, und in dem Zimmer war es empfindlich kühl. Aber vielleicht fror sie auch innerlich.

»Es ist Earl.«

Catherine studierte das Mädchen eingehend. Lilibeth verfügte nicht über Kassandras Gabe, in die Zukunft blicken zu können. Wie Catherine kannte sie allenfalls kurze Momente der Präkognition. »Woher weißt du das?«

Lilibeth zuckte die Achseln. »Er hat es mir gesagt.«

»Wer, er?«, fragte Catherine. »Sprich nicht in Rätseln.«

»Ich glaube, es war Earl.«

Catherine war etwas beunruhigt und ging zur Hintertür, um ihren Umhang zu holen. Dann kehrte sie zu Lilibeth zurück. »Wo sind die anderen? Oben?« Beim Abendessen hatten die Mädchen ein fast verschwörerisches Schweigen gewahrt. Dann waren sie auf ihre Zimmer im ersten Stock gegangen.

»Ich glaube schon.«

»Du wartest hier.« Catherine setzte die Kapuze auf, zog den Umhang vor ihrer Brust zusammen und trat in den kalten Schneeregen hinaus.

Vorsichtig ging sie den Plattenweg hinab, und auf der anderen Seite des Tores wartete Earl, dessen Silhouette sich vor dem Hintergrund des hellen Schnees abzeichnete.

»Was gibt's?«, fragte Catherine, als sie sich ihm näherte.

»Auf Echo Island brennt es«, sagte er.

Catherine wirbelte herum, konnte aber wegen der hohen Bäume von hier aus die Insel nicht sehen.

»Ein Brand? Unmöglich. Bei diesem Wetter kann niemand da draußen sein.«

»Irgendjemand muss dort sein.«

»Niemand kennt das Meer hier so wie du, und du würdest bei dem Wetter auch nicht zu der Insel übersetzen.«

»Jüngere Menschen könnten es schaffen.«

»Die beiden Idioten, die es zuletzt versuchten, haben mit dem Leben dafür bezahlt«, rief sie ihm ins Gedächtnis.

»Die waren betrunken.«

»Ich habe keine Lust, mich bei dem Schneetreiben hier mit dir zu streiten«, sagte sie entschieden. »Ich glaube nicht, dass jemand auf der Insel ist.«

»Sie ist nicht so unzugänglich, wie du glaubst.«

Das sagte er nicht zum ersten Mal, doch sie hatte es nicht hören wollen. Und sie wollte es auch jetzt nicht hören.

»Was für ein Feuer? Ein Großbrand?«

»Groß genug, um ihn vom Ufer aus zu sehen.«

»Brennt das Haus?«

Er schüttelte bedächtig den Kopf.

»Ich gehe jetzt wieder rein. Vielleicht hast du es dir nur eingebildet.«

Earl stand schweigend da. Catherine wollte ihm nicht glauben, wusste aber, dass er die Wahrheit sagte.

Er ging zu seinem Pick-up zurück, und sie schaute ihm nach.

Das Schlimme war, dass sie sich ziemlich sicher war, wer sich da draußen herumtrieb und den Brand gelegt hatte. Aber warum? Weshalb war er dort? Was hoffte er zu finden?

Als Earl wendete und davonfuhr, reckte sie den Hals, um das Feuer zu sehen. Doch dafür hätte sie zum Haus zurückkehren und den Schlüssel holen müssen, denn von der Innenseite des Tores aus hatte man keinen Blick auf die Insel.

Verbrannte er vielleicht etwas?

Als sie zitternd zum Haus zurückkehren wollte, versank ihr Fuß tief im Schnee, und sie rutschte aus und verlor das Gleichgewicht ...

Savvy fuhr vorsichtig und mit kühlem Kopf, obwohl sie am liebsten das Gaspedal voll durchgetreten hätte. Die Straßen waren verschneit, doch mit dem Allradantrieb fühlte sie sich sicher. Wenn es auf den Bergen der Coast Range schlimmer wurde, würde sie Schneeketten aufziehen müssen, doch in der Stadt war der Schnee matschig und schmolz, sobald er auf den Asphalt fiel.

Sie war hungrig, wie immer zurzeit. Sorgen hin oder her, sie musste etwas essen.

Sie öffnete das Handschuhfach und nahm einen Müsliriegel hinaus. Sie hatte auch reichlich Mineralwasser dabei, wollte aber nicht mehr als ein paar Schlucke trinken, weil sie sonst wieder ständig auf die Toilette gemusst hätte, und sie hatte keine Zeit zu verlieren.

Sie atmete tief durch, um sich zu beruhigen, darum bemüht, die Gedanken an Kristina und den Unfall so gut wie möglich zu verdrängen. Nur so konnte sie sich ganz aufs Fahren konzentrieren.

Sie fuhr westlich in Richtung Coast Range, wo die höchste Erhebung immer noch niedriger war als die meisten Berge der östlich gelegenen Cascade Range. Trotzdem würde die Fahrt durch die Berge kein Kinderspiel werden ...

Plötzlich schnappte sie hektisch nach Luft, und ihre Hände umklammerten krampfhaft das Lenkrad. Eine Braxton-Hicks-Kontraktion, aber eine äußerst schmerzhafte.

So heftig. Kommen jetzt die richtigen Wehen? Nein.
Oder doch?
Sie blickte auf die Uhr. Halb neun.
Nein, es ging noch nicht los. Noch nicht. Nicht *jetzt*.
Sie wartete. Zum Teil glaubte sie, die Vorwehen seien

durch ihre Angst ausgelöst worden. Sie hatte gerade erst begonnen, die Angst um ihre Schwester zu verdrängen, um sich auf die Straße konzentrieren zu können, doch es dauerte nicht lange, bis die nächste Welle heftiger Vorwehen kam. Zumindest hoffte sie weiter, dass es Vorwehen waren. Sie hielt den Atem an und wartete verzweifelt darauf, dass der Schmerz nachließ. Dann begann sie wieder klar zu denken und atmete so, wie sie es in Videos über die natürliche Geburt und in anderen Filmen über die Schwangerschaft gesehen hatte.

»Guter Gott ...«

Es konnte nicht sein. Durfte nicht sein. Noch nicht.

Ihre Handteller waren schweißnass. Wenn es jetzt losging, war das ein ganz schlechtes Timing ...

Fünf Minuten später wurde es noch schlimmer. Ihr Uterus wusste ja nicht, dass sie auf keinen Fall jetzt das Kind bekommen durfte. Ihr war klar, was los war. Es waren richtige Wehen. Geburtswehen. Das hatte mit den Braxton-Hicks-Kontraktionen nur noch wenig zu tun. Immer wieder hatte man ihr gesagt, sie würde schon Bescheid wissen, wenn es so weit sei, doch sie hatte nur mit halbem Ohr hingehört. Irgendwie typisch für die Art und Weise, wie sie mit dieser ganzen verdammten Schwangerschaft umgegangen war. *Es ist nicht mein Kind, also zählt es eigentlich nicht.*

Doch es zählte.

Es zählte.

Mit zusammengebissenen Zähnen fuhr sie weiter durch das dichter werdende Schneetreiben. *Du kannst es schaffen, Savannah.* Sie konnte nirgendwo anhalten, konnte nicht umkehren. Schwitzend ertrug sie die Kontraktionen, und sie schaffte es, den Wagen in den Reifenspuren der vor ihr fahrenden Autos zu halten, doch dann sah sie vor sich keine Rücklichter mehr. Die Zweige der Bäume am Straßenrand bogen sich unter dem Gewicht des Schnees.

Sie fragte sich, wie weit sie noch fahren musste, bis sie es riskieren konnte anzuhalten, um zu telefonieren. Oder war es bereits zu spät? Wieder überkam sie eine Woge des Schmerzes, und sie klammerte sich krampfhaft an dem Lenkrad fest.

Halt durch, Kristina, dachte sie, während sie ein stilles Stoßgebet für ihre Schwester gen Himmel schickte.

Und gleich danach noch eines für sich selbst.

Seit seinem Telefonat mit Savannah war über eine Stunde vergangen, und Kristina war seit fünfundvierzig Minuten im OP. Hale saß in dem Wartezimmer, blickte immer wieder auf die Uhr und fragte sich, wie sich die Zeit so in die Länge ziehen konnte.

Er versuchte erneut, Savvy anzurufen, doch es meldete sich sofort die Mailbox. Entweder wollte sie den Anruf nicht annehmen, oder sie steckte in einem Funkloch.

Wahrscheinlich war an beiden Vermutungen etwas dran.

Er verließ das Wartezimmer und ging Richtung Notaufnahme. Durch die Fenster im Flur sah er geschockt, wie viel Schnee mittlerweile auf dem Parkplatz lag. Fünf Zentimeter? Zehn? Wenn es hier an der Küste schon so schlimm war, wie sah es dann in den Bergen aus, wo Savvy unterwegs war?

Er dachte daran, im Sheriff's Department anzurufen, um mit Savvys Partner zu sprechen, Detective Stone. Oder war es Clausen? Von Stone hatte sie häufiger geredet. Er rief an, fragte nach Stone und wurde brüsk abgewiesen von einer Frau, bevor er sein Anliegen vorgebracht hatte.

»Detective Stone ist nicht zu sprechen. Möchten Sie eine Nachricht hinterlassen?«

»Nein, danke.« Er beendete das Gespräch und dachte darüber nach, die Notrufnummer zu wählen, doch was sollte er sagen? Dass er beunruhigt sei wegen einer schwangeren Frau, die auf dem Pass in der Coast Range unterwegs war? Angesichts der Wetterlage musste er mit der Antwort rechnen, unter den Bedingungen mache sich alle Welt Sorgen.

Er hoffte inständig, dass Savannah in Portland geblieben war. Noch besser wäre es gewesen, wenn sie die Küste gar nicht erst verlassen hätte.

Das Schneetreiben wurde dichter.

Savannah starrte durch die Windschutzscheibe auf die weiße Straße. Sie hatte das Autoradio eingeschaltet. Der Empfang war wackelig, doch sie hatte verstanden, dass allen empfohlen wurde, zu Hause zu bleiben, Taschenlampen und Decken bereitzuhalten und sich einen heißen Kakao oder einen Grog zu gönnen. Und dann kam auf einmal nur noch Rauschen aus den Lautsprechern.

Auch das Signal des Polizeifunks war bei dem Sturm wackelig, und sie konnte praktisch nichts verstehen. Sie hatte die Notrufnummer gewählt und dann versucht, Stone zu erreichen, doch sie steckte in einem Funkloch. Als sie das letzte Mal an ihrem Mobiltelefon herumgefummelt hatte, wäre sie beinahe von der Straße abgekommen, und es hatte sie einige Mühe gekostet, den Wagen wieder unter Kontrolle zu bekommen.

Auf ihrer Stirn standen Schweißperlen, und es kam ihr so vor, als hätte sie gerade ein doppeltes Programm im Fitnessstudio absolviert. Tatsächlich fuhr sie durch eine kalte Nacht, und die Temperatur fiel weiter. Der vorhergesagte Sturm sollte weniger schlimm als ursprünglich erwartet werden. Die Stimme der Frau, die den Wetterbericht vorlas, hatte überrascht geklungen.

Dann war der Empfang immer schlechter geworden, und sie hörte nur noch einzelne Worte oder Satzfetzen. »Unfall ... werden gebeten, zu Hause zu bleiben ... winterliche Bedingungen bis ...«

Das klang alles andere als gut, Sie spitzte weiter die Ohren, um so viel wie möglich zu verstehen. Das war besser, als an ihre Schwester zu denken oder die nächste Wehen, die vermutlich unmittelbar bevorstanden.

Sie konnte es schaffen. Ihr war klar, dass es kein Kinderspiel werden würde, doch es dauerte seine Zeit, bis es so weit war. Die Hälfte der Berge hatte sie bereits hinter sich, doch die zweite Hälfte würde sie sehr viel langsamer fahren müssen, und bei dem Tempo ...

Wieder schwankte der Radioempfang bedenklich. »Straßensperren ... alle Gebirgspässe ... Cascade ... Siskiyou ... Coast Range ...«

Dann war das Signal ganz weg. Das Wetter wurde immer schlechter, es wurde Zeit für die Schneeketten. Eigentlich hätte sie sie schon eher aufziehen müssen. Und sie würde es schaffen, in dem Punkt hatte sie Hale die Wahrheit gesagt. Im letzten Winter hatte sie es auf dieser Strecke schon ein halbes Dutzend Mal getan. Da war sie noch nicht hochschwanger gewesen, doch sie machte sich deshalb auch jetzt keine Sorgen. Sie musste einfach nur aufpassen, dass sie nicht ausrutschte, denn die Sneakers waren nicht das passende Schuhwerk.

Es war so dunkel, dass man nicht mehr weit sehen konnte, doch sie kannte die Strecke in- und auswendig. Sie kam an dem letzten Parkplatz vorbei, der total zugeschneit und geschlossen worden war. Aber gleich musste ein Abzweig kommen. Dort konnte sie an den Straßenrand fahren und die Schneeketten aufziehen.

Als die nächste Wehe kam, bremste sie ab, und versuchte, den Schmerz niederzukämpfen. *Guter Gott. Verdammter Mist.* In ihrem Kopf hörte sie die Stimmen von Hale, Kristina und Stone, die ihr versicherten, was für eine Idiotin sie sei. Aber Kristina ...

Sie begann zu schluchzen. Sofort kämpfte sie dagegen an. *Nicht jetzt. Reiß dich zusammen.*

Als die Wehe vorbei war, fuhr sie nur noch im Schneckentempo. Es gab schon lange keine Reifenspuren mehr im Schnee, denen sie folgen konnte. *Straßensperren.* Das war im Radio gemeldet worden, und danach war etwas über die Coast Range gesagt worden. Trotzdem war sie zuversichtlich, dass sie es schaffen konnte, doch wenn Straßen gesperrt wurden, musste der Sturm doch wohl schlimmer sein, als es sich irgendjemand hätte träumen lassen.

Die Scheibenwischer konnten den Schnee kaum noch von der Windschutzscheibe schieben, und auch dadurch wurde die Sicht immer schlechter. Es gab drei Pässe am Highway 26, und sie hatte fast den letzten erreicht, hinter dem das Gelände zum Pazifik hin abfiel. Sollte sie noch einmal versuchen, Stone zu erreichen? Oder die Notrufnummer wählen? Steckte sie immer noch in einem Funkloch? Sie hatte fast Angst, nach dem Telefon zu greifen.

Im Licht der Scheinwerfer sah sie nichts als Schnee, doch dann erblickte sie den Abzweig. Dort konnte sie anhalten, in sicherer Entfernung zu den Gräben, welche den Highway auf beiden Seiten säumten. Sie drehte vorsichtig das Lenkrad und trat leicht auf die Bremse, damit der Wagen nicht ins Rutschen geriet.

Die nächste Wehe. Verzweifelt versuchte sie, erst noch abzubiegen. Das hintere Ende ihres Fahrzeugs schlingerte von einer Seite zur anderen, und der Wagen drehte sich zu schnell nach rechts. Plötzlich rotierte der Escape quälend langsam um dreihundertsechzig Grad. Sie klammerte sich am Lenkrad fest, nahm den Fuß von der Bremse und schrie vor Schmerz wegen der Wehe. In dem Auto war ihre Stimme ohrenbetäubend laut. Das Licht der Scheinwerfer glitt über den Boden, und der Wagen drehte sich immer weiter. Sie hatte die Kontrolle verloren und begriff, dass unter der Schneedecke eine Eisschicht sein musste, denn zuvor hatte es ja geregnet.

Fluchend versuchte sie, der Drehung Einhalt zu gebieten, doch die Reifen griffen nicht, es war sinnlos. Wie in Zeitlupe kam der Wagen hinter dem Abzweig von der Straße ab, landete mit der Kühlerhaube zuerst im Graben und kippte auf die Seite.

Sie hing seitwärts in ihrem Sitz und wurde nur von dem Sicherheitsgurt festgehalten. Sie war unverletzt, wurde aber von Angst gepackt. *Dir ist nichts passiert*, redete sie sich immer wieder ein.

Dann spürte sie die feuchte Wärme zwischen ihren Beinen.

»Oh, Scheiße.«

Die Fruchtblase war geplatzt.

Jetzt überkam sie Panik, und sie kämpfte dagegen an. Als Polizistin hatte sie gelernt, einen kühlen Kopf zu bewahren, doch nun stand sie auf verlorenem Posten.

Sie würde noch mal versuchen, ob das Handy wieder funktionierte. Hoffentlich. Guter Gott, hoffentlich war wieder ein Signal da ...

Sie hatte das Mobiltelefon in die Handtasche gesteckt, die auf dem Beifahrersitz gelegen hatte, doch jetzt war die wegen der Schieflage des Fahrzeugs bis vor die Tür gerutscht. Sie wollte danach greifen, doch ihr Arm war nicht lang genug, und durch den Gurt war sie gefesselt. Sofort versuchte sie auf den Knopf zu drücken, um ihn zu lösen, doch durch den Druck ihres Körpergewichts gelang es ihr nicht. »Verdammt!« Sie hätte schreien und heulen können.

Noch einmal drückte sie mit zusammengebissenen Zähnen und aller Kraft auf den Knopf, und nach einer scheinbaren Ewigkeit hatte sie es geschafft, und der Gurt löste sich.

Sie rutschte halb auf den Beifahrersitz und ihre Finger ertasteten die Handtasche. *Geschafft.* Ihr Atem ging unregelmäßig, das Herz hämmerte in ihrer Brust. *Entspann dich.* Sie öffnete die Handtasche und wühlte darin herum.

Guter Gott, bitte ...

Sie bekam das Telefon nicht richtig zu fassen, und ihr brach der Schweiß aus.

»Verdammter Mist!«

Die nächste Wehe. Wie viele Minuten waren seit der letzten vergangen? Drei? Zwei? Eine?

Nein.

Beruhige dich. Reiß dich zusammen.

Der Schmerz war so stark, dass sie sich so gut wie möglich zusammenkringelte.

Langsam, sehr langsam ebbten die Kontraktionen ab, und sie lag quer über den Vordersitzen und lauschte eine Weile ihrem eigenen Atem, bevor sie erneut versuchte, das Telefon zu packen. Behutsam legte sie zwei Finger darum und nahm dann noch den Daumen zur Hilfe.

Sie zog das Handy vorsichtig aus der Tasche und hätte fast zu heulen begonnen, als sie es endlich fest in der Hand hielt. Nachdem sie das Gerät eingeschaltet und die PIN eingegeben hatte, konnte sie sich nicht entscheiden. Erst die Notrufnummer, dann Stone? Der würde ihr die Hölle heißmachen, doch das war die Geringste ihrer Sorgen. In diesem Moment begann das Handy zu klingeln, und sie war so erschrocken, dass sie es fast fallen gelassen hätte.

»Hallo?«

»Savannah! Wo bist du? Bitte sag, dass du den Gipfel hinter dir hast. Sie schließen Straßen, und ich weiß nicht, was das zu bedeuten hat, aber bestimmt nichts Gutes.« Hales Stimme klang total hektisch. »Guter Gott, wo bist du?«

»Der Gipfel liegt hinter mir.«

»Gut. Wie weit bist du noch weg? Wie sind die Wetterbedingungen?«

»Wie geht es Kristina?«

»Sie ist noch im OP. Soweit ich weiß, läuft alles gut. Die Ärzte tun, was sie können. Wann wirst du hier sein?«

»Ich weiß es nicht. Ich hab ein paar Probleme. Die Straße war vereist, und mein Wagen ...«

»Was?«

»Ich bin von der Straße abgekommen.«

»Savannah?«

»Keine Sorge, mir geht's gut.«

»Verdammt, du ...« Er unterbrach sich.

»Ich weiß, ich weiß. Ich brauche nur jemanden, der mich da rauszieht.« Sie hatte nicht vor, ihm zu erzählen, dass die Fruchtblase geplatzt war. Noch nicht. Erst, wenn es gar nicht mehr anders ging.

»Auf einen Abschleppwagen wirst du lange warten müssen. Ich habe in den Nachrichten gesehen, dass es überall Unfälle gibt. Aber ich werde jemanden schicken, der dir hilft. Bist du sicher, dass es dir gut geht?«

»Ja.« Sie nickte, als könnte er sie sehen, doch innerlich geriet sie wieder in Panik. »Wähl 911.«

»Bist du verletzt?«

»Nein. Ich sitze hier nur fest, und ich hatte ein paar Wehen.«

»Wehen? Soll das ein Scherz sein? Sag, dass du nur einen Witz gemacht hast.«

»Leider nicht.« Sie schloss die Augen. »Sie werden stärker.«

»Savvy?«

»Ich halte einfach durch und warte auf den Krankenwagen.«

»Savvy? Bist du noch dran? Savvy!«

»Ich bin hier, Hale. Kannst du mich hören?«

»Bist du noch dran?«

»Die Fruchtblase ist geplatzt, und ich ...«

»Savvy?«

»Mist!«, murmelte sie. Er konnte sie nicht mehr hören. »Hale?«

»Verdammt, Savannah. Verstehst du, was ich sage?«

»Ja. Kannst du mich hören?«

Schweigen.

»Hale?«, fragte sie. »Hale?«

Sie schaute auf das Display. Keine Verbindung.

Sie fror innerlich und äußerlich. Ihre Zähne begannen zu klappern, als eine Windbö den Wagen erzittern ließ. Sie schluckte und wollte Stone anrufen, doch da war kein Signal. Angst überkam sie, als ihr bewusst wurde, dass nicht ein Auto vorbeigekommen war, seit sie in den Graben gerutscht war.

Sie war ganz allein in dieser endlosen Schneelandschaft.

16

»Notrufzentrale. Weshalb genau rufen Sie an?«

»Am Highway 26 ist eine Frau in einem Ford Escape von der Straße abgekommen und in den Graben gerutscht. Westlich des letzten Gipfels, in unserer Richtung. Sie war zurück zur Küste unterwegs.« Hale spürte, wie sehr sich sein Puls beschleunigt hatte. »Sie braucht Hilfe.«

»Wie heißen Sie, Sir?«

»Hale St. Cloud. Ihr Name ist ... Die Frau in dem Auto heißt Savannah Dunbar, und sie ist schwanger ... Hochschwanger.«

»Haben die Wehen schon eingesetzt?«

»Ja, sie hat Kontraktionen und kann sich nicht bewegen. Sie sitzt da fest!« Er dachte an Savannah und an seinen ungeborenen Sohn. Was war, wenn es Komplikationen gab?

»Können Sie nicht genauer sagen, wo sie ist? Hat sie ein Mobiltelefon dabei?«

»Ja, aber es gibt keinen Empfang mehr«, antwortete er ungeduldig. »Können Sie nicht einfach jemanden dahinschicken?«

»Die Straßen sind gesperrt ...«

»Verdammt, ich weiß. Was zum Teufel wollen Sie damit sagen?«

»Mr St. Cloud, wir haben uns um viele Notfälle zu kümmern. Ich gebe Ihre Bitte weiter, und sie werden so schnell wie möglich bei ihr sein. Aber wenn sie uns anrufen und genauer sagen könnte, wo sie sich befindet, wäre das schon hilfreich. Wir schicken dann sofort die Rettungssanitäter los.«

Hale hätte frustriert mit der Faust gegen die Wand hämmern können. Er versicherte dem Mann am anderen Ende, er werde weiter versuchen, Savannah zu erreichen, und dann beendete er das Telefonat.

Er fühlte sich ohnmächtig und hätte vor Verärgerung aus der Haut fahren können. Zurück in dem Wartezimmer hinter dem OP, musste er daran denken, dass seine Frau um ihr Leben kämpfte. Und doch war sie so sicher, wie es unter diesen Umständen möglich war. Ärzte kümmerten sich um sie. Aber Savannah und das Baby ...

Er hielt es ganze sechs Minuten auf seinem Stuhl aus. Dann ging er zum nächsten Schwesternzimmer. »Eine von Ihnen muss sich eine Handynummer notieren«, verkündete er. »Ich muss verschwinden. Meine Frau wird gerade operiert, aber ich muss mich um einen anderen Notfall kümmern.«

Eine der Krankenschwestern stand auf und blickte ihn nachdenklich an. Dann griff sie nach einem Stift und einem Klemmbrett. »Schreiben Sie die Nummer hier auf. Von wem wird Ihre Frau operiert?«

»Von Dr. Oberon.« Während er die Nummer notierte, hatte er das Gefühl, dass man ihm nicht glaubte, dass sein Handeln ihn irgendwie schuldig erscheinen ließ. Oder lag das nur daran, dass Mills den Ausdruck *Tatort* benutzt hatte?

Er verschwand, bevor man ihm weitere Fragen stellen konnte. Hier konnte er im Moment nichts für Kristina tun.

Aber er konnte Savvy helfen, und sie brauchte definitiv Hilfe. Er würde sich nicht darauf verlassen, dass die Notrufzentrale Rettungssanitäter losschickte.

Für einen Moment schaute er aus dem Fenster. Nein, er konnte jetzt nichts tun für Kristina, sie war bei den Ärzten in den besten Händen. Und sein ungeborener Sohn und seine Schwägerin schwebten in akuter Gefahr. Da bestand kein Zweifel, was zu tun war.

Er trat in die windige Nacht hinaus und blickte auf das Display seines Mobiltelefons. Er war sich sicher, dass er dort *kein Signal* lesen würde, doch es gab eins, wenn auch nur ein schwaches. Sofort versuchte er, erneut Savannah anzurufen, doch es meldete sich die Mailbox. Als er zu seinem Wagen lief, begann das Handy in seiner Hand zu klingeln.

Erleichtert schaute er auf das Display, doch es war nicht Savannah, sondern sein Großvater. Er meldete sich. »Hallo, Declan.« Fast wäre er auf dem glatten Boden ausgerutscht, doch er konnte sich gerade noch fangen und ging dann langsamer.

»Wo bist du, mein Sohn?«, krächzte sein Großvater.

»Auf dem Heimweg«, log er ohne schlechtes Gewissen. An den Problemen seines Großvaters hatte er im Moment kein Interesse. »Alles in Ordnung bei dir?«

»Ja, ja ... Ich habe geglaubt, jemanden gesehen zu haben.«

»Einen Fremden, in deinem Haus?« Er betrachtete die im Licht der Natriumdampflampen dahintreibenden Schneeflocken.

»Ich muss das geträumt haben, tut mir leid.« Die Stimme seines Großvaters klang verlegen. »Ruf mich an, wenn du zu Hause bist.«

»Soll ich jemanden schicken, damit er nach dir sieht?«, fragte er ohne jede Idee, wen er darum bitten konnte.

»Nein, nein. Ich bin nur ein törichter alter Mann. Ruf mich an.«

»Wird gemacht.«

Er war erleichtert, sich jetzt nicht um seinen Großvater kümmern zu müssen, der in letzter Zeit geistig etwas nachzulassen schien. Oder vielleicht war er jetzt auch nur müde. Kein Grund zur Sorge. Er hatte im Moment andere Probleme.

Auf seinem schwarzen TrailBlazer lagen drei Zentimeter Schnee. Er öffnete die Hecktür und nahm die Schneeketten und einen kleinen aufgerollten Teppich heraus, auf den er sich kniete, während er, beginnend mit den Hinterreifen, die Schneeketten aufzog. Dann schüttelte er den nassen Teppich aus und verstaute ihn wieder. Kurz darauf setzte er rückwärts aus der Parklücke und fuhr die lange Zufahrtsstraße des Ocean Park Hospital hinab. Die vom Wind gepeitschten Bäume am Straßenrand waren weiß.

Er zwang sich, vorsichtig zu fahren. Angst beschlich ihn. Er würde mindestens vierzig Minuten brauchen, bis er bei Savvy war, wahrscheinlich länger. Aber er würde sie finden.

Savvy versuchte, den Türgriff auf der Fahrerseite zu erreichen. Als sie es geschafft hatte, drückte sie ihn herunter, doch sie konnte die Tür des gekippten Fahrzeugs nicht richtig nach oben aufstoßen. Sie fiel wieder hinab. Sie konnte nichts tun, denn in ihrem Zustand war sie, was die Beweglichkeit anging, arg gehandicapt.

Obwohl sie die Tür kaum einen Spaltbreit geöffnet hatte, war durch den Wind Schnee in das Auto gelangt. Aber immerhin ließ sich die Tür öffnen, sie war nicht verklemmt. Wenn jemand kam, würde er sie problemlos befreien können. Man musste Gott auch für kleine Gefälligkeiten dankbar sein.

Sie lag immer noch über den beiden Vordersitzen und fragte sich, ob sie sich doch nicht irgendwie selbst befreien konnte, als die nächste schmerzhafte Wehe kam. Sie schloss die Augen und wartete darauf, dass sie vorüberging. Die Wehe schien nicht länger zu dauern als die vorhergegangene, aber es tat definitiv mehr weh.

Als es überstanden war, musste sie an das Baby, an Hale und ihre Schwester denken. Erneut versuchte sie die Gedanken zu verdrängen, fast wütend. Sie konnte jetzt nicht an Kristina denken. Das hatte Zeit bis später, wenn die Rettungssanitäter sie befreit hatten. Hale hatte die Notrufzentrale angerufen. Er hatte es gesagt, und sie würden kommen, um ihr zu helfen.

Der Motor ihres Wagens lief noch, das Licht der Scheinwerfer fiel auf verschneite Bäume. Savvy schaltete ihn ab, ließ aber das Licht eingeschaltet. Nach einer Weile würde sie den Motor wieder ein bisschen laufen lassen, weil sie es nicht riskieren wollte, dass irgendwann die Batterie leer war. Sie lag reglos da, und dann verschlug ihr die nächste Wehe den Atem. Sie war zu schnell auf die letzte gefolgt. Viel zu schnell.

Es konnte keinen Zweifel mehr geben. Das Baby würde kommen.

Bald.

Es schneite so stark, wie Charlie es noch nie gesehen hatte. Nachdenklich blickte er aus dem Fenster. Er hatte mehrere Fehler gemacht und musste sich sofort um die Probleme kümmern. Er durfte keine Risiken eingehen. Es war an der Zeit, sich um die Dinge zu kümmern und dann ein neues Kapitel aufzuschlagen.

Heute hatte er diese Frau gesehen, diesen weiblichen *Detective*. Er musste sich etwas einfallen lassen, was mit ihr geschehen sollte. Ein hübsches Ding, keine Frage, doch wenn er nicht schnell handelte, würde seine Deckung auffliegen, und sie würden beginnen, nach ihm zu fahnden. Das konnte er nicht wollen. Es gab so viel zu tun. Diese Frauen von Siren Song ...

Und was zum Teufel hatte er sich dabei gedacht, gegenüber diesem Idioten von DeWitt zu plaudern? *Scheiße!* Er hätte sich selbst in den Hintern treten können, so wütend war er auf sich. Er hatte vor diesem Schwachkopf geprahlt, hatte ihn wissen lassen, dass er, Charlie, jede Frau haben konnte, ausnahmslos *jede* ... Die Frauen *wollten* ihn. Sie wurden schon nass, wenn er sie nur *anschaute*. Konnte sich DeWitt so etwas überhaupt vorstellen? Nein. Er saß nur jeden Abend in irgendeiner Bar und versoff seinen Verstand.

Mit Mühe kämpfte er seine wachsenden Sorgen nieder. Das war jetzt nicht der richtige Zeitpunkt, um die Maske fallen zu lassen und anderen einen Blick auf sein wahres Ich zu ermöglichen. Es war zu gefährlich.

Und diese Geschichte mit DeWitt ... Guter Gott ...

Die Erinnerung ließ ihn mit den Zähnen knirschen. Er hatte ernsthafte Fehler gemacht, die korrigiert werden mussten. Ein für alle Mal. Idiotischerweise hatte er DeWitt alle diese Dinge erzählt, weil dieses Arschloch gesehen hatte, wie er es im Haus der Donatellas mit Kristina trieb. Als er Bancroft Bluff verließ, hatte er DeWitts Auto gesehen und gewusst, dass er sich mit ihm etwas einfallen lassen musste.

Zwei Abende später war er ihm in eine Bar gefolgt, die direkt am Ortsausgang von Deception Bay lag. Die Spelunke hieß Davy Jones's Locker. Er hätte ihn direkt an Ort und Stelle umlegen sollen, aber hatte er es getan? Nein, eben nicht. Stattdessen hatte er vor diesem dummen Arschloch mit seinen sexuellen Eroberungen *angegeben*. Nicht nur mit seinen Nummern mit Kristina, denn er konnte sie ja *alle* haben, und er hatte auch Chandra Donatella gevögelt. In Erinnerung daran hatte er sich auch mit Kristina in dem Haus in Bancroft Bluff getroffen.

Und er hatte dieser elenden Kreatur sogar erzählt, er sei der gute alte Charlie ...

Scheiße.

Nun, jetzt musste er etwas unternehmen, um das Ärgernis DeWitt ein für alle Mal zu beseitigen. Dieser Scheißkerl war nur zu bereit gewesen, mit diesem süßen weiblichen Detective zu reden.

Beide mussten sterben.

Es hatte nicht viel gefehlt, und sie hätten ihn geschnappt. Das war ihm nun klar, und er war wütend und erschrocken, weil er so sorglos gewesen war. Aber er freute sich schon auf die nächsten Morde. Wenn er nur daran dachte, bekam er schon einen Ständer.

»Hey, wo bleibst du?«, rief die Frau vom Bett aus. Sie war sauer, dass er sich nicht um sie kümmerte. Es war die Frau, mit der er noch vor ein paar Stunden unbedingt hatte zusammen sein wollen, doch jetzt hätte er am liebsten das Weite gesucht.

Er stand nackt am Fenster und blickte gedankenverloren auf das Schneetreiben. Als er sich zu ihr umdrehte, klopfte sie auf die Matratze, um ihn aufzufordern, sich wieder zu ihr zu legen.

Aber er hatte keine Lust, sie noch mal zu vögeln. Am liebsten hätte er sie nie wiedergesehen. Wenn er eine Frau gehabt hatte, machte er nur weiter, wenn es noch eine Steigerung gab. Vor seinem ersten Mord hatte er alles versucht, was ein bisschen gefährlicher war. Sex an öffentlichen Orten. Oder damals auf dieser Baustelle, mit all den Arbeitern von Bancroft Development in der Nähe ... Er hatte sich innerlich kaputtgelacht über sie, während er hinter ihrem Rücken Kristina bumste. Er kannte sie alle, Kristina hatte sie mit ihm bekannt gemacht. Aber sie hatte keine Ahnung gehabt, warum er sich so sehr für alles interessierte, das mit Bancroft Development zu tun hatte. Wenn sie zu viele Fragen stellte, besorgte er es ihr, um sie abzulenken. Sie war so *leicht* zu kontrollieren. Er musste nur mit dem Finger schnippen, und schon wand sie sich praktisch vor ihm auf dem Boden und bettelte darum, dass er es tat. Trotz seiner sexuellen Macht war es bei einigen Frauen herausfordernder, sie zu erobern, doch nicht bei Kristina. Sie war immer geil und nass und kam ständig, obwohl sie hinterher jammerte, sie sei nicht sie selbst gewesen, sie wolle ihn nicht mehr, er habe sie irgendwie verhext. Guter Gott, sie war nur schwach, das war alles.

Aber warum war sie nicht *einfach abgekratzt*?

»Wo bleibst du?«, rief die Frau auf dem Bett erneut. Wie konnte man nur so lästig sein?

Er setzte ein falsches Lächeln auf. Er durfte sie nicht sein wahres Ich sehen lassen. Es war ein Fehler gewesen, dass er sie ausgesucht hatte. Er hatte gehofft, sie würde ihn auf die Weise befriedigen, wie er es mochte, doch sie war bestenfalls eine billige Ablenkung gewesen. Heute hatte sie nicht einmal geschrien, und die Art und Weise, wie sie ihn anblickte, brachte ihn auf den Gedanken, dass sie ihm ihre extreme Erregung beim letzten Mal nur vorgespielt hatte. Ja, sie reagierte auf ihn, doch es war nicht so heißer Sex wie mit Kristina.

Es war eine verdammte Schande, dass Kristina nicht gestorben war. Sie war eine Spielverderbin, lachte über ihn, hatte ihn um das Vergnügen gebracht, sie sterben zu sehen.

»Wo bleibst du?«, rief die Frau zum dritten Mal, und diesmal wirkte ihr Ton verärgert.

In ihm stieg plötzlich Wut auf. Er wollte ihr die Kehle durchschneiden, wollte sie röcheln hören, wollte sehen, wie sie mit allen vieren ausschlug, während das Licht in ihren Augen erlosch. Aber es ging noch nicht. Es war zu gefährlich. Zu viele Leute konnten sich daran erinnern, sie zusammen gesehen zu haben. Sie hatte nicht so viel zu verlieren wie die verheiratete Kristina und konnte sich deshalb an öffentlichen Orten mit ihm treffen. Im Moment musste er auf Nummer sicher gehen. Er würde sich später um sie kümmern.

Obwohl er keine Lust hatte, legte er sich wieder neben sie. Es gehörte zu seiner Rolle. Aber als sie ihn kokett anblickte und sein Ding anpackte, widerte es ihn an. Er hatte genug von dieser Koketterie. Er wollte eine Frau, die zu allem bereit war.

Er schloss die Augen und kramte in seinen Erinnerungen nach einem Mord, der ihn aufgeilen würde. Er dachte an die letzten Momente mit seiner Mutter, seiner leiblichen Mutter, erinnerte sich an die Erregung, die er empfunden hatte, als er ihr das Messer in die Brust bohrte. Sie hatte sich zu wehren versucht, aber gegen seine körperliche Überlegenheit nichts ausrichten können. Durch die Erinnerung bekam er eine Erektion, und die Frau neben ihm kicherte, als sei es ihr Werk.

Dieses Kichern. Guter Gott, er wollte sie erwürgen. Vielleicht ... Vielleicht ...

Nein.

Du musst diese Nummer jetzt durchziehen. Womöglich kommst du doch auf deine Kosten.

Er kehrte zu seinen Erinnerungen zurück, dachte an Kristina, an die heiße Nässe zwischen ihren Beinen. Er hörte sie stöhnen und schreien, hörte sie betteln, es noch mal zu tun. Er legte sich auf die Frau neben ihm und nahm sie brutal.

Als sie ihn danach anblickte, als glaubte sie, im Bett unschlagbar zu sein, wandte er sich ab und griff nach der Fernbedienung, weil er die Spätnachrichten sehen wollte.

»Was hast du vor?«, fragte sie.

Er antwortete nicht und zappte durch die Kanäle. Vielleicht würde er in den Lokalnachrichten etwas über Kristinas Zustand erfahren.

Als er die Fassade des Rib-I sah, ließ er den Beitrag laufen. *Gut.* Wenigstens etwas über seine ersten Morde in dieser Woche. Ein Reporter stand vor dem Restaurant und redete über den Doppelmord vom vorletzten Abend. *Garth und Tammie.* Der Journalist stand im Schneetreiben und bat die Zuschauer, sich bei der Polizei zu melden, wenn ihnen irgendetwas aufgefallen sei. Für eine Schrecksekunde dachte er an DeWitt, der wie eine Spinne in ihrem Netz im Rib-I saß. Eine betrunkene Spinne, aber trotzdem bereit, ihn in seinem Netz zu fangen, indem er redete ...

»Zum Teufel mit dir«, knurrte die Frau neben ihm, als sie aufstand, um nackt im Bad zu verschwinden.

Er nahm es kaum wahr. In Gedanken war er bei Tammie und Garth und ließ die Momente Revue passieren, als er in ihre Augen geblickt hatte, in denen das Licht erlosch. Er spürte sich wieder lebendig werden, und obwohl er es gerade noch mit dieser Frau getrieben hatte, überkam ihn plötzlich das Bedürfnis zu masturbieren. Jetzt wollte er sie, aber natürlich hatte die Schlampe sich im Bad eingeschlossen.

Aber er konnte so überzeugend sein.

Er klopfte an die Badezimmertür. »Komm raus. Ich will's dir noch mal besorgen.«

»Leck mich am Arsch.«

»Komm schon, Baby.« Plötzlich war er total geil, ganz so, wie es sich anfühlen sollte. Kristina war unschlagbar gewesen, Chandra nicht ganz so heißblütig.

Chandra Donatella ...

An jenem Abend hatte er sie angerufen und gesagt, sie solle in ihr verlassenes Haus kommen. Er mochte die Idee, dass es gefährlich nah am Rand der Steilküste stand. Die Vision, vom Meer verschlungen zu werden, machte ihn sexuell an. Aber Chandra hatte sich viel Zeit gelassen, um zu ihm zu kommen. Er wurde ungeduldig und hatte Kristina eine aufreizende SMS geschickt, zusammen mit dem Bild einer Pistole, ihrer Pistole, von der sie behauptete, sie brauche sie zu ihrem Schutz. Er hatte begriffen, dass sie die Pistole wegen ihm gekauft hatte, weil er ihr Angst machte. Und doch war sie machtlos, gegen ihre Bewunderung für ihn anzukämpfen. Er hatte gedacht, die Pistole könnte ein interessantes Sexspielzeug sein.

Als Kristina aufgetaucht war, mit der Pistole in der Handtasche, hatte er die Waffe herausgenommen und damit vor ihren Augen herumgefuchtelt. Sie spielten ein Spiel, und als es gerade interessant wurde, als er die auf zwei Küchenstühlen liegende Kristina nahm, hörten sie, wie sich ein Schlüssel im Schloss der Haustür drehte, und plötzlich stand Chandra vor ihnen, förmlich keuchend vor Lust. Er hielt die Pistole in der Hand, und als er gerade überlegte, ob er die beiden zu einem flotten Dreier überreden konnte, tauchte hinter Chandra wie ein wilder Stier ihr Ehemann Marcus auf.

Er blieb wie angewurzelt stehen, als er die auf seine Brust gerichtete Pistole sah.

Charlie hatte ruhig zu ihm gesagt, er solle die beiden Küchenstühle ins Wohnzimmer bringen. Dann hatte er Chandra und Marcus befohlen, sich daraufzusetzen. Marcus versuchte, mit ihm zu diskutieren, doch er hatte die Waffe. Ihm war ein Messer lieber als eine Pistole, doch auch damit konnte man sich Respekt verschaffen, und Marcus Donatella hätte nichts sagen können, um ihn von seinem Vorhaben abzubringen ...

Plötzlich öffnete sich die Badezimmertür. »Verschwinde aus meiner Wohnung«, fuhr ihn die Frau an.

»Komm schon, Baby, wir hatten doch noch was vor.« Jetzt war er wirklich total geil. Je mehr sie gegen seine Macht ankämpfte, desto stärker machte es ihn an. Er packte ihren Arm, und als sie ihn zurückkriss, lachte er nur, packte ihre Taille und warf sie aufs Bett.

Sie setzte sich schnell auf und verschränkte die Arme über ihren nackten Brüsten. »Untersteh dich, mich anzurühren!«

»Das kann nicht dein Ernst sein ...«

»Du kannst dich vor den beschissenen Fernseher setzen und mich in Ruhe lassen.«

Er lächelte. »Eigentlich hatte ich was Besseres vor.«

»Ich bin stinksauer«, sagte sie mit einem aggressiven Blick.

»Wirklich?«

»Ja!«

Charlie ließ sie seine magischen Kräfte spüren, seine sexuelle Macht. Sie versuchte zu widerstehen, versuchte es wirklich, doch es dauerte nicht lange, bis ihr Widerstand bröckelte, und er war in Gedanken wieder bei den Donatellas, um seine Erregung zu steigern. Die Angst, die Chandra ins Gesicht geschrieben stand ... Marcus, der um das Leben seiner Frau bettelte ... Im Hintergrund Kristina, heulend und die Hände ringend. Sie sagte, er könne es nicht tun, es sei doch alles nur ein Spiel, und dann hatte er ihnen beiden eine Kugel in den Hinterkopf gejagt. Kristina hatte ohne Unterlass geschrien, bis er ihr Haar gepackt, sie zu der Wand geschleift und sie dort brutal genommen hatte. Sie hatte ihn wie eine Besessene gekratzt. Danach hatte sie wieder alles nicht wahrhaben wollen. Sie wollte sich nicht eingestehen, dass sie tatenlos zugesehen hatte, wie er ihre Freunde exekutiert hatte. Sie wollte es einfach nicht wahrhaben. Wann immer sie es miteinander trieben, flüsterte er ihr ins Ohr, sie sei seine Komplizin, weil sie ihm geholfen habe, die beiden zu töten. Sie sagte, er habe sie verhext.

Er katapultierte sich in die Gegenwart zurück und bemerkte, dass er schon in die Frau eingedrungen war und sie wie ein Besessener vögelte. Sie hatte bereits einen Orgasmus und schrie, als wollte sie vor Lust sterben. *Nun, so soll es sein.*

Endlich eine richtige Reaktion. Er stieß noch ein paarmal tief in sie und kam dann selbst. Es war gut, aber vielleicht immer noch nicht gut genug ...

Noch ein Grund, warum er damit warten musste, sie umzubringen. Wenn man sie obduzierte, durfte man nicht noch sein Sperma in ihr finden ...

Er stützte sich auf den Ellbogen und schaute auf sie herab. »Gut?«

»Ich hasse dich«, sagte sie gereizt, aber ihre Augen leuchteten.

Er lächelte. Er besaß diese Fähigkeit, ihr mental seine heftigen sexuellen Gelüste zu übermitteln. Spielerisch legte er ihr die Hände um den Hals. »Ich werde dich töten«, flüsterte er ihr ins Ohr. »Durch Liebe ...«

Er war immer noch in ihr, und sein Ding schwoll schon wieder an. Erneut versuchte sie zu widerstehen, schaffte es aber natürlich nicht. Kurz darauf begann sie wieder zu stöhnen. Sie kam erneut, und er ließ von ihr ab, zugleich bedauernd und erleichtert. Er starrte an die Decke und fragte sich, ob er gehen sollte.

Er wünschte sich, mit seiner Mutter geschlafen zu haben, bevor er sie umgebracht hatte. Und er wünschte auch, seine andere Mutter getötet zu haben, die Frau, der es so leidgetan hatte, seine Adoptivmutter geworden zu sein. Aber sie war ihm durch ihren Selbstmord zuvorgekommen.

Wenn er nur an diese Schlampe dachte, wurde er schon wütend. Er hatte diesen Ausdruck in ihrem Gesicht gesehen. Sie hatte es so sehr bedauert, ihn in ihr Haus geholt zu haben. Und er hatte gehört, wie sie am Telefon gegenüber Freundinnen über ihn geredet hatte, darüber, dass er nicht ganz richtig im Kopf sei. Sie hatte gesagt, sie hätte es besser wissen müssen. »Schließlich stammt er aus dieser seltsamen Sekte«, sagte sie leise, doch er hatte es früh gelernt, Lippen zu lesen. Und er konnte auch ihre *Gedanken* lesen. Er hatte sie mit seinen magischen Kräften wehrlos gemacht, und als er sie vögelte, hatte sie ihn entsetzt angesehen, und dann ... Dann war sie weggelaufen und hatte sich umgebracht. Teufel, es kotzte ihn an, dass sie ihm zuvorgekommen war.

Danach hatte ihr Mann nicht gewusst, was er anfangen sollte mit diesem Adoptivsohn, den er nicht wollte. Er hatte daran gedacht, ihn in ein Heim zu geben, doch Charlie wollte nichts davon wissen. Drei Tage, nachdem seine Adoptivmutter von der Brücke gesprungen war, hatte er die Flucht ergriffen. Schon immer hatte er gewusst, dass er über diese außergewöhnliche Macht verfügte, doch nun wusste er auch, wie er sie einsetzen wollte. Es gab andere Frauen, jede Menge andere Frauen, die sich danach verzehrten, was er ihnen geben konnte. Und er gab es ihnen, und etwas Besseres hatten sie nie erlebt in ihrem elenden Dasein. Für ein paar Jahre zog er im Land umher, arbeitete gerade genug, um über die Runden zu kommen, und wenn es sein musste, bestahl er die Frauen, mit denen er schlief. Er glaubte, irgendein Ziel haben zu müssen, doch noch hatte er es nicht gefunden.

Und dann hatte er tief in seinem Inneren die unwiderstehliche Anziehungskraft seiner Mutter Mary empfunden. Sie hatte von Echo Island aus mental Kontakt zu ihm aufgenommen, und es hatte ihm eine höllische Mühe bereitet, sie zu finden. Die ganze Zeit über hörte er in seinem Kopf ihr Lachen, aber auch ihr Flehen. *Komm zu mir. Rette mich. Ich bin hier und warte auf dich.*

Er hatte sie auf der Insel besucht – was sonst hätte er tun sollen? – und hatte ganz unter ihrem Bann gestanden. Sie wollte von der Insel verschwinden. Sie hatte etwas vor und brauchte seine Hilfe, doch er hatte kein Interesse daran, ihr zu helfen. Er wollte nur mit ihr schlafen und vielleicht etwas mehr über seine Herkunft erfahren, aber sie ließ sich nicht anrühren und verriet ihm kaum mehr als den Namen seines Vaters. Dieser Dreckskerl. Auch um ihn würde er sich irgendwann noch kümmern.

Er hatte zu seiner Mutter gesagt, nur er sei wichtig, aber sie hatte nur gelacht und gesagt, er sei ein genauso dummes Arschloch wie sein Vater. »Es gibt noch mehr«, hatte sie ihn mit einem kalten Lächeln gewarnt. »Mehr?«, fragte er. »Mehr von uns, die seltsamer sind als du. Die müssen wir bekämpfen.«

Er hatte nicht vor, mit ihr in den Kampf zu ziehen, doch er tat so, als wäre er auf ihrer Seite, weil er immer noch die Hoffnung hatte, sie ins Bett zu bekommen, doch es gelang ihm nicht. Und dann hatte er sie dabei erwischt, wie sie Dinge über ihn und die anderen niederschrieb, wie sie ausformulierte, was zu tun sei. Sie war gerissen und versteckte ihre Papiere, doch er wusste, dass es sie gab und dass er sie finden musste. Er wollte nicht, dass es etwas Schriftliches gab, das jemand finden konnte. Also durchsuchte er ihre Sachen, als er sie getötet hatte, als das Licht in ihren Augen erloschen war und sie ihn nur noch mit einem leblos-starren Blick anschaute. Er fand nichts außer ihren Kräutern, die sie getrocknet und in Gläsern aufbewahrt hatte. Er wurde echt sauer auf sie. *Was hast du geschrieben, du Schlampe?* Dann begannen in seinem Kopf die Alarmglocken zu schrillen.

Irgendjemand da draußen suchte ihn. Einer von denen, über die sie gesprochen hatte. Und dann spürte er ein Kribbeln auf der Haut und wusste, dass *sie* nach ihm suchte.

Wer? Eine potenzielle Liebhaberin, die sich ihm noch nicht offenbart hatte? Er versuchte ihr eine mentale Botschaft zu schicken, doch sie reagierte nicht. Seitdem hatte er es immer wieder versucht, doch wer immer es war, sie hatte es nicht eilig und spielte die Schüchterne.

Würgende Geräusche rissen ihn aus seinen Gedanken, und er sah, dass der Frau unter ihm die Augen aus den Höhlen traten, weil er sie strangulierte. Sie versuchte hektisch, seine Hände von ihrem Hals zu reißen. Es war unbewusst geschehen, als er tief in Gedanken verloren war. Sofort ließ er sie los.

Sie schnappte nach Luft. »Du gottverdammter Psychopath!«, schrie sie. »Verpiss dich endlich.«

»Ich wollte das nicht.«

Sie stieß seine Hand weg, als er ihr übers Haar streichen wollte, und begann dann, ihn zu schlagen. Er musste ihre Arme auf die Matratze pressen, um ihr Einhalt zu gebieten. Es war besser, wenn er ging. Es gab genug, worum er sich kümmern musste. Er stieg aus dem Bett und zog sich an.

»Was hast du vor?«, fragte sie. »Wohin willst du?«

»Ich verpisse mich, wie du so nett gesagt hast.«

Als er die Tür hinter sich zuzog, hörte er auf der anderen Seite etwas dagegenknallen, wahrscheinlich einen Schuh. Sie mochten noch so sehr protestieren, eigentlich kriegten sie nie genug.

Manchmal hatte man es wirklich nicht leicht.

Draußen schneite es immer noch. Er blieb noch einen

Augenblick auf den Stufen vor ihrer Haustür stehen, und seine Miene wurde hart, als er wieder er selbst wurde.

Es wurde Zeit, sich um dringende Angelegenheiten zu kümmern.

Er stand im Schneegestöber vor ihrem Haus und versenkte sich in sich selbst, um seine außergewöhnlichen Kräfte zu mobilisieren. Er sandte eine telepathische Botschaft an dieses Arschloch von seinem Vater, nur so, und dann versuchte er erneut, *sie* zu erreichen. Die Frau, die Kontakt zu ihm aufgenommen hatte, als er auf Echo Island war. Die Frau, die ihn so verängstigt hatte, dass er die Insel verließ, bevor er die Aufzeichnungen seiner Mutter gefunden hatte. Er konnte praktisch fühlen, wie sie sich ihm entzog.

Ich bin hinter dir her. Er schickte ihr die Botschaft mit dem ganzen Nachdruck seiner sexuellen Macht. Er wusste, dass es eine von ihnen war, eine von denen, die Mary vernichten wollte. *Ich komme ...*

Und dann kam plötzlich eine Nachricht zurück, so schnell, dass er zusammenzuckte, als sie eintraf. *Ich bin dir ein paar Schritte voraus.*

Charlie blickte sich hektisch um. War das ein Spiel? Ihm um ein paar Schritte voraus? *Ausgeschlossen.*

Wer zum Teufel bist du?, antwortete er umgehend.

Er lauschte angestrengt in sich hinein, doch es kam keine Antwort. Er hörte nichts außer dem Pfeifen des Windes.

Wütend stapfte er zu seinem Geländewagen, entschlossen, das nächste Kapitel aufzuschlagen. Er würde sie alle umbringen.

17

Der Highway 26 war am Fuß der ersten Steigung der Coast Range abgesperrt. Die beiden landeinwärts führenden Fahrbahnen waren durch Barrieren mit gelb flackernden Warnlichtern blockiert. Wer bei diesem Wetter in die Berge fuhr, setzte sich großen Gefahren aus.

Die beiden in Richtung Küste führenden Fahrbahnen waren nicht abgesperrt, und es war auch niemand zu sehen, der das Fahrverbot hätte durchsetzen können.

Hale bog ohne Skrupel auf die Gegenfahrbahn ab, umrundete die Barrieren, lenkte den TrailBlazer wieder auf die rechte Seite und fuhr mit einer Geschwindigkeit von dreißig Stundenkilometern bergan. Bei einem höheren Tempo wäre der Wagen ins Schlingern geraten. Wenn bei dem Schnee nichts Schlimmeres passieren würde. Glücklicherweise hatte der TrailBlazer Allradantrieb.

Hale umklammerte krampfhaft das Lenkrad, von zunehmenden Sorgen beunruhigt.

Er hoffte, einem Rettungsteam zu begegnen, doch wenn es nicht so kam, musste er alles daransetzen, Savannah allein zu finden. Sie hatte ihn gebeten, die Notrufzentrale anzurufen, nicht etwa einen Abschleppdienst. Als Polizistin neigte sie nicht zu Übertreibungen, und sie hatte ja auch ganz klar gesagt, dass die Geburt unmittelbar bevorstand. Ihm war es egal, wenn sie sagte, es gehe ihr gut. Sie benötigte Hilfe, und zwar nicht in erster Linie deshalb, weil ihr Wagen in den Straßengraben gerutscht war. Nein, sie brauchte jemanden, der ihr bei der Geburt seines Sohnes beistand. Doch dafür musste er oder sonst jemand erst mal rechtzeitig bei ihr sein.

Halt durch, Savvy, dachte er grimmig.

»Wo ist Tante Catherine?«, fragte Ravinia. Ihre Kleidung war verschneit, das blonde Haar nass und dunkler als sonst.

Isadora und Ophelia saßen in dem geräumigen Zimmer, das Catherine manchmal die »große Halle« nannte, was irgendwie bezeichnend war für ihre steife, altmodische Art. Ravinia konnte das nicht ausstehen. Ihre Schwestern schauten sie mit leeren Blicken an, und Isadora zuckte die Achseln. Offensichtlich wusste sie nicht, wo Catherine war, und es schien ihr auch egal zu sein.

»Und wo ist Kassandra?«

»Im Bett«, antwortete Isadora. »Genau wie Lilibeth.«

Ihr an eine Lehrerin erinnernder Tonfall ging Ravinia auf die Nerven. Isadora war die älteste der in dem Haus lebenden Schwestern, und sie eiferte in fast jeder Hinsicht Catherine nach. Sollte der uneingeschränkt herrschenden Monarchin Catherine etwas zustoßen, stand Isadora in der Thronfolge an erster Stelle.

»Du bist wieder abgehauen«, sagte Isadora missbilligend.

»Es schneit heftig«, sagte Ravinia, die nicht glaubte, irgendjemandem eine Erklärung schuldig zu sein. Außerdem war Catherine das Gesetz, und wenn die erfuhr, dass sie wieder ausgebüxt war, würde sie sie – wie bereits angedroht – aus Siren Song hinauswerfen. Und noch wollte Ravinia es nicht so weit kommen lassen.

»Wahrscheinlich liegt Catherine auch im Bett«, sagte Ophelia, die immer eher auf Ausgleich bedacht war. Sie hatte mitgeholfen, Ravinia aus Justice' Fängen zu befreien, und seit Jahren für sie Blusen und Hosen genäht. Das war ihre Art, gegen Catherines rigoroses Regiment zu protestieren, doch neuerdings schien sie eher mit Isadora zu sympathisieren, was Ravinia gar nicht gefiel.

»Nein, ich war in ihrem Zimmer«, sagte Ravinia. »Ich habe sogar die Öllampe angezündet, doch dort war sie nicht.« Als sie bei der Gelegenheit ein bisschen im Zimmer ihrer Tante herumgeschnüffelt hatte, war sie über etwas Interessantes gestolpert, das sie mitgenommen und in ihrem Hosenbund versteckt hatte.

Isadora runzelte die Stirn. »Die Tür war nicht abgeschlossen?«

Natürlich war sie abgeschlossen gewesen, doch Ravinia hatte nicht vor, sich über ihre außergewöhnlichen Fähigkeiten zu äußern. Immer wieder sprachen sie alle über ihre »Gaben«, doch Ravinias Gabe war Improvisationskunst und Einfallsreichtum. Sie wusste, wie man mit einem Stück Draht und einem Schraubenzieher oder einer Pinzette ein Schloss knacken konnte, zumal ein so altmodisches wie das von Catherines Zimmertür. Ihre wahre Gabe war freilich die Fähigkeit, in das Herz anderer Menschen zu blicken und ihre Geheimnisse zu entdecken, doch das behielt sie lieber für sich. Seit Jahren gab sie vor, über keinerlei außergewöhnliche Fähigkeiten zu verfügen. Sie sei wie Catherine, eine Frau mit kühlem Kopf und streng kontrollierten Gefühlen. Gut, sie hatte ihre Emotionen vielleicht nicht ganz so unter Kontrolle, doch zumindest hatte sie es gelernt, nach außen diesen Eindruck zu vermitteln. Zumindest hoffte sie das.

Aber sie konnte erkennen, ob ein Mensch gut oder böse war. Sie musste ihm nahe kommen, am besten durch körperlichen Kontakt, doch dann ging alles sehr schnell, und sie wusste Bescheid. Es war erstaunlich, wie viele wirklich Verrückte es da draußen gab. Trotzdem wollte sie lieber in Freiheit leben als in diesem stickigen Gefängnis. Nachdem sie alle jahrelang von Catherine zu Hause unterrichtet worden waren, hatten sie sich sämtlich der externen Prüfung gestellt und ihren Schulabschluss erworben. Guter Gott, ihre Tante war ein wandelndes Lexikon voller Fakten und Zahlen. Aber auch eine leere Hülle. Regeln und Vorschriften, etwas anderes kannte sie nicht. Irgendwie war sie innerlich tot, da war kein *Feuer*.

Dieser Gedanke brachte Ravinia dazu, zum Kamin hinüberzublicken. Darin brannte ein Feuer, doch in dem zugigen Haus war es trotzdem immer kalt. Sie fror, und ihr Haar war immer noch nass. Im Erdgeschoss lieferte ein Generator Strom, aber es gab keine Heizung.

»Wenn Catherine herausbekommt, dass du in ihrem Zimmer warst«, sagte Isadora, »wird ihr das gar nicht gefallen. Und ich nehme dir nicht ab, dass die Tür unverschlossen war. Du hast dir etwas einfallen lassen, um ...«

»Wo zum Teufel ist sie?«, fiel ihr Ravinia ins Wort. »Ist sie vielleicht *abgehauen*?«

»Lilibeth meint, sie habe sich früher am Abend mit Earl getroffen«, sagte Ophelia, um einem Streit vorzubeugen.

»Der gute Onkel Earl«, sagte Ravinia spöttisch. Das trug ihr einen giftigen Blick von Isadora ein. Nein, Earl und Catherine waren kein Liebespaar. Catherine war zu verklemmt und Earl ungefähr so gesprächig wie eine Leiche.

Ravinia konnte sich die beiden beim besten Willen nicht zusammen im Bett vorstellen. Wie auch immer, sie hatte erfahren, dass Earl so etwas wie eine Familie hatte. Er gehörte zu einem Indianerstamm, dessen Mitglieder sich mit den Einheimischen vermischt und im Vorgebirge der Coast Range, nicht weit von Siren Song entfernt, in einem Dorf zusammenlebten. Zwischen den »Foothillers« und Siren Song hatte es gewisse familiäre Beziehungen gegeben, und es hieß, auch einige von diesen Leuten verfügten über spezielle »Gaben«.

Aber solange es keine gemeingefährlichen Psychopathen wie Justice waren, hatte Ravinia nichts gegen sie einzuwenden. Sie wollte nur überhaupt diese Welt mit dem ganzen Hokuspokus hinter sich lassen. War das wirklich nur fauler Zauber, oder war etwas Wahres daran? Ein bisschen schon. Aber war jemals etwas Gutes daraus hervorgegangen? Sie glaubte es nicht.

»Ist sie mit Earl verschwunden?«, fragte Ravinia.

»Bei dem Wetter?« Isadora schüttelte den Kopf. »Sie muss hier irgendwo sein.«

»Vielleicht auf dem Dachboden?« Ravinia hatte das Haus ziemlich gründlich durchsucht, sich einen Abstecher auf den Dachboden und in das frühere Zimmer ihrer Mutter aber erspart. Sie war keine ängstliche Person, doch es war zu unheimlich. Bei den wenigen Gelegenheiten, wo sie das im Stil der Sechzigerjahre eingerichtete Zimmer betreten hatte, war es für sie nur beklemmend gewesen.

»Ich gehe sie suchen.« Ophelia hob ihren langen Rock an und eilte Richtung Treppe.

Ravinia und Isadora blieben allein zurück, und das war keine günstige Konstellation.

Isadora warf den Kopf mit dem langen blonden Haar in den Nacken, wie es auch Catherine immer tat, und faltete die Hände über dem Bauch, ebenfalls wie ihre Tante. Dann stand sie auf und verschwand Richtung Küche.

»Ich könnte kotzen«, sagte Ravinia laut, als sie allein war.

Eine Dreiviertelstunde später kam Ophelia zurück. An ihrem Haar hingen Spinnweben. »Auf dem Dachboden ist sie nicht.«

»Woher hast du eigentlich den Schlüssel?«, fragte Ravinia.

Ophelia blickte sie ruhig an. »Ravinia, wenn du willst, dass Tante Catherine dir vertraut, musst du aufhören, immer wieder auszubrechen. Gott allein weiß, was du da draußen machst.«

»Ich nenne das leben ...«

»Gut, aber ...«

»Warst du im Zimmer unserer Mutter?«

Ophelia schüttelte den Kopf. »Nein.«

»Besser, du hättest dort nachgesehen. Ah, da kommt Isadora, und sie wirkt ... beunruhigt.«

Isadoras Wangen waren gerötet, die Lippen blau gefroren. »Ich war im Garten. Da ist sie auch nicht.«

Ravinia eilte Richtung Flur.

»Wohin willst du?«, fragte Isadora.

»Ich sehe mal nach Lilibeth.«

»Sie schläft.«

Ravinia murmelte etwas vor sich hin, klopfte an die Tür und stieß sie auf. Lilibeth' Tür war nie abgeschlossen. Sie hatte ein eigenes, für Rollstuhlfahrer umgebautes Bad mit einer behindertengerechten Dusche und Toilette.

Als sich ihre Augen an die Dunkelheit gewöhnt hatten,

sah Ravinia, dass Lilibeth in ihrem Bett lag und Richtung Tür blickte. »Ravinia?«, flüsterte sie verwirrt.

Die schaltete das Licht ein, und Lilibeth setzte sich erschrocken kerzengerade auf, wobei sie sich an einer an der Wand angebrachten Stange hochzog. Ihr blondes Haar war zerzaust, ihre Miene verängstigt.

»Was machst du hier? Ich habe geschlafen.«

»Ich suche nach Catherine. Zuletzt hast du sie gesehen. Mit Earl.«

»Tante Catherine? Ja, sie ist nach draußen gegangen, um ihn zu treffen.«

»Hast du sie zurückkommen sehen?«, fragte Ravinia mit mühsam unterdrückter Ungeduld.

»Nein, ich bin auf mein Zimmer gegangen. Es war schon spät.« Sie blickte ihre jüngere Schwester an. »Du warst nicht hier.«

»Nein, war ich nicht«, erwiderte Ravinia. »Von Catherine ist nirgends etwas zu sehen. Hat sie etwas zu dir gesagt?«

»Ich wusste, dass Earl am Tor wartete. Er wollte mit ihr reden.«

»Woher wusstest du, dass es Earl war? Hast du ihn gesehen?«

Lilibeth zuckte die Achseln. »Ich wusste es einfach.«

Ravinia war sich nicht sicher, was sie davon halten sollte. Lilibeth verfügte nicht über Kassandras Fähigkeit, Dinge zu sehen. Soweit Ravinia wusste, besaß Lilibeth überhaupt keine »Gabe«. Bei einer schwierigen Geburt war laut Catherine ihre Wirbelsäule zu Schaden gekommen, und seitdem war sie behindert. Die Theorie war, dass die Behinderung sie ihrer Gabe beraubt hatte. Aber vielleicht hatte sie auch nie eine besessen.

Lilibeth war immer noch so etwas wie ein kleines Mädchen. Ihr Unglück hatte ihre emotionale und geistige Entwicklung gehemmt. Zumindest behauptete das Catherine.

»Sie ist nach draußen gegangen, um Earl am Tor zu treffen«, wiederholte Ravinia in der Hoffnung, mehr aus Lilibeth herauszuholen.

Lilibeth nickte nur.

»Wie lange war sie da draußen? Ist sie mit ihm verschwunden?«

»Ich weiß es nicht«, jammerte Lilibeth.

»Wir brauchen ein Telefon.« Im Laufe der Jahre hatte Ravinia es wieder und wieder gesagt, doch niemand hatte auf sie gehört. Sie fragte sich, ob Earl ein Telefon besaß oder ob er genauso altmodisch war wie ihre Tante.

Sie schaltete das Licht aus, verließ das Zimmer und schloss die Tür. Manchmal war sie verärgert über ihre Schwester, und das verursachte ihr Schuldgefühle. Lilibeth war einfach unreif. Es war kaum zu glauben, dass sie älter war als Ravinia.

Lange stand sie einfach nur da und überlegte. War Catherine gegangen? Was war geschehen zwischen ihr und Earl? War sie deshalb verschwunden? Im Haus war sie mit Sicherheit nicht.

Kurz dachte sie über ihren jüngsten Ausflug in die Außenwelt nach. Sie hatte jemanden getroffen. Einen Jungen. Einen Mann, wenn man es präziser ausdrücken wollte. Sie hatte in sein Herz blicken wollen, aber zu ihrer Überraschung festgestellt, dass es unmöglich war. Das war beunruhigend. Sie war immer in der Lage gewesen, in das Innerste eines anderen Menschen zu blicken, außer bei Leuten, die wussten, wie man es verhindern konnte, etwa Catherine.

Trotzdem war es nicht schwer zu erkennen, wie sie wirklich war – kalt und voller innerer Stärke. Lilibeth war ihr auch ein Rätsel, aus dem sie nicht schlau wurde, doch das lag wahrscheinlich daran, dass ihr Verstand kindisch und zurückgeblieben war.

Sie war sogar dazu fähig, in das Herz eines Tieres zu blicken, um zu sehen, ob es ihr freundlich oder feindlich gesonnen war. Einmal war sie am Fuß einer Berges einem Wolf begegnet, der sich von seinem Rudel entfernt hatte. Als sie seine gelben Augen anblickten, war ihr klar gewesen, dass sie nichts zu befürchten hatte. Sie fühlten sich einander verbunden. Dann hatte sich der Wolf abgewandt und war leise verschwunden, sein graues Fell flatterte in der Brise. Als sie davon erzählte, hatte man ihr nicht geglaubt. Es gebe in diesen Bergen keine richtigen Wölfe, hatte einer der Foothiller gesagt, die ja immer alles wussten. Aber Ravinia wusste, was sie gesehen hatte, und antwortete nur, dann sei es eben ein falscher Wolf gewesen.

Doch dieser Mann ... Seine Augen waren grau, die Haare dunkel, und er war der einzige Mensch, mit dem sie zusammen sein wollte. An diesem Abend hatte sie nach ihm gesucht, konnte ihn aber weder in Deception Bay finden noch am Strand, wo sie ihn zum ersten Mal gesehen hatte. In ihrem Hinterkopf hatte sie den Wunsch, mit ihm zu verschwinden, ihm zu folgen, wohin er auch wollte. Als sie nach Siren Song zurückgekehrt war, hatte sie Catherine erzählen wollen, dass sie das Haus bald verlassen würde. Für immer.

Nur war sie sich auf einmal nicht mehr sicher, ob sie das wirklich wollte.

»Im Haus ist sie nicht«, erklärte Ophelia, die erneut die Treppe hinabgeeilt kam. »Ich war gerade in Mutters Zimmer. Nichts zu sehen von Tante Catherine. Es scheint, als wäre sie wie vom Erdboden verschluckt.«

»Vielleicht ist sie mit Earl verschwunden«, sagte Ravinia.

»Ohne uns etwas zu sagen?«

Ravinia runzelte die Stirn. Das alles passte überhaupt nicht zu Catherine. Eine Tür quietschte, und Ravinia und Ophelia sahen Lilibeth, die in ihrem Rollstuhl auf sie zukam. Sie wirkte verängstigt. Ihre Haut war aschfahl, und sie biss auf ihrer Unterlippe herum. »Ich ... Ich konnte nicht mehr einschlafen.«

»Weil du sie geweckt hast«, sagte Ophelia vorwurfsvoll zu Ravinia.

Isadora kam aus dem ersten Stock, wo sie erneut die Schlafzimmer durchsucht hatte, ins Erdgeschoss zurück. Sie standen alle vor dem Kamin, und trotz des Feuers war es kalt in dem großen Raum.

»Fragt Kassandra«, schlug Lilibeth vor.

»Wenn's nicht unbedingt sein muss, werden wir sie nicht wecken«, erwiderte Isadora.

»Es muss sein!«, rief Lilibeth.

»Kassandras Visionen kommen nicht auf Bestellung«, sagte Isadora angespannt. »Wir können sie nicht einfach fragen. Sie muss zu uns kommen.«

»Aber sie könnte es wissen«, beharrte Lilibeth.

»Vielleicht hat Tante Catherine das Auto genommen«, warf Ophelia ein.

»Nein.« Ravinia schüttelte den Kopf. Es stimmte, von Zeit zu Zeit fuhr Catherine mit dem Auto, einem uralten Buick, aber bestimmt nicht bei diesem Wetter, um diese Uhrzeit und ohne ihnen etwas zu sagen.

»Holt Kassandra!«, kreischte Lilibeth. Bei der Lautstärke würde es ohnehin nicht mehr lange dauern, bis Kassandra wach wurde. So hob Ophelia ihren Rock an und stieg ein weiteres Mal die Treppe zum ersten Stock hinauf.

Das ganze Hin und Her führte zu nichts.

»Ich gehe zum Tor«, erklärte Ravinia, die bereits auf dem Weg zur Haustür war.

»Wo ist dein Umhang?«, fragte Isadora.

Der Umhang. Guter Gott. Fast wäre Ravinia gestolpert. Warum trugen sie nicht die gleiche Kleidung wie alle anderen? »Er hängt neben der Hintertür.« Als Ravinia die Haustür öffnete, blies ihr eine Windböe sofort Schnee ins Gesicht und ihr wurde kalt. Vielleicht wäre es doch besser gewesen, wenn sie ihren *Umhang* geholt hätte.

Mit gesenktem Kopf eilte sie über den verschneiten Plattenweg zum Tor. Nach ein paar Schritten sah sie einen großen Buckel im Schnee. Lag dort eine Leiche? Guter Gott, Catherine …

»Nein!« Mit einem heftig hämmernden Herzen und von Angst gepackt rannte sie weiter, während sie immer deutlicher die Leiche ihrer Tante sah. Sie lag am Boden, mit Pulverschnee bedeckt, mit geschlossenen Augen und einem halb geöffneten Mund.

Und sie atmete. Ravinia presste ein Ohr auf Catherines Brust. Das Herz schlug.

»Hilfe!«, schrie sie.

Sie mussten die Notrufzentrale anrufen.

»Ich habe sie gefunden! Isadora! Ophelia! Hilfe!«

Sie brauchten ein Telefon.

»Habe ich es dir nicht immer wieder gesagt, du halsstarriges altes Weib?«, schrie sie ihre bewusstlose Tante an. Sie blickte zu dem alten Schuppen hinüber, der als Garage benutzt wurde. Darin stand der Buick, doch ihr war klar, dass man bei diesem Wetter nicht damit fahren konnte. Außerdem konnte sie nicht fahren. Was für ein Schlamassel.

Die Haustür öffnete sich, und Isadora trat auf die Vorderveranda.

»Sie ist hier!«, schrie Ravinia aus vollem Hals. »Wir brauchen Hilfe! Hol Decken und deinen verdammten *Umhang*. Um Himmels willen, wir brauchen *Hilfe!*«

Es schneite immer stärker, und Hale fuhr nur noch mit einer Geschwindigkeit von fünfzehn Stundenkilometern. Zu langsam. Seinen Plan, innerhalb von vierzig Minuten bei Savannah zu sein, konnte er sich abschminken. Schon jetzt war er eine Stunde unterwegs, und er hatte noch ein gutes Stück vor sich.

Ich komme, Savannah. Vor seinem inneren Auge sah er das in dem Graben festsitzende Auto und seine Schwägerin, bei der in der kalten, finsteren Nacht die Wehen eingesetzt hatten …

Nicht mehr lange, dann bin ich bei dir.

Er zählte die Minuten. Wertvolle Zeit verstrich. Er gab mehr Gas, doch der Wagen geriet sofort ein bisschen ins Schlingern. Es war sinnlos, schneller zu fahren. Wenn er jetzt einen Unfall baute, würde er Savvy überhaupt nicht helfen können. Aber es schien wirklich eine Ewigkeit zu dauern …

Seine Gedanken kehrten zu Kristina zurück, doch auch das war sinnlos, denn er konnte im Moment nichts für sie tun. Er musste möglichst schnell bei Savvy sein. Ihr konnte er helfen, für Kristina nur beten.

Hinter einer Kurve wäre er beinahe auf einen Abschleppwagen aufgefahren, dessen Fahrer gerade mit einer Winde einen arg ramponierten Toyota aus dem Graben zog. Im Licht der Scheinwerfer sah Hale einen Mann mit leerem Blick verloren dastehen, von dessen Hand Blut in den Schnee tropfte.

Er hielt an und ließ das Fenster herab. »Brauchen Sie Hilfe?«, fragte er, obwohl er eigentlich nur weiterfahren wollte.

»Nein.« Der Mann hob seinen Arm. »Es ist nur ein Kratzer.«

»Das scheint mir eine Untertreibung zu sein.«

»Isaac kümmert sich um mich«, sagte er mit einer Kopfbewegung in Richtung des Fahrers des Abschleppwagens, auf dessen Seitenwand *isaac's towing* stand. »Sie sind in der falschen Richtung unterwegs, Mann«, fügte der Verletzte hinzu. »Ich bin der letzte, der da durchgefahren ist. Zehn Meilen weit nichts als Schnee.«

»Ich suche jemanden.«

»Überlassen Sie das dem Sheriff's Department«, riet der Mann, doch Hale hob nur zum Abschied die Hand und fuhr weiter. Er konnte sich nicht auf das Sheriff's Department verlassen, weil er nicht glaubte, dass Savvys Problem auf der Liste der Notrufe ganz oben stand.

Die Straßenverhältnisse waren wirklich katastrophal. Der Verletzte hatte die Kontrolle über seinen Wagen verloren und war über alle Fahrbahnen hinweg in den Graben auf der anderen Straßenseite geschlittert.

Er verdrängte seine Ängste, denn er war fest entschlossen, Savvy und seinem noch ungeborenen Sohn zu helfen.

Ravinias Hand fand einen Halt, und sie schwang sich über den Zaun und landete mit einem dumpfen Geräusch auf der anderen Seite. Normalerweise war sie vorsichtiger, doch heute hatte sie es eilig. Die Luft entwich aus ihren Lungen, als sie auf dem Boden aufprallte, und sie blieb einen Moment benommen liegen. Aber sie war sich ziemlich sicher, dass sie sich nicht verletzt hatte, und rappelte sich auf.

Sie ging den bewaldeten und verschneiten Hügel hinab in Richtung Highway. Kurz dahinter lagen der Strand und der endlose Pazifik. In letzter Zeit hatte sie diesen Weg immer häufiger zurückgelegt, weil ihr die Gefangenschaft in Siren Song unerträglich geworden war.

Trotzdem hatte sie jetzt wegen Catherine Angst gepackt. Die war ein vorzeitig gealtertes, aufdringliches Weib, aber eben doch ihre Tante, und auch wenn sie ziemlich durchgedreht war, hatte sie doch immer nur das Ziel gekannt, ihre Nichten zu beschützen. Ravinia konnte sich nicht vorstellen, was passieren würde, wenn sie einmal nicht mehr da war.

Sie hat uns auch vor Justice beschützt, dachte sie.

Aber das stimmt nicht, rief sie sich ins Gedächtnis. Isadora hatte Justice mit der Bratpfanne auf den Kopf geschlagen und verhindert, dass er sie weiter mit dem Messer massakrierte.

Am Highway 101 angekommen, blieb sie am Straßenrand stehen. Starke Schneefälle waren hier nicht an der Tagesordnung, aber sie konnte sich an das Jahr 2008 erinnern, wo es so schlimm gewesen war, dass die Menschen tagelang ohne Strom auskommen mussten. Da war es ein Glück gewesen, dass sie in Siren Song den Generator hatten.

Sie schlug in südlicher Richtung den Weg nach Deception Bay ein. Von Autos war nichts zu sehen. Bei der Straßenglätte wollte kein Mensch fahren, und Ravinia konnte es gut verstehen, auch wenn sie selbst keinen Führerschein hatte. Aber sie war von »Freunden«, die sie bei ihren nächtlichen Ausflügen traf, in deren Autos mitgenommen worden und genoss das prickelnde Gefühl, wenn diese etwas zu schnell scharfe Kurven nahmen. Direkt vor Deception Bay fiel die Straße ab, doch bis zu diesem Abhang waren es noch ein paar Meilen, und sie machte sich Sorgen. Wie lange würde es dauern, bis sie Hilfe für Catherine fand? Würde sie es rechtzeitig schaffen?

Zusammen mit ihren Schwestern hatte sie Catherine ins Haus getragen und dort entkleidet. Dann hatten sie sie behutsam in Decken gehüllt und direkt vor das Kaminfeuer gelegt. Lilibeth hatte gejammert, und Isadora schlug vor, Earl zu suchen. Ophelia war plötzlich verschwunden, und dann tauchte Kassandra auf.

Sie hatte die Augen weit aufgerissen und sah so aus, als hätte sie einen Blick in die Hölle geworfen. »Es liegt daran«, flüsterte sie, »dass Tante Catherine weiß ...«

»Was weiß sie?«, hatte sie, Ravinia, ihre Schwester unterbrochen.

Darauf hatte niemand etwas gesagt, und Ravinia hatte

die Nase voll. Jemand musste handeln, denn es gab einen Notfall, und sie brauchten Hilfe. Sie konnten sich nicht weiter hier verängstigt zusammendrängen.

Es reicht, hatte sie gedacht und sich auf den Weg gemacht.

Nach einer Viertelstunde wurde sie von Scheinwerfern erfasst, und dann bremste neben ihr vorsichtig ein Auto mit Schneeketten. Der Fahrer ließ die Fensterscheibe herab.

»Kann ich Sie mitnehmen?«, fragte er.

Der Mann war alt, und auf dem Beifahrersitz neben ihm saß eine ebenfalls in die Jahre gekommene Dame, vielleicht seine Frau. »Wir wurden von dem Schneefall überrascht, sind aber jetzt fast zu Hause«, sagte sie.

»Haben Sie ein Mobiltelefon?«, fragte Ravinia.

»Tut mir leid, wir besitzen keins«, antwortete sie. »Was haben Sie hier in einer solchen Nacht allein auf der Straße verloren?«

Ravinia hatte keine Zeit für Erklärungen. »Fahren Sie nach Deception Bay?«, fragte sie.

»Wir kommen da durch«, antwortete der Mann. »Wir wollen nach Tillamook.«

»Wenn wir es bis dahin schaffen«, bemerkte die Frau genervt.

»Dann setzen Sie mich bitte in Deception Bay ab.« Der Mann machte eine einladende Geste, und sie öffnete die Hintertür und setzte sich auf die Rückbank. In dem Küstenstädtchen würde sie schon ein Telefon finden. Jetzt hieß es die Daumen drücken, dass alles klappte.

18

Die Sicht wurde immer schlechter. *Es kann nicht mehr weit sein,* dachte Hale immer wieder. *Du müsstest gleich bei ihr sein. Es kann sich nur noch um Minuten handeln.*

Er war nicht mehr weit vom Gipfel entfernt, und Savvy hatte gesagt, sich auf dieser Seite der höchsten Erhebung zu befinden. Es konnte nicht sein, dass er sie nicht gesehen hatte. Das war ausgeschlossen. Sie würde die Scheinwerfer angelassen haben. Ihre Batterie musste noch funktionieren, und vielleicht hatte sie den Motor wieder angelassen, um sie aufzuladen. Guter Gott, er hoffte es, denn dann funktionierte auch die Heizung. Es war kalt. Verdammt kalt.

Hinten in seinem Wagen lagen eine Decke und der Teppich, auf den er sich beim Aufziehen der Schneeketten gekniet hatte. Der war bestimmt noch ein bisschen nass, doch wenn Savannah fror, konnte er ihr seine Jacke geben und sie notfalls in die Decke und den Teppich hüllen.

Guter Gott.

Es schnürte ihm die Brust zu.

Hinter sich hörte er einen Motor, und als er in den Rückspiegel blickte, sah er, dass ihm ein Streifenwagen mit eingeschaltetem rot-blauen Flackerlicht folgte. Und da sah er aus dem Augenwinkel verschneite Autoreifen, die aus dem Graben herausragten. Von dem Rest des Ford Escape war nichts zu sehen, denn er war in dem Graben umgekippt.

Savvy! Endlich!

Er riss das Lenkrad etwas zu energisch herum, und der Wagen geriet sofort ins Rutschen. Er nahm den Fuß vom Gas und lenkte dagegen. Der TrailBlazer drehte sich zweimal um die eigene Achse und blieb dann stehen. Der Streifenwagen vom Clatsop County Sheriff's Department geriet ebenfalls ins Schlingern, als sein Fahrer anzuhalten versuchte, doch schließlich gelang es ihm, das Fahrzeug zum Stehen zu bringen.

Hale blieb keine Zeit, sich mit ihm zu beschäftigen. Er war etwa drei Meter von Savvys Ford Escape entfernt, und als er aus seinem TrailBlazer ausstieg, rutschte er sofort aus und stürzte. Unter dem Schnee war die Straße gefroren und spiegelglatt. Er rappelte sich auf und schlitterte auf Savvys Wagen zu.

»Savannah!«, rief er. »Savannah!«

Er biss die Zähne zusammen. Was, wenn sie tot oder ernsthaft verletzt war? Gab es Probleme mit der Geburt?

Als er den Wagen fast erreicht hatte, sah er, dass sich die Tür auf der Fahrerseite ein bisschen hob, aber sofort wieder zufiel. Erleichterung überkam ihn. Sie lebte und war bei Bewusstsein. Er wischte sich Schnee aus dem Gesicht und hielt sich an einem Hinterreifen des Escape fest, als er die Böschung hinabrutschte.

»Savannah!«, rief er erneut.

Der Ford Escape war auf die Seite gekippt und zwischen den Seitenwänden des Grabens eingeklemmt. Mit Mühe schaffte er es, auf das Fahrzeug zu klettern. Er kniete sich auf die Hintertür und riss die an der Fahrerseite auf. Sie hatte sich etwas verhakt, aber es ging.

»Savannah!«

Schneeflocken trieben in das Auto, und er blickte hinein. Savannah versuchte mühsam sich aufzurichten, um den Kopf durch die offene Tür stecken zu können. »Gott sei Dank, da bist du. Alles in Ordnung?«

»Hale«, flüsterte sie.

»Hey!«, rief jemand hinter ihm, als er Savvy gerade in den Arm nehmen und sie fest an sich drücken wollte.

Er drehte sich um und sah in dem Schneegestöber den Deputy auf sich zukommen. »Die Straße ist gesperrt«, rief er Hale zu, doch dessen Aufmerksamkeit galt Savannah, deren Kopf und Schultern jetzt aus der offenen Tür ragten. Sie hielt ihre Handtasche und warf sie in den Graben.

»Die Wehen haben begonnen«, sagte sie so leise, dass nur Hale es hörte.

»Ich weiß. Bist du ...«

»Kannst du mir heraushelfen?«, fragte sie ruhig, aber ihre Stimme bebte etwas.

Ihm war klar, dass sie versuchte, sich zusammenzureißen, aber innerlich von Panik gepackt war. »Keine Sorge, wir werden ...«

»Sind Sie der Typ, der die Notrufzentrale angerufen hat?«, fragte der Cop hinter ihm.

»Ja«, antwortete Hale angespannt. »Wir müssen sie so schnell wie möglich aus dem Wagen herausziehen.«

»Ist sie schwanger?«

»Ja.«

»Vielleicht sollten wir besser auf die Rettungssanitäter warten.«

»Nein«, sagte Savannah bestimmt. »Es ist gleich so weit.«

Wieder meldete sich der Deputy zu Wort. »Ma'am, wahrscheinlich sind Sie besser dran, wenn Sie in dem Fahrzeug bleiben und es den Fachleuten überlassen ...«

Savvy stützte sich mit den Armen auf die Seitenwand ihres Autos und versuchte, sich daraus zu befreien. Hale gefiel das nicht, doch von seiner Position aus konnte er ihr kaum helfen.

Der Cop bemerkte, dass seine Worte auf taube Ohren stießen, und rutschte die Seitenwand hinab in den Graben. »Hören Sie, Lady ...«

»Ich bin Detective!«, schrie sie wütend, während Hale ihre Hände packte und sie nach oben zog. Er musste seine gesamte Kraft mobilisieren, doch schließlich lag sie auf der Seite vor ihm.

»Halt, Moment ...«, sagte der Deputy gereizt.

»Helfen Sie mir, sie von dem Wagen zu heben«, sagte Hale.

Mit vereinten Kräften gelang es ihnen, Savannah von dem Auto zu hieven und vorsichtig herabzulassen, bis sie in dem Graben stand. Hale ließ sie erst los, als er sicher war, dass sie sich auf den Beinen halten konnte. Dann ließ er sich zu ihr herab und half ihr, aus dem Graben zu klettern.

»Das nenne ich hochschwanger, Ma'am, äh ... Detective«, gab der Cop zum Besten, dem offenbar wirklich nichts entging.

Savannah beugte sich plötzlich vor und hockte sich hin.

Der Cop sah es mit weit aufgerissenen Augen und offen stehendem Mund.

»Hale ... Hale.«

»Ich bin bei dir«, sagte er, als er neben ihr war.

»Ich muss mich in deinem Wagen auf die Rückbank legen ...«

»Sie wird das Baby doch nicht etwa sofort bekommen?«, fragte der Cop entgeistert.

Hale schaute ihn an. »Rufen Sie jemanden an. *Tun Sie endlich etwas!*«

Der Polizist stolperte auf unsicheren Beinen zu seinem Streifenwagen, wäre fast gestürzt und konnte sich gerade noch fangen.

Savannah lag auf der Seite und schnappte nach Luft.

»Gib mir deinen Arm«, sagte Hale.

Sie hob ihn mit Mühe. »Kannst du meine Handtasche holen?«

»Mein Auto steht da vorne. Kannst du es sehen?« Er schrie fast, damit sie ihn trotz des laut pfeifenden Windes hörte. »Ich möchte nicht, dass du gehst und stürzt.«

»Ich könnte kriechen.«

»Sicher?«

Sie wollte lachen, doch er sah, dass sie gegen Tränen ankämpfen musste. »Ja. Vergiss nicht meine Handtasche. Sie liegt in dem Graben.«

»Ich hole sie.«

Er beugte sich in den Graben, und beim dritten Versuch gelang es ihm, den Riemen der Tasche zu packen. Als er sich umdrehte, sah er, dass Savannah bereits auf allen vieren zu seinem TrailBlazer kroch. Er rappelte sich auf und blickte sich um. Der Cop saß in dem Streifenwagen und hielt ein Walkie-Talkie an sein Ohr. Ein anderes Auto war weit und breit nicht zu sehen.

Er eilte zu Savannah und half ihr zu dem TrailBlazer. »Schaffst du es auf den Beifahrersitz?«

»Nein, ich muss mich auf die Rückbank legen«, keuchte sie.

»Auf die Rückbank?«

»Ja!« Plötzlich legte sie sich auf die Seite und kringelte sich zusammen, als die nächste schmerzhafte Wehe kam.

»Wie lange wird es noch dauern?« Er wusste, dass das Baby bald kommen würde, und hoffte inständig, ihr *irgendwie* helfen zu können.

Sie konnte erst antworten, als der Schmerz nachgelassen hatte, und atmete erst noch ein paarmal tief durch. »Die Wehen folgen etwa im Abstand von zwei Minuten aufeinander. Ich habe im Kopf mitgezählt.«

Dann kann es nicht mehr lange dauern.

»Ja, es ist bald so weit, und deshalb muss ich mich auf die Rückbank legen«, sagte sie bestimmt, während sie sich wieder auf alle Viere aufrichtete und weiterkroch. Nach einem Augenblick hielt sie inne und schaute ihn an. »Wie geht es Kristina?«

»Als ich losfuhr, war sie noch im OP.«

»Ist es schlimm?«

»Ich weiß es nicht.« Hilflos blickte er sie an. Er war frustriert, weil er so wenig tun konnte, um ihr zu helfen. Und für seine Frau konnte er auch nichts tun. Wieder schaute er zu dem Cop hinüber, der noch verwirrter als er zu sein schien.

»Ich komme nicht durch«, rief er, und Hale nickte.

Savannah und er waren auf sich allein gestellt. Er ging zur Heckklappe seines Wagens, um die Decke und den Teppich zu holen. Und ein Messer. Für den Fall, dass er die Nabelschnur durchschneiden musste.

Im verschneiten nächtlichen Deception Bay brannte hinter einigen Fenstern Licht, und durch die Windschutzscheibe sah Ravinia, dass der Drift In Market noch geöffnet hatte.

Der Mann bremste ab. »Sie halten den Laden bestimmt offen für den Fall, dass jemand bei dem Sturm noch dringend etwas braucht.«

Gott sei Dank.

Ravinia bedankte sich bei dem Ehepaar und sprang aus dem Auto, sobald es stand. Sie eilte zum Eingang des Supermarkts, unter ihren Schuhsohlen knirschte der Schnee. Es war nicht das erste Mal, dass sie hier war, und sie wusste, dass die Eigentümer normalerweise um zehn schlossen. Es war ihr egal, warum der Laden noch geöffnet war, sie war nur froh, dass sie vielleicht Hilfe finden würde.

Als sie eintrat, fiel ihr eine Menschenansammlung bei den Kassen auf. Auf der linken Seite war ein Imbiss mit Tischen mit rot-weiß karierten Decken darauf. Dort saßen ein paar Leute und tranken Kaffee oder Tee. In der Luft hing der Duft von Zimt und anderen Gewürzen. Ravinia lief das Wasser im Mund zusammen, als sie zwischen den Tischen hindurch zur Theke ging, wo eine Frau neben der Registrierkasse stand. Ravinia erkannte sie und glaubte, dass sie zu den Besitzern gehörte.

»Ich muss telefonieren. Wegen eines Notfalls.«

»Ravinia?«, rief jemand hinter ihr.

Sie wirbelte herum und sah Earl, der wie immer etwas krumm ging. »Earl! Was hast du hier zu suchen?« Sie war so erleichtert, einen Bekannten zu sehen, dass sie beinahe geheult hätte.

»Ich wollte für euch einkaufen, doch mein Pick-up wurde gebraucht. Ich musste Leuten helfen, die festsaßen.«

Ein junger Mann, dem das pechschwarze Haar in die Stirn fiel und dessen blaue Augen einen seltsamen Ausdruck hatten, tauchte neben Earl auf und musterte Ravinia. Sie ignorierte es, denn sie hatte jetzt keine Zeit, um sich mit Fremden abzugeben.

»Ich ... Wir brauchen Hilfe«, sagte sie angespannt. »Tante Catherine ist bewusstlos. Irgendetwas ist ihr zugestoßen, nachdem sie mit dir geredet hatte. Ich habe sie gefunden. Sie lag draußen im Schnee, und wir haben sie ins Haus getragen, aber sie war noch nicht wieder zu sich gekommen. Ich muss die Notrufzentrale anrufen.«

»Catherine?«, fragte Earl. »Aber es ist nichts Schlimmes?«
»Ich weiß es nicht!«
»Ihr habt kein Telefon?«, fragte der seltsame Mann neben Earl ungläubig.

»Wir benutzen öffentliche Fernsprecher«, fuhr ihn Ravinia an. Catherine hatte eine Liste mit Nummern und tätigte Anrufe, wann immer sie in der Stadt war. Der Rest von ihnen, das war zumindest Catherines Meinung, hatte keinen Grund zu telefonieren, und jetzt war der Ernstfall da.

Der Mann zog ein Mobiltelefon aus der Tasche und reichte es Earl. »Drück auf den grünen Knopf und wähl dann 911.«

Earl tat es umgehend und sprach mit der Notrufzentrale. Ravinias Glieder zitterten, und sie ließ sich auf einen Stuhl vor einem Tisch fallen, an dem ein Händchen haltendes und dick angezogenes Paar in mittleren Jahren saß.

»Wir hatten eine Panne«, sagte der Mann, obwohl Ravinia

ihn nicht gefragt hatte. »Der gute alte Earl da drüben hat uns geholfen.«

Ravinia nickte. Earl war immer hilfsbereit, doch sonst wusste sie wenig über ihn. Sie hatte kaum je mit ihm gesprochen. Er und Catherine waren dicke Freunde, und irgendwie stieß Ravinia das ab, auch wenn sie nicht genau wusste warum.

»Und was haben Sie für ein Problem?«, fragte der Mann.

Ravinia zögerte, weil man ihr all die Jahre lang immer eingetrichtert hatte, verschwiegen zu sein, doch in Siren Song würde sich sowieso bald alles ändern und sie hatte die Nase voll von Catherines Geheimniskrämerei. »Ich habe meine Tante gefunden, die lange bewusstlos im Schnee gelegen hatte«, antwortete sie. »Ich bin hergekommen, weil ich Hilfe brauche.«

Die Frau legte eine Hand auf ihr Herz. »O nein«, sagte sie teilnahmsvoll. »Aber es ist nichts Schlimmes?«

Weitere Erklärungen blieben ihr erspart, denn Earl trat zu ihr. »Sie haben bereits jemanden losgeschickt«, sagte er mürrisch. Sein graues Haar, einst schwarz, war unter der Hutkrempe, an den Schläfen und im Nacken, extrem kurz geschoren. Er blickte sich stirnrunzelnd um.

»Was soll das heißen?«, fragte Ravinia.

»Dass vor mir schon jemand angerufen hatte.«

»Bei der Notrufzentrale?«, fragte Ravinia ungläubig. »Aber wer?«

Earl wandte sich dem jüngeren Mann zu und gab ihm das Handy zurück. »Die Einkäufe sind alle verstaut. Wir sollten fahren.«

»Fahren?« Ravinia sprang auf. »Wohin?«

»Zurück nach Siren Song«, antwortete Earl. »Setz dich neben Rand, wenn du mitkommen willst.«

Ravinia folgte den beiden zu Earls Pick-up, dessen Ladefläche mit einer blauen, mittlerweile verschneiten Plane bedeckt war. Earl klemmte sich hinter das Steuer, und Rand riss die Tür auf der Beifahrerseite auf, die sich mit einem lauten Quietschen öffnete.

»Wir werden nachsehen, wie es Catherine geht. Du kannst mitkommen oder hierbleiben, ganz wie du willst.« Earl war es offensichtlich egal, wie sie sich entschied. Der jüngere Mann hielt ihr die Tür auf. Sie war zu erleichtert, dass ihrer Tante geholfen werden würde, um zu widersprechen. Also kletterte sie in die Kabine, und Rand zwängte sich neben sie.

Für einen Augenblick schaute sie ihn finster an, weil er ihr so auf die Pelle rückte, doch es ließ sich nicht ändern.

»Ravinia«, sagte Rand. »Jemand mit dem Namen sollte schwarzes Haar haben.«

»Meine Schwestern und ich sind alle blond. Meine Haare sind noch am dunkelsten.«

Earl bog auf den Highway ein.

»Du bist diejenige, die immer abhaut«, sagte Rand.

»Rand«, mahnte Earl, während er die Heizung einschaltete.

»Wer zum Teufel bist du?«, fragte Ravinia.

»Ich bin Earls Sohn. Wir sind verwandt, du und ich. In der Vergangenheit gab es jemanden, der ...«

»Rand!«, blaffte Earl ihn an, und der jüngere Mann verstummte.

Jetzt wollte Ravinia mehr wissen. Das Tagebuch ihrer Mutter, das sie in Catherines Zimmer gestohlen hatte, steckte hinten in ihrem Hosenbund.

»Jemand in der Vergangenheit, der was ...?«, hakte sie nach.

Rand schaute herausfordernd Earl an. »Jemand von deiner Art hat mit jemandem von meinen Leuten rumgemacht.«

Natürlich hatte sie solche Gerüchte gehört, doch vielleicht wusste dieser Mann mehr. »Wer?«, fragte Ravinia.

»Deine Mutter«, antwortete Rand in einem Ton, als wäre sie ein kleines Dummchen.

Earl knurrte wütend, doch Ravinia hatte sowieso nicht vor, Rand weitere Fragen zu stellen. Sie hatte keine Lust, mit jemandem zu reden, der offensichtlich sehr viel mehr über die Vergangenheit wusste als sie.

Aber Rands Bemerkungen verstärkten nur ihre Entschlossenheit, mehr über ihre Familie zu erfahren.

»Alles in Ordnung mit dir?«, fragte Hale die auf dem Rücksitz liegende Savannah.

»Fahr einfach«, stieß sie zwischen zusammengebissenen Zähnen hervor. Trotz der Kälte schwitzte sie, und ihre Wangen waren gerötet. »So schnell du kannst.« Die Wehen folgten in immer kürzeren Abständen und waren so schmerzhaft, dass sie kaum atmen konnte.

Er nickte und setzte sich hinter das Steuer. Savannah wartete ungeduldig darauf, dass er den Motor anließ und Gas gab.

Aber der Deputy stand neben dem TrailBlazer und redete mit Hale. Savannah war sauer wegen der Verzögerung.

»Der Krankenwagen müsste bald hier sein«, hörte sie den Cop sagen.

»Uns bleibt keine Zeit mehr!«, rief sie. »Fahr endlich!«

»Fahren Sie vor uns her, und sorgen Sie dafür, dass wir durchkommen«, befahl Hale ihm.

Dieser Cop war so begriffsstutzig, dass Savannah am liebsten frustriert geschrien hätte.

»Ich weiß nicht. Die Straße ist vereist, und ...«

»Wenn Sie keine Lust haben, machen Sie wenigstens den Weg frei«, schrie sie.

Der Mann trat unschlüssig zurück, doch als Hale aufs Gaspedal trat, rannte er zu seinem Streifenwagen, ließ ebenfalls den Motor an, wendete, schaltete die Scheinwerfer ein und fuhr Richtung Westen. Hale folgte ihm.

Schmerzen durchzuckten Savannah, und sie biss die Zähne zusammen, um nicht zu stöhnen. »Warte, warte ... Wir müssen anhalten.« Dann wurde es noch schlimmer, und sie schrie auf.

»Savannah?« Hale blickte besorgt über die Schulter, bremste und hielt an. Er stieg aus, öffnete die Hintertür und schaute auf sie hinab. Die Rücklichter des Streifenwagens waren hinter einer Kurve verschwunden.

Die Kontraktionen wurden so schlimm, dass es ihr den Atem verschlug. Es kam ihr so vor, als wäre ihre untere Hälfte doppelt so schwer wie sonst.

»Wir schaffen es nicht rechtzeitig bis zum Krankenhaus.«

Sie spürte seinen warmen Atem an ihrem Ohr. »Ja, ich weiß.«

Und dann fühlte sie wieder diese warme Nässe zwischen den Beinen. Fruchtwasser. Blut. Es war so weit.

»Hilf mir, die Hose und den Slip auszuziehen«, sagte sie zu Hale.

Earls Pick-up schien im Matsch stecken zu bleiben, als er den Hügel zu Siren Song hinauffuhr. Ravinia wäre am liebsten aus dem Wagen gesprungen, doch dann griffen die Reifen wieder, und es ging langsam weiter. Sie biss ungeduldig die Zähne zusammen. Die Fahrt schien eine Ewigkeit zu dauern. Als sie sich schließlich dem Haus näherten, sahen sie in der Finsternis das rot-weiß rotierende Flackerlicht des Krankenwagens. Als Earl dahinter anhielt, sah Ravinia, wie zwei Rettungssanitäter die Hintertüren der Ambulanz zuschlugen und nach vorne gingen, um einzusteigen.

»Setz zurück, Earl«, sagte sie. »Schnell. Sie bringen sie ins Krankenhaus.«

»Wir müssen es Isadora sagen«, bemerkte Earl.

»Wir müssen fahren!«

Aber Earl ließ sich nicht unter Druck setzen. Er setzte den Pick-up zur Seite, stieg aus und ging zum Tor. Ravinia und Rand folgten ihm zum Haus, wo außer Earl normalerweise fast nie ein Mann geduldet wurde. *Fünf Minuten,* dachte Ravinia. Wenn Earl sich dann weigerte, dem Krankenwagen zu folgen, würde sie den verdammten Pick-up eben selber fahren.

Savannah presste mit aller Kraft. Sie war schweißgebadet und hatte ihre Jacke abgestreift, doch auch nur mit der Bluse und dem BH war es noch viel zu heiß. Hale stand vor der offenen Hintertür und schützte sie mit seinem Körper vor dem eisigen Wind. *Ihr* Körper schien das Innerste nach außen kehren zu wollen. Sie wollte nicht glauben, was hier mit ihr geschah. Konnte es nicht fassen.

Trotzdem war sie freudig erregt. Sie bekam ein Kind. Einen kleinen Jungen. Ihr Körper funktionierte, wie es sein sollte, und das, obwohl die Bedingungen alles andere als ideal waren.

Die nächste Wehe. Sie hielt den Atem an und presste.

»Ich sehe den Kopf«, sagte Hale angespannt.

»Ist alles in Ordnung?«

»Ja, sieht so aus.«

Sie lachte und starrte auf die Decke des TrailBlazer. »Ich werde pressen, pressen, pressen.«

Sie schrie vor Schmerzen.

»Schon gut, schon gut ...«

»Schaffst du das, Hale?«

»Ja, gleich ist er da.«

»Gut.«

»Komm, press noch mal.«

Am liebsten hätte Savvy widersprochen. Was wusste er denn schon? Aber sie wollte weiterpressen, und dann spürte sie einen durchdringenden Schmerz, aber sie machte trotzdem weiter.

»Halt, halt, warte!«, rief er.

»Ich kann nicht!«

»Ja, es ist alles gut! Du hast es geschafft! Er ist da!«

»Hast du ihn?«

»Ja, ich habe ihn. Es geht ihm gut. Es ist alles in Ordnung.«

Und dann hörten sie den Schrei. Das wundervolle Schreien eines Neugeborenen in der kalten Novembernacht, und Savvy warf den Kopf zurück, während Tränen über ihre Schläfen rannen.

19

Nach anderthalb Kilometern sah Hale den Streifenwagen, der vor ihnen im Schnee festsaß. Er bremste noch mehr ab und erkannte, dass der Cop zu wenden versucht hatte, als ihm aufgefallen war, dass der TrailBlazer ihm nicht direkt folgte. Eigentlich hatte er keine Lust anzuhalten. Er ließ das Seitenfenster herab, um es den Cop wissen zu lassen, doch da hörte er in der Stille der Nacht aus Richtung Westen das Geräusch eines Motors.

»Da kommt ein Schneepflug«, rief der Cop.

Erleichtert reckte Hale den Daumen hoch, um dem Cop zu signalisieren, dass er verstanden hatte. Wenn er den Schneepflug erreicht hatte, sollte es dahinter keine Schneeverwehungen mehr geben. Im Rückspiegel sah er die angeschnallte Savannah, die ihre und seine Jacke übereinander trug und die Decke über ihre Beine gebreitet hatte. Sie hatte die Augen geschlossen und drückte das Baby an ihre Brust.

Er fuhr sehr langsam und vorsichtig. Auf seiner Stirn standen Schweißperlen. *Mein Gott, das Kind ist wirklich da.*

Wie schon häufiger in dieser Nacht musste er an Kristina denken. Das Baby war auch ihr Sohn.

Das Baby ...

Ihr letztes Gespräch über den Namen des Kindes war nicht gut verlaufen. »Was hältst du von Declan?«, hatte er gefragt, halb scherzhaft, halb ernst. Er war sich nicht sicher, wie Kristina über seinen Großvater dachte, und rechnete damit, dass sie widersprechen würde.

Ihre Antwort war rätselhaft. »Namen sind nur dazu da, die wahre Identität eines Menschen zu verbergen, und deshalb ist es eigentlich egal, wie wir ihn nennen.«

»Was zum Teufel soll das bedeuten?«, hatte er gefragt, und als sie nur die Achseln zuckte, traf er eine Entscheidung. »Also wird er Declan heißen.«

Danach war nie wieder über das Thema gesprochen worden.

»Ja, er heißt Declan«, sagte er nun laut, den Blick weiter konzentriert auf die Straße richtend.

Der Schneepflug kam ihnen bergauf entgegen, und direkt dahinter fuhr ein Krankenwagen mit eingeschaltetem Flackerlicht.

Hale wollte ihn anhalten, doch der Fahrer ließ die Fensterscheibe herab, um ihm etwas zu erklären. »Direkt hinter dem Gipfel hat es einen Unfall mit mehreren Autos gegeben. Wir versuchen, dahin zu kommen. Und dann ist da noch eine schwangere Frau, die ...«

»Sie ist bei mir. Ich habe angerufen.«

»Geht es ihr gut?«

»Ja. Ich bringe sie ins Krankenhaus.«

Der Mann hob zum Abschied die Hand und fuhr weiter. Hale manövrierte den TrailBlazer auf die Gegenfahrbahn, welche der Schneepflug geräumt hatte. Da das Fenster einen Spaltbreit offen stand, würde er es hören, wenn ein Fahrzeug bergauf fuhr. Dann konnte er immer noch auf die rechte Fahrbahn zurückkehren.

Er lauschte aufmerksam, hörte aber nur den Motor seines eigenen Wagens und das schnelle Klopfen seines Herzens in den Ohren.

»Wie sieht's aus?«, fragte Savannah.

»Ich bringe dich und Declan ins Krankenhaus.«

»Declan?«

»Ja.«

»In dasselbe Krankenhaus, in dem Kristina liegt?«, fragte sie leise, doch er wusste, dass es eine Bitte war.

Das Ocean Park Hospital war nur ein kleines Stück weiter entfernt als das Krankenhaus von Seaside. »Ja«, antwortete er, und dann herrschte für ein paar Meilen Schweigen. Seine Gedanken irrten unstet umher.

»Wir brauchen einen Kindersitz«, sagte er schließlich.

»Wir brauchen eine ganze Menge Dinge.«

»Bei dir alles in Ordnung?«

»Alles bestens. Es geht uns beiden gut.«

Ihre Blicke trafen sich kurz im Rückspiegel. »Frierst du auch nicht?«, fragte er.

»Nein.«

»Es dauert nicht mehr lange.«

Savvy nickte und schloss die Augen. Er konzentrierte sich ganz auf die Straße und versuchte, nicht zu viel über seinen Sohn und seine schwer verletzte Frau nachzudenken, bis er das Krankenhaus erreicht hatte.

Als Ravinia das Ocean Park Hospital betrat, rümpfte sie die Nase, weil es so durchdringend nach Desinfektionsmitteln roch. Sie war noch nie in einem Krankenhaus gewesen und fühlte sich unwohl. Überall in der Notaufnahme saßen Leute, die in dem Schneesturm gestrandet und verletzt worden waren. Dazu kamen noch jede Menge wartende Angehörige, und das Personal wirkte überarbeitet.

Sie biss auf ihrer Unterlippe herum. Einerseits wünschte sie sich, dass Earl und Rand einfach verschwinden würden, andererseits hoffte sie, sich auf ihre Hilfe verlassen zu können. Sie ging nervös auf und ab, wie ein Tier in seinem Käfig. Earl und Rand hatten sich gesetzt und schienen sich auf eine lange Wartezeit eingestellt zu haben. Sie fragte nach Catherine, und man versicherte ihr, es werde gleich jemand kommen und sie über den Gesundheitszustand ihrer Tante informieren. Fast glaubte sie, es hier mit einem Haufen von Lügnern zu tun zu haben. Die Schwestern wirkten ungeduldig, brüsk und abweisend.

Irgendwann hatte sie das Herumlaufen satt und setzte sich zu Earl und Rand. Ihre Schwester Loreley, die Siren Song verlassen hatte, bevor Catherine das Tor verrammelte, hatte als Krankenschwester im Ocean Park Hospital gearbeitet. Catherine mochte sie, also waren vielleicht doch nicht alle Schwestern übel. Sie wünschte, dass Loreley jetzt hier gewesen wäre, doch sie hatte im Frühjahr gekündigt, nachdem sie der großen Liebe ihres Lebens begegnet war, einem Journalisten namens Harrison Frost, der auf Justice Jagd gemacht hatte, nachdem der aus dem Hochsicherheitstrakt des Halo Valley Security Hospital ausgebrochen war. Loreley hatte sich hoffnungslos in Frost verliebt und war nach Justice' Tod mit ihm nach Portland gezogen, wo man ihm einen Job angeboten hatte. Seinen alten Job, wie Catherine behauptete, doch deren Berichte waren immer lückenhaft.

Aber Catherine hatte hinzugefügt, Loreley arbeite nun in einem Krankenhaus in Portland und sei glücklich. »Werden die beiden heiraten?«, hatte Lilibeth gespannt gefragt.

Catherine hatte nur eine unverständliche, jedoch offenkundig abfällige Bemerkung gemacht. Trotz ihrer traditionellen, ja regelrecht altmodischen Einstellung hielt sie offenbar wenig von der Institution der Ehe. Lag es daran, dass sie selbst nie verheiratet gewesen war? Oder gab es einen anderen Grund? Trotz all ihrer Vorbehalte gegenüber ihrer Tante, bei diesem Thema war Ravinia einer Meinung mit ihr. Die wahre Liebe war ein Mythos. Es gab sie nicht, gleichgültig, wie viele Bücher ihre Schwestern zu dem Thema verschlangen oder wie viele romantische Schnulzen sie auf dem uralten Fernseher in Siren Song sahen.

»Miss Beeman?«

Ravinia blickte auf. »Ja?«

Ein Arzt trat zu ihr. Endlich. Sie blickte zu Earl hinüber, der natürlich lieber mit Isadora hergekommen wäre. Aber Lilibeth und Kassandra hatten nicht gewollte, dass Isadora sie allein ließ. Earls zweite Wahl war Ophelia gewesen, doch die hatte ohne weitere Begründung gesagt, Ravinia solle mitfahren. Wie auch immer, jetzt war sie hier, auch wenn sie nicht gerade die Lieblingsnichte ihrer Tante war und ihr gegenüber ebenfalls Vorbehalte hatte.

»Der Zustand Ihrer Tante ist stabil«, sagte der Arzt knapp und ohne sie anzusehen. Offenbar war er in Gedanken woanders. »Wir haben sie in ein Krankenzimmer gebracht und beobachten die Entwicklung.«

»Ist sie zu sich gekommen?«

»Noch ist sie bewusstlos, aber wir sind zuversichtlich, dass sie ...«

»Was stimmt nicht mit ihr?«

Der Arzt, ein älterer Mann mit einem ordentlich gestutzten Bart, schaute sie endlich an. »Sie hat eine Quetschung an der Schläfe. Es sieht so aus, als wäre sie gestürzt. Wahrscheinlich ist sie ausgerutscht und auf den Kopf gefallen.«

»Gestürzt?«

»Eine Schwester kann Ihnen die Nummer ihres Zimmers geben.« Er unterbrach sich. »Phyllis?«, rief er einer gehetzt wirkenden jungen Frau nach, doch die hörte ihn nicht. »Erkundigen Sie sich bei ihr, wenn sie zurückkommt«, sagte der Arzt. »Entschuldigen Sie mich jetzt bitte.«

Ravinia blickte ihm nach. Konnte wirklich alles so einfach sein? Als sie an dem Krankenwagen vorbei in das Haus geeilt war, hatten Lilibeth' Gejammer, Kassandras düstere Vorhersagen und Ophelias und Isadoras starre Mienen sie glauben lassen, Tante Catherine sei gestorben. Ophelia hatte die Notrufzentrale angerufen. Offenbar besaß sie ein Einweghandy, doch Ravinia hatte nichts davon gewusst. Die Geheimniskrämerei ihrer Schwestern kotzte sie an, doch Catherine hatte ihnen nichts anderes beigebracht.

Ravinia hatte keine Zeit verschwendet. Sie wollte sich mit eigenen Augen davon überzeugen, wie es ihrer Tante ging, und war mit Earl und Rand zum Ocean Park Hospital gefahren, wo sie kurz nach dem Krankenwagen eintrafen. Tante Catherine war bereits hereingetragen worden, und nachdem Earl geparkt hatte, war sie in das Krankenhaus gestürmt. Und seitdem wartete sie.

Durch das Fenster sah sie einen Geländewagen vorfahren. Ein Mann sprang heraus und riss die Hintertür auf.

Plötzlich trat ihr Earl in den Weg. »Ich fahre zurück, um Isadora zu holen.«

»Ich kann mich hier schon um alles kümmern«, erwiderte Ravinia verärgert. »Meine Schwestern brauchen Sie in Siren Song.«

Trotz der Meinung ihrer Schwestern hatte Earl sie nicht mitnehmen wollen, doch Rand hatte seinen Einwänden widersprochen, und sie hatte sich einfach neben ihn in den Pick-up gesetzt. Doch jetzt hatte Earl sich offenbar etwas anderes in den Kopf gesetzt. Er ging zur Tür und blickte zu Rand hinüber, der weiter auf seinem Stuhl saß.

»Ich bleibe«, bemerkte er.

»Das muss nicht sein«, sagte Ravinia schnell. Sie wollte nicht, dass er etwas von ihr erwartete, weil er dafür gesorgt hatte, dass Earl sie mitnahm.

Rand zuckte nur die Achseln.

Ravinia ging die Schwester namens Phyllis suchen, die auf den Zuruf des Arztes nicht reagiert hatte, und sah sie aus dem Flur nach draußen treten, wo Pfleger einer Frau aus dem Geländewagen halfen und sie in einen Rollstuhl setzten. Sie trug zwei Jacken übereinander und hatte die Arme um ihren Oberkörper geschlungen. Der Fahrer des Wagens sprach mit einem Rettungssanitäter, der den Rollstuhl Richtung Eingang schob. Die Frau trug Socken, aber keine Schuhe, und Ravinia erkannte in ihr den weiblichen Detective vom Sheriff's Department. Wie hieß sie noch? Detective ... Dunbar.

Sie drückte unter den Jacken etwas an ihre Brust. Ein Baby? *Ihr* Baby? Hatte sie das Kind in dem Schneesturm geboren?

Die Doppeltür glitt mit einem Zischen auf, und Phyllis winkte Detective Dunbar und ihre Begleiter herein.

Ravinia trat zu der Krankenschwester. »Entschuldigung, haben Sie einen Moment Zeit?«

»Gleich, in zwei Minuten.«

»Ich muss die Zimmernummer von Catherine Rutledge erfahren.«

»Wie gesagt, gedulden Sie sich einen Augenblick, ich gebe sie Ihnen gleich.«

Damit verschwand sie. Ravinia blickte zu Rand hinüber und schaute sich dann nach einer anderen Krankenschwester um, die ihr vielleicht helfen konnte. Sie sah niemanden, doch dann tauchte irgendwann eine Schwester auf, deren Namensschild verriet, dass sie baransky hieß. Ravinia stellte sich als Catherines Nichte vor und fragte sie nach der Zimmernummer ihrer Tante. Auch Baransky wollte zu Detective Dunbar, doch sie winkte eine junge Kollegin herbei, die abzog, um sich nach der Zimmernummer zu erkundigen.

»Zimmer 313«, sagte sie, als sie zurückkam. »Hinter der Tür da rechts abbiegen, und dann sehen Sie auf der rechten Seite die Aufzüge. Es wird aber noch zwanzig Minuten dauern, bis Ihre Tante in dem Zimmer ist.«

Ravinia hörte das Neugeborene hinter sich schreien und drehte sich um. Schwester Baransky hielt das Baby in den Armen.

Rand döste auf seinem Stuhl, und sie ging zu ihm und trat ihm auf die Zehen. Er öffnete die Augen, hob aber nicht den Kopf.

»Was gibt's?«, fragte er.

»Ich will wissen, wie wir miteinander verwandt sind.«

»Genau weiß ich das nicht.«

»Und wer weiß es?«

Er blickte auf. »Vermutlich mein Großonkel. Das ist der Schamane.«

»Schamane?«, fragte sie zweifelnd.

»Nun, nicht offiziell.« Er zuckte die Achseln. »Du weißt schon.«

»Nein, ich weiß es eben nicht«, erwiderte sie gereizt.

»In deiner Familie gibt es das auch. Diejenigen, die spiritueller sind als der Rest und der Sippe den Weg weisen.«

»Du hast ja keine Ahnung, wovon du da redest«, murmelte sie.

»Du hast mich gefragt«, bemerkte er achselzuckend.

»Ich gehe jetzt zu meiner Tante«, sagte sie und verschwand. »Spiritueller als der Rest«, wiederholte sie angewidert. Vielleicht war das in seiner Familie so. Ihre war nur ein chaotischer Haufen.

Savannah war innerlich aufgewühlt. Sie fühlte sich, als wäre sie von einem elektrischen Schlag getroffen worden. Die Nerven. Die Angst, die Schmerzen, die Erschöpfung. Das Wunder der Geburt. Es war alles zu viel auf einmal.

Das Baby. Ihr Baby.

»Meine Schwester wird in diesem Krankenhaus operiert«, sagte sie zu dem Rettungssanitäter, der sie in den kleinen Raum geschoben hatte, in dem es keine Tür, sondern nur einen zugezogenen Vorhang gab. »Sie heißt Kristina St. Cloud.« Sie blickte zu Hale hinüber, der einem Patienten von der Geburt erzählte, und dann trat eine Krankenschwester in den Raum.

»Geben Sie mir das Baby?«, fragte sie Savannah. Ihr Lächeln sollte beruhigend sein, wirkte aber zugleich auch etwas angespannt.

Savannah wollte sich nicht von dem Kind trennen, übergab es aber der Schwester, ohne zu klagen. »Bitte sorgen Sie dafür, dass es ihm gut geht.«

»Aber natürlich.«

»Mit Nachnamen heißt er St. Cloud«, sagte Savannah. »Ich denke, sie werden ihm den Vornamen Declan geben.«

»Sie?«

»Seine Eltern. Ich war die Leihmutter.«

Die Schwester nickte. »Ich sorge dafür, dass er ein Namensschild bekommt.«

Sobald sie Declan losgelassen hatte, begann er zu weinen. Die Schwester brachte das Baby in ein Untersuchungszimmer, und dann tauchte eine ihrer Kolleginnen auf, auf deren Namensschild baransky stand. Sie hüllte Savvy in frische Decken und versicherte, ihr ein Zimmer zu besorgen, sobald eines frei werde. Bei dem Sturm hatte es zahlreiche Verletzte gegeben, und in dem Krankenhaus wurde der Platz knapp. Savvy blickte sich um, doch von Hale war nichts zu sehen.

»Entschuldigen Sie bitte«, sagte sie zu Baransky, »aber meine Schwester wurde hier heute operiert. Sie heißt Kristina St. Cloud. Kann mir jemand sagen, wie es ihr geht?«

»Ich kümmere mich darum, sobald wir Sie auf Ihr Zimmer gebracht haben«, antwortete Baransky.

»Wo ist Declan?«

»Der Arzt untersucht ihn. Es ist alles in Ordnung. Kommen Sie, ich glaube, ich weiß, wo ich sie hinbringe ...«

Baransky führte sie in ein Zimmer mit Dusche, in der ein Hocker stand. Savvy wartete nicht erst auf eine Einladung.

Sie zog sich aus, drehte die Hähne auf, ließ sich auf den Stuhl fallen und genoss das Gefühl des heißen Wassers auf ihrer Haut. Sie hatte vergessen, ihre Socken auszuziehen, und wollte es gerade nachholen, als eine andere Schwester auftauchte und ihr dabei half. Sie dachte an das Blut, das Fruchtwasser und die Plazenta, die auf dem Boden von Hales Wagen gelandet waren. Die Erinnerung daran machte sie ein bisschen verlegen.

Aber sie hatten es geschafft.

Und Declan ging es gut.

Sie hatte keine Ahnung, was aus ihrer Unterwäsche und ihrer Hose geworden war. Wahrscheinlich lagen die auch in Hales TrailBlazer.

Als sie unter der Dusche hervorkam, bestand die Schwester darauf, dass sie sich zu Bett legen sollte.

»Ich hole Ihren Ehemann«, sagte sie, als Savvy unter die Decke schlüpfen wollte.

Savvy wollte sie korrigieren und sagen, Hale sei nicht ihr Mann, aber so sehr brannte ihr das Thema auch wieder nicht auf den Nägeln. Sie war total erschöpft. Vielleicht sollte sie für eine oder zwei Minuten die Augen zumachen, bevor sie nach dem Baby und Kristina sehen würde.

Kristina.

Sie schlug die Augen auf. War sie eingeschlafen? Sie hatte das Gefühl, dass nur sehr wenig Zeit vergangen war. Als sie gerade die Beine über die Bettkante schwang, trat Hale ins Zimmer.

»Ich musste meinen Wagen woanders parken«, sagte er.

»Irgendwelche Neuigkeiten über Kristina?«

»Sie hat die Operation überstanden und wurde auf ein Zimmer gebracht. Mehr weiß ich nicht.«

»Die Schwester hat gesagt, mit dem Baby sei alles in Ordnung.«

»Ja, dem Kleinen geht's prächtig.« Er lächelte. »Ich habe ihn gerade gesehen.«

»Und du?«, fragte sie, als sie in seine müden grauen Augen blickte.

»Nicht zu vergleichen mit dem, was du durchgemacht hast.«

»Ja«, sagte sie mit einem schwachen Lächeln. »Ich habe ihnen gesagt, dass er Declan St. Cloud heißt.«

»Gut.«

»Ich glaube, ich sollte mich doch noch mal kurz hinlegen.«

»Und ich besorge dir frische Klamotten.«

Eine gute Idee, denn die Kleidungsstücke, die in seinem TrailBlazer lagen, würde sie bestimmt nie wieder anziehen.

Ravinia stand neben dem Krankenbett und schaute auf ihre Tante hinab. Die Sanitäter und die Krankenschwester, die sie hergebracht hatten, waren davon ausgegangen, das Zimmer leer vorzufinden, und hatten ihr fragende Blicke zugeworfen. Daraufhin hatte sie erklärt, sie sei die Nichte der Patientin, und damit hatten sich die drei zufriedengegeben. Nachdem einer von ihnen das Licht gedimmt hatte, waren sie verschwunden.

»Tante Catherine«, sagte sie leise. »Tante Catherine?«

Nie zuvor hatte sie ihre Tante schlafend gesehen. Sie fühlte sich ihr überlegen, war aber zugleich auch etwas verängstigt.

»Ich habe das Tagebuch«, sagte sie. »Ich habe es aus deinem Zimmer gestohlen.«

Keine Reaktion. Catherine atmete regelmäßig und tief.

»Es ist Marys Tagebuch.« Als sie es an sich genommen hatte, war ihr sofort aufgefallen, dass dies nicht Catherines unverwechselbare Handschrift war. Die Tagebuchschreiberin hatte die Einträge spontan und hastig niedergeschrieben, in einer eher krakeligen Schrift.

C.

Janet hat verdient, was sie jetzt durchmacht. Du weißt, dass sie ihn sich absichtlich gekrallt hat. Es ist ein Spiel mit ihr, doch ich bin die bessere Spielerin. Jetzt gehört er mir, und das Kind bewegt sich schon in meinem Bauch.

Das hatte ganz sicher nicht Catherine geschrieben. Selbst wenn der Eintrag nicht an sie adressiert gewesen wäre, hätte Ravinia vermutet, dass er von ihrer Mutter stammte. Ja, ihre gute alte Mom war völlig verrückt gewesen.

Mit einem unbehaglichen Gefühl fragte sie sich, ob dieser Mann, den ihre Mutter dieser Janet ausgespannt hatte, nicht vielleicht ihr eigener Vater war … Es hing alles von der Chronologie der Ereignisse ab, doch die Tagebucheinträge waren sämtlich undatiert.

Als Catherine die Augen nicht aufschlug, zog Ravinia das Tagebuch hinten aus ihrem Hosenbund und schlug es an einer Stelle auf, die offenbar mehrfach wiedergelesen worden war. »Möchtest du, dass ich dir etwas vorlese?«, fragte sie laut.

Immer noch keine Reaktion.

Ravinia betrachtete hilflos ihre Tante. Sie wollte sie durch einen Schock aus ihrer Bewusstlosigkeit reißen. Ja, Catherine machte sie wahnsinnig, aber es war wichtig, dass sie wieder zu Bewusstsein kam.

Sie blickte auf den Tagebucheintrag.

C., ich kann dir D. wegnehmen. Denk nicht, dass ich dazu nicht fähig wäre. Sei ein kluges Mädchen, was ihn betrifft, oder ich werde dir meine Macht demonstrieren. Gib ihn jetzt auf, bevor du mich zu etwas zwingst, das ich nicht tun möchte. Du kannst ihn nicht für dich behalten. Auch er wird mir gehören. J's Ehemann und auch ihr Vater.

Ravinia blickte von dem Tagebuch auf. Es lief ihr kalt den Rücken hinab, als sie sah, dass Catherines blaue Augen sie starr anblickten. »Tante Catherine?«, fragte sie mit bebender Stimme.

Catherines Lippen bewegten sich. »Mary ... die Leiche ... Mary ... die Leiche ... Mary ...«

Ravinia schaute ihre Tante an und fragte sich, ob sie wirklich etwas sah oder noch in einer völlig anderen Welt war. Nach ein paar langen Augenblicken stellte sie eine Frage. »Was für eine Leiche?«

»Der Mann von den Knochen ...«

Sie streckte die Hand aus und packte Ravinias Arm. Die hätte fast geschrien und machte sich von ihrem Griff frei. »Wer?«

»Mary ... die Leiche ... auf Echo ...«

Ravinia schaute aus dem Fenster, das Richtung Westen ging, doch es war tiefe Nacht. »Eine Leiche auf Echo Island?«, fragte sie.

»Mary ...«

»Wer ist Janet? Die Frau, deren Namen Mary mit J. abkürzt?«

Ravinia blickte noch einmal auf den Tagebucheintrag und dachte daran, in Catherines Herz zu blicken. Sie hatte das schon mehrfach versucht, doch sie hatte ihre Tante noch nie so wehrlos gesehen. Sie konzentrierte sich und versuchte zu erkennen, was für ein Mensch Catherine war, doch auch jetzt war der Weg in ihr Inneres blockiert.

Vielleicht heißt das nur, dass sie weder gut noch schlecht ist, dachte Ravinia plötzlich.

Sie las die beiden Textpassagen noch einmal. »Wer ist D.?«, fragte sie dann. »War er dein Liebhaber?«

Catherine setzte sich abrupt auf, und Ravinia wich erschrocken zurück. Fast wäre sie gestolpert, und sie ließ das Tagebuch fallen. Als sie es aufhob und fest an ihre Brust drückte, sank Catherines Oberkörper wieder auf das Bett.

Ravinia trat einen Schritt vor. Fast rechnete sie damit, dass bei Catherine wieder eine heftige Reaktion folgen würde. Es war unheimlich.

»Miss?«

Ravinia wirbelte erschrocken herum und sah eine Krankenschwester in der Tür stehen. Sie versuchte, sich zu fangen.

»Ich wollte nachsehen, ob sie wieder zu sich gekommen ist«, sagte die Schwester, eine ältere Frau mit ernster Miene.

Ravinia blickte zu Catherine hinüber, deren Augen wieder geschlossen waren, als wollte sie vorgeben, nicht bei Bewusstsein zu sein.

»Nein, ist sie nicht«, beantwortete Ravinia die Frage der Schwester.

»Ist Ihnen irgendeine Veränderung aufgefallen?«, fragte die Schwester, während sie den Infusionsschlauch und die Kanüle in Catherines Arm begutachtete.

»Einmal hat sie sich aufgesetzt, doch sie war nicht wirklich wach.«

»Sie hat sich aufgesetzt?«

»Ja.«

»Nun gut. Für mich klingt das so, als würde sie bald zu sich kommen. Ich bin sicher, dass der Arzt sie über Nacht hierbehalten will. Sie können gerne bei ihr bleiben.«

Als die Schwester verschwunden war, blickte Ravinia wieder Catherine an. »War D. dein Liebhaber?«, hakte sie nach. »War er Janets Ehemann?«

Catherines Lippen bewegten sich, doch sie verstand nichts.

»Was?« Ravinia beugte sich mit einem heftig klopfenden Herzen vor.

Wieder murmelte Catherine nur etwas Unverständliches vor sich hin.

Ravinia bekam eine Gänsehaut, als sie weiter auf die Antwort ihrer Tante wartete, doch sie hörte nur deren schwere Atemzüge.

Eine Zeit lang stand sie schweigend da. Dann blickte sie nachdenklich auf das Tagebuch und blätterte ein paar Seiten um. Bis zum Tagesanbruch blieben noch einige Stunden, und bis dahin konnte sie eine ganze Menge lesen.

Sie setzte sich auf einen Stuhl und las ein paar weitere Einträge. »Oder ist D. Janets Vater?«, fragte sie plötzlich.

Aber Catherine reagierte nicht.

Der Sonntagmorgen begann grau und kalt, und als Savvy aufwachte und sich dem Fenster zuwandte, war sie zuerst desorientiert, doch dann kamen auf einen Schlag die Erinnerungen zurück.

Sie setzte sich im Bett auf und spürte, wie ihre eingeschlafenen Muskeln schmerzten. Die Welt vor dem Fenster war weiß, aber es schneite nicht mehr. Dafür schien jetzt die Sonne, doch am Himmel trieben trotzdem Wolken, die sich zusammenballen und weitere Niederschläge bringen konnten.

Auf dem einzigen Stuhl in dem Zimmer stand eine kleine Reisetasche, und sie erinnerte sich undeutlich, dass Hale zurückgekommen war und sie hier abgestellt hatte. Sie stand vorsichtig auf, ging zu dem Stuhl, zog den Reißverschluss der Tasche auf und nahm eine ordentlich zusammengefaltete, altrosafarbene Bluse heraus. Sie gehörte Kristina. Savvy zögerte einen Moment und erinnerte sich an die Tasche, die vor der Rückbank in Hales TrailBlazer stand. Nein, ihre völlig verschmierten Sachen konnte sie mit Sicherheit nicht wieder anziehen, doch irgendwie behagte ihr die Vorstellung nicht, Kleidung ihrer verletzten Schwester zu tragen.

Trotzdem zog sie die Bluse an. Den BH brauchte sie gar nicht erst anzuprobieren, denn Kristina hatte eine größere Oberweite. Einen langen Moment dachte sie voller Liebe an ihre unglückliche Schwester, und dann zog sie einen sauberen Slip und eine dunkelbraune Hose an, deren Reißverschluss sie aber wegen ihres immer noch geschwollenen Bauches nicht zuziehen konnte.

Sie ging auf die Toilette und zog dann den Saum von Kristinas Bluse über den offen klaffenden Reißverschluss.

Als sie einen Blick in den Spiegel warf, zog sie eine Grimasse. Ihr rötlich-braunes Haar war völlig zerzaust und dunkle Ringe unter ihren Augen zeugten von der anstrengenden letzten Nacht.

Von der Taille an abwärts tat ihr alles weh, doch das war keine große Überraschung. Obwohl sie die gleiche Schuhgröße hatten, waren ihr die Lederslipper ihrer Schwester etwas zu eng. Ihre Füße waren angeschwollen während der Schwangerschaft, und sie war sich nicht sicher, ob sie in Zukunft noch die alte Schuhgröße haben würde.

Sie konnte es nicht abwarten, nach Declan und ihrer Schwester zu sehen, und verließ das Zimmer. Vor der Tür stolperte sie über Schwester Baransky, die sie ansah und sagte, sie werde ihr einen Rollstuhl besorgen.

»Gehen Sie nie nach Hause?«, fragte Savvy.

»Wir hatten einen Notfall nach dem anderen, aber gleich mache ich Feierabend.«

»Ich brauche keinen Rollstuhl«, sagte Savvy und ging los, bevor Baransky sie aufhalten konnte. Sie beugte sich beim Gehen etwas vor, denn sie hatte definitiv Schmerzen. Aber es war ihr egal. Wieder spürte sie denselben Adrenalinschub wie vor der Geburt. Sie musste wissen, wie es dem Baby und ihrer Schwester ging.

»Kristina St. Cloud erholt sich von ihrer gestrigen Operation«, sagte sie zu der ersten Krankenschwester, die ihr über den Weg lief. »Sie ist meine Schwester.«

Die Frau blickte Savvy an, die sich verlegen mit der Hand durchs Haar fuhr. Dann griff sie wortlos zum Telefon und fragte nach jemandem namens Patricia. Anschließend lauschte sie ein paar Augenblicke. Nachdem sie aufgelegt hatte, schien sie sich ihre Worte sorgfältig zurechtzulegen. »Nehmen Sie diesen Flur zur Intensivstation. Dr. Oberon wartet dort auf Sie.«

»Ist Dr. Oberon der behandelnde Arzt meiner Schwester?«

»Ihr Chirurg.« Sie nickte Savvy kurz zu und verschwand.

Ihr Verhalten sorgte dafür, dass Savvys Herzschlag sich mit jedem weiteren Schritt beschleunigte. Die Krankenschwester hatte nicht mit ihr reden, ihre Frage nicht beantworten wollen. Sie hatte sie nur so schnell wie möglich loswerden wollen.

Bitte, lieber Gott ..., dachte sie, als sie am Ende des Korridors über einer geschlossenen Tür mit einem kleinen Fenster das Schild mit der Aufschrift intensivstation sah. Als sie durch das Fenster spähte, sah sie auf der anderen Seite Hale. Er stand mit gesenktem Kopf da und lauschte einem Mann mit welligem braunem Haar und ernster Miene, der einen weißen Kittel trug. *Dr. Oberon,* dachte sie.

Sie stieß die Tür auf. Der Arzt blickte auf, und Hales Kopf fuhr herum. An seinem Blick konnte sie ablesen, dass sich ihre schlimmsten Befürchtungen bestätigen würden.

»Nein ...«, flüsterte sie.

»Sind Sie die Schwester von Mrs St. Cloud?«, fragte der Arzt, auf dessen Namensschild tatsächlich Dr. Oberon stand.

»Ja.« Sie bekam das Wort kaum heraus und schlug den Blick zu Boden.

»Sie ist heute Morgen gestorben«, sagte der Arzt. »Der Druck im Gehirn war zu stark.« Danach hörte sie nichts mehr von dem, was der Arzt noch sagte, und sie befürchtete, das Bewusstsein zu verlieren.

»Savvy ...« Sie sah, wie sich Hales Lippen bewegten, und er kam zu ihr, nahm sie in den Arm und drückte sie fest an sich. Sie schloss die Augen, konnte keinen klaren Gedanken fassen. Es war alles zu viel.

Kristina war tot? Tot?

Sie hatte geglaubt, emotional völlig taub zu sein, doch Hales Umarmung ließ ihr Tränen in die Augen steigen. »Meine Schwester ...«

»Ich weiß ...«

Und dann begann sie zu weinen und hielt sich an ihm fest.

20

Catherine wachte auf, als hätte sie eine erholsame, ungestörte Nachtruhe hinter sich und blinzelte mehrfach. »Ich kann nicht sehen«, sagte sie dann.

Ravinia, deren Kinn auf die Brust gesunken war, als sie einnickte, wurde aus dem Schlaf gerissen. Das Tagebuch ihrer Mutter fiel zu Boden. »Ich mache mal Licht.« Sie stand auf, ging zur Tür und drückte auf den Schalter.

In dem Krankenzimmer wurde es taghell, doch Catherine blinzelte immer weiter. »Ravinia?«

Ihre Nichte trat an das Bett. »Hier bin ich.«

»Ich kann dich nicht sehen.«

Ravinia blickte auf ihre Tante hinab, deren Blick auf einen imaginären Punkt in der Ferne gerichtet zu sein schien. »Was stimmt denn nicht?«

»Wo bin ich? Es riecht wie in einem Krankenhaus.«

»Ich muss den Arzt holen.«

»Nein, bleib hier«, befahl Catherine. »Bitte.«

Ravinia blickte sie besorgt an. »Aber wenn du nicht sehen kannst ...«

»Wahrscheinlich geht das vorüber. Was ist passiert?«

»Ich kann es dir nicht genau sagen. Du warst am Tor, um mit Earl zu reden, bist aber nicht wieder ins Haus gekommen. Warum kannst du nicht sehen? Was soll das heißen, dass es vorübergehen wird?«

»Das passiert mir nicht zum ersten Mal. Wo ist Isadora?«

»Zu Hause.« Ravinia erzählte ihrer Tante schnell, was am

Abend zuvor passiert war. »Dann haben mich Earl und sein Sohn hierher gebracht. Irgendwann ist er nach Siren Song zurückgefahren, um Isadora zu holen, aber seitdem nicht wieder aufgetaucht. Alle wollten, dass Isadora dort blieb, und deshalb bin ich jetzt hier.«

»Ja, Isadora sollte bei den anderen bleiben«, sagte Catherine.

»Ja, vielleicht ...« Ravinia räusperte sich. »Warum ist Earl nach Siren Song gekommen?«

»Warum hat er nicht Ophelia mitgenommen?«

»Weil ich über den Zaun geklettert bin, um Hilfe zu holen!«, erwiderte sie gereizt. »Was zum Teufel ist passiert? Warum kannst du nicht *sehen*?« Ihr war bewusst, dass ihre Stimme leicht hysterisch klang, und sie bemühte sich, ruhig weiterzureden. Sie hätte Catherine den Hals umdrehen können. Wenn sie ein Telefon gehabt hätten oder Auto fahren könnten ...

»Bei Stress passiert das manchmal«, antwortete ihre Tante, doch irgendwie klang das nach einer Ausflucht.

»Wusstest du, dass Ophelia ein Einweghandy hat?«, fragte Ravinia. »Sie hat die Notrufzentrale angerufen, als ich schon weg war, um Hilfe zu holen. Sie könnte dir das Leben gerettet haben.«

Catherine schüttelte den Kopf. »Nein, das wusste ich nicht.«

»Warum ist Earl vorbeigekommen?«, fragte Ravinia erneut. Obwohl der ihr »Mädchen für alles« war, kam er nur selten abends. Er war der einzige Mann, der das Grundstück betreten durfte, doch sie konnte sich nicht erinnern, dass er jemals so spät vorbeigeschaut hatte.

»Wir hatten uns um ein paar Dinge zu kümmern.«

»Geht's auch etwas genauer?«

»Was willst du, Ravinia?«, fragte Catherine müde.

»Antworte! Wer ist Janet?«

Catherine blinzelte. »Was?«

»Wer ist Janet?« Ravinia hob das Tagebuch vom Boden auf, schlug schnell wieder den Eintrag auf, den sie zuerst gesehen hatte und las laut vor: »›Janet hat verdient, was sie jetzt durchmacht. Du weißt, dass sie ihn sich absichtlich gekrallt hat. Es ist ein Spiel mit ihr, doch ich bin die bessere Spielerin. Jetzt gehört er mir, und das Kind bewegt sich schon in meinem Bauch.‹« Sie blickte zu ihrer Tante auf, die errötet war. »Und dann geht's später so weiter: ›Du kannst ihn nicht für dich behalten. Auch er wird mir gehören. J's Ehemann und auch ihr Vater.‹«

»Du hast dieses Tagebuch aus meinem Zimmer gestohlen«, sagte Catherine wütend.

»Ja, habe ich. Weil du uns nie etwas erzählst. Und als ich dich gestern bewusstlos im Schnee gefunden habe, wollte ich nicht mehr weiter warten. Wir alle können es uns nicht mehr leisten, noch weiter zu warten.«

»Wie bist du in mein Zimmer gekommen?«

»Welches Baby hat sich in Marys Bauch bewegt?«, fragte Ravinia. »Welche von uns war es?«

»Ich weiß es nicht.«

»Weiß Isadora es?«, fragte Ravinia. »Was steht sonst noch hier drin?« Sie hob das Tagebuch, als könnte Catherine es sehen. »Wenn ich genug Zeit darauf verwende, werde ich es herausfinden, doch es wäre nett, wenn du mir helfen würdest.«

»Hältst du das Tagebuch jetzt in der Hand?«

»Ja, hier ist es! Ich habe die ganze Nacht darin gelesen!«

Catherine traten Tränen in die Augen. Ravinia fühlte sich mies, gab aber nicht nach. Ihre Tante drehte den Kopf weg, und sie hatte die Hände auf dem Bauch gefaltet. »Du hattest kein Recht dazu.«

»Wenn du uns gegenüber aufrichtig wärest, hätte ich keinen Grund gehabt, das Tagebuch zu stehlen. Also, wer zum Teufel ist Janet?«

»Janet Bancroft war Marys Widersacherin. Sie waren Schulkameradinnen, und Mary hasste sie.«

»Sie ist die Frau, die in dem Tagebuch mit dem Kürzel J. gemeint ist?«

»Ja.«

»Warum hat Mary sie gehasst?«

»Weil Janet wunderschön war und die Jungs sie liebten. Das ist alles so lächerlich. Sie waren auf der Highschool Klassenkameradinnen, und Mary war auf Janet eifersüchtig. Einfach kindisch.«

»Was ist aus Janet geworden?«

»Sie hat geheiratet. Später habe ich etwas von einer Scheidung gehört. Aber all das ist eine Ewigkeit her, und es hat nichts mit uns zu tun.«

»Du lügst.« Ravinia hatte in Catherines Herz geschaut, nur für einen kurzen Moment, als sie die Angst ihrer Tante gespürt hatte. Angst davor, dass Ravinia etwas herausfinden würde, das sie nicht wissen sollte.

»Ich lüge nicht«, erwiderte Catherine bestimmt.

»Dann erzählst du mir eben nicht die ganze Wahrheit. Was ist das mit J's Ehemann und Vater? Wer sind die beiden?«

»Ich bin dir keine Erklärungen schuldig.«

»Da irrst du dich! Alles bricht zusammen, Tante Catherine. Kapierst du es nicht? Deine Kulissenwelt hat keine Zukunft. Deine Festung hat uns nicht wirklich vor Justice geschützt, und sie wird uns diesmal nicht retten. Sei wenigstens einmal ehrlich in deinem verkorksten Leben!«

»Janet ist Janet Bancroft, Declan Bancrofts Tochter und ehemalige Ehefrau von Preston St. Cloud. Mary wollte sie beide, musste sich aber mit Preston begnügen.« Ihre Stimme wurde wütend. »Sie hat Preston seiner Frau ausgespannt, und Janet saß mit ihrem Sohn allein da und hat die Scheidung eingereicht.«

In Ravinias Kopf ging alles durcheinander. »Was ist aus Declan geworden?«, fragte sie.

»Was meinst du?«

»Warum hat sie ihn nicht auch bekommen? Sie behauptet, jeden Mann haben zu können. Sie scheint geglaubt zu haben … Oh, er ist dieser *D.* !« Ravinia blätterte vor zu dem zweiten Tagebucheintrag. »*C., ich kann dir D. wegnehmen. Denk nicht, dass ich dazu nicht fähig wäre. Sei ein kluges Mädchen, was ihn betrifft, oder ich werde dir meine Macht demonstrieren. Gib ihn jetzt auf, bevor du mich zu etwas zwingst, das ich nicht tun möchte.*« Catherines Miene wirkte verstockt. »Sie hat Declan gemeint, deinen Liebhaber. Sie wollte, dass du auf ihn verzichtest. Andernfalls wollte sie ihn dir ausspannen.«

Catherine antwortete nicht, stritt es aber auch nicht ab.

»Wie war das mit Declan?«, fragte Ravinia.

»Ich habe auf ihn verzichtet«, antwortete Catherine scheinbar leichthin.

»Was macht er jetzt?«

»Er ist gesund und munter und führt mit seinem Enkel Hale St. Cloud das Bauunternehmen Bancroft Development. Er war Witwer, und ... Deine Mutter und ich fühlten uns beide von älteren Männern angezogen. Ich habe ihn am Strand gesehen, und ...« Sie ließ den Satz unvollendet.

»Du hättest ihn nicht aufgeben sollen«, sagte Ravinia.

Catherines Miene war wütend. »Deine Mutter hatte eine große Anziehungskraft. Mit ihrer sexuellen Energie konnte sie die Männer um den kleinen Finger wickeln. Ich konnte es nicht zulassen, dass sie Declan das antat. Ich konnte es nicht zulassen und *habe* es nicht zugelassen.« Sie blinzelte mehrere Male. »Ich glaube, allmählich wieder sehen zu können«, sagte sie erleichtert. »Doch all das spielt keine Rolle mehr, verstehst du das nicht? Es ist nur eine Episode aus Marys Vergangenheit. Das alles hat nichts mehr zu bedeuten. Bring Isadora zu mir. Bitte, Ravinia. Ich brauche sie.« Sie schwieg kurz. »Und Earl muss auch kommen.«

»Warum war er gestern Abend da?«

Ihre Tante musterte sie und ließ sich mit ihrer Antwort Zeit. »Weil er einen Brand auf Echo Island gesehen hat«, antwortete sie schließlich. »Eigentlich dürfte dort niemand sein.«

Ravinia wollte fragen, wer es sein könnte, unterließ es aber.

Catherine antwortete hingegen, als hätte sie die Frage gestellt. »Der Mann von den Knochen.«

Schwester Baransky trat zu Savvy, die durch das Fenster in den Raum mit den Neugeborenen schaute. »Miss Dunbar, Sie müssen uns noch ein paar Fragen beantworten. Mr St.

Cloud hat uns letzte Nacht erzählt, was er wusste, aber wir brauchen noch ihre Versicherungskarte, und dann sind da noch ein paar praktische Dinge, über die wir reden müssen.«

Savannah hatte Declan erblickt, aber sie konnte kaum einen klaren Gedanken fassen. *Kristina ... Mein Gott, Kristina.* »Ja, kein Problem.«

»Haben Sie vor, das Baby zu stillen?«

»Ja ... nein ...«

Savannah wandte sich der Krankenschwester zu. Kristina hatte nicht gewollt, dass sie dem Baby die Brust gab, weil sie befürchtete, die Bindung zwischen Savannah und ihrem Kind könnte zu eng werden. Zwar hatte sie das nicht ausdrücklich gesagt, doch Savannah war sich sicher. Aber jeder wusste, dass es für ein Kind besser war, wenn es gestillt wurde.

»Vielleicht sollten Sie besser wieder in Ihr Zimmer gehen«, sagte die Schwester teilnahmsvoll, als sie sah, dass Savannah Tränen in die Augen traten.

»Nein, nein, es geht schon. Und ich möchte das Kind doch stillen.«

»So bekommt das Baby erst die Vormilch, und das ist sehr wichtig«, sagte Schwester Baransky.

Savvy nickte. *»Wie wird Hale darüber denken?«*, fragte sie sich. Als sie dann der Krankenschwester folgte, wurde ihr klar, dass es ihr eigentlich egal war. Sie würde ihn nicht um seine Erlaubnis fragen. Vielleicht hatte Kristina nicht gewollt, dass sie das Kind stillte, als sie noch lebte, doch sie war sich sicher, dass ihre Schwester nur das Beste für das Baby gewollt hätte.

Hale verließ das Krankenhaus und fuhr auf den verschneiten Straßen vorsichtig Richtung Norden. Er wollte nur noch nach Hause und schlafen. Es hatte ihm einen Schock versetzt, als er Savannah in Kristinas altrosafarbener Bluse gesehen hatte. Das Bild hatte sich unauslöschlich in seine Erinnerung eingebrannt.

Er hatte bei ihr bleiben wollen, doch sie hatte sich zurückgezogen, als sie von Kristinas Tod erfuhr. Das war verständlich – sie brauchte Zeit für sich –, doch er hätte sie für immer weiter in seinen Armen halten können. Jetzt, während der letzten Meilen des Heimwegs, war er völlig erschöpft. Savannah und sein Kind sollten mindestens bis zum nächsten Tag in dem Krankenhaus bleiben. Er musste nach Hause und die Batterien wieder aufladen.

Er hatte damit gerechnet, dass Kristina überleben würde. Nie hätte er sich vorstellen können, dass sie wirklich sterben würde. Sie war so lebendig und robust gewesen. Als klar war, dass Savvy und Declan die Geburt gut überstanden hatten, hatte er den Kampf aufnehmen und alles tun wollen, um seine Ehe zu retten. Nach der Geburt war er in Hochstimmung gewesen. Er hatte Savannah bei der Geburt beigestanden, er war Superman! Und als Superman konnte er auch die Probleme lösen, die seine Beziehung zu Kristina belasteten.

Doch jetzt war er ausgepowert, völlig am Ende. Wie hatte es passieren können, dass Kristina gestorben war?

»Tatort«, hatte Officer Mills gesagt.

Was zum Teufel sollte das heißen? Wer hatte sie umgebracht? War es nur ein unglücklicher Zufall – Pech – gewesen, dass sie sich zu dem Zeitpunkt in dem Haus aufgehalten hatte?

War sie im Haus der Carmichaels auf einen wahnsinnigen Obdachlosen oder Einbrecher gestoßen?

Doch warum war sie überhaupt in dem Haus gewesen? Und durch ein Fenster eingestiegen?

Er seufzte. Der grellweiße Schnee blendete ihn, als die Sonne hinter einer Wolke hervorkam.

Nein, sie musste sich dort mit jemandem verabredet haben. Ein geplantes Treffen. Eine andere Erklärung gab es nicht. Und dieser Unbekannte hatte sie getötet.

Aber er wollte einfach nicht daran glauben.

Als er auf den Knopf drückte, um das Garagentor zu öffnen, war er todmüde, und doch gingen ihm unzählige Gedanken durch den Kopf.

Er trat aus der Garage in die Küche, warf seine Schlüssel auf die Frühstückstheke und ging zum Kühlschrank, um sich eine Flasche Mineralwasser zu holen. Er leerte sie zur Hälfte und öffnete dann den Schrank über der Mikrowelle, wo die Spirituosen standen. Er griff mit einer Hand nach der Whiskyflasche, mit der anderen nach einem altmodischen Glas und schenkte sich einen großzügigen Drink ein. Während er einen großen Schluck trank, fiel sein Blick auf die Wanduhr. Sonntagmittag, kurz vor zwölf.

Er setzte seufzend das Glas ab, zog sein Mobiltelefon aus der Tasche. Etliche Textnachrichten waren eingegangen, doch er brachte nicht die Energie auf, sie zu beantworten. Dann sah er, dass der Akku fast leer war, und er schob das Handy in die Ladestation.

Kristina.

Wann immer er an sie dachte, wurde er traurig und fühlte sich schuldig.

Plötzlich klingelte das Handy. Er stand noch daneben, griff danach und blickte auf das Display. Es war Sylvie. »Hallo, Sylvie.« Er wusste, wie leblos seine Stimme klang, doch er war unfähig, etwas dagegen zu tun.

»Hallo, Hale.« Ihre Stimme klang besorgt. »In den Morgennachrichten kam ein Beitrag über Kristina. Wie geht es ihr?«

Fast hätte er gelacht, als ihm bewusst wurde, wie absurd seine Antwort klingen musste. »Sie ist tot.«

»*Tot?*« Er hörte Sylvie nach Luft schnappen. »Nein!«

»Doch. Ich komme gerade aus dem Ocean Park Hospital. Sie wurde operiert, aber ...« Er konnte nicht weiterreden.

»Aber im Fernsehen hieß es, sie sei im Haus der Carmichaels in Seaside durch einen herabfallenden Deckenbalken verletzt worden. Mein Gott, Hale ... Wie? ... Warum?«

Sylvie war seine rechte Hand bei Bancroft Development, eine Frau, die in jeder Situation einen kühlen Kopf behielt, doch jetzt hatte es ihr offenbar die Sprache verschlagen

»Ich weiß es nicht. Ich verstehe es selbst nicht. Kristina ist in das Haus eingestiegen, durch ein Fenster, das nicht richtig schloss.«

»Aber warum?«

»Es sieht so aus, als hätte sie sich mit jemandem treffen wollen. Hör zu, Sylvie, ich bin völlig fertig. Ich war die ganze Nacht auf den Beinen ... Mein Sohn wurde in dieser Nacht geboren. Er kommt vielleicht schon morgen nach Hause.«

»Meinen Glückwunsch. Oh mein Gott. Wie geht es Savannah? Weiß sie das mit Kristina?«

»Ja.«

»Mein Gott, Hale, es tut mir so leid. Wen wollte Kristina treffen? Und warum im Haus der Carmichaels?«

»Ich wünschte, ich wüsste es.«

Plötzlich klingelte es an der Haustür.

»Sylvie, da hat gerade jemand geschellt. Verdammt, ich hoffe, es ist kein Journalist.« Wer sonst hätte ausgerechnet heute vorbeikommen sollen?

»Gut, dann sieh nach, wer es ist.«

»Kristina hat ein Kindermädchen verpflichtet«, sagte er, während er zur Haustür ging. »Ich werde ihre Telefonnummer brauchen, und ich denke, sie liegt in meinem Büro. Kristina hatte sie auf ihrem Handy eingespeichert, aber ...«

»Ach ja, Victoria Phelan. Kristina hat mir von ihr erzählt.«

»Genau, so heißt sie.«

»Ich fahre zum Büro und hole die Nummer.«

»Ich bin mir nicht sicher, wo ich sie notiert habe ...« Wenn ich sie überhaupt aufgeschrieben habe, dachte er, und dann fragte er sich kurz, wo wohl Kristinas Mobiltelefon war. Wahrscheinlich in ihrer Handtasche.

»Ich werde versuchen, sie zu finden«, sagte Sylvie.

»Danke.« Er beendete das Gespräch, und als er die Haustür öffnete, rechnete er damit, die Reporterin Pauline Kirby oder einen anderen Medienvertreter zu sehen.

Stattdessen begrüßten ihn zwei Detectives vom Seaside Police Department, die sich den Schnee von den Schuhen schlugen. »Guten Tag, Mr St. Cloud«, sagte der Größere der beiden. »Ich bin Detective Hamett vom Seaside Police Department, und das ist mein Partner, Detective Evinrud. Dürfen wir hereinkommen?«

Owen DeWitt wachte auf, mit üblen Kopfschmerzen und

von seinem Raucherhusten geschüttelt. Was nicht anders zu erwarten war nach einer langen Nacht im Rib-I. Er ging ins Badezimmer seiner heruntergekommenen Wohnung, spuckte Sputum ins Waschbecken und überlegte, ob er sich eine Zigarette anzünden sollte. Er hatte das Rauchen schon etliche Male aufzugeben versucht und es dann vor sechs Wochen endgültig geschafft, wie er geglaubt hatte ... Leider hatte es wieder nicht geklappt. Alkohol und Zigaretten gehörten einfach zusammen, und wenn er jemals das Trinken aufgab – was er eigentlich nicht vorhatte –, würde es ihm vielleicht auch gelingen, mit den Zigaretten Schluss zu machen.

Er durchwühlte die Küchenschubladen, selbst jene, die klemmte, doch er hatte wieder einmal alle Zigaretten weggeworfen, als wäre das die Lösung des Problems. Es kotzte ihn an, und jetzt blieb ihm nichts anderes übrig, als den nächsten Tabakladen aufzusuchen.

Er würde sich einen neuen Job suchen müssen, dachte er deprimiert.

Seine Ersparnisse waren fast verbraucht, und bei den Geldanlagen, die er in besseren Tagen getätigt hatte, hatte er sich übel verspekuliert.

Wäre da nicht dieses Fiasko mit Bancroft Development gewesen, wäre er immer noch gut im Geschäft.

Er fand zwei Zehner in seiner Brieftasche und glaubte, kurz beim nächsten Geldautomaten vorbeischauen zu sollen, doch das hatte er in letzter Zeit viel zu häufig getan, und der Gedanke an die Zukunft ängstigte ihn. Guter Gott, er hatte eine erfolgreiche berufliche Laufbahn hinter sich, und nun war er auf einmal ein Nichts.

Er brauchte einen Drink. Wie spät war es? Am letzten Abend hatte er ein Taxi genommen, statt sich von diesem weiblichen Detective umsonst mitnehmen zu lassen. Ein dummer Fehler, wie er eben passierte, wenn man betrunken war. Er war beunruhigt, wenn er an sie dachte. Auch hatte er ein bisschen zu viel über Charlie geplaudert, und der Typ konnte einem Angst machen. Ein kalter Blick und ein noch kälteres Lächeln, das einem das Blut in den Adern gefrieren ließ, wenn er die Maske fallen ließ.

Ja, kein Zweifel, er brauchte einen Drink. Unbedingt. Es musste Mittag sein, vielleicht noch später ...

»Verdammte Scheiße«, entfuhr es ihm, als er die dreckigen Vorhänge vor seinem Schlafzimmerfenster aufzog und sah, dass alles weiß war. Sein Auto war total zugeschneit. »So ein Mist.«

Konnte er es riskieren, bei dem Wetter zu fahren? Sollte er einen Zusammenstoß riskieren mit irgendeinem anderen Idioten, der sich bei dem Schnee auf die Straße wagte? Besser nicht. Er würde zu Fuß zu dem Tabakladen gehen müssen. *Was für ein Elend.*

Als er die Haustür öffnete und den Blick über den Parkplatz schweifen ließ, blendete ihn der Schnee, doch noch bevor er losgehen konnte, trat ihm jemand in den Weg und stieß ihn wieder ins Haus.

»Hey!« Er taumelte zurück, und die Tür schloss sich. »Du, Charlie?«, sagte er beunruhigt.

»Tag, Owen«, begrüßte ihn Charlie lächelnd. Er trug eine dunkle Skimaske und eine dicke Winterjacke.

»Was zum Teufel hast du ...?« DeWitt konnte nicht weiterreden, als er den starken Schmerz spürte. Er blickte nach unten und sah den Griff eines Messers aus dem Fleisch direkt unter seiner Brust ragen.

Charlie warf ihn zu Boden, griff nach dem Messer und stieß die Klinge mit aller Kraft nach oben. Seine blauen Augen starrten DeWitt kalt an. Der wollte schreien, doch Charlie versetzte ihm einen Handkantenschlag gegen die Kehle. Ein schrecklicher Schmerz überkam ihn, und der Schock und die Angst lähmten ihn völlig.

»Bye-bye, Owen«, sagte Charlie lächelnd, als seinem Opfer die Augen aus den Höhlen traten.

DeWitt wollte etwas sagen, brachte aber kein Wort mehr heraus. Charlie sah langsam das Licht in seinen Augen erlöschen. Dann wurde sein Körper schlaff, der Blick starr.

Charlie zog schnell das Messer aus DeWitts Oberkörper, wischte die Klinge an dessen Hemd ab und ließ die Waffe im Ärmel seiner Jacke verschwinden. Dann öffnete er die Tür einen Spaltbreit. Draußen war es so kalt, dass niemand unterwegs war.

Er fühlte sich so gut, dass er einen Moment stehen blieb, seine außergewöhnliche Kraft mobilisierte und an die Stimme dachte, die ihn herausgefordert hatte. Noch nicht. Da waren zwei andere, um die er sich zuerst kümmern musste, dieser Bancroft und die schwangere Polizistin.

»Ich bin hinter euch her«, flüsterte er, als er aus dem Haus trat und zu seinem Wagen ging.

21

Savvy lag im Bett und versuchte zu schlafen. Sie hatte geglaubt, sie würde wie eine Tote schlafen, nachdem sie ihren Sohn – Hales Sohn – in den Armen gewiegt und ihm die Brust gegeben hatte, doch sie hatte erneut verstörende erotische Träume gehabt und war wach geworden, ohne wieder einschlafen zu können. Sie zog Kristinas Sachen an und empfand ein starkes Schuldgefühl, zweifellos das der Überlebenden. Doch vielleicht lag es auch daran, dass sie schon jetzt eine so unglaublich enge Bindung an das Baby empfand. Sie liebte es, als wäre es ihr eigenes Kind, und es war extrem schwierig, daran denken zu müssen, dass sie als Leihmutter keinerlei Ansprüche hatte.

Wieder musste sie an die irritierenden erotischen Träume denken. War das normal? Am schlimmsten war, dass sie sich alle um Hale St. Cloud drehten, und tief in ihrem Inneren wusste sie, dass sie ihn immer schon attraktiv gefunden hatte. Und doch war er für sie tabu gewesen. Zu Kristinas Lebzeiten wäre sie nie darauf gekommen, etwas mit dem Ehemann ihrer Schwester anzufangen. So weit wäre es niemals gekommen. So war sie einfach nicht. Doch nun, da Kristina tot war und das Baby eine Mutter brauchte, wurde sie im Schlaf von einem sexuellen Verlangen nach ihm gepackt, und die Träume waren heftig. Hardcore.

Das muss aufhören, sagte sie sich. An Komplikationen hatte sie im Moment keinen Bedarf.

Um sich auf andere Gedanken zu bringen, suchte sie in

ihrer Handtasche nach dem Mobiltelefon. Sie wusste, dass sie es dort hineingesteckt hatte, als sie auf Hilfe wartete, und sie war erleichtert, als sie das Telefon nun in den Händen hielt. Der Akku war fast leer, und das Ladekabel steckte in ihrer Reisetasche, die wahrscheinlich noch in ihrem Ford Escape lag. Sie hatte Hale gebeten, ihre Handtasche mitzunehmen, aber nicht an die Reisetasche gedacht. Glücklicherweise hatte sie zu Hause noch ein zweites Ladekabel.

Gern hätte sie dort vorbeigeschaut, doch sie hatte kein Auto, und außerdem waren die Straßen bestimmt noch immer vereist. Überdies sollte sie bis zum nächsten Tag im Ocean Park Hospital bleiben. Sie überlegte, ob sie jemanden anrufen könnte, damit er ihr ein paar Dinge von zu Hause brachte, doch eigentlich hatte sie hier in der Gegend keine Freunde, von Stone einmal abgesehen.

Wieder musste sie an Kristina denken. Sie würde versuchen müssen, Distanz zu gewinnen, wie es auch unerlässlich war, wenn sie in einem Fall ermittelte. Das würde die einzige Möglichkeit sein, mit der Trauer klarzukommen.

Sie wählte Stones Handynummer und rechnete damit, eine Botschaft hinterlassen zu müssen, denn es war Sonntag, und da nahm Stone eigentlich grundsätzlich keine Anrufe von Kollegen an. Wenn sie ihn an einem seiner freien Tage erreichen wollte, musste sie ihn mehrfach anrufen, ihm eine SMS schicken oder gleich bei seinem Haus vorbeifahren, in dem er mit seiner Verlobten wohnte.

»Hallo, Savvy.«

Sie war überrascht, dass er sich sofort meldete, doch dann wurde ihr klar, dass er bereits etwas gehört haben musste über die Ereignisse des letzten Abends und der Nacht.

»Hallo, Lang«, sagte sie, und fast hätte sie schon wieder zu weinen begonnen. Ihre Hormone spielten verrückt, und sie trauerte um ihre Schwester. Eine schlimme Kombination.

»Wie geht es Kristina? Burghsmith meinte, sie habe einen Unfall gehabt auf einer der Baustellen von Bancroft Development und sei verletzt. Er hat Bancroft im Ocean Park Hospital getroffen, als deine Schwester gerade operiert wurde.«

»St. Cloud«, verbesserte sie ihn, noch immer darum bemüht, ihre Gefühle unter Kontrolle zu bekommen.

»Stimmt, St. Cloud. Seine Mutter war eine Bancroft.«

»Kristina ist ... Sie hat die Operation nicht ...«

»Savannah?«, fragte Stone, als er merkte, dass sie nicht weiterreden konnte.

Er musste es wissen.

»Mein Gott, alles in Ordnung bei dir, Savvy? Bist du noch in Portland? Möchtest du, dass jemand kommt und dich abholt?«

Er wusste nichts von der Geburt des Babys. Sie hatte versucht, ihn anzurufen, war aber nicht durchgekommen.

»Ich muss dir eine Menge erzählen, Lang«, sagte sie mit bebender Stimme.

»Ich höre.«

»Ich bin im Ocean Park Hospital. Ich habe letzte Nacht das Baby bekommen, es geht ihm gut. Ich bin nur völlig erschöpft und könnte gut ein paar Dinge aus meinem Haus gebrauchen, zum Beispiel das Ladekabel für mein Handy und ein paar Klamotten. Außer dir ist mir niemand eingefallen, den ich hätte anrufen können.«

»Ich werde Claire mitnehmen, damit sie mir hilft. Hast du einen Zweitschlüssel?«

Sie sagte ihm, wo er ihn finden würde, und bedankte sich.

»Die Polizei, dein Freund und Helfer«, antwortete Stone. »Ich komme so schnell wie möglich ...«

Die beiden Detectives vom Seaside Police Department saßen Hale in seiner Küche gegenüber. Er war so müde, dass er nicht wusste, ob er verärgert sein sollte über ihren Besuch oder erleichtert, weil sie wegen Kristinas Tod ermittelten.

Meistens redete Hamett, der größere der beiden Detectives, der einen Schnurrbart hatte. Sein Partner Evinrud war kleiner, hielt sich aber sehr aufrecht und schien regelmäßig ein Fitnessstudio zu besuchen.

Hamett hatte damit begonnen, ein paar Fragen über den Carmichael-Auftrag zu stellen, und er hatte sie ausführlich beantwortet. Über Iris und Astrid, den bevorstehenden Abriss und den Neubau, die Arbeiter und die Beantragung der Genehmigung beim Bauamt von Seaside. Allerdings konnte er nicht erklären, warum Kristina in dem Haus gewesen und warum sie durch ein Fenster eingestiegen war. »Sie wusste von dem Carmichael-Projekt«, schloss er, »aber wir haben nur selten über meine Arbeit gesprochen. Kristina interessierte sich nicht besonders dafür.«

»Worüber haben Sie sich denn so mit Ihrer Frau unterhalten?«, wollte Hamett wissen.

»Über persönliche Dinge. Unser Baby war unterwegs ...«

»Wurde es von einer Leihmutter ausgetragen?«, hakte Hamett nach, als Hale seinen Satz nicht beendete.

»Ja, von Kristinas Schwester Savannah. Sie ist Detective beim Tillamook County Sheriff's Department.«

»Was Sie nicht sagen«, bemerkte Hamett.

Hale hatte den Eindruck, dass er und Evinrud sich schwer beherrschen mussten, sich nicht anzusehen.

»Was ist?«, fragte Hale. Allmählich war er eher verärgert als erleichtert.

»Wo waren Sie letzte Nacht zu dem Zeitpunkt, als Ihre Frau starb?«, fragte Evinrud schließlich.

»Da ich nicht genau weiß, wann sie gestorben ist, kann ich die Frage nicht präzise beantworten«, sagte Hale angespannt. »Bis ungefähr um fünf war ich in meinem Büro, anschließend auf einen Drink im Bridgeport Bistro. Danach bin ich nach Hause gefahren.«

»Sie haben an einem Samstag gearbeitet«, stellte Hamett fest.

»In meiner Branche lässt sich das nicht immer vermeiden.«

»Ihre Frau war nicht berufstätig?«, fragte Evinrud, der sich bequem zurückgelehnt hatte, aber so wirkte, als würde ihm keine Kleinigkeit entgehen.

»Nein.«

»Hatten Sie vor, gestern Abend zusammen etwas zu unternehmen?«

»Nein.«

»Haben Sie damit gerechnet, Ihre Frau anzutreffen, als Sie nach Hause kamen?«, fragte Hamett.

»Ja, schon.«

»Das klingt so, als wären Sie sich nicht sicher, Mr St. Cloud«, bemerkte Evinrud, der hier offenbar die Rolle des »Bad Cop« spielte.

»Als ich am Freitag nach Hause kam, fand ich einen Zettel, auf dem Kristina mich wissen ließ, sie brauche etwas

Zeit für sich«, erklärte Hale. Er zögerte, doch es war sinnlos zu schweigen, da es ohnehin herauskommen würde. »In dieser Nacht ist sie nicht nach Hause zurückgekehrt.«

Jetzt tauschten die beiden Detectives einen Blick aus, und Hale spürte, wie sich sein Puls beschleunigte. Die beiden verhielten sich so, als hätte er etwas zu tun mit ihrem Tod. Er wusste, dass man häufig zuerst annahm, der Ehemann sei der Täter gewesen. Trotzdem hatte er nicht ernsthaft damit gerechnet, Rechenschaft ablegen zu müssen über sein Verhalten.

»War sie hier, als Sie gestern Abend nach Hause kamen?«, fragte Hamett.

»Nein.«

»Wann genau haben Sie am Freitag den Zettel gefunden?«, wollte Evinrud wissen.

»Ich weiß es nicht genau. Vielleicht so um sechs.«

»Wann haben Sie Ihre Frau zum letzten Mal gesehen?« Hamett blickte auf seine Notizen, doch als Hale nicht sofort antwortete, schaute er auf.

»Am Freitagmittag, etwa um kurz nach zwei. Sie hat in meinem Büro vorbeigeschaut.« Er verlor zunehmend das Interesse, mit diesen beiden Detectives zu reden. Am liebsten hätte er sie angeschrien, sie sollten ihn in Ruhe lassen und besser den Mörder suchen, doch das wäre bestimmt keine gute Idee gewesen.

»Gab es einen speziellen Grund dafür, warum Ihre Frau Sie in Ihrem Büro besucht hat?«, fragte Hamett.

Geh mit mir ins Bett. Wir brauchen wieder mehr Leidenschaft in unserer Ehe.

»Sie glaubte, dass wir etwas tun müssten, um unsere Beziehung zu verbessern. Die Geburt des Babys stand unmittelbar bevor. Tatsächlich ist es letzte Nacht zur Welt gekommen.«

»Glückwunsch«, sagte Evinrud.

Hale biss die Zähne zusammen und schwieg.

Hamett blickte ihn ernst an. »Haben Sie diesen Zettel noch?«

Hale nickte und ging ihn holen. Er hatte ihn zusammengeknüllt und in ihrem Schlafzimmer in den Papierkorb geworfen, wo er auch jetzt noch lag.

Habe meine Meinung geändert. Ich bin nicht verrückt. Ich brauche nur etwas Zeit für mich. Kristina.

Hamett schaute wieder auf seine Notizen, als Hale ihm den Zettel reichte. Der Detective warf einen Blick darauf. »In welchem Punkt hatte sie ihre Meinung geändert?«

»Zuerst hatte sie gesagt, sie würde auf mich warten. Wie gesagt, sie glaubte, wir müssten etwas für unsere Beziehung tun.«

Zum ersten Mal musste Hale jetzt genauer darüber nachdenken, und ihm wurde bewusst, dass vielleicht etwas passiert war, das Kristina dazu veranlasst hatte, ihre Pläne zu ändern.

»Weshalb haben Sie für mehrere Stunden das Krankenhaus verlassen, als Ihre Frau operiert wurde?«, fragte Hamett.

Er musste sich bemühen, nicht die Selbstbeherrschung zu verlieren. »Ich habe Savannah – Detective Dunbar – gesucht, die auf dem Rückweg von Portland war, nachdem sie von dem Unfall ihrer Schwester gehört hatte. Sie steckte in den Bergen im Schnee fest, und die Wehen hatten begonnen. Nach der Geburt des Kindes habe ich sie ins Ocean Park Hospital gebracht. Ein Deputy aus dem Clatsop County war bei mir, falls Sie meine Angaben überprüfen wollen.«

»Ich bin sicher, dass es so war, wie Sie sagen. Wir haben nicht vor, Sie in Verlegenheit zu bringen.«

Für Hale klang Evinruds Tonfall nicht gerade überzeugend.

»Wird sich jemand daran erinnern, Sie in dem Bistro gesehen zu haben?«, fragte Hamett.

»Die Frau hinter der Theke hieß Minnie. Ich habe mit ihr geredet. Einen der Kunden hat sie Jimbo genannt.«

»Okay.« Hamett steckte sein Notizbuch ein.

»Ich habe meine Frau nicht umgebracht«, sagte Hale.

»Das hat auch niemand behauptet.« Evinrud setzte ein Lächeln auf, doch es wirkte gekünstelt. »Wir tun nur unsere Arbeit.«

»Sind Sie sicher, dass es kein Unfall war?«, fragte Hale, obwohl er es besser wusste.

»Sieht nicht so aus«, antwortete Hamett. Die beiden Detectives standen auf, und Evinrud packte seine Notizen zusammen. »Jemand hat Ihrer Frau den Schädel eingeschlagen. Hätte der Balken nicht einfach von der Decke herabgefallen sein können? Möglich, aber unwahrscheinlich. Auf dem staubigen Boden sind Fußabdrücke zu sehen. Vielleicht von den Bauarbeitern, vielleicht auch nicht. Vielleicht erfahren wir ein paar Antworten, wenn wir uns mit dem Mobiltelefon Ihrer Frau beschäftigt haben.«

»Sie haben Kristinas Handy?« Hale wünschte, er hätte es in seinem Besitz gehabt, denn er wollte wissen, wen sie angerufen hatte.

»Das Handy steckte in ihrer Handtasche, und die wurde in dem Haus gefunden«, sagte Hamett. »Ich hoffe, Sie haben nichts dagegen, dass wir das Telefon haben.«

Hätte er widersprochen, hätte ihn das nur schuldig erscheinen lassen. »Nein. Hauptsache, Sie finden heraus, was passiert ist.«

»Besitzen Sie einen weißen Pick-up?«, fragte Evinrud.

Hale runzelte die Stirn. »Nicht persönlich. Die Pick-ups und Laster von Bancroft Development sind weiß. Warum?«

»Ein Zeuge hat einen weißen Pick-up beschrieben, der gestern Abend so um neunzehn Uhr ein Stück weit die Straße hinab geparkt war«, antwortete Evinrud.

Er wollte sagen, er fahre einen schwarzen TrailBlazer, um sich weitere Fragen zu ersparen. Stattdessen sagte er: »Vielleicht hat meine Frau ihre Meinung geändert, weil sie sich dort mit jemandem treffen wollte.«

»Haben Sie einen speziellen Grund für diese Annahme?«, fragte Hamett.

»Nur den Zettel, den sie für mich zurückgelassen hat.«

»Fällt Ihnen jemand ein, mit dem sie sich getroffen haben könnte?«

Hale schüttelte bedächtig den Kopf. Ihm wurde klar, dass er keine Ahnung hatte, wie seine Frau ihre freie Zeit verbracht hatte.

Glaubst du an Verhexung? Was hatte sie damit gemeint? Hatte es irgendetwas mit dieser Geschichte zu tun? »Unsere Gespräche drehten sich meistens um das Baby«, antwortete er.

Kurz darauf verabschiedeten sich die beiden Detectives, und Hale begleitete sie erleichtert zur Tür. »Lassen Sie es mich wissen, wenn das Mobiltelefon Ihnen weiterhilft?«, fragte er.

»Wir halten Sie auf dem Laufenden«, antwortete Evinrud, doch etwas an seinem Tonfall trug nicht dazu bei, dass Hale ihm Glauben schenkte.

Als die beiden auf der Vorderveranda standen, klingelte sein Handy. Er blickte sich zur Küche um, wo das Telefon lag, doch er wollte erst die beiden Detectives loswerden.

»Wollen Sie nicht drangehen?«, fragte Evinrud, als Hale das Klingeln ignorierte. Seine Miene gab nichts preis, doch der Cop hatte es raus, Hale das Gefühl zu vermitteln, er behindere die Gesetzeshüter absichtlich bei ihrer Arbeit. Er hatte die Schnauze voll von diesem Typ.

»Ich kann ja zurückrufen«, antwortete er.

Evinrud nickte, und er und Hamett stapften durch den hohen Schnee davon. Kurz darauf stiegen sie in einen dunkelblauen Ford Explorer und verschwanden.

Hale schloss die Haustür und war gerade auf dem Rückweg zur Küche, als das Telefon erneut klingelte. Auf dem Display sah er, dass es sein Großvater war. Als er den Anruf annahm, bemühte er sich, sich seine Erschöpfung nicht anmerken zu lassen. »Ich wollte dich gerade anrufen«, sagte er. »Ich habe dir eine Menge zu erzählen.«

»Ich glaube, da war jemand in meinem Haus«, sagte Declan. »Kannst du kommen? Ich weiß nicht, was los ist.«

Sein Großvater schien durcheinander zu sein, und Hale schaute seufzend auf die Uhr. »Es dürfte sowieso besser sein, wenn wir unter vier Augen sprechen. Ich bin gleich da ...«

Savannah stand in ihrem Zimmer im Ocean Park Hospital und überlegte, ob sie das Krankenhaus statt am nächsten Tag schon an diesem verlassen sollte, doch sie war gebunden, weil sie das Baby stillte. Daran hatte sie nicht gedacht, was ungewöhnlich für sie war. Was vielleicht kein Wunder war, denn während der letzten vierundzwanzig Stunden war nur Ungewöhnliches passiert.

Sie wusste, dass Hale das Krankenhaus verlassen hatte, und fühlte sich nun fremd in dieser Umgebung. Sie wollte unter ihrer eigenen Dusche stehen, ihre eigene Kleidung tragen und selber entscheiden, was sie aß. Aber sie konnte in die Cafeteria hinuntergehen und sich selbst etwas aussuchen, denn ihr Portemonnaie steckte in ihrer Handtasche. Ihr war klar, dass sie dringend Schlaf brauchte, aber sie fühlte sich nicht müde.

»Hallo, Savvy«, sagte jemand hinter ihr, und als sie sich umdrehte, sah sie Langdon Stone in der Tür stehen. Er hielt eine braune Einkaufstüte in der Hand. »Claire hat mir geholfen, aber wir haben keine Tasche gesehen ...« Er legte die Einkaufstüte auf das Bett. »Claire ist zur Arbeit gefahren. Wegen des Wetters fehlen da Angestellte. Sie hat Schneeketten.«

Savvy lächelte ihn an, spürte aber, dass ihre Lippen bebten. Sie war völlig durcheinander und hätte sich ihm am liebsten wie einem älteren Bruder in die Arme geworfen. Manchmal sah sie ihn so. Mit Mühe gelang es ihr, die Fassung zu bewahren.

Stone zeigte auf die Tüte. »Das Ladekabel für dein Handy ist da drin.«

»Danke, dass du daran gedacht hast«, sagte Savvy.

Er betrachtete die altrosafarbene Bluse. »Die sieht nicht so aus, als hätte sie dir das Krankenhaus zur Verfügung gestellt.«

»Nein ...« Sie erzählte ihm schnell, was alles passiert war, und schloss damit, dass Hale ihr Kristinas Reisetasche gegeben hatte, die sich in seinem Auto befunden hatte.

Stone starrte sie fassungslos an. »Was zum Teufel hast du dir dabei gedacht, beim schlimmsten Sturm seit Jahren von Portland hierher zurückzufahren? Was war der Grund?«

»Kristina ...« Sie brachte kein zusätzliches Wort mehr heraus.

»Ich weiß, aber ...«

»Nein, du weißt es eben nicht.«

»Ich habe auch eine Schwester verloren.«

Jetzt erinnerte sich Savvy. Vor ein paar Jahren war Stones Schwester Melody von ihrem psychotischen Freund umgebracht worden. »Es tut mir leid«, entschuldigte sie sich.

»Ich hätte das Thema nicht anschneiden sollen. Aber egal, mach dir nichts draus. Du bist hier in Sicherheit, und das Baby ist es auch.«

Sie nickte, wusste aber nicht, was sie sagen wollte. Um etwas zu tun, zog sie das Ladekabel aus der Einkaufstüte und schloss es ans Netz und an ihr Handy an.

»Vielleicht sollte ich besser fahren«, sagte Stone.

»Nein, bleib noch. Bitte. Ich möchte nur über etwas anderes reden, an etwas anderes denken können.«

»Wie du möchtest.«

»Gibt es Neuigkeiten hinsichtlich des Doppelmordes an den Donatellas, seit wir am Freitag mit Hillary Enders gesprochen haben?«

»Wegen des Schneesturms konnten wir praktisch nichts unternehmen, aber dieser Kyle Furstenberg hat mich endlich angerufen. Hillary hatte ja auf seine Mailbox gesprochen, als sie bei uns war.«

»Kommen wir da irgendwie weiter?«

»Sieht eigentlich nicht so aus. Furstenberg hat alles abgestritten und war sich plötzlich auch gar nicht mehr so sicher, ob Hillary eine Beziehung zu Marcus Donatella gehabt hatte. Vielleicht hat diese Angestellte von Bancroft Development, die uns von Hillary Enders erzählt hat, diese ... Ella ...«

»Blessert.«

»Ja, die meine ich. Allmählich sieht es so aus, als wäre sie eine dieser Frauen, die sich in die Angelegenheiten ihrer Freundinnen einmischen. Sie hat gesagt, sie glaube, Hillary habe eine Affäre mit Marcus Donatella gehabt, und Kyle Furstenberg könnte der Mörder sein, doch es scheint zunehmend so, als wäre das alles nur leeres Gerede gewesen. Furstenberg war in den Fernsehnachrichten und hat eine große Story daraus gemacht, doch das scheint ihm jetzt ziemlich leidzutun.«

»Du glaubst, dass es eine Sackgasse ist, in der Richtung weiter zu ermitteln?«

»Sieht so aus. Wir waren einfach alle scharf darauf, die Ermittlungen möglichst schnell wiederaufzunehmen.«

»Ich weiß.« Savvy hatte auch so gedacht. Die Ermittlungen wiederaufnehmen, um die Akte irgendwann endgültig schließen zu können.

»Toonie hat uns aus dem Obdachlosenasyl angerufen. Dein Freund Mickey ist dort aufgetaucht, als es zu schneien begann. Er hat nach dir gefragt.«

»Na großartig.«

Stone lächelte.

»Vor dem Sturm habe ich noch einmal mit all diesen Angestellten von Bancroft Development gesprochen«, sagte Savvy. »Angefangen habe ich in der Filiale in Seaside, und dann bin ich zu der Dependance in Portland gefahren.«

»Wie ist es gelaufen?«

»Ungefähr so, wie man es erwartet hätte.«

Sie erzählte ihm kurz von dem Treffen mit dem Architekten Sean Ingles in der Bancroft-Geschäftsstelle, von ihrem Gespräch mit Clark Russo und Neil Vledich auf der Baustelle am Lake Chinook, dann von ihrer Fahrt zur Baustelle des RiverEast-Apartmentblocks, wo sie erst persönlich mit Henry Woodworth und dann telefonisch mit Nadine Gretz gesprochen hatte, die offenbar Woodworth' Freundin war. Abschließend berichtete sie von ihrem Gespräch mit Owen DeWitt in der Bar des Steakhouse Rib-I. Wieder musste sie daran denken, dass Nadine Gretz und Owen DeWitt ihre Schwester einer Affäre bezichtigt hatten, doch sie erzählte Stone nichts von ihren Bemerkungen. Noch nicht. Erst brauchte sie ein bisschen Zeit, um selber darüber nachzudenken.

»Ich würde gern den Bericht darüber sehen, was am Tatort im Haus der Donatellas gefunden wurde«, sagte sie.

Stone hob die Augenbrauen. »Warum?«

»Ich möchte wissen, wo genau Blutspuren oder sonst etwas entdeckt wurde.«

Vielleicht Sperma, dachte sie. In ihrem Kopf hörte sie Owen DeWitts Stimme: »Er hat sie an die Wand gepresst. Sie hatte die Beine um ihn geschlungen, und der Typ hat's ihr richtig besorgt. Mannomann, die Frau war in Ekstase. Sie hatte den Kopf in den Nacken geworfen und hat geschrien wie am Spieß. Er hat sie wie ein Verrückter gevögelt, und sie hat's genossen.«

Kristina ist tot.

Erneut traf sie der Gedanke mit voller Wucht. Der seelische Schmerz war kaum auszuhalten. Wenn sie über den Fall Donatella nachdachte oder darüber sprach, konnte sie ihre Trauer fast vergessen. Wichtig war, dass sie ihr Gehirn in Bewegung hielt.

Stone riss sie aus ihren Gedanken. »Ich kann dir den Bericht herbringen.«

»Nein, ich komme morgen im Büro vorbei.«

»Morgen?«

»Ich kann nicht den ganzen Tag herumsitzen und nachdenken, Lang.«

»Verstehe.«

Und dann redete sie weiter, bevor ihm ein anderer Grund einfiel, warum sie besser nicht im Sheriff's Department vorbeischauen sollte. »Ich wollte gerade in die Cafeteria.« Sie schob ihn zur Tür. »Wenn man stillt, braucht man noch mehr Kalorien als während der Schwangerschaft. Wusstest du das?«

»Du stillst das Baby?«

»Zumindest fürs Erste.« Sie schob den an ihr nagenden Gedanken beiseite, wie Hale wohl darüber dachte.

»Soll ich dir einen Rollstuhl holen?«, fragte er, als er sah, wie vorsichtig sie sich bewegte.

»Das könnte dir so passen. Niemals.«

Hale schloss die Haustür auf und suchte seinen Großvater in dessen Küche, doch da war er nicht. »Hallo?«, rief er laut.

»Ich sitze am Schreibtisch!«, rief Declan zurück, und als Hale in sein Büro trat, sah er, dass sein Großvater schnell etwas auf einen gelben Notizblock schrieb.

Declan schaute auf und blinzelte mehrfach. »Was ist mit dir passiert?«

»Ich weiß gar nicht, wo ich anfangen soll.«

»Gut, dann beginne ich. Da war jemand in meinem Haus. Ich höre ihn immer wieder.«

Hale nickte. Er hatte nicht vor, sich auf eine Diskussion über dieses Thema einzulassen, dazu fehlte ihm im Moment die Kraft. In letzter Zeit hatte sein Großvater geistig etwas nachgelassen, und es war jetzt nicht das erste Mal, dass er sich sicher war, dass jemand in seinem Haus war, der dort nichts zu suchen hatte. Einmal hatte er den Fehler gemacht, seinem Großvater zu empfehlen, in ein Heim für betreutes Wohnen zu ziehen, doch Declan hatte nur erwidert, er könne ihn am Arsch lecken. In Anwesenheit von Frauen war Declan ein Gentleman, ansonsten neigte er durchaus zu einer drastischen Ausdrucksweise.

»Er sagt, er sei mein Sohn«, fuhr Declan fort.

Hale, bis gerade noch benommen und unkonzentriert, war plötzlich hellwach.

»Es hat wirklich jemand mit dir gesprochen?«

»Schien eigentlich eher ein Traum gewesen zu sein.« Er machte eine wegwerfende Handbewegung, als würde ihm bewusst, wie sich das anhörte. »Ich werfe zwei Dinge durcheinander. Aber irgendjemand ist in meinem Haus herumgeschlichen.«

»Ich sehe mal nach.« Hale stand auf.

Declan wirkte plötzlich besorgt. »Sei vorsichtig.«

Hale machte einen kurzen Rundgang, sah aber niemanden. Danach ging er um das Haus herum, erblickte aber außer seinen eigenen keine Fußabdrücke im Schnee. Er schlug den Schnee von seinen Schuhen und trat wieder ins Haus.

»Keinerlei Anzeichen dafür, dass jemand hier war«, sagte er, als er erneut vor dem Schreibtisch seines Großvaters Platz nahm.

»Du glaubst, ich bilde mir das alles nur ein«, sagte Declan.

»Ich weiß es wirklich nicht.«

»Irgendjemand war hier.«

»Ich weiß. Dein Sohn.« Hale blickte ihn an. »Du sagst immer wieder etwas davon, noch ein anderes Kind zu haben.«

»Ich habe doch gesagt, dass es ein Traum war«, erwiderte Declan schnell.

»Ja, aber es war nicht das erste Mal, dass du so was oder etwas Ähnliches gesagt hast. Allmählich glaube ich, dass du versuchst, mir etwas zu sagen.«

»Ich habe eine Tochter«, erklärte Declan bestimmt. »Einen Sohn habe ich nicht. Ich bin nicht verrückt, Hale. Aber irgendjemand war hier. Er versucht, mir eine Botschaft zukommen zu lassen. Er ist der Verrückte, aber ich schwöre dir, dass er nachts kommt.«

»Wie die Träume«, bemerkte Hale.

Declan kniff die Lippen zusammen und warf seinem Enkel einen finsteren Blick zu.

Hale schloss die Augen. Die Schlaflosigkeit setzte auch ihm zu. Er musste es irgendwie schaffen, seinem Großvater die Paranoia auszureden. »Es gibt da einiges, das ich dir erzählen muss. Dann fahre ich nach Hause und lege mich ins Bett. Ich habe seit Freitagnacht kein Auge mehr zugetan, und das war auch nicht gerade eine angenehme Nachtruhe.«

»Okay, schieß los«, sagte Declan gereizt, während er in die Zimmerecken blickte, als wollte er immer noch nicht glauben, dass kein Fremder im Haus war.

Hale atmete tief durch und dachte darüber nach, wie er seinem Großvater erzählen sollte, was in den letzten paar Tagen geschehen war, doch dann legte er einfach los.

»Freitagnacht ist Kristina nicht nach Hause zurückgekehrt ...«

***

»Detective?«, rief eine Frauenstimme, als Savannah und Stone die Cafeteria betraten, und beide drehten sich um.

Es dauerte einen Moment, bis Savvy die blonde junge Frau erkannte, die eine Hose, eine Bluse und eine Jacke trug, wie sie mit der in Siren Song gültigen Kleiderordnung nichts zu tun hatten.

»Ich bin Ravinia«, sagte das Mädchen, als sie sich gerade erinnerte.

»Ja, natürlich«, sagte Savannah.

»Was haben Sie hier zu suchen?«, fragte Stone, bevor Ravinia noch etwas sagen konnte. »Wo ist Catherine?«

»Hier im Krankenhaus. Tante Catherine hatte einen Unfall, und Earl hat uns hergebracht.«

»Uns?«, fragte Lang. »Wer ist noch hier?«

»Earl ist zurückgefahren, um Ophelia zu holen ... Eigentlich wollte er Isadora abholen, doch dann ist Ophelia mitgekommen.«

»Was für ein Unfall?«, erkundigte sich Savvy.

»Ich vermute, dass sie im Schnee ausgerutscht und mit dem Kopf aufgeschlagen ist.«

»Wir schlimm ist es?«, wollte Stone wissen.

»Ich weiß es nicht wirklich.« Ravinias Miene verfinsterte sich. »Sie erzählen mir hier nicht besonders viel, aber es sieht so aus, als könnte sie bald nach Hause.«

»Prima«, bemerkte Stone.

»Ja, es sollte ihr bald wieder gut gehen«, sagte Ravinia.

Savvy konnte nicht beurteilen, ob das Wunschdenken oder die Wahrheit war. Stone blickte zum Ausgang der Cafeteria, und Ravinia schaltete schnell.

»Glauben Sie mir, sie würde nicht wollen, dass ein Mann sie in ihrem Krankenzimmer besucht.«

Stone nickte und rieb sich das Kinn. Er kannte Catherine länger als Savvy und wusste, dass Ravinia recht hatte.

»Ich würde gerne nach ihr sehen«, sagte Savvy.

Ravinia schien nicht recht zu wissen, was sie von der Idee halten sollte, doch Savvy kümmerte sich nicht darum. Auch Catherine und ihre Schützlinge würden sie etwas von ihrer Trauer ablenken. »Ihre Tante kam zum Tillamook County Sheriff's Department, weil sie Hilfe brauchte, und ich würde ihr gern sagen, dass wir der Sache nachgehen.«

Ravinia musterte Savannah von Kopf bis Fuß und sagte dann: »Ich habe Sie letzte Nacht gesehen, als Sie hier eintrafen. Sie haben das Kind zur Welt gebracht.«

»Ja.«

»Aber der Mann, der bei Ihnen war ...« Sie blickte Stone an. »Dieser Mann war es nicht.«

»Ich bin Detective Stone und ein Freund Ihrer Tante«, erklärte Stone.

»Letzte Nacht war Hale St. Cloud bei mir, der Vater des Babys«, sagte Savvy.

Ravinia zuckte zusammen.

»Kennen Sie Hale?«, fragte Stone.

»Nein ...« Für einen Moment wandte Ravinia den Blick ab, und Savvy glaubte zu wissen, welche Gedanken ihr durch den Kopf gingen.

»Erzähl es mir später«, sagte Stone zu Savannah.

»Wird gemacht«, antwortete Savvy, bevor sie sich Ravinia zuwandte. »Können Sie mir sagen, auf welchem Zimmer Catherine liegt?«

»Ich bringe Sie hin«, antwortete Ravinia.

22

Ravinia führte Detective Dunbar in das Krankenzimmer und tauschte einen Blick mit Ophelia aus, die mit im Schoß gefalteten Händen am Bett ihrer Tante saß. Ophelia hatte aus dem nach Westen gehenden Fenster geschaut und erstarrte erschrocken, als sie die beiden Neuankömmlinge sah. *Geschieht ihr recht, dass ihr der Schreck in die Glieder fährt.* Ravinia war sauer auf ihre ältere Schwester. Als Earl sie absetzte, hatte er etwas vor sich hin gemurmelt, er sei unfähig gewesen, sie eher zum Mitkommen zu bewegen, und dann war er mit Rand verschwunden. Tante Catherine war in einen tiefen Schlaf gefallen, und Ophelia hatte einen Finger an die Lippen gehoben, als Ravinia nicht aufhörte, auf sie einzureden. Daraufhin war Ravinia wütend ins Bad entschwunden, wo sie mit den Fingern ihre Frisur in Ordnung brachte und ihr finsteres Gesicht im Spiegel betrachtete. Sie fragte sich, ob es ihr jemals gelingen würde, noch mehr aus ihrer Tante herauszuquetschen als das, was sie bereits gesagt hatte.

Es war wichtig, dass sie alles erfuhr. Extrem wichtig. Wer war auf Echo Island? Der Mann von den Knochen?

Sie überlegte, ob sie nach Siren Song zurückkehren sollte, um Kassandra zu fragen, die neuerdings immer Maggie genannt werden wollte. Vielleicht hatte sie ja mehr zu bieten als ihre düsteren Prophezeiungen. Zum Beispiel ein paar harte Fakten. Kein Zweifel, Tante Catherine wusste mehr, doch sie rückte die Wahrheit allenfalls häppchenweise heraus, um dann wieder zu verstummen. Es trieb sie zum Wahnsinn.

Vielleicht ist es an der Zeit, Siren Song ein für alle Mal den Rücken zu kehren, hatte sie auf dem Weg zur Cafeteria gedacht. Es sah so aus, als würde es Tante Catherine bald wieder gut gehen. Ophelia war bei ihr, und Isadora schaute zu Hause nach dem Rechten, da wurde sie eigentlich nicht mehr gebraucht. Zum Teufel mit ihnen allen. Sie gehörte nicht zu ihnen, zu ihren Schwestern, die sich da mit Tante Catherine in dem zugigen alten Kasten verkrochen. Wahrscheinlich war es an der Zeit, Deception Bay schleunigst zu verlassen und herauszufinden, wie ihr eigentliches Leben aussehen könnte. Ein Leben, das seinen Namen verdiente.

Und dann war sie über Detective Dunbar und diesen Mann gestolpert, Stone, ebenfalls Detective. Und nun war sie mit Dunbar im Krankenzimmer ihrer Tante.

Ophelia stand auf und hob eine Hand, womit sie den beiden Neuankömmlingen signalisieren wollte, das Zimmer schleunigst wieder zu verlassen. Detective Dunbar gehorchte. Ravinia wollte erst protestieren, trat aber dann mit hinaus in den Flur, wo sich kurz darauf auch Ophelia zu ihnen gesellte.

»Ich bin Savannah Dunbar«, stellte sich Savvy Ophelia vor. »Wie ich höre, wurde Catherine bei einem Unfall verletzt.«

»Das habe ich ihr erzählt«, warf Ravinia ein.

»Sie schläft«, sagte Ophelia. »Ich wollte nicht, dass sie gestört wird.« Sie blickte Savannah an. »Ich bin Ophelia Beeman.« Sie gab Savvy die Hand.

»Catherine war bei der Polizei und hat um Hilfe gebeten«, sagte Ravinia.

»Hilfe?«, wiederholte Ophelia.

»Letzte Woche hat Catherine mich gebeten, nach Siren Song zu kommen«, erklärte Detective Dunbar.

»Und du warst nicht da«, dachte Ravinia selbstgefällig, als sie Ophelias überraschten Blick sah.

»Oh.« Ophelia schien nicht zu wissen, was sie sagen sollte.

Ravinia packte den Stier bei den Hörnern. »Detective Dunbar sollte mit Tante Catherine reden. Ich meine für den Fall, dass sie da draußen am Tor nicht nur ausgerutscht ist ... Es könnte ihr etwas zugestoßen sein.«

Ophelia warf Ravinia einen kühlen Blick zu, als wollte sie sagen, dass sie drüber später noch einmal reden würden.

Ganz wie du willst, schien Ravinias finsterer Blick zu antworten.

»Ja, vielleicht sollten Sie mit ihr reden«, sagte Ophelia bedächtig zu Savannah Dunbar.

Savannah folgte den beiden zurück in das Krankenzimmer und blickte auf die in dem Bett liegende Catherine, die vor einigen Tagen noch so tough und beherrscht auf sie gewirkt hatte, ihr nun aber älter und gebrechlicher vorkam als eine etwas über fünfzigjährige Frau.

»Tante Catherine?«, sagte Ophelia leise, während sie Catherines Hand berührte.

Es bedurfte noch zwei weiterer Versuche, bis Catherine die Augen öffnete. Savvy hatte gerade sagen wollen, dass es vielleicht besser wäre, das Gespräch noch einmal zu verschieben, doch da richtete Catherine den Blick erst auf Ophelia, dann auf Ravinia und schließlich auf Savannah.

»Detective Dunbar war hier im Krankenhaus und wollte dich sehen.«

»Savannah Dunbar«, sagte Savvy, die sich zur Sicherheit noch einmal vorstellte.

»Ich weiß, wer Sie sind«, sagte Catherine mit einer rauen Stimme. Sie räusperte sich. »Ophelia?«

»Earl hat mich hergebracht. Isadora ist mit den anderen zu Hause.«

Catherine nickte. Es schien ihr Mühe zu bereiten, sich zu sammeln, und als sie dann zu sprechen begann, wandte sie sich an Savannah. »Meine Frage neulich ... Haben Sie etwas herausgefunden?«

Es war offensichtlich, dass Catherine nicht wollte, dass die beiden jungen Frauen etwas von dem Messer wussten, und deshalb antwortete Savannah ausweichend. »Ich war hier im Krankenhaus, weil ich letzte Nacht das Baby bekommen habe.« Und meine Schwester ist gestorben, dachte sie. Das ist der wahre Grund, weshalb ich ins Ocean Park Hospital gekommen bin.

»Geht es ihm gut?«, fragte Catherine sofort mit einem besorgten Gesichtsausdruck.

»Dem Kleinen geht's gut. Sehr gut.«

Die ältere Frau entspannte sich ein bisschen. »Welchen Namen haben Sie ihm gegeben?«

»Es ist nicht an mir, ihm einen Namen zu geben.« Savannah wurde traurig und hatte einen Kloß im Hals. »Ich habe als Leihmutter das Kind meiner Schwester und ihres Mannes ausgetragen. Zuletzt glaube ich gehört zu haben, dass sie ihn nach seinem Urgroßvater Declan nennen wollen, aber ich weiß nicht, ob ...« Sie unterbrach sich, als sie sah, wie Catherine nach Luft schnappte.

»Tante Catherine?«, fragte Ophelia besorgt.

»Entschuldigt bitte.« Catherine berührte ihre Schläfe, wo sich wegen einer hässlichen Prellung die Haut verfärbt hatte. »Haben Sie gesagt, dass Sie als Leihmutter das Kind von *Hale* St. Cloud ausgetragen haben?«

»Kennen Sie ihn?«, fragte Savannah.

Ravinia hatte Savannah einen durchbohrenden Blick zugeworfen, doch nun wandte sie sich ihrer Tante zu. Ophelia wirkte so, als würde sie dem Gespräch entweder nicht folgen oder als wäre sie überrascht, welche Wendung es genommen hatte.

»Ich kenne ihn flüchtig«, sagte Catherine. »Wenn man hier in der Gegend aufgewachsen ist, kennt man jeden.« Sie blickte nacheinander ihre beiden Nichten an. »Würde es euch etwas ausmachen, mich einen Moment mit Detective Dunbar allein zu lassen?«

»Warum?«, fragte Ravinia. »Was sollen wir denn nicht hören?«

»Ich möchte nur kurz mit Detective Dunbar unter vier Augen reden.«

Ophelia schob die widerstrebende Ravinia zur Tür. »Soll ich dir etwas zu trinken holen, Tante Catherine?«, fragte sie.

»Eine Tasse Tee wäre wunderbar«, antwortete Catherine.

»Ich habe mich um Ihre Bitte gekümmert«, sagte Savvy, sobald die beiden jungen Frauen verschwunden waren. »Das Messer wird jetzt untersucht.«

»Nehmen Sie doch Platz, Detective«, sagte Catherine. »Sie wirken müde.«

Savvy setzte sich auf einen der beiden Stühle in der Ecke. »Aber ich habe es als Beweisstück hinsichtlich möglicher Ermittlungen in einem Mordfall eingereicht, nicht als private Anfrage.«

»Darum hatte ich nicht gebeten!«, sagte Catherine scharf.

»Es tut mir leid, aber Sie glauben, dass jemand Ihre Schwester umgebracht hat. So haben Sie es gesagt, und es könnte zu einer Exhumierung kommen ...«

»Die sterblichen Überreste meiner Schwester werden nicht angerührt. Ich möchte nur wissen, ob sich außer Marys Blut noch das eines anderen auf der Klinge findet.«

»Nun, das ist das Problem. Sie haben gesagt, sie sei erstochen worden, und damit ist es die Sache des ärztlichen Leichenbeschauers zu entscheiden, ob sie durch einen vorsätzlichen Mord ums Leben gekommen ist.«

Catherine sank mit einem ängstlichen Gesichtsausdruck auf die Kissen zurück. »Nennen Sie das Baby nicht Declan. Das bringt Unglück.«

Fast hätte Savannah gelacht angesichts des plötzlichen Themenwechsels. »Unglück?«

»Mary hat einem ihrer Söhne diesen Namen gegeben.«

»Declan?« Savannah wurde mulmig zumute, insbesondere angesichts von Catherines Vortrag über Genetik. »Einer von denen, die adoptiert wurden?«

»Es ist nicht so, wie Sie denken. Declan Bancroft war nicht sein Vater.«

»Ja, gut ...«

»Wo ist das Tagebuch?«, fragte Catherine plötzlich. »Ist

es noch hier im Zimmer, oder hat Ravinia es mitgenommen?«

Savvy blickte sich um. »Ich sehe kein Tagebuch.«

»Jetzt, wo Ravinia Bescheid weiß, wird alles herauskommen. Wenn es nur Ophelia wäre ...« Sie schüttelte heftig den Kopf.

Savannah wartete, da Catherine offensichtlich innerlich mit sich rang. Als sie nach ein paar langen Augenblicken immer noch nichts sagte, kam ihr Savvy zuvor. »Ich habe das Gefühl, dass Sie mir etwas Wichtiges erzählen wollen. Vielleicht mehr über Mary und ihr Ende?«

»Kann ich Ihnen vertrauen, Detective?« Sie faltete die Hände und drückte, bis die Haut über den Knöcheln weiß wurde.

»Fall Sie vorhaben, über ein Verbrechen zu berichten, bin ich durch das Gesetz gebunden, das zu melden. Aber ja, Sie können mir vertrauen.«

»Mary hat ihren Sohn Declan genannt, weil sie ein grausames Spiel mit mir spielte. So war sie, besonders in späteren Jahren. Grausam. Und halb wahnsinnig. Sie hat sogar dafür gesorgt, dass auf der Geburtsurkunde Declan Bancroft als Vater ihres Sohnes eingetragen wurde.«

»Verstehe ...«

Catherine warf ihr einen kühlen Blick zu. »Sie fragen sich, warum es ein grausames Spiel war. Ja, ich hatte ein ... Verhältnis mit Declan Bancroft. Seine Frau war gestorben, und es war nur eine kurzlebige Affäre. In einer Hinsicht waren Mary und ich gleich. Wir fühlten uns beide von älteren Männern angezogen. Was Mary nicht davon abhielt, es auch mit jüngeren zu treiben, wenn ihr gerade danach war.« Sie schwieg kurz. »Waren Sie jemals verliebt, Detective?«

Savvy schüttelte bedächtig den Kopf.

»Man stellt dann verrückte Dinge an, was ich zuvor nie geglaubt hätte. Als meine Schwester Declan zur Welt gebracht hatte, stellte Dr. Parnell Loman die Geburtsurkunde aus. Parnell hat viele Dinge für meine Schwester getan, die ihn wahrscheinlich seine ärztliche Zulassung gekostet hätten, wenn etwas davon bekannt geworden wäre, aber er stand völlig unter Marys Bann. Jetzt ist er tot, hoffentlich ist seine Seele zum Teufel gefahren.« Ihr Tonfall wurde härter. »Sie hat den Jungen Declan genannt und ihn kurz darauf zur Adoption freigegeben. Fast von Geburt an zeigte der Junge Auffälligkeiten, die beunruhigend waren.«

»Reden Sie von seiner Gabe?«, fragte Savvy.

»Ich bin sicher, dass es etwas damit zu tun hatte. Auch mit der Adoption hat Parnell meiner Schwester geholfen. Ich habe darüber keine Unterlagen, und Mary hat nichts gesagt. Ehrlich gesagt, war ich zu der Zeit einfach nur erleichtert, dass der Junge fort war. Aber jetzt glaube ich, dass wir diese Informationen brauchen.«

»Sie glauben, dass dieser Declan etwas mit dem Tod Ihrer Schwester zu tun hat?«

»Ja. Dieser Junge – mittlerweile erwachsen – weiß wahrscheinlich, dass sein Geburtsname Declan war, und folglich könnte er denken, sein Vater sei Declan Bancroft.«

»Wer ist sein Vater?«

»Ich kenne seinen Namen nicht. Vor meinem geistigen Auge sehe ich ihn, und ich weiß, was er uns erzählt hat, doch das war alles gelogen. Ich denke, dass Mary die Wahrheit herausgefunden hat, aber sie hat sie vor mir geheim gehalten. Aber ich glaube, dass Declan jr. – Marys Sohn – an den gleichen psychischen Problemen leiden könnte wie seine Mutter, nur dass es meiner Meinung nach bei ihm möglicherweise schlimmer ist.«

Es lief Savvy kalt den Rücken hinab, und sie drehte sich tatsächlich um, um zu sehen, ob jemand hinter ihr stand. »Sie haben an ihn gedacht, als Sie mir den Vortrag über Genetik gehalten haben.«

»Ich hatte gehofft, eine Erklärung für Marys Tod zu finden.«

»Sie haben vermutet, dass Declan jr. sie ermordet hat.«
Catherine nickte.

»Und Sie glauben, dass auf dem Messer möglicherweise sein Blut gefunden wird.«

»Denkbar ist es. Aber einer Exhumierung stimme ich nur zu, wenn sie absolut unvermeidbar ist. Ich möchte, dass Sie ihn finden und verhaften. Dann wären Sie doch in der Lage, einen DNA-Abgleich zu machen, wenn sich sein Blut auf dem Messer findet, oder?«

»Wenn er so ...« Fast hätte sie das Wort *teuflisch* benutzt, doch das klang zu melodramatisch. »Wenn er eine solche kriminelle Energie hat, wie Sie es behaupten, könnte er ein Vorstrafenregister haben, und seine DNA könnte sich in unserer Datenbank finden.«

»Nein, er ist zu vorsichtig.« Catherine schloss die Augen und erschauderte. »Wahrscheinlich findet sich auf dem Messer nichts als Marys Blut.«

»Woher wissen Sie denn, dass er so vorsichtig ist?«

»Weil ich über eine Fähigkeit verfüge, an deren Existenz jeder Richter zweifeln würde.«

»Reden Sie von Ihrer Gabe?«

»Auch ich weiß manchmal im Voraus von zukünftigen Vorgängen, auch wenn sich das mit Kassandras Gabe der Präkognition nicht vergleichen lässt. Aber manchmal sehe ich vergangene und zukünftige Dinge.«

»Was wissen Sie noch über Declan jr.?«

»Er ist gefährlich, und ich glaube, dass Mary ihn irgendwie auf die Insel gelockt hat. Sie hat ihm seine Mission eingetrichtert, hat seine bösartige Energie entfesselt. Und dann hat er sie ermordet.«

Savannah blickte sie an und wählte ihre Worte sorgfältig. »Für mich hört sich das so an, als würden Sie mich bitten, die Jagd auf einen Mann zu eröffnen, den Sie für den Mörder Ihrer Schwester halten, aber Sie sind energisch gegen die Exhumierung ihrer Leiche. Obwohl Sie glauben, dass dieser Mann auch für andere zu einer Gefahr werden könnte.«

»Er ist für uns alle gefährlich.«

Savannah erschauderte, als ihr Kassandras/Maggies Worte wieder einfielen.

»Was ist?«, fragte Catherine.

»Kassandra sagte, sie habe Ihnen von dem Mann und den Knochen erzählt. Dass er Mary ermordet und es nun auf alle Frauen in Siren Song abgesehen habe. Vielleicht sogar auf mich. Hat sie damit Declan jr. gemeint?«

»Ja«, antwortete Catherine nach einem langen Zögern mit fester Stimme.

Ich sehe nur seine Schönheit ... Auch das hatte Kassandra gesagt.

Und wie seinerzeit, als sie diese Worte hörte, hatte Savvy auch jetzt eine böse Vorahnung. Rational glaubte sie eigentlich nicht an die ganze Geschichte. Da war auch Paranoia im Spiel, und das mit der Präkognition und den anderen »Gaben« konnte fauler Zauber sein. Aber intuitiv ging es ihr nahe, und sie wurde von Angst gepackt, auch wenn die vielleicht irrational war.

»Wenn ich den Bericht über die Analyse des Messers bekomme, informiere ich Sie über die Ergebnisse.«

»Unterschätzen Sie die Gefahr nicht, Detective. Dieser Mann hat nicht nur uns im Visier. Er glaubt, Declan Bancrofts Sohn zu sein, und wer weiß ... Ich habe keine Ahnung, wer zuerst auf seiner Liste steht, aber Sie können sicher sein, dass er zeitlich alles genau geplant hat. Ja, ich glaube, dass er meine Schwester ermordet und nun uns im Fadenkreuz hat. Und sein leiblicher Vater war ein Ungeheuer ...«

»Verstehe, aber ich brauche mehr als bloße Vermutungen, um eine Ermittlung einzuleiten. Das Messer ist ein guter Ausgangspunkt.«

»Wie würden Sie sich fühlen, Detective, wenn der Urgroßvater des Kindes, das Sie gerade zur Welt gebracht haben, plötzlich angegriffen, vielleicht ermordet werden würde? Nur, weil Sie nichts getan haben?«

»Das ist sehr weit hergeholt, Miss Rutledge.«

»Sie würden sich dafür verantwortlich fühlen. Es würde ihnen hundsmiserabel gehen. Sie würden ihn um jeden Preis finden wollen. Ihre Schwester ist mit Declans Enkel verheiratet. Das eine oder andere weiß selbst ich.« Sie lächelte, doch dann fiel ihr Savvys Miene auf. »Was ist?«, fragte sie scharf.

»Meine Schwester hatte auch einen Unfall.«

»O nein ...«

»Sie ist heute am frühen Morgen gestorben.«

Catherine setzte sich auf, und ihre Miene spiegelte Entsetzen. »Warum?«

»Ihr ist auf einer Baustelle ein Deckenbalken auf den Kopf gefallen.«

»Zufällig?«

»Es gibt die Hypothese, dass mehr dahinterstecken könnte. Die Polizei von Seaside ermittelt, doch vielleicht war es wirklich nur ein Unfall.«

»Sie versuchen sich das einzureden, weil Sie nicht wollen, dass es Mord war. Weil Sie als Polizistin nicht in der Lage waren, Ihre Schwester zu retten.«

»So ist das nicht«, erwiderte Savannah scharf.

»Verstehen Sie es nicht? Das war *er*. Hatte Ihre Schwester sexuelle Beziehungen zu ihm? Das war Marys Ruin, und bei ihrem Sohn könnte alles noch schlimmer sein. Es *wird* schlimmer sein. Ich spüre es. Er verhext Menschen, wie Mary, nur ist bei ihm alles tausendmal schlimmer!«

Ich habe Hale heute Abend gefragt, ob er an Verhexung glaubt ...

Savannah war völlig verstört. »Ich muss jetzt gehen, Miss Rutledge, und mich um das Baby kümmern«, murmelte sie. Plötzlich wollte sie nur noch den kleinen Jungen in den Armen halten und ihn fest an sich drücken.

»Wenn Sie wegrennen, hält ihn das bestimmt nicht auf«, rief ihr Catherine nach, als sie aus dem Krankenzimmer stolperte. »Wenn Sie etwas tun wollen, kommen Sie nach Siren Song. Ich werde da sein und Ihnen helfen ...«

Er musste aufpassen, dass nicht alles völlig außer Kontrolle geriet, so viel war klar. Die Abstände zwischen seinen Morden wurden immer kürzer, mittlerweile war es im Durchschnitt mehr als einer pro Tag. Garth und Tammie, dann Kristina, jetzt DeWitt und heute Abend hoffentlich dieses Arschloch in Bancroft Bluff, das so bereitwillig mit ihm über diesen weiblichen Detective gesprochen hatte ...

Auch wenn seine Mordstatistik damit vollends aus dem Gleichgewicht geriet, er musste dieses Arschloch noch heute umlegen.

Er zog die Skimaske herunter, bis von seinem Gesicht nur noch die Augen zu sehen waren. Das entsetzliche Wetter ließ es zu, dass man wie ein Bankräuber herumlaufen konnte, ohne sich verdächtig zu machen.

Er blickte sich in dem verwahrlosten kleinen Apartment um, das er sein Zuhause nannte, seit er die Küste verlassen hatte. Es war fast eine Zelle, doch es kümmerte ihn nicht. Ein gemütliches, herausgeputztes Zuhause, nein, das war nicht sein Ding. Er war ständig in Bewegung. Weitermachen oder abkratzen ...

Ihm war klar, wo er dieses Arschloch finden würde. Wie DeWitt war auch dieser Typ Stammgast in heruntergekommenen Spelunken wie Davy Jones's Locker, und es waren immer dieselben, höchstens drei oder vier. Sonntags wurde in der Regel nicht gearbeitet, und deshalb würde er ihn heute bestimmt dort antreffen.

Und tatsächlich fand er ihn schon in der zweiten Bar, die er aufsuchte. Bernadette's, von Stammkunden liebevoll Bernie's genannt. Was für ein Loch. Manchmal tat es fast weh zu sehen, wie viele Loser es auf dieser Welt gab.

Als er eintrat, zog er die Skimaske hoch, denn sonst wäre er später zu leicht wiederzuerkennen gewesen, wenn er das Arschloch kaltgemacht hatte und die verblödeten Bullen versuchen würden, seine Spur aufzunehmen. Er setzte sich in der Nähe seines Opfers auf einen Barhocker.

»Hey, Charlie«, sagte der Mann, der gerade eine Partie Poolbillard spielte.

Charlie grinste ihn an. »Was für ein Wetter, Mann. Aber ich wollte nicht nur zu Hause rumhängen wie die ganzen Warmduscher, die sich bei der Kälte nicht auf die Straße trauen und kein Auto fahren.«

Der Mann antwortete nicht. Er beugte sich über den Spielball und nahm Maß.

Charlie fragte sich, ob er den Leuten zu viel Angst einjagte. Hatte er sich auf eine undefinierbare Weise verändert? Bisher war es ihm doch immer perfekt gelungen, die Rolle des vertrauenswürdigen guten alten Charlie zu spielen, doch etwas war hier anders ...

»Also, was hast du hier zu suchen?«, fragte der Mann möglichst beiläufig, während er zum Stoß ansetzte.

Spürte man da einen Anflug von Angst? Charlies Grinsen wurde breiter. »Ich hab mir einfach gedacht, dass ich dich an einem Sonntagabend hier antreffen würde. Vielleicht gibt es wieder einen Sturm, und dann musst du morgen auch nicht zur Arbeit.«

»Angeblich soll es eine klare Nacht werden.« Er holte mit dem Queue aus, und der Spielball traf die Fünfzehn, die mit der schwarzen Acht kollidierte und diese ungewollt in einer Tasche versenkte.

»Zu schade«, bemerkte Charlie.

»Ja.« Der Mann ließ angewidert den Queue auf den Billardtisch knallen.

»Komm, ich spendier dir ein Bier.«

Der Mann schaute Charlie feindselig an. »Tatsächlich? Noch mal, was zum Teufel hast du hier zu suchen? Dies ist kein Laden, wo man einfach mal so vorbeischaut, Kollege. Du kannst mir erzählen, was du willst, ich kauf's dir nicht ab. Entschuldige mich jetzt, auf mich wartet eine Frau. Ich weiß nicht, was du hier willst, aber ich verschwinde jetzt.«

Damit schnappte sein Opfer sich seine Skijacke, zog sie an und ging Richtung Tür.

»Ein schlechter Verlierer«, bemerkte der Mann, der mit ihm Billard gespielt hatte.

Charlie regierte nicht, denn er konnte kein Interesse daran haben, dass sich später jemand genauer an ihn erinnerte. Er folgte seinem Opfer nach draußen und sah, wie der Typ in seinen Pick-up stieg und den Parkplatz verließ.

Charlie zog die Skimaske herunter, stieg in seinen Wagen und folgte ihm. Er wusste, wo sein Opfer hinwollte. Dort musste er ihm nur auflauern. Vielleicht würden wieder gleich zwei daran glauben müssen. Das Arschloch und seine Frau.

Sein Ding wurde hart, und er dachte an die Polizistin, die auf seiner Abschussliste mittlerweile in den Top Ten war und seinen Paps überholt hatte.

Er würde sie beide bald umlegen. Niemand würde ihn davon abhalten.

»Spürst du mich, Schlampe?«, flüsterte er, während er ihr eine telepathische Botschaft sexuellen Inhalts sandte.

Dann folgte eine weitere Botschaft an seinen Vater. Er schob seine Hand die Tasche und fuhr mit dem Daumen über die Klinge des darin steckenden Messers. *Es wird schon lange Zeit für ein kleines Familientreffen, Paps. Ich komme. Bald.*

23

Am späten Montagvormittag stand Savannah mit Hale bei Regen und Wind vor dem Hertz-Autoverleih in Seaside, wo sie gerade die Schlüssel für einen blauen Ford Escape abgeholt hatte. Die Temperatur lag über null und stieg weiter, aber die gefühlte Kälte war wegen des Windes immer noch unangenehm. Auf den Hauptstraßen lag kein Schnee mehr.

Hale war früh am Morgen in ihr Krankenzimmer gekommen, als sie gerade das Baby stillte. Sie hatte zu ihm aufgeblickt, beunruhigt, wie er reagieren würde, doch er hatte nur einmal geschluckt und gesagt: »Ich bin so froh, dass er dich hat.«

Da hatten ihre Hormone wieder verrückt gespielt, und ihr waren einmal mehr Tränen in die Augen gestiegen.

Er hatte ihr angeboten, sie nach Hause zu fahren, doch sie hatte ihn gebeten, sie zu dem Autoverleih zu bringen. Ihr eigener Escape sollte von Isaac's Towing abgeschleppt und in eine Reparaturwerkstatt in Seaside gebracht werden. Der kleine Declan war weiter im Krankenhaus. Hale hatte vor, den Kindersitz zu holen, den er mit Kristina gekauft hatte, und ihn in seinem Wagen anzubringen. Das Kindermädchen wollte sich mit ihm im Ocean Park Hospital treffen.

»Bist du sicher, ob du dem allen gewachsen bist?«, fragte Hale, als sie zusammen unter der Markise des Autoverleihs standen.

Savvy ging seit der Geburt leicht vornübergebeugt, und ihr Körper war immer noch sehr schmerzempfindlich. »Ich kann es nicht abwarten, wieder zu Hause zu sein und unter meiner eigenen Dusche zu stehen.«

Er lachte. »Kann ich verstehen.«

»Danke, dass du mich hergebracht hast.«

Er nickte. »Weißt du schon, was du mit Declan vorhast?«

»Was meinst du, das Stillen?«

»Das auch ... Und du bist ja seine Tante ...« Seine grauen Augen blickten sie an. »Ich habe mir immer vorgestellt, dass du in seinem Leben eine große Rolle spielen solltest ... Doch jetzt ... Vielleicht wird sie noch größer sein.«

»Ich möchte das schon. Absolut.«

»Aber deine Arbeit ... Du machst häufig Überstunden und bist beim Tillamook County Sheriff's Department ... Das ist nicht gerade um die Ecke.«

Sie wollte ihm widersprechen, aber er hatte recht. »Ich werde ausprobieren, wie das mit dem Abpumpen geht«, sagte sie. »Aber du wirst auch Säuglingsnahrung brauchen.«

»Ich glaube, Kristina hat welche eingekauft. Besser, ich fahre nach Hause und mache eine Bestandsaufnahme, bevor ich mich im Krankenhaus mit Victoria treffe.«

»Eine gute Idee.«

Er eilte mit eingezogenem Kopf durch den Regen zu seinem TrailBlazer, und sie stieg in den Ford Escape und machte sich mit der neuen Technik vertraut, denn ihr Modell war einige Jahre älter.

Auf dem Highway 101 brauchte man keine Schneeketten mehr, und sie schaffte es zügig nach Deception Bay. Nach vierzig Minuten hinter dem Steuer kam sie an der Abfahrt nach Siren Song vorbei und sah über den Baumkronen das Dach des Hauses. Sie musste an Catherine denken.

Wie würden Sie sich fühlen, Detective, wenn der Urgroßvater des Kindes, das Sie gerade zur Welt gebracht haben, plötzlich angegriffen, vielleicht ermordet werden würde. Nur, weil Sie nichts getan haben?

Nein, sie durfte sich durch Catherines Verrücktheit nicht irremachen lassen. Und doch ...

Das war er. *Hatte Ihre Schwester sexuelle Beziehungen zu ihm?*

Schluss jetzt, sagte sie sich verärgert. Vielleicht gab es diesen Declan, der glaubte, Declan Bancroft sei sein Vater. Eventuell *war* er sein Vater. Catherine hatte es bestritten, aber vielleicht hatte Hales Großvater auch ein Verhältnis mit Mary gehabt. Warum nicht? Wenn Mary wirklich so verführerisch gewesen war, wie Catherine es dargestellt hatte, war alles denkbar.

Oder vielleicht stimmte es, dass Declan sen. eine Affäre mit Catherine Rutledge gehabt hatte.

Oder es war alles frei erfunden.

Und dennoch ...

Als sie die Anhöhe vor ihrem Haus hochfuhr, lag dort noch hoher Schnee, doch der Escape hatte Allradantrieb, und es gab kein Problem. Sie stellte den Wagen in der Garage ab, und bevor sie das Tor schloss, warf sie noch einen Blick auf die Reifenspuren, um die herum der Schnee bereits schmolz. *Gut so.*

Sie schnappte sich Kristinas Kleidungsstücke, ihre Handtasche und die persönlichen Dinge, welche sie aus dem Krankenhaus mitgenommen hatte, und ging zur Hintertreppe. Sie hatte die Nase voll von diesem Wetter. Eigentlich hatte sie von allem genug. Außer von dem kleinen Declan ... Und vielleicht Hale ...

Hale.

Sie zog eine Grimasse, als sie sich an das sexuelle Verlangen erinnerte, das sie in der letzten Nacht durchzuckt hatte, als sie gerade das Stillen beendete. Kopfschüttelnd ging sie ins Bad. Es war beschämend. Nicht normal. Das passte nicht zu ihr.

Anderthalb Stunden später verließ sie das Bad. Sie hatte ausgiebig geduscht, sich die Haare geföhnt und sie zu einem Pferdeschwanz gebunden. Anschließend hatte sie im Spiegel kritisch ihren Körper gemustert. Ja, es war nicht zu leugnen, sie musste ein paar Pfunde abnehmen. Aber wenn sie Sport trieb und sich vernünftig ernährte, würde sie bald wieder ganz die Alte sein.

Jetzt fühlte sie sich schon besser, und sie öffnete ihren Kleiderschrank und nahm eine schwarze Hose und eine dunkelgraue Bluse heraus. Dann ging sie mit den Kleidungsstücken, die sie aus der Garage mitgebracht hatte, in einen kleinen Raum neben der Küche und warf sie in den Wäschekorb.

Anschließend steckte sie die Skijacke in die Waschmaschine und stellte sie an.

Also, was nun?, fragte sie sich. Um den kleinen Declan kümmerten sich sein Vater und das Kindermädchen, auf das sie jetzt schon eifersüchtig war. Sie stöhnte angewidert. »Reiß dich zusammen«, sagte sie laut.

Nach einer guten halben Stunde schob sie die frisch gewaschene Jacke in den Trockner und warf einen Blick auf die Uhr. Zwei Uhr mittags. Sie brauchte eine Milchpumpe und fuhr nach Tillamook, um eine zu kaufen. Dann probierte sie die Milchpumpe auf dem Fahrersitz des Escape aus, unter dem langen Mantel, den sie ausgezogen und über ihren Oberkörper gebreitet hatte. *Was für eine Scheiße,* dachte sie eine halbe Stunde später, als sie vieles probiert, aber kaum Milch abgepumpt hatte.

Danach starrte sie zehn Minuten durch die Windschutzscheibe und beschloss, zum Sheriff's Department zu fahren.

O'Halloran hatte gesagt, sie müsse am Montag Bürodienst machen. Jetzt wollte sie sehen, ob dieses Verdikt auch nach dem Ende der Schwangerschaft noch galt.

Catherine weigerte sich, auf ihr Zimmer im ersten Stock zu gehen, zum Teil, weil sie noch wackelig auf den Beinen war und es hinausschieben wollte, die steile Treppe hinaufzusteigen, aber auch, weil sie auf Earl wartete, der noch einmal zum Krankenhaus gefahren war, um Ravinia und Ophelia abzuholen.

»Soll ich dir etwas zu essen bringen?«, fragte Isadora.

»Nein danke, ich habe keinen Hunger. Ich brauche nur etwas Zeit für mich.«

»Ich bringe nur schnell Tee und ein paar Plätzchen.« Isadora eilte davon, und Catherine seufzte. Es machte sie wahnsinnig, wie alle um sie herumsprangen.

Lilibeth saß direkt vor ihr in ihrem Rollstuhl. »Was ist passiert? Du musst doch nicht wieder zurück ins Krankenhaus?«

»Nein, mir geht's gut«, versicherte Catherine.

»Bist du sicher?«, fragte Kassandra. »Es war wirklich nur ein Unfall? Ein Sturz?«

»Ja«, antwortete Catherine bestimmt. »Ich habe eine Gehirnerschütterung. Ich bin ausgeglitten und mit dem Kopf auf dem Plattenweg aufgeschlagen.«

»Jage uns nicht noch mal solche Angst ein«, bettelte Lilibeth.
»Das habe ich nicht vor«, antwortete Catherine genervt.

So sehr sie ihre Nichten liebte, sie brauchte jetzt wirklich etwas Zeit für sich. Es galt ein paar Probleme zu bedenken, und um sie zu lösen, benötigte sie Earls Hilfe.

Zum Beispiel mussten die Knochen in der Gruft mit Marys Namen auf dem Grabstein gegen jene ausgetauscht werden, die in dem Grab ohne Stein lagen, in dem Marys sterbliche Überreste tatsächlich ruhten.

Doch wie war das jetzt zu schaffen, wo ihre Nichten sie auf Schritt und Tritt verfolgten?

Sie würde sich einer von ihnen anvertrauen müssen, und sie glaubte, dass sie sich für Ravinia entscheiden sollte.

»Es war wirklich nur ein Unfall?«, fragte Lilibeth wie vor ihr Kassandra.

»Manchmal passiert so ein Malheur eben«, antwortete Catherine. »Es tut mir leid, dass ich euch allein lassen musste.«

»Es gibt immer einen Grund«, bemerkte Kassandra.

»Nein, das sehe ich anders. Es war einfach ein unglücklicher Zufall.« Am liebsten wäre Catherine aufgestanden und verschwunden, doch Lilibeth versperrte ihr mit dem Rollstuhl den Weg und sie fühlte sich immer noch nicht wieder hundertprozentig fit.

Isadora kam mit der Teekanne, den Plätzchen und zwei Gläsern mit Erdbeer- und Aprikosenmarmelade zurück. Niemand rührte etwas an, bis Catherine ihre Verärgerung hinunterschluckte und den Anfang machte und ein Plätzchen mit Aprikosenmarmelade bestrich. Isadora schenkte ihr eine Tasse Tee ein, und dann begannen auch die anderen zu essen.

Ravinia hatte das Tagebuch, und angesichts ihrer Neugier war es nur noch eine Frage der Zeit, bis sie Fragen nach der Leiche des Mannes in dem Grab stellen würde. Und das war nicht das einzige Problem, das sie bedrängte.

Earl musste nach Echo Island übersetzen und herausfinden, wer dort war. Als Isadora und Kassandra ihr geholfen hatten, zum Haus zu gehen, war dort kein Brand mehr zu sehen gewesen. Hoffentlich war er erloschen. Falls möglich, würde sie es vorziehen, Earl außerhalb des Grundstücks zu treffen, denn dort hatte man einen besseren Blick auf Echo Island. Sie mussten sich einen Plan zurechtlegen.

Eine Stunde später hörten sie den Motor von Earls Pickup, und Catherine stand erleichtert auf. Lilibeth manövrierte ihren Rollstuhl zur Seite, und Catherine ging zur Haustür.

»Bist du sicher, dass du wieder fit genug bist?«, fragte ihre Stellvertreterin Isadora, die immer noch ganz durcheinander war wegen des Sturzes und Catherines Aufenthalt im Krankenhaus.

»Ich will nicht, dass du rausgehst«, sagte Kassandra.

»Es reicht, Kassandra«, sagte Catherine, die allmählich mit den Nerven am Ende war.

»Maggie. Und da draußen lauert Gefahr. Du weißt es, ignorierst es aber.«

»Ich ignoriere es nicht«, widersprach Catherine. »Ich habe mich um einige Dinge zu kümmern. Ich weiß es zu schätzen, dass ihr so um mich besorgt seid, aber ich brauche Zeit für mich, um Pläne für unsere Zukunft zu schmieden.«

»Er ist hinter uns her«, sagte Kassandra.

Lilibeth starrte ihre Schwester ängstlich an.

»Earl wartet auf mich«, sagte Catherine. »Lasst mich jetzt endlich zu ihm gehen.«

Isadora öffnete Ravinia und Ophelia die Tür. Sofort pfiff ein kalter Windstoß in das Haus.

»Wohin willst du?«, fragte Ophelia ihre Tante.

»Ich habe mit Earl zu reden und bin gleich wieder da«, antwortete Catherine.

Sie ließ ihre Nichten stehen und ging vorsichtig los, weil ihr etwas schwindelig war. Dann spürte sie, wie jemand ihren Arm ergriff. Ravinia war an ihrer Seite und führte sie den Plattenweg hinab zum Tor.

»Ich werde es nicht zulassen, dass du noch einmal stürzt«, sagte sie.

»Du willst nur hören, was ich mit Earl zu besprechen habe«, erwiderte Catherine vorwurfsvoll.

»Das auch. Aber du bist immer noch zu wackelig auf den Beinen, um allein gehen zu können.«

Catherine kniff die Lippen zusammen. Ihr blieb keine Zeit, sich mit Ravinia zu streiten.

Obwohl das Tor nicht abgeschlossen war, wartete Earl geduldig auf der anderen Seite. Er hatte einen eigenen Schlüssel, benutzte ihn aber nur, wenn er kam, um im Garten zu arbeiten oder im Haus etwas zu reparieren. Wegen Ravinias Anwesenheit war Catherine unschlüssig, was sie sagen sollte. Earl runzelte die Stirn, als er Ravinia sah, doch es ließ sich nicht ändern.

»Du musst nach Echo Island fahren und herausfinden, wer dort ist«, sagte Catherine, die in die Richtung der Insel blickte.

Earls Miene verfinsterte sich, und er nickte bedächtig.

»Ich werde sehen, was sich machen lässt.«

»Und dann ist da noch das andere Problem.« Catherine hatte ihm von dem notwendigen Austausch der sterblichen Überreste in den Gräbern erzählt, als Earl sie vom Krankenhaus nach Siren Song zurückgebracht hatte.

»Wann kann das erledigt werden?«, fragte Earl.

»Was für ein anderes Problem?«, wollte Ravinia wissen.

Catherine war in Gedanken woanders und erschauderte. *Er hat es auf uns abgesehen,* dachte sie.

Es könnte gefährlich sein, nach Echo Island überzusetzen, und das nicht nur wegen des Wetters.

»Was für ein anderes Problem?«, wiederholte Ravinia.

»Die Gräber«, sagte Catherine plötzlich. »Wenn du jetzt nicht nach Echo Island fahren kannst, kümmern wir uns zuerst um die Gräber.«

»In Ordnung«, stimmte Earl zu.

»Noch heute.«

»Morgen«, sagte Earl nach kurzem Nachdenken, und damit verschwand er.

Catherine und Ravinia gingen zum Haus zurück. »Was war das mit den Gräbern?«, fragte Ravinia.

»Detective Dunbar sagt, dass eine Exhumierung vorgenommen wird. Also muss ich dafür sorgen, dass die Gebeine deiner Mutter in der Gruft liegen, auf welcher der Grabstein mit ihrem Namen steht.«

Ravinia musterte sie aufmerksam. »Und jetzt liegen sie woanders.«

»Ja, an einem anderen Ort auf dem Friedhof.«

»Und wessen Knochen liegen in dem angeblichen Grab meiner Mutter?«

Catherine glaubte, dass sich ihr der Magen umdrehen würde.

Noch nie hatte sie darüber geredet. »Die eines Dreckskerls, der versucht hat, mich zu vergewaltigen. Deine Mutter hat ihn getötet, um es zu verhindern.«

»Meine Mutter hat jemanden getötet?«, fragte Ravinia überrascht.

»Ja, und der Typ hatte den Tod verdient.«

»Mein Gott, Tante Catherine ... Wer war es? Einer von unseren ... Vätern?«

Catherine dachte zurück an dieses Ungeheuer mit dem bösartigen Blick, das sie in die Kammer gestoßen hatte. Der heiße Atem dieses Mannes hatte nach Whisky gestunken, als er sie überall begrapschte und sie dann in den Hals und die Brüste biss. »Ja, es war einer der Väter«, antwortete sie mit tonloser Stimme. »Aber er hat einen Sohn gezeugt, keine Tochter. Und ich glaube, dass dieser Sohn jetzt auf Echo Island ist und den richtigen Moment abwartet, um uns alle zu töten.« Sie blickte Richtung Westen, doch heute war kein Brand auf der Insel zu sehen. Dann wandte sie sich Ravinia zu, die reglos neben ihr stand. »Es ist möglich, dass ich bei dieser Geschichte deine Hilfe brauche.«

»Sag mir einfach, was ich tun soll«, antwortete Ravinia und sah ihre Tante an.

Alle Gespräche verstummten, als Savvy das Gemeinschaftsbüro betrat und sich an ihren Schreibtisch setzte. Stone war nicht da, doch Savvy hatte auf dem Parkplatz hinter dem Sheriff's Department seinen Wagen gesehen. Burghsmith blickte Deputy Delaney an, der vor Thanksgiving eine Woche Urlaub genommen hatte, und der wiederum schaute Clausen an, der schließlich das Wort ergriff.

»Lang hat uns erzählt, was passiert ist. Unser Beileid wegen Kristina.«

»Danke.« Savannah brachte kein weiteres Wort heraus, weil sie kurz davor stand, in Tränen auszubrechen.

»Aber Glückwunsch wegen des Babys«, fügte Clausen hinzu. »Das Kind kam sofort, als O'Halloran damit gedroht hat, dir Bürodienst zu verordnen, was?«

Er versuchte, gut gelaunt zu wirken, doch sein Blick war ernst. Savannah spürte sein Mitgefühl, auch wenn er es nicht zeigte. Das war gar nicht gut. Wenn die anderen versuchten, *nett* zu ihr zu sein, würde sie den Tag nicht überstehen.

Stone kam aus dem Pausenraum zurück, wo er sich eine Tasse Kaffee geholt und am Automaten eine Tüte Kartoffelchips gezogen hatte. Er setzte sich Savvy gegenüber an seinen Schreibtisch. »Du bist also tatsächlich gekommen.«

»Das habe ich am Telefon doch gesagt.«

»Können wir einen Moment unter vier Augen reden?«

»Ja, natürlich.« Sie fragte sich, was jetzt kommen würde. Sie blickte sich um, doch bevor sie aufstehen konnte, verließen alle Kollegen außer Stone das Büro. Sie schienen zu wissen, was folgen würde, und wollten offensichtlich nicht dabei sein.

»Du hast gestern nicht erwähnt, dass Kristina ermordet wurde.«

»Das steht noch nicht zweifelsfrei fest«, sagte sie.

»Eben doch.« Stone blickte sie mitfühlend an. »Detective Hamett hat O'Halloran angerufen. Sie haben gestern Hale Bancroft verhört.«

»St. Cloud, Lang, St. Cloud«, korrigierte Savvy, deren Gesicht vor Zorn rot anlief. »Ich habe Hale eben gesehen, und er hat nichts davon gesagt.«

Stone hob die Hände. »Vielleicht gibt es einen Grund dafür.«

»Was soll das heißen?«

»Vielleicht wollte er nicht, dass du weißt, dass sie in ihm einen Verdächtigen sehen.«

»In Hale? Du machst Witze. Er ist es nicht gewesen.«

»Er war ihr Mann und hat selbst zugegeben, dass es in seiner Ehe Probleme gab. Irgendetwas stimmte also nicht zwischen den beiden.«

»Hale hat das gesagt? Gegenüber Hamett?«

»Sein Partner Evinrud war auch dabei. Gestern Nachmittag haben sie Hale in seinem Haus einen Besuch abgestattet und ihn gefragt, wo er Samstagabend gewesen sei, und er hat gesagt, seine Frau sei Freitagnacht überhaupt nicht nach Hause zurückgekehrt. Seinen Worten nach hat er sie am Freitagmittag zuletzt gesehen.«

»Hale hat meine Schwester nicht umgebracht.«

»Ein Nachbar hat in jener Nacht einen weißen Pick-up in der Nähe des Tatorts gesehen. Er war ein Stück weiter die Straße hinab geparkt.«

»Hale fährt einen schwarzen TrailBlazer.«

»Die Fahrzeuge von Bancroft Development sind alle weiß. Das hat St. Cloud bestätigt.«

»Mein Gott, Lang ...«

»Ich erzähle dir nur, was ich weiß.«

»Es muss jemand anderer gewesen sein. Vielleicht jemand, mit dem Kristina ein ... Verhältnis hatte.«

»Kristina hatte ein Verhältnis?«

»Ich sage, dass es ein anderer gewesen sein muss. Nicht Hale St. Cloud. Wo bleibt der Bericht über die Beweise, die im Haus der Donatellas gefunden wurden?«

»Du willst ihn immer noch sehen?«

»Ja, will ich.« Sie hatte es satt, so behandelt zu werden, als würde sie ihr Job überfordern.

»Okay, aber ich will wissen, wie du über deine Schwester denkst. Hamett und Evinrud wollen auch mit dir reden.«

»Ich muss zuerst mit Hale sprechen.«

»Was ist los mit dir, Savvy? Ich habe doch gesagt, dass er der Tat verdächtigt wird. Du kannst nicht einfach mit jemandem reden, der ...«

»Ich muss mit ihm über seine Frau sprechen«, erwiderte sie gereizt. »Über meine Schwester. Ob er glaubte, dass Kristina eine Affäre hatte. Darüber möchte ich mit ihm reden. Wenn er nichts davon weiß, sollte ich diejenige sein, die es ihm sagt.«

»Lass Hamett und ...«

»Nein! Das ist genau das, was mich nervt! Du hörst nicht zu. Owen DeWitt hat gesagt, Kristina habe sich im Haus der Donatellas mit einem Mann getroffen.«

»Verdammter Mist ...«

»Deshalb möchte ich zuerst mit Hale reden. Ich glaube nicht, dass er meine Schwester getötet hat, aber glaub's mir, wenn er es war, bin ich als erste dafür, ihn am nächsten Baum aufzuknüpfen.«

»Du hast nicht genügend Distanz zu dieser Geschichte.«

»Mein Gott, Lang.« Savvy sprang genervt auf, und in diesem Augenblick steckte O'Halloran den Kopf durch die Tür.

»Haben Sie eine Minute Zeit, um in mein Büro zu kommen?«

»Wir sind hier fertig«, sagte Stone, doch als Savvy O'Halloran folgte, rief er ihr noch etwas nach. »Du hast gesagt, du hättest Akten von Bancroft Development?«

An der Tür drehte sie sich noch einmal um. »Sie liegen in meinem Escape, der mittlerweile wahrscheinlich auf dem Abschlepphof von Isaac's Towing steht.«

»Gut. Ich schicke jemanden hin, um sie zu holen.«

»Ich habe die Akten überflogen und glaube nicht, dass du da etwas finden wirst.«

Er nickte, als hätte er sie gehört, doch Savannah begriff wütend, dass er wieder nur glaubte, sie wolle Hale in Schutz nehmen. Mit heftig hämmerndem Herzen betrat sie O'Hallorans Büro. Hale hatte nichts mit der Geschichte zu tun, definitiv nicht, wurde aber wie ein Hauptverdächtiger behandelt. Aber warum hatte er ihr nicht erzählt, dass die beiden Cops ihn vernommen hatten?

Und wer hatte ein Interesse daran haben können, ihre Schwester zu ermorden? Sicher, Kristina hatte ihre Probleme gehabt, war aber kein schlechter Mensch gewesen. War der Mörder eventuell Declan jr., dessen sexuelle Anziehungskraft vielleicht genauso stark war wie die seiner Mutter? Wer hatte Kristina so in seinen Bann gezogen, dass sie von *Verhexung* gesprochen hatte? Wessen Perversität, Rachsucht oder Blutrünstigkeit war der Grund dafür, dass sie jetzt alle um ihr Leben fürchten mussten, die Frauen von Siren Song, Declan Bancroft und auch sie selbst?

Sie musste mit Hale reden. Und mit Declan Bancroft.

»Nehmen Sie Platz, Dunbar.« Der Sheriff zeigte auf die Stühle vor seinem Schreibtisch und ließ sich in seinen Bürosessel fallen, der unter seinem Gewicht ächzte.

»Wenn ich mich richtig erinnere, hatten wir uns letzte Woche darauf geeinigt, dass Sie ab heute Bürodienst machen«, sagte er, nachdem Savannah sich gesetzt hatte.

»Wir wollten uns heute treffen und darüber reden.«

»Wie geht es Ihnen?«

»Es ist eine Menge passiert. Ich muss das alles erst noch verdauen.«

»Und doch sind Sie heute wieder zur Arbeit erschienen.«

»Weil mir mein Job noch am meisten Halt gibt.« Sie lächelte schwach. Noch immer klingelten Stones Worte in ihren Ohren, und sie musste ständig an Hale denken. An den kleinen Declan. Und an Catherines Warnungen ...

»Sie möchten weiter vor Ort ermitteln, statt im Büro zu versauern?«

»Ja«, sagte sie bestimmt.

»Dann sehe ich keinen Grund, Sie daran zu hindern.«

»Danke.«

»Das mit Ihrer Schwester tut mir leid. Ich möchte Ihnen auch im Namen der anderen unser Beileid ausdrücken.«

Savvy nickte und stand auf. Es kam ihr so vor, als hätte sie ein großes Hindernis aus dem Weg geräumt. Als sie in das Gemeinschaftsbüro zurückkehren wollte, fielen ihr auf dem Stoff ihrer dunkelgrauen Bluse zwei nasse Flecken über der Brust auf.

May Johnson kam gerade aus dem Pausenraum. »Ist was?«

»Ich werde Stilleinlagen brauchen.«

»Was hast du gesagt?«, fragte Hale, der den Hörer seines Festnetztelefons ans Ohr presste. Er blickte Victoria nach, die gerade das Baby ins Kinderzimmer brachte.

»Deine Mutter ist auf dem Weg hierher«, wiederholte sein Großvater.

Das musste Hale erst mal verarbeiten. Nachdem er den Kindersitz in seinem Wagen montiert hatte, war er mit dem kleinen Declan nach Hause gefahren, während Victoria ihnen in ihrem eigenen Auto folgte. Er hatte an nichts anderes denken können als daran, das Baby nach Hause zu bringen. Die Gedanken an seine Mutter, die auf ihre Weise genauso dickköpfig war wie ihr Vater – wahrscheinlich kamen sie deshalb nicht miteinander klar –, brachten ihn jetzt völlig aus dem Konzept. »Meine Mutter kommt mit dem Flugzeug aus Philadelphia?«

»Ich habe ihr von dem Baby erzählt. Sie landet heute Abend in Portland.«

»Und wie kommt sie zur Küste? Die Situation auf den Straßen ist immer noch katastrophal.«

»Nein, die Straßen sind frei, ich habe es in den Nachrichten gesehen. Sie ist jetzt Großmutter, Hale«, sagte er, als würde dies das irrationale Verhalten erklären. »Sie will das Baby sehen, genau wie ich. Ich fahre heute Nachmittag los und komme bei dir vorbei, um den kleinen Declan zu sehen. Vielleicht bleibe ich über Nacht.«

»Ich schicke jemanden, der dich abholt«, sagte Hale schnell. Um die Fahrtüchtigkeit seines Großvaters war es nicht gut bestellt, und bei schlechten Wetterverhältnissen sollte er sich nicht hinters Steuer setzen.

»Die Straßen sind frei, da gibt's keine Probleme.«

»Sind sie eben nicht.« Hale dachte, dass sein Großvater vielleicht auch deshalb so scharf darauf war, von zu Hause fortzukommen, weil er glaubte, dass jemand in seinem Haus war.

»Meinetwegen, dann lass mich von jemandem abholen«, grummelte Declan. »Aber ich will da sein, wenn Janet auftaucht.«

»Mom sollte noch nicht über die Berge fahren. Es ist gefährlich.«

»Sag ihr das am Telefon, wenn sie gelandet ist. Mal sehen, wie sie darüber denkt.«

Obwohl Hale seine Mutter kaum je sah, hatte er doch nicht vergessen, dass sie ihren eigenen Kopf hatte. Etwas von dieser Dickköpfigkeit hatte auch er geerbt. Er wusste, wie er mit ihr umgehen musste, wünschte aber, Declan hätte es ihm überlassen, seiner Mutter von dem Baby zu erzählen. Das sein Großvater es getan hatte, war überraschend, weil Janet und Declan so gut wie nie miteinander sprachen. Seit er erwachsen war, hatten sie eigentlich nichts mehr miteinander zu tun gehabt.

»Wann landet sie?«, fragte er.

»So um sieben.«

»Ich spreche ihr eine Nachricht auf die Mailbox. Wie bist du darauf gekommen, ihr von dem Baby zu erzählen?«

»Du bist ja nicht ans Telefon gegangen.«

»Ich hatte einiges um die Ohren und war beschäftigt.«

»Mit deinem Sohn?«

Es kostete Hale einige Mühe, sich zu beherrschen. Am Vortag hatte er bei seinem Besuch seinem Großvater erklärt, was alles passiert war. Die Geburt des Kindes, das entsetzliche Wetter, Kristinas Tod ...

Doch manchmal war es reine Zeitverschwendung, seinem Großvater etwas erklären zu wollen. Nachdem er sich von ihm verabschiedet hatte, war er nach Hause gefahren, wo er geduscht, ein Glas Rotwein getrunken und sich dann ins Bett gelegt hatte. Sylvie hatte eine Nachricht mit Victorias Telefonnummer hinterlassen, und er hatte vorgehabt, sich an diesem Nachmittag im Krankenhaus mit ihr zu treffen. Sofort nach dem Aufstehen war er losgefahren, um nach Savannah und dem Baby zu sehen. Er hatte Savvy zu dem Autoverleih in Seaside chauffiert und war dann zum Ocean Park Hospital zurückgefahren, um sich mit Victoria zu treffen und Declan abzuholen.

»Ich komme dich abholen«, sagte er zu seinem Großvater, während Victoria in der Küche verschwand.

»Gut, ich packe gleich meine Reisetasche«, sagte Declan.

»Haben Sie Säuglingsnahrung?«, rief Victoria, die ein Fläschchen hochhob. Er zeigte auf den Schrank, in dem Kristina die Babynahrung verstaut hatte.

Victoria war eine schlanke und attraktive Frau, und er hoffte, dass sie gut mit dem Baby klarkommen würde. Sie hatte mit Kristina einen Vertrag abgeschlossen, und jetzt würde er sehen müssen, wie er mit ihr klarkam. Bisher war nichts gegen sie einzuwenden, aber sie wirkte eben noch sehr jung, und er wünschte, dass Savannah da gewesen wäre. Er wollte, dass sie anstelle von Kristina Declans Mutter war. Aber so war es nicht geplant gewesen. Es war nur Wunschdenken.

»Was?«, fragte Hale, dem etwas entgangen war, das sein Großvater gesagt hatte.

»Ich habe gesagt, dass dein Vater ein guter Mann war. Es ist schade, dass Janet das nie begriffen hat.«

»Ja.«

Hale dachte an den Anruf des ärztlichen Leichenbeschauers. Kristinas Leiche war obduziert worden, und soweit er wusste, hatte es keine Überraschungen gegeben. Ihr Tod war durch eine schwere Gehirnverletzung eingetreten, ausgelöst durch einen stumpfen Gegenstand. Die Leiche war zu einem Krematorium gebracht worden, und er musste über eine Trauerfeier nachdenken. Aber darüber wollte er zuerst noch mit Savannah reden.

»Ich habe nicht gewollt, dass sie Preston heiratet, doch er war der richtige Mann für sie«, fuhr Declan fort.

»Darüber können wir später reden.«

»Ja, sicher.«

»In einer Stunde bin ich bei dir«, sagte Hale und legte auf.

Declan dachte wegen der Geburt des Kindes an Preston, und auch Hale selbst war in Gedanken bei seinem Vater, der seinen Enkel nicht mehr kennenlernen konnte. Er war fast unmittelbar nach der Scheidung von Janet an Leberkrebs erkrankt und eines qualvollen Todes gestorben. In Hales Kopf gehörten die Scheidung seiner Eltern und der sich rapide verschlechternde Gesundheitszustand seines Vaters unmittelbar zusammen. Janet hatte sich von Preston St. Cloud getrennt, als Hale achtzehn war, und fast unmittelbar darauf ihren jetzigen Ehemann Lee Spurrier kennengelernt, dessen Familie in Philadelphia im Bankengeschäft tätig war. Während Hale das erste Jahr auf dem College absolvierte, wurde aus Janet Bancroft St. Cloud Janet Bancroft St. Cloud Spurrier, und seine Mutter war an die Ostküste gezogen. Als Hale sein Studium beendet hatte, begann er im Unternehmen seines Großvaters zu arbeiten, kümmerte sich aber zugleich um seinen erkrankten Vater.

Eines Abends, als er an einem absoluten Tiefpunkt angelangt war, hatte er im Bridgeport Bistro Kristina kennengelernt.

Sie wusste von seinem Großvater, da sie in der Nähe von Tillamook aufgewachsen war, das direkt südlich des Hauses seines Großvaters in Deception Bay lag. Auch von der Krankheit von Hales Vater hatte sie gehört. Sie schenkte ihm ein offenes Ohr, und Hale, der vor einem Trümmerhaufen stand, erschien sie als ein Geschenk des Himmels. Für ihn war Kristina gerade im richtigen Moment in sein Leben getreten, und er hatte sie kurz nach Prestons Tod geheiratet, um dann feststellen zu müssen, dass er sie eigentlich kaum kannte.

Er sah, wie Victoria ein Fläschchen in die Mikrowelle schob. Sie hatte langes, dunkelbraunes Haar und trug ein hautenges Top und Röhrenhosen.

Als ihr bewusst wurde, dass er sie anblickte, lächelte sie strahlend. »Er ist ein wundervoller kleiner Junge.«

»Haben Sie schon viel Erfahrung als Kindermädchen?«, fragte er nach kurzem Zögern.

»Das steht alles in meinem Lebenslauf, den ich Ihrer Frau gegeben habe. Es ist so unfassbar, dass sie gestorben ist.«

Er nickte. »Wie lange können Sie heute bleiben?«

Sie wirkte überrascht. »Ich dachte, ich würde jetzt mit Ihnen zusammenleben.« Sie errötete. »Ich meine, bitte entschuldigen Sie ... Ich glaubte, ich würde hier einziehen.«

»Ich habe einiges nachzuholen. Zeigen Sie mir Ihren Lebenslauf und den Arbeitsvertrag?«

»Aber ja, ich hole beides.«

Sie ging zu dem Gästezimmer, das direkt gegenüber dem Kinderzimmer lag. Magda, die Putzfrau, war heute gekommen, um alle Betten frisch zu beziehen. Sie hatte geweint und sich bekreuzigt. »Mrs St. Cloud wollte, dass alles vorbereitet ist für das Baby und ein paar Gäste. Eigentlich hatte ich das schon letzte Woche erledigen wollen, doch nun ...« Sie konnte nicht weiterreden, weil ihr erneut die Tränen kamen, und Hale versicherte ihr, sie tue genau das, was Kristina gewollt hätte.

Wieder musste er daran denken, dass sich innerhalb von nur zwei Tagen fast alles in seinem Leben geändert hatte.

Er überlegte. In seinem Haus gab es vier Schlafzimmer. Eins für das Baby, eins für Victoria, eins für seinen Großvater, eins für seine Mutter. Somit fehlte eines für ihn. Wenn Janet auftauchte, würde einer auf dem Sofa schlafen müssen. Oder vielleicht doch nicht. Wenn die Detectives Hamett und Evinrud zu dem Schluss kamen, dass er seine Frau getötet hatte, würden sie ihn verhaften, und er konnte im Gefängnis übernachten.

Er griff nach seinem Mobiltelefon und wählte Savannahs Handynummer. Vielleicht konnte sie ihm helfen, dass er sich wieder zurechtfand in seinem Leben.

24

Savvy hörte Hales Klingelton und schob den Bericht über den Doppelmord an den Donatellas beiseite. Sie kramte in ihrer Handtasche nach dem Mobiltelefon und meldete sich. Sie saß an ihrem Schreibtisch in dem Gemeinschaftsbüro und wollte eigentlich nicht, dass jemand mithörte, wenn sie mit Hale sprach.

»Hallo, Savvy.« Seine Stimme klang erleichtert. »Wie geht's?«

»Nicht übel.«

»Bist du zu Hause?«

»Nein, im Sheriff's Department.«

Er versuchte nicht, seine Überraschung zu verbergen. »Du bist wirklich schon wieder zur Arbeit gefahren?«

»Ja. Wie geht's dem Baby?«

»Gut.« Er erzählte ihr kurz, wie er den Kleinen aus dem Krankenhaus geholt hatte und dass sich jetzt das Kindermädchen um ihn kümmerte. Abschließend berichtete er von dem bevorstehenden Besuch seines Großvaters und seiner Mutter.

»Dann ist die Hütte ja voll«, bemerkte sie, in Gedanken bereits woanders. »Wie ich höre, hattest du Besuch von zwei Detectives aus Seaside.«

»Ja.«

Für einen Augenblick herrschte Schweigen.

»Ich gehe ein paar anderen Möglichkeiten nach«, sagte sie dann.

»Redest du von dem Mord an Kristina? Ist das erlaubt, wenn die Polizei von Seaside zuständig ist?«

»Eigentlich nicht. Nein. Aber als ich in Portland war, sind ein paar Fragen aufgetaucht, und darüber möchte ich mit dir reden.«

Wieder eine Gesprächspause.

»Kaufst du ihnen das ab, diesen beiden Detectives aus Seaside?«, fragte er kühl. »Dass *ich* etwas zu tun habe mit Kristinas Tod?«

»Ich habe mit zwei Leuten gesprochen, die glauben, Kristina habe eine Affäre gehabt. Dem will ich nachgehen.«

»Wer hat das gesagt?«

Darauf antwortete sie nicht. »Hast du nie darüber nachgedacht? Hattest du nie einen Verdacht?«

»Dass sie eine Affäre gehabt haben könnte? Nein ...« Sie spürte förmlich, dass sein Gehirn fieberhaft arbeitete. »Nein«, sagte er noch einmal und fuhr dann fort: »Ich habe unter anderem angerufen, weil ich mit dir über eine Trauerfeier reden möchte.«

»Ja, natürlich. Ich wäre glücklich, wenn ich dir irgendwie helfen könnte.«

»Danke.«

»Hör zu, ich will nicht penetrant sein, aber du hattest wirklich nie den Verdacht, sie könnte sich mit jemandem treffen?«

»Ich habe gedacht, dass sie irgendwie verrückt spielt, mehr nicht. Und sie selbst hat geglaubt, sie könnte verrückt werden.«

»Ich weiß nicht, was ich denken soll«, räumte Savvy ein. »Ich habe da eine seltsame Theorie, möchte jedoch am Telefon nicht darüber reden. Ich komme bei dir vorbei.«

»In Ordnung.«

»Ich breche jetzt hier die Zelte ab. Dann habe ich noch ein paar Dinge zu erledigen. Anschließend komme ich zu dir.«

»Bring für alle Fälle eine gepackte Reisetasche mit. Das Wetter ist fürchterlich, und vielleicht möchtest du lieber hier übernachten.«

Kurz darauf beendeten sie das Telefonat.

Savvy steckte das Handy wieder in ihre Handtasche. Nein, sie hatte bestimmt nicht vor, in Hales und Kristinas Haus zu übernachten. Das Kindermädchen sorgte für das Baby, und sie durfte es nicht riskieren, wieder von gefährlichen erotischen Fantasien heimgesucht zu werden, wie es jetzt immer zu passieren schien, wenn sie zu sehr in Hales Nähe war.

Sie blickte auf den Bericht über den Doppelmord an den Donatellas, doch darin stand eigentlich nichts Neues. Sie musste an DeWitts Bemerkungen darüber nachdenken, was sich ihm zufolge zwischen Kristina und Charlie im Haus der Donatellas abgespielt hatte. »Er hat sie an die Wand gepresst. Sie hatte die Beine um ihn geschlungen, und der Typ hat's ihr richtig besorgt. Mannomann, die Frau war in Ekstase.« Sie schaute noch einmal in dem Bericht nach, ob am Tatort Blut, Hautgewebe oder Sperma gefunden worden war, doch sie fand nichts darüber.

Catherine hatte gesagt, Declan jr. sei zu vorsichtig, um irgendwelche Beweise zurückzulassen.

War das der Mann, mit dem Kristina zusammen gewesen waren, wenn sie denn eine Affäre gehabt hatte ...?

Sie dachte noch ein paar Minuten angestrengt darüber nach und verließ sich auf ihr Bauchgefühl. Ihre Meinung war, dass Kristina tatsächlich eine Beziehung gehabt hatte, und sie glaubte, dass in dieser Beziehung etwas schiefgelaufen war. Kristina hatte die Affäre beenden wollen. Hatte ihr Leben ändern wollen. Ihre Schwester hatte das ihr gegenüber selbst gesagt, und all das Gerede über Verhexung und darüber, sie sei nicht mehr sie selbst, deutete in diese Richtung.

Stone war eine Weile fort gewesen und kam jetzt zurück. Er strich sich mit den Händen durch sein feuchtes Haar, als er sich an seinen Schreibtisch setzte. »Schon wieder Regen«, bemerkte er.

Savvy dachte darüber nach, wie sie ihm erzählen sollte, dass sie mit Hale geredet hatte, doch Stone kam ihr zuvor.

»Ich habe endlich Curtis erreicht, weil ich von ihm mehr erfahren wollte über den Doppelmord vom letzten Donnerstag vor dem Rib-I in Portland.«

»Und?«

»Nichts. Der Typ, der die beiden umgelegt hat, hat sich in Luft aufgelöst. Er öffnet die Tür des Wagens, in dem sie es miteinander treiben, macht sie kalt, und das war's, Ende der Geschichte.«

»Hmm.«

»Da war eine Frau in der Bar, die gesehen hat, wie Garth, das männliche Opfer, mit einem Typen aneinandergeraten ist, der Tammie anmachen wollte, das weibliche Opfer. Curtis hat sie um eine Personenbeschreibung gebeten, doch sie konnte nur sagen, der Mann habe gut ausgesehen und ein strahlendes Lächeln gehabt. Tammie und Garth müssen sich wieder versöhnt haben, weil sie auf dem Parkplatz in einem Auto Sex hatten, als der Killer sie kaltgemacht hat.«

Savvy dachte an ihr Gespräch mit DeWitt. »Ich war zwei Abende später im Rib-I und habe dort Owen DeWitt getroffen.«

»Ich weiß.«

Sie blickten sich an.

»DeWitt hat etwas über meine Schwester erzählt.«

»Was du nicht sagst.«

Sie lächelte schwach. »Er hat behauptet, Kristina habe Sex gehabt mit jemandem im Haus der Donatellas, wo der Killer *Blutgeld* auf die Wand gesprüht hat. DeWitt sagte, er habe sie dort mit dem Typ ein paarmal gesehen, wenn er dort war, um nach Beweisen zu suchen, dass es nicht seine Schuld war, dass die Düne abgerutscht ist. Er glaubte, dass an seinem Gutachten nichts auszusetzen war.«

»Wolltest du deshalb noch mal den Bericht sehen?«

Sie nickte. »Aber da stand nichts Relevantes drin. Ich weiß nicht einmal, ob ich DeWitt glauben soll.«

»Hast du St. Cloud erzählt, was er gesagt hat?«

»Nicht alles. Ich habe ihn gefragt, ob er einen Verdacht hatte, Kristina könnte einen Liebhaber haben, aber das schien ihm neu zu sein.«

»Hast du heute mit ihm geredet?«

»Ja.« Sie fasste das Gespräch mit Hale kurz zusammen. »Wir müssen über eine Trauerfeier reden. Ich werde heute, morgen und auch an den folgenden Tagen mit ihm reden.«

Stones Miene verfinsterte sich.

»Pass bloß auf, dass du nicht Hamett und Evinrud in die Quere kommst.«

»Ich sage bloß, dass nicht Hale, sondern ein anderer

meine Schwester umgebracht hat. Ich will noch einmal mit DeWitt reden.«

»Lass es, Savannah.«

»Wenn Kristinas Tod etwas mit dem Doppelmord an den Donatellas zu tun hat, ist das unser Fall.«

»*Ich* werde mit DeWitt reden.«

»Gut, meinetwegen.«

Sie war in Gedanken schon woanders, nämlich bei Paulie Williamson, dem ehemaligen Projektmanager von Bancroft Development in Portland, der nach Tucson gezogen war. Clark Russo hatte ihr seine Telefonnummer gegeben.

Für einen kurzen Moment dachte sie darüber nach, Stone zu erzählen, was Catherine über Marys Sohn Declan gesagt hatte, der es angeblich auf die Frauen von Siren Song und Declan Bancroft abgesehen hatte. Angeblich hatte er dieselbe mysteriöse sexuelle Anziehungskraft wie seine Mutter Mary. Catherine behauptete, die »Gaben« von deren Söhnen seien ausgeprägter als bei den Töchtern und überaus gefährlich. Stone kannte Catherine gut. Er wusste von den »Gaben« und schien die ganze Geschichte sogar glaubwürdig zu finden.

»Haben Hamett und Evinrud sich schon bei dir gemeldet?«, fragte Stone.

»Nein.«

»Es wird nicht mehr lange dauern. Sei vorsichtig, was du zu ihrem Hauptverdächtigen sagst.«

Damit verschwand Stone mit seinem leeren Kaffeebecher Richtung Pausenraum.

Das Telefon auf Savannahs Schreibtisch klingelte. Sie warf einen Blick auf die Wanduhr. Vier Uhr nachmittags. »Detective Dunbar.«

»Hallo, Savvy.« Es war Geena Cho, die Einsatzleiterin des Tillamook County Sheriff's Department, die auch Telefondienst machte. »Hier hat eben Toonie vom Obdachlosenasyl angerufen. Sie sagt, jemand namens Mickey wolle unbedingt mit dir reden. Rufst du sie an? Wenn du es nicht tust, habe ich sie ständig wieder an der Strippe.«

»Ich fahre gleich bei ihr vorbei«, antwortete Savvy, die überlegte, was sie alles zu erledigen hatte, bevor sie zu Hale fahren konnte.

»Bestimmt?«

»Ja! Sollte Toonie noch mal anrufen, bevor ich bei ihr bin, sag ihr, dass ich innerhalb einer Stunde da sein werde.«

Ravinia blickte Catherine nach, die mithilfe von Isadora und Kassandra die Treppe zum ersten Stock hinaufstieg, um sich in ihrem Zimmer ins Bett zu legen. Ophelia, Lilibeth und Ravinia blieben im Erdgeschoss zurück.

»Tante Catherine wollte Earl schon wieder treffen«, sagte Lilibeth, deren Stimme beunruhigt klang.

»Sie will sich ständig mit Earl treffen«, erwiderte Ravinia achselzuckend. Sie wollte nicht, dass jemand sie danach fragte, worüber Catherine und Earl gesprochen hatten. Nicht jetzt, wo in nächster Zeit Gräber geöffnet und Gebeine ausgetauscht werden sollten. Sie erschauderte leicht bei dem Gedanken.

»Du warst doch dabei«, sagte Ophelia beiläufig. »Worüber haben sie gesprochen?«

Ravinia schaute ihre Schwester an, doch deren unbewegte Miene gab nichts preis. *Sei vorsichtig,* warnte sie sich.

»Über nichts Besonderes. Lasst uns fernsehen.« Sie ging zu dem altertümlichen Gerät und schaltete es ein. Welches

Programm auch gerade lief, Lilibeth war immer gespannt dabei.

Was Ophelia betraf, rechnete Ravinia teilweise damit, dass diese sie weiter mit Fragen löchern würde, aber sie stand nur schweigend dabei, als Ravinia die Kanäle wechselte, bis sie einen Sender gefunden hatte, wo eine Folge einer uralten Serie ausgestrahlt wurde.

»Wir werden hier bald Kabelfernsehen haben«, sagte Ravinia in einem herausfordernden Ton, als sie das Zimmer verließ und Richtung Küche ging. Ophelia folgte ihr sofort, während Lilibeth vor dem Fernseher sitzen blieb.

»Ich dachte, du wolltest uns verlassen«, sagte Ophelia.

»Das klingt so, als könntest du es gar nicht abwarten, mich loszuwerden.«

»So ist das nicht.«

»Was willst du?«, fragte Ravinia, während sie Ophelias Zopf und ihr langes Kleid betrachtete. »Du tust so, als wärest du ganz auf Tante Catherines Seite, hast aber ein Einweghandy und nähst mir Hosen und Blusen, als wäre das dein Job. Und doch rennst du immer noch so rum.« Sie zeigte auf das altmodische Kleid ihrer Schwester.

»Sieht so aus, als hättest du da draußen neue Freunde gefunden«, sagte Ophelia.

»Worauf du dich verlassen kannst.« Ravinia schnaubte. »Im letzten Sommer habe ich geglaubt, diese Gefangenschaft hier gehöre der Vergangenheit an, doch dann habt ihr es euch anders überlegt. Tante Catherine, Isadora und du. Ich werde nicht weiter so leben.«

»Du weißt, dass es Tante Catherines Idee war, das Tor wieder zu verrammeln.«

»Nun, es funktioniert nicht. Wen immer sie fernzuhalten versucht, er wird kommen und hat es auf uns abgesehen. Frag Kassandra. Die sagt ja fast nichts anderes mehr, als dass er kommt.«

»Das stimmt nicht.«

»Und ob es stimmt, Ophelia«, erwiderte Ravinia genervt. »Diese ganze Scheiße hier ödet mich an!«

»Du willst Kabelfernsehen?«, fragte Ophelia gereizt. »Okay, du redest mit der richtigen Ansprechpartnerin. Ich führe die Bücher für Catherine und uns alle. Ja, es stimmt, wir brauchen einen neuen Fernseher, und vielleicht ist es auch an der Zeit, das Tor wieder zu öffnen.«

Noch nicht, dachte Ravinia, die plötzlich von Angst gepackt wurde. Sie hatte sich in ihre Wut hineingesteigert, weil das zu einer Gewohnheit geworden war, doch bevor sich etwas änderte, musste sie Catherine noch helfen, die Gebeine in den Gräbern auszutauschen. Dennoch musste sie ihre Rolle spielen. »Halleluja! Endlich beginnst du es zu kapieren.«

»Weißt du, wie wir hier überleben?«, fragte Ophelia. »Wie wir an das Geld herankommen, um den Strom und die Lebensmittel zu bezahlen, die wir nicht selber anpflanzen und einmachen können?«

Ravinias Angst wandelte sich in Verärgerung. »Wir besitzen jede Menge Land und bekommen Pacht. Du musst mir keine Vorlesung über unsere wirtschaftliche Situation halten.«

»Irgendjemand muss sich um diese Dinge kümmern. Catherine kann nicht alles allein machen.«

»Bis jetzt hat sie es ja immer noch ganz gut geschafft. Außerdem hat sie Isadora.«

»Isadora kümmert sich um die Hausarbeit und ums Kochen. Mit den Finanzen hat sie nichts zu tun. Du willst einen besseren Fernseher? Und wie wär's mit Elektrizität auch im ersten Stock? Oder wie wär's, wenn du einen Führerschein machen würdest, so wie ich?«

»Was? Du hast keine Ahnung, wie man Auto fährt.«

»Im letzten Sommer habe ich Fahrstunden genommen und dann in dem Buick die Prüfung bestanden.«

»Red keinen Unsinn.«

»Da du immer abgehauen bist, hast du es nicht mitbekommen.«

»Irgendjemand hier hätte es mitbekommen.«

»Tante Catherine wusste es. Sie hat mit mir geübt. Du warst die ganze Zeit über nicht da. Entweder hast du dich in deinem Zimmer eingeschlossen, oder du bist nachts ausgerissen, um dich mit deinen neuen Freunden zu treffen.«

»Und du hast mir die Klamotten genäht, in denen ich mich bei ihnen blicken lassen konnte.«

»Ich weiß, was dir gefällt. Und ich weiß auch, dass du die Gefangenschaft hier nicht mehr erträgst. Also habe ich dir geholfen. Als mich Tante Catherine danach fragte, habe ich ihr gesagt, dass du die Freiheit verdienst.«

»Sie hat gesagt, wenn ich gehe, bräuchte ich nie wieder zurückkommen.«

»Sie hat Angst, Ravinia. Um uns alle. Da draußen ist jemand, der es auf uns abgesehen hat.«

Es schien, als wollte Ophelia ihr etwas sagen, ohne zu sehr in die Einzelheiten zu gehen. »Woher weißt du das?«, fragte Ravinia.

»Es wäre nicht das erste Mal. Denk an Justice, der uns alle umbringen wollte. Wir hatten Glück, dass er gestorben ist, denn er hätte niemals von seinem Plan abgelassen.«

»Das ist nicht alles. Du weißt etwas.«

Ophelia kniff die Lippen zusammen, doch ihr Blick hielt dem von Ravinia stand. Als sie gerade antworten wollte, hörten sie Isadora und Kassandra die Treppe hinabkommen.

»Was weißt du, Ophelia?«, zischte Ravinia.

Sie schüttelte den Kopf und wechselte das Thema. »Du und Catherine, worüber habt ihr mit Earl geredet?«

Ravinia hatte nicht vor, etwas über den bevorstehenden Austausch der Gebeine verlauten zu lassen. Sie wusste nicht genau, wann und wie das über die Bühne gehen sollte, aber sie wollte Ophelia nichts davon anvertrauen, zumindest noch nicht.

Ein Schatten huschte über Ophelias Gesicht, und in dem Augenblick traten Kassandra und Isadora in die Küche.

»Was habt ihr beiden hier zu tuscheln?«, fragte Kassandra.

Ravinia wartete, ob Ophelia etwas sagte, doch die schien zu abgelenkt zu sein, um zu antworten.

»Ophelia hat einen Führerschein«, verkündete Ravinia.

Kassandra blickte mit großen Augen erst Ophelia und dann Ravinia an. »Wollt ihr uns verlassen?«, fragte sie mit bebender Stimme.

»Nein. Wir haben über das Schicksal gesprochen.« Ophelia schien immer noch ganz in Gedanken verloren.

»Wessen Schicksal?«, fragte Kassandra.

»Über deins, Kassandra«, erwiderte Ravinia gereizt. Sie musste von hier verschwinden.

»Ich bin ab jetzt Maggie. Warum nennst du mich nicht so?«

»Die Macht der Gewohnheit.« Ravinia verließ die Küche und stürmte nach oben, um ihre Tasche aus dem Kleiderschrank in ihrem Zimmer zu holen. Darin befanden sich Wäsche zum Wechseln, eine Taschenlampe und ein paar Dollars, die sie Catherine gestohlen hatte. Ja, sie war eine Diebin, doch sie würde das Geld eines Tages zurückzahlen, wenn sie es sich leisten konnte. Sobald sie etwas eigenes Geld verdient hatte, würde sie sich ein paar coole Klamotten kaufen. Klamotten, die nicht von Ophelia genäht worden waren.

Das mit dem Austausch der Gebeine konnte ihr nicht schnell genug gehen. Earl hatte von der übernächsten Nacht gesprochen, doch sie wollte *jetzt* abhauen. Ihre Nerven waren zum Zerreißen gespannt, sie musste von hier verschwinden. Aber es ging nicht. Noch nicht.

Seufzend riss sie ein Streichholz an, um die Öllampe anzuzünden, denn es war dunkel geworden. Sie ließ sich auf ihr Bett fallen und zog das Tagebuch aus dem Hosenbund.

Sie würde weiter in dem Tagebuch ihrer Mutter lesen. Da gab es einige seltsame Passagen, deren Bedeutung sie noch nicht begriffen hatte.

Und dann – übermorgen – würde sie Siren Song für immer verlassen.

Auf dem Weg zu dem Obdachlosenasyl hielt Savvy noch zweimal an, einmal bei einer Apotheke, um Stilleinlagen zu kaufen, und dann zu Hause, wo sie sich frisch machte und ein Sandwich mit Erdnussbutter und Marmelade verputzte. Kurz darauf saß sie wieder hinter dem Steuer und fuhr Richtung Norden. Den Besuch in dem Obdachlosenasyl hätte sie gern ausfallen lassen, aber sie war eine äußerst pflichtbewusste Polizistin und glaubte außerdem zu wissen, dass Mickey Geena Cho so lange weiter mit Anrufen nerven würde, bis sie mit ihm gesprochen hatte.

Die wohltätige Einrichtung hieß Savior's Lighthouse und war in einem langen niedrigen Gebäude am nördlichen Ortsrand von Tillamook untergebracht, in dem sich einst ein Lebensmittelgeschäft befunden hatte. Die Heimleiterin war Althea Tunewell, die es sich zur Lebensaufgabe gemacht hatte, sich mit vollem Engagement um obdachlose Männer, Frauen und Kinder zu kümmern. In ihrer Jugend hatte Toonie selbst für eine kurze Zeit kein Dach über dem Kopf gehabt, und seitdem widmete sie sich der Sozialarbeit und religiösen Bekehrung ihrer Schutzbefohlenen, denen sie unablässig von der Güte Gottes und seines Sohnes Jesus erzählte.

Auf dem Weg zum Eingang zog Savannah den Kopf ein, denn es hatte wieder stark zu regnen begonnen. Sie wusste nicht genau, warum sie eigentlich hier war, doch Toonie rief nie ohne guten Grund beim Tillamook County Sheriff's Department an.

In dem Gebäude roch es nach Zigaretten, obwohl das Rauchen verboten war. Savvy wurde es leicht übel, und sie beschloss, die Sache schnell hinter sich zu bringen.

Toonie unterhielt sich gerade mit einer Frau, die ebenfalls unangenehm roch und sich unbedingt mal wieder die Haare waschen musste. Sie lächelte Savvy an. »Sind Sie wegen unseres Treffens hier?«, fragte sie Savannah.

»Nein, sie will mit mir reden«, sagte Toonie, bevor Savannah antworten konnte. »Geh jetzt zu den anderen, Jolene.«

»Jesus liebt uns alle«, sagte Jolene, bevor sie verschwand.

»Ich habe das mit Ihrer Schwester gehört«, sagte Toonie. »Mein Beileid. Wie geht es Ihnen?«

»Den Umständen entsprechend gut.«

»Es wird lange dauern, bis wieder alles in Ordnung ist, meine Gute. Das wissen wir beide. Ich möchte Sie nicht groß behelligen, da Sie ja gerade erst das Kind zur Welt gebracht haben, glaube aber doch, dass Sie mit Mickey reden sollten.«

»Ich bin nicht sicher, ob ich ihm helfen kann, und ...«

Toonie schnitt ihr das Wort ab. »Ich glaubte, Sie hätten verstanden, warum ich angerufen habe. Meiner Meinung nach kann Mickey Ihnen bei Ihren Ermittlungen helfen.«

»Ich verstehe nicht.«

»Er hat von Ihnen und dem Baby erzählt. Von Bancroft Bluff und dem Haus, in dem Sie ihn gefunden haben.«

Im Haus der Pembertons, bevor es von Bancroft Development zurückgekauft worden war. »Er hätte fast einen Brand gelegt«, sagte Savvy.

»Ja, ich weiß.« Nachdem sie einen Moment nachgedacht hatte, nickte sie, als hätte sie eine Entscheidung gefällt. »Kommen Sie für einen Moment mit in mein Büro? Es wird nicht lange dauern.«

Savvy schaffte es, nicht ungeduldig auf die Uhr zu blicken, während sie Toonie in ein kleines Zimmer hinter der Küche folgte, das einst vielleicht ein Lagerraum gewesen war. Jetzt standen dort ein Schreibtisch mit einem ziemlich neuen Laptop darauf und zwei Stühle. Auf den Regalen standen einige Exemplare der Bibel, theologische Werke und ein paar Bücher über die Führung karitativer Einrichtungen.

Toonie zeigte auf den Stuhl vor dem Schreibtisch, und Savvy nahm Platz. Sie wollte nur alles schnell hinter sich bringen.

»Ich werde mich kurz fassen«, sagte Toonie. »Mickey leidet manchmal an Realitätsverlust, was Ihnen bestimmt aufgefallen ist, aber ich glaube, dass seine Probleme jüngeren Datums sind. Seine Familie hat Kontakt zu ihm aufgenommen, aber er ist noch nicht so weit. Er braucht Medikamente, weigert sich aber, sie zu nehmen. Seiner Meinung nach sind sie zu teuer, und das stimmt auch, aber vielleicht würde er sie als Bedürftiger umsonst bekommen, wenn er die richtigen Formulare ausfüllt.«

»Schön und gut, aber kommen Sie doch bitte zur Sache. Sie haben gesagt, er könnte mir helfen.«

»Haben Sie bitte noch einen kleinen Moment Geduld, Sie brauchen da noch eine Information. Mickey ist ein sogenannter Foothiller. Das waren ursprünglich Indianer, die sich mit der weißen Bevölkerung in der Gegend von Deception Bay vermischt haben.«

»Ich weiß, was Foothiller sind.«

»Wissen Sie auch, dass sie über übersinnliche Fähigkeiten verfügen?«

»Über hellseherische Gaben?«

Toonie hob die Hände. »Ich glaube nur an die Gaben, die Gott uns in seiner Güte schenkt, damit wir im Geist der Nächstenliebe unseren Mitmenschen helfen, aber ...«

»Aber?«

»Mickey glaubt an Gottvater und Jesus, aber eben auch an eine ganze Reihe indianischer Götter. Wenn man ihn fragen würde, hätte er bestimmt auch zu Buddha etwas zu sagen.

Ich behaupte nicht, diese Patchwork-Gläubigkeit zu verstehen, aber wenn er zukünftiges Unglück vorhersagt, sind seine Prophezeiungen erstaunlich korrekt.«

Savannah hatte während der letzten Woche so viel über Präkognition und paranormale Phänomene gehört, dass sie sich fast schon daran gewöhnt hatte.

»Ich paraphrasiere hier seine Worte«, fuhr Toonie fort. »Er sagt, dass der Teufel kommt und verbrannt werden muss, um ihn in die Hölle zurückzuschicken. Er behauptet, Satan in Bancroft Bluff gesehen zu haben.«

»Mickey hat in Bancroft Bluff den Teufel gesehen?« *Der Teufel war schon vorher da und hat die Donatellas ermordet,* wollte sie sagen, doch sie musste hören, worauf Toonie hinauswollte.

Meine Güte, *einen kleinen Moment Geduld,* dachte sie. Es ging ihr einfach alles nicht schnell genug.

»Er singt ›Jesus liebt mich‹, um den Teufel abzuschrecken. Seiner Meinung nach sind er und die Leute in seiner Umgebung dadurch in Sicherheit.«

»Er hat das auch gesungen, als wir ihn in Gewahrsam genommen haben.«

»Vermutlich wollte er Sie und das Baby retten.« Toonie räusperte sich. »Kürzlich hat er in den Fernsehnachrichten das Bild Ihrer Schwester gesehen und gesagt: ›Das ist sie. Die Frau, die Satan nach Bancroft Bluff gebracht hat.‹ Dann zeigte er auf Ihre Schwester und fuhr fort: ›Wir müssen mit der netten Polizistin reden, die das Baby Jesus zur Welt bringt. Sie wird ihn zur Hölle zurückfahren lassen. Sagen Sie ihr, sie soll ihn verbrennen.‹«

Etwas schnürte Savvy die Kehle zu. »Er hat meine Schwester

in einem der Häuser in Bancroft Bluff gesehen?«, brachte sie mühsam hervor.

»Das behauptet er.«

»Glauben Sie ihm?«

Toonie zögerte mit ihrer Antwort. »Ich glaube nicht, dass er den wahrhaftigen Teufel gesehen hat«, sagte sie schließlich. »Aber ich denke schon, dass er jemanden gesehen hat, der ihm Angst einjagte.«

»Wie lange kampierte er da schon im Haus der Pembertons? Ich glaube nicht, dass er zum ersten Mal dort war, als wir ihn mitgenommen haben.«

»Möchten Sie nicht selbst mit ihm darüber reden? Ich weiß, dass er es gern möchte.«

Nein, sie wollte nicht mit ihm reden, aber wenn er in Bancroft Bluff Kristina gesehen hatte ...

»In Ordnung«, stimmte sie zu.

»Es gibt gleich Abendessen. Ich bringe Sie in den Speiseraum.«

Savvy folgte Toonie zu einem großen Saal voller Klapptische mit weißen Plastikdecken darauf. Männer und Frauen warteten in einer Schlange vor der Essensausgabe, und an deren Ende sah sie Mickey. Sein Haar war gekämmt, doch der Bart immer noch struppig, und seine Klamotten mussten dringend gewaschen werden. Toonie bedeutete Savvy, auf einer Bank an der Wand Platz zu nehmen, und ging dann zu Mickey, um ihm etwas zu sagen. Der Obdachlose blickte sofort zu Savvy hinüber und stürmte so schnell zu ihr, dass Savvy sich fast erschrocken an der Schlaufe ihrer Handtasche festklammerte, in der zurzeit ihre Dienstwaffe steckte.

Mickey beugte sich zu ihr vor, und sie wich instinktiv ein Stück zurück. »Ich habe sie mit dem Teufel gesehen«, flüsterte er angespannt.

»Sie meinen meine Schwester, irgendwo in Bancroft Bluff?« Er blinzelte. »Ihre Schwester?«

»Die Frau, die Sie in den Fernsehnachrichten gesehen haben«, erklärte Savvy.

»O ja! Ja, die schöne Frau. Sie war mit *ihm* zusammen.«

»Wo haben Sie die beiden gesehen?«

»In dem Haus.« Er blickte sich nervös um.

»In dem Haus, in dem wir Sie letzte Woche erwischt haben?«

»Das ist mein Haus«, erklärte er energisch. »Sie waren in dem anderen, in dem mit den roten Dachziegeln.«

»Das Haus der Donatellas ist im spanischen Kolonialstil erbaut und hat ein rot gedecktes Dach«, sagte Savvy.

Er nickte ernst. »Das Haus, in dem Menschen gestorben sind. Marcus und Chandra Donatella.«

»Ja.« Savvy war überrascht, dass er die Namen kannte.

»Ja«, wiederholte er. »Sie sind hineingegangen, aber Marcus und Chandra waren noch nicht da.«

Savvy blinzelte. »Was?«

»Sie waren zuerst da. Die schöne Frau und der Teufel.« Er beugte sich noch dichter zu ihr vor. »Ich musste mich verstecken. Ich konnte kein wärmendes Feuer machen, solange sie da waren, denn dann hätte ich mich verraten, verstehen Sie?«

»Sie haben gesehen, dass Marcus und Chandra Donatella später zu ihnen gestoßen sind?«

»Der Teufel hat sie getötet. Bumm, bumm!«

Seine laute Stimme ließ Savvy zusammenzucken. Als sich ihr Herzschlag wieder beruhigt hatte, stellte sie die entscheidende Frage. »Sie haben die Schüsse gehört, mit denen er die Donatellas exekutiert hat?«

»Bumm, bumm«, wiederholte Mickey, diesmal leiser. »Und dann kam die schöne Frau wieder heraus, aber vor dem Teufel kann man nicht flüchten.« Seine Lippen bebten, und er wandte sich ab. »Jesus liebt mich. Das weiß ich, weil die Bibel es sagt. Die Kleinen gehören zu Ihm. Sie sind schwach, doch Er ist stark ...«

Savannah konnte es nicht fassen. Kristina war dabei gewesen, als die Donatellas ermordet worden waren? Sie hatte Owen DeWitt nicht wirklich geglaubt und die Bemerkungen von Nadine Gretz ignoriert. Aber es hatte eine Geschichte gegeben zwischen Kristina und einem anderen Mann. Hatte sie etwas mit dem Doppelmord an den Donatellas zu tun? Wer war dieser mysteriöse Mann?

Declan jr.?

»Das mit Ihrer Schwester tut mir leid. Sie war sehr schön. Ich habe sie im Fernsehen gesehen.«

»Danke für Ihre Anteilnahme.«

»Und das Baby?«

»Ich habe es kürzlich zur Welt gebracht. Es geht ihm gut. Der Kleine ist im Haus seines Vaters.«

»Sorgen Sie dafür, dass der kleine Jesus in Sicherheit ist.«

Savvy bereitete sich innerlich auf die zentrale Frage vor. »Was haben meine Schwester und der Teufel in dem Haus getan?«

»Gefickt.«

Mickeys unverblümte Antwort traf sie wie eine Ohrfeige.

»Sieht der Teufel wie ein Mann aus? Würden Sie ihn wiedererkennen?«

»Es ist eine Maske.«

»Aber wenn Sie ihn beschreiben sollten, was würden Sie dann sagen? Blicken Sie hinter die Maske.«

»Oh, der Teufel ist ihr Ehemann. Er ist das. Er hat sie zu seiner Villa gebracht und sie zu seiner ...«

25

Savannah rannte durch den Regen zu ihrem Mietwagen, zog das Mobiltelefon aus der Tasche und suchte in der Kontaktliste nach der Nummer von Owen DeWitt. Sie fand sie nicht. *Mist.* Sie hatte die Liste der gegenwärtigen und früheren Angestellten von Bancroft Development, es aber versäumt, sich DeWitts Telefonnummer geben zu lassen, als sie am letzten Samstag im Rib-I in Portland mit ihm geredet hatte. Sie hatte ihm ihre Nummer gegeben, hatte seine aber nicht.

Dafür hatte sie die von Clark Russo, und sie rief ihn sofort an. Er meldete sich, und sie erklärte ihm schnell den Grund ihres Anrufs.

»Moment, ich sehe nach«, sagte er, während er seine eigenen Kontaktlisten durchging. »Mein Beileid zum Tod Ihrer Schwester, Detective Dunbar. Ich habe sie immer sehr gemocht.«

»Danke.«

Vor ihrem inneren Auge sah Savvy den attraktiven Projektmanager, und sie erinnerte sich daran, dass Hales rechte Hand Sylvie Strahan Russo als Nachfolger von Paulie Williamson empfohlen hatte, als der nach Tucson gezogen war. Sowohl Russo als auch Vledich hatten Williamson angeschwärzt. Als sie ihn anrufen wollte, war sie durch Geena Cho davon abgehalten worden, und dann war alles so schnell gegangen. Nach dem, was Mickey gesagt hatte, wollte sie nicht warten, bis Stone mit DeWitt gesprochen hatte.

»Ich habe mit Hale gesprochen«, fügte Russo hinzu. »Er scheint am Boden zerstört zu sein.«

Sie glaubte, dass er etwas aus ihr herausholen wollte, hatte aber nicht vor, sich darauf einzulassen. Sie dachte an Mickeys verstörende Worte über Kristinas Schäferstündchen. Aber sie glaubte absolut nicht, dass er recht hatte mit dem, was er über Hale gesagt hatte. Sie musste herausfinden, wer dieser Charlie war. »Beelzebub«, hatte DeWitt gesagt. In dem Punkt war er sich also mit Mickey einig. Beide hielten Kristinas Liebhaber für den Teufel.

Nachdem Russo ihr DeWitts Handynummer gegeben hatte, sagte er beiläufig: »Ich dachte, Woodworth hätte sie ins Rib-I geschickt, weil Sie DeWitt dort finden würden. War er nicht da?«

»Ich muss noch einmal mit ihm reden.«

»Also haben Sie ihn gesehen.«

»Ich muss jetzt wirklich Schluss machen, Mr Russo. Vielen Dank.«

»In Ordnung. Alles Gute für das Kind.«

Damit war das Telefonat beendet.

Savannah rief DeWitt an, doch es meldete sich umgehend die Mailbox. Sie versuchte es sofort noch mal, mit demselben Resultat. Seine Stimme forderte sie auf, eine Nachricht zu hinterlassen, und sie nannte ihren Namen und hinterließ mit der Bitte um Rückruf ihre Telefonnummer. Vermutlich hatte Stone dasselbe getan. Wenn DeWitt die Nachrichten hörte, würde er sich fragen, was plötzlich los war im Tillamook County Sheriff's Department.

Auf dem Weg Richtung Norden versuchte sie, sich auf das Fahren zu konzentrieren. Sie war müde, und ihre Brüste schienen ihr schwer wie Backsteine zu sein. Eigentlich hatte sie auch Hale anrufen wollen, doch sie würde ja gleich bei ihm sein.

Hale wartete auf seinen Großvater, als der mühsam aus dem TrailBlazer kletterte und auf seinen Stock gestützt die Garage durchquerte. Der Wind peitschte Regen durch das offene Garagentor, und Hale drückte auf den Knopf, um es herabzulassen. Der strömende Regen hatte den Schnee bereits zur Hälfte schmelzen lassen, zumindest hier an der Küste. In den Bergen konnte es noch ganz anders aussehen.

Hale hielt seinem Großvater die Tür auf, als der die paar Stufen hinaufstieg, über die man in die Küche gelangte.

Vor ihnen stand Victoria Phelan, und hinter ihr lag der kleine Declan in dem Kindersitz, der auf der Frühstückstheke stand, und schrie aus vollem Hals. »Ich habe versucht, ihm das Fläschchen zu geben, aber er will nicht.«

Declan ließ sich auf einen Küchenstuhl fallen und musterte Victoria von Kopf bis Fuß. Ihr dünnes T-Shirt, unter dem sich ihre Brüste abzeichneten, die eng geschnittenen Jeans. Sie hatte Schuhe und Socken ausgezogen, und der Blick des Alten blieb auf ihren schwarz lackierten Zehennägeln haften. Die der beiden großen Zehen waren mit einem goldenen Peace-Symbol bemalt.

Am liebsten hätte Hale laut gelacht, als er den Blick seines Großvaters sah, doch sein schreiender Sohn war wichtiger. Er ging zu dem Kleinen und nahm ihn auf den Arm. Er weinte immer noch, schrie aber nicht mehr, als Hale ihn sanft hin und her wiegte und mit ihm ins Esszimmer ging. »Haben Sie ein Fläschchen fertig?«, rief er dem Kindermädchen zu.

»Ja«, antwortete sie. »Etwas früher hat er ein bisschen Säuglingsnahrung zu sich genommen.«

In diesem Augenblick fiel das Licht von Scheinwerfern in das Zimmer, und Hale sah Savannahs gemieteten Geländewagen die Auffahrt hinaufkommen. Er war erleichtert und erfreut, und als Victoria mit dem Fläschchen kam, reichte er ihr das Kind und trat nach draußen in den strömenden Regen. Savannah hatte die Kapuze ihres Regenmantels aufgesetzt und stieg gerade aus dem Ford Escape.

Er eilte zu ihr und nahm sie in die Arme. »Gott sei Dank«, sagte er. »Das Baby braucht dich, und ich brauche dich auch ... Ich bin so glücklich, dass du hier bist.«

Savannah blickte auf, und das aus dem Wohnzimmer nach draußen fallende goldene Licht spiegelte sich in ihren Augen. Es konsternierte ihn, wie schön sie war, und für einen Augenblick starrten sie sich nur an. Für Hale schien alles in Zeitlupe abzulaufen. Die letzten paar Tage waren emotional unfassbar anstrengend gewesen. Unglaubliche Höhen, unfassbare Tiefen. Für einen Augenblick trat er vor, legte ihr die Hände auf die Schultern und starrte sie voller Verlangen an mit einem Blick, der sich in ihren wundervollen Augen spiegelte. Gefährlich ...

Und dann blies der Wind ihre Kapuze zurück, und das kastanienbraune Haar fiel ihr ins Gesicht. Hale ließ ihre Schultern los, ergriff stattdessen ihre Hand und zog sie ins Haus.

Er fuhr sich mit der Hand durch das nasse Haar, während sie die Schreie des kleinen Declan begrüßten.

»Was ist mit ihm?«, fragte Savvy.

»Er ist hungrig, scheint aber von der Säuglingsnahrung nicht viel zu halten.«

Savannah zog ihren Mantel aus. Hale nahm ihn ihr ab und war bewegt, als er sah, wie sie sofort zu Victoria eilte, um ihr das Baby abzunehmen. Sie schien sich erst weigern zu wollen, doch dann erklärte ihr Hale, Savannah habe Declan zur Welt gebracht. Zögernd gab Victoria Savvy das Baby. *Hoffnungslos,* dachte Hale. Er würde einen Ersatz für das Kindermädchen finden müssen, selbst wenn sie mit Kristina einen Vertrag für ein Jahr abgeschlossen hatte.

»Wo kann ich ihn stillen?«, fragte Savannah, und Hale führte sie in das große Schlafzimmer, das in ein sanftes Licht getaucht war. Er sah die Spuren des Staubsaugers auf dem Teppichboden, und in der Luft hing schwacher Zitrusduft.

»Magda hat heute geputzt«, erklärte er, als sich Savvy auf einen Klappstuhl in der Ecke setzte. »Im Kinderzimmer steht ein Schaukelstuhl.«

»Es geht schon.«

Ihre Stimme klang müde. Er nickte ihr zu, verließ das Zimmer und schloss leise die Tür. Er musste an das Verlangen denken, das er empfunden hatte, und glaubte, gut einen Drink gebrauchen zu können.

Die Scheibenwischer waren auf die höchste Stufe eingestellt, als er bei strömendem Regen das Haus von Hale St. Cloud hinter sich ließ. Er hatte sie gesehen. Hatte *sie* gesehen. Er hatte hinter einer Kurve auf sie gewartet, mit einem Fernglas in der Hand, auf die Auffahrt des Hauses gerichtet. Und er hatte auf den alten Mann gelauert, weil er wusste, dass dessen Enkel ihn abgeholt hatte. Und dann kam sie, die schöne Polizistin mit den ausgeprägten weiblichen Rundungen, deren Anblick ihn sofort anmachte.

Er bekam eine Erektion, und während er sein Ding umfasste, schickte er ihr telepathisch eine weitere Botschaft, verführerisch und unwiderstehlich. *Nicht mehr lange, Süße, dann sind wir zusammen. Bald.* Er wartete auf eine Antwort, doch irgendetwas musste schiefgegangen sein, und als er die Lider öffnete, sah er, dass sie diesen verdammten Hale St. Cloud hingerissen und bewundernd anblickte. Das durfte doch wohl nicht wahr sein. Hatte sie immer schon Gefühle für ihn empfunden, für den falschen Mann?

Charlies Blut kochte vor Wut. Er sah die beiden das Haus betreten und wusste, dass sie bald nicht mehr voneinander lassen können würden. Er spürte es.

Er hatte geglaubt, sie in seinem Netz gefangen zu haben, aber irgendwie war sie entkommen.

Nein!

Ein Auto war an ihm vorbeigefahren, und er hatte den Gang eingelegt und war verschwunden. Es durfte sich niemand an ihn erinnern.

Seine Stimmung war finster, und dann war er überrascht, als plötzlich laut eine Botschaft durch seine Gehirnwindungen hallte. Es war das erste Mal, dass seine geheime Liebhaberin von sich aus Kontakt zu ihm aufnahm. *Ich habe etwas für dich.*

Was?, fragte er. *Wo bist du?*

Ganz in der Nähe. Wir sehen uns bald. Warte auf meine Nachricht.

Du kannst mich mal, dachte er. Er würde sie finden. Und dann würde er sie alle töten, sie, die scharfe Polizistin, alle Schwestern in Siren Song und natürlich seinen Paps, diesen gebrechlichen alten Dreckskerl, der in besseren Tagen diese Hure Mary Beeman bestiegen und ihn gezeugt hatte.

***

Als Hale in sein Schlafzimmer zurückkehrte, war Savannah auf ihrem Stuhl eingeschlafen. Der kleine Declan lag in eine Decke gewickelt auf dem riesigen Ehebett und schlief ebenfalls. Er blickte auf Savvy und fragte sich, ob er ihr eine Decke holen sollte, doch dann weckte er sie und führte sie zu dem Bett, während sie protestierte, sie werde nicht in seinem und Kristinas Ehebett schlafen. Er ignorierte es, schlug die Decke zurück und hob sie in das Bett. Für einen Augenblick glaubte er, sie sei hellwach, doch dann seufzte sie tief und schlief wieder ein. Er hob das Baby hoch, brachte es ins Kinderzimmer und legte es in die Korbwiege. Victoria war in ihrem Zimmer, aber sie hatte ihn gehört und stand kurz darauf in der Tür des Kinderzimmers und beobachtete Hale, der schließlich zu ihr in den Flur trat.

»Ich werde die ganze Nacht die Ohren spitzen«, versprach sie, bevor sie wieder in ihrem Zimmer verschwand.

Hale nickte und kehrte zu seinem Großvater in die Küche zurück. Bevor er etwas sagen konnte, vibrierte sein Mobiltelefon. Er blickte auf das Display und sah, dass es seine Mutter war. Am liebsten hätte er den Anruf nicht angenommen.

Savvy wachte abrupt auf und war für einen Augenblick desorientiert. *Wo bin ich?* Doch dann kam die Erinnerung zurück, und vor ihrem inneren Auge sah wie wieder, wie sie mit Hale vor dem Haus gestanden und ihn angeschaut hatte. Sie hatte das Gefühl gehabt, dass er etwas Ähnliches empfand wie sie.

Und dann die Schreie des kleinen Declan. Es schien, als hätte er nur darauf gewartet, dass sie ihn dem Kindermädchen aus den Armen nahm und ihn in Hales Schlafzimmer brachte.

Hales Schlafzimmer. Kristinas Schlafzimmer.

Savvy schlug die Decke zurück und sprang aus dem Bett. Abgesehen von Socken und Schuhen war sie komplett angezogen. Sie erinnerte sich dunkel, dass Hale sie in den Armen gehalten und ihr von dem Stuhl ins Bett geholfen hatte.

Die Erinnerung daran ließ sie erröten, und sie empfand Schuldgefühle. Auch wenn Kristina jetzt tot war, blieb Hale doch weiter ihr Ehemann. Es spielte keine Rolle mehr, was Kristina vor ihrem Tod mit dem Beelzebub getrieben hatte oder nicht, oder ob sie anwesend gewesen war, als die Donatellas ermordet wurden ... Das alles änderte nichts daran, dass Hale für sie tabu sein sollte. Was war los mit ihr? Sie hatte sich doch immer etwas darauf eingebildet, rationaler und vernünftiger zu sein als ihre flatterhafte und emotional reagierende Schwester.

Mit schlechtem Gewissen stapfte sie ins Bad. Sie betrachtete sich im Spiegel und stöhnte auf, als sie ihre unordentliche Frisur und die dunklen Ringe unter den Augen sah.

Und dann hörte sie das Baby wieder schreien. Sie fragte sich, ob sie davon aus dem Schlaf gerissen worden war. Wie spät war es? Sie warf einen Blick auf die im Schlafzimmer hängende Wanduhr. Neun Uhr abends. Sie brachte ihre Frisur so gut wie möglich in Ordnung und putzte sich mit dem Zeigefinger notdürftig die Zähne, weil sie nicht vorhatte, Hales oder Kristinas Zahnbürste zu benutzen. Dann stürmte sie aus dem Zimmer, um nach Hale und dem Baby zu sehen.

Hale hatte den kleinen Declan schreien gehört und kam gerade den Flur hinab, als Savannah aus seinem Schlafzimmer trat. Die Tür von Victorias Zimmer war geschlossen, und es war auch nichts von ihr zu sehen.

»Ich glaube, er ist wieder hungrig«, sagte Savannah.

»Ja, sieht so aus.«

»Ich hole ihn und stille ihn in deinem Schlafzimmer, wenn du nichts dagegen hast.«

»Nein, absolut nicht. Vielen Dank.«

Er stand vor der offenen Tür des Kinderzimmers und beobachtete, wie sie das Baby aus der Korbwiege hob und es zurück in sein Schlafzimmer trug. Sie warf ihm ein Lächeln zu und schloss die Tür. Er blieb noch einen Moment nachdenklich stehen und ging dann in das neben der Küche gelegene Wohnzimmer, wo sein Großvater in einem Sessel vor dem Fernseher saß. Er hatte einen Sportkanal eingeschaltet und den Ton leise gestellt.

»Wann hat Janet zuletzt angerufen?«, fragte er.

»Vor einer Stunde«, antwortete Hale.

»Vielleicht doch keine gute Idee, bei dem Wetter die Berge zu überqueren«, sagte Declan. »Da könnte noch jede Menge Schnee liegen.«

Hale verzichtete darauf, ihn daran zu erinnern, dass er noch vor wenigen Stunden das Gegenteil behauptet hatte. Sie machten sich beide Sorgen, auch wenn Hale vor einer Stunde in einem Wetterbericht gehört hatte, dass es in den Bergen der Coast Range größtenteils regnete. Er hoffte, dass es so blieb.

Er konnte sich nicht konzentrieren, denn vor seinem inneren Auge sah er Savannah, wie sie in seinem Schlafzimmer auf dem Stuhl saß und seinen Sohn stillte. Er sehnte sich danach, bei ihr zu sein, doch das wäre in der augenblicklichen Situation unpassend gewesen.

»Was hast du vor mit diesem Püppchen, das sich für ein Kindermädchen hält?«, fragte Declan.

»Psst.«

»Die Frau hat keine Ahnung von der Mutterschaft.«

»Kristina hat sie eingestellt.«

»Kristina war nie gut, wenn es darum ging, die richtigen Entscheidungen zu treffen. Doch ich möchte nicht schlecht über eine Tote reden«, fügte er schnell hinzu, als er sah, dass Hale widersprechen wollte. »Aber ich sage dir nichts Neues. Sie war nicht die Richtige für dich, Sohnemann.«

Hale starrte in sein leeres Weinglas. Begonnen hatte er mit Whisky, den er viel zu schnell hinuntergekippt hatte, und nun war er auf Wein umgestiegen und trank einen Cabernet. Sein Großvater und er hatten zuvor ohne großen Appetit ein bisschen Kasserolle gegessen.

Eine halbe Stunde später kam Savannah zu ihnen. »Ich habe ihn wieder hingelegt. Er schläft.«

»Wie wollen Sie das alles schaffen, mein Mädchen?«, fragte Declan. »Mit Ihrem Job, meine ich.«

»Aber Großvater ...«, warnte Hale.

»Ich weiß es nicht«, antwortete Savvy. »Im Moment ist alles ein bisschen verwirrend.«

»Schon klar«, räumte Declan ein, der Hales Blicke ignorierte. »Und deshalb sollten Sie besser kündigen und Vollzeitmutter werden. Das ist der wichtigste Job auf dieser Welt.«

Savannah lächelte, und das schien Declan zu irritieren.

»Was ist so lustig?«, fragte er.

»Ich werde mich nicht mit Ihnen streiten. Sie sind ...« Sie unterbrach sich und verkniff sich die Bemerkung, fuhr aber trotzdem selbstbewusst fort. »Ich mag meinen Job und muss für meinen Lebensunterhalt aufkommen. Nein, ich habe nicht vor, mich von dem Geld der Familie Bancroft/St. Cloud durchfüttern zu lassen, also schlagen Sie sich die Idee sofort aus dem Kopf.«

Das hörte Declan gar nicht gern, und seine Miene verriet seine Missbilligung.

»Ich werde den Kleinen so oft wie möglich stillen. Ich möchte das. Aber ich kann nicht immer bei ihm sein.«

»Wofür gibt es Mutterschaftsurlaub?«, fragte Declan.

»Wir werden darüber nachdenken«, sagte Hale. »Alles zu seiner Zeit.«

Savannah warf ihm einen dankbaren Blick zu und fragte dann: »Kann ich einen Moment unter vier Augen mit dir reden?«

Sie kehrten in sein Schlafzimmer zurück, und Hale schloss die Tür, während Savvy zu ihrem Stuhl ging, sich aber nicht setzte. »Du weißt, dass ich noch einige Spuren im Fall des Doppelmordes an den Donatellas verfolge.«

»Ich dachte, du würdest mir etwas über Kristina erzählen.«

»Das kommt noch. Vielleicht klingt das merkwürdig, doch die beiden Fälle könnten etwas miteinander zu tun haben. Mehrere Quellen haben behauptet, Kristina habe eine Affäre gehabt, und sie sei ... Sie ist mit einem Mann im Haus der Donatellas gesehen worden, entweder, wenn Marcus und Chandra nicht da waren, oder als sie bereits ausgezogen waren.«

Hale dachte an das seltsame Verhalten seiner Frau während der letzten Wochen und Monate ihres Lebens. »Sie und ich waren befreundet mit den Donatellas ...«

»Mir ist bewusst, dass es befremdlich klingt«, sagte Savvy. »Ich habe selbst Probleme damit, es zu glauben. Aber es wird noch seltsamer und ... schlimmer.«

Hale erstarrte. »Also gut, ich höre.«

Savannah atmete tief durch und legte los. »Am letzten Donnerstag, bevor ich hierherkam, um Kristina zu besuchen, war ich in Siren Song und habe mit Catherine Rutledge geredet.«

Savannah war sich nicht sicher, wie viel sie Hale erzählen sollte. Alles bis ins letzte Detail oder eher kursorisch? Letztlich entschied sie sich für einen Mittelweg. Sie begann mit Catherines Sorgen wegen Marys Sohn, der schon als Baby zur Adoption freigegeben worden und nun, als Erwachsener, offenbar nach Echo Island gelockt worden war, wohin Catherine ihre Schwester exiliert hatte. Dort hatte der Sohn seine Mutter angeblich erstochen mit einem Messer, das gegenwärtig einem DNA-Test unterzogen wurde. Dann fügte sie hinzu, Mary habe ihren Sohn seinerzeit Declan genannt, um Catherine zu verletzen, die eine Affäre mit Hales Großvater gehabt hatte. Catherine glaube nun, Declan jr., wie sie ihn nannte, sei psychisch genauso gefährdet wie seine Mutter, nur sei es womöglich noch schlimmer. Er habe eine Affäre mit Kristina gehabt und sie umgebracht und habe es nun abgesehen auf seine Halbschwestern in Siren Song und seinen Vater – oder den Mann, den er für seinen Vater hielt, Declan Bancroft. Und vielleicht sogar auf jene, die sich für sein Leben interessierten und im Fall des Doppelmordes an den Donatellas ermittelten, eines Verbrechens, für das vermutlich ebenfalls Declan jr. verantwortlich war.

Hale versuchte mit einer ungläubigen Miene, all die Neuigkeiten zu verdauen. Er schien mehrfach Fragen stellen zu wollen, gebot sich jedoch immer wieder Einhalt.

»Wie hat dieser Declan jr. Kristina kennengelernt?«, fragte er schließlich, als er sich halbwegs gefangen hatte.

»Ich habe mit Owen DeWitt gesprochen, der behauptete, jemanden zu kennen, der sich Charlie nennt, was DeWitt jedoch nicht für seinen richtigen Namen hielt«, antwortete sie. »Für DeWitt ist er der Teufel persönlich.«

Hale schnaubte verächtlich, und Savannah konnte es ihm nicht verübeln.

»Wenn er identisch ist mit dem Mann, den Catherine Declan jr. nennt – und ich halte das für plausibel –, dann würde ich behaupten, dass er Kristina hier an der Küste kennengelernt hat. Ich habe noch einmal bei DeWitt angerufen und eine Nachricht hinterlassen. Als ich am Samstag mit ihm geredet habe, wusste ich noch nicht, dass Kristina getötet worden war. Ich habe wegen dieses Charlie nicht wirklich nachgehakt. Es schien mir nicht wahr zu sein, dass Kristina eine Affäre hatte.«

»Aber jetzt hältst du es für eine Tatsache.«

»Mehrere Leute haben sie im Haus der Donatellas mit jemandem gesehen. Ich bin nicht ganz sicher wann, aber wahrscheinlich kurz vor ihrem Tod.« Savvy konnte seinem Blick nicht standhalten und wandte sich ab. »Ich will mit diesem Charlie reden – DeWitt nannte ihn den ›guten alten Charlie‹ – und herausfinden, wie er tickt und was er mit diesen Fällen zu tun hat.«

»Was verschweigst du mir?«

Savannah erinnerte sich an Mickeys Bemerkung über Kristinas Ehemann. »Ich muss erst noch einmal mit DeWitt reden, bevor ich mehr sage. Ich hatte gehofft, er hätte mittlerweile zurückgerufen. Stone versucht ebenfalls, ihn zu erreichen. Vielleicht ist er durchgekommen. Ich muss einfach mehr über diesen Charlie wissen.«

***

Catherine lag wach im Bett und starrte auf die Deckenbalken. Sie war sich unschlüssig, ob sie Ravinia vertrauen sollte, doch hatte sie eine andere Wahl? Sie hatte die Ermittlung in Gang gesetzt, indem sie Detective Dunbar das Messer gegeben hatte, denn sie wollte wissen, wer ihre Schwester getötet hatte. Doch das war letzte Woche gewesen, und wenn es damals noch eine offene Frage gewesen war, so hatte diese nun fast mit Sicherheit eine Antwort gefunden. Es war Declan gewesen ... Declan jr. ...

Sie wünschte, nach Echo Island übersetzen zu können. Ich würde ihn töten, dachte sie. Ja, sie würde es tun. Er hatte ihr ihre Schwester genommen, und auch wenn diese psychisch schwer beschädigt gewesen war, blieb sie doch ihre Schwester, und sie wollte Rache. Es war nicht ihre Art, auch noch die andere Wange hinzuhalten.

Sie bedauerte es nicht, dass Mary den wahren Vater von Declan jr. getötet hatte ... *Den Teufel, welcher der Vater von D. ist* ... Sie, Catherine, hatte ihn vom ersten Augenblick an gehasst.

Als er nach Siren Song gekommen war, war er schon alt gewesen, hatte die besten Jahre seines Lebens längst hinter sich gehabt. Aber sie und Mary – sie hatte es Detective Dunbar erzählt – hatten sich beide zu älteren, erfahreneren Männern hingezogen gefühlt.

Aber nicht zu dem Mann, den Mary Richard Beeman nannte. Zumindest sie, Catherine, nicht.

Mary hingegen hatte ihn zugleich misstrauisch und verführerisch angeblickt. Sie hatte sich getrennt von ihrem damaligen Liebhaber, Dr. Dolph Loman, Ophelias Vater. Er war der einzige von Marys Männern, von dem Catherine mit Sicherheit wusste, dass er der Vater eines der Mädchen war. Mary war mehrere Jahre mit Loman zusammen gewesen, eine wahre Ewigkeit für ihre Verhältnisse. Mit ihm hatte sie es sehr viel länger ausgehalten als mit seinem Bruder Parnell, doch letztlich war auch der Arzt mit der steinernen Miene verstoßen worden. Aber Mary hatte den neuen Mann auch wegen seines Geldes gewählt.

Sie hatten Earl nicht einmal darum gebeten, einen Sarg zu schreinern, und deshalb verrotteten Beemans Knochen jetzt so in der Erde. Es waren die Knochen, welche Kassandra in ihrer Vision gesehen hatte, die Knochen jenes Mannes, der Declan jr. gezeugt hatte. »Er hat es auf uns abgesehen«, hatte Kassandra gesagt, und sie hatte dasselbe Gefühl.

Sie hatte nicht vor, untätig herumzusitzen und sich verängstigt zusammenzukauern, wie sie es getan hatte, als Justice Jagd auf sie und ihre Schützlinge gemacht hatte. Und sie musste sich eingestehen, dass ihre Methode, ihre Schutzbefohlenen dadurch zu beschützen, indem sie diese völlig von der Außenwelt isolierte, gescheitert war. Sie lebten so zurückgezogen, dass die unwissenden Einheimischen von einer »Sekte« sprachen. Aber der Schaden war schon viel früher angerichtet worden, vor der Zeit, als sie das Tor geschlossen hatte, und auch lange vor jener Zeit, als ihre promiskuitive Schwester ein Dutzend Kinder zur Welt gebracht hatte. Ihre Vorfahren hatten für Jahrhunderte gefährliche Samen ausgestreut, die nicht nur in der Umgebung von Siren Song, sondern auch im Vorgebirge, im Bundesstaat Oregon und sonst wo aufgegangen waren. Gott allein wusste es.

Und wer wollte schon wissen, ob Mary nicht noch mehr Kinder geboren hatte? Auf der Insel, auf die sie mit ihrem Sirenengesang wagemutige, risikobereite und geile Männer gelockt hatte? Für Catherine war das einer der Gründe, warum sie ihre Schwester so selten auf der Insel gesehen hatte, selbst bei gutem Wetter nicht.

Sie stand auf, trat ans Fenster und schaute in die Richtung von Echo Island, auch wenn wegen des Regens und der Dunkelheit nichts von der Insel zu sehen war. Was hatte es mit dem Brand auf sich gehabt? Was hatte Declan jr. vor? Offensichtlich war, dass er es geschafft hatte, auf die Insel zu gelangen. Sie hoffte, dass Earl es auch so schnell wie möglich schaffen würde, dorthin überzusetzen.

Und wenn es nicht Declan war ...?

Das war ein Gedanke, der sich im hintersten Winkel ihres Gehirns versteckt hatte, dem sie sich aber stellen musste. So sehr sie Richard Beemans Nachkömmling auch fürchtete, bestand doch trotzdem die Möglichkeit, dass sich ein anderer auf Echo Island aufgehalten hatte. Möglicherweise jemand mit schlimmen Absichten.

Vielleicht war es ein anderes von Marys Kindern gewesen. Declan jr. war nicht Marys letztes Kind gewesen und auch nicht ihr letzter Sohn.

Sie wandte sich vom Fenster ab, ging zu ihrem Schrank und blickte auf die verschlossene Schublade, in dem sich der mit Leder bezogene Kasten befand, in dem ihr Tagebuch lag. Der Schlüssel war in einem ihrer Absätze versteckt, und als sie ihn herausnahm, fiel er zu Boden. Sie bückte sich und geriet in Panik, als sie ihn nicht sofort fand. Als ihre Finger ihn dann berührten, hob sie den Schlüssel auf und schob ihn ins Schloss.

Ihr Tagebuch enthielt nicht die dunklen Geheimnisse, die sich im Diarium ihrer Schwester fanden, doch da stand einiges über die Träume ihrer jungen Jahre und jenes Geheimnis, das sie mit niemandem teilen wollte, Nur Mary hatte es gewusst, und – was für sie ungewöhnlich war – sorgsam darauf geachtet, Catherine nicht zu verletzen. Trotz allem waren sie Schwestern.

Sie schlug das Tagebuch an einer schon häufig gelesenen Stelle auf.

Heute habe ich mit Marys Hilfe mein kleines Mädchen geboren, das schönste Kind, das jemals das Licht der Welt erblickt hat. Ich würde alles tun, um es bei mir behalten zu können, aber Mary hat immer seltener gute Tage, und an den schlechten wird es unaussprechlich gefährlich.

Ich muss mich von meinem kleinen Mädchen trennen. Es muss sein.

Elizabeth, meine einzige wahre Liebe, ich verspreche Dir, dass wir uns wiedersehen werden.

Deine Dich für immer liebende Mutter,
Catherine

Sie las die Botschaft an ihre Tochter über zehnmal, ein Ritual, dem sie immer folgte, wenn sie Kraft sammeln musste. Danach fühlte sie sich besser, und sie legte das Tagebuch wieder in den Kasten und verschloss ihn in der Schublade. Ravinia hatte Marys Tagebuch entdeckt, was ein unglücklicher Zufall gewesen war, doch sie wusste nicht, dass auch ihre Tante eines geführt hatte.

Catherine ging zu ihrem Nachttisch und blies die Öllampe aus. Dann legte sie sich ins Bett und war in der Lage, weniger befangen an die Zukunft zu denken. In der nächsten Nacht würden sie und Earl mit Ravinias Hilfe die Gebeine Richard Beemans und Marys gegeneinander austauschen, sodass Marys sterbliche Überreste dann in jener Gruft lagen, auf der schon jetzt der Grabstein mit ihrem Namen stand. Dort sollte sie die ewige Ruhe finden.

Wenn das erledigt war, würde sie darüber nachdenken, wie mit Declan jr. zu verfahren war. So oder so, sie würde auf jeden Fall eine Konfrontation mit ihm herbeiführen.

Und falls sich herausstellte, dass nicht er sich auf der Insel aufgehalten hatte, würde sie herausfinden, wer es gewesen war, was für Absichten er hatte und warum er den Brand gelegt hatte.

26

Es war fast elf Uhr abends, als sie auf der Auffahrt vor dem Haus ein Auto vorfahren hörte. Declan war in seinem Sessel eingeschlafen und wurde wach. Savvy saß ihm und Hale gegenüber und schaute zerstreut auf den Fernseher, wo gerade die Nachrichten liefen, doch eigentlich beunruhigte sie, wie Hale darüber dachte, was sie ihm gerade erzählt hatte. Er hatte praktisch nichts mehr gesagt, nachdem sie ihm von Declan jr. und DeWitts Bemerkungen über Charlie und Kristina erzählt hatte. Es war offensichtlich, dass er das alles erst einmal verdauen musste. Als sie gesagt hatte, sie wolle die Tasche mit der Milchpumpe aus ihrem Auto holen, war er selber nach draußen gegangen, um es ihr abzunehmen. Sie hatte das Gefühl, dass er nicht wollte, dass sie das Haus verließ, und tatsächlich hatte sie auch gar nicht die Absicht, es zu verlassen, doch während sich die Stunden in die Länge zogen, fragte sie sich schon, was sie hier eigentlich verloren hatte. Sie schlug nur Zeit tot.

Irgendwo da draußen war ein Killer auf freiem Fuß. Der Mörder ihrer Schwester. Und sie konnte nicht mehr lange so tun, als wäre sie Hales »Frau«. Die Realität würde sie bald wieder einholen, und sie würde Gewissensbisse bekommen. Sie war Polizistin. Und nicht wirklich die Mutter des kleinen Declan. Sie lebte hier in einer Welt, die nicht die ihre war, aber es überraschte sie, wie sehr sie sich nach einem solchen Leben sehnte.

Owen DeWitt hatte nicht zurückgerufen. Vielleicht hörte er seine Mailbox nicht ab. Eventuell hatte er auch bereits mit Stone telefoniert. Wie auch immer, das Gespräch mit DeWitt stand ganz oben auf ihrer Prioritätenliste, und am nächsten Morgen würde sie in der Sache sofort etwas unternehmen.

Sie hatte Hale fast alles erzählt, was sie über die Ermittlungen im Mordfall Kristina wusste. Zurückgehalten hatte sie nur Mickeys Beschuldigung, Kristina zusammen mit Hale im Haus der Donatellas gesehen zu haben. Sie hatte Hale überhaupt nichts davon gesagt, dass sie mit Mickey gesprochen hatte, denn sie glaubte nicht daran, was der Obdachlose erzählt hatte. Mickey war schwerlich das, was man einen glaubwürdigen Zeugen nennen würde. Was immer er gesehen oder nicht gesehen oder vielleicht auch nur geträumt hatte ... Nichts davon zählte. Abgesehen davon, dass er DeWitts Behauptung bestätigt hatte, Kristina mit jemandem an demselben Ort gesehen zu haben wie der Statiker.

Declan räusperte sich und setzte sich in seinem Sessel auf. »Wer ist das?«, fragte er.

»Sieht so aus, als hätte sie es doch noch heute Abend geschafft«, antwortete Hale, der den ganzen Abend über sehr schweigsam gewesen war. Er hatte einen gut gefüllten Kühlschrank und hatte Savvy etwas zu essen angeboten. Sie hatte sich für einen Hühnchensalat entschieden und sich mit Declan unterhalten, während sie ihn aß.

Savvy begriff, dass soeben Hales Mutter eingetroffen war.

Hale ging nach draußen, um Janet zu empfangen, und ihre Begrüßungsworte klangen für Savvy ein bisschen floskelhaft. Declan stand auf, als die beiden eintraten, begleitet von einem kalten Luftzug.

»Was für ein entsetzliches Wetter«, erklärte Janet, als sie ihren langen schwarzen Mantel ablegte. Darunter trug sie eine schwarze Hose und einen goldfarbenen Pullover mit Kapuzenausschnitt. Sie war eine große, kräftige Frau in mittleren Jahren, und ihr kurz geschnittenes schwarzes Haar war von grauen Strähnen durchzogen.

Declan begrüßte seine Tochter erfreut. »Hallo, Janet!«

»Hallo, Dad«, antwortete sie etwas weniger enthusiastisch. Sie machte keine Anstalten, ihren Vater zu umarmen, was den aber nicht davon abhielt, seinerseits seine Tochter in die Arme zu schließen.

»Wie geht's Peter?«, fragte Declan.

»Gut. Viel Arbeit.« Sie zuckte die Achseln und wandte sich Savvy zu. »Guten Abend. Sie sehen Ihrer Schwester sehr ähnlich. Das mit dem Unfall tut mir so leid. Ich wusste nichts darüber, bis Dad mich anrief. Und das Baby ...« Sie blickte Hale an. »Gehst du nie ans Telefon?«

»Ich hätte dich später angerufen. Übrigens sieht es so aus, als wäre Kristinas Tod vielleicht kein Unfall gewesen.« Hales Stimme klang kühl. Im Gegensatz zu Declan schien er keineswegs begeistert davon zu sein, seine Mutter zu sehen.

»Was soll das heißen?«, fragte Janet stirnrunzelnd.

»Dass sie jemand ermordet haben könnte.«

Das verschlug Janet die Sprache, und sie starrte Hale nur konsterniert an, als wäre sie unfähig, die Neuigkeit zu verarbeiten. Doch dann wandte sie sich ab und blickte Richtung Flur. »Ich war den ganzen Tag unterwegs und bin müde und hungrig. Aber zuerst will ich das Baby sehen.«

Hale blickte Savannah an und ermahnte sie, nicht nach Hause zu fahren. Dann führte er seine Mutter den Korridor hinab, während Declan, auf seinen Stock gestützt, ihnen langsamer folgte.

Savvy wäre gern nach Hause gefahren. Jetzt, wo Janet da war, fühlte sie sich definitiv wie ein Gast, der schon zu lange geblieben war. Vielleicht sollte sie noch etwas Milch abpumpen und dann fahren.

Zwanzig Minuten später kamen Hale und seine Mutter ins Wohnzimmer zurück. Hale blickte Savvy überrascht an, ganz so, als hätte er erwartet, dass sie bei der ersten Gelegenheit die Flucht ergreifen würde. »Mein Großvater hat sich in dem anderen Gästezimmer schlafen gelegt«, sagte er.

»Will sagen, dass ich auf dem Sofa schlafen muss?«, fragte Janet. »Da du das Kindermädchen in einem Gästezimmer untergebracht hast und Declan in dem anderen, wird es wohl so kommen. Mir ist es egal, denn so hat wenigstens dein Großvater ein richtiges Bett.«

Trotzdem klang ihre Stimme so, als würde sie es ihrem Vater nicht gönnen, und Savannah fragte sich, wie das Verhältnis zwischen den beiden sein mochte. Für einen Augenblick hatte sie daran gedacht, hier zu übernachten, doch das hatte sich erledigt. Was auch besser war, denn es wäre zu verführerisch gewesen, in Hales Bett zu schlafen. Sie musste Distanz halten.

»Erzähl jetzt endlich, was Kristina zugestoßen ist«, sagte Janet. »Mein Gott. Ermordet? Wer hätte ein Interesse daran haben können, sie zu töten? Aus welchem Grund?«

»Das versucht die Polizei gerade herauszufinden«, antwortete Hale.

Janet wandte sich Savvy zu. »Sie sind doch Polizistin. Wie denken Sie und Ihre Kollegen über Kristinas Tod?«

»Ich bin nicht beteiligt an den Ermittlungen im Fall des Todes meiner Schwester«, sagte Savvy sachlich.

»Es sieht so aus, als hätte Kristina eine Affäre gehabt«, sagte Hale, um Savannah vor der Neugier seiner Mutter zu schützen.

»Eine Affäre?« Janet wirkte perplex. »Mit wem? Ich kann's nicht fassen. Hat ihr Liebhaber sie umgebracht?«

»Ich stehe auf der Liste der Verdächtigen«, bemerkte Hale, und seine Mutter starrte ihn ungläubig an.

Savannahs Puls beschleunigte sich ein bisschen, als sie hörte, in was für einem beiläufigen Tonfall Hale seine Bemerkung vorbrachte. Sie blickte auf ihre Reisetasche, in der die Milchpumpe steckte. Es wäre besser gewesen, wenn sie ihm erzählt hätte, was Mickey gesagt hatte. Sie hätte ihm einfach alles erzählen und ihm die Gelegenheit geben sollen, es gedanklich zu verarbeiten. Aber er hatte auch so schon genug, worüber er nachdenken musste, und an die Hälfte davon, was sie ihm noch hätte erzählen können, glaubte sie selber nicht.

»Um Himmels willen!« Janet wandte sich Savvy zu. »Stimmt das, Detective? Hale gehört zu den Verdächtigen?«

»Wir versuchen immer, Familienmitglieder als Erste wieder von der Liste zu streichen.«

»Nun, es ist ja wohl offensichtlich, dass nicht Hale Ihre Schwester umgebracht hat. Er würde nie jemandem etwas antun, aus welchem Grund auch immer. Er ist ein guter Mensch, im Gegensatz zu seinem Vater oder meinem.« Sie schien auf einen Kommentar ihres Sohnes zu warten, ganz so, als hätten sie über dieses Thema schon häufig geredet, was Savvy für wahrscheinlich hielt, denn Hales Miene wirkte verärgert.

Aber er antwortete nicht, und Janet wechselte das Thema.

»Kann man hier irgendwas zu trinken bekommen?«, fragte sie.

»Was immer du willst«, antwortete Hale kühl.

»Wein?«

Hale warf Savvy einen Blick zu, bevor er losging, um den Wunsch seiner Mutter zu erfüllen. Sobald er außer Hörweite war, wandte sie sich wieder Savannah zu.

»Hale mag es nicht, wenn ich mich abschätzig über Preston oder Declan äußere, aber von mir aus können sie beide in der Hölle schmoren. Preston ist bestimmt schon da, und Dad wird ihm bald folgen.« Als Savannah nicht reagierte, redete sie weiter. »Ich habe Sie schockiert. Sie sind nur zu gut erzogen, um es sich anmerken zu lassen.«

Savvy hörte schwach, wie Hale den Korken aus der Weinflasche zog.

»Wissen Sie, mit wem Ihre Schwester die Affäre hatte?«, fragte Janet.

»Nein. Und wie gesagt, ich darf nicht über laufende Ermittlungen reden.«

»Mein Mann hatte eine Affäre, als wir noch verheiratet waren. Wussten Sie das? Deshalb habe ich mich von ihm scheiden lassen. Er wusste, wie ich über die Frau dachte, doch er konnte der Versuchung durch diese Hure nicht widerstehen. Er behauptete, es versucht zu haben, aber er war machtlos. Und er wollte sie.«

Hale kam mit einem großen Glas Rotwein für seine Mutter zurück. »Zieh nicht über meinen toten Vater her«, sagte er knapp.

»Ich weiß, dass du findest, ich hätte bei ihm bleiben sollen, obwohl er diese verrückte Hexe vögelte.« Sie richtete ihren verbitterten Blick auf Savvy. »Sind Sie hier in der Gegend aufgewachsen?«

»Ja, in der Nähe von Tillamook«, antwortete Savvy, während sie nach ihrer Reisetasche griff. Am besten war es, wenn sie sich für ein paar Minuten in Hales Schlafzimmer zurückzog, um die Milch abzupumpen, und dann nach Hause fuhr.

Aber Janet hatte offenbar andere Vorstellungen, denn sie kam auf ein Thema zu sprechen, über das sie augenscheinlich schon unzählige Male geredet hatte.

»Dann wissen Sie ja sicher auch von diesen Gestörten in dem Haus namens Siren Song.«

»Savannah und ich haben eben von Catherine Rutledge gesprochen«, sagte Hale.

»Tatsächlich? Warum? Was hat sie jetzt wieder angestellt?«

Savannah blickte zu Hale hinüber und fragte sich, wie er antworten würde. Er hatte nichts darüber gesagt, wie er über das Verhältnis zwischen seinem Großvater und Catherine dachte, von dem sie ihm erzählt hatte. Auch hatte er nichts darüber verlauten lassen, was er über Marys Sohn Declan jr. dachte, der laut Catherine glaubte, Hales Großvater sei sein wirklicher Vater. Und er hatte auch nicht reagiert, als sie ihm gesagt hatte, Catherine habe Angst, Declan jr. könne es auf ihre Nichten, Declan sen. und vielleicht auch sie, Savvy, abgesehen haben.

Eigentlich hatte er zu dem ganzen Thema gar nichts mehr gesagt.

Aber jetzt hatte Janet es angeschnitten. Wieder schwieg Hale lange, und statt auf die Frage seiner Mutter zu antworten, sprach er einfach von etwas anderem. »Ich bringe deinen Koffer in mein Schlafzimmer.«

»Um Himmels willen, ich habe doch gesagt, dass ich hier schlafe.«

»Ich übernachte auf dem Sofa«, erwiderte er bestimmt.

Falls Hale geglaubt hatte, das Thema Siren Song sei durch sein Ablenkungsmanöver in Vergessenheit geraten, musste er feststellen, dass das Wunschdenken gewesen war. Seine Mutter ließ nicht locker.

»Catherine ist absolut nicht die Heilige, für die sie alle halten sollen«, fuhr Janet fort. »Was für eine gottverdammte Heuchlerin. Diese *Kleider*! Der Zopf! Diese ganze ehrpusselige Fassade. Sie war verknallt in Declan, nur dass diese Hure Mary ihn ihr weggenommen hat. Erst hat sie mir meinen Mann ausgespannt, dann Catherine Declan. Mary musste sie beide haben. Mir ist es recht, dass sie seit Jahren tot ist. Wenn sie noch lebte, könnte ich ihr heute noch die Augen auskratzen.«

Hale schnaubte angewidert, aber Savvy hörte jetzt aufmerksam zu. Nachdem Catherine ihr erst erzählt hatte, sie habe eine Affäre mit Declan gehabt, und dann von Marys Sohn, den sie für Kristinas Mörder hielt, eröffnete ihr Janet jetzt, Hales Vater, Preston St. Cloud, habe ein Verhältnis mit Mary Beeman gehabt? Sie hatte Angst, Hale in die Augen zu blicken, und schaute weiter seine Mutter an.

»Ich weiß, ich weiß«, fuhr Janet fort. »Du glaubst, ich erfinde das alles, aber Mary hatte mit beiden Sex. Das mit Declan wusste ich bereits, doch dann habe ich gesehen, wie Preston sie noch Jahre nach ihrer Affäre anblickte ... Wir waren in einem Coffeeshop, und als sie eintrat, war Preston sofort wieder verloren ... Die Schlampe war so verdammt selbstgefällig.« Die Erinnerung ließ sie die Zähne fletschen. »Ich war mit dieser kranken Nymphomanin zusammen auf der Schule, und sie hat mir jeden Jungen ausgespannt, in den ich verknallt war. Preston kam nicht von hier, aber wir sind dummerweise in der Gegend von Deception Bay geblieben, obwohl ich ihn angefleht habe, wir sollten anderswohin ziehen, aber nein ... Declan hat ihn überredet, für Bancroft Development zu arbeiten, ganz so, wie er es später bei Hale getan hat. Und als Mary herausfand, dass ich Preston liebte, hat sie ihn mir weggenommen. Nur weil sie wusste, dass sie es konnte.«

Janet wiederholte praktisch Catherines Worte über Mary. Laut Catherine hatte Mary sie gewarnt, Declan aufzugeben. Andernfalls würde sie ihn ihr wegnehmen. Beide Frauen betonten Marys lebenslange Promiskuität.

»Gott sei Dank ist sie tot, denn ich zweifle nicht daran, dass sie auch noch dich angemacht hätte«, sagte Janet zu Hale.

»Du bist besessen von diesem Thema«, bemerkte Hale. »Es reicht jetzt.«

Savvy konnte sich vorstellen, dass Hale vielleicht der Meinung gewesen war, seine Mutter habe sich wegen Fehltritten scheiden lassen, die sein Vater gar nicht getan hatte. Sie fragte sich, wie er jetzt darüber dachte, was seine Mutter über Declan, Catherine und Mary erzählt hatte.

»Dein ehrbarer Vater hat Mary Rutledge gevögelt«, erklärte sie kalt. »Ich weiß, dass du es nie glauben wolltest, aber ich habe das nicht erfunden. Ich habe das mit Prestons Seitensprüngen erst Jahre später herausgefunden, doch als ich es wusste, habe ich ihn, meinen Vater und Deception Bay verlassen. Ich danke Gott, dass er mir Peter geschickt hat. Er hat mich von hier weggebracht, bevor Mary von seiner Existenz erfuhr und sich auch noch an ihn herangemacht hätte. Nie würde ich ihn auch nur in die Nähe von Siren Song lassen.« Sie leerte mit einem Schluck das halbe Weinglas und kippte dann mit dem nächsten den Rest herunter, als wäre es Wasser. »Mein Gott, ich hatte vergessen, was für ein Gefühl es ist, in der Nähe dieser gestörten Weiber zu sein. Du musst umziehen, Hale, bevor eine von ihnen wie ihre Mutter wird und dir an die Wäsche geht.«

»Du übertreibst maßlos«, bemerkte Hale.

»Ich wünschte, es wäre so«, antwortete seine Mutter, die ihm das Glas hinhielt, damit er nachschenkte.

Ravinia blätterte im Tagebuch ihrer Mutter und schlug es häufig an den Stellen auf, die schon oft gelesen worden waren. Doch nun kehrte sie zum Anfang zurück, zu den Einträgen aus Marys jüngeren Jahren, wo »J.« – Janet Bancroft –, mit der sie gemeinsam die Grundschule und die Highschool besucht hatte, eine prominente Rolle spielte. Wann immer Janet erwähnt wurde, war auf der Seite ihrer Mutter mehrere Jahre lang Eifersucht im Spiel.

Aus Marys Sicht hatte Janet Bancroft alles. Sie sah sehr gut aus, kam aus einem reichen Haus und blickte herab auf Mary und Catherine, die aufgrund ihrer seltsamen familiären Herkunft als Parias gesehen wurden. Laut Mary hatte Janet sie als »peinliche Schlampe«, später als »durchgedrehte Hure« und schließlich als »geisteskrank« beschimpft. Ravinia wurde böse auf Janet, aber andererseits war ihre Mutter bestimmt eine äußerst problematische Natur gewesen. Mary hatte sich auf Janet eingeschossen und sah in ihr eine Feindin. Sie hatte jeden Jungen verführt, der Interesse an Janet zeigte, obwohl sie selbst kein Interesse an ihnen hatte. Sie nannte sie »dumme Schlappschwänze« und »unreife Wichser«, und Ravinia war die Lektüre peinlich.

Die Tagebucheinträge über »J.« wurden mit zunehmendem Alter seltener, doch dann stolperte sie erneut über eine interessante Passage.

J. hat jemanden, der sie heiraten will, und er ist hier! Er heißt Preston St. Cloud und arbeitet für Declan. Liest du das, Cathy? Sie werden mir beide gehören. Ich schwöre es, mit beiden ins Bett zu gehen, wenn du ihn nicht aufgibst. Es wird dir leidtun.

Ravinia klappte das Tagebuch zu und legte es beiseite. Sie gab es ungern zu, aber sie konnte jetzt Tante Catherine ein bisschen verstehen. Kein Wunder, dass sie versucht hatte, sie und ihre Schwestern so gut wie möglich zu beschützen. Angesichts von Marys Verrücktheit konnte man es ihr nicht verdenken, auch wenn ihre Methode fragwürdig war, sie alle einzusperren und völlig von der Außenwelt zu isolieren.

Als Savvy die Muttermilch abgepumpt hatte, stellte sie die Fläschchen zur Seite und spülte in Hales Badezimmer die Pumpe aus, bevor sie sie in ihrer Tasche verstaute. Dann ging sie den Flur hinab zur Haustür. Von Janet war nichts mehr zu hören. Vermutlich hatten der Wein und der lange Tag sie ermüdet. Entweder war sie eingeschlafen, oder sie saß vor dem Fernseher.

Als sie die Tür öffnen wollte, stand plötzlich Hale vor ihr.

»Sicher, dass du nicht bleiben willst?«, fragte er besorgt.

Und wo?, dachte sie. *In deinem Bett?*

»Ich fahre lieber nach Hause. Es ist nach Mitternacht, und ich habe morgen einiges zu tun. Die Fläschchen stehen in deinem Badezimmer.«

»Danke.« Dann: »Es ist dunkel, regnerisch und kalt ...«

»Ich bin sehr wohl in der Lage, auf mich selbst aufzupassen. Danke, Hale. Gute Nacht.«

»Kann ich nichts tun, um dich zum Bleiben zu bewegen ...?«

Er hatte keine Ahnung, wie verlockend sie den Gedanken fand. Oder vielleicht doch.

In diesem Augenblick klingelte das Mobiltelefon in ihrer Handtasche. Das katapultierte sie in die Realität zurück. Sie erkannte Stones Klingelton. Wenn er sich um diese Uhrzeit meldete, musste es etwas Ernstes sein.

»Hallo, Lang.«

»Hallo, Savvy, Trey Curtis hat mich gerade angerufen. Ich hatte ihn gebeten, in DeWitts Wohnung vorbeizuschauen, um herauszufinden, warum er nicht zurückgerufen hat.«

Sein kühler, emotionsloser Ton sagte Savvy alles.

»DeWitt ist tot. Er wurde erstochen. Der Mörder hat ihm das Messer in die Brust gebohrt und die Klinge dann nach oben bewegt auf eine Weise ... Curtis glaubt, dass er es richtig genossen hat. Ich fahre morgen nach Portland.«

»Wann ist es passiert?«

»Genau wissen sie es nicht, aber die Leichenstarre hatte längst eingesetzt. Wahrscheinlich irgendwann gestern.« Er schwieg kurz. »Du scheinst hellwach zu sein. Liegst du nicht im Bett?«

»Noch nicht. Ich möchte mich mit dir treffen. Ich kann morgen auch nach Portland fahren.«

»Nein, bleib hier. Es sieht so aus, als hättest du in ein Wespennest gestochen. Wegen der sich überschlagenden Ereignisse bist du wahrscheinlich noch nicht dazu gekommen, einen Bericht zu schreiben über dein Treffen mit DeWitt, aber du solltest das jetzt nachholen. Auch über die anderen Gespräche, die du in Portland geführt hast. Irgendwas ist geschehen, während du dort warst. Etwas, dass irgendjemanden beunruhigt hat. Lass uns herausfinden, was es war.«

27

Um halb neun am nächsten Morgen saß Savannah an ihrem Schreibtisch. Sie war zu angespannt gewesen, um noch länger zu schlafen, nun aber auch zu müde, um einen klaren Gedanken fassen zu können. Sie wusste, dass Charlie Owen DeWitt ermordet hatte, war sich ihrer Sache völlig sicher. Aber der »gute alte Charlie« war praktisch nichts als ein Konstrukt ihrer Einbildungskraft, ein gesichtsloses Ungeheuer, das ihre Schwester verhext und umgebracht hatte. Und dann hatte er den einzigen Mann getötet, der ihm gefährlich werden konnte und ihn möglicherweise vor Gericht gebracht hätte.

War Charlie identisch mit Declan jr., Marys Sohn? Je mehr Zeit vergangen war nach ihrem denkwürdigen Gespräch mit Catherine, desto mehr fragte sie sich, ob sie nicht ihr rationales Polizistinnengehirn an der Garderobe abgegeben hatte, bevor sie Catherines Krankenzimmer betrat, um sich ihre Ausführungen über hellseherische Fähigkeiten und mysteriöse »Gaben« anzuhören, die fürchterlich eskalieren konnten. Schwarze Magie. So kam ihr all das jetzt vor.

Zum Teufel mit dem ganzen Gerede. An diesem Morgen hatte sie das Frühstück ausfallen lassen, zum ersten Mal seit dem Beginn der Schwangerschaft. Und jetzt, als sie den Bericht über ihre Gespräche mit den Angestellten von Bancroft Development tippte, war sie plötzlich hungrig. Nun starrte sie seit einer Viertelstunde auf den Computermonitor, ohne ein Wort zu schreiben. Sie speicherte die Datei und stand auf. Ihr Handy lag neben dem Festnetzapparat auf ihrem Schreibtisch, und sie blickte auf beide Displays in der Erwartung, dass Stone sie endlich anrufen würde. Aber womöglich war der noch nicht mal in Portland eingetroffen.

Sie reckte ihre Glieder, ging zum Pausenraum und zog am Automaten eine Tüte Kartoffelchips. Als ihr bewusst wurde, dass sie zu schlechten Angewohnheiten aus der Zeit vor der Schwangerschaft zurückkehrte, zog sie eine Grimasse. Das war nicht gut, aber sie hatte jetzt einfach Lust auf Chips. Sie riss die Tüte auf, schenkte sich einen großen Becher mit entkoffeiniertem Kaffee ein und begann die Chips zu verputzen. Ein paar Minuten später warf sie die noch verbliebenen Chips weg, knüllte die Tüte zusammen und kippte den entkoffeinierten Kaffee weg, um sich eine richtige Tasse zu gönnen. Sie brauchte das Koffein, um wach zu werden. Gute Neuigkeiten wären das beste Gegengift gegen die Müdigkeit gewesen, etwa die Nachricht, dass Kristinas Mörder verhaftet worden war.

Ihre Schwester fehlte ihr so.

Eine Stunde später hatte sie den Bericht fertig. Sie ließ noch einmal Revue passieren, was sie geschrieben hatte, und versuchte dann, die Gedanken in ihrem Kopf zu ordnen. Der Wind peitschte Regen gegen die Fenster, doch im Wetterbericht hatte sie gehört, dass es am nächsten Tag keine Niederschläge mehr geben sollte.

Dann fiel ihr ein, dass sie vergessen hatte, Paulie Williamson anzurufen. Wie so vieles während der turbulenten letzten Tage war es ihr einfach entfallen, weil sie permanent abgelenkt gewesen war. Jetzt gab es einiges nachzuholen.

Sie zog ihr Notizbuch aus der Handtasche und schlug die Seite mit der Liste der Namen und Telefonnummern der Mitarbeiter von Bancroft Development auf. Dann griff sie nach dem Festnetztelefon und wählte die Nummer von Williamson, die ihr Clark Russo gegeben hatte. Es klingelte und klingelte, und als sie schon glaubte, eine Nachricht hinterlassen zu müssen, meldete sich eine Männerstimme.

»Ja, hallo?«, fragte der Mann misstrauisch.

»Mr Williamson?«

»Ja.«

»Ich bin Detective Savannah Dunbar vom Tillamook County Sheriff's Department und ermittle im Fall des Doppelmordes an Marcus und Chandra Donatella, der sich in Bancroft Bluff in Deception Bay ereignet hat.« Sie schwieg kurz, doch als sie nur die Atemzüge des Mannes am anderen Ende hörte, redete sie weiter. »Wenn ich es richtig verstanden habe, waren Sie zu der Zeit Projektmanager der Niederlassung von Bancroft Development in Portland.«

»Ja, das stimmt.« Die Stimme klang immer noch sehr, sehr zurückhaltend.

»Ihr Nachfolger Clark Russo hat mir Ihren Namen genannt und mir Ihre Handynummer gegeben. Haben Sie einen Augenblick Zeit?«

»Hören Sie, worum genau es auch gehen mag, ich kann Ihnen nicht weiterhelfen. Ich bin gerade auf einer Baustelle und habe zu tun.«

Und damit beendete er das Telefonat.

Burghsmith und Clausen kamen in das Gemeinschaftsbüro zurück, in eine hitzige Diskussion über Gewichtszunahme verstrickt. Burghsmith war gerade dabei, seine Ernährungsgewohnheiten umzustellen und pries die Vorzüge von Krapfen ohne Gluten, was für Clausen nur Anlass verächtlicher Kommentare war.

Fast hätte Savvy bei dem lautstarken Palaver Hales Klingelton überhört. Sie griff nach dem Mobiltelefon. »Morgen, Hale. Alles in Ordnung?«

»Das wollte ich dich gerade fragen ... Bist du zur Arbeit gefahren?«

»Ja, ich musste einen Bericht schreiben. Außerdem konnte ich sowieso nicht mehr schlafen. Wie hat der kleine Declan die Nacht überstanden?«

»Victoria ist irgendwann aufgestanden und hat ihm das Fläschchen gegeben, aber seit heute Morgen kümmert sich meine Mutter um ihn. Sieht so aus, als hätte er etwas Säuglingsnahrung zu sich genommen.«

»Gut«, sagte Savvy, aber sie war ein bisschen eifersüchtig. *Mach dich nicht lächerlich, Mädchen.*

»Als ich losfuhr, hielt sie ihn in den Armen und hat ihm etwas vorgesungen«, fuhr Hale fort. »Ich kann nicht sagen, ob sie den Kleinen wirklich mag oder nur will, dass ich das Kindermädchen entlasse.«

»Vielleicht beides. Also bist du auch ins Büro gefahren.«

»Es kommt mir so vor, als wäre ich eine Ewigkeit nicht hier gewesen. Ich muss mich wieder auf meine beruflichen Angelegenheiten konzentrieren.«

»Ja.«

Das Festnetztelefon klingelte. Clausen und Burghsmith waren Richtung Pausenraum entschwunden, doch sie hörte sie weiter im Flur streiten. Offenbar hatte Burghsmith Clausen wegen dessen Bauchumfangs beleidigt, und die Auseinandersetzung drohte zu eskalieren.

»Ich muss Schluss machen«, sagte sie zu Hale.

»Hast du vor, heute wegen des Babys vorbeizuschauen?«, fragte er.

»Ich wollte abends kommen, um Muttermilch vorbeizubringen. Aber wenn er jetzt die Säuglingsnahrung zu sich nimmt, weiß ich nicht, ob ...«

»Komm doch einfach zum Abendessen. Ich hole etwas beim Italiener.«

Fast hätte sie gefragt, ob sein Großvater und seine Mutter noch da waren. Wahrscheinlich schon, aber spielte das eine Rolle? Sie wollte vorbeischauen. »Da kann ich nicht Nein sagen. Danke. Wir sehen uns später.« Sie beendete das Gespräch und griff nach dem Hörer des Festnetztelefons. »Detective Dunbar.«

»Ich habe hier eine Nadine Gretz an der Strippe, die nach dir gefragt hat«, sagte Geena Cho. »Sie wollte wissen, ob du hier bei uns arbeitest.«

»Stell den Anruf durch«, antwortete Savvy. Nadine Gretz, die ehemalige Angestellte von Bancroft Development, mit der sie auf der Baustelle in Portland über das Handy von Henry Woodworth gesprochen hatte.

»Hallo, Miss Dunbar?«, fragte eine verunsichert klingende Frauenstimme.

»Ja, Detective Dunbar am Apparat. Guten Tag, Miss Gretz.«

»Hören Sie, dies mag merkwürdig klingen, und wahrscheinlich rufe ich zu früh an, aber Henry ist etwas zugestoßen.«

»Wovon reden Sie?«

»Am Sonntag wollten wir uns treffen. Er hat gesagt, er sei schon unterwegs, ist aber nicht aufgetaucht. Gestern ist er nicht zur Arbeit erschienen. Ich habe wieder und wieder angerufen, aber er ist nie drangegangen. Ich bin sogar zu der Baustelle gefahren, wo die RiverEast-Apartmentblocks errichtet werden. Dort beginnt die Arbeit um halb acht, und heute Morgen ist er da auch nicht aufgetaucht.«

»Haben Sie mit Mr Russo gesprochen?«

»Ich habe gestern versucht, ihn zu erreichen, und habe es gerade noch mal probiert. Ich weiß einfach, dass irgendetwas passiert sein muss. Und es passierte, nachdem Sie hier waren.« Jetzt klang ihre Stimme vorwurfsvoll. »Er hat gesagt, ich hätte netter zu Ihnen sein sollen, Sie würden schließlich nur Ihre Arbeit tun. Nun, ich weiß es nicht, aber vielleicht ist er deshalb verschwunden, weil Sie Ihre Arbeit tun!«

»Haben Sie bei ihm zu Hause vorbeigeschaut?«

»Natürlich! Keine Reaktion, wenn man klingelt. *Er ist nicht da!*«

»Haben Sie ihn als vermisst gemeldet?«

»Wie's aussieht, tue ich das doch gerade!«

»Ich rufe die Polizei in Portland an und lasse es sie wissen. Können Sie mir Henrys Adresse geben?«

»Ja ...«

Als das Telefonat beendet war, wollte Savvy das Portland Police Department anrufen, aber sie ließ erst noch einmal die Gespräche Revue passieren, die sie am Samstag mit Henry Woodworth und dann – telefonisch – mit Nadine Gretz geführt hatte. Da sie gerade einen Bericht darüber geschrieben hatte, war ihr alles präsent. Woodworth war freundlich, wenn auch nicht übertrieben auskunftsfreudig gewesen, und Nadine Gretz hatte Kristina beschuldigt, sie sei Marcus Donatella »an die Wäsche gegangen« und habe es auch bei Angestellten von Bancroft Development versucht, Henry eingeschlossen. Außerdem hatte sie Hale und »diesen alten Lüstling« Declan beschuldigt, den Bau der Häuser in Bancroft Bluff durchgezogen zu haben, obwohl sie von der Instabilität des Baugrunds wussten.

Savannah öffnete die Datei mit dem Bericht erneut und überflog noch einmal, was sie geschrieben hatte. Sie änderte ein paar Stellen und fügte als Zitat von Nadine Gretz, was Kristina und Marcus Donatella betraf, »an die Wäsche gegangen« hinzu.

Es trug nichts dazu bei, Kristinas Mörder zu fassen, wenn sie sich um das Andenken ihrer Schwester oder Hales guten Ruf sorgte.

Sie rief Stone an und hinterließ ihm eine Nachricht, in der sie ihm die Adresse von Henry Woodworth mitteilte und von Nadines Befürchtungen berichtete, Henry sei etwas zugestoßen. Stone war auf dem Weg zum Portland Police Department und konnte die Kollegen dort persönlich informieren.

Für einen Augenblick erinnerte sie sich an den Arbeiter von Bancroft Development, der sie auf der Baustelle der RiverEast-Apartmentblocks so eingehend angestarrt hatte, dass es ihr aufgefallen war. Wer war er? Und war es nur Neugier gewesen, oder steckte mehr dahinter?

Sie zog ihr Notizbuch hervor und blickte auf die Liste der Bancroft-Angestellten mit Zeitverträgen. Ganz oben stand Henry Woodworth, und sie erinnerte sich daran, dass Vledich und Russo gesagt hatten, er sei scharf auf Vledichs Job gewesen. Beide hatten herabsetzende Bemerkungen über Woodworth gemacht. Neben den Namen der anderen Angestellten standen deren Telefonnummern. Vielleicht sollte sie mit Jacob Balboa beginnen, dessen Name unter dem von Woodworth stand, und dann nach und nach die Liste abarbeiten.

Sie griff nach dem Telefonhörer, warf aber noch einen Blick auf ihre Notizen über Russo und Vledich, weil sie sehen wollte, ob sie sich richtig erinnerte an das, was die beiden über Woodworth gesagt hatten. Nein, die beiden mochten ihn nicht, und Woodworth hatte sie ebenfalls nicht gemocht.

Plötzlich fiel ihr Blick auf eine andere handschriftliche Notiz, so klein geschrieben, dass sie schwer zu entziffern war. *Williamson ist ein Freund von DeWitt.*

Erneut blickte sie in ihr Notizbuch. Clark Russo hatte ihr die Telefonnummer seines Vorgängers Paulie Williamson gegeben, der kurz nach dem Fiasko von Bancroft Bluff gekündigt hatte und nach Arizona gezogen war. Russo hatte Williamsons Stelle in Portland übernommen, weil Sylvie Strahan ihn für den Job empfohlen hatte.

Ihr Puls beschleunigte sich, als sie angestrengt versuchte, sich an den genauen Wortlaut dessen zu erinnern, was Russo über Williamson gesagt hatte.

Paulie hat hier die Zelte abgebrochen und ist nach Tucson gezogen. Da liegt er jetzt in der Sonne und kippt einen Drink nach dem anderen ... Nach dem Mord an den Donatellas ist er wie ein aufgeschrecktes Kaninchen abgehauen ... Er ist derjenige, der DeWitt den Job als Statiker und Gutachter besorgt hat ...

Hatte Williamson bei ihrem Anruf einfach aufgelegt, weil er irgendetwas wusste?

Sofort rief sie erneut bei ihm an. Wieder musste sie warten und glaubte, gleich würde sich eine Mailbox melden oder ein Anrufbeantworter anspringen, doch zu ihrer Überraschung meldete sich Williamson auch jetzt. Diesmal hatte sie mit ihrem Mobiltelefon angerufen, und Williamson hatte auf seinem Display nur eine Nummer gesehen, die ihm nichts sagte.

»Mr Williamson, hier ist noch mal Detective Dunbar. Ich muss mit Ihnen reden. Wenn Sie keine Zeit haben, rufe ich bei der Polizei in Tucson an, damit jemand persönlich mit Ihnen redet.«

»Was wollt ihr Bullen von mir?«, fragte er genervt. »Ich habe bereits mit der Polizei gesprochen. Habe ich gewusst, dass der Baugrund nicht tragfähig war? Nein! Haben es die Bancrofts gewusst? Ja, ich denke schon. Und sie haben das Projekt trotzdem durchgezogen! Aber das ist nicht meine Schuld.«

»Wenn ich es richtig verstanden habe, haben Sie Owen DeWitt den Auftrag für das Gutachten gegeben.«

Er antwortete nicht sofort. Dann: »Wir haben ständig mit ihm zusammengearbeitet.«

»Und ›wir‹ heißt Bancroft Development?«

»Worauf wollen Sie hinaus?«

Sie zögerte einen Moment, weil sie bisher nicht befugt war, Informationen über Owen DeWitt weiterzugeben, aber sie wusste auch, dass es in ein paar Stunden kein Geheimnis mehr sein würde, was ihm zugestoßen war. »Mr Williamson, wir ermitteln wegen des Mordes an Owen DeWitt, der irgendwann zwischen Samstagnacht und heute stattgefunden hat.«

Sie hörte Williamson erschrocken nach Luft schnappen.

»*Was?* Wie? Wer hat das getan? Wissen Sie es?«

»Wir hoffen, dass Sie uns helfen können.«

»Oh mein Gott.«

Der Mann war offensichtlich völlig durcheinander, aber immer noch am Telefon.

»Wissen Sie etwas über einen Mann, der sich Charlie nennt? Manchmal auch ›der gute alte Charlie‹?«

»Charlie ... Nein, nie gehört ... Aber ...«

»Das klingt so, als würden Sie über etwas nachdenken ...«

Savannah umklammerte den Telefonhörer fester.

»Da war ein Mann, den Owen manchmal gesehen hat ... Ein echt beängstigender Typ, aber auf eine Weise, die Owen offenbar irgendwie interessant fand. Dieser Typ gab ständig an mit seinen Weibergeschichten und war ziemlich ordinär.«

»Offen in sexueller Hinsicht?«

»Und zwar *wirklich* offen«, sagte Williamson. »Owen war am Ende nach dem Fiasko in Bancroft Bluff. Er wollte beweisen, dass er mit seinem Gutachten recht gehabt hatte, doch das war ein vergebliches Unterfangen. Guter Gott ... Ich kann's nicht fassen, dass er tot ist.«

»Ich habe am letzten Wochenende mit Owen DeWitt gesprochen. Er sagte, er wäre noch mehrere Male nach Bancroft Bluff zurückgekehrt.«

»Oh, Scheiße ... Scheiße ...«

»Was ist?«

»Er hat gesagt, dieser Typ sei mit einer Frau im Haus der

Donatellas gewesen und habe sie gevögelt, bis sie fast bewusstlos gewesen sei!«

Wieder wurde Savvy ganz anders zumute. »Hat Owen DeWitt gesagt, die Frau sei Kristina St. Cloud gewesen, Hale St. Clouds Frau?«

»Verdammte Scheiße ... Mein Gott ... Nein, das hat er nicht gesagt.« Williamsons Stimme klang entsetzt. »Aber ...«

»Aber?«, hakte Savvy nach, als er sich unterbrach.

»Aber irgendwas war da komisch. Owen war irgendwie versucht, sie zu erwischen, als wäre das ein großer Scherz auf Kosten des Bancroft-Clans. Den mochte er nicht besonders. Könnte Hales Frau gewesen sein, nehme ich an. Ja, wenn ich jetzt darüber nachdenke, klingt das plausibel.«

»DeWitt hat gesagt, sie mehr als nur einmal dort gesehen zu haben«, sagte Savvy, die sich bemühen musste, ihre Emotionen unter Kontrolle zu behalten.

»Ja, ich denke, das stimmt.«

»Hat er irgendwie angedeutet, dass einmal mehr Leute da gewesen sind als nur die beiden?«

»Was meinen Sie. Eine Orgie?«

Es gelang Savvy nur mit Mühe, die Geduld zu bewahren. »Hat dieser Freund von Owen dort andere Leute getroffen, abgesehen von seiner ... Liebhaberin?«

»Er war nicht Owens Freund, glauben Sie's mir. Dieser Typ, wer immer er war, war nur interessant, aber auf eine Weise, die es als ratsam erscheinen ließ, immer einen Sicherheitsabstand zu ihm zu wahren. Die Show genießen, aber aus sicherer Entfernung. Das war mein Eindruck. Sie sagen, er heiße Charlie.«

»Wir kennen seinen wirklichen Namen nicht«, sagte Savannah.

»Aber Sie glauben, dieser Typ habe ihn umgebracht.«
»Es ist eine Möglichkeit.«
»Mann, bin ich froh, dass ich von da abgehauen bin. Diese Bancrofts ... Dieses beschissene Nest mit der Sekte und was es da sonst noch an Absonderlichkeiten gibt ... Ich war froh, auf der anderen Seite der Berge zu sein, doch selbst Portland war nicht weit genug entfernt. In Tucson geht's mir gut.«
»Danke, Mr Williamson.«
»Falls Sie den Dreckskerl schnappen, der Owen ermordet hat, knüpfen Sie ihn an den Eiern auf, Detective.«

Und vielleicht hat der Dreckskerl auch meine Schwester umgebracht, dachte Savvy, nachdem sie das Telefonat beendet hatte. Wenn sie ihn schnappte, würde sie ihn mit Freuden eigenhändig an den Eiern aufknüpfen.

Hale telefonierte wegen aller laufenden Projekte. Das nahm den größten Teil des Morgens ein, und er kam auch nicht zum Mittagessen. Der böige Wind peitschte Regen gegen die Fensterscheiben, während er telefonierte, hauptsächlich mit Geschäftsfreunden, die ihn während der letzten paar Tage nicht erreicht hatten und ihm ihr Beileid zum Tod seiner Frau aussprachen. Die meisten wussten von Kristinas Schicksal, weniger hingegen davon, dass er Vater geworden war. Er hielt die Telefonate so kurz wie möglich, hauptsächlich deshalb, weil er noch jede Menge zu tun hatte.

Ella klopfte an den Rahmen der offen stehenden Tür. »Sie haben nicht zu Mittag gegessen«, sagte sie. »Soll ich Ihnen ein Sandwich holen?«

»Nein danke, Ella.« Er war nicht besonders hungrig.

»Es ist kein Problem. Sie müssen auf sich achtgeben, jetzt, wo Sie Vater sind.« Sie schwieg kurz. »Ein alleinerziehender Vater.«

»Ella ...«

Ihr traten Tränen in die Augen. »Ich fahre schnell zum Bridgeport Bistro. Sie mögen doch das Krabbensandwich, oder?«

»Ja.« Es war einfacher, nachzugeben, statt sich weiter von ihr bemuttern zu lassen.

»Ich nehme das Geld aus der Kaffeekasse«, sagte sie, und damit war sie verschwunden.

Hale stand auf und trat an ein Fenster. Ein paar Minuten später sah er Ella mit ihrem lavendelblauen Schirm, die im strömenden Regen zu ihrem Auto eilte. Laut Wetterbericht sollten die Niederschläge aufhören, aber heute bestimmt nicht mehr.

Er dachte daran, was Savvy ihm erzählt hatte über Catherine Rutledge und deren Vermutung, was Kristina betraf und Mary Beemans Sohn Declan jr. Catherine war überzeugt davon, dass Declan jr. nicht der Sohn seines Großvaters war, doch glaubte Declan jr., er sei es, weil seine Mutter es ihm gesagt hatte. Was für eine Familie, dachte er. Eine Familie mit einem Mörder in ihren Reihen, wenn man Catherine Glauben schenken wollte. In dieser Sippe waren alle verrückt. Seine Mutter hatte mit Sicherheit nichts Gutes zu sagen über die Rutledge-Schwestern, aber sie neigte zu Übertreibungen. Er glaubte nicht daran, dass sein Vater seine Mutter mit irgendjemandem betrogen hatte, am wenigsten mit Mary Beeman, aber andererseits hatte er auch nicht geglaubt, Kristina hätte ihn betrügen können. Gut, vielleicht hatte sie ein paar Fehler gemacht, doch trotzdem wäre es ihr nie in den Sinn gekommen, sich mit einem so gefährlichen und degenerierten Mann einzulassen, wie es dieser Declan jr. zu sein schien.

Aber irgendjemand hatte Kristina ermordet. Und anschließend Owen DeWitt, den Mann, der Savannah erzählt hatte, er habe gesehen, wie Kristina es mit dem Mann, den er Charlie nannte, im Haus der Donatellas getrieben hatte. Gab es eine Verbindung zwischen den beiden Morden? Es schien eher wahrscheinlich als unwahrscheinlich zu sein.

Aber Kristina sollte mit diesem Charlie, Declan jr. oder sonst wem Sex im Haus der Donatellas gehabt haben? Er wollte es nicht glauben. So war sie nicht gewesen.

Glaubst du an Verhexung?

»Nein«, sagte er laut. Aber er glaubte, dass irgendwo dort draußen eine nur schwer begreifliche Bedrohung lauerte, und wenn Catherine recht hatte, schwebten unter anderem sein Großvater und Savannah in Gefahr. Diese Gefahr war real, und er würde wachsam sein.

Und dafür sorgen, dass nicht noch jemand ermordet wurde.

Es war nach vier Uhr nachmittags, als Stone endlich anrief, und Savannah hätte ihn am liebsten angeschrien und gefragt, warum es so lange gedauert hatte. Aber sie schluckte ihre Verärgerung herunter und meldete sich.

»Okay, endlich. Also, was hast du erfahren?«

Die Hintergrundgeräusche ließen sie vermuten, dass Stone mit seinem alten Kumpel Curtis in irgendeiner Bar war. Aber seine Stimme klang nüchtern.

»Es sieht so aus, als wäre DeWitt irgendwann am Sonntag ermordet worden, wie wir es vermutet haben. Wahrscheinlich keinen vollen Tag nach deinem Treffen mit ihm. Der ärztliche Leichenbeschauer ist sich noch nicht ganz sicher.«

»Zwischen unserem Treffen und dem Mord besteht eine Verbindung«, sagte Savannah. »Charlie hat ihn umgebracht.«

»Du hast mit Sicherheit bei jemandem Aufmerksamkeit erregt. Hast du den Bericht geschrieben?«

»Ja. Ich kann ihn dir als E-Mail-Anhang schicken.«

»Tu das.«

»Hast du meine Nachricht wegen Henry Woodworth gehört?«

»Ja. Curtis und ich haben bei ihm zu Hause vorbeigeschaut. Es war niemand da. Alles sehr ordentlich, aber in der Küche lag ein zerbrochener Becher auf dem Boden.«

»Du glaubst, es hat einen Kampf gegeben?«

»Vielleicht. Aber wie gesagt, sonst ist uns nichts aufgefallen. Vielleicht ist der Becher einfach von der Spüle gefallen. Ich habe bei Gretz angerufen und ihr gesagt, sie solle Woodworth offiziell als vermisst melden.«

»Glaubst du, dass sie voreilige Schlussfolgerungen gezogen hat?«, fragte Savvy, die in Gedanken bei ihrer Liste mit den anderen Angestellten mit Zeitverträgen war. Sah sie Beziehungen, wo es keine gab?

»Vielleicht hat Woodworth einfach beschlossen, ein paar Tage Urlaub zu nehmen.«

»Ich werde mich bei Russo erkundigen«, sagte Savvy und fügte den Punkt ihrer To-do-Liste hinzu. Sie würde sich auch mit den anderen Zeitarbeitern befassen und herauszufinden versuchen, welcher von ihnen sie auf der Baustelle so lange angestarrt hatte.

»Sind wir fürs Erste durch?«, fragte Stone.

»Fast. Ich habe heute mit Paulie Williamson gesprochen, dem ehemaligen Projektmanager der Niederlassung von Bancroft Development in Portland. Er war mit DeWitt befreundet und hat bestätigt, dass der einen Bekannten hatte, der mit seinen sexuellen Abenteuern geprahlt hat. Offenbar fand DeWitt das prickelnd. Williamson hat gesagt, der Typ, dessen Namen er nicht kannte, gehöre zu den Leuten, zu denen man lieber Abstand halte.«

»Warum?«

»Weil er unberechenbar und gefährlich zu sein scheint.«

»Du glaubst, das ist der Typ, von dem DeWitt behauptet hat, ihn mit Kristina gesehen zu haben?«

»Ja, Charlie.«

»Charlie?«

»Der ›gute alte Charlie‹. Natürlich ist das nicht sein richtiger Name. Was den Mord an DeWitt betrifft, ist er für mich der Hauptverdächtige.«

»Okay. Ich komme heute Abend zurück.«

»Wo bist du jetzt?«

»In einer Bar namens Dooley's. Keine Sorge, Mama, ein Bier haut mich nicht um. Claire habe ich auch schon beruhigt.«

»Ich habe mir gedacht, vielleicht könntest du in Portland bleiben und mir ein bisschen helfen. Ich glaube, dass dieser Charlie irgendetwas mit Bancroft Development zu tun hat. Ich habe diese Liste von Angestellten mit Zeitverträgen. Meistens sind es Bauarbeiter. Henry Woodworth steht oben auf der Liste. Mit den anderen habe ich noch nicht gesprochen, aber einer von ihnen hat mich penetrant angestarrt, als ich auf der RiverEast-Baustelle war.«

»Schick mir die Liste mit deinem Bericht. Ich kann mit meinem Handy E-Mails abrufen.«

»Heißt das, du bleibst in Portland?« Sie würde die Liste aus ihrem Notizbuch in den Computer einscannen müssen, doch das war kein Problem.

»Noch ein Bier!«, hörte sie Stone brüllen, der sich dann wieder an Savvy wandte. »Noch etwas?«

»Wenn du morgen zurückkommst, möchte ich mich mit dir zusammensetzen. Ich habe mit Catherine Rutledge über ein paar Dinge geredet, die ich mit dir diskutieren möchte.«

»Mein Gott«, stöhnte Stone. »Dein Partner ist Clausen.«

»Ich glaube, er hat mich fallen lassen, als ich schwanger war. Jetzt gehöre ich dir.« Savannah lächelte, weil sie wusste, dass es so nicht lief, doch es war ihr egal. Vermutlich war es das erste Mal seit Kristinas Tod, dass sie gelächelt hatte.

»Okay, wir reden morgen«, sagte Stone und beendete das Telefonat.

Savannah machte sich wieder an die Arbeit. Sie gab ihrem Bericht noch an einigen Stellen den letzten Schliff, scannte die Liste mit den Zeitarbeitern ein und schickte beides an Stones E-Mail-Adresse.

Ihr knurrender Magen erinnerte sie daran, wie spät es unterdessen war. Sie musste dringend etwas essen.

Aber an diesem Abend würde sie ja bei Hale etwas Leckeres aus diesem italienischen Restaurant namens Gino's bekommen.

Charlie streifte seine schwarze Jacke ab und fuhr sich mit den Händen durchs Haar, als er die am Ortsrand von Nehalem Bay gelegene Bar Crab Shack betrat, eine heruntergekommene Bruchbude, neben der sich Davy Jones's Locker, seine Lieblingskaschemme an der Küste, wie ein Vier-Sterne-Restaurant ausnahm. Im Crab Shack kannte ihn niemand, zumindest hoffte er das.

Und er brauchte einen Ort, wo er ein paar Stunden totschlagen konnte. Sein Apartment in Seaside hatte er aufgegeben, als er den Job in Portland bekommen hatte. Trotz des Gehalts von Bancroft Development konnte er sich keine zwei Wohnungen leisten.

Bancroft Development, jenes Unternehmen, das rechtmäßig seines gewesen wäre, wenn nicht der gute alte Paps sich weigern würde, ihn als Sohn anzuerkennen. Der Alte würde sehr bald erfahren, was er davon hatte, seinen Sohn verstoßen zu haben.

Doch zuerst wollte er sich ein bisschen amüsieren.

Er trat an die Bar und bestellte ein Bier. In der Regel trank er keinen Alkohol, doch wenn man in einem solchen Schuppen eine Limo oder Mineralwasser bestellte, fiel dem Barkeeper das auf, und wenn später möglicherweise die Cops kamen, würde er sich an ihn erinnern. Das durfte nicht passieren.

Ohnehin musste er sich eingestehen, in jüngster Zeit ein paar Entscheidungen getroffen zu haben, die nicht gut genug durchdacht gewesen waren. *Verdammt.* Für so lange Zeit war er extrem vorsichtig gewesen. Seit ihn die Mordlust gepackt hatte, war sie nicht mehr verschwunden. Es war ein unwiderstehliches, fast körperliches Verlangen, und es fühlte sich gut an. Von dem Moment an, als er seiner Mutter das Messer in die Brust gebohrt hatte, war er infiziert gewesen, nur war er in letzter Zeit leider etwas sorglos vorgegangen. Ständig war er auf der Jagd nach dem nächsten Thrill gewesen, statt mal eine Pause einzulegen und zu warten.

Er verlor die Kontrolle. Es war ihm bewusst, doch es gab kein Zurück mehr.

Er hatte Mary versprochen, diese Frauen von Siren Song aus dem Verkehr zu ziehen und würde es tun. Er brauchte lediglich einen Plan, doch im Moment fehlte ihm die Geduld, um Pläne zu schmieden. Es hatte ihn wieder überkommen, und es musste schnell gehen.

Vor seinem inneren Auge sah er die üppigen Rundungen dieser Polizistin, und er wurde von blinder Wut gepackt. Dieser weibliche Detective war jetzt hinter Hale St. Cloud her, diesem Dreckskerl, der in der Zuneigung seines Vaters als Enkel *seinen* Platz eingenommen hatte. St. Cloud, sein elender Boss! Die Frau, die sich jetzt an ihn heranmachte, hatte den Tod verdient. Einen langsamen, qualvollen Tod. Er würde sie umbringen, während er es ihr besorgte.

Schon bei dem Gedanken bekam er eine Erektion. Er trank ein Schlückchen Bier. Irgendwann würde es jemandem auffallen, dass er nur daran nippte, doch ihm Moment schien niemand für ihn Interesse zu zeigen. Ihm fiel eine Frau mit langen, strähnigen schwarzen Haaren auf, die sich im Takt der Countrymusic wiegte. Er glaubte, den Song zu kennen, doch der Titel fiel ihm nicht ein. Außer der Frau waren nur noch ein paar Typen in karierten Hemden und mit Cowboystiefeln da.

Seine Gedanken kehrten wieder zu der Polizistin zurück. Kaum war sie nicht mehr schwanger, da hatte sie schon diesen Typen ins Auge gefasst. Bestimmt träumte sie davon, die Mutterrolle zu übernehmen und auch sonst in Kristinas Fußstapfen zu treten, indem sie die Frau dieses St. Cloud wurde.

Es wird nicht dazu kommen.

Er betrat die Toilette und dachte daran zu masturbieren, doch er hatte keine der Plastiktüten dabei. Die lagen in seinem weißen Pick-up, dem Firmenfahrzeug von Bancroft Development. Folglich musste er versuchen, sein Verlangen unter Kontrolle zu bekommen, was ziemlich schwierig war.

Ein paar Minuten später eilte er auf den Parkplatz hinaus, schnappte sich in dem Fahrzeug eine der Tüten und befriedigte sich selbst im spätnachmittäglichen Dämmerlicht, in Gedanken ganz bei der Polizistin mit den kastanienbraunen Haaren. Alles ging sehr schnell, und als er fertig war, packte ihn Wut. Sie war *sein*.

Die Frau mit den langen schwarzen Haaren kam mit einem der Cowboys aus der Bar, und die beiden gingen zu seinem Pick-up, einem schwarzen Dodge Ram. Während er ihnen nachblickte, öffnete Charlie das Handschuhfach und zog sein Messer heraus. Er hatte schon wieder einen Ständer.

Doch als er gerade die Tür öffnen wollte, kam ein weiterer Pick-up auf den vom Regen schlammigen Parkplatz gefahren, und die Frau hinter dem Steuer stellte ihr Fahrzeug zwischen ihm und dem Paar in dem Dodge Ram ab. Er zögerte. Zwei Frauen sprangen aus dem gerade eingetroffenen Wagen und eilten laut schreiend in die Bar. Es folgten weitere Autos mit noch mehr Frauen. Diese gottverdammte Happy Hour.

Als alle Neuankömmlinge ausgestiegen waren, verließ der Dodge Ram den Parkplatz und bog auf den Highway 101 ein.

Kurzzeitig dachte er darüber nach, in die Bar zurückzukehren. Wahrscheinlich hätte er problemlos zwei oder drei von den Frauen abschleppen können.

Aber Menschenansammlungen konnten ihm gefährlich werden, und außerdem verdankte er seine fast schmerzhafte Erektion den Gedanken an die scharfe Polizistin. Und an sie dachte er auch, als er dem Ram auf den Highway folgte. Er fuhr Richtung Norden, weil bald *sie* diesen Weg einschlagen würde, um zum Haus von Hale St. Cloud zu gelangen.

Nicht mehr lange, dann würde er den Pick-up entsorgen müssen. Er war nicht mit dem Logo von Bancroft Development versehen, doch eigentlich hätte er ihn gar nicht haben dürfen. Er hatte ihn sich angeeignet für das RiverEast-Projekt und ihn einfach behalten. Das Projekt wurde durchgeführt von einem größeren, auf Hochhäuser spezialisierten Bauunternehmen. Es war verpflichtet worden, weil Bancroft Development auf diesem Gebiet nicht tätig war. Für den Bau war die Firma auf Experten angewiesen. Aber Bancroft Development gehörten die Grundstücke, und deshalb waren Charlie und ein paar Kollegen vor Ort, um die Bauarbeiten zu überwachen.

Doch nun hatten sich die Dinge geändert. Er hatte aufgehört, als Arbeiter für eine Firma zu schuften, die ihm rechtmäßig hätte gehören sollen. Wenn er den Pick-up von Bancroft Development entsorgte, musste er ein Auto stehlen oder sich eines bei einem Autoverleih mieten, aber er hatte nicht die Zeit.

Er musste diese Polizistin zu sich locken.

Als er sein Mobiltelefon aus der Tasche zog, stellte er erstaunt fest, dass seine Hände zitterten. Was zum Teufel war los? Er verwandelte sich in einen anderen, noch mächtigeren Rächer.

Es war ... furchterregend.

28

Ravinia klopfte an die Tür von Catherines Zimmer, versuchte es dann mit dem Türknauf, und als der sich drehen ließ, trat sie ein. Der Raum war düster, doch sie hörte, wie ihre Tante sich im Bett bewegte. Sie griff nach einem Feuerzeug und zündete die Öllampe an.

»Ravinia«, sagte Catherine überrascht, als die Lampe brannte.

»Wann kommt Earl?«

»Heute Abend. Später.« Catherine blickte zum Fenster hinüber, das in Richtung Pazifik ging. »Ich glaube nicht, dass er bei dem Wetter nach Echo Island übersetzen konnte.«

»Aber er kommt heute Nacht wegen ... dieses Austauschs?«

»Ja. Es tut mir leid, aber du wirst ihm dabei helfen müssen. Mir fehlt die Kraft, und jemand muss hier im Haus bleiben. Deine Schwestern werden dich nicht vermissen, da du ja nachts ständig abhaust.«

Ravinia hatte kein Problem damit, Earl zu helfen. Sie störte nur das miese Wetter.

»Sei geduldig«, mahnte Catherine. »Wenn nicht etwas Unvorhergesehenes passiert, wird Earl kommen.« Sie seufzte tief. »Vielleicht muss ich dich bitten, noch etwas anderes für mich zu tun.«

»Was?«

»Lass uns damit bis später warten ... Ich werde mich um alles kümmern. In ein paar Minuten komme ich nach unten. Ich rieche, dass Isadora das Abendessen zubereitet. Nach dem Essen setze ich mich mit den anderen in die große Halle. Du verschwindest früh, wie du es sonst auch tust. Dann gehst du auf dein Zimmer und wartest. Wenn alle anderen im Bett liegen, schaust du aus dem nach Osten gehenden Fenster Richtung Friedhof. Earl gibt dir mit seiner Taschenlampe ein Zeichen.«

»Was ist, wenn jemand aufwacht und es ebenfalls sieht?«

»Ich lasse meine Tür einen Spaltbreit offen stehen. Sie werden zuerst zu mir kommen.«

»Und was wirst du sagen?«, fragte Ravinia.

»Dass du das warst, weil du wieder mal ausgebüxt bist.«

Savannah fuhr Richtung Norden. Der Regen schien etwas nachzulassen, zumindest hoffte sie es. Der Schnee war überall restlos geschmolzen.

Sie konnte es nicht abwarten, Hales Haus zu erreichen. Hales und Kristinas Haus. Es war nicht richtig, doch sie konnte nichts dagegen tun. Sie fuhr durch Deception Bay, kam an dem Abzweig nach Bancroft Bluff vorbei, und dann, ein paar Meilen weiter, sah sie die Auffahrt von Declan Bancrofts Haus. Hatte Declan eine Affäre mit Catherine gehabt oder – obwohl Catherine es abstritt – mit ihrer Schwester Mary? Konnte der Mann, den Catherine Declan jr. nannte, wirklich der Sohn von Declan sen. sein? Wer wollte das wissen? Laut Catherine gab es keine Unterlagen darüber, wer genau die Väter der Frauen von Siren Song waren. Es gab nur das Büchlein *Eine kurze Geschichte der Kolonie*, und das war verfasst worden von einem Mann, der freimütig eingeräumt hatte, einiges in seinem Text seien bloße Vermutungen. Herman Smythe war kein Historiker, sondern nur ein alter Mann, der seinen Lebensabend verbrachte in ...

»Seagull Pointe«, sagte sie laut. Die Einrichtung für betreutes Wohnen, zu der auch ein Pflegeheim gehörte, lag an ihrem Weg. Seit dem Tod von Madeline »Mad Maddie« Turnbull war sie dort nicht mehr gewesen. Smythe gehörte zu den Heiminsassen. Eigentlich hatte sie schon eher mit ihm reden wollen, doch die letzten Tage waren so turbulent gewesen, dass sie keine Zeit dafür gefunden hatte.

Doch jetzt würde sie es nachholen.

Hale blickte auf das ordentlich verpackte Essen, das er bei Gino's abgeholt hatte. An einem Ende des Tisches saß sein Vater, am anderen seine Mutter. Janet konnte ihrem Vater nicht verzeihen, dass er ihrer Meinung nach zum Scheitern ihrer Ehe beigetragen hatte, weil er Beziehungen zu den Rutledge-Schwestern unterhalten hatte. Ihre kühl distanzierte Art schien Declan zu schockieren, doch kühl und distanziert war ihr Verhältnis schon seit Jahren.

Victoria gab dem Baby das Fläschchen, doch dann begann der Kleine zu schreien, und das Kindermädchen seufzte tief. »Ich habe keine Ahnung, was mit ihm nicht stimmt.«

Janet blickte Hale an und verdrehte sie Augen, als wollte sie sagen: »Wie lange willst das noch tatenlos mitansehen?«

»Ich nehme ihn.« Hale trug das Baby in sein Schlafzimmer und wiegte es, bis es eingeschlafen war.

Er fragte sich, was Savvy aufhielt. Vielleicht ihre Arbeit. Oder hatten Hamett und Evinrud mit ihr geredet? Wahrscheinlich. Ihm wurde etwas übel, als er daran dachte, was die beiden möglicherweise über ihn erzählt hatten, doch Savvy war Polizistin und wusste besser als er, was man bei Ermittlungen in einem Mordfall zu erwarten hatte. Sie konnte Fakten von Vermutungen und die Wahrheit von Lügen unterscheiden.

Nachdem er das Baby in die Korbwiege gelegt hatte, kehrte er ins Esszimmer zurück, wo Janet aufgesprungen war und wütend ihren Vater anblickte. »Weißt du, was er gerade gesagt hat?«, fragte sie Hale. »Er hat gesagt, er habe einen Sohn!«

»Ich habe gesagt, dass ich einen Enkel habe«, widersprach Declan, der auf Hale zeigte.

»Du hast *Sohn* gesagt. Mit wem hast du ihn gezeugt? Mit dieser Hure, Mary Rutledge ... Beeman?«

Declans Gesicht lief vor Wut rot an. »Ich habe keinen Sohn.«

»Ich fahre jetzt«, erklärte Janet. »Ich liebe das Baby, Hale, aber das hier ertrage ich nicht.« Damit stürmte sie Richtung Wohnzimmer.

»Ich habe keinen Sohn!«

Als Hale seiner Mutter folgte, erinnerte er sich daran, dass sein Vater erst kürzlich in seinem Beisein gesagt hatte, er habe einen Sohn. Ließ er einfach nur geistig etwas nach, wie er bei der Gelegenheit gedacht hatte? Oder hatte Janet recht, und es steckte mehr dahinter? Etwa dieser Declan jr.?

»Du willst wirklich fahren?«, fragte er seine Mutter.

»Worauf du dich verlassen kannst. Und du musst dir etwas wegen dieses Kindermädchens einfallen lassen. Die Frau ist ein hoffnungsloser Fall. Wenn die Ausbildungsstätte, wo

Kristina sie ausgesucht hat, nichts Besseres zu bieten hat, sollte man sie schließen.«

»Sie ist hübsch«, sagte Hale.

»Was?«

»Ich habe zu Kristina gesagt, sie könne aussuchen, wen immer sie wolle, und sie hat ihre Wahl getroffen, nachdem sie ein paar Lebensläufe der Kandidatinnen studiert hatte. Da waren natürlich auch Fotos dabei. Victoria war die hübscheste.«

»Also wirklich, Hale, das ist krank.«

»Ich kümmere mich um das Problem.«

Janet zog den Reißverschluss ihrer Tasche zu. »Du bettelst mich nicht gerade an, damit ich bleibe und dir helfe. Liegt es daran, dass ich mit meinem Vater nicht klarkomme, oder denkst du an eine andere?«

»Falls du Savannah meinen solltest, rate ich dir, deiner Fantasie nicht die Flügel schießen zu lassen.«

»Meine Fantasie spielt nicht verrückt, mein Guter.« Sie drückte ihm einen Kuss auf die Wange. »Ich habe eine ziemlich genaue Vorstellung davon, was los ist, und nur damit du es weißt, meine Zustimmung findet das nicht.«

Hale wurde wütend. »Wovon zum Teufel redest du?«

»Es ist zu früh. Und mich erinnert dieses Verhältnis zu sehr an deinen Vater und deinen Großvater zu der Zeit, als sie aufgegeilt in Siren Song herumhingen. Es ist krank.«

»Ich habe kein Verhältnis mit Savvy.«

»Noch nicht.« Sie griff nach ihrer Tasche, doch Hale nahm sie ihr ab und folgte ihr zurück ins Esszimmer, wo sie ihrem Vater einen bösen Blick zuwarf.

»Ich habe keinen Sohn, Janet!«, erklärte Declan erneut.

»Nun, Mary hat einen bekommen ungefähr neun Monate nach deiner Affäre mit ihr. Als ich von ihr und Preston erfuhr ... Wenn er nicht dein Sohn ist, willst du dann sagen, er sei der von Preston?«

»Ich will überhaupt nichts sagen.«

»Vielleicht hast du wirklich keine Ahnung«, sagte sie und ging zur Haustür. »Aber ich glaube schon, dass du es weißt«, rief sie noch, bevor sie nach draußen trat.

Herman Smythe fühlte sich geschmeichelt, weil er Besuch von einer gut aussehenden jungen Polizistin bekam. Er saß in einem Rollstuhl und bat Savvy, auf einem der beiden Stühle in dem spartanisch möblierten Zimmer Platz zu nehmen. Savvy folgte der Aufforderung zögernd. Am Eingang des Pflegeheims wäre sie am liebsten wieder umgekehrt, in ihren Wagen gestiegen und so schnell wie möglich zu Hale und dem Baby gefahren. Sie musste ihre Gefühle wieder besser in den Griff bekommen.

Zuvor hatte Detective Hamett angerufen und sie gebeten, am nächsten Tag zum Seaside Police Department zu kommen. Er und sein Partner Evinrud wollten mit ihr über Kristina und Hale St. Cloud reden.

Daran musste sie nun denken, während Herman Smythe von seiner Tochter Dinah erzählte, die ihn regelmäßig besuchte.

»Ich bin todkrank«, erklärte er. »Hab irgendeinen Krebs.« Er zuckte die Achseln. »Mal war es der, dann wieder ein anderer. Dinah hat mir ein paar Kräuterheilmittel gebracht, doch wenn man an der Reihe ist, hat einem das Stündlein geschlagen. Also, weshalb besuchen Sie einen kranken alten Mann?«

»Ich habe kürzlich *Eine kurze Geschichte der Kolonie* gelesen und mir gedacht, dass ich gerne den Autor kennenlernen würde.«

Er hob seine buschigen Augenbrauen. »Ermitteln Sie in einer Sache, die etwas mit Siren Song zu tun hat?«, fragte er interessiert.

»Nein, eigentlich nicht ... Kürzlich habe ich Catherine Rutledge getroffen, und das hat mich daran erinnert, dass ich schon länger vorhatte, Ihr Buch zu lesen.«

»Aha, Catherine. Sie haben doch von Mary gehört, ihrer Schwester?« Seine Erinnerungen ließen ihn lächeln. »Wahrscheinlich sollte ich mich deswegen schämen. Meine Exfrau hat bestimmt so gedacht. Ich war einer von Marys Liebhabern. Ich glaube, das in dem Buch auch erwähnt zu haben.«

»Sie haben ihre Promiskuität erwähnt«, sagte Savvy.

»Ja, Mary bekam nie genug.« Er zwinkerte ihr zu. »Dinah kann es nicht mehr hören, doch zu meiner Zeit war ich ein berüchtigter Schwerenöter.«

Savvy fragte sich, wie sie darauf antworten sollte, doch Smythe redete bereits weiter.

»Mary wurde verrückt. Kein Zweifel, sie war psychisch krank. Es wurde schlimmer und schlimmer.«

»Sie schreiben in Ihrem Buch, viele von Marys Kindern wüssten nicht, wer ihre Väter sind.«

»Das stimmt. Vielleicht bin in ein oder zwei Fällen ich der Vater. Mary hat es nie jemandem gesagt. Heutzutage könnte man einen DNA-Test machen lassen, aber Catherine hat diese Mädchen eingesperrt, und es ist nie dazu gekommen.«

»Catherine hat mir erzählt, Mary habe gesagt, Declan

Bancroft sei möglicherweise der Vater eines Sohnes, dem sie den Vornamen Declan gegeben hat.«

Er runzelte die Stirn. »Ihre Söhne hat sie sofort zur Adoption freigegeben.«

»Ja. Und einen davon hat sie Declan genannt.«

»Nein, daran kann ich mich nicht erinnern ... Aber einer ihrer Söhne hieß Silas, glaube ich.«

»Silas?«

»Wie gesagt, an einen Declan kann ich mich nicht erinnern.« Er dachte nach. »Irgendjemand hat mal erzählt, Declan Bancroft habe für eine Weile viel Zeit in Siren Song verbracht. Das war nach meiner Zeit. Mary wurde ihrer Liebhaber immer schnell überdrüssig und hat sie mit einem Fußtritt vor die Tür befördert.« Er kicherte. »Man hat immer gehofft, dass es einen anderen treffen würde, aber irgendwann war jeder an der Reihe.«

»Hatten Sie jemals Kontakt zu den Kindern?«

»Nein, das hätte Catherine nie zugelassen. Aber wir wollten es auch nicht. Irgendwann hat sie diese Schlafbaracke niedergebrannt, um die Typen loszuwerden, die nicht verschwinden wollten. Und dann hat sie das Tor ein für alle Mal verrammelt.«

Savannah erinnerte sich an die Textpassage über die Schlafbaracke. »Sind Sie sicher, dass das Catherine war? In Ihrem Buch behaupten Sie das nicht.«

»›Man muss sie ausräuchern‹, hat Catherine gesagt. Wenn sie den Brand nicht selber gelegt hat, hatte sie jemanden an der Hand. Nicht, dass es eine schlechte Idee gewesen wäre ... Mary wurde immer verrückter, und Catherine wollte ein besseres Leben für die Mädchen.«

Die Unterhaltung ging noch ein paar Minuten weiter, doch irgendwann, als Herman Smythe nur noch in Erinnerungen schwelgte, stand Savvy auf und sagte, sie müsse gehen.

»Sie haben dem alten Mann eine große Freude gemacht, Detective«, sagte Smythe, als er ihr zum Abschied die Hand gab.

Als Savvy schon fast durch die Tür war, rief er ihr noch etwas nach.

»Moment! Habe ich gesagt, dass sie einen Sohn hatte, der Silas hieß?«

»Ja, haben Sie.«

»Er war nicht Declans Sohn, sondern Prestons. Mary hat Janet Bancroft immer gehasst und ihren Mann verführt. Was für ein Glück, dass nicht einer von ihnen den anderen getötet hat.«

Nun, irgendjemand hat Mary getötet, dachte Savvy, während sie den Rest der Strecke zu Hales Haus zurücklegte. Sie war sich nicht sicher, ob sie Smythe abnehmen sollte, dass Preston St. Cloud nicht nur der Vater von Hale, sondern noch eines anderen Sohnes war. Er hatte selbst gesagt, bei den meisten von Marys Kindern sei unbekannt, wer ihr Vater sei. Und solange sie es nicht zweifelsfrei wusste, würde sie Hale mit Sicherheit nichts davon sagen.

Als sie vor Hales Haus parkte, war die Außenbeleuchtung eingeschaltet. Sie blickte auf die Uhr und stöhnte. Zu Hale hatte sie gesagt, sie werde zum Abendessen kommen, und wenn sie auch keine genaue Zeit genannt hatte, war es jetzt doch ziemlich spät geworden.

Ihr fiel auf, dass Janets Mietwagen nicht mehr da war, und dann trat Hale aus der Haustür. Ihr wurde ganz warm ums Herz, als sie daran dachte, dass er auf sie gewartet hatte, aber vielleicht hatte er sich auch Sorgen gemacht.

Als sie aus dem Auto stieg, fiel nur noch ein ganz leiser Nieselregen. Hale kam lächelnd auf sie zu.

»Es tut mir leid, dass ich so spät dran bin«, entschuldigte sie sich.

»Wir hatten keine feste Zeit abgemacht«, versicherte ihr Hale. »Ich bin nur froh, dass du jetzt hier bist. Soll ich noch etwas aus deinem Auto mitnehmen?«

Sie klopfte auf die über ihrer Schulter hängenden Handtasche. »Die Milchpumpe ist da drin. Sonst brauche ich nichts.«

»Wenn du über Nacht bleiben willst, gibt es heute kein Problem. Meine Mutter ist vor zwanzig Minuten abgereist.«

»Sie war doch gerade erst angekommen«, bemerkte Savvy überrascht.

»Ich weiß. Aber zwischen ihr und ihrem Vater gibt es jede Menge Probleme, und keiner der beiden gibt in irgendeiner Hinsicht nach.«

Gemeinsam gingen sie in dem Nieselregen zum Haus. Hale war ganz dicht neben ihr, und Savvys Herz schlug schneller. Es kam ihr so vor, als wäre sie selbst mit einer Art von sexuellem Wahnsinn infiziert.

Er blickte zu ihr hinab, und seine Lippen öffneten sich, als wollte er etwas sagen.

Savannah starrte auf seine Lippen und erschauderte bei dem Gedanken, dass er sie küssen würde. Guter Gott, sie musste sich zusammenreißen.

Victoria trat auf die Veranda. Sie trug eine Jacke und hatte eine Handtasche dabei. Offenbar wollte sie zu ihrem blauen Toyota, weil Hale ihr den Abend freigegeben hatte. »Ist Ihre Mutter abgereist?«, fragte sie ihn. »Hoffentlich hatte es nichts mit mir zu tun.«

»Nein«, antwortete Hale, der Savvy bedeutete, vor ihm ins Haus zu treten. Sie war zugleich glücklich und ein bisschen enttäuscht, weil das Kindermädchen aufgetaucht war. Für einen Moment hatte sie geglaubt, Hale würde sie küssen.

***

Ravinia sah die Taschenlampe kurz aufblinken, ein dünner Lichtstrahl bohrte sich durch die Finsternis und den Regen. Fast wäre es ihr entgangen. Sie trug dunkle Hosen, ihren Umhang und Stiefel, als sie die Treppe hinab und durch die Küche rannte. In ihrer Eile stieß sie sich schmerzhaft das Schienbein, und sie musste einen Schrei unterdrücken. *Verdammt.* Wie oft war sie nachts ausgebüxt, ohne dass es irgendwelche Probleme gegeben hatte! Sie musste sich entspannen, durfte nichts überstürzen.

Als sie nach draußen trat, hatte der Wind nachgelassen, aber sie musste aufpassen, dass sie nicht ausrutschte auf dem glitschigen Plattenweg, der um die Ostseite des Hauses herumführte. Am Friedhof angekommen, bahnte sie sich in der Finsternis ihren Weg zwischen den Gräbern hindurch, bis sie ein schwaches Licht sah. Earl hatte hinter einem Rhododendronstrauch die Taschenlampe eingeschaltet und bereits zu graben begonnen.

»Wer liegt hier?«, flüsterte sie, als sie bei ihm war.

»Mary.«

Als sie den Sarg aus Kiefernholz sah, der die sterblichen Überreste ihrer Mutter barg, empfand sie ein seltsames Schuldgefühl. Es kam ihr so vor, als würde sie die Frau verraten, die sie nicht einmal gekannt hatte. Doch dann brauchte Earl ihre Hilfe, um den Sarg zu der Gruft zu tragen, auf welcher der Grabstein mit Marys Name stand. Sie musste all ihre Kräfte mobilisieren und schaffte es mit Müh und Not, dass ihre Finger an dem glitschigen Holz nicht abrutschten. Ihre Arme schmerzten von der Anstrengung, als sie sich dem Grab näherten und schließlich den Sarg absetzten.

Jetzt fiel nur noch ein leichter Nieselregen. Earl blickte auf die Erde vor dem Grabstein mit Marys Namen und legte eine Hand darauf.

»Was ist?«, flüsterte Ravinia.

»Das Grab ist vor Kurzem geöffnet worden.«

»Nein, die Erde sieht nur wegen des verdammten Regens so aufgewühlt aus.«

»Wir brauchen den Regen als Erklärung dafür, warum die Erde aufgewühlt ist«, murmelte er.

Sie blickte auf seine tropfende blaue Baseballkappe und die nasse schwarze Jacke. Sie würde wetterfeste Kleidung benötigen, wenn sie Siren Song verließ.

»Jemand war hier«, sagte er so leise, dass sie ihn nur mit Mühe verstand. Damit kehrte er zu dem ersten Grab zurück und kam kurz darauf mit der Schaufel wieder zu Ravinia.

»Niemand war hier.« Sie war sich sicher, dass er es sich nur eingebildet hatte.

Earl begann erneut zu graben, während Ravinia ihm zusah, vor Kälte zitternd. Es schien eine Ewigkeit zu dauern, bis Earl schließlich die Schaufel beiseitelegte. Ravinia starrte in das tiefe Loch.

»Sollte man nicht mittlerweile einen Sarg sehen?«, fragte sie.

»Hier hat es nie einen Sarg gegeben.«

»Und wo sind die Knochen?«

Earl schaute Richtung Westen. Ravinia folgte seinem Blick, und ihr wurde ganz mulmig zumute.

»Earl?«, fragte sie erschaudernd.

»Er ist weg«, war seine lakonische Antwort.

Ravinia zitterte immer noch, als sie Catherines Zimmer betrat. Sie hatte den Umhang abgelegt und die Stiefel ausgezogen, doch ihre Hosenbeine waren klatschnass, und Wasser tropfte auf die Treppenstufen und den Boden im Zimmer ihrer Tante.

»Nun?«, fragte Catherine angespannt.

»Wir haben Marys Sarg zu der Gruft mit dem Grabstein mit ihrem Namen gebracht und ihn hineingelegt. Earl sagt, nach all dem Regen würde es der Polizei nicht auffallen, dass hier kürzlich die Erde bewegt wurde. Aber er meint, die Cops würden sowieso nicht kommen.«

»Wovon redest du?« Catherine quälte sich aus dem Bett und zündete die Öllampe wieder an. »Mach die Tür zu«, raunte sie Ravinia zu.

Die gehorchte und wandte sich erneut ihrer Tante zu. »Die Knochen waren verschwunden.«

»Was?«

»Sie waren nicht in dem Grab.«

Catherine starrte sie an.

»Schon bevor er zu graben begann«, fuhr Ravinia fort, »ist Earl etwas aufgefallen. Er sagte, kürzlich sei jemand dort gewesen und habe das Grab geöffnet.«

Catherine sprang auf und hätte beinahe das Gleichgewicht verloren.

Ravinia trat vor, um sie zu stützen.

»Nein, lass es«, fuhr ihre Tante sie an. »Mir geht's gut. Ich bin nur zu schnell aufgestanden. Ich hasse es, so schwach zu sein.«

»Aber es geht dir langsam besser.«

»Ja, ja, natürlich. Mach dir keine Sorgen. Was hat Earl sonst noch gesagt?«

»Nur ›Er ist weg‹, und dann haben wir den Sarg in das Grab gestellt und es wieder zugeschaufelt.«

»Das war nicht Declan jr.«, erklärte Catherine mit einem schwer zu deutenden Gesichtsausdruck.

»Wer ist Declan jr.?«

»Der Sohn des Mannes, der versucht hat, mich zu vergewaltigen.«

»Der Mann, dessen Knochen in dem Grab hätten liegen sollen?«, fragte Ravinia. »Wenn es sein Vater war, hat er dessen sterbliche Überreste möglicherweise an sich genommen. Ich meine, wer sonst sollte Interesse daran haben?«

»Er weiß es nicht. Er glaubt, dass ein anderer sein Vater ist.« Catherine bedeutete Ravinia mit einer Handbewegung zu schweigen und dachte angestrengt nach.

Nach ein paar Minuten hatte Ravinia genug. »Was soll ich tun?«

»Ich denke noch nach.«

»Hör endlich auf, mich im Dunkeln zu lassen. Gib mir einen Hinweis. Irgendwas.«

»Was den Brand auf Echo Island angeht, habe ich mich getäuscht. Ich glaubte, Declan jr. habe ihn gelegt, aber es muss ... ein anderer gewesen sein.«

»Warum?«

Catherine antwortete nicht.

»Und wer war es?« Als Catherine immer noch nicht reagierte, wechselte Ravinia das Thema. »Du sagtest, ich müsse noch etwas anderes für dich tun. Was?«

»Wann verlässt du uns?«, fragte Catherine.

»Verlassen ...? Für immer? Ich bin mir nicht sicher, ob ich es tun werde. Was willst du sagen?«

»Kassandra hat dich an der Straße mit einem Freund gesehen. Ich frage dich noch einmal. Wann hast du vor, uns zu verlassen?«

Ravinia starrte ihre Tante an, und ihr wurde bewusst, dass sie nach Catherines Unfall mehrfach darüber nachgedacht hatte zu bleiben, weil sie glaubte, in Siren Song einiges zum Besseren wenden zu können. Aber Ophelia hatte genau das auch vor, und eigentlich hatte sie keinen Grund zu bleiben. Es würde seine Zeit dauern, bis sich die Atmosphäre in Siren Song gewandelt hatte, bis eine wirkliche Veränderung eingetreten war. Und so lange wollte sie nicht warten.

»Morgen«, hörte sie sich antworten.

Catherine nickte. »Dann wirst du wohl etwas Geld benötigen.«

29

Savvy wachte in einer ungewohnten Umgebung auf, und es roch nach Leder. Sie setzte sich kerzengerade auf, und dann kam die Erinnerung zurück. Sie hatte Hales Einladung angenommen, über Nacht zu bleiben, es aber abgelehnt, in seinem und Kristinas Zimmer zu schlafen. Das wäre keine gute Idee gewesen, und deshalb hatte sie darauf bestanden, auf dem Ledersofa im Wohnzimmer zu übernachten.

Mehrfach hatte das Baby ihren Schlaf gestört. Obwohl sie todmüde war, machte es sie glücklich. Einmal war Victoria aus ihrem Zimmer getreten, doch als sie Savvy sah, hatte sie ihr nur zugewinkt und sich wieder ins Bett gelegt.

Jetzt hörte sie Geräusche aus der Küche. Sie strich sich mit der Hand durch ihr zerzaustes Haar und ging los, traf aber in der Küche nicht Hale, sondern Declan, der über seinem Pyjama einen Morgenmantel trug.

»Ich will gleich ins Büro«, verkündete er. »Es wird Zeit, sich wieder an die Arbeit zu machen.« Er beäugte sie eingehend. »Aber Sie ...« Er zeigte Richtung Flur. »Sie werden es doch bestimmt nicht zulassen, dass dieses Mädchen sich um den Kleinen kümmert.« Er räusperte sich. »Sie ist völlig ungeeignet für die Aufgabe.«

»Hale denkt darüber nach«, antwortete sie. Wenn Hale seinem Großvater nicht erzählte, was er vorhatte, dann gab es wahrscheinlich einen guten Grund dafür. Und sie hatte die Wahrheit gesagt. Hale hatte bei der Vermittlung angerufen, bei der Kristina das Kindermädchen eingestellt hatte, und das Problem angesprochen. Dann war da noch die Frage der Trauerfeier. Er hatte darüber nachgedacht, sie zu Hause abzuhalten, doch es konnte eng werden. Ian und Astrid Carmichaels, die Kristina bewusstlos im Wohnzimmer ihres Hauses gefunden hatten, schlugen ein Hotel in Seaside vor, wo man einen Saal mieten konnte. Astrid, wenngleich schwanger, schien vorzuhaben, die Trauerfeier zu organisieren.

Declans Stimme wurde lauter, als er in Fahrt kam und weiter über Victorias Inkompetenz lamentierte. »Das Mädchen hat keine Ahnung. Nett mag sie ja sein, aber nette Menschen gibt es wie Sand am Meer.« Er tippte sich an Stirn. »Und wenn es hier fehlt, ist es hoffnungslos.«

»Ich fahre jetzt nach Hause und gehe unter die Dusche«, sagte Savvy, bevor er sich noch weiter in das Thema hineinsteigerte.

»Du kannst hier duschen«, hörte sie Hale sagen, der mit noch feuchten Haaren im Türrahmen stand.

»Danke, aber ich habe keine frischen Klamotten dabei.« Sie ließ ihn stehen und ging ins Wohnzimmer, um ihre Sachen zusammenzusuchen. Es war einfach ärgerlich, wie stark sie darauf reagierte, wenn sie ihn nur sah.

Hatte sie ihn wirklich vor noch nicht einmal einer Woche für kalt und unzugänglich gehalten?

»Was hast du mit dem Kindermädchen vor?«, begann Declan erneut, als Savvy nach ein paar Minuten fertig angekleidet in die Küche zurückkam.

»Vergiss es endlich«, sagte Hale. »Fürs Erste ist Declan bei ihr in guten Händen.«

»Sicher?«

»Ich habe eben gehört, dass du ins Büro willst«, sagte Hale, um das Thema zu wechseln.

»Ich kann wohl schlecht den ganzen Tag hier herumsitzen«, antwortete sein Großvater missmutig.

Es war sinnlos, ihm widersprechen zu wollen, und Hale wandte sich Savvy zu. »Ruf mich später an, damit wir uns wegen der Trauerfeier einigen können.«

»Wird gemacht«, sagte Savvy und trat in den kühlen Morgen hinaus. Endlich sah es wieder einmal so aus, als würde es an diesem Tag nicht regnen.

Ravinias Hand wäre beinahe abgerutscht, als sie über den nassen Zaun kletterte. Nass vom Tau, nicht vom Regen, dachte sie, als sie auf der anderen Seite auf dem Boden landete. Wahrscheinlich hätte sie auch jemanden bitten können, das Tor für sie aufzuschließen, doch aus irgendeinem Grund hatte sie das nicht gewollt. Es wäre ihr zu sehr so vorgekommen, als würde sie um etwas betteln, und überhaupt war dies vermutlich das vorletzte oder schon letzte Mal, dass sie Siren Song heimlich verließ.

Geld. Catherine hatte ihr eine Summe gegeben, die sie in Erstaunen versetzte. Alles hatte sich atemberaubend schnell geändert, seit Catherine akzeptiert hatte, dass sie Siren Song den Rücken kehren würde. Ihre Tante hatte nicht wiederholt, sie dürfe nie mehr zurückkommen, denn sie hatten sich geeinigt, auch weiter zusammenzuhalten. Es war einfach eine Tatsache, dass sie gehen und Catherine mit den anderen zurückbleiben würde. Sie würden gemeinsam dafür sorgen, dass die Geheimnisse von Siren Song gewahrt blieben.

Sie hatte Tante Catherine gesagt, sie werde heute gehen, und irgendwie fand sie die Vorstellung ein bisschen beängstigend. Wohin sollte sie gehen? Was sollte sie tun? Jetzt war sie auf dem Weg nach Deception Bay, wo sie sich von dem Geld, das Catherine ihr gegeben hatte, ein paar Dinge kaufen wollte. Neue Klamotten. Müsliriegel als Proviant für unterwegs. Ein Messer. Man konnte nie wissen, was für Gefahren drohten. Neue Wanderschuhe. Ein Einweghandy.

Sie war früh aufgebrochen, weil es eine Weile dauern würde, zu Fuß nach Deception Bay zu gelangen, und sie wollte mit ihren Gedanken allein sein. Innerlich war sie aufgeregt, denn nun würde etwas Neues beginnen. Sie war frei! Sie konnte sich kaum noch erinnern, wie lange sie sich danach gesehnt hatte. Es war ...

Als sie um eine Kurve bog, sah sie am Fuß der nächsten Anhöhe mitten auf der Straße einen Mann stehen. Irgendwie kam er ihr bekannt vor, und als sie näher kam, wurde ihr klar, dass es ihr Bekannter war, der Mann, mit dem sie in ihren Träumen durchgebrannt war. Für einen Moment dachte sie an Rand und fragte sich, ob sie sich von ihm verabschieden sollte. Der Grund war ihr nicht klar. Sie kannte ihn kaum. Doch als sie nun ihren Bekannten sah, wurde ihr umso mehr bewusst, dass sie tatsächlich fortgehen würde, und wenn sie jemals zurückkommen würde, dann bestimmt erst nach langer Zeit.

Sie eilte zu dem jungen Mann. Irgendetwas an ihm wirkte heute anders als sonst.

Als sie ihn erreichte, war sie ganz außer Atem, und vor ihrem Mund bildeten sich in der kalten Luft Atemwölkchen. »Was hast du hier zu suchen?«, fragte sie ihn.

»Ich warte auf dich.«

»Woher wusstest du denn, dass du mich hier treffen würdest?«

Der junge Mann lächelte, als sie am Straßenrand entlanggingen. Er trug eine dunkelblaue Goretex-Jacke mit Kapuze. Seine Augen waren hellblau, fast silbrig. Ihr fiel auf, dass er sich vermutlich eine Woche nicht rasiert hatte, und das ließ ihn anders wirken. Älter. Verführerischer.

»Ich habe etwas für dich«, sagte er.

Er nahm seinen Rucksack ab, und sie hatte den Eindruck, dass der seine gesamte Habe enthielt, dass er eine Art Vagabund war. So wie sie ab jetzt auch.

Zu ihrer Verwirrung und Enttäuschung reichte er ihr ein paar zusammengerollte und mit einem Gummiband zusammengehaltene Papiere. »Gib das deiner Tante.«

Ravinia starrte ihn erstaunt an. Sie hatte ihm nie ihren Namen genannt, und sie wusste auch nicht, wie er hieß. Sie waren sich einfach nur ein paarmal begegnet, und auch wenn sie glaubte, sie könnte ihm überallhin folgen, wusste sie doch fast nichts von ihm.

»Woher weißt du, wer meine Tante ist?«

»Die Frau in mittleren Jahren, die immer lange Kleider trägt und das Haar zu einem Zopf gebunden hat? Die Chefin der Sippe in dem Haus, wo auch du lebst. Catherine Rutledge. In Deception Bay ist sie bekannter als der Bürgermeister.«

Ravinia blickte auf die Papiere. »Was ist das?«

»Etwas, wonach sie gesucht hat.«

Ihr dämmerte etwas. »Du warst das?« Sie blickte in die

Richtung der schemenhaft zu erkennenden Insel. »Du warst auf Echo Island und hast den Brand gelegt. Warum?«

»Manchmal muss man etwas verbrennen«, antwortete er ausweichend.

»Wer bist du? Was willst du?«

»Ich bin ein Freund, Ravinia. Gib Catherine die Papiere. Sie wird es wissen.«

»Kann ich sie auch lesen?«

»Würdest du es lassen, wenn ich Nein sage?«

»Wahrscheinlich nicht«, räumte sie ein.

Er lächelte erneut und entblößte dabei sehr weiße Zähne. »Sorg einfach dafür, dass Catherine die Papiere bekommt.«

»Wo willst du hin?«, fragte sie, als er sich abwendete, als wäre ihr Gespräch beendet.

»Ich habe ein paar Dinge zu erledigen.«

»Werde ich dich wiedersehen?«, platzte es aus ihr heraus, als er in die entgegengesetzte Richtung entschwand.

»Man kann nie wissen«, rief er über die Schulter. »Vielleicht ist es unser Schicksal.«

Sie blickte ihm lange nach, unschlüssig, ob sie ihm folgen oder wie geplant ihren Weg nach Deception Bay fortsetzen sollte, um sich dort mit den Einkäufen auf ihre abenteuerliche Zukunft vorzubereiten. Sie blickte auf die Papiere und steckte sie in ihren Rucksack. Vielleicht sollte sie noch warten mit ihrem Aufbruch und diese Papiere lesen, nachdem Tante Catherine es getan hatte.

Charlie hatte die ganze Nacht benötigt, um sich einen narrensicheren Plan zurechtzulegen, doch als er es geschafft hatte, grinste er zufrieden. Jetzt wusste er, wie er an Savannah

Dunbar herankommen würde, die Polizistin mit den üppigen Rundungen. Er wusste, was er tun würde, und nun, wo der Plan stand, musste er nur noch warten.

Der bloße Gedanke an sie erregte ihn. Ihre süßen geschwollenen Brüste. Ihr kühles, professionelles Verhalten. Ihr Glaube daran, er sei der Gejagte und sie die Jägerin. *Haha!*

Er schloss die Augen und malte sich aus, wie es mit ihr sein würde. Es gab noch andere, um die er sich kümmern musste, doch er wollte sie zuerst. So schnell wie möglich. Noch heute. Vor seinem inneren Auge sah er, wie er es mit ihr trieb, und er bekam sofort einen Ständer.

Doch was ihn wirklich erregte, war der Gedanke an den Mord, der auf den Sex folgen würde.

Alles war bedacht. Er rieb sich innerlich die Hände. Er konnte es kaum abwarten, Detective Savannah Dunbar zu vögeln. Er stellte sich vor, wie sie sich am Boden wand und darum bettelte, dass er sie endlich nahm, doch er betrachtete sie nur und ließ sie zappeln.

Ein ungewollter Gedanke hallte durch seine Gehirngänge und ruinierte den köstlichen Tagtraum. Er war wütend. Es war eine Nachricht seiner geheimen Liebhaberin. *Ich weiß, was du denkst.*

Charlie biss die Zähne zusammen. So ein Schwachsinn. Niemand wusste, was er dachte. Seine Gedanken gehörten nur ihm. Er wurde ihrer mehr und mehr überdrüssig, hatte genug von ihren Spielchen. Ja, sie spielte nur mit ihm und ließ es nicht zu, dass er sie sah. Zum Teufel mit ihr. Er würde dafür sorgen, dass das Spiel nach seinen Regeln gespielt wurde, nicht nach ihren.

Bist du schon nass, Schlampe?, fragte er sie. *Kannst du es kaum noch abwarten, dass ich es dir besorge?*

Sag einfach, wo es passieren soll, kam die Antwort.

Er verschloss seinen Geist vor ihr, sperrte sie aus. Nein! Noch nicht. Er hatte nicht vor, sie seinen perfekten Plan sehen zu lassen. Zuerst würde er sich mit der geilen Polizistin amüsieren, diese Braut konnte verdammt gut noch warten.

Er hasste sie, diese hinterhältige geheime Liebhaberin. Er mochte es nicht, von jemandem beobachtet zu werden, der sich nicht zu erkennen gab.

Nach der Polizistin würde sie an die Reihe kommen. Er würde sie aus ihrem Versteck locken, und dann würde sie sehen, wer die Spielregeln bestimmte.

Als sie ins Büro kam, rief Savannah sofort Stone an, und als er sich nicht meldete, versuchte sie es mehrere Male zur vollen Stunde erneut. Ihr war bewusst, dass sie penetrant war, doch es kümmerte sie nicht. Sie brauchte Antworten von ihm. Nachdem sie ihm ihren Bericht gemailt hatte, konnte er wenigstens zurückrufen.

Detective Hamett hatte erneut angerufen und ihr ein paar Fragen gestellt, die sämtlich mit Hale zu tun hatten, und das beunruhigte sie, auch wenn sie wusste, wie es bei der Polizei lief. Sie sagte ihm, sie habe den Eindruck, Kristinas Mörder könnte jener mysteriöse Liebhaber sein, mit dem sie sich im Haus der Carmichaels getroffen hatte. Sie war unschlüssig, ob sie ihm auch von Kristinas Schäferstündchen im Haus der Donatellas erzählen sollte, doch bevor sie es tun konnte, wurde Hamett gerufen und musste das Telefonat beenden.

Stone rief erst am Spätnachmittag zurück. »Es sieht so aus, als wäre Woodworth nicht der einzige Angestellte von Bancroft Development, der vermisst wird. Seit Samstag ist auch Jacob Balboa verschwunden.«

»Balboa«, wiederholte sie. Der nächste Name auf ihrer Liste. »Aber er hat am Samstag noch gearbeitet?« Sie dachte an die kalten Augen, die sie auf der Baustelle der RiverEast-Apartments angestarrt hatten.

»Ja, er war da. Wie's aussieht, hat er sogar mit Woodworth über dich gesprochen. Einer der anderen Arbeiter glaubt gehört zu haben, dass sie einen weiblichen Detective erwähnten.«

»Mir ist ein Bauarbeiter aufgefallen, der ein Stück entfernt stand und mich angestarrt hat.«

»Ich wette, das war derselbe Typ.«

»Wo wohnt dieser Balboa?«

»Irgendwo auf dem Land südlich von Oregon City. Ich fahre jetzt mit Curtis dahin, wir haben Kontakt zu dem dortigen Sheriff aufgenommen. Ich weiß nicht ...«

»Was?«

»Mir gefällt nicht, dass sie über dich gesprochen haben. Und jetzt sind beide verschwunden.«

Sie spürte, wie es ihr kalt den Rücken hinablief. »Vielleicht war Balboa beunruhigt, weil er glaubte, ich könnte ihm auf der Spur sein.«

»Sieh zu, dass du immer dein Telefon dabei hast, wenn du nicht im Büro bist.«

»Hey, ich bin wie ein verknallter Teenager und warte den ganzen Tag darauf, dass du anrufst.«

Sie hörte ihn lachen. »Okay. Ich sag Bescheid, wenn wir in Balboas Wohnung etwas finden.«

Als Savvy auflegte, glaubte sie, dass sie der Lösung des Falles näherkamen. War Balboa Charlie? Hatte er DeWitt und womöglich auch Woodworth umgebracht? Sie dachte an Nadine Gretz, die fast in Panik zu sein schien, als sie gesagt hatte, Woodworth sei verschwunden. Vermutete sie vielleicht etwas? Sie arbeitete als Teilzeitkraft bei Bancroft Development. Eventuell kannte sie Jacob Balboa und hielt ihn für gefährlich.

Vielleicht war er Kristinas Lover gewesen ... Marys Sohn, Declan jr.?

Sie zuckte zusammen, als erneut das Festnetztelefon klingelte, doch diesmal kam der Anruf über die Vermittlung. Sie meldete sich und hörte die Stimme von Geena Cho. »Eine Victoria Phelan möchte mit Detective Savvy sprechen, deren Nachnamen sie nicht kennt.«

Victoria? »Stell den Anruf durch, Geena.« Sofort machte sie sich Sorgen um das Baby. »Hier ist Savannah Dunbar, Victoria«, sagte sie, sobald das Klicken ihr verriet, dass die Verbindung stand. »Stimmt was nicht?«

»Ja ...«

Savvys Herzschlag setzte einen Augenblick aus, und ihr Puls beschleunigte sich. »Was ist denn?«

»Ich habe eine ... Schusswaffe gefunden.«

Keine Probleme mit dem Baby. Die Mutter in ihr war erleichtert. »Eine Schusswaffe? Was für eine?«

»Ich weiß nicht ... Eine kleine ... Eine Handfeuerwaffe.«

»Die müsste Hale gehören.«

»Ich hatte eher an seine Frau gedacht. Sie lag versteckt zwischen ihren Sachen.«

»Wo haben Sie die Pistole gefunden?« Savvy war klar, dass Victoria in Kristinas Schränken geschnüffelt haben musste.

»Da war diese Tasche mit Klamotten in ihrem Schrank. Vier lange Kleider unter anderem. Ich war neugierig und habe den Reißverschluss aufgezogen. Die Pistole lag versteckt auf dem Boden.«

Savvy verdrängte ihren Zorn über Victorias Schnüffelei. Kristina hatte eine Pistole besessen? Das war ihr neu, doch ihre Schwester war zunehmend verschlossen und geheimnistuerisch gewesen. Kein Wunder, dass sie es nicht gewusst hatte. »Sie sollten es Hale wissen lassen«, sagte Savvy, die von einer dunklen Furcht gepackt wurde.

Sie dachte an den Bericht über die Beweise, die im Haus der Donatellas entdeckt worden waren. Die Tatwaffe war nie gefunden worden.

»Haben Sie die Pistole berührt?«

»Ja, ich habe sie aus der Tasche genommen und sie wieder zurückgelegt. Soll ich Ihnen die Waffe bringen?«

»Nein! Rühren Sie die Pistole nicht noch einmal an.«

»Sie machen mir Angst«, sagte Victoria mit bebender Stimme.

»Bleiben Sie einfach bei dem kleinen Declan und tun Sie nichts. Ich bin gleich da.«

Sie schnappte sich ihre Handtasche und ihre Dienstwaffe, und eilte zum Hinterausgang des Sheriff's Department.

Ravinia zog die zusammengerollten Papiere aus ihrem Rucksack. Ursprünglich hatte sie vorgehabt, sie sofort Catherine zu geben, doch nun zögerte sie. Nein, sie hatte sie nicht gelesen. Der Grund dafür war ihr unklar.

In Deception Bay hatte sie mehrere Paar Jeans, eine dunkelgrüne Latzhose, drei Hemden, ein Sweatshirt und eine schwarze Goretex-Jacke gekauft. Außerdem Slips und Büstenhalter, ein paar Sneakers, dicke Wollsocken und die Wanderschuhe, die sie nun trug. Außerdem hatte sie noch ein paar Snacks für unterwegs gekauft.

Und schließlich ein Einweghandy.

Doch nun war sie wieder in Siren Song. Nach ihrer Rückkehr hatte sie den Tag in ihrem Zimmer verbracht. Sie wollte es erst wieder verlassen, wenn sie sich endgültig auf den Weg machte. Aber sie schob ihren Aufbruch auf aus Gründen, die sie selbst nicht ganz verstand. Zum Teil lag es bestimmt daran, dass sie wusste, wie sehr ihr ihre Schwestern fehlen würden. Trotzdem hatte sie nicht vor, ihre letzten Stunden in Siren Song mit ihnen zu verbringen. Sie hätte es tun sollen, doch es wäre ihr zu schwergefallen.

Zuerst hatte sie vor, die Straße zum Dorf der Foothillers zu nehmen, um noch einmal Rand zu sehen. Sie wollte herausfinden, ob er ihr mehr erzählen konnte über die Verbindung zwischen seiner Familie und ihrer.

Sie schaute auf die Papiere. Ihr Freund hatte gesagt, Catherine habe nach ihnen gesucht. Also enthielten sie wahrscheinlich wichtige Antworten.

Sie stand auf, warf einen Blick in den kleinen Spiegel über ihrer altmodischen Frisierkommode und zog eine Grimasse. Sie war immer stolz gewesen auf ihr langes blondes Haar, hatte es im Gegensatz zu den anderen aber stets offen getragen und sich im Spiegel bewundert. Jetzt kam ihr das irgendwie ... dumm ... vor, und auch sie hatte ihre Haare zu einem langen Zopf geflochten.

Sie warf ihren Rucksack über die Schulter, der etwas schwerer war, als sie es sich gewünscht hätte, griff nach den

Papieren und ging den Flur hinab zu Tante Catherines Zimmer. Als sie gerade anklopfen wollte, hörte sie hinter der Tür Stimmen. Für einen Augenblick stand sie unschlüssig da. Sie wollte mit ihrer Tante allein sein, wenn sie ihr die Papiere gab. Als sie gerade in ihr Zimmer zurückkehren wollte, flog die Tür auf. Ophelia stürmte heraus und wäre fast mit ihr zusammengeprallt.

»Ich wollte gerade zu dir kommen«, sagte Ophelia, die mit gehobenen Augenbrauen Ravinias neues Outfit und den Rucksack betrachtete.

»Ich wollte mich nur verabschieden«, sagte Ravinia herausfordernd.

Ophelia zeigte auf die Papiere in ihrer linken Hand. »Was ist das?«

»Etwas für Tante Catherine.«

Sie war verärgert, als Ophelia in Catherines Zimmer zurückkehrte, statt zu verschwinden.

»Ravinia hat etwas für dich, wonach du gesucht hast, Tante Catherine.«

Jetzt war Ravinia noch mehr verärgert. *Woher weißt du das?*, hätte sie am liebsten geschrien, doch sie verkniff es sich. Schließlich wusste sie um die speziellen »Gaben«, mit denen man in dieser Familie immer rechnen musste.

»Was denn?«, fragte Catherine, die nicht im Bett lag, sondern an ihrem Schreibtisch saß, was ein gutes Zeichen war.

Statt zu antworten, reichte ihr Ravinia die Papiere. Sie warf Ophelia einen warnenden Blick zu, als die Anstalten machte, ihrerseits danach zu greifen. Den ganzen Tag über hatte Ravinia darauf gewartet, diesen Moment allein mit ihrer Tante zu verbringen, doch nun war auch Ophelia dabei.

Plötzlich gab Catherine Ophelia die oberste Seite. »Die Adoptiveltern! Mary muss diese Liste auf Echo Island aufbewahrt haben.« Sie wandte sich Ravinia zu. »Wie bist du an diese Papiere herangekommen?«

»Vielleicht führen sie uns zu Declan jr.«, bemerkte Ophelia, die daraufhin das Zimmer verließ.

Ravinia kam es so vor, als hätte man ihr einen Fausthieb verpasst. Eigentlich hätte es sie nicht überraschen dürfen, dass Tante Catherine sich nicht nur ihr anvertraut hatte, aber es ärgerte sie. Ein Grund mehr, Siren Song den Rücken zu kehren.

Tante Catherine überflog die anderen Seiten, liniertes Schreibpapier, gelocht und von einem orangefarbenen Band zusammengehalten. »Auf der Insel hatte sie kein gebundenes Tagebuch«, sinnierte Catherine. »Also hat sie auf losen Blättern geschrieben. Noch mal, Ravinia. Wie bist du an diese Papiere herangekommen?« Sie blickte ihre Nichte erwartungsvoll an.

»Er hat sie mir gegeben.«

»Wer?«

»Ich kenne seinen Namen nicht.«

»Wie ...« Catherine schluckte. »Wie sieht er aus?«

»Schwer zu beschreiben. Dunkle Haare, blaue Augen ... Attraktiv.«

»Er ist nicht blond?«

»Er ist doch nicht etwa einer von uns?«, fragte Ravinia.

»War er auf der Insel?«, fragte Catherine. »Hat er diese Papiere dort gefunden?«

»Ich denke schon. Er hat das Feuer entfacht.«

»Hat er das gesagt?«

»Ja, ich glaube ...«

»Ich will den Wortlaut hören, Ravinia.«

»Er hat gesagt, er sei ein Freund, und manchmal müsse man eben Dinge verbrennen.«

Catherine sank auf ihrem Stuhl zusammen, als hätten sie plötzlich alle Kräfte verlassen. »Er hat sie verbrannt. Er hat die Knochen an sich genommen und sie verbrannt.«

»Bist du sicher? Warum hätte er das tun sollen?«

Zu Ravinias Überraschung begann ihre Tante zu lachen. »So tötet man die Hydra. Wenn man sie verbrennt, kann kein Kopf nachwachsen.«

»Wer ist er?«, fragte Ravinia. »Irgendein Verwandter?«

»Ich glaube, dass es dein Bruder Silas ist. Marys letzter Sohn, so wie du ihre letzte Tochter warst ...« Ihr Blick verdüsterte sich. »Es sei denn, sie hat noch mehr Kinder bekommen, von denen ich nichts weiß.«

»Auf der Insel? Wie?«

Catherine blickte auf die von dem Faden zusammengehaltenen Seiten. »Ach, vergiss es.«

»Er ist also mein Bruder Silas?«, fragte Ravinia. »Und der ist nicht wie Declan ...«

»Die sterblichen Überreste, die Silas verbrannt hat, waren nicht die seines, sondern die von Declans Vater. Ich glaube nicht, dass Silas uns etwas Böses antun will.«

»Bestimmt nicht«, versicherte Ravinia.

Catherine schien ihre Antwort für die Wahrheit zu halten, was an sich schon überraschend war. »Wenn es ihm darum gegangen wäre, seine Vergangenheit geheim zu halten, hätte Silas dir diese Papiere nicht gegeben. Ophelia wird das mit den Adoptiveltern überprüfen.«

Für einen Augenblick schauten sich die beiden an, dann stand Catherine auf. Sie griff nach einem anderen auf dem Schreibtisch liegenden Blatt Papier, starrte einen Moment darauf und reichte es Ravinia.

»Was ist das?«

»Ich habe doch gesagt, dass ich dich bitten möchte, noch etwas für mich zu tun. Es ist beruhigend zu wissen, dass Silas dir offenbar helfen will, aber ich darf kein Risiko eingehen. Declan jr. ist zu gefährlich, und wenn er herausbekommt, dass da draußen jemand wehrlos ist ...« Sie schlug die Hand vor den Mund und schüttelte den Kopf. »Ich konnte mein kleines Mädchen nicht bei mir behalten. Mary tat alles, um mich dazu zu bringen, auf Declan zu verzichten. Ich habe getan, was sie verlangte, aber ich war schwanger.«

»Du hast ein Kind?«, fragte Ravinia.

»Ja, Elizabeth. Ich habe sie direkt nach der Geburt weggegeben, doch nun möchte ich sie finden.«

Ravinia blickte auf das Blatt Papier und las den Namen Elizabeth Gaines.

»Sie könnte mittlerweile verheiratet sein«, fuhr Catherine fort. »Das Ehepaar Gaines lebte im Norden Kaliforniens. Ich weiß nicht, ob sie immer noch dort wohnen. Robert Gaines war Grundstücksmakler, Joy Hausfrau.«

»Wie alt ist Elizabeth jetzt?«

»Sechsundzwanzig.«

»Ich bin mir nicht sicher, wie ich sie finden soll, doch wenn es mir gelingt ...«

»Dann lässt du mich wissen, wie es ihr geht.«

Ravinia sah, dass ihrer Tante Tränen in die Augen traten, doch die wandte sich ab. Als sie das Zimmer verließ, glaubte sie Catherine noch etwas sagen zu hören. »Du wirst mir fehlen.« Aber sie war sich nicht ganz sicher, ob sie richtig gehört hatte.

Savvy fuhr schnell und riskant. Abgesehen von ein paar Pfützen waren die Straßen trocken, und die Reifen griffen gut.

Sie hatte mehrfach versucht, Hale zu erreichen, und als er sich schließlich meldete, sagte er, er sei auf einer Baustelle gewesen und gerade zurück ins Büro gekommen. Astrid Carmichael sei bei ihm, um mit ihm über die Trauerfeier zu reden. Bevor er das Telefonat beendete, versprach er noch, sich später erneut zu melden.

Vielleicht hätte sie ihm das mit der Pistole erzählen sollen, doch sie hatte den Gedanken verworfen. Sie wollte die Waffe erst selbst sehen und konnte ihn dann anrufen.

Sie bog mit quietschenden Reifen auf die Auffahrt ein. Vor dem Haus stand Victorias Kleinwagen. Savvy sprang aus dem Auto.

Sofort glaubte sie zu ahnen, dass jemand hinter ihr war. Während sie herumwirbelte, griff sie instinktiv nach ihrer Dienstwaffe, zog sie aber nicht, als sie einen ihr bekannten Mann mit einem breiten Lächeln sah.

»Hallo, Mr Woodworth«, sagte sie überrascht. »Nadine Gretz hat Sie offiziell als vermisst gemeldet.«

Er trat einen Schritt näher. »Nennen Sie mich doch Henry, Detective. Oder, noch besser, Declan. Oder wie wär's mit Charlie?«

Der Adrenalinschub setzte ein und traf sie wie ein elektrischer Schlag. Nicht Jacob Balboa, sondern Henry Woodworth. Wieder griff sie nach ihrer Waffe.

Er sprang vor und packte ihre Arme. Seine Hände waren wie Schraubstöcke, und er drückte so fest zu, dass ihr die Pistole entglitt. Dann ließ er mit einer Hand los, packte ihr Haar und riss ihr den Kopf in den Nacken. Anschließend verpasste er ihr mit der anderen Hand einen Kinnhaken. Sie sah Sterne und taumelte rückwärts.

Attackiere seine Nase und die Augen, dachte sie. *Ellbogen sind Waffen.*

Savvy versuchte, ihre Waffe zu erreichen, doch es war vergeblich. Sie musste sich etwas anderes einfallen lassen und rammte ihm mit voller Wucht den Ellbogen unter die Nase, aus der sofort Blut spritzte. Er war völlig überrascht und schrie auf vor Schmerz, doch dann packte er ihren Hals und strangulierte sie. Sie gingen zusammen zu Boden, und sie versuchte, seine Finger von ihrer Kehle zu reißen. Sie bekam keine Luft mehr, und er presste sie mit seinem vollen Körpergewicht auf den Boden. Er küsste sie. Biss sie. Ihr drehte sich der Magen um, und sie glaubte, sich übergeben zu müssen.

»Ich wusste, dass du alles geben und dich wie eine Wildkatze wehren würdest«, keuchte er. »Aber du wirst mein sein, für immer.« Er ließ sie los und riss an ihrer Bluse. Sie schnappte nach Luft, während seine Hände ihre Brüste packten und sie brutal quetschten.

»Komm schon, Mama«, flüsterte er.

Sie würde es nicht zulassen, dass er sie vergewaltigte. Sie würde ihn töten. Ihm den Schädel einschlagen. Eine Möglichkeit finden, ihre Waffe zu erreichen. Ihm eine Kugel ins Herz jagen.

Und dann spürte sie ein hypnotisierendes Prickeln ihrer

Haut, und ihre Nervenspitzen vibrierten, als sie von einem hemmungslosen sexuellen Verlangen gepackt wurde.

Jetzt wusste sie, was ihre Schwester mit *Verhexung* gemeint hatte. Sie geriet in Panik, war wie paralysiert.

Mein Gott, Kristina ... Jetzt ahne ich, was du empfunden hast!

Wieder begann er sie zu strangulieren. Der durchbohrende Blick seiner blauen Augen fixierte sie. Das war das Letzte, was sie sah, denn sie verlor das Bewusstsein, und alles wurde schwarz.

30

Als Savannah wieder zu Bewusstsein kam, glaubte sie auf einer kalten Steinplatte zu liegen. Alle ihre Muskeln schmerzten, und ihr war kalt. Langsam begriff sie, dass sie nackt auf einem Tisch aus Granit lag. Der Raum war dunkel, nur durch das Fenster sickerte etwas bläuliches Mondlicht.

Sie versuchte eine Hand zu heben, doch sie war festgebunden. Wie die andere Hand und ihre Füße.

»Ich hab darauf gewartet, dass du wieder bei mir bist ...«, hörte sie eine verführerische Stimme sagen.

Savvy riss den Kopf herum und sah ihn vor einem Kamin stehen, in dem Brennholz aufeinandergetürmt war, doch Charlie schien es nicht eilig zu haben, den Raum zu heizen. Wahrscheinlich hat nicht er das Holz aufgeschichtet, dachte sie. Das Haus schien unbewohnt zu sein und war völlig ausgekühlt. Es roch leicht modrig.

Das Haus der Donatellas. Dem Verfall preisgegeben und davon bedroht, ins Meer abzurutschen.

Er hatte Kristina hierher gebracht.

»Ich weiß, was du denkst«, sagte er, während er auf sie zukam. Er trug noch immer seine dunkle Jacke, während sie völlig nackt war. Seine Nase war geschwollen, blutete aber nicht mehr. Wenn sie ihn nur anblickte, begannen schon ihre Zähne zu klappern. »Keine Sorge, ich werde schon noch dafür sorgen, dass dir richtig warm wird.« Er fuhr mit einem Finger von ihrem Kinn über den Hals und die Brüste bis zu ihrer Taille hinab. Sie hatte Angst, dass sie erneut dieses hypnotische, krankhafte sexuelle Verlangen überkommen würde. Kein Wunder, dass Kristina so verzweifelt und durchgedreht gewesen war. Er hatte sie irgendwie unter seinen Bann gebracht, genau wie Catherine es vorhergesagt hatte.

Henry Woodworth war Declan jr., er hatte es selbst gesagt. Und der hatte Kristina und Owen DeWitt ermordet und wahrscheinlich auch seine Mutter.

Sein Grinsen war so diabolisch, dass sie sich daran erinnern musste, dass auch er nur ein Mann war, kein Dämon. »Gabe« hin oder her, er blieb einfach ein Mann.

Sie musste ihn in ein Gespräch verwickeln, musste Zeit gewinnen, bis ...? Bis Victoria ihren Wagen auf der Auffahrt bemerkte? Bis Hale nach Hause kam und sich fragte, was mit ihr los war?

Sie versuchte, das Zittern unter Kontrolle zu bekommen. »Wie heißen Sie offiziell?«, fragte sie.

»Henry Charles Woodworth. So haben mich meine Adoptiveltern genannt, meine ›Mutter‹ natürlich nur, bis sie Selbstmord begangen hat. Findest du nicht auch, dass ich auf Declan umsteigen sollte, wie es auf meiner Geburtsurkunde steht?«

»Sie sind nicht Declan Bancrofts Sohn«, erwiderte Savvy. »Das hat Mary ihrer Schwester Catherine nur erzählt, um ihr wehzutun. Ihr wirklicher Vater ist irgendein anderer.«

»Du irrst dich.«

»Das glaube ich nicht.«

»Er ist mein Vater. Was glaubst du, warum ich für ihn arbeite? Weil mir der Job so gut gefällt? Bancroft Development ist mein rechtmäßiges Erbe.« Er schnaubte verächtlich.

»Ich habe meinen alten Herrn wissen lassen, dass es besser gewesen wäre, nicht so zu tun, als existierte ich nicht.«

Sie drehte den Kopf Richtung Fenster. Die Vorhänge waren nicht ganz zugezogen, und sie sah ein bisschen von der vom Mondlicht beschienenen Veranda und davor, auf der Auffahrt, ihr Auto.

Das Auto ...

Verzweiflung überkam sie. Vielleicht hatte Victoria es gar nicht bemerkt und wusste nicht, dass sie vorbeigekommen war.

»Ich bin ein Bancroft und habe verdient, was mir zusteht. Oh, nicht vor Kälte bibbern. Wie gesagt, ich weiß, wie man da Abhilfe schafft.« Er fasste sich grinsend zwischen die Beine. »Aber du musst dich noch etwas gedulden, so wie ich. Seit du auf der Baustelle warst, musste ich ständig an dich denken. Ich konnte dein Bild nicht aus meinem Kopf verdrängen. Zu schade für Nadine, die ich danach ziemlich übel behandelt habe, aber sie lässt sich nicht abschütteln.«

»Und was ist mit Jacob Balboa?«, fragte Savvy. In Gedanken war sie bei Kristina, doch sie wollte nicht, dass er auf ihre Schwester zu sprechen kam. Bestimmt hätte sie es nicht ertragen zu hören, was er über sie zu sagen hatte.

Er blinzelte mehrfach. Der Name hatte ihn überrascht. »Was soll mit ihm sein?«, fuhr er sie an.

»Mein Partner ist bei ihm zu Hause. Haben Sie ihn umgebracht? Warum.«

»Moment mal, ich habe nicht gesagt, dass ich ihn umgebracht habe.«

»Und doch haben Sie es getan«, sagte Savvy, die sich ihrer Sache sicher war. Würde jemand nach ihr suchen? Erwartet wurde sie nur von dem Kindermädchen, doch auf Victoria war kein Verlass.

»Balboa hat mich mit Fragen nach dir gelöchert. Und er wusste ein bisschen zu viel über den guten alten Charlie. Ich musste mich ... um ihn kümmern.«

»Und dann, nachdem Sie ihn und DeWitt getötet hatten, sind Sie an die Küste gekommen.«

»DeWitt! Wenn jemand den Tod verdient hatte, dann dieses elende Stück Scheiße.« Er beugte sich zu ihr vor, und Savvy wäre zurückgezuckt, doch es ging nicht, weil sie gefesselt war. »Aber ich sehe die Geheimnisse ihrer schwarzen Seelen. Ich blicke in ihre Augen und ...« Er schloss die Lider und seufzte genüsslich. »Für mich sind sie ein offenes Buch. Bei deiner Schwester war es so leicht, doch auch sie wusste zu viel.«

»Und deshalb haben Sie sie getötet.«

»Sie war beteiligt«, sagte er, während er sich umblickte. »Sie war mit hier.«

»Sie war hier an dem Abend, als Sie die Donatellas exekutiert haben?« Sie wollte mit fester Stimme sprechen, konnte aber nichts dagegen tun, dass ihre Lippen bebten.

»Aber ja. Sie mochte es, sich in Häusern in Bancroft Bluff von mir durchficken zu lassen«, sagte er. »Sie liebte die Gefahr. Marcus war nicht eingeladen, aber er tauchte auf, zusammen mit Chandra. Sie haben uns erwischt und hätten es meinem alten Herrn erzählt. Nicht gut.«

»Ihr Tod hatte nichts zu tun mit dem Bauskandal«, sagte Savvy.

»Nein, aber das wollte alle Welt glauben, und ich habe sie in die Richtung gelenkt. Deshalb habe ich ›Blutgeld‹ auf die Wand gesprüht.«

Ihr wurde ganz übel, als ihr klar wurde, auf welche abscheuliche Weise ihre Schwester von diesem Psychopathen ausgenutzt worden war.

»Ich mag dich, Savannah. Wirklich. Zu schade, dass du nicht eine Zeit lang bei mir bleiben kannst, wie Nadine oder Kristina. Aber du gehörst wohl nicht zu den Frauen, die einfach mitspielen, oder?«

»Kristina hat nicht mitgespielt.«

»Oh doch, hat sie. Sie hat mir geholfen, meinen alten Herrn zu verängstigen. Sie verachtete ihn.«

Savannah wurde wütend. »Das ist eine Lüge. Sie mochte Declan.«

»Deshalb habe ich sie ja ausgesucht, verstehst du? Weil sie St. Cloud geheiratet hat. Seinen Enkel. Meinen Neffen.«

»Sie sind kein Bancroft«, wiederholte Savvy. »Catherine hat gesagt, Ihr Vater sei ein Ungeheuer gewesen.«

Er verpasste ihr eine brutale Ohrfeige, und sie sah Sterne. Wie lange hatte er sie schon in seiner Gewalt? Es war nachmittags passiert, und jetzt war es Nacht. Sie hatte Hale angerufen, und er hatte ihr versichert, er werde zurückrufen. Wie oft hatte er es schon versucht?

»Mein Vater ist Declan Bancroft!«

»Nein.«

Statt etwas zu sagen, kniff er sie schmerzhaft in eine Brustwarze. Savvy erschauderte, war aber zu durchgefroren, um noch viel zu empfinden. Das war nichts dagegen, was er ihr mit seinen *Gedanken* antun konnte. Seine Hand glitt ihren Körper hinab, und sie biss die Zähne zusammen, krank vor Angst, dass er sie wieder hypnotisieren, dieses kranke Verlangen ihn ihr wecken könnte.

»Du denkst an ihn«, sagte er plötzlich und verpasste ihr erneut eine so brutale Ohrfeige, dass sie Sterne sah. Ja, sie *hatte* an Hale gedacht. Daran, wie sehr sie sich danach sehnte, bei ihm zu sein. Wenn sie diese Geschichte lebend überstand, würde sie dafür sorgen, dass es mit ihnen klappte. Es war egal, wie andere darüber dachten. Sie wünschte sich eine gemeinsame Zukunft mit Hale, und hoffte, dass es bei ihm genauso war.

Und dann empfand sie es doch, dieses grauenhafte Gefühl, dieses dunkle sexuelle Verlangen. Sie stöhnte vor Angst und versuchte krampfhaft, es zu verdrängen und nur noch an Hale und den kleinen Declan zu denken. An die Liebe, die sie für die beiden empfand. Und für ihre Schwester, die zum Opfer dieses Verrückten geworden war. Der sexuelle Drang schien nachzulassen, und sie kämpfte weiter dagegen an.

»Scheiße!«, schrie er frustriert. »Du kannst dich mir nicht entziehen!«

Sie zwang sich, noch intensiver an Hale zu denken, erinnerte sich an sein energisches Kinn, sein spontanes Lächeln, die langen dunklen Wimpern über den grauen Augen, den männlichen Geruch, der nur ihm eigen war und der ihr in seinem Schlafzimmer aufgefallen war.

Sein greller Schrei ließ sie die Augen aufreißen. Jetzt zitterte sie unkontrollierbar.

Sein Blick verriet blinde Wut. »Du willst ihn? Den Mann deiner Schwester? Du willst ihn?«

»Ja, ich will ihn«, antwortete sie mit möglichst fester Stimme. »Niemanden sonst.«

Er riss an ihren Haaren, verblüfft von ihrem Trotz.

Dann schellte das Mobiltelefon in ihrer Handtasche, und sie erkannte Hales Klingelton. Mit einem hysterischen Schrei, der sie befürchten ließ, er würde nun völlig den Verstand verlieren, riss er das immer noch klingelnde Handy aus ihrer Tasche und hielt es ihr hin.

»Dein Lover«, fuhr er sie an, als das Telefon aufhörte zu klingeln. »Er hat versucht, dich zu erreichen.«

Savvy versuchte, sich ihre Erleichterung nicht anmerken zu lassen. Er wusste, dass etwas nicht stimmte.

»Nun, vielleicht ist es an der Zeit, ihn wissen zu lassen, wo du bist.«

Ihre Erleichterung verwandelte sich in Angst um Hale, als Charlie nach der Nummer des zuletzt eingegangenen Anrufs sah und begann, eine SMS zu tippen. Als er fertig war, blickte er zu ihr auf. »Du hast ihm gerade geschrieben, dass du in Bancroft Bluff bist. Du willst ihn. Dann lassen wir ihn doch einfach herkommen.«

Hale ging nervös in seiner Küche auf und ab. Bei ihm war eine unglücklich wirkende Victoria. »Sie haben Savvy erzählt, dass Sie eine Pistole in der Tüte mit Kristinas Kleidern gefunden haben«, wiederholte er. »Und Savvy hat geantwortet, sie würde direkt herkommen.«

»Ja, ich habe es Ihnen wieder und wieder gesagt. Genau so war es.«

»Sie haben Savannah angerufen. Mich aber nicht.«

»Es tut mir leid. Es hat mir Angst gemacht.«

Hale glaubte ihr nicht ganz, doch ihm blieb keine Zeit, sich weiter mit Victorias seltsamem Verhalten zu befassen. Als Savannah ihn zuvor angerufen hatte, war er sich sicher gewesen, dass sie in ihrem Auto saß. Er hatte nicht gewusst, wohin sie unterwegs war, doch jetzt war klar, dass sie zu seinem

Haus kommen wollte. Was war ihr zugestoßen? Guter Gott, er wünschte, mit ihr gesprochen zu haben, als sie angerufen hatte. Wahrscheinlich hatte sie ihm von der Pistole erzählen wollen. Seitdem hatte er wieder und wieder ihre Handynummer gewählt, doch sie hatte keinen der Anrufe angenommen.

Seine Angst wurde von Minute zu Minute schlimmer. Hatte Charlie sie in seiner Gewalt? Er beschloss, das Tillamook County Sheriff's Department anzurufen. Auch dann, wenn es vielleicht einen banalen Grund dafür gab, dass sie nicht zurückgerufen hatte. Etwa den, dass mit ihrem Telefon etwas nicht stimmte.

Als er gerade nach seinem Handy griff, hörte er das Piepen, das den Eingang einer SMS ankündigte. Zu seiner Erleichterung sah er auf dem Display, dass die Textnachricht von Savannah kam.

Bin in Bancroft Bluff. Beeil dich.

Er antwortete umgehend.

Wo ist Charlie? Hast du ihn gesehen?

Die Antwort kam postwendend.

Bin ihm hierher gefolgt.

»Verdammt«, murmelte er, halb erleichtert, halb verängstigt, und begann wieder zu tippen.

Warte auf mich. Unternimm nichts, bis ich da bin.

Er steckte das Handy in die Tasche und rannte zur Haustür.

»Was hat sie geschrieben?«, rief ihm Victoria mit vor Angst geweiteten Augen nach.

»Es geht ihr gut. Ich weiß, wo sie ist. Bleiben Sie bei dem Kleinen. Ich bin schnell wieder zurück.«

Charlie zeigte mit dem Handy auf Savannah und kicherte. »Der Liebhaber kommt, um seine Angebetete zu retten. Was für ein Gefühl ist es, wenn man seiner Schwester den Mann wegnimmt? Stehst du auf so was?«

Als sie sein bösartiges Lächeln sah, begann sie erneut am ganzen Körper zu zittern. *Bitte komm nicht, Hale. Ruf Stone an. Komm auf keinen Fall allein.*

Hale setzte den TrailBlazer rückwärts aus der Garage. In seinem Kopf ging alles durcheinander. Irgendetwas stimmte nicht. Warum hatte sie beschlossen, nach Bancroft Bluff zu fahren, statt zu seinem Haus zu kommen? Gab es eine neue Spur, die sie zum Tatort des Doppelmordes an den Donatellas geführt hatte?

Als er beim Wenden aus dem Seitenfenster blickte, fiel ihm ein Flecken auf dem Asphalt auf.

Ein Blutfleck.

Wessen Blut? Savannahs?

Wenn auf den Straßen nichts los war, brauchte man nach Deception Bay und Bancroft Bluff etwa zwanzig Minuten.

Er griff nach seinem Mobiltelefon und wählte die Nummer des Tillamook County Sheriff's Department. »Hier ist Hale St. Cloud«, sagte er, nachdem die Frau von der Vermittlung sich gemeldet hatte. »Ich muss mit Langdon Stone sprechen. Oder mit Detective Clausen.« Clausens Vorname war ihm entfallen.

»Wenn es ein Notfall ist, rufen Sie bitte 911 an«, kam die Antwort.

»Ich muss mit einem der beiden Detectives reden«, beharrte er.

Ein paar Augenblicke später meldete sich eine Männerstimme. »Mr St. Cloud, hier spricht Detective Clausen. Wie kann ich Ihnen helfen?«

»Ich habe eben eine SMS von Savannah bekommen. Sie hat mich gebeten, nach Bancroft Bluff zu kommen. Ich bin unterwegs, aber als ich losfuhr, ist mir auf meiner Auffahrt ein Blutfleck aufgefallen. Savannah wollte bei mir zu Hause vorbeikommen, ist aber nicht aufgetaucht ...«

»Sie glauben, dass ihr etwas zugestoßen ist?«, fragte Clausen schnell.

»Ich weiß es nicht.« Er war erleichtert, dass der Detective ihn ernst nahm.

»Ich fahre nach Bancroft Bluff, um zu sehen, was da los ist. Hatte ich sowieso vor. Wir haben hier Probleme mit einem Obdachlosen, der es einfach nicht schafft, sich von einem Ihrer Häuser fernzuhalten, Mr St. Cloud.«

Vielleicht nahm ihn der Detective doch nicht so ernst, wie er geglaubt hatte. »Ich bin in einer Viertelstunde da.«

»Geben Sie mir Ihre Handynummer, ich rufe Sie an«, sagte Clausen.

Hale nannte sie ihm, doch Clausen legte auf, bevor er ihn nach seiner Nummer fragen konnte.

Savannah testete die Fessel an ihrem linken Handgelenk, die etwas lockerer zu sitzen schien als die auf der rechten Seite. Sie musste sich befreien. Musste einen Weg finden, um Hale zu warnen.

»Sie blicken in ihre Seelen, bevor sie sterben«, sagte sie zu Charlie, um das Gespräch wieder in Gang zu bringen. Er war verstummt, schien ganz in seiner eigenen Welt verloren zu sein.

»Schlampe«, hörte sie ihn sagen »Ich werde ihr Spiel nicht mitspielen, aber sie lässt einfach nicht locker.«

Savannah brauchte einen Augenblick, um zu begreifen, dass nicht sie gemeint war. Ihr war so kalt, dass ihr das Nachdenken schwerfiel.

Doch nun wandte er seine Aufmerksamkeit wieder ihr zu. »Es ist wie der heißeste Sex und doch noch so viel besser.«

»Und deshalb töten Sie? Um in ihre Seelen blicken zu können?« Mehrere Finger konnte sie schon fast frei bewegen.

»Zuerst habe ich meine Mutter Mary getötet«, gestand er. »Auf der Insel. Ich habe ihr das Messer genau hier in den Oberkörper gebohrt.« Er tippte auf seine Brust. »Und dann habe ich die Klinge unter den Rippen nach oben bewegt.«

Zwei Finger waren frei. »Die Donatellas haben Sie mit einer Schusswaffe getötet.«

»Die hatten wir gerade zur Hand.« Und dann griff er nach ihrer Handtasche und zog ihre Dienstwaffe heraus, die er dort hineingesteckt hatte, als sie bewusstlos gewesen war. »Wissen Sie, dass Ihre Schwester auch eine Pistole besaß?« Savvy antwortete nicht, während sie an die Waffe dachte, die Victoria gefunden hatte. »Kristina musste sie verstecken«, erklärte er, »weil man sie sonst wegen Beihilfe zum Mord hätte drankriegen können, als Komplizin. Sie hat genau dort gestanden.« Er zeigte auf das Vorderfenster, und plötzlich fiel Licht durch die Lücke zwischen den Vorhängen. »Da kommt er ja«, sagte Charlie gut gelaunt.

Als er sich umdrehte, stand Savvy kurz davor, ihr linkes Handgelenk zu befreien. Sie musste nach draußen, musste Hale warnen.

Und dann hatte sie es geschafft und griff nach dem Strick um ihr rechtes Handgelenk, um dieses ebenfalls zu befreien. *Komm schon!*

Charlie riss die Tür auf, und Savannah schrie, so laut sie konnte.

Ein Schuss hallte durch die Nacht. Der Knall war ohrenbetäubend laut. Savannah riss mit aller Kraft an dem Strick um ihr rechtes Handgelenk. Sie versuchte es immer wieder. Tränen liefen ihr über die Wangen.

Charlie taumelte zurück, als eine Leiche auf seinen Körper stürzte. Er verlor das Gleichgewicht und ging mit dem Toten zu Boden, als Savannah die Hände frei hatte und ihre Fußfesseln zu lösen versuchte. Als sie es geschafft hatte, fiel sie fast von dem Tisch. Alle ihre Muskeln waren von der Kälte verkrampft.

Entsetzt beobachtete sie, wie Charlie sich von den blutverschmierten Armen und Beinen des Toten befreite.

Fred Clausen lag am Boden, die Augen auf die Decke gerichtet, Augen, die nichts mehr sahen. Und Charlie beugte sich über ihn und blickte in diese Augen, als würden sich ihm dort die Geheimnisse des Universums offenbaren.

Savannah rannte mit steifen Gliedern zur Hintertür.

Hale bog in die Siedlung mit den dunklen, verlassenen Häusern. Die Wolkendecke war aufgerissen, und helles Mondlicht fiel auf Bancroft Bluff.

Clausen hatte nicht angerufen, und da er seine Nummer nicht hatte, wusste er nicht, ob der Detective bereits hier war.

Doch als er um die erste Kurve bog, sah er das gelb und schwarz lackierte Fahrzeug vom Tillamook County Sheriff's Department.

Und direkt daneben Savannahs Mietwagen.

Er versuchte, die Lage einzuschätzen.

In diesem Moment rannte eine dunkle Gestalt vor ihm über die Straße und verschwand zwischen den Büschen am hinteren Ende des Grundstücks der Donatellas. Hale war sofort alarmiert. Er blickte sich in dem TrailBlazer um. Der Werkzeugkasten stand vor der Hecktür.

Er parkte den Wagen vor dem Haus der Pembertons und stieg aus. Böiger, kalter Wind schlug ihm ins Gesicht. Er ging um den TrailBlazer herum und öffnete die Hecktür. Das Licht ging an, und er fühlte sich völlig schutzlos. Er öffnete schnell den Werkzeugkasten, zog einen Schraubenschlüssel heraus, schlug die Tür zu und verschloss das Fahrzeug mit der Fernbedienung.

Wo war Savannah?

Sie rannte an der Seite der Landzunge entlang, an deren Rand die Erde abbröckelte. Holzstücke und Steine bohrten sich in ihre Fußsohlen, und sie war sich sicher, dass sie mittlerweile bluteten.

Hale würde in eine Falle tappen. Sie musste Charlie von ihm weglocken. Wenn er sie schnappte, würde er sie töten.

Er würde sie zurück ins Haus schleifen, sie vergewaltigen und ihr dann ein Messer in die Brust bohren. Er würde sich über sie beugen und sich daran berauschen, wie das Leben in ihren Augen erlosch. Sie hörte ihn hinter sich. Er verfolgte sie, doch es war so finster, dass sie ihn nicht sehen konnte.

Schwach hörte sie das Geräusch eines näher kommenden Autos. *Hale. Oh, nein!*

Sie bremste ab und lauschte auf ihren Verfolger, doch der machte kehrt, um sich Hale vorzuknöpfen.

Schwer atmend stand sie da, am ganzen Leib zitternd.

Doch dann stand er plötzlich direkt vor ihr und griff nach ihr.

Instinktiv trat sie zurück und hatte auf einmal keinen Boden mehr unter den Füßen.

Er packte ihren Arm, doch sie rutschte nach unten. Ihr Körper schrammte an der Seitenwand der Landzunge entlang. Steine und Erdklumpen fielen ins Meer.

»Scheiße«, stieß Charlie zwischen zusammengebissenen Zähnen hervor.

Dann drehte er sich um und sah die Scheinwerfer eines Autos. Hale St. Clouds Auto.

Savvy riss ihren Arm los und hielt sich an einer Wurzel fest, die aus der Seitenwand der Landzunge herausragte. Nackt, frierend und verängstigt war sie zu schutzlos, um zu kämpfen. Sie konnte nur schreien. »Hale! Pass auf, Hale!«

Und dann war Charlie verschwunden. Sie klammerte sich an der Wurzel fest. Die Kraft in ihren Armen ließ nach, und ihre Beine waren bleischwer.

Er hörte Savannah seinen Namen rufen.

Sofort rannte er in die Richtung und sah dann die dunkle Gestalt, die durch die offene Eingangstür das Haus der Donatellas betrat. War sie dort? Er rannte hinter der Gestalt her, mit der Rechten den Schraubenschlüssel umklammernd.

In dem Haus hörte er, wie ein Zündholz angerissen wurde, und er hob den Schraubenschlüssel, bereit, Charlie den Schädel einzuschlagen. Aber der Mann, der das brennende Streichholz auf die Zeitungen und den Holzstoß im Kamin geworfen hatte, wirkte irgendwie anders, und er zögerte.

»Jesus liebt mich, das weiß ich mit Gewissheit«, sang er mit bebender Stimme.

»Wo ist Savannah?«, fragte Hale.

Der Mann neigte den Kopf zur Seite und schien sich zu konzentrieren. Dann drehte er sich zu den emporzüngelnden Flammen um und wärmte sich die Hände. »Die Fenster und Türen meines Hauses sind zugenagelt«, verkündete er. »Den Donatellas wird es egal sein.«

»Was?« Hale hatte sich in dem Raum nach Savannah umgeschaut, blickte aber jetzt wieder zu dem Mann vor dem Kamin hinüber.

»Wir brauchen ein wärmendes Feuer.«

Trotz des lauten Knisterns der Flammen hörte Hale einen Schrei. Er drehte sich zur Tür. »Savvy?«

Aus dem Augenwinkel nahm er eine Bewegung wahr. Instinktiv duckte er sich und spürte, wie die Klinge eines Messers seinen Jackenärmel aufschlitzte. Er wirbelte herum und schlug mit dem Schraubenschlüssel zu. Der Angreifer schrie auf und holte erneut mit dem Messer aus. Hale sah die

Klinge im Mondlicht aufblitzen und packte den Arm des Mannes.

Und dann sah er geschockt, dass der Angreifer in der anderen Hand eine Pistole hielt und sie auf seinen Kopf richtete.

Savannah hörte einen Schuss und schrie vor Angst auf. Ihre Finger tasteten nach einem zweiten Halt und berührten einen Felsbrocken, der tief genug in der sandigen Wand steckte, um ihr Gewicht tragen zu können.

Trotz ihrer zitternden Glieder schaffte sie es, sich auf den Steinbrocken hochzuziehen, und sie atmete erleichtert auf. Sie rutschte auf den Knien nach vorne.

Als sie sich aufrichtete, sah sie durch ein Fenster drei Gestalten in dem Haus. Gott sei Dank, Hale lebte!

Aber drei ... Hatte Clausen irgendwie überlebt?

Sie schwang sich auf die Landzunge und stolperte los. Ihre Knie gaben nach, die Beine wollten ihrem Willen nicht gehorchen.

Aus dem Schornstein stieg Rauch auf.

Sie bahnte sich ihren Weg zur Hintertür, ohne Waffe, schutzlos.

Im rötlichen Licht der Flammen des Kaminfeuers sah sie Hale und Charlie. Der hatte eine Hand gehoben, als würden ihn die Flammen blenden, und in der anderen hielt er ein Messer. Hale hatte einen Schraubenschlüssel in der Hand. Von ihrer Dienstwaffe war nichts zu sehen, aber zumindest hatte der Schuss Hale nicht getroffen.

Und dann – es war nicht zu fassen – sah sie neben Clausens Leiche Mickey stehen. Sie glaubte, ihn »Jesus liebt mich« singen zu hören.

»Hale«, rief sie heiser.

Er blickte auf, als Charlie mit dem Messer auf ihn losging, und wich zurück, doch Mickey – Zufall oder Absicht? – stellte Charlie ein Bein, und der stürzte mit dem Gesicht voran in das Kaminfeuer.

Er stieß einen markdurchdringenden, unmenschlichen Schrei aus, und Savannah musste sich festhalten, um nicht zusammenzubrechen.

Hale wollte zu ihr kommen, doch Mickey trat ihm unbeabsichtigt in den Weg.

»Behalt ihn im Auge!«, rief Savannah, während sich Charlie schreiend am Boden wand. Er packte Mickeys Fuß, und der Obdachlose stürzte und versuchte, sich an Hale festzuhalten, doch der schaffte es, nicht das Gleichgewicht zu verlieren.

In der Luft hing der Gestank verbrannten Fleisches, und Savannah glaubte, sich übergeben zu müssen. Wo war das Messer?

Und dann war Hale bei ihr und hielt sie fest. »Savannah«, sagte er mit brechender Stimme.

»Mir fehlt nichts.«

Er streifte sein Jackett ab. »Du musst frieren.«

»Detective«, sagte Mickey mit schwacher Stimme, und sie blickten zu ihm hinüber.

Charlie hatte sich neben den toten Clausen geschleppt und riss dessen Dienstwaffe aus dem Holster.

Hale sprang nach rechts und riss Savannah mit sich.

Drei Schüsse fielen, doch die Kugeln verfehlten sie. Glas splitterte, als eine von ihnen in die Mikrowelle hinter ihnen schlug. Dann war es plötzlich still.

Hale hob den Kopf. Mickey lag mit vor der Brust verschränkten Armen am Boden, neben Clausens Leiche.

Von Charlie war nichts zu sehen.

Hale wollte ihn verfolgen, doch Savannah hielt ihn davon ab. »Lass es. Er hat Clausens Pistole. Er wird nicht weit kommen.«

Sie hob einen zitternden Arm, und er sank neben ihr zu Boden. »Mein Gott, Savannah.«

Sie wollte *Ich liebe dich* sagen, überlegte es sich im letzten Moment aber anders. »Danke, dass du gekommen bist.«

Und dann tat er das, wovon sie seit Tagen träumte. Er beugte sich vor und küsste sie. Sie ging leidenschaftlich darauf ein, ihre Finger strichen durch sein dunkles Haar. *Wir müssen verschwinden,* dachte sie. *Bevor Charlie zurückkommt.*

»Komm mit«, sagte Hale, als hätte er ihre Gedanken gelesen. Er half ihr auf die Beine und sagte, sie solle sich an seinem Jackenärmel festhalten.

Mit schwerem Herzen blickte sie auf Clausens Leiche und Mickey, der reglos dalag. Hale zog sein Handy aus der Tasche, um Hilfe zu rufen.

»Notrufzentrale, was genau ist der Anlass Ihres Anrufs?«, tönte eine blecherne Stimme aus dem Lautsprecher von Hales Mobiltelefon.

Bevor Hale antworten konnte, holte Mickey tief Luft und begann zu singen. »Jesus liebt mich! Ich weiß es, weil die Bibel es so sagt ...«

Drei Tage später saß Savannah in Hales Wohnzimmer auf dem Sofa und drückte den kleinen Declan an ihre Brust. Neben ihr saß Hale, und sie waren beide ernst und schweigsam.

Die Trauerfeier hatte in dem Saal des Hotels stattgefunden, das Astrid vorgeschlagen hatte, und es war eine würdige Zeremonie gewesen. Savannah hielt das Baby in den Armen, während Hale sich an die Trauergäste wandte und eine bewegende Rede über Kristina hielt, die ihre Schwester zu Tränen rührte.

Kristina war eines von Charlies Opfern gewesen, und Charlie hatte sich in Luft aufgelöst. Savannah konnte es nicht fassen. Wie hatte er es mit den entsetzlichen Verbrennungen geschafft, durch das Netz der Polizei zu schlüpfen? Irgendjemand musste ihm geholfen und ihm einen Unterschlupf besorgt haben.

Stone, Sheriff O'Halloran und alle anderen vom Sheriff's Department waren aufgebracht und fest entschlossen, diesen psychopathischen Killer zur Strecke zu bringen, der einen ihrer Kollegen ermordet hatte. Savannah war noch nicht wieder an ihren Arbeitsplatz zurückgekehrt, seit Charlie/Declan jr./Henry sie in seine Gewalt gebracht hatte und Clausen umgebracht worden war, doch sie hatte Stone gesehen, dessen finstere Miene die Gefühle aller Kollegen spiegelte. Die Gedenkfeier für Fred Clausen sollte in der nächsten Woche stattfinden.

Stone hatte ihr erzählt, dass der DNA-Test des Blutes auf der Klinge des Messers, das Catherine ihr gegeben hatte, durchgeführt worden war. Bisher hatte sie sich noch nicht bei Catherine gemeldet, hauptsächlich deshalb, weil es nicht viel zu sagen gab. Nur eine Blutgruppe war entdeckt worden, und es war das Blut einer Frau, also wahrscheinlich das von Mary Rutledge Beeman. Die Exhumierung der Leiche war fürs Erste abgeblasen worden, doch wenn Charlie/Declan jr./Henry gefasst wurde, brauchten sie vielleicht zusätzliche Beweise, um ihn der Morde zu überführen.

Hale schaute Savannah an. »Wie sieht's aus?«

»Uns beiden geht's gut«, antwortete sie.

Sie blickten beide auf das schlafende Baby, und Savannah drückte ihm einen Kuss auf die Stirn und sprach still ein Gebet für ihre Schwester.

Der Toyota rumpelte über den Highway, und Charlie zuckte jedes Mal unfreiwillig zusammen, weil seine Verbrennungen höllisch schmerzten, wenn Victoria Phelans Wagen durch ein Schlagloch fuhr. Sie waren im oberen Teil Oregons zur Interstate 5 unterwegs, auf der sie in den Bundesstaat Washington gelangen würden.

»Wohin wollen wir?«, fragte Victoria angespannt. »Nach Kanada? Sie werden nach dir suchen.«

Er ignorierte sie und schloss die Augen. Was für ein Glück, dass sie so leicht zu kontrollieren war. Er hatte einen Teil seiner Macht – seiner übersinnlichen Kräfte – verloren. Einen großen Teil, wenn er ehrlich war. Er dachte daran zurück, wie leicht es gewesen war, Victoria zu manipulieren und sie dazu zu bringen, Kristinas Waffe zu verstecken und Savannah anzurufen. Victoria hätte alles für ihn getan, wenn sie ihn nur haben konnte, und nun widersprach sie ihm ... Nun, das tat weh, war fast schlimmer als die Verbrennungen.

»In Washington fahren wir in östlicher Richtung«, sagte er. »Vielleicht nach Idaho.«

»Meinst du wirklich?«

»Ja«, stieß er zwischen zusammengebissenen Zähnen hervor.

Während der letzten paar Tage hatte Victoria ihn versteckt, verarztet und verpflegt in dem Motelzimmer, das sie gemietet hatte, nachdem sie von Hale St. Cloud entlassen worden war. Das Timing war perfekt. Niemand interessierte sich mehr für sie, nachdem sie der Polizei die Waffe übergeben hatte, die sie »gefunden« hatte. Die Pistole, die er ihr gegeben hatte, damit sie sie versteckte. Glücklicherweise hatte sie ihr Geld bekommen, weil St. Cloud den Vertrag nicht eingehalten hatte, und damit würden sie eine Weile über die Runden kommen. Aber er würde sie bald loswerden müssen. Sie war eine Belastung. Wurden sie das nicht alle irgendwann?

Wenn er sie tötete, würde es ihm schon besser gehen. Wenn er nur daran dachte, wie er sich gefühlt hatte, als er in die Augen dieses sterbenden Detectives schaute. Das half ihm über den Schmerz hinweg, den ihm die Verbrennungen bereiteten, und über die blinde Wut, dass ihm Savannah Dunbar entkommen war. Was für ein Schlamassel. Hatte dieser Obdachlose ausgerechnet zu dem Zeitpunkt da auftauchen müssen?

Wieder dachte er an den sterbenden Detective, an die Schusswunde, dieses dunkle Loch ... Die Erinnerung verbesserte seine Laune ein bisschen. Der gute alte Charlie war noch nicht ganz tot.

Und dann hörte er wieder diese Stimme in seinem Kopf, als würde jemand mit einem Fingernagel über eine Tafel kratzen. *Ich bin hinter dir her.*

»Du bist eine *tote* Frau!«, knurrte er laut. Was diese Schlampe betraf, war er mit seiner Geduld am Ende.

»Was ist?«, fragte Victoria überrascht.

»Pass auf die Straße auf«, blaffte er sie an. »Ich habe nicht mit dir geredet.«

Und dann kam eine überraschende Antwort. *Keine Frau, großer Bruder. Wir sehen uns im nächsten Leben.*

Charlie dachte lange angestrengt nach. Kein Wunder, dass sie das Spiel so gut spielen konnte. *Sie* war ein *Er.*

»Was ist denn so lustig?«, fragte Victoria.

Charlie war nicht einmal bewusst gewesen, dass er kicherte. Ihre Stimme zerstörte einen der wenigen schmerzfreien Momente, die er erlebt hatte, seit er sich die Verbrennungen zugezogen hatte. Er erschauderte. Flammen hatte er nie gemocht. Schon in jungen Jahren hatte er befürchtet, eines Tages darin ums Leben zu kommen.

»Halt die Klappe«, fuhr er Victoria an. Dann richtete er sich an die Stimme in seinem Kopf, die immer noch auf eine Antwort wartete. *Also dann, im nächsten Leben …*

***

Ravinia hatte sich auf den langen Weg nach Süden gemacht, nach Kalifornien. Manchmal fuhr sie per Anhalter, manchmal ging sie zu Fuß, weil sie Lust dazu hatte. Im Augenblick war das Wetter gut, auch wenn wieder Regen vorhergesagt worden war.

Sie war südlich von Tillamook, und es wurde dunkel. Es war nicht mehr weit bis zu einem Ort, wo sie übernachten konnte, doch sie wollte noch ein Stück vorankommen. Und da hielt auch schon ein Auto neben ihr, als hätte der Fahrer ihre Gedanken erahnt. Neben ihm saß noch ein Mann, und die beiden blickten sie lüstern an. Sie blickte in ihre Herzen, doch es war überflüssig. Sie hatte sich bereits dagegen entschieden, mit ihnen zu fahren.

»Ach, komm schon, Baby«, sagte der Mann auf dem Beifahrersitz, der die Tür öffnete, als wollte er aussteigen.

Ravinia tastete nach ihrem Messer, doch sie spürte ein Kribbeln und erahnte etwas neben sich. Sie schnappte nach Luft. Der Mann sprang in den Wagen zurück, und die beiden rasten erschrocken davon.

Links neben ihr stand ein Wolf, dessen gelbe Augen auf das davonfahrende Auto gerichtet waren.

Ravinias Puls verlangsamte sich wieder, und sie blickte in das Herz des Wolfs.

»Freund oder Feind?«, flüsterte sie, doch der Wolf wandte sich ab und verschwand im Wald. Als sie auf die orangefarbene Neonreklame des Motels zuging, sah sie noch einmal kurz das graue Fell des Wolfs, der zwischen den Bäumen stand und ihr nachblickte.